Tro

AVENTINO

Paru dans Le Livre de Poche :

L'Amour dans la ville

Assam

Banditi

Paul Auster's New York

GÉRARD DE CORTANZE

Aventino

ROMAN

ALBIN MICHEL

© Éditions Albin Michel, 2005.
ISBN : 978-2-253-11995-1 – 1re publication LGF

« Il faudrait comprendre que les choses sont sans espoir et être pourtant décidé à les changer. »

F. Scott Fitzgerald.

1

« A partir de maintenant, je n'ai plus rien à imaginer », pensait Aventino, accoudé à la fenêtre de la bibliothèque du château de Cortanze. Venant d'entrer dans sa cinquantième année, celui qui avait lutté avec conviction contre les troupes de Buonaparte et l'armée autrichienne, qui avait exploré les forêts profondes de l'Assam à la recherche d'un improbable théier et ramené des enfers son Eurydice, portait partout avec lui un air ennuyé et indifférent qui excitait tour à tour la coquetterie et la curiosité. Certains êtres sacrifient tout à leur insatiable désir de briller. La vanité, l'orgueil, l'égoïsme vont jusqu'à étouffer leur dernière parcelle de sensibilité, de tendresse et de bonté, si bien qu'au terme de leur vie il ne leur reste plus rien. Bien qu'Aventino n'eût pas atteint un tel degré de désespoir, il était comme un homme à qui on avait enlevé l'amour de lui-même. Ce but ridicule, impossible à imaginer, il l'avait atteint sans s'en donner la peine, sans même y penser. La seule chose qui semblait le maintenir debout, c'était, conformément à son rang et à sa dignité, sa fidélité inconditionnelle non à la personne du roi de Piémont-Sardaigne – Charles-Félix n'étant à ses yeux qu'un monarque despotique et glacé –, mais à la dynastie de Savoie.

L'enthousiasme, ce curieux mélange d'esprit bienfaisant et de pensées malfaisantes, qui tombe trop souvent dans le fanatisme et transforme la pureté originelle de quelques hautes idées en un phénomène malsain voire diabolique, lui avait, par le passé, tout en lui permettant de se soustraire à l'atmosphère de son temps, joué bien des tours. Ainsi avait-il cru bon de s'attribuer un rôle dans les péripéties plutôt confuses d'une certaine Révolution piémontaise qui avait, grâce à la complicité d'aristocrates pour la plupart anciens soldats de Napoléon, allumé plusieurs foyers insurrectionnels à Alexandrie, Asti, Pignerol, et dans les rues de Turin. La personnalité et le rôle exact de l'héritier du trône, Charles-Albert de Savoie-Carignan, dans les événements de 1821, demeuraient un des sujets les plus controversés de l'histoire récente du Piémont. Profondément marqué par une formation solitaire dans la France impériale et par l'enseignement du pasteur rousseauiste Vaucher, l'adolescent avait très vite été suspecté d'incarner tous les mauvais génies du jacobinisme. Habité par une psychologie tourmentée tissée de contrastes et assombrie de *spleen* romantique, acquis à la fronde et aux idées libérales, il fut très vite débordé par les insurgés et dut partir pour l'exil en Toscane. Quant aux suites de l'aventure, elles furent désastreuses. Charles-Félix, successeur légitime du roi Victor-Emmanuel, qui n'avait fait jusqu'alors que continuer la politique mise en place par son prédécesseur, à savoir replacer les Etats sardes dans la situation où ils se trouvaient avant 1793, en rétablissant l'administration, la justice, les lois, les emplois, les titres et les fonctions dans leur état ancien, fut pris d'un sévère et mesquin esprit de revanche à l'égard de ceux qui ne partageaient pas les idées rétrogrades en honneur à la cour.

La petite armée de la liberté fut dispersée, et la royauté absolue rétablie grâce à d'épouvantables procès et une répression féroce. On pourchassa les uns, on condamna à mort les autres, les plus chanceux virent leur peine commuée en détention à vie. Charles-Félix fit fusiller les meneurs présumés, envoya une centaine de militaires au bagne, et finit même par appeler l'Autriche à son aide. Beaucoup de libéraux, pour éviter l'échafaud, s'expatrièrent, en Espagne, en Grèce, en France, en Angleterre, mais surtout en Suisse où les mécontents de toutes les nations semblaient s'être donné rendez-vous. Giuseppe Pecchio, célèbre économiste lombard, Giovanni Berchet le poète, le comte piémontais Annibale Santorre Di Santarosa, Raffaele Rossetti, Antonio Panizzi, le chevalier de Perron et le marquis de Prié, Rossaroll, Balbo, Linati, Lisio, Médici et tant d'autres, tous amis d'Aventino, avaient choisi cette voie ultime. N'ayant à se « reprocher » qu'une participation somme toute assez faible à l'insurrection, Aventino décida de ne pas quitter son pays. Cette décision se révéla judicieuse : le temps fit son œuvre et lentement tout fut oublié.

Le Piémont dès lors se replia sur lui-même. Les vieilles frontières politiques se doublèrent de barrières douanières. Ici, une muraille épaisse divisa le Piémont et la Savoie ; là, une autre sépara le royaume des territoires récemment acquis de la République ligurienne. La corvée fut rétablie, l'instruction primaire livrée aux frères ignorantins, un décret récent venait même d'interdire l'enseignement de l'écriture et de la lecture aux enfants de parents qui ne pouvaient justifier d'un revenu de quinze cents livres ! Mais plus encore que le retour prépondérant du paternalisme clérical, c'était le poids très lourd de l'Autriche et de ses alliés qui pesait désormais sur toute la société italienne. Le pays était sillonné de patrouilles autrichiennes, de l'heure de la retraite du soir jusqu'à celle du point du jour. Le ministère de la Guerre, l'état-major, l'artillerie, le génie, l'Institut topographique, les écoles militaires, les fonderies de canons, les fabriques d'armes, les manufactures de drap, l'uniforme national, tout avait été supprimé. Une terrible exploitation fiscale draina vers Vienne le cinquième des ressources de l'Empire. Et certains politiques en gants jaunes nouèrent des intrigues avec des princes de sang. Un vaste système d'espionnage et de délation fut mis en place. Toutes les lettres furent ouvertes. Chaque café, chaque théâtre, chaque place, chaque cabaret, chaque église, chaque auberge devait compter entre deux et quatre espions susceptibles de rapporter tous les propos qui s'y tenaient. On multiplia le nombre des agents provocateurs, et l'on alla même jusqu'à faire payer au citoyen mis à la question les frais de sa propre torture. Le but recherché par l'Autriche et ceux qui la soutenaient était on ne peut plus simple : faire que les Italiens passent aux yeux de l'Europe pour des hommes sans foi ni loi, déchus de toute dignité, incapables de se gouverner, et habitués à l'usage du poison et du poignard, en somme, des *briganti* contre lesquels ne devaient être observés aucun frein ni aucune mesure.

Giuseppe Manzini, défendant l'idéal d'une république unitaire, avait malheureusement raison. L'Italie n'avait ni emblème, ni nom politique, ni voix parmi les nations d'Europe, ni centre commun, ni commun marché. Démembrée en huit Etats indépendants, sans alliance, sans unité de vues ; avec ses huit lignes de douane, ses huit systèmes de monnaies, de poids et de mesures, de législations civile, commerciale, pénale, ses huit organisations administratives, l'Italie n'existait pas, et était comme étrangère à elle-même. Et bien que certains rêveurs soutinssent que, malgré sa tyrannique oppression, l'Autriche n'avait pu replonger sa belle captive dans le sommeil interrompu, en appelant même à l'exemple de la Grèce luttant vaillamment pour sa liberté, il semblait bien que la vieille patrie de Galilei n'était guère sur le point de « laisser pénétrer par tous ses pores l'esprit nouveau ». Car enfin, au-delà de cette déshonorante obéissance aveugle, considérée comme première qualité d'un citoyen, les hommes les plus éminents étaient exclus de la fonction publique ; les universités désertées ; l'ignorance systématiquement répandue ; la tolérance abolie, par la mise hors la loi des protestants et des juifs ; l'agriculture, le commerce, l'industrie enfin, ruinés volontairement par des tyrans intéressés à laisser le pays dans la misère.

Cependant, soutenir que, dans cette Italie de l'été 1830, régnait une atmosphère de complot relevait de l'absurdité. Oui, certains se nourrissaient de la lecture de Monti, de Foscolo, d'Alfieri ; de Diodata Saluzzo Roero ; leurs poésies troublantes étaient dans tous les cœurs. Oui, les tragédies de Manzoni et de Silvio Pellico étaient dans toutes les mémoires. Mais cela suffisait-il à faire de l'Italie une nation prête à rompre ses chaînes et à se constituer en république fédérale comme le prétendait la charbonnerie ? Non, les messagers de la révolution ne circulaient pas sur toutes les routes dans des voitures légères, apportant des ordres qui parfois se transmettaient de vive voix. Ce colportage de fil en aiguille était une illusion, et le « vaste complot » un complot d'opérette. Beaucoup voyaient les choses non comme elles étaient, mais comme leur imagination les leur peignait. Les jeunes nobles ne pensaient qu'à leurs chevaux et à leurs maîtresses, la bourgeoisie était dévorée par l'égoïsme, et le peuple, ignorant et superstitieux, esclave des prêtres, ces ennemis de tout progrès, entendait la messe le matin, et s'enivrait le soir, croyant ainsi être en règle avec Dieu et sa conscience. Voilà pourquoi, avec ennui et indifférence, Aventino Roero Di Cortanze, pourvu d'une noble et belle figure percée de deux petits yeux vifs cernés de rides comme le *Voltaire* de Houdon, pensait, non sans une certaine amertume : « A partir de maintenant, je n'ai plus rien à imaginer. »

Il délaissa l'appui de la fenêtre, se retourna, fit quelques pas en direction des rayonnages de sa bibliothèque, et en retira des ouvrages sans réelle intention de s'y plonger. C'était comme une vieille habitude. Une façon de se rassurer en caressant ces reliures en peau de bœuf estampées, à compartiments ou ornées de fermoirs, à dentelles, à la cathédrale, en basane, en maroquin, à dos fixe ou dos brisé, surtout depuis que Vivant Denon et ses « observateurs » avaient, du temps de l'occupation française, allégé l'ancestrale bibliothèque familiale de ses pièces les plus rares. Après 1815, on avait parlé de « réparations », de « restitutions », mais celles-ci n'étaient jamais venues. Une bonne moitié des livres étaient encore à leur place, et leur présence, au cœur des rayonnages même clairsemés, attestait la pérennité des Roero.

Les comédies du poète dramatique et comédien piémontais Viassolo Federici ne présentaient qu'un intérêt très secondaire. Elles dormaient là depuis un demi-siècle, pourquoi les réveiller ? Aventino reposa le livre. Le grand mérite d'Alberto Nota consistait dans l'élégance et la correction de son style, mais ses vers étaient mous et sans âme. Charles Botta, natif de Saint-Georges en Piémont, fixé en France et député du Corps législatif, avait poussé nombre d'intelligences distinguées vers les études historiques, mais son *Histoire de l'Italie* était couverte d'une fine couche de poussière. Aventino y laissa glisser son doigt avant de feuilleter négligemment un des tomes de l'*Histoire universelle* de César Cantu. Il ne le lirait pas, l'envie lui manquait. Juste à côté du *Traité sur le pastel* que son cher Renato

Roero Di Cortanze avait hélas cru bon de faire imprimer à Paris en 1813 « par ordre de Sa Majesté impériale et royale », reposait l'étrange tragédie ossianique, *Francesca da Rimini*, composée à l'âge de vingt-six ans par Silvio Pellico, lequel, après avoir été enfermé dans les horribles *Piombi* de Venise, croupissait depuis huit ans en Moravie, dans la forteresse du Spielberg. Aventino allait prendre le petit volume en demi-maroquin bordeaux lorsqu'il aperçut, sur l'étagère supérieure, un exemplaire de ses *Ricordi dei viaggi al India*. La tentation était très forte de se replonger dans ce livre de mémoires écrit à son retour d'Assam. Il l'avait presque oublié. Il l'ouvrit au hasard : « Les fleurs dégageaient une odeur délicieuse, et le parfum était très différent de celui des autres plants de thé connus. » Il referma le livre puis l'ouvrit à nouveau : « Le convoi avance en file indienne dans une nuit sans étoiles. La jungle est épaisse. Personne ne parle. » Comment faire avec cette expérience majeure dans sa vie, ce souvenir fondateur ? Il était resté cinq ans en Inde, y avait pénétré le secret du *Camelia sesanqua*, y avait perdu son meilleur ami, y était devenu homme-tigre, y avait été envoûté par l'étrange *rajkumari*, la fille du maharajah de Sourapatnam... L'émotion était trop forte. Aventino remit le livre à sa place, et courut vers la fenêtre, comme s'il manquait d'air, comme s'il avait besoin de respirer davantage. Il éprouvait une étrange sensation d'étouffement. Submergé par l'émotion, il regardait la campagne environnante divisée en deux compartiments par la colonnette médiane de la fenêtre. Malgré la fraîcheur vive du dehors, l'air alourdi de la pièce avait une chaleur vivante. Encadrés par le clocheton de l'église de la Santissima Annunziata et par une succession de hauts créneaux de briques, on découvrait les toits de tuiles courbes du village, puis les collines entourant le château, couvertes de bois touffus, qui s'élevaient à droite et à gauche, comme un amphithéâtre, offrant sur leurs douces pentes une alternance de vergers, de vignobles et de champs de blé. Dans le lointain, surgissaient les pics enneigés des Alpes. Perdu dans leur contemplation, Aventino aurait pu rester ainsi des heures, peut-être même serait-il parvenu à sentir la neige lui cingler le visage, ou le frémissement léger des flocons pulvérisés sur les arbres, ou le silence illimité de tout ce blanc le recouvrir. On frappa à la porte. En feuilletant son vieux récit de voyage, Aventino avait malgré lui réouvert le tombeau de ses souvenirs qui se réveillaient lentement, les uns après les autres, comme des secrets qu'il avait cru à jamais enfouis. Parmi eux, le plus évident, le plus douloureusement éclatant, c'était celui de la *rajkumari*, cette jeune femme étrange qui par bien des côtés ressemblait tant à Massa qu'il avait fini par croire que les deux femmes n'en formaient qu'une. Maintenant, il en était certain, jamais il ne romprait avec sa mémoire, son cœur se briserait s'il devait se séparer de ses songes. Il y a si peu de réalité dans l'homme qu'il valait mieux accepter ces épaves de bonheur que sont les souvenirs plutôt que de vouloir rompre avec des choses réelles.

– Entrez, dit-il sans se retourner.

C'était Massa, son épouse depuis plus de vingt ans. A quarante-cinq ans, celle-ci en paraissait dix de moins. Certes, l'incarnat de sa bouche adorable tout comme la fraîcheur de son teint s'étaient quelque peu atténués, mais en déposant sur ses traits, avec beaucoup d'élégance et de finesse, sa marque fugace, le temps avait rendu cette femme d'autant plus émouvante, et à jamais différente de ses coreligionnaires, femmes du monde au visage usé et au teint jaune. Grande, d'une stature délicate, tout en elle révélait de l'entendement et de la finesse. Elle avait conservé sa belle masse de cheveux enroulés autour de son front, dans un désordre dédaigneux et hâtif, et sa figure ovale et brune qui la faisait aisément passer pour une Indoue... Sa tenue, toujours très soignée, bien qu'elle prétendît, à qui voulait l'entendre, qu'elle faisait sa toilette « en un clin d'œil », témoignait du soin extrême qu'elle mettait à paraître toujours digne et heureuse. Son léger embonpoint, loin d'être un handicap, lui maintenait un reste de fraîcheur qui autorisait ses prétentions à la beauté éclatante qui était encore la sienne. Et si, au hasard d'une conversation, on lui faisait remarquer que, dans sa jeunesse, elle avait dû être fort séduisante, elle s'inclinait d'un air tout à fait coquet car, bien que le compliment portât sur le passé, il ne lui en faisait pas moins éprouver sinon de la fierté du moins une petite émotion agréable.

– Tu regardes le ciel, dit Massa en s'avançant vers son mari.

– Non, la terre, la glèbe, répondit Aventino après un temps d'hésitation. Je suis un être enraciné, tu sais bien, ajouta-t-il en la serrant tendrement contre lui.

– Et moi un être d'air et de vent...

– De feu !

Massa ne dit rien. Un court silence s'installa entre eux, comme souvent, car ils se connaissaient si bien, si profondément que les paroles leur étaient parfois inutiles. Il leur suffisait de se regarder, ou de regarder ensemble un même paysage, pour se sentir heureux, et pour pénétrer les pensées de l'autre.

– Tu te souviens de notre voyage ? demanda doucement Massa.

– Lequel ? Réel ou irréel ?

– Les deux.

– Je ne sais pas, dit Aventino, rapidement, comme

quelqu'un que le jeu n'amuse pas et qui n'a pas envie de chercher. Les souvenirs font travailler le cœur, comme la chaleur fait travailler le bois, je n'aime pas ça.

– Menteur...

– On tire trop souvent des voyages un savoir amer...

– Je ne suis pas d'accord, le voyage est une œuvre d'art, comme tout ce qui compte dans la vie.

– Ou une suite de disparitions irréparables.

– Ai-je disparu, Aventino ? demanda Massa, soudain sérieuse.

– Non, répondit Aventino. Alors, de quel voyage s'agit-il ?

– De notre voyage en ballon !

– Quel voyage en ballon ?

– Ne me dis pas que tu as oublié !

Ni l'un ni l'autre ne pouvaient avoir oublié ce moment décisif dans leur existence. L'été 1815, pour fêter la défaite de l'Ogre corse qui venait de fouler le sol de l'île de Sainte-Hélène, Aventino et ses amis avaient décidé de faire décoller un aérostat de la cour intérieure du château. Tandis que la masse énorme, gonflée de gaz, ballottée de droite et de gauche, grognait sous le vent, une bourrasque soudaine avait jeté à terre tous les protagonistes de l'équipée, les deux grosses cordes retenant l'engin au sol s'étaient cassées, et le ballon, lentement, s'était élevé à la verticale, emportant à son bord les deux seuls passagers qui avaient pu monter dans la nacelle : Aventino et Massa ! Commencé comme un voyage féerique dans l'immensité du ciel, celui-ci avait tourné rapidement au drame. Le ballon avait fini par dériver vers le sud, de telle sorte qu'à la nuit tombée il avait survolé les immenses carrières de marbre à ciel ouvert qui encerclaient la région de Massa Ducale, avant de longer les côtes de la riviera di Levante puis s'était retrouvé au-dessus de la mer.

– Tu te souviens du bruit d'étoffe qui nous a fait lever la tête ? dit Massa.

– Le ballon se dégonflait à vue d'œil et nous descendions à une vitesse folle. Les sacs de lest entassés pêle-mêle dans la nacelle étaient difficiles à prendre. Il fallait bien pourtant pouvoir les jeter. Le ballon faisait d'énormes plis, claquait comme un drapeau.

– Bientôt, il n'y eut plus aucun sac à faire passer par-dessus bord. Plongés dans les ténèbres, accroupis dans la nacelle, nous avions si froid !

A mesure qu'ils revivaient ce voyage entre ciel et mer, Massa et Aventino oublièrent le château de Cortanze, la bibliothèque, le présent de ce jour d'été 1830. Ils étaient de nouveau dans la nacelle. Ils entendaient le mugissement de la mer. Aventino se souvint qu'il avait essayé en vain d'observer le baromètre et qu'il avait fini par jeter dans les flots les instruments et les banquettes. Après des heures d'angoisse, ils se virent suspendus à quelques mètres seulement au-dessus des vagues. Au lever du jour, ils aperçurent un rivage qui s'ouvrait à l'horizon. Les courants aériens avaient ramené le ballon vers la terre, puis subitement le vent tourna, les rejetant vers la haute mer. Massa, blottie contre Aventino, tremblait. Elle n'était plus en 1830 mais en 1815. Elle s'avançait vers son tombeau. Bientôt un navire apparut, puis un autre, puis un troisième. A chaque fois, le ballon lui semblait comme un objet d'effroi : les navires s'éloignaient en toute hâte ! Alors que le jour était levé, une vague de brumes entoura soudain l'aérostat. Une nouvelle journée d'épreuves s'annonçait. La sphère de gaz parvenait encore à soulever la nacelle de vague en vague. Alors que le soir s'annonçait, une barque apparut, occupée par deux pêcheurs.

– Marco et Fabio Damiani, dit Massa dans un soupir.
– Nous leur devons la vie, ajouta Aventino.

A moitié engloutie dans les courants qui heurtaient violemment l'enveloppe du ballon, la nacelle faillit sombrer avec ses deux occupants, jusqu'à ce que les deux marins finissent par s'emparer de la corde d'ancre qui était à la surface de l'eau. L'aérostat, soulevé par le vent, entraîna la chaloupe et menaça de la faire chavirer. Mais le rivage n'était plus qu'à quelques coups de rame. Et l'aérostat, traîné sur le rivage pendant quelques minutes, finit par s'échouer sur la plage comme un gros cétacé tandis que s'échappaient de ses flancs d'ultimes flots de gaz, et qu'une foule de villageois ébahis matait le monstre en le bloquant avec des cordages. Recueillis et soignés par les gens du village, Massa et Aventino ne revinrent à Cortanze que deux semaines plus tard.

– On nous croyait morts ! dit Aventino.
– Ces deux semaines furent merveilleuses, se souvint Massa, pleines de magie, irréelles, comme si nous renaissions...

Aventino desserra son étreinte. Ce fut le premier à retrouver le présent après cet étrange voyage dans leur passé. Le choc était brutal. A la nostalgie presque joyeuse de Massa répondait chez Aventino une profonde tristesse.

– Ça me semble si loin. Comme si d'autres que nous avaient vécu ces moments.
– Ces moments nous appartiennent.
– Tout ça ne sert à rien. Tout a tellement changé. J'ai l'impression d'être un vieillard, de ne plus être de mon siècle. Je le vois quand je parle de mes ancêtres, des traditions, du blason de la famille, de l'honneur de porter mon nom, tout le monde prend une contenance.
– Mais enfin que veux-tu dire ?
– Je veux dire que les uns, gênés, se lissent la barbe,

que les autres regardent en l'air ou baissent la tête, seuls les parasites et les flatteurs acquiescent sans mot dire et clignent de l'œil d'un air entendu. Que veux-tu, je ne suis pas un aristocrate anglais !

– Qu'est-ce que les Anglais ont à voir avec cette histoire ?

– L'aristocratie anglaise est capable de se rendre compte de ce qui manque au pays et d'y porter remède, pas moi !

– Ne te fais pas plus sombre que tu n'es !

– Le Piémont d'aujourd'hui ne me plaît pas. Il est devenu un vaste terrain de chasse pour les banquiers et les marchands. Tu sais ce que Chateaubriand a dit au sujet des Cent-Jours ?

– Pourquoi voudrais-tu que je le sache !

– « Ceux qui avaient jadis recouvert les aigles napoléoniennes peintes à l'huile de lis bourboniens détrempés à la colle n'eurent besoin que d'une éponge pour nettoyer leur loyauté ; avec un peu d'eau on efface aujourd'hui la reconnaissance des empires. »

– Ne sois pas si amer.

– Comment ne pas l'être ! Aujourd'hui, les événements précèdent les idées, c'est un grand malheur. Je finis par être totalement contre l'Histoire et ne plus croire qu'à la vérité des romans. Bientôt, je n'étudierai plus que la métaphysique !

– Pourtant, dans l'aérostat, tu...

– Laisse l'aérostat où il est, dans les nuages. C'était il y a des siècles.

– Non, pas des siècles, Aventino, quinze ans... L'âge de ton fils !

Aventino fit un geste de la main, destiné à chasser ses mauvaises pensées, son amertume, et sourit.

– Ercole Tommaso Roero, futur marquis de Cortanze, comte de Calosso et seigneur de Crevacuore. Tu as raison, je ferais mieux de penser à cet avenir vivant qui nous tend les bras plutôt qu'au temps qui passe.

– Le temps découvre les secrets, fait naître les occasions, confirme les bons conseils, utilise-le !

– Tu as raison, une nouvelle fois ! Tout est prêt pour ce soir ?

– Tout. Ne t'inquiète pas.

– Ercole Tommaso ne se doute de rien ?

– Non. Le secret a été bien gardé. Et notre petit marquis dort encore.

2

Contrairement à ce que pensaient ses parents, Ercole Tommaso ne dormait pas. Depuis plusieurs jours déjà, il avait choisi de se réveiller tôt, tant pour préparer ses bagages que pour profiter des dernières belles matinées qu'il passerait au château avant son départ pour Turin. Une seule personne avait été mise dans le secret de ses levers matutinaux : Perpetua, la gouvernante. La vieille Felicita, qui avait, avec tant de dévouement, veillé sur l'enfance d'Aventino, étant morte quelques années avant la naissance d'Ercole Tommaso, on avait tout naturellement fait appel à sa sœur cadette, Perpetua, pour accompagner les premiers pas du petit marquis. Très vite, elle s'était révélée indispensable, et l'attachement liant ces deux êtres était à présent des plus profonds. Amie affectionnée et fidèle, elle savait obéir et commander selon l'occasion, supporter les boutades, les fantaisies et jusqu'aux caprices de son jeune maître, pour finir aujourd'hui par lui faire endurer parfois les siens, qui devenaient de jour en jour plus fréquents depuis qu'elle avait passé l'âge canonique de quarante ans en restant vieille fille, parce que, prétendait-elle, elle avait refusé tous les partis qui s'étaient offerts, alors que les mauvaises langues soutenaient qu'elle n'avait pas trouvé un chien qui voulût d'elle.

Protégée par Massa qui n'ignorait rien de son passé, notamment de ses séjours prolongés à l'Association fraternelle des limonadiers, rue San Domenico, à Turin, où, contrairement à ce que pouvait laisser entendre le nom du lieu, un *fiasco* de son vin favori l'attendait chaque jour à sa place accoutumée, elle n'en poursuivait pas moins, lorsque cela lui était possible, des activités parallèles et fort éloignées de son état de gouvernante. Ainsi avait-elle exercé ici ou là, ou du moins le prétendait-elle, les professions de journaliste, de lingère et d'institutrice. Certains affirmaient même qu'elle avait prononcé des discours échevelés lors de banquets démoc-socs, d'autres qu'elle s'était portée candidate à l'élection au poste de secrétaire général de son groupe d'agitateurs, mais n'avait obtenu qu'un seul bulletin de vote en sa faveur : le sien. Ce qui était certain, c'est qu'Aventino avait dû récemment intervenir pour la faire sortir de prison, parce qu'elle venait d'être condamnée à y croupir plusieurs semaines pour avoir, disait-on, conspiré avec des blanchisseuses. Ce qui l'était aussi, c'est qu'elle aimait tendrement le jeune Ercole Tommaso, comme s'il s'agissait de son propre fils, ce qui confortait Massa dans son désir de tenir pour négligeables ses incartades. Enfin, ce qui ne laissait aucun doute, c'est qu'elle possédait à fond la théorie de la gelée de groseille et de la marmelade d'abricots, et passait tout à son jeune protégé, ce qui, aux yeux de ce dernier, valait tous les trésors du monde.

Ercole Tommaso n'était pas un enfant comme les autres. Volontaire, opiniâtre, il n'était cependant ni indiscipliné ni ingouvernable. Jamais son père n'avait jugé nécessaire de le briser en l'envoyant dans un collège militaire spécialisé non dans l'apprentissage du métier de soldat mais dans l'anéantissement des caractères rebelles. La dissidence d'Ercole Tommaso, puisque dissidence il y avait, était extrêmement subtile. Réfractaire, il l'était dans l'âme, mais ne laissait rien paraître de ce que les mauvais feuilletonistes auraient appelé le « feu sous la braise ». Jamais il ne contredisait le caractère net, pratique, viril des conseils prodigués par son père, qui d'une certaine façon convenaient à son âme ardente et à son esprit réfléchi. Comme les pères de ses ancêtres l'avaient toujours fait avec leurs enfants, Aventino emmenait son fils dans de longues courses à cheval dans le Montferrat, le Roero et les Langhe, lui demandait d'être à ses côtés lorsqu'il visitait les forts de la frontière, et exigeait qu'il fût près de lui lors des exercices et des revues. Conscient que le marquisat n'était pas un patrimoine mais une fonction supérieure instituée pour le bien public, Ercole Tommaso s'y préparait, mais à sa manière. Jamais il ne fréquenterait la cour de Turin ; la vie, tyrannisée par l'étiquette, y distillait une tristesse par trop mortelle. Jamais il ne serait comme son père, toujours à se dérober, à surveiller l'expression de sa pensée, à s'envelopper de réserve et de formes convenues. Il serait ouvert, abondant en paroles et familier. Sans oublier la dignité de son rang et l'orgueil de sa race, il oublierait tant que faire se peut la différence des situations et se donnerait à tous sans compter. Son ambition avait un but précis : la grandeur de son pays, et le bonheur de ses habitants.

Mais ce matin, l'unique préoccupation d'Ercole Tommaso n'avait que très peu à voir avec ces grands projets éducatifs et ce que d'aucuns appelleraient *Précis des devoirs d'un marquis*. Son souci majeur c'était la rupture, de fait, avec son seul et unique ami, son presque frère, Manfredo Di Revello, qui ne pourrait le suivre à Turin. Elève du Collège royal dirigé par les révérends pères somasques, et à ce titre affublé trois cent soixante-cinq jours par an de culottes et d'un frac bleus ornés de boutons dorés, d'une cravate blanche, de gants blancs, et d'un chapeau à cornes, Manfredo était tout le contraire d'Ercole Tommaso, mais sans doute tiraient-ils de leurs différences la substance même de leur proximité. Ainsi, à une certaine négligence étudiée dans la pose, le vêtement, l'attitude du premier, à un léger embonpoint, cheveux courts et frisés, répondaient, chez le second, une fierté hautaine, un côté anguleux et sévère, des cheveux lissés en arrière, des ongles parfaitement manucurés, et une forme de mélancolie dans le dessin incurvé des yeux contrastant avec le regard pétillant de Manfredo. Mais cela ne faisait aucun doute, tous deux studieux, exaltés, n'attendaient qu'un signal qui leur permettrait de se laisser enflammer par les idées libérales qui circulaient alors en Italie. Ils nourrissaient pour leur patrie une passion dévorante. Sans trop savoir très exactement ni de quoi ni de qui il fallait la délivrer, tous deux n'attendaient qu'un moment propice pour mettre leur épée au service de ce grand projet salvateur. S'ils avaient dû en peu de phrases résumer ce qu'ils étaient à cette période de leur vie, ils auraient sans trop hésiter affirmé qu'ils envisageaient comme probable voire tout naturel de se réveiller un beau matin dirigeants du royaume d'Italie ! La grande politique les tentait, éveillait leur curiosité, passionnait leurs esprits. Voilà ce qui malgré tout les rapprochait de leurs pères respectifs. Aussi, ce matin de juillet, Ercole Tommaso se rappelait-il avec émotion ces soirées où, assis au coin du feu, lui et son ami devisaient à leur aise sur les affaires de l'Europe, redressant les faux systèmes, recomposant les mauvais ministères, enfin arrangeant le tout pour le mieux. Mais cette curiosité, l'un et l'autre le savaient au plus profond de leur cœur, n'était ni vague, ni banale. Elle avait un centre, le Piémont ; et un objet, la grandeur de l'Italie et son unité, par le Piémont et par la liberté. Malgré leurs différences, ils éprouvaient une même aversion pour la compassion : « C'est une histoire qui ressemble un peu à la peur, si on s'y laisse prendre, on n'est plus un homme », soutenaient-ils. Ercole Tommaso était triste de quitter cette proximité, cette entente, cette amitié qui, comme tous les sentiments humains, était, par bonheur, inexplicable.

– Laisse ces gilets boutonnés jusqu'à l'encolure, ils sont passés de mode, dit Perpetua en les retirant d'une des grosses malles de cuir. Pourquoi ne pas prendre un vieil habit à queue pendant que tu y es !
– Enfin, Perpetua, laisse-moi emporter ce que je veux ! Ce n'est pas toi qui vas aller mourir d'ennui à Turin ! répliqua Ercole Tommaso en remettant ses gilets dans la malle.
– Tu n'y vas pas pour y mourir d'ennui mais pour y finir tes études ! ajouta Perpetua en reprenant les gilets.

Ercole Tommaso, découragé, laissa la gouvernante agir comme bon lui semblait. Au fond, il ne servait à rien de résister. Aventino avait décidé seul, contre l'avis de sa femme, d'envoyer leur fils à Turin. Plutôt que de l'enfermer dans un collège où il aurait eu à subir ce qu'il considérait comme un système de cruauté, de spoliation et d'oppression mis en place par une équipe de préfets aux pouvoirs exorbitants, qui comptaient « sauver la patrie » en octroyant à leurs élèves quand bon leur semblait des médailles d'honneur et des petits verres de vin de Malaga, il avait choisi la solution qui lui paraissait la plus adaptée à un garçon de quinze ans, déjà plus sérieux et plus réfléchi que la plupart des écoliers de cet âge, destiné dans un avenir proche à rejoindre le carré très fermé des plus fidèles serviteurs du roi, et qui sait même à devenir un jour, comme son arrière-grand-oncle, vice-roi de Sardaigne. Cette solution, combattue par Massa, était la suivante : Ercole

Tommaso suivrait les cours particuliers d'un éminent professeur, Inocenzo Pollone, dont les principes d'éducation reposaient sur une idée simple, l'alliance d'une certaine dose d'idées démocratiques avec la religion, sans laquelle, pensait avec lui Aventino, il était bien difficile d'entreprendre quoi que ce soit en Italie. Les leçons dispensées par ce maître conféreraient à Ercole Tommaso l'ouverture d'esprit nécessaire et un regard critique sur les doctrines et les dogmes par trop réducteurs. Enfin, Aventino, du haut des tours de son château, était habité par une idée fondamentale qu'il retrouvait dans les écrits et les préceptes d'Inocenzo Pollone : chaque pas vers l'unité de l'Italie est un progrès, et la régénération, la « résurrection », disait le maître, sera sur le point d'être accomplie le jour où cette unité pourra être proclamée...

– Perpetua, tu le connais, toi, l'homme de Turin ? lança Ercole Tommaso du fond d'un canapé clouté d'or et recouvert de velours grenat.

– Ton futur maître ?

– Oui... Allez, tout le monde sait que tu n'es pas que gouvernante, tu connais des gens à Turin, dit Ercole Tommaso en se frottant à Perpetua comme un chat.

– Arrête, Ercole. Non, je ne sais rien. Ce que je fais hors du château ne concerne que moi, c'est ma vie.

– Allez, Perpetua, ne fais pas la bête. Ça ne sortira pas de cette chambre. Ce ne sera pas notre premier secret, après tout !

Perpetua, qui n'avait jamais rien su refuser à ce jeune homme qu'elle avait vu grandir jour après jour, prit un air sombre et dit à voix basse :

– Si ton père l'apprend il me chassera...

– Maman l'en empêchera et moi aussi, dit Ercole Tommaso en embrassant Perpetua sur la joue.

– Inocenzo Pollone...

– C'est son nom ?

– Oui.

– Je connais donc déjà son nom... Bien... La suite de l'histoire, maintenant...

– Inocenzo Pollone vit seul. Il est actif, laborieux, opiniâtre. Tous ceux qui l'ont approché reconnaissent qu'il est un de ces hommes qu'on ne confond pas avec la foule. Ses adversaires disent qu'il transforme ses compagnons et ses amis en admirateurs fanatiques.

– Et ses amis ?

– Que tous ceux qui l'ont approché ont été subjugués ; et que ceux qui ont résisté ne se sont jamais séparés de lui sans émotion ni sans souvenir...

– Tu l'as rencontré ?

– Non.

– Pourquoi mon père a-t-il souhaité me remettre entre ses mains ?

– Pollone est un homme très cultivé. Il s'est d'abord beaucoup occupé de littérature. Il a beaucoup voyagé.

– Il a fait de la prison ?

– Qui n'en a pas fait aujourd'hui... Six mois de préventive, parce qu'il avait reçu des passeports pour l'étranger et qu'il était resté en Italie.

– C'est ridicule !

– Ce qui l'est encore plus, c'est la raison pour laquelle il a été condamné : parce qu'il se promenait souvent seul dans les champs, les jardins, les faubourgs, livré à de profondes méditations, ce qui parut fort suspect à la police de Charles-Félix, de la part d'un si jeune homme !

– Je n'ai pas intérêt à me promener seul dans Turin !

– Tu n'en auras pas le temps...

– Inocenzo Pollone est un homme dangereux ?

– Dangereux ? Non. Beaucoup moins que l'abbé Valerga.

– Mon précepteur ?

– Ne fais pas l'imbécile, Ercole, tu sais très bien que

ton père déteste ce jésuite. Voilà une occasion rêvée pour s'en débarrasser.

– A moins qu'il ne devienne le directeur de conscience de madame ma mère...

– Madame votre mère, comme vous dites, mon petit monsieur, n'a pas besoin de directeur de conscience. Elle lui ferait plutôt avaler sa soutane !

Alors que tous deux partaient dans un immense éclat de rire, ils entendirent, venant du côté de la remise à outils, construite à l'intérieur du mur d'enceinte près du portail, un brouhaha inhabituel. De la fenêtre ils observèrent une scène qui, toutes les fois qu'elle avait lieu, jetait Ercole Tommaso dans une gêne profonde. Giacomo Pastore, l'intendant, après avoir montré à l'un des paysans travaillant sur les terres du domaine des courroies de cuir pendues derrière la porte afin qu'il les lui donne, dans un geste odieux de soumission, lui demandait de retirer sa chemise, d'enfourcher le tabouret, de baisser la tête, et de lui présenter son dos afin qu'il le fouette avec des courroies d'attelage aussi larges qu'une main. La punition terminée, selon un rite immuable, l'intendant recommandait au paysan de s'enduire d'une bonne quantité d'huile, et de ne pas oublier de remettre les courroies à leur place avant de repartir travailler dans les champs. Ercole Tommaso ne comprenait pas que son père, qui éprouvait pour ses paysans une véritable vénération – « Regarde bien ces femmes et ces hommes, mon cher fils, sans eux l'Italie mourrait de faim. Respecte-les et aime-les » –, laisse se perpétuer ces pratiques d'un autre âge.

Aimanté par ce rite barbare, Ercole Tommaso ne pouvait quitter la scène des yeux. Les coups pleuvaient à un rythme régulier et soutenu. Comme il était étrange de voir le paysan, plutôt jeune et vigoureux, se faire corriger par un intendant contrefait et squelettique. « Voilà qui contrevient aux lois physiques et biologiques les plus élémentaires », pensa Ercole Tommaso. Mais quelle leçon de vie que cette soumission, qui obéit à des lois morales, à tout un état de choses, à toute une discipline, à toute une tradition qui honorent et celui qui donne et celui qui reçoit les coups de fouet.

– Remets ce rite en cause, murmura Perpetua, et tout s'écroule.

– Et c'est toi qui me dis ça ?

– Il faut que ça disparaisse, mais cette disparition nécessaire entraînera le chaos pour tout le monde. Le jour où l'esclavage sera aboli au Brésil, cela déclenchera une crise économique et politique extraordinaire, et le monarque qui l'aura initiée sera destitué, et contraint à l'exil, tu verras.

– Tu es bien savante pour une gouvernante, Perpetua, je ne m'y ferai jamais, dit Ercole Tommaso en riant.

– Savante ou pas, je vais te laisser et retourner à mes casseroles. Personne ne doit savoir que je suis venue ici.

Perpetua partie, Ercole Tommaso resta dans sa chambre et y passa le restant de la journée, allant même, prétextant une légère indisposition, jusqu'à se faire monter un bouillon. Trop occupés à préparer leur soirée, Massa et Aventino ne s'aperçurent de rien. Il régnait dans la cour du château et dans les couloirs une agitation inhabituelle, un va-et-vient de voitures et de gens à pied qui faisaient un bruit épouvantable. Ercole Tommaso venait de revêtir un habit de drap marron fort éclatant sur des pantalons à la Ypsilanti, couleur bleu de ciel, formant plus de cent plis à la ceinture, et fixés à la botte par un nœud, quand sa mère entra dans sa chambre. Elle était rayonnante dans sa robe de basin blanc fileté, avec des manches à trois bracelets. Elle se précipita vers lui.

– On me dit que tu es souffrant ?

Ercole Tommaso prit sa mère dans ses bras, comme il avait l'habitude de le faire, ce qui ne plaisait guère à son père qui réprouvait une telle familiarité.

– Mais non, simple subterfuge. Je voulais observer à loisir l'intendant qui joue du fouet sur le dos de nos paysans. Ne devrait-on pas faire cesser tout cela ?

– Un jour tu entreras en possession du titre de marquis et tu pourras sur tes terres légiférer comme tu l'entends.

– A moins que les usages changent, que la société soit différente...

– Alors tu ne vivras plus dans ton château, monsieur le marquis, et...

Le bruit de la grille du château qu'on ouvrait, suivi du crépitement et du fracas d'un landau sur le gravier du chemin qui menait à la cour intérieure, couvrit la fin de la phrase. Chevaux qui hennissaient, cocher qui criait des ordres, claquement sec des portières : il fallut fermer la fenêtre.

– Mon cher enfant, dit Massa en prenant le petit air solennel que son fils lui connaissait bien, dans quelques jours tu pars à Turin parachever tes études. Ton père et moi avons souhaité te faire trois surprises, pour te féliciter de la tâche déjà accomplie et te souhaiter bonne chance pour la longue route qui te reste à parcourir.

Au milieu des malles et des valises qui encombraient sa chambre, Ercole Tommaso avait du mal à contenir son émotion. Ces nouvelles, c'était toujours sa mère qui se chargeait de les prodiguer, son père n'était là que pour d'autres annonces, les plus austères, les plus contraignantes. Sans doute eût-il aimé qu'ils fussent là tous les deux mais, comme le fouet de l'intendant, ce partage de l'annonce des nouvelles appartenait à un certain type de société dans laquelle il vivait et dont il était issu.

– La première t'attend dans la galerie de portraits, tu veux bien venir avec moi ?

Ercole Tommaso suivit sa mère à travers les longs couloirs qui menaient de sa chambre à la galerie où dormaient ses glorieux ancêtres, chacun à sa place depuis des dizaines de générations, tous recouverts d'une vénérable couche de poussière bien que fréquemment et consciencieusement nettoyés par M. Mario Chirone, jardinier en chef devenu maître d'hôtel, qui, pour une fois, ne vérifiait plus si les autres faisaient ce qu'ils devaient faire, mais accomplissait une tâche véritable pour laquelle il était jugé sur pièces. Massa laissait sur son passage un parfum subtil que son fils aurait reconnu entre tous, véritable traînée de poudre d'or qui, croyait-il, le protégeait à jamais des tracas et des malheurs de la vie. Après avoir descendu le grand escalier qui donnait sur le hall, traversé la première salle de réception, la seconde, la salle de bal, la salle de billard, le *living-room*, comme on disait aujourd'hui à la mode anglaise, Ercole Tommaso et sa mère franchirent enfin la porte de la galerie de portraits. Un homme était assis dans un profond fauteuil de cuir, encadré, à gauche, par le sombre portrait de Carolina Roero Di Cortanze, née Conzani, et à droite par le non moins sinistre visage de C.ssa Calandra Di Castellongo, née Roero Di Cortanze. L'homme se leva précipitamment et, le visage rasé à demi mangé par d'énormes côtelettes, vint baiser la main de Massa avec une telle adoration gauche qu'on eût dit qu'il venait de pratiquer sinon le baisement de la croix du moins celui de la mule du pape. Puis, après s'être incliné devant Ercole Tommaso, il lança son nom à la cantonade comme il l'eût fait sur la scène du théâtre Carignan :

– Giovanni Francesco Rigaut, peintre attaché à la maison de Savoie.

– Asseyons-nous, messieurs, proposa Massa, tout en indiquant d'un geste de la main au valet se tenant près de la cheminée qu'il pouvait servir les rafraîchissements.

L'homme, rouge comme un poivron, se mit à jouer avec sa tabatière en argent sur le marbre de la petite table voisine de son fauteuil. Alors que le valet passait devant lui avec son plateau, il ânonna quelques mots peu intelligibles, si bien que celui-ci crut qu'il ne souhaitait pas boire. Ercole Tommaso, sans trop comprendre quel lien pouvait bien exister entre ce « peintre » et la première « surprise », jouissait de l'embarras du pauvre homme. Massa s'en aperçut et décida immédiatement de venir au secours du peintre.

– Giovanni Francesco Rigaut, dit-elle en s'adressant à son fils, est un grand peintre de cour, très demandé, très en vue, et surtout très talentueux.

– Madame la marquise, je vous en prie, laissa échapper Rigaut, en fermant les yeux et en mettant ses mains sur ses oreilles, signifiant par là qu'il ne méritait pas de tels hommages.

– Ne faites pas le modeste, monsieur, poursuivit Massa. Nous rencontrons chaque jour des petits esprits pleins d'ambition. Vous êtes tout le contraire ! Vous peignez comme Tacite écrivait ! Votre peinture est si généreuse, agréable, facile, éloquente. Vos rouges sont tumultueux, vos jaunes perçants. Vos saints ressemblent à des lansquenets barbus et roux, vos soldats à des colosses rubiconds...

Encouragé par de tels compliments, Rigaut, tout à coup, se secoua et lança avec une aisance dont on ne l'eût pas cru capable :

– Je ne suis que le modeste élève de Gaudenzio Ferrari, et essaie d'appliquer à la peinture la virtuosité présente dans les sculptures de Moncalvo, Clemente et Talachetti, tous artistes piémontais comme vous le remarquez.

Ercole Tommaso n'avait toujours pas ouvert la bouche.

– Venons-en à la raison de votre venue, cher monsieur, dit Massa.

– Bien entendu, madame la marquise, bien entendu, répliqua Rigaut, de nouveau rouge comme un poivron, et frappant la table de marbre avec sa tabatière en argent.

Massa se tourna vers son fils.

– Ercole Tommaso, monsieur Giovanni Francesco Rigaut a eu l'extrême bonté d'accepter de faire ton portrait afin qu'il prenne place dans notre galerie.

– Madame, madame, que dites-vous, tout l'honneur est pour moi ! Peindre monsieur... Peindre monsieur... peindre monsieur, ne cessait de répéter notre homme, comme si cela avait constitué dans sa vie un événement fondamental.

– Mais je pars à Turin, fit remarquer Ercole Tommaso.

– Justement, mon fils, monsieur Rigaut y vit.

Ercole Tommaso avait beaucoup de mal à masquer son envie de rire. Il ne cessait de penser à Manfredo, et à la manière qu'il aurait de lui raconter cet épisode drolatique. « Peindre monsieur, peindre monsieur ! » Ercole Tommaso ne savait que trop ce que cela allait représenter comme contrainte et comme ennui. Ces heures interminables à poser devant cet homme un peu ventru qui sentait l'eau de Cologne, portait cravate blanche, gilet blanc, pantalon noir et habit idem. Avec à l'index de la main droite une chevalière en or massif, à la chemise des boutons en dents d'hippopotame, et à son gousset une chaîne plate du plus mauvais goût. Mais ce qui semblait retenir son attention, alors que sa mère continuait de vanter les qualités de ce peintre exemplaire, c'était son étrange coiffure. Notre homme, qui ne portait ni perruque ni fausses dents, devait sans aucun doute se promener avec un petit peigne de plomb à l'aide duquel, pour parer aux dégradations du temps, il avait ramené sur le devant de son crâne les mèches isolées qui allaient s'égarant sur l'occiput.

A mesure que la conversation avançait, c'est-à-dire qu'on commençait de fixer les jours des séances de pose, l'attitude qui serait celle du modèle et les vêtements qu'il porterait, Ercole Tommaso constatait que le fameux peintre, derrière sa gêne apparente et son air de bonhomie et de véracité, cachait en fait des paroles empreintes d'un certain ton prétentieux et saupoudrées d'une légère couche de menterie qui glissait, s'infiltrait et prenait racine. Quelle singulière idée ses parents avaient eue de vouloir ainsi le faire portraiturer par ce Giovanni Franscesco Rigaut qui représentait tout ce qu'il haïssait : la Cour, la fausse modestie, le mépris pour tout ce qui n'est pas soi. Ercole Tommaso se sentait piégé comme un de ces oiseaux qu'il tirait dans le ciel ou une de ces anguilles qu'il prenait dans des nasses. Et puis, sans trop qu'il sache expliquer pourquoi, ce peintre le mettait mal à l'aise, l'inquiétait presque... Mais parfois la vie, au moment le plus inattendu, vient en aide à celui qui se sent perdre pied. D'une façon inexplicable, le temps, qui jusqu'alors avait été magnifique, avait soudain sombré dans une fin de journée maussade. De lourds nuages ayant obscurci le ciel, il avait fallu allumer quantité de chandeliers dans les pièces du château, et par moments il faisait si sombre qu'on se serait cru en pleine nuit. Chacun, anxieux, attendait que l'orage éclate. C'est alors qu'une vive clameur monta de l'extérieur. Rigaut, Massa et Ercole Tommaso se précipitèrent en direction de la large porte-fenêtre en rotonde qui ouvrait tout un côté de la galerie de portraits sur une vaste terrasse, donnant elle-même sur la cour intérieure du château.

Construit sur une petite colline qui dominait les vallées environnantes, le château de Cortanze avait sur le Montferrat une vue imprenable qui permettait de voir très loin et de repousser la ligne d'horizon. Malgré l'obscurité, jaillit des gros nuages couleur d'encre et d'ardoise un énorme globe rouge qui mesurait bien douze pieds de diamètre. Ercole Tommaso, fou de joie, serra le bras de Massa.

– Regarde, regarde ! J'aime tellement les ballons !
– C'est la deuxième surprise...

Il se mit soudain à pleuvoir et de larges éclairs strièrent le ciel. Mais cet engin voyageant dans l'espace semblait avoir quelque chose de si étrange, paraissait s'écarter à tel point des lois de la physique, bien que depuis une trentaine d'années nombre d'aérostats, de sphères aériennes et autres globes eussent sillonné le ciel, que les spectateurs ne purent se défendre d'une impression qui tenait du vertige. Les chemins, les champs, les routes, visibles du château, la cour même de ce dernier, étaient remplis d'une foule, la tête tournée vers le ciel, les mains pointées vers la forme flottant dans l'espace. Les hommes et les femmes pleuraient d'émotion, les yeux fixés sur le globe, recevant la pluie sans même en avoir conscience, et certains, silencieux et pleins d'admiration, éprouvant un intérêt mêlé de crainte, baissaient leurs chapeaux et saluaient l'engin.

Bientôt l'aérostat perdit de la hauteur et descendit lentement en direction du château. De loin on aperçut le feu du foyer se ralentir puis presque s'éteindre. Alors que la nacelle touchait le sol tout au bout du parc, l'immense sphère de soie rouge, en partie dégonflée, retomba sur la tête du voyageur. Il pleuvait trop fort pour qu'Ercole Tommaso partît à sa rencontre. Une bonne partie du personnel du château et des journaliers présents se dirigèrent vers le ballon et, après l'avoir attaché à un brancard, furent en mesure de le transporter jusqu'au château. Ercole Tommaso attendait sous la grande véranda. Voir ainsi ce ballon porté, précédé de torches allumées, entouré d'un cortège, escorté par des hommes à pied et à cheval, avait quelque chose de féerique. Cette marche nocturne, la forme et la capacité du corps qu'on portait avec tant de pompe et de précaution, le silence qui régnait, la nuit qui lentement commençait de tomber, tout tendait à répandre sur ce sauvetage une singularité et un mystère véritablement faits pour en imposer à ceux qui n'auraient pas été prévenus. Le long du chemin entouré d'arbres qui conduisait à la cour intérieure du château, nombre de cochers avaient arrêté leurs fiacres, certains même, tremblants d'émotion, se prosternaient humblement, pendant le temps que la procession passait devant eux. Ce ballon s'avançant vers le château, accompagné de cette foule qui semblait s'y rendre, effraya presque Ercole Tommaso.

– Qu'est-ce que tout cela ? demanda-t-il.

– Barnaba Sperandio et son aérostat. C'est la deuxième surprise. Il avait promis de se poser dans la cour...

– Je me doutais bien que c'était lui, répliqua Ercole Tommaso, au comble du bonheur.

Pour le jeune garçon, le vieil ami de ses parents était comme un grand oncle affectueux et protecteur. Directeur de l'observatoire de Brera, il pouvait passer des heures à expliquer avec une patience infinie à son jeune élève la théorie des planètes, les phénomènes de la chaleur rayonnante, et les mystères de la combustion à grande distance. Barnaba avait le don de se faire comprendre, de captiver l'attention de son public, ne craignant pas d'embellir ses leçons par une certaine mise en scène, allant, s'il parlait de l'électricité, jusqu'à foudroyer des animaux au moyen d'une étincelle qu'il faisait jaillir d'une puissante et mystérieuse machine, quand il n'amplifiait pas des objets imperceptibles à l'œil nu au moyen d'un étrange appareil appelé « microscope »... Mais ce qui fascinait Ercole Tommaso par-dessus tout c'était sa façon de l'initier aux secrets du ballon à gaz et des principes du voyage aérien. « Un jour, lui avait-il promis, quand tu seras grand, et quand tes parents nous le permettront, nous survolerons Cortanze, nous irons voir le soleil se coucher sur les Alpes, et nous irons chatouiller les pieds de la Madone au sommet de la Rocciamelone ! »

– Barnaba, Barnaba ! criait Ercole Tommaso en courant vers lui, malgré la pluie et sa mère qui lui disait de rester à l'abri sous la véranda. Barnaba, Barnaba !

Retourné sous la véranda avec son héros aérien, Ercole Tommaso demanda à sa mère quelle était la raison de tout ce tumulte, de tous ces gens qui convergeaient vers le château, de tous ces chevaux et ces carrosses dans la cour. Tous n'étaient pas là pour accueillir Barnaba !

– C'est la troisième surprise : un grand dîner en ton honneur. Dans quelques jours tu seras à Turin, loin de nous. Cette fête t'aidera à te souvenir du château !

3

Bien que très critique à l'égard de Charles-Félix, et contraint par ce dernier à vivre une sorte de traversée du désert, Aventino n'en restait pas moins un des personnages-clés de la monarchie piémontaise, un des plus fidèles appuis du système mis en place depuis plusieurs siècles, et ce dîner, donné en l'honneur d'un fils qui n'était rien de moins que l'héritier d'une famille dont l'arbre généalogique remontait jusqu'au VIe siècle, était bien la preuve de la ténacité et du caractère immuable de certaines coutumes. Ce dîner, Ercole Tommaso le redoutait depuis qu'à l'aube de ses dix ans son père lui avait expliqué pourquoi son arrière-grand-père avait lui aussi eu recours à ce raout d'honneur destiné à marquer son entrée dans le monde, pourquoi son grand-père avait fait de même avec lui, et pourquoi lui-même répéterait avec ses enfants ce rite ancestral. En fait, cette surprise n'en était pas une, ou du moins en était-elle une mauvaise. Tous les amis les plus proches de ses parents étaient là, ceux qu'Ercole Tommaso avait plus ou moins croisés dans les jardins, à la table dominicale ou lors des grands événements de l'histoire du Piémont qui avaient ponctué sa vie depuis son enfance.

Alors que chacun rejoignait sa place, indiquée sur le plan de table bien en évidence à l'entrée de la grande salle à manger, ou se faisait aider de Mario Chirone qui avait délaissé son plumeau pour jouer le rôle très éphémère de Monsieur Loyal, Ercole Tommaso pensait qu'il pourrait à la seconde près prévoir le déroulement du dîner, à cette différence que les précédents n'avaient pas été donnés en son honneur, et que celui-ci recèlerait une dose d'imprévu qui le rendrait ou plus distrayant ou plus ennuyeux encore.

Autour de la grande table recouverte d'une immense nappe rouge et argent, aux couleurs des armes de la famille, les convives semblaient avoir conservé leur place habituelle, excepté Ercole Tommaso qui, tandis que son père trônait en bout de table, dans sa haute chaise de velours rouge, présidait lui aussi à l'autre extrémité. Entre les deux hommes, placés de façon très symbolique l'un en face de l'autre comme pour signifier qu'entre eux deux se jouerait le futur de la famille, Massa avait comme toujours tenté de faire coexister le protocole avec les familles politiques, les intérêts militaires avec les valeurs ecclésiastiques, les possibles alliances d'un soir avec celles plus intemporelles d'une société en pleine mutation. Ainsi, partant du fils en direction du père, se faisaient face, de gauche à droite : l'abbé Valerga et Perpetua ; Luigi Roero Di Severino et sa fille Teresa ; Giovanni Francesco Rigaut et Renato Roero Di Cortanze ; Emilia Rigaut, femme du peintre, et Manfredo Di Revello ; Clara Roero Di Severino, mère de Teresa, et Ana Maria Di Carello, femme de Vincenzo ; Pasquale Di Steloni et Vincenzo Di Carello ; Barnaba Sperandio et Massa.

D'ordinaire, lors de ce dîner, toujours préparé par un chef coq venu de Turin, les conversations commençaient invariablement par une série de considérations diverses où chacun tentait de briller. Dès la crème au cresson, mets très à la mode depuis que nombre de cressonnières artificielles venues d'Autriche avaient été installées dans le Montferrat, Luigi Roero Di Severino, cousin d'Aventino et gouverneur de Turin, revenait sur les mille vexations subies par le Piémont lors du passage de Buonaparte et de ses légions ; l'abbé Valerga, lequel, très mondain pour l'occasion, avait adopté l'habit, les culottes bouclées sur le jarret et les bas de soie noire, enchaînait invariablement sur le fait que les révolutionnaires de tous les pays, au nom d'une bien étrange conception de la liberté, « crochetaient les coffres, pillaient les églises, et jetaient en prison quiconque ne portait pas la carmagnole et le bonnet phrygien » ; quant à Vincenzo Di Carello, vieil ami d'Aventino et de Massa, il poursuivait immanquablement par une variante plus ou moins réussie de cette triste et malheureuse constatation : « Aujourd'hui la noblesse a disparu. Maintenant ce sont les cireurs de bottes qui comptent et non les aristocrates ! »

Face à ces regrets nostalgiques, à peine voilés par les bruits disgracieux de certains qui lampaient leur consommé à grand bruit, les dames de l'assistance tentaient alors toujours de créer une diversion, ne sachant que trop vers quelles outrances verbales risquerait de les entraîner une conversation qui s'éterniserait sur le terrain de la chose politique. Ana Maria Di Carello, svelte sans être maigre et pourvue d'une poitrine fort peu généreuse, épouse du très modéré Vincenzo, lançait le débat sur le thème des femmes fortes, conseillant à ces dernières de découvrir leurs bras « qui sont toujours trop gros à l'épaule, et prennent l'apparence de jambon ou de gigot ». Clara Roero Di Revello, femme très comme il faut ne portant ni couleurs éclatantes, ni bas à jours, ni boucle de ceinture trop travaillée, acquiesçant avec une certaine froideur hautaine, ajoutait que rien ne leur convenait, « ni les basques courtes, ni la coiffure basse, ni les dessins à grandes fleurs, ni les bijoux, ni les manches épaulées, ni les poignets étroits, et qu'en somme chez elles tout mettait en relief chaque livre de graisse » ! Emilia Rigaut, très maigre, mais surtout très sourde, comprenant bien qu'on parlait de femmes, essayait alors vainement d'entrer par effraction dans la conversation en évoquant les « jolies Anglaises donnant, le dimanche matin, leur bras à leurs tristes maris, devant les églises romaines »...

Profitant du léger flottement créé dans l'assistance par ces propos inadéquats, et tandis que l'armada de soubrettes servait dans de grandes assiettes creuses le fameux poisson aux fèves, aux pois et aux carottes, Renato Roero Di Cortanze, cousin au cinquième degré et savant chimiste auquel on devait les fumigations de chlore contre les miasmes pestilentiels, mais dont le métier premier était l'agronomie, tentait de relancer le débat sur un sujet scientifique en affirmant avec véhémence qu'il fallait mépriser la laine « parce que la laine ne nourrit pas son homme », et que ce qui faisait vivre le pays c'était « le navet, la carotte, la lentille, l'épinard, la pomme de terre, le blé, mais surtout le chou, le chou colossal, espoir de l'Italie de demain » ! Ravi, Barnaba Sperandio venait à l'aide de son confrère, passant sans transition du chou à l'hydrogène, expliquant comment à partir d'une exacte quantité d'eau, de fer et d'acide sulfurique on pouvait améliorer considérablement les conditions de l'ascension aérostatique. Et l'abbé Valerga, avec sa petite mine chafouine et sa frange noire lui mangeant à demi le front, formulait quantité de réserves sous forme d'une série d'interrogations : « A quoi peuvent servir les explorations en ballon ? Et pourquoi risquer sa vie dans les hautes régions de l'atmosphère ? Quels services les ballons ont-ils rendus jusqu'ici ? Fourniront-ils jamais à la science des résultats importants ! » Et enfin : « Où est la main de Dieu dans tout cela ? »

Cette grande interrogation posée par l'abbé restait évidemment sans réponse. A partir de là, la table se transformait en un vaste océan sur lequel se mettaient à flotter une foule de questions comme autant de continents à la dérive. Notre siècle sera-t-il celui des grandes inventions, de la fraternité ou des guerres les plus horribles ? Et le diable ? Et le libre arbitre ? Le Bien et le Mal sont-ils les deux aspects d'un principe unique ? Et l'univers, est-il le fait d'une Création toujours admirable ou l'aboutissement d'un grand mécanisme d'horlogerie qui tourne invariablement ? Au fond, tout cela était sans risque, sans heurt, alors qu'on s'acheminait lentement vers l'agneau aux asperges, à la crème et aux pommes de terre, chacun comprenant qu'il pouvait rejoindre sa route, poursuivre son curieux monologue, s'enfoncer dans ses obsessions, avançait comme un cheval pourvu de ses lourdes œillères qui l'empêchent de regarder de côté et d'autre. Rien en somme de très douloureux. Chacun parlait à sa guise, n'écoutant qu'à peine son voisin, baignant dans une sorte de torpeur qui mènerait doucement chaque commensal vers le plat suivant. A tel point qu'on se serait cru transporté à Athènes dans un de ces dîners lors desquels d'élégants mondains avaient eu l'idée de lâcher, au-dessus des tables de festin, des colombes qu'on avait baignées dans des essences diverses et qui, en planant, faisaient pleuvoir de leurs ailes, sur les convives, des parfums délicieux, permettant ainsi au repas de glisser langoureusement vers sa fin, au milieu des senteurs, des propos élégants et des rires mesurés.

Puis, après le foie gras accompagné de ses tartines grillées, venait l'inévitable crème glacée apportée par une escouade d'élèves cuisinières présentant leur œuvre vêtues d'une robe noire, d'un tablier blanc et de gants blancs. Mais ce soir, tandis que chacun s'extasiait sur ces petits monuments au citron, à la vanille, au café, à la pistache, ayant toutes les formes d'architecture car pris dans d'étonnants moules en verre, Barnaba Sperandio, la cuiller entre les dents, lança un de ces propos anodins qui, on ne sait par quel enchaînement diabolique, peuvent conduire à une guerre :

– Enfin, messieurs, ne l'oublions pas, Babinet, il n'y a pas si longtemps encore, affirmait que la pose d'un câble électrique au fond de l'océan était une folie, une œuvre insensée, ce qui n'empêche pas les dépêches électriques de franchir aujourd'hui les mers, entre le Nouveau Monde et l'Ancien Continent, et même tout autour du globe !

– Que voulez-vous nous prouver en disant cela ? demanda l'abbé Valerga, tenant une part de glace de la main droite, dans une coquille en vermeil.

Tous les convives, soudain stupéfaits, les yeux fixés alternativement sur l'homme d'Eglise et le savant téméraire, sentirent qu'une barrière venait d'être franchie.

– Que le monde change, monsieur l'abbé, répondit Barnaba, que le monde change ! Il y a vingt ans, un aéronaute anglais nommé Young s'est écrasé en pleine forêt, au milieu de forestiers grossiers et ignorants. Ils lui ont lancé des pierres, se sont jetés sur lui, le laissant à moitié mort, tandis que d'autres de leurs compagnons mettaient le feu à la nacelle et enflammaient le ballon. Aujourd'hui, une telle attitude, une telle barbarie est impossible, grâce au ciel... Quand un aéronaute tombe dans un champ, on l'accueille, on le fête, on l'aide. La science triomphe de tous les obscurantismes !

– En êtes-vous aussi sûr, mon cher Barnaba ? demanda Vincenzo Di Carello.

– Sans aucun doute.

– Puis-je vous raconter une anecdote ? demanda Luigi Roero Di Severino.

– Faites, je vous en prie, répliqua Barnaba.

– Récemment, un de mes amis a été convoqué par le directeur de la police parce que son fils portait la moustache. Il avait deux jours pour la couper de son plein gré.

– Il l'a fait ?

– Evidemment. En cas de refus, deux carabiniers prenaient le garçon par un bras, le faisaient entrer de force dans la boutique du barbier, et assistaient à l'opération.

– Quel rapport avec la barbarie ? gloussa l'abbé qui avait refusé de manger une glace en forme de temple protestant.

– L'autoritarisme absurde n'est-il pas une forme de barbarie ? fit remarquer le marquis Di Severino. Point besoin d'aller au bout du monde pour la subir, ajouta-t-il.

– Que voulez-vous insinuer ? demanda l'abbé, lequel, visiblement troublé, s'était finalement jeté sur sa glace au marasquin.

– Ici même, en Piémont, nos princes et nos gouvernements ont abrogé *sic et simpliciter* les codes napoléoniens et remis en vigueur la législation confuse et arriérée antérieure. Ils sont aussi les premiers à avoir rappelé en grande pompe les jésuites.

– Et à s'être signalés par la reprise des discriminations au détriment des minorités religieuses juive et vaudoise, ajouta Barnaba.

– Charles-Félix est le seul responsable, trancha Aventino. Il n'a confiance que dans les dragons d'Aoste-Cavalerie, et gouverne par la peur parce qu'il a peur.

– Une bonne partie de la noblesse piémontaise a aussi joué son rôle, dans cette affaire, dit Vincenzo Di Carello. C'est curieux, les événements ont passé sur elle sans la transformer. Le malheur l'a aigrie sans la mûrir, et a développé en elle un désir de revanche politique plutôt que le sentiment des besoins nouveaux de la société.

Aventino n'en démordait pas :

– Ce sont Victor-Emmanuel et Charles-Félix seuls qui ont permis que les Autrichiens entrent à Turin et qu'une vague de répression s'abatte sur l'Italie.

– La tendance réactionnaire se recrute d'abord dans l'aristocratie et le clergé, dit Barnaba.

– Ce n'est pas aussi simple, répliqua Aventino. Il existe une noblesse pauvre partisane d'un gouvernement légal et des banquiers enrichis, à la morgue grossière, arborant le sourire de supériorité de l'homme de haut parage sans en avoir la naissance.

– Voyons plus loin, dit Renato. Une alliance entre les différentes couches de la société italienne est possible. De la défaite de l'Empire, est au moins restée un belle idée : le Royaume d'Italie.

– Nous n'avons attendu ni l'Empire ni les Français pour penser que l'unité italienne pouvait être un but, ajouta Aventino.

Doucement mais sûrement, le ton montait. Après l'ananas au sucre et les bonbons, la belle entente joviale du début de soirée était oubliée comme semblait l'être le motif principal de ce dîner : l'entrée d'Ercole Tommaso dans un nouveau cycle d'études. Le marquis Di Severino, ce qui acheva de détériorer l'équilibre fragile du dîner, rappela qu'il avait été détenu seize mois, « au nom de la morale et de la vertu ! A la merci des poux, des puces, de la puanteur. Des mois sans soleil, sans véritable lampe, comme un rat ! ». L'abbé Valerga défendit l'idée que l'Italie n'était pas seulement le champ de bataille des intérêts européens ; qu'elle n'était pas seulement une nation qui combattait pour la revendication de ses droits, mais qu'elle était aussi le siège d'une institution divine qui gouvernait deux cents millions d'âmes. Aucun doute n'était permis :

— Pour le monde catholique, l'Italie c'est Rome.

— Le drapeau impérial sert à couvrir les intrigues les plus perfides, lança Pasquale Di Steloni. Le motif de l'intervention de la cour de Vienne dans l'Italie méridionale n'a jamais été l'intérêt du roi de Naples, tant s'en faut ! mais le maintien du système politique et de la prépondérance de l'Autriche dans les Etats péninsulaires.

— Mais si l'Autriche connaît son intérêt, il faut espérer que les princes italiens ne méconnaissent pas le leur, insista l'abbé Valerga. Une Italie digne a besoin d'un Saint-Siège fort et indépendant !

— Et pourquoi ne pas se tourner vers le carbonarisme, tout n'est peut-être pas mauvais chez ces gens ? laissa tomber Perpetua qui jusque-là était restée fort discrète.

En face d'elle, Valerga reposa si violemment la tasse de café qu'il s'apprêtait à avaler qu'il en répandit une partie dans la soucoupe et sur la nappe.

— La *carbonara* ! Cette secte de francs-maçons et d'impies qui prônent la liberté de pensée et le parlementarisme, qui brandissent des poignards à pointe noire et à manche blanc en criant des formules de la cabbale égyptienne, et qui, reniant la Croix, mémorial du grand sacrifice qui a sauvé le monde, en ont fait un phallus !

Ici et là fusèrent des expressions et des mots tous plus inquiétants les uns que les autres : « Ange de feu », « tête sous la hache », « poignard à droite », « fraternité avec les bêtes », « panthéisme hideux », « l'intelligence et la chair », « grotte obscure », etc. Luigi Roero Di Severino tenta de calmer le jeu :

— Dans les premiers rites des *carbonari*, dans cet

agneau dévoré par le loup, dans ce cadavre sanglant du Christ porté secrètement de cabane en cabane, de rocher en rocher parmi les ventes, ne retrouve-t-on pas le sentiment populaire d'une grande nation ensevelie qui a la conscience de sa mort et que l'on porte au bord du chemin pour que l'œuvre de la résurrection se fasse ?

Perpetua se pencha vers Ercole Tommaso, lui glissant dans le creux de l'oreille : « Le marquis Di Severino en sait beaucoup sur la charbonnerie ainsi que sur Inocenzo Pollone... » Ercole Tommaso aurait aimé en savoir plus, mais l'abbé Valerga, hors de lui, ne laissait personne prendre la parole :

– Luigi, comment osez-vous dire cela, et devant votre fille !

– Mon père, je ne dis rien qui soit répréhensible. Cette idée de résurrection me semble intéressante...

– Absurde ! Cette idée est ridicule !

– En tant que scientifique, dit Renato, je me place dans la posture du spectateur critique, permettez-moi donc de citer Alfieri. Lorsqu'en 1815, avant les suprêmes désastres, l'union armée de l'Italie contre l'Autriche parut un temps devoir se faire, il écrivit une *canzone* enflammée qui commençait par ces mots : « *Nos forces sont dispersées, non les volontés ; dans tous les cœurs vivait cette pensée : Nous ne serons pas libres, si nous ne sommes pas une seule nation. Il s'est levé, par le ciel ! l'homme...* »

– Seuls les besoins du catholicisme sont en harmonie avec les espérances de l'Italie, lança Valerga comme une sentence ne souffrant aucune contestation.

En bout de table, Aventino intervint, en regardant le prêtre droit dans les yeux :

– Machiavel a tout dit, mon cher Valerga. *Le Prince* n'est plein que de cette idée : l'Eglise est trop faible pour faire l'unité italienne et trop forte pour la permettre.

L'abbé Valerga, prenant la chose de très haut, fit mine de quitter le dîner, le visage si rouge qu'on eût pu dire qu'il serait un jour cardinal puisqu'il en avait déjà la couleur ! Perpetua lui fit signe de rester. Ce dîner était donné en l'honneur d'Ercole Tommaso, et rien au monde ne devait en gâcher le déroulement, à commencer par de vulgaires querelles entre adultes. L'abbé reprit sa place mais ne mâcha pas ses mots :

– De là à dire qu'il faut se passer de l'Eglise, qu'elle n'est qu'un frein, il n'y a qu'un pas... Entendre ça dans votre bouche, sous ce toit, mon cher marquis, je ne comprends plus rien. C'est à y perdre son latin !

En argot de collège, « faire du vinaigre avec quelqu'un » désignait une étrange pratique : plusieurs garçons jetaient leur dévolu sur l'un d'entre eux, le pressaient dans un cercle ou contre un mur et ne stoppaient leur jeu que lorsque apparaissaient sur la victime les premiers signes d'étouffement. Certes, les duels autour de la table rouge et argent avaient lieu à fleurets mouchetés mais les mots étaient blessants, les idées radicales, les points de vue violemment antagonistes, et l'on pouvait penser, pour conserver cette métaphore scolastico-viticole, que de ces débris de fruits ainsi pressés et foulés, bien mis à fermenter et soumis à un haut degré de pression, jaillirait un vinaigre des plus épicés. « La cause italienne qui a débuté par de brillants succès a été perdue par l'esprit d'anarchie, jamais plus l'Europe ne lui accordera sa sympathie. » « Les divisions de l'Italie ont considérablement favorisé le développement des Lumières et des beaux-arts mais aussi entraîné de graves inconvénients politiques. » « Que voulez-vous, mon cher marquis, nous applaudissions aux justes récriminations de nos philosophes moraux et des socialistes, mais nous ne nous empressons guère de souscrire à leurs réformes ! » « Les apôtres de la pensée matérialiste de l'Histoire feignent d'ignorer qu'il y a près de dix-neuf siècles naissait dans une étable de Bethléem un Maître dont les doctrines résumaient tout ce que le socialisme déclare de son invention... » « Quel leurre, vouloir parvenir à la fraternité par la guerre et la lutte des classes. Ce ne sont pas là les voies que nous invite à emprunter le Divin Rédempteur. » « Que voulez-vous, je n'ai pas en moi assez de résignation chrétienne pour jouer à la victime qui pardonne à son bourreau. »

Soudain, du flot de paroles, de l'indigeste pâté de mots, Ercole Tommaso aperçut un visage qui émergeait. On aurait dit qu'il sortait du brouillard. Petit à petit le brouhaha devint imperceptible et fit place à un très long silence. Les convives étaient comme figés, stoppés dans leurs mouvements, et le fameux dîner lui apparut comme un cabinet de figures de cire. Entre l'abbé Valerga et Renato l'indigotier, Teresa Roero Di Severino finissait de manger un cake allemand en forme de turban, duquel elle triait consciencieusement les raisins et les fruits confits. C'était la seule à avoir conservé un aspect humain et vivant parmi cette assemblée de statues. Absorbée par son minutieux labeur, elle semblait ne prêter aucune attention aux conversations qui l'entouraient. Bien qu'il la connût depuis l'enfance, Ercole Tommaso n'avait jamais accordé la moindre importance à cette cousine éloignée que les caprices du destin avaient fait naître tout comme lui un 22 juillet 1815. Aujourd'hui, par on ne sait quelle alchimie étrange, il la découvrait sous une autre lumière. Enfin, elle lui apparaissait pour ce qu'elle était et qu'il n'avait pas su voir : une jolie personne assez grande, un peu pâle, frêle, délicate, blonde, avec des mains et des pieds d'enfant, un air de distinction et d'élégance exquises, une physionomie fine, mobile, un peu moqueuse, et cette assurance spirituelle que possèdent toutes les jeunes personnes élevées au milieu du grand monde. Sûre d'elle-même et de sa beauté, Teresa ne portait pas de bijoux, ce qui, dans la plupart des cas, était considéré comme ce qu'en Angleterre on nomme un *handicap* mais qui était ici un avantage. Dans cette bonne société rarement frivole, quelquefois austère et toujours romanesque, Teresa était ce qu'on appelle une jeune fille « ravissante ». La tête appuyée sur sa main, dans une attitude nonchalante, ainsi qu'il arrive quand on veut paraître calme au-dehors et que cependant on éprouve une grande agitation intérieure, elle semblait rêver. Soudain leurs regards se croisèrent. Tous deux restèrent quelque temps silencieux et diversement indécis. Pas assez près l'un de l'autre pour se parler à mi-voix, trop éloignés pour s'entendre, ils se sourirent, regardèrent autour d'eux, puis se sourirent à nouveau. En d'autres circonstances ils se seraient levés de table, mais aujourd'hui cela leur était impossible. Il fallait attendre que les marionnettes reprennent vie. Ce qui ne tarda guère.

Alors qu'Aventino et Massa invitaient leurs hôtes à passer au salon puisque les conversations enflammées avaient cédé la place à des propos plus anodins, Renato essayait de retrouver la date de son dernier voyage à Paris :

– Il me semble que c'est l'année où Talma, à l'apogée de son talent, a joué dans une pièce médiocre où il était sublime, *Léonidas*, ou *Sylla* peut-être, je ne sais plus...

Ercole Tommaso était fasciné. Renato évoquait pêle-mêle les *sportsmen* de l'école de natation et des salles d'armes, les combats de coqs de chez M. Tourel et les courses de lévriers. A Paris, il avait trouvé pour lustrer ses bottes un vernis « fulgurant », un *newmarket* vert foncé et des boutons au timbre du Jockey-Club. De Paris, il avait rapporté cet air de sang-froid permanent qui lui donnait l'apparence de l'égoïsme, et une romance signée Alfred de Musset qu'il se piqua de chanter : « *Avez-vous dans Barcelone / Une Andalouse au sein bruni !* »

– Ah, Paris, conclut-il, dire qu'on peut y coucher dans une chambre de style gothique !

L'abbé Valerga ne partageait pas l'enthousiasme de l'indigotier.

– Paris est la succursale de l'Enfer. Et les Français un peuple d'athées qui se vautrent dans le vice et les plaisirs.

– Eh bien, monsieur l'abbé, en attendant que les choses changent, ces gens profitent de la douceur de vivre, dont la Restauration, comme tous les anciens régimes, n'est pas avare, répliqua, songeur, Renato.

– Peut-être, mais je suis prêt à parier que, livrés à la démagogie suicidaire et au socialisme, les Français entraîneront leur pays dans le chaos !

La fin de la soirée fut occupée à jouer aux échecs, au pharaon et à d'interminables parties de triomphe à douze tarins. Puis tout le monde prit congé. Les uns après les autres les convives quittèrent la place, y compris Teresa qui partit se coucher, comme ses parents, dans l'aile sud du château. Ercole Tommaso regagna sa chambre non sans avoir au préalable remercié ses géniteurs pour le dîner qu'ils venaient de donner en son honneur, bien qu'à aucun moment il ne lui eût semblé constituer le centre majeur de cette soirée qui aurait dû être la sienne. Dans les longs couloirs de l'aile nord dormait une lumière froide réchauffée de façon très éphémère par le passage tremblotant des chandeliers. Repensant à cette soirée bizarre, Ercole Tommaso finit par se persuader que Teresa avait voulu lui faire passer un message qu'il n'avait pas compris.

Ils n'avaient pas pu se parler de la soirée, et pourtant tant de choses semblaient s'être dites de l'un à l'autre. Au lieu de se coucher, il décida de se rendre dans la serre du château, certain que Teresa l'y attendait. Il retraversa les longs couloirs froids de l'aile nord, prit le grand escalier qui conduisait au vaste hall d'entrée, se retrouva dehors. Une brise glacée soufflait dans la nuit et éteignit le chandelier qu'il tenait à la main. Sur le chemin conduisant à la serre, ses pas crissaient sur le gravier mais personne ne vint à sa rencontre. Tout le monde dormait profondément. Il ouvrit la porte de la serre non sans une certaine appréhension.

Une forme, immobile comme une statue, était assise dans le fauteuil placé contre le mur, là où étaient plantés les deux théiers, de manière qu'en entrant l'œil saisissait immédiatement son profil. Ercole Tommaso osait à peine jeter un regard dans cette direction. Durant une minute, solennelle, il aurait pu compter les battements de son cœur et entendre le bruit des mouches qui voltigeaient parmi les plantes environnées d'une touffeur moite. Cela ne faisait aucun doute, la forme immobile ne pouvait être Teresa. Dans quel recoin de son âme le jeune garçon avait-il pu aller chercher une semblable chimère ? Pourquoi une jeune fille telle que Teresa lui aurait-elle donné un rendez-vous nocturne dans une serre !

– Que fais-tu là, mon fils ?
– Père ?
– Oui ! Qui veux-tu que ce soit d'autre ? Avance.
– Tu viens souvent ici, n'est-ce pas ?

Aventino ne répondit pas immédiatement. Malgré la demi-obscurité, Ercole Tommaso vit que son père le regardait droit dans les yeux.

– Presque toutes les nuits, dit-il tout en allumant un demi-cigare avec une allumette qui, quelques secondes durant, éclaira son visage avant que celui-ci ne soit à nouveau enveloppé de pénombre.

– Depuis ton voyage en Assam ?

– Non, depuis que j'ai détruit les jardins de thé que j'avais réussi à acclimater ici.

– Ces théiers, ce sont...

– Nous en parlerons un autre jour, veux-tu bien. Alors, je t'expliquerai tout. Il me faudra beaucoup de jours et de nuits, mais tu sauras tout. Je te le promets. Il faut que tu saches tout.

– Pourquoi repoussons-nous toujours à plus tard ces moments où nous devons nous dire les choses ?

– Comme ce soir, nous n'avons guère pu parler ensemble durant ce dîner, n'est-ce pas ?

– Oui, père...

– Ce cadeau t'a déçu ? Ce dîner ? Tu n'aurais pas préféré un beau cheval anglais pour traverser le domaine en longs galops échevelés et à franc étrier ? Dis-moi la vérité.

– La vérité, c'est que j'ai peur d'aller à Turin, peur des choses inconnues, peur de la suite que va être ma vie. Père, que vais-je trouver à Turin, les *carbonari* ?

– Laisse les *carbonari* où ils sont, pour l'instant. Sache seulement qu'en Italie, terre imprégnée de catholicisme, ils en ont pris le langage, emprunté les croyances et les mystères, les usages et les paroles pour mieux tromper le peuple.

– Ce sont des conspirateurs ?

– Quel autre nom leur donner ?

– Mais, père, ne faut-il pas conspirer contre Charles-Félix ?

Aventino serra ses mains sur les bras du fauteuil comme s'il allait les broyer, et, après un long silence, répondit à son fils :

– Même si la cause est juste, je ne souhaite pas être comme ce père dont le fils impliqué dans des troubles révolutionnaires avait dû s'exiler et qui, depuis, se ruine pour ne le faire manquer de rien, et qui n'a plus aucun crédit nulle part. Tu ferais mieux d'aller dormir, mon fils, demain nous allons à la chasse... Tu veux toujours m'accompagner ?
– Oui, père.
– Alors il faudra te lever tôt.
– Et toi, tu ne vas pas te coucher ?
– Ne sois pas insolent Ercole Tommaso, répliqua Aventino, faisant tomber la cendre de son demi-cigare d'un petit mouvement de l'index, j'ai encore des choses à voir avec mes théiers...

Sur le chemin de gravier qui le ramenait au château, Ercole Tommaso croisa l'énorme dépouille du ballon de Barnaba qui semblait échoué là comme un gros mammifère. Avant d'ouvrir la porte du château, il se retourna. Il vit la silhouette de son père qui se découpait dans la nuit et marchait de long en large dans la serre, avec en son centre un minuscule cœur de braise rouge. Ercole Tommaso se dit qu'il était en train de sortir secrètement de l'enfance et d'atteindre cet âge si critique où il semble qu'entre dans l'âme comme une puissance mystérieuse qui excite, embellit, fortifie tous les penchants, toutes les idées, et quelquefois les change ou leur fait prendre un cours imprévu. On dit de la jeunesse qu'elle est présomptueuse et nourrit pour l'inutile une passion fugace, la sienne était lentement en train de s'éloigner de lui, telle une barque qui quitte la berge et dérive vers la haute mer, en proie à une perpétuelle ivresse. Comme tout homme qui grandit, il avait le sentiment qu'il s'était jusqu'alors accommodé d'émotions conventionnelles, mais qu'il se sentait maintenant confusément averti de sa profondeur, vaguement occupé d'un soupçon secret, qu'il y avait, dans tout ce qu'il éprouvait, un arrière-goût d'insuffisance.

4

C'était une matinée sombre et pluvieuse. Le reflet lugubre des lampes confondu avec la lumière douteuse du jour, le bruit de la pluie contre les carreaux, et le silence presque religieux qui régnait dans la chambre n'engageaient guère Ercole Tommaso à aborder cette journée avec le sourire. De toute façon, celle-ci avait mal commencé. A peine avait-il ouvert un œil qu'il avait vu une araignée pendre du plafond et venir s'installer juste au-dessus de sa tête. Depuis toujours, rien ne le dégoûtait plus. Il avait ces bestioles en horreur. Sans réfléchir, il avait pris une de ses pantoufles et attendu que l'araignée soit sur le jeté de lit pour l'écraser. Cet insecte lui était alors apparu comme le symbole de tout le mal auquel il devrait bientôt faire face quand il vivrait à Turin. Cette nuit il n'était pas parvenu à trouver le sommeil. Après que tout le monde, au château, était allé se coucher, et qu'il fut revenu de la serre où son père fumait un demi-cigare, il avait, sous le cercle jaune de la lampe de laiton à trois bras, écrit plusieurs lettres à Teresa avec l'encre de Chine qui lui servait à dessiner. Il les avait toutes jetées à la poubelle les unes après les autres. Teresa habitait Turin. Il aurait voulu choisir les mots justes pour lui exprimer son désir de la revoir... Enfin, sans doute existait-il d'autres moyens de la retrouver, et le temps ne manquerait pas où il pourrait courtiser sa belle cousine.

Voilà à quoi il songeait tandis qu'il sortait de sa cassette de cuir en provenance de Londres un rasoir dont le manche et le dos étaient damasquinés d'or et frappés des armes de la famille. Chaque matin, il accomplissait ce même rite depuis qu'en digne rameau mâle de l'arbre Roero il avait dû combattre une pilosité aussi abondante que précoce. Nombre de ses camarades de jeu le raillaient en lui faisant remarquer que l'homme différait du singe par la rareté de son système pileux. Ercole Tommaso répliquait alors que l'apparence quelque peu glabre de l'homme lui venait de ce que son poil était plus court et plus mince, et concluait sa harangue par un argument juste mais qui ne semblait convaincre que lui : « L'homme, mes amis, est normalement plus poilu que le chimpanzé. »

Donc, chaque matin, il tirait consciencieusement le rasoir de sa cassette couleur épiscopale, affilait la lame sur la lanière de cuir en quelques coups rapides et sonores puis se perdait dans l'étrange mélange de sensations et d'odeurs : mousse à raser légère comme de la crème Chantilly, dureté sèche de la barbe, caresse glacée de l'eau sur sa peau brunie. Enfant, on lui interdisait de toucher la lame d'acier légèrement brillante et si dangereusement aiguisée ; et maintenant, toutes les fois où il ôtait de l'index de sa main gauche la mousse raclée qui s'amassait sur la partie coupante du rasoir, il songeait que d'un simple coup, rapide, idéalement placé, il pourrait se trancher la gorge et en finir avec la vie. Alors il s'écroulerait de tout son poids et on le découvrirait dans son cabinet de toilette, le nez affalé dans l'opulence neigeuse du savon à barbe taché de sang. C'était un jeu subtil, une frayeur qu'il se faisait ainsi à lui-même, pour rire.

Il passa sur son visage un linge propre, se parfuma, puis, après l'avoir nettoyé, rangea le rasoir dans sa cassette. C'est à cet instant précis qu'il entendit, montant de la place du village, un charivari qui enflait aussi vite qu'il avait éclaté. Ce ne pouvait être la meute qui se rassemblait pour la chasse. Son père l'avait prévenu, nul lévrier, nul chien de Bretagne, nul griffon pataud comme des ours, mais une chasse privée, entre père et fils, chacun avec son fusil sur l'épaule. La fenêtre, grande ouverte sur la fraîcheur du matin, laissait entrer des cris, des rires, des applaudissements. Ercole Tommaso, intrigué, décida de rejoindre la place du village. La pluie avait cessé, et le soleil commençait de percer derrière les derniers nuages qui fuyaient, poussés par le vent, en direction des Alpes.

Une foule compacte, en apparence très excitée, parmi laquelle il reconnut nombre de membres du personnel du château, exigeait le silence en faisant un bruit épouvantable. Fabio Guerrazo, le notaire, juché sur une charrette, tentait de terminer son discours. Ercole Tommaso l'avait toujours connu ainsi. Avec sa tête couronnée d'une auréole de cheveux anthracite, gras et collants sur les tempes, son habit râpé à col crinoline, son pantalon à plis, son chapeau blond et ses bottes éculées, il tentait de se faire passer pour ce qu'il n'était pas. Faisant l'incroyable, secouant fréquemment le tabac de son jabot fané, il possédait une de ces ambitions occultes – il n'en est pas de plus dangereuses ni de plus amères – qui prétendent tout obtenir en ayant l'air de tout dédaigner. Car, sous ses accoutrements à la Robert Macaire, comme l'avait dit un soir Renato qui connaissait la France, il était bel et bien un notable, au sens le plus réaliste du terme. Agé de trente ans à peine, il avait des biens, du savoir, des relations, une famille, une fonction qui lui donnait une parcelle d'autorité publique ; il ne lui manquait plus qu'un nom et un titre.

« Laissez-le parler ! » « Prends la parole, Fabio ! » « Taisez-vous ! » « Allez, termine ce que tu as à nous dire ! »

Ercole Tommaso n'était plus qu'à quelques mètres de la charrette. Un silence relatif s'étant établi, le notaire, après s'être balancé un instant sur ses jambes, de gauche et de droite, puis avoir introduit un doigt dans l'entournure de son gilet velours-coton à boutons ciselés, prit enfin la parole :

– Ce coup de canon va réveiller l'Italie et la faire sortir de la torpeur dans laquelle elle est plongée depuis 1821 ! Dès lors, elle ne sommeillera plus !

– Non ! reprit en chœur la foule, l'Italie ne sommeillera plus !

– Dès lors, l'orage qui s'amassait va enfin pouvoir éclater !

– Oui ! reprit la foule, l'orage qui s'amassait va enfin pouvoir éclater !

– Plusieurs d'entre nous déjà ont tenté de régénérer l'Italie par le patriotisme et l'indépendance. Ces hommes n'avaient qu'un sentiment, la haine de l'étranger, et qu'un seul but, la croisade contre l'Autriche...

De toutes les poitrines présentes, sortit un seul cri scandé plusieurs fois :

– Dehors, l'étranger ! Dehors, les Autrichiens ! Dehors ! Dehors !

Guerrazo, s'identifiant parfaitement à son rôle, d'un grand geste large de la main fit taire l'assistance, puis lança :

– La révolution française vient d'enfanter la révolution italienne. Etat après Etat, l'Italie doit se soulever puis engager, unie, la guerre contre l'Autriche !

Un tonnerre d'applaudissements ébranla la petite place tandis que tous reprenaient en chœur un seul mot : « Unité ! Unité ! Unité ! »

– Une révolution en France ? cria Ercole Tommaso dans l'oreille de son voisin, Renzo le boulanger.

– Comment, monsieur le marquis ? demanda l'homme. Que dites-vous ?

– Il y a une révolution en France ?

– Depuis trois jours on se bat dans les rues de Paris ! La garde royale est engagée ! Charles X est perdu !

– De qui tenez-vous ces histoires ?

– Ce ne sont pas des histoires, monsieur le marquis, dit Guerrazo descendu de son perchoir, tandis que les uns et les autres formaient des petits groupes où les paroles échangées étaient toutes frappées au sceau d'une ardente exaltation.

– D'où tenez-vous vos informations ?

Guerrazo tendit à Ercole Tommaso un journal français arrivé le matin même par la diligence faisant le trajet Nice-Turin-Alexandrie. L'article, signé d'un certain Alfred de Vigny, commençait par ces mots : « La Restauration était tellement incompatible avec la nation et elle y était si peu enracinée qu'elle a été renversée par une poignée d'ouvriers », et passait en revue un certain nombre de faits survenus depuis ces trois jours d'émeutes appelés les « Trois Glorieuses » : modification de la Charte, drapeau tricolore remplaçant le drapeau blanc, interdiction faite au roi de gouverner par ordonnances, etc.

Un immense cercle avait fini par se former autour d'Ercole Tommaso lisant le journal avec avidité.

– Le roi de France Charles X a voulu faire seul la loi, c'est ce qui l'a perdu, dit Guerrazo.

– Charles-Félix n'est pas Charles X, répliqua Ercole Tommaso, et le moins qu'on puisse dire c'est que la maison de Savoie possède de profondes « racines ».

– Monsieur le marquis, vous savez très bien que toutes les voies pacifiques qui conduisent aux réformes sont fermées, que les abus se multiplient et vont jusqu'au scandale.

– Il ne reste au peuple d'autre moyen de salut que les sociétés secrètes, les conjurations, les soulèvements, dit le boulanger, prenant, face à Ercole Tommaso, une liberté de parole qu'il n'aurait auparavant jamais osé afficher.

– D'une extrémité de l'Italie à l'autre, les hommes énergiques, patriotes, lettrés, savants, entretiennent des rapports suivis, échangent leurs idées, préparent l'action, lança le même intendant qu'Ercole Tommaso avait vu fouetter un paysan dans la cour du château.

– Maître, dit Mario Chirone, qui avait momentanément délaissé son arsenal de houssoirs, de têtes-de-loup et de balais, le Piémont a déjà perdu ses filatures villageoises, ses forges de campagne, ses ateliers domestiques, ses métiers à tisser, l'industrie rurale se meurt.

– C'est un labeur ininterrompu toute l'année, dit un des paysans chargés des truffières de Piea. La vigne, le mûrier, le blé, le maïs, les vers à soie, les vaches, la moisson, les bois, le jardin, et tout ça pour quoi ? Pour que des commerçants lointains, là-bas, derrière les montagnes, décident d'acheter ou de ne pas acheter nos cocons et de donner ou de ne pas donner à nos femmes la soie à travailler.

– La production de cocons n'a jamais été aussi bonne en Piémont et tout particulièrement dans le Montferrat, répliqua Ercole Tommaso, conscient que son argumentation n'allait peut-être faire qu'envenimer une situation qu'il ne maîtrisait guère...

– Venez un jour dans nos ateliers, monsieur le marquis. Vous verrez ! Pas de ventilation, humides, ils servent de chambres de ménage et de dortoirs à plusieurs personnes, pauvres, malpropres, mal nourries. Quant à la chaleur de l'été, elle fait fermenter les tas de matière à carder, les chrysalides pourrissent, et les émanations putrides causent la mort de nombre de nos enfants.

Ercole Tommaso ne savait que dire. C'était la première fois qu'il se trouvait dans une telle situation face à des villageois qui n'avaient jamais osé lui parler de la sorte. Il se sentit soudain si jeune, si démuni. Cette expérience désagréable était particulièrement perturbante. Le fameux pouvoir qui lui venait de ses ancêtres ne tenait à rien. Ce que disait ce M. Alfred de Vigny dans le journal français pouvait être étendu à l'Italie. Peut-être suffisait-il qu'une poignée de serruriers, de tailleurs de pierre, de maçons ou de tonneliers des environs de Turin se soulèvent pour que tout ce qui avait fait sa vie s'arrête subitement. L'article évoquait des soldats bloqués derrière une barricade, écrasés sous une pluie d'objets hétéroclites, tirés à bout portant de toutes parts, et faisait une description détaillée de vieux faubourgs peuplés comme des fourmilières, laborieux, courageux, colères comme des ruches, « frémissant contre ce roi qui avait fait couler le sang du peuple ».

Soudain un profond silence se fit, immédiat, si étrange après toute cette agitation, ces vivats, ces discours enflammés. Aventino, qui venait d'arriver sur la place, la traversa en fendant la foule, et troua le cercle formé autour de son fils. Il avait son fusil à la main. Ici et là des voix s'élevèrent : « Ne tirez pas ! » « Attention il est armé ! » « Ne bougez surtout pas ! » Un début de panique s'était emparé de la foule. Même Ercole Tommaso crut bon de dire :

– Père, non, pas le fusil !

– Bougre d'idiot, pourquoi veux-tu que je tire ! Et vous, demanda-t-il, s'adressant aux villageois rassemblés sur la place, ai-je une seule fois pointé mon arme sur vous ? Mon père ne l'a jamais fait, ni mon grand-père, ni personne de notre famille, pourquoi le ferais-je !

Le calme lentement revint, et même certains sourires.

– Je vais à la chasse ! ajouta-t-il, regardant tous ceux qui étaient autour de lui, droit dans les yeux. Et pourquoi une telle agitation ?

– Père, une révolution a éclaté en France, dit Ercole Tommaso.

Aventino, homme du XVIIIe siècle, était trop lucide pour être lyrique, mais le lyrisme habitait en lui comme il est dans la musique de Rameau : sombre, sans cris ni exclamations. Et souvent l'Italie lui semblait un pays aux gestes démesurés, une terre de rêveurs, de matamores indisciplinés que l'impunité enhardit.

– Une révolution, rien que cela ! dit-il en haussant les épaules.

– Oui, une révolution, répéta Ercole Tommaso.

– Et alors ? Toute idée porte en elle-même sa réfutation.

– Monsieur le marquis, ce qui vient de se passer en France n'est pas une idée, se hasarda à dire Fabio Guerrazo en tripotant son gilet velours-coton, cela peut faire tache d'huile et gagner l'Italie...

– Vous savez ce qui va se passer ? L'Italie, encouragée par les Français, va se soulever à nouveau, et nos bons amis vont comme toujours nous laisser seuls face à l'Autriche, et finir par livrer notre terre expirante au scalpel d'un congrès de diplomates... Nous serons bien avancés.

Tous ces hommes et ces femmes qui, il y a quelques minutes encore, applaudissaient à tout rompre le discours enflammé du notaire, commençaient de douter. Et si le marquis avait raison ? En 1821, la réaction avait été terrible, tous savaient le rôle joué par Aventino Roero Di Cortanze dans cette malheureuse aventure. Et en 1829, les armées autrichiennes n'avaient-elles pas pénétré au-delà du Pô pour défendre les Etats pontificaux en proie à ce que Vienne avait appelé des

« entreprises sectaires » ? Aventino restait pour les gens de son village un être mystérieux, duquel ils se sentaient très proches, qui les protégeait d'une certaine façon, et cela bien qu'il leur apparût comme un homme qui ne croit pas en Dieu et espère toujours voir apparaître le Démon.

– Révolution ou pas, dit Aventino en s'adressant à la foule puis en montrant son fils, j'ai promis à ce jeune garçon de l'emmener à la chasse. Ce qui doit être fait le sera. Je vous souhaite donc à tous une bonne journée, et vous propose de reparler de révolution quand le moment sera venu...

Les jours passés à chasser avec son père faisaient partie de ceux qu'Ercole Tommaso considérait comme les plus heureux de son existence. Enfant, il avait tellement attendu cette journée solennelle où, pour la première fois, Aventino l'emmènerait avec lui chasser. Ce jour-là, il lui avait prêté son fusil, si long, si lourd ; il avait eu tant de mal à le soulever qu'il n'était pas parvenu à viser juste – mais quelle excitation et quelle joie ! Un autre matin, bien des années plus tard, son père lui avait enfin offert une carabine calibre Montezemolo, de chez Pezza, à Naples. C'était une arme légère réservée aux femmes, mais désormais elle lui appartiendrait. C'est avec elle qu'il avait tué son premier animal... Que de fois depuis, muni de son cher fusil, il avait, en compagnie de son père, et jusqu'aux confins du domaine de Cortanze, exterminé les lapins, les lièvres, les perdrix, et parfois même, en désespoir de cause, les moineaux.

Aujourd'hui cependant, tout était différent. Il y avait cette révolution en France, ce départ imminent pour Turin. Tout semblait plus sombre, et les détails mêmes de cette promenade se perdaient dans une sorte de menace indéfinissable mais palpable. Autour de lui, la nature lui apparaissait comme une masse compacte, plus grande, plus imposante que d'ordinaire, tout défilait devant lui comme un tableau mouvant plein d'un mystère profond. Dans cette plaine, pourtant si connue, il se sentait comme dans une espèce de gorge, enfermé de tous côtés. Comme si le territoire même de la chasse avait changé. Entre les fermes de Soglio et de Viale, une vie touffue animait toujours les chemins broussailleux qui avaient pour habitude, en été, de frissonner et de bruisser. Regorgeant d'ombres, de fleurs, de grouillements, ces sentiers étaient ceux de son enfance ; il en reconnaissait jusqu'aux cailloux contre lesquels il avait buté autrefois, et le souvenir des foulées passées, inscrites à jamais dans ses fibres terriennes. De Cortanze à Piea, à Montechiaro, à Corsione, jamais il ne se trompait d'un seul pas aux coudes et aux carrefours qui, à certains endroits, courbaient ou étoilaient la route. Quant au chemin qui séparait le château de la chapelle de San Rocco, chemin si peu tracé qu'un simple coup de vent pouvait effacer les marques laissées par les bottes, les pieds des chevaux ou les jantes des charrettes, l'œil exercé d'Ercole Tommaso voyait immédiatement s'il descendait vers le village ou remontait vers les terres proches du château. Au sommet d'une colline, là où la famille de Giuseppe Maccario possédait quelques ruches qui pouvaient, les bonnes années, lui donner jusqu'à cent litres de miel chacune, Aventino, qui n'avait rien dit depuis le début de la marche, s'arrêta quelques instants pour se reposer.

– Qu'y a-t-il de plus beau qu'un chemin, n'est-ce pas, mon fils ? Qu'il s'enfuie ou se cache à demi dans les bois, il invite, il appelle à suivre ses détours, à pénétrer ses mystères...

De là où ils étaient, les deux hommes voyaient tous

les villages alentour, avec, au sommet de chacun, leur château de brique rouge : Colcavagno, Cunico, Piea, Soglio et Cortanze.

– Nous ne chasserons pas aujourd'hui, n'est-ce pas, père ?

– Non, et pour plusieurs raisons. Mais je voulais venir ici avec toi, une dernière fois avant Turin.

Les yeux fixés sur une mer de peupliers, entre lesquels on apercevait, dans le voisinage, de petites fermes, chacune entourée de son champ de maïs, Ercole Tommaso essayait de goûter ces instants qui marquaient effectivement la fin de quelque chose sans qu'il puisse donner un nom à ce qu'il était en train de perdre. Au-delà des collines, le ciel, encore couvert toute la matinée, s'était éclairci. Les nuages s'étaient jetés au nord et au sud contre les montagnes qui avaient maintenant totalement disparu.

– Demain il fera beau, dit Ercole Tommaso à voix basse.

– Que dis-tu ?

– Que demain il fera beau.

– Tu veux parler du temps ou de l'Italie ?

– Je me le demande...

– Viens là et écoute-moi, dit Aventino, en choisissant une grosse souche recouverte de mousse sur laquelle il s'assit, tout en posant son fusil à ses côtés, et en ouvrant sa gibecière.

Ercole Tommaso rejoignit son père et accepta la tranche de pain et le morceau de fromage qu'il lui tendait.

– Ecoute, jadis la chasse était le plaisir d'un petit nombre de privilégiés. La même terre appartenait toujours à la même famille. Les fils chassaient dans les bois témoins des exploits de leur père. La chasse avait ses traditions, sa langue, ses doctrines, ses usages : gare à celui qui ne s'y conformait pas... Autrefois, les chasseurs avaient une méthode uniforme de s'habiller, de courir la bête, de parler métier...

– Tout cela a disparu ?

– Avec qui aujourd'hui veux-tu parler de cerfs dix-cors, de sangliers tiers-ans, de soles pleines et de pinces rondes ?

– C'est un mal ?

– Ta question me surprend, mon fils. Il ne s'agit pas seulement d'une question de dictionnaire de vénerie ! Il y a aujourd'hui trois catégories de chasseurs : les vrais, les épiciers et les *fashionables*.

Tout en découpant sa part de fromage qu'il mettait avec la pointe de son petit couteau sur son morceau de pain, Ercole Tommaso écoutait attentivement ce que lui disait son père, lequel, comme d'habitude, partait d'un exemple concret pour toucher à une réalité plus abstraite.

– Nous sommes les vrais chasseurs, les épiciers tuent tout ce qui passe à la portée de leur fusil ; quant aux *fashionables*, ils ne tuent rien du tout. Qu'est-ce à dire ? Que l'aristocratie de l'argent remplace celle des blasons. Que les financiers louent des parcs royaux. Que la permission de courir la plaine et les bois est mise en actions comme une houillère. Tu vois, aujourd'hui nous ne chassons pas parce que nous ne voulons pas chasser. Demain nous ne le pourrons peut-être plus ! Tu te demandes où je veux en venir ? ajouta Aventino en tendant à son fil une fiole pleine de vin rouge de Biola.

Ercole Tommaso but une gorgée de cette piquette à treize degrés, propriété de la famille depuis quatre siècles, et uniquement réservée à ses chasseurs.

– Oui, je me demande où tu veux en venir...

– Cela a un lien avec cette « révolution » qui te perturbe tant...

Ercole Tommaso fit la moue comme pour signifier à son père qu'il se trompait.

– Je te connais, tu sais. Laisse-moi t'expliquer. Je sais exactement ce qui s'est passé en France. Tu crois que j'ai attendu les discours de Guerrazo, qui finira d'ailleurs par se faire une grande existence avec son peu de talent et son trop-plein d'emphase ? Ce ne sont pas les combats de rue qui sont importants.

– Alors quoi ?

– Ce qui compte, c'est la manière dont le nouveau roi est arrivé au pouvoir. Louis-Philippe a été élu par la Chambre des députés ! Un roi bourgeois, le roi d'une révolution ! La France de demain comme l'Italie seront aux mains des politiciens qui achèteront des historiens, des bourgeois, des banquiers, et des épiciers qui extermineront tout ce qui passera à portée de leur fusil.

Ercole Tommaso regardait son père, soudain plein de tristesse. Ce dernier se ressaisit immédiatement, invitant son fils à revenir au château. Ils devaient être à Turin ce soir et la route serait longue.

Sur le chemin du retour, ils marchaient côte à côte, si proches l'un de l'autre. Le dernier coup de vent de l'hiver avait été si violent que, plus de huit mois après, les marcheurs devaient encore se frayer un chemin à travers des arbres abattus, à ce point effrités que seule la mousse épaisse les recouvrant leur conservait encore leur aspect de troncs. Des plantes éparses s'étiraient interminablement sur le sol. De certains arbres restés debout pendaient de clairs lichens pareils à des barbes de vieillards. Parfois, le tambourinement d'un pic-bois vert acier brisait le silence. Les trois petits bois séparant Piea de Cortanze furent traversés au pas de course. Au sortir du dernier, au moment précis où le clocher de la Santissima Annunziata jaillit sur sa colline, Ercole Tommaso et Aventino aperçurent un lièvre débouler à vive allure, puis s'arrêter. Sa tête apparaissait au-dessus d'un petit buisson. Il avait senti les deux hommes et regardait de leur côté. Instinctement tous deux le couchèrent en joue. Aucun ne tira. Le canon de leurs fusils baissé, ils pensaient à cette même phrase si souvent prononcée par Massa, dont ils se moquaient souvent mais qui prenait aujourd'hui un sens nouveau : « Les pas feutrés du chasseur sont semblables à ceux d'un assassin. »

5

Le départ pour Turin devait avoir lieu sans délai. De retour au château, Ercole Tommaso se lava les mains à la fontaine à col de cygne placée dans le vestibule, monta se changer, vérifia une dernière fois ses bagages et prit un frugal repas dans la cuisine en compagnie de Perpetua pour une fois douloureusement muette. Puis, en une sorte de rituel tendrement désuet, il parcourut toutes les pièces du château comme il le faisait lorsqu'il était enfant et qu'il croyait alors qu'il n'existait rien de plus beau que ce dédale de couloirs mystérieux, que toutes ces salles décorées d'épées anciennes, que ces labyrinthes d'escaliers, que ces boyaux interminables bordés de chaque côté de portes toujours closes, que ces suites ininterrompues de petits et de grands salons, de boudoirs, d'antichambres, de bibliothèques privées et de cabinets. Son immense tour terminé, il se retrouva dans la galerie de portraits comme si, symboliquement, il venait dire au revoir à tous ses ancêtres en pourpoints rembourrés, en justaucorps bordés de galons, en robes de satin, cachés derrière de grandes fraises ou protégés par un large col blanc rigide, couronnés de laurier ou enfermés dans des heaumes, tenant en main des cannes, des épées, des lettres de cachet ou la hampe d'un drapeau. Alors qu'il était arrêté devant une petite toile d'Enrico Tirone, simplement intitulée *Castello dei marchesi Roero Di Cortanze* et sur laquelle on voyait deux cavaliers, un homme et une femme, se diriger à bride abattue vers l'ancien plan incliné qui, au XVIIIe siècle, permettait d'accéder au portail d'entrée du château, il aperçut Giovanni Francesco Rigaut. Penché sur une longue table, le peintre était en train de regarder quantité de feuilles de dessin de différents formats qu'il semblait manipuler avec beaucoup de soin. Ercole Tommaso ne l'avait pas reconnu immédiatement. Pour tout dire, si ce n'était la présence de la chevalière en or massif, à l'index de sa main droite, et sa chemise à boutons en dents d'hippopotame, sans doute l'eût-il pris pour quelqu'un d'autre. Comme si ce personnage, venu d'on ne sait quel astre errant, tenait plus du caméléon de Meller que d'un peintre attaché à la maison de Savoie.

– Si monsieur veut bien se donner la peine de venir voir, dit Rigaut en se retournant.

– C'est que je dois partir pour Turin, répliqua Ercole Tommaso, sur le point de faire demi-tour.

– Cela ne sera pas long, je ne souhaite pas retarder monsieur.

A mesure qu'Ercole Tommaso se rapprochait de la table, et tout en découvrant les unes après les autres les esquisses proposées par le peintre, il sentit qu'un trouble étrange le gagnait. Dans différentes attitudes, poses, postures, c'était, semblait-il, plusieurs âges du même modèle qui étaient représentés, et avec une précision, une exactitude prodigieuses. Le modèle, c'était lui !

– Comment avez-vous pu ? Je ne comprends pas.

– Il n'y a rien à comprendre. C'est mon secret, mon alchimie. Je suis peintre.

– Je n'ai jamais posé pour vous !

– Qu'importe, répondit Rigaut, le sourire aux lèvres. Voyez-vous, ce que je voudrais c'est peindre ce qui n'est pas là, comme si c'était là. Vous êtes déçu ? Vous ne trouvez pas cela « ressemblant » ?

– Je ne suis pas déçu, je suis troublé...

– Un de mes amis, peintre espagnol, prétend qu'il faudrait crever les yeux des peintres comme on le fait des chardonnerets afin qu'ils chantent mieux...

– C'est horrible !

– Un autre ami dit que le peintre ne doit pas peindre ce qu'il voit mais ce qui sera vu...

Ercole Tommaso tenait les feuilles entre ses mains comme si elles brûlaient. Tous ces visages lui ressemblaient tellement.

– Sans doute faut-il une vie entière pour peindre, et pour être peint, finit par dire Rigaut après un long silence. Je m'imprègne beaucoup de vos ancêtres.

– Ces tableaux sont si... si laids, laissa échapper Ercole Tommaso, en montrant tous ces portraits alignés les uns à côté des autres.

– Je ne m'imprègne pas des portraits de vos ancêtres mais de leurs vies. En Piémont, vous le savez, la noblesse a toujours payé sa dette de sang. Le drapeau royal a toujours été entouré d'épées fidèles. Le marquis de Costa a raison : pour s'équiper, à chaque nouvelle campagne on vendait un lopin de terre ; mais au retour, on accrochait son épée au-dessous de l'épée de son père ; on ajoutait ainsi un rameau à cet arbre généalogique arrosé de sang, dont toutes les branches s'entaient sur un même tronc d'honneur et de fidélité. Vous êtes issu de cela : voilà ce que j'essaie de peindre...

– Il est vrai que nous ne serons jamais des courtisans !

– J'en ai bien conscience ! Ceux qui croient que la noblesse de robe peut être comparée à la noblesse d'épée sont des ânes. Pire, aujourd'hui tous les notaires se prennent pour des princes.

– Père dit toujours : autrefois il existait des barons

à dix quartiers, aujourd'hui il y a les barons à dix deniers !

– Il dit aussi, si je ne déforme pas ses propos, que les familles nobles inactives et oubliées sont comme des vieilles filles sottes et laides : personne ne s'en soucie.

– En effet !

Ercole Tommaso se surprit à rire aux éclats. Ce peintre rougeaud, qui sentait encore plus qu'hier la mauvaise eau de Cologne, en savait plus qu'il n'y paraissait. Mais surtout, que voulait-il réellement peindre ?

– Ne dédiez-vous pas votre art à un monde révolu ?

– Ceux qui prétendent en avoir fini avec ce monde se trompent. Il est facile de briser les armoiries, de disperser les archives, mais beaucoup plus difficile d'empêcher les cœurs de battre pour les choses vertueuses, de leur interdire de préférer la vérité au mensonge et l'honneur au reste !

Giovanni Francesco Rigaut était un homme étrange. Il n'était pas noble et tenait des propos tranchés qu'Ercole Tommaso n'aurait jamais osé proférer. Entre le monde préconisé par le notaire Guerrazo et celui défendu par Aventino, Ercole Tommaso trouverait-il un jour sa place ? Il avait beau tourner et retourner les esquisses à la mine de plomb et les pastels entassés sur la grande table de la galerie de portraits, aucune réponse ne venait. Peut-être était-ce même le contraire qui se passait. Il lui fallait partir du château, aller à Turin, vivre une autre vie que celle-ci.

– Et si vous ne peigniez qu'une illusion ? demanda Ercole Tommaso en se tournant vers Rigaut.

– Non, je ne le crois pas. Ni illusion ni religion. J'ai toujours peint sans penser à la théologie, qui n'appartient pas à ce monde, mais à l'Autre. Je ne veux rien expliquer, peut-être découvrir, et encore...

Cette conversation hors du temps aurait pu durer très longtemps, si le bruit de lourds sabots et de longs hennissements retentissant dans la cour du château n'était venu expulser les deux protagonistes de leur rêve éveillé. Alors qu'il quittait la galerie de portraits, Ercole Tommaso eut la sensation désagréable que toute cette conversation n'avait été qu'invention pure de sa part. La grande salle lui parut vide, silencieuse, comme toujours saupoudrée d'une légère poussière de temps. Il était presque midi et un soleil jaune d'or commençait de s'installer dans le ciel.

Les convives de la veille ayant tous quitté le château, les adieux parurent encore plus tristes. Une bonne partie des domestiques, vêtue comme pour un mariage, et alignée sur le long perron de marbre rose, vint présenter ses adieux au jeune maître, lui souhaitant un bon voyage et une longue vie comme s'il partait chez les nègres ou chez les Lapons, certains, parmi les plus vieux, se remémorant à voix basse le départ de son père pour les Indes. Perpetua, le visage barbouillé de larmes, courut se cacher dans sa cuisine, persuadée que son cher protégé, toujours si gracieux et élégant lorsqu'il montait à cheval ou faisait de l'escrime, allait perdre à Turin toute sa vertu et son innocence. Quant à Massa, bien qu'hostile à ces études dans la capitale, elle ne le montra pas, embrassa tendrement son fils, ne laissant qu'à peine affleurer les preuves de son désarroi alors qu'elle lui remettait en tremblant un petit médaillon qui renfermait un camée, portrait d'elle à vingt ans, afin qu'il n'oublie pas sa génitrice.

Le voyage, accompli sous une chaleur accablante, fut beaucoup plus rapide que prévu, du moins jusqu'à

Moncalieri. Le conducteur de la voiture qui, au dire de l'intendant, n'était plus « un pur-sang de première jeunesse », connaissait la route dans ses moindres détails, et sut se jouer de tous les obstacles et de toutes les difficultés. En un clin d'œil il avait atteint Castelnuovo, avalé la plaine d'Andezeno, fait un détour efficace par Chieri, ce qui lui permettait d'éviter une route plus courte mais plus dangereuse, descendu à tombeau ouvert sur Pecceto, et rejoint Moncalieri « afin de suivre plus à l'aise la longue courbe du Pô jusqu'aux faubourgs sud de Turin ». A gauche, la ceinture bleuâtre, çà et là frangée de blanc, de la longue chaîne des Alpes, défilait à vive allure ; à droite, une succession de collines verdoyantes, suite de cette petite chaîne de montagnes qu'on nomme ici la colline de Turin. A Moncalieri cependant, notre homme, pipe d'écume à la bouche et cheveux rares grisonnants au vent, faillit perdre patience. Le roi Victor-Emmanuel Ier y ayant fixé son séjour et y étant même mort en février 1824, la modeste bourgade, élevée au rang de ville par décision royale, jouissait depuis lors d'un traitement particulier. Restaurée, embellie, elle était devenue la résidence favorite des princes de Savoie et de nombre de personnages de la cour. Garant de son statut et de son calme : un château, assis sur les rampes de la colline, et dominant la ville de ses quatre cents mètres au-dessus du niveau de la mer.

Or, en cette fin d'après-midi d'août, alors que le conducteur venait d'éteindre la fougue et de dompter les forces de ses chevaux afin de parcourir au pas la route qui permettait de contourner la ville, celui-ci dut brusquement arrêter la voiture. Une foule compacte avait envahi la chaussée. On tirait des pétards. On dansait. On chantait. Mais surtout, on retardait l'arrivée à Turin car plusieurs diligences, calèches et autres véhicules se suivaient maintenant en un long cortège au milieu de bandes d'hommes et de femmes qui chantaient sans malice des chants réputés séditieux. Penchés chacun à sa fenêtre, Ercole Tommaso et Aventino observaient la scène sans comprendre ce qui se passait jusqu'à ce qu'un homme, brandissant un fusil, monte sur le marchepied et leur crie que « cette révolution n'était pas seulement une révolution pour la France mais aussi pour l'Italie, pour la Suisse, et pour toute l'Europe ! ».

Il restait deux lieues à parcourir avant de rejoindre le centre de Turin. Il fallut presque quatre heures, si bien que lentement la nuit finit par s'installer. Une nuit singulière, pleine de la fête qui avait soudain déferlé sur Turin. Le peuple, à sa manière, célébrait la révolution qui venait de secouer Paris. L'emphase du notaire Guerrazo n'était qu'un prélude à cette fin de journée. Toutes les rues, du borgo del Rubatto à la place San Carlo, étaient éclairées par de longues guirlandes de lumière diversement colorées, et suspendues à tous les étages. Hommes, femmes, enfants circulaient sans défiance, agitant des torches, des drapeaux rouges, et chantant des chants patriotiques. Arrivé près de la place du Château, une phalange portant des drapeaux français, des transparents allégoriques et précédée de lanternes en papier rouge et jaune attachées à de longues perches entonna une puissante *Marseillaise* immédiatement reprise en chœur par tous. La voiture avançait malgré elle, comme poussée par la marée humaine qui lui faisait escorte. Le cocher pestait tant qu'il pouvait, Aventino se demandait comment tout cela allait finir, seul Ercole Tommaso, soulevé par le sentiment presque « visible » de cette fraternité joyeuse qui débordait de tous les cœurs, souriait en écarquillant les yeux. Dans l'effusion de cette fête improvisée, bourgeois et prolétaires se donnaient la main. C'était tout ce qu'il voulait retenir de cette fin de journée si riche en émotions. Ici et là des gens brandissaient des sabres et des fusils, mais comme si ces armes n'en étaient pas. D'ailleurs, l'escadron de cuirassiers, croisé par le cortège, se contenta de poursuivre sa route en direction du borgo Nuovo. Arrivé au croisement de la vía Bertola et de la via Nuova, Aventino tapa à la vitre qui séparait les passagers du cocher, et lui demanda d'arrêter au n° 22 de la via Nuova, « juste en face de l'hôtel Trombetta ».

– C'est ici, viens, mon fils, dit Aventino, avec dans la voix une trace d'émotion qu'Ercole Tommaso ne lui connaissait pas.

L'immeuble de brique rouge était semblable à tous ceux de ce quartier fait de larges rues, de places spacieuses, de fontaines jaillissantes, de jardins à l'anglaise, de portiques élevés et de grandes perspectives architecturales. L'appartement d'Inocenzo Pollone se trouvait au fond de la cour, caché derrière une haie d'arbustes en pots. Les pas des deux visiteurs résonnaient sur le pavé. Une porte s'ouvrit avant que ceux-ci ne l'atteignent.

– Aventino !
– Inocenzo !

Les deux hommes se jetèrent dans les bras, restant longtemps à se congratuler, à se donner des bourrades dans le dos, à se frapper les épaules.

– Toi, enfin !
– Mon ami ! Mon ami ! dit Aventino, en donnant à Inocenzo une nouvelle accolade fraternelle ; puis, se tournant vers Ercole Tommaso : Voilà mon fils !

– Je m'en serais douté, dit Inocenzo en riant. C'est donc lui, mon futur élève.

– Bonjour, maître...

Ercole Tommaso s'était attendu, malgré ce qu'avait pu lui laisser entendre Perpetua, à trouver devant lui une sorte de séminariste défroqué qui mange en tenant attachée sa serviette à son estomac avec une épingle, tient sa fourchette de la main droite, avale sans bruit, les yeux collés à son assiette, et prend toujours place sur le canapé, pour ne pas priver la gent féminine des chaises et des fauteuils. Au lieu de cela, il se tenait face à un grand homme pâle et grave, à la figure encadrée d'abondants cheveux noirs, affectant certes une tenue sévère, mais qui semblait doué d'un caractère doux et facile, d'un esprit supérieur et extrêmement fin, et d'une conversation des plus charmantes, en un mot, comme aurait pu le dire Perpetua : d'« une poigne de fer dans un gant de velours ». Tandis que notre homme leur faisait prendre place dans de profonds fauteuils face à une cheminée dans laquelle ne brûlait aucun feu, Ercole Tommaso se souvint de la remarque de Perpetua : « La plupart de ceux qui l'ont approché ont été subjugués ; ceux qui résistent ne se séparent pas de lui sans émotion et sans souvenir... » Il émanait du personnage un fond de tristesse bien visible, de cette tristesse propre aux hommes sauvages, de ceux qui composent le présent avec noblesse.

Une question brûlait les lèvres d'Ercole Tommaso :
– Vous êtes très amis, n'est-ce pas ?
Les deux hommes se regardèrent.
– Je répondrai à cette question plus tard, si tu veux bien, répondit Aventino. Sache qu'Inocenzo est avant tout un homme d'étude qui n'aime ni commander ni obéir. Il t'apprendra la philosophie antique, la philosophie naturelle et surtout l'histoire universelle.
– Donc la politique, ajouta Inocenzo. Car qu'est-ce que l'histoire sans la politique ? Un guide dont les leçons sont à jamais perdues.

– Et qu'est-ce que la politique sans l'histoire sinon un homme qui marche sans guide ? compléta Aventino.

L'entente entre les deux hommes subjuguait Ercole Tommaso. Dans le même temps, il se demandait quelle pouvait bien être sa place entre les ailes de cet aigle à deux têtes.

– Voici donc ce qui constituera le cœur de votre enseignement ? demanda-t-il en s'adressant à Inocenzo qui venait d'apporter à ses hôtes un repas froid.

– Essentiellement tout ce que n'apprend jamais le collégien qui, la tête ombragée d'une casquette, le col de chemise chiffonné, habillé d'une immuable blouse grise, se levant chaque jour au son du tambour, ouvre dans une salle glaciale un pupitre dont il exhume des livres couverts de poussière.

– Je te demanderai aussi d'oublier les longues citations des Pères de l'Eglise enseignées par l'abbé Valerga, ajouta Aventino.

– N'est-ce pas faire le jeu du protestantisme, de la philosophie et de l'indifférence ? fit remarquer Ercole Tommaso non sans une certaine ironie.

– Ne sois pas insolent, mon fils. C'est faire ton jeu, donc celui de l'Italie dans laquelle, je le souhaite, tu joueras un rôle important.

– Je t'apprendrai, par exemple, que le nom recouvre la personne et qu'il est dangereux de ne tenir compte que de ce qui enrobe, ainsi oublie-t-on très facilement les principes de l'éthique... Je t'apprendrai aussi qu'à mesure que les sciences progressent le savoir de l'homme semble de plus en plus frivole et amateur ; et pourquoi l'être humain est finalement toujours vaincu. Il n'a pas plus tôt gagné qu'il est déjà du côté de celui qui a perdu.

– Quel pessimisme !

– Non, mon cher élève, tu le comprendras petit à

petit, Cervantès et Machiavel s'équilibrent : d'un côté les moulins, de l'autre la lucidité.

– Inocenzo t'apprendra aussi à voyager dans ton arbre généalogique, la grande pâture de notre imagination.

– A discerner les véritables aristocrates dans la plèbe des « ignobles », et dans l'« ivraie » des faux nobles, ajouta Inocenzo Pollone en buvant une tasse de *bicchierino*, mélange de chocolat, de lait et de café.

Ercole Tommaso parut surpris. Ces deux hommes pourtant si différents s'entendaient donc aussi sur ce point ! Pourtant l'un était un aristocrate et l'autre pas. Les deux amis comprirent immédiatement le trouble qui s'était emparé du jeune garçon.

– L'homme n'est pas d'un bloc... Tu m'as demandé en arrivant ici comment était née mon amitié avec Inocenzo ?

– Oui, père.

– Explique-lui, Inocenzo.

L'homme était très ému. Il s'assit. Il y avait dans les souvenirs qu'il allait relater bien autre chose qu'une vieille histoire dépassée.

– L'hiver 1821, la garnison d'Alexandrie s'est révoltée. Charles-Albert de Savoie-Carignan a sinon encouragé du moins vu d'un œil favorable cette sédition. C'est ce qu'on a cru comprendre... J'étais officier et ton père gouverneur de la place, comme tu sais. Nous participâmes tous les deux activement au soulèvement... Le roi Victor-Emmanuel Ier abdiqua le 13 mars en faveur de son frère Charles-Albert qui accorda immédiatement une Constitution. Le Piémont entrait de plain-pied dans son avenir.

– A son retour à Turin, Charles-Félix annula toutes les mesures libérales.

– Charles-Albert se soumit, partit pour l'exil, et laissa le champ libre à Charles-Félix qui rétablit l'ordre, fusilla, emprisonna, exila, conclut Inocenzo, des larmes dans les yeux.

– Voilà comment et où est née notre amitié. Et voilà pourquoi je voudrais qu'Inocenzo t'aide à parfaire ton éducation. Tu sais, de mon temps les aristocrates considéraient que c'était une honte que d'apprendre à lire et à écrire. Il n'y avait que ceux qui entraient dans les ordres ou les secrétaires de plume, ou les notaires qui se cassaient la tête sur des livres. Il n'y a pas que l'escrime, les armes, la chasse, les chevaux, mon fils. Demain tu auras à te battre contre des banquiers, des entrepreneurs, des grands bourgeois, des notaires comme Guerrazo. Et tu devras sortir vainqueur de tes duels...

– Aussi, n'aie crainte, nous pourrons parler de tous les sujets, dit Inocenzo.

– Même du carbonarisme ?

– Tu sauras tout des « bons cousins », de la « sainte religion » de la *carbonara*, de la « fraternité avec les bêtes », et de toutes les sectes filles de la maçonnerie.

– Et Paris ?

– Bien sûr ! Du théâtre des Italiens, des Boulevards, du Grand Opéra, de l'Etoile ! Et si tu apprends correctement, je te dirai tout de mon petit hôtel meublé avec jardin, salle de bains et sonnettes électriques ! Et même d'une danseuse qui levait la jambe si haut qu'elle touchait du pied le chapeau de ses admirateurs...

Ercole Tommaso était ravi. Quel bon professeur cet Inocenzo Pollone allait être ! Aventino regarda sa montre de gousset. Il se faisait tard. Il devait partir. Son ami lui proposa de passer la nuit chez lui. Ce qu'il refusa. Ce n'était pas bon pour le jeune élève. Cette affaire n'était pas une affaire de famille mais bien d'éducation, la plus sérieuse qui soit. L'hôtel Trombetta, tenu à la française et sis au 29 de la via Nuova, ferait l'affaire.

La porte de la maison refermée et son père parti, Ercole Tommaso sentit combien cette expérience serait certes enrichissante mais terriblement difficile. Il n'avait jamais quitté ni ses parents ni le château familial, et voilà qu'il se retrouvait maintenant dans une petite chambre, remplie de valises et de bagages, avec pour seul horizon immédiat les études. De la fenêtre du cabinet de toilette attenant à sa chambre, située au premier étage, il avait une vue sur la via Nuova, déserte à cette heure tardive. Après l'explosion de joie de cette après-midi tout le monde était rentré se coucher, et seuls quelques lampions et objets divers abandonnés par les manifestants attestaient les faits qui venaient de se dérouler dans les rues de Turin. Après que professeur et élève se furent souhaité une bonne nuit, Ercole Tommaso décida de se coucher. Un cadeau l'attendait, placé entre l'oreiller et la couverture : un exemplaire de la première édition des *Versi* de Diodata Saluzzo Roero, avec cette dédicace, écrite de la main d'Inocenzo Pollone : « Le dieu de l'Antiquité n'est plus ; aujourd'hui, l'Humanité est dieu. » Ercole Tommaso lut quelques pages puis, se tournant vers la lampe à pétrole qui reposait sur la table de nuit, il l'éteignit. Dans la pénombre de la pièce, il prononça lentement les mots de l'épitaphe, réfléchit un moment et finit par en conclure que tout cela était très osé, mais ne disait rien d'autre en somme que la stricte vérité : à savoir sans doute que les désirs nés de la tristesse sont sans limites.

6

Tandis que la France vivait au rythme des complots, d'une poussée révolutionnaire quotidiennement maintenue et d'un roi élu de la bourgeoisie qui ne pouvait se réclamer ni de la légitimité monarchique ni du choix populaire, l'Italie apparaissait comme un énorme chaudron dans lequel d'improbables sorcières faisaient bouillir une soupe dont on ne savait pas très bien si elle aurait un goût de sucre ou de lessive. Caché derrière ses hautes murailles et sa forêt de cèdres aux longues palmes noires, le château de Cortanze ressemblait de plus en plus à une vieille demeure perdue au milieu des collines du Montferrat. De la tour ronde bordée de mâchicoulis émergeaient de gros moellons disjoints, lorsque le vent soufflait la toiture poussait de noirs gémissements, et si nombre de fenêtres de l'aile nord avaient conservé leurs croisillons sculptés, une grande majorité de celles de l'aile gauche laissaient pendre tristement à leurs chambranles les grilles forgées qui les protégeaient. Souvent, lorsqu'il se promenait seul dans les allées du parc, Aventino avait le cœur serré. Le souvenir du château dévasté par les soldats français lui revenait en mémoire ; passaient alors devant ses yeux embués les croisées défoncées du rez-de-chaussée, le mobilier brisé, les murs criblés de balles, la statue équestre de Ghilion Roero décapitée puisque aristocrate, la girouette frappée aux armes de la famille descendue de la tourelle et sciée rageusement, enfin le loup gris de Mantoue venu mourir dans la galerie de portraits dévastée !

Que serait son vieux château, dans cent ou deux cents ans ? Il imaginait le perron couvert d'un amas de mousse et de pierres brisées, la cour remplie d'herbes hautes comme un pré, la forêt de cèdres abattue, la salle des gardes devenue un hangar ; ou, pire encore, son *car e vèi castel* transformé en auberge, la petite chapelle en cabinet de toilette, et la chambre ronde, à l'écho si particulier, en lieu d'attraction pour les jeunes mariés de la région venant y passer leur nuit de noces ! Modifiée, réadaptée, redistribuée le plus souvent à la diable, depuis le XIIe siècle, la vieille bâtisse avait subi tant de transformations qu'on avait parfois l'impression qu'une lignée d'ancêtres fous avait présidé à tous ces travaux de rénovation. Que de murs jetés à bas, que de portes condamnées, que de nouvelles fenêtres ouvertes, que d'étages rehaussés, balcons déplacés, corniches redessinées, faux plafonds édifiés, pièces coupées en deux, en trois, en quatre puis de nouveau rassemblées en une seule, sans compter ces baies aveugles et tous ces escaliers qui ne menaient nulle part ! On eût dit que quatre ou cinq constructions différentes étaient à présent accotées les unes aux autres. Mais tout ce désordre ne faisait que rendre pérenne une demeure qui traversait les siècles, qui ne baissait pas les bras, qui était vivante. Tant de vestiges de ces époques passées restaient vivaces dans ce désordre même. Ce n'étaient pas les choses disparues qui emplissaient l'âme d'Aventino de nostalgie mais le sillage des grandes routes bordées de peupliers qui menaient au château, serpentant à travers le lointain gris-bleu de la campagne et qui lui semblait à jamais perdu. En somme, il fallait vivre avec de nouvelles habitudes, avant qu'elles ne deviennent elles-mêmes cette forme d'usure qui efface les contours de toutes choses, les recouvre de poussière, lui fermant définitivement les portes de ces anciennes règles sans en avoir ni les cruautés ni les enchantements.

Alors que la girouette grinçant dans le ciel rappelait Aventino à son triste présent, celui-ci pensa à Ercole Tommaso. L'absence de ce fils tant aimé faisait partie de ces habitudes nouvelles avec lesquelles il fallait composer, et cela n'était guère facile. Aventino s'était juré de ne pas écrire à Inocenzo Pollone. Le maître le ferait s'il jugeait la chose nécessaire. En revanche, le silence d'Ercole Tommaso était quelque chose d'assez inattendu. Dans les lettres qu'il daignait envoyer à ses parents ne figurait que la relation d'événements anodins. Ercole Tommaso parlait de Turin en des termes peu élogieux. Il trouvait la ville pleine de désolation, trop rectiligne, trop austère, sillonnée par des militaires et les élèves des pensionnats habillés d'uniformes rouge, bleu pâle ou noir, portant chapeau haut de forme, gants assortis, et caftan turc à col droit filtré. Un jour, cependant, il avoua se sentir « comme un berger errant dans les solitudes de l'Asie » : il venait de découvrir Leopardi, le fait que l'ennui est le compagnon désagréable et fidèle de tout être humain, et que, contrairement à ce qu'affirmaient nombre de « nouveaux croyants », la cause du progrès social de l'humanité pouvait se dissocier de celle de la religion. Dans cette vision d'un monde aussi totalement matérialiste et pessimiste, il était évident qu'il restait bien peu de place pour les préoccupations à caractère politique, c'est du moins ce que tenta de lui rappeler Aventino dans la lettre qu'il lui envoya en retour et qui resta sans réponse... Comme si son fils avait craint de s'engager avec lui dans un échange épistolaire qui l'aurait mené trop loin ou qu'il ne souhaitait plus poursuivre.

Hanté par toutes ces questions, Aventino continuait de faire le tour du château comme pour se prouver davantage encore qu'il commençait de tomber en ruine, lorsqu'il vit Massa courir vers lui. Elle tenait une lettre à la main.

– Tiens, lis !

Aventino regarda l'enveloppe et la rendit à Massa :

– Elle ne m'est pas adressée...

– Ne sois pas ridicule. Elle est d'Ercole Tommaso.

– Je le sais ! Tu crois que je n'ai pas reconnu l'écriture ?

– Aventino, tu te plains de ne pas avoir de nouvelles. En voilà, peu importe qu'il m'écrive à moi ou à toi.

– Tu sais très bien que ce n'est pas la même chose ! Lis-la, toi, dit Aventino, regardant le sol, la mine défaite, fermé comme il pouvait parfois l'être.

Tous deux s'assirent sur le banc de chêne lustré qui se trouvait juste à l'entrée du labyrinthe de buis dans les méandres duquel, enfant, il s'était si souvent perdu. Après une relation scrupuleuse des auteurs étudiés et des thèmes abordés avec Inocenzo Pollone, et du fait que les spectateurs du Teatro Regio ne récompensaient le mérite des acteurs que par de maigres applaudissements, Ercole Tommaso terminait sa lettre par le récit d'une fort étrange anecdote :

– « Un soir, je suis allé me promener sur la place Bodoni près du jardin public, il y avait une funambule qui dansait sur un fil. Elle était très haut. Elle souriait, inconsciente du danger. Puis elle a perdu l'équilibre. Les spectateurs qui avaient applaudi ses folies lancèrent un "oh non !" d'effroi. Un cercle s'est formé. Je voulais voir la morte. Des femmes récitaient le *Pater noster*. Je pensais voir une jeune fille de dix-huit ans, qui souriait peut-être encore, tout auréolée de ses cheveux d'or. Je n'ai vu qu'une femme horrible, les yeux cernés de rides, la bouche resserrée, les yeux brouillés de sang noir. Une bouillie infecte qui avait effacé de ce visage tout souvenir de la beauté. Mère, ne suis-je pas en train de perdre toute ma sérénité ? »

– C'est affreux, non ? dit Massa.

Aventino prit la lettre, la toucha lentement et lentement la plia puis la glissa dans l'enveloppe.

– Ton fils grandit.

– C'est tout ce que tu as à dire ? Tout ça parce qu'il ne t'écrit pas !

– Mais non, Massa, voyons. Ercole Tommaso est à Turin pour ça.

– C'est-à-dire ?

– Eh bien, pour voir des funambules venir s'écraser au sol, et comprendre que toute action véritable est vouée à l'échec si l'on ne prend pas les précautions nécessaires pour qu'elle réussisse.

Massa avait les larmes aux yeux. La voix étranglée par l'émotion, elle dit :

– Où est ta folie d'antan, Aventino ? Où est l'homme qui traversait le feu pour me sauver, qui s'embarquait pour un voyage d'un an vers des terres inconnues ? Où est l'homme qui parlait avec les tigres ?

Pour la première fois de sa vie Aventino faillit gifler Massa. Il sentit ses poings se fermer, ses ongles rentrer dans sa peau. C'est tout son corps qui se crispa, son sang qui battit contre ses tempes. Il n'était plus que douleur.

– Ne parle plus jamais de cela, Massa ! Jamais !

Un silence terrible se dressa entre eux deux. Chacun, muré dans son mutisme, sa colère, sa déception, repartit de son côté.

Quelques heures plus tard, Aventino chevauchait pour Asti où, comme chaque dernier mardi du mois, il retrouvait, à l'angle des rues Sella et San Martino, dans l'un des anciens palais des Roero transformé depuis 1814 en Musée lapidaire, ses amis du club de réflexion *Tutto al fin vola*. C'est Renato Roero Di Cortanze qui, en tant que président de l'auguste phalange, recevait.

– Enfin, te voilà, s'exclama Renato en embrassant Aventino avec une jovialité d'homme du monde, nous allions déboucher les bouteilles d'asti.

– Remarquable, cette année, mon cher, dit Pasquale Di Steloni. Il n'y a que les Français pour le considérer comme une sorte de succédané sucré de leur foutu champagne.

– Avec lequel il n'a rien de commun, renchérit Vincenzo Di Carello. Tu arrives juste à temps !

– Tiens, versé nature, comme on l'aime chez nous, pareil au jus qui coule des grains de raisin que l'on croque entre ses dents, ajouta Barnaba Sperandio en lui tendant un verre.

– Il possède ses lettres de noblesse et sa classe. Qui peut encore prétendre que l'asti est le « champagne du pauvre » ? D'ailleurs, je me demande bien quel pauvre y aurait accès aujourd'hui, ironisa Giovanni Francesco Rigaut.

– Tout le monde est là, conclut Aventino en buvant une gorgée du divin breuvage. Mes ancêtres auront au moins servi à cela : inventer le muscat mousseux...

Tout en prononçant ces paroles de circonstance, Aventino sentit que cette soirée serait à classer dans ces moments sans intérêt durant lesquels la vie flotte, n'avance vers aucun cap, ne franchit aucun obstacle susceptible de la faire grandir. Chacun des « hôtes », mot qui en lui-même était un des vocables magiques du monde des hommes, de même que « butin », « proie » et « surprise », dit ce qu'il avait à dire dans le domaine qui était le sien, creusant ses mêmes sillons, échafaudant ses mêmes chimères, enfermé dans ses obsessions éternellement recommencées, rabâchées telle une brillante et délicate pâte à papier, mais si ennuyeuse car jamais renouvelée, jamais différente. Chacun, oui, brilla dans son secteur de prédilection. L'entente était réelle parce que superficielle. Pasquale parla de Naples et des Bourbons qui s'y enlisaient, Vincenzo de l'occupation autrichienne, Rigaut de la distance qui sépare la réalité de la peinture, Barnaba de ses ballons, Aventino de la médiocrité de Charles-Félix, tandis que Renato, tout en évoquant un nouveau procédé de fabrication du pastel, allait de l'un à l'autre, une bouteille d'asti à la main, afin que chacun communique un tant soit peu avec son voisin.

Tandis que Barnaba comparait le son presque musical des guideropes de son aérostat frôlant les herbes au froufrou d'une robe de soie, la conversation passa lentement de la science à la politique. Comme toujours, ce sont les anecdotes les plus anodines qui conduisent aux heurts verbaux les plus violents. De retour de Venise, Barnaba prétendait qu'il y avait bu de l'eau « gazeuse » obtenue grâce à l'introduction d'un siphon dans un verre plein d'eau. On prêtait à cette eau de nombreuses propriétés curatives. Elle apaisait la fièvre tierce et les pneumonies.

– On trouve même des gens qui s'enivrent avec, affirma Barnaba, concluant par ces mots : « On n'arrête pas la science. »

– C'est dommage, répliqua Rigaut. On ne peut pas chercher la Vérité et la Vie dans la science prétendue toute-puissante. Toute cette fausse philosophie qui se prosterne devant des dieux qui ont pour nom Diderot, Voltaire, Condorcet !

– Rien que des Français, fit remarquer Aventino, en riant.

— Fausse philosophie ou non, il faut bien que l'homme commette quelques folies dans sa vie, dit Vicenzo.

— Je ne parle pas de folie mais de conscience, de remords, messieurs, insista Rigaut.

— Je connais des gens dont le remords est de n'avoir pas péché un peu plus quand il en était encore temps, objecta Pasquale.

Renato, les joues en feu, tâcha de calmer l'atmosphère.

— Il paraît qu'en Angleterre on a inventé un drôle d'engin appelé « chemin de fer ». Plusieurs voitures, accrochées les unes aux autres, sont tirées par une « locomotive » et...

— Mais parfaitement, renchérit Barnaba. Ces voitures sont collectives. On achète son billet. C'est le monde qui voyage à côté de soi...

— Et si vos voisins ne vous plaisent pas ? demanda Rigaut. Vous êtes obligé de vous plier à leur bon vouloir !

— N'est-ce pas déjà un peu ainsi dans les diligences ? demanda Aventino.

— Vous prenez beaucoup la diligence, monsieur le marquis ? demanda Rigaut. Non, je vais vous dire. Ne pas obéir à son bon vouloir, c'est le socialisme. Et le « chemin de fer », c'est le socialisme. Et moi je n'en veux pas.

— Mais moi non plus je n'en veux pas, mon cher Rigaut ! Ni du socialisme, ni du carbonarisme, ni du « charles-félixisme » !

— « Charles-félixisme », le mot est plaisant, reconnut Barnaba. Décidément tu ne le portes pas dans ton cœur, ton souverain...

Aventino ne répondit pas et préféra poursuivre la conversation sur le thème du progrès.

— La locomotive constitue cependant un progrès notable, dit-il, s'adressant à Rigaut.

– Le progrès augmente sans doute le confort mais tue la liberté ! répondit le peintre.

– Tout de même, mon ami, n'allez-vous pas trop vite en besogne ?

– L'homme ne pourra jamais arrêter ce qu'il a lui-même déchaîné, déclara Rigaut, sur un ton des plus sentencieux.

– Et je suppose que votre conclusion est qu'on n'a jamais vu Lucifer remonter au ciel ? répliqua Aventino.

– C'est une évidence, s'offusqua Rigaut, déclenchant par là même une cascade de rires et de ricanements.

Les bouteilles d'asti étant vides et la soirée déjà bien avancée, on décida de se retrouver dans un mois, le dernier mardi de décembre, afin, une nouvelle fois, de refaire le monde. Vers vingt-trois heures chacun reprit le chemin de son logis. Durant toute la soirée Aventino n'avait cessé de penser à Massa. Il n'aimait pas se séparer ainsi sur une dispute, un désaccord. Et tandis qu'il chevauchait à travers les chemins de crête et les sentiers de plaine séparant Asti de Cortanze, il n'avait qu'une hâte : revoir cette femme qu'il aimait et lui dire que, chaque jour qui passait les approchant de la mort, il leur fallait vite répondre aux questions de chaque jour, et apporter des réponses qui ne soient pas voltairiennes mais des moments de bonheur, seuls susceptibles de combattre les remords, la tristesse et l'orgueil. Une fois dépassées les basses terres de Chuisano d'Asti, puis la masse sombre de Soglio, il vit se découper dans la pénombre l'alignement des ceps de vignes couleur d'hyacinthe obscure descendant du château de Cortanze vers la route qui conduit à Montechiaro. Avant d'emprunter la longue montée qui menait au château, son cheval se cabra, comme s'il avait pris peur, lança quelques ruades, puis, crinière au vent, partit au galop en direction du portail devant lequel il s'arrêta tout soudain, ruisselant d'écume et frissonnant. Toutes les fenêtres du château étaient sombres, excepté celles du rez-de-chaussée. Un valet d'écurie emmena le cheval. Aventino entendait ses pas résonner sur le gravier. Il monta rapidement les escaliers, s'enfonça dans la pénombre des couloirs et arriva enfin devant la porte de la chambre de Massa.

Celle-ci n'était pas fermée. Une minuscule bougie finissait de se consumer, jetant sur les murs des ombres vacillantes. Massa dormait, totalement abandonnée, sous d'épaisses couches de couvertures. Il l'embrassa doucement sur le front et la regarda longuement. Elle semblait totalement sereine, presque irréelle. Sans trop savoir pourquoi, et surtout sans chercher à comprendre pourquoi une telle image se superposait ainsi à sa vision immédiate de Massa, il se souvint d'un jour d'été où tous deux avaient décidé de se rendre au marché aux fruits d'Alba. C'était un petit matin de septembre, un de ces petits matins où les paysans alentour disposent sur des feuilles luisantes des pêches muscatées qui éclipsent, presque, les grosses pêches jaunes qui mûrissent dans les îles de la lagune vénète, et qui sont une joie pour les sens. Pourquoi ce vieux souvenir remontait-il à la surface ? S'agissait-il simplement d'un bonheur enfui ? Aventino regarda une dernière fois Massa, souffla la bougie et partit rejoindre sa chambre. Tout était si calme. Il repensa une nouvelle fois au marché d'Alba, et laissa s'installer en lui cette certitude : rien n'empêche tant le bonheur que le souvenir du bonheur.

7

En cette fin d'année 1830 le temps s'étirait au rythme de l'asti frais consommé à l'ombre du grand cyprès qui couche son ombre en fer de lance sur la façade de l'église de Cortanze, et des chemins de basse terre empruntés par les caravanes des marchands de sel et de soie. Les vignerons des glorieux coteaux d'Alba, de Barolo, de Canelli, de Grignolino, de Montegrosso observaient patiemment l'œuvre du temps dans leurs fûts. Quant aux multiples châteaux, érigés sur leurs collines comme des menaces, des défis farouches, ils prouvaient jour après jour, dans leur sévérité hautaine, que le Montferrat, le « mont Féroce », portait bien son nom. Beaucoup d'observateurs vantaient ce Montferrat gorgé de beautés archéologiques, baigné d'histoire ancienne, de traditions immuables remontant pour certaines jusqu'à l'empereur Frédéric Barberousse, dont l'ancêtre Tommaso Roero avait été l'aide de camp. Parmi ces traditions, il en était une, liée davantage à la généalogie des Roero d'Asti qu'aux familles du Montferrat et des Langhe : l'usage exigeant qu'un jour déterminé de la semaine la maîtresse de maison fasse salon.

De génération en génération, les représentantes féminines des Roero Di Cortanze avaient perpétué ce rite et avaient même réussi à lui donner un ton spécial et une importance particulière, à tel point que les plus rétives des dames de la région briguaient l'honneur d'être admises dans ce cercle où triomphaient la vanité, la médisance et le cynisme. Massa avait, bien entendu, poursuivi le rite mais en lui conférant un rôle qui défrayait désormais toutes les chroniques. Il ne s'agissait plus de transformer le grand salon rouge du château en basse-cour bruyante où chaque volaille viendrait pratiquer un art de la conversation considéré comme un simple passe-temps ou un jeu destiné au délassement et au plaisir, mais de créer un véritable lieu d'échanges privilégiés ouvert à l'histoire, à la réflexion philosophique et scientifique, en un mot au débat d'idées.

Massa, qui s'était longtemps occupée des indigents du *manicòmio* de Turin, du refuge Madri Fondatrici destiné à recevoir des veuves ou des vieilles filles ayant perdu mari ou parents sans conserver de fortune, et avait un temps pensé succomber à la fièvre des créations de journaux et de revues qui sévissait alors non seulement en Italie mais dans toute l'Europe, avait trouvé une solution qui la satisfaisait pleinement : abriter la rédaction de *Donna Libera*, et créer un cercle de femmes dont le nom, Béatrice Cenci, disait tout. Violée par son père, cette jeune Romaine avait fini par faire assassiner son géniteur ; quoique l'opinion publique lui fût favorable, la justice pontificale l'avait cependant condamnée à mort.

Dans l'onde de choc produite par la révolution de Juillet à Paris, on avait vu éclore en Piémont ce que ses détracteurs appelaient une terrible épidémie : la « clubomanie ». En quelques mois, plusieurs dizaines de clubs s'étaient ouverts à Turin et dans ses environs : les musées, les mairies, les écoles, voire les églises en regorgeaient. Il en existait pour tous les goûts, tous les usages, toutes les professions. Tandis que le club du Pistolet délibérait sur la nécessité du port d'armes, et qu'au club des Barricades on enseignait l'art d'accumuler les pavés dans les rues, le club des Concierges réclamait le droit de ne plus balayer le trottoir, le club des Epiciers inscrivait à son programme le « salut du peuple par la mélasse », et le club des Truffes blanches proposait de rayer de la carte du monde les mangeurs de truffes noires ! Fort peu de clubs se montrèrent assez galants pour admettre des femmes à leurs réunions, et ceux qui s'y risquèrent furent immédiatement taxés, comme dans un article d'*Il Felsineo*, de « réunion de bas-bleus crottés, de folles socialistes et de démocrates du ruisseau siégeant dans la salle enfumée d'un marchand de vin entre des pots de vin bleu et des pipes culottées ». Quant aux quelques clubs de femmes, composés d'amazones jadis titrées, de commerçantes et d'ouvrières, ils proféraient des menaces guerrières et des revendications que Massa et ses compagnes jugeaient outrancières quand elles n'étaient pas simplement absurdes.

Jamais le club Béatrice Cenci n'inviterait, par voie d'affiches du plus beau rouge, les « vraies citoyennes sincèrement dévouées aux principes de la liberté, à faire bouillir le sang des riches dans les chaudières de la Révolution pour en faire du boudin afin d'en rassasier les prolétaires affamés », comme on avait pu le lire sous les arcades de la rue du Pô. Au contraire, celui-ci invitait ses adhérentes à lutter contre des affirmations injurieuses telles que « en fait de femmes, c'est dans les huîtres que l'on trouve des perles », ou « les femmes s'attachent comme les draperies, avec des clous et un marteau », et souhaitait avant tout que les femmes d'Italie participent pleinement à la vie publique. Lors des journées révolutionnaires qui depuis une dizaine d'années bouleversaient l'Europe, nombre de femmes étaient apparues aux côtés des hommes sur les barricades, on avait vu des poétesses faire assaut d'éloquence avec les meilleurs bardes de leur temps, des dames du monde rivaliser de verve et d'enthousiasme avec des orateurs patentés, et mêmes des « filles de l'air », habillées en déesses, s'élever en ballon attachées à une nacelle dissimulée par un nuage de carton, sans parler des « fées volantes », lesquelles, lors d'incroyables ascensions gymnastiques, avaient fait du trapèze au-dessous d'un ballon stationnaire... Alors pourquoi continuer à répéter comme le sénateur Ranildi : « Donnez à la femme un rôle autre que le sien, qui est d'aimer et d'élever ses enfants, et vous ne produirez que scandale, désordre et anarchie » ? C'est contre de telles marques de bêtise que lutterait désormais le club Béatrice Cenci...

Disposées en cercle autour des tables, guéridons, crédences et autres consoles du grand salon rouge, une trentaine de dames du monde, toutes titrées ou prétendant l'être, à l'exception de Perpetua qui, sans la protection de la maîtresse de maison, n'aurait jamais pu participer à cette réunion, devaient tenter d'évoquer aujourd'hui ce que serait leur place dans la nouvelle société piémontaise qui, dans deux générations, conduirait à l'aube du XXe siècle, c'est-à-dire, en somme, imaginer l'inimaginable. Comme d'habitude, dès les premières répliques, le thème majeur pour lequel toutes ces dames étaient réunies volait en éclats, cédant la place à d'autres considérations, d'autres questions, d'autres points d'interrogation.

– Que de sacrifices n'ai-je pas faits, que de soin n'ai-je pas pris pour assurer mes succès et conserver ma place de femme auprès de mon mari, gémissait Camilla Alessandra, à demi couchée dans une causeuse de velours bleu, d'où ses cheveux, d'un blond doré, et son teint si délicat, si blanc et si doux, se détachaient admirablement.

– Mon amie, pour une femme qui doit mettre au nombre de ses armes les plus dangereuses des espérances adroitement exploitées dans l'intérêt de sa puissance, aimer réellement, c'est abdiquer ! confirma la comtesse Benedetta Pozzo della Cisterna, la tête légèrement inclinée, comme si le poids de ses trop graves et trop profondes pensées l'entraînait malgré elle.

– C'est une injustice inacceptable, confirma Polissena del Borgo, arrangée d'un ébouriffage aussi classique que mal seyant, et affublée d'une longue veste d'hermine, avec le poil en dessus, qui lui donnait l'air d'un chien noyé. N'importe quel petit homme trapu, courtaud, aux épaules largement cambrées, aux joues rubicondes ornées de favoris noirs et buissonneux, à l'abdomen proéminent comme celui d'un caporal de voltigeurs, poursuivait-elle, peut trouver jeune fille à son pied si son commerce d'épicerie en gros ou sa maison de roulage lui rapporte. Imaginez le contraire, c'est impossible !

– Quel est l'homme qui, pour s'éclaircir la voix, va se nourrir exclusivement de pulpe d'abricot, cuite à la manière ordinaire, puis desséchée au grand soleil comme le recommandent les Arabes du Sahara ? demanda Camilla, une de ses mains tombant mollement à ses côtés et se perdant dans les plis multiples de sa robe de cachemire blanc.

– Le corps grossier de l'homme, formé d'une chair crasseuse, prouve bien qu'il est né de la boue ! lança Benedetta, tout en resserrant d'un coup sec sa ceinture de torsade blanche.

Un tonnerre d'applaudissements et des cris stridents accueillirent ces propos qu'une moitié de l'assemblée trouvait excessifs mais que l'autre, adepte d'un saphisme tendre, accepta, au bord du ravissement.

Vue de l'extérieur, on eût dit que cette scène étrange se passait au carreau d'un magasin à prix fixe. C'était comme une mouvante marée d'étoffes en tout genre qui roulait, ruisselait, bouillonnait sans discontinuer. Robes garnies de volants ou de bouillons de tulle, corsages en pointe à la Marie-Stuart, manches à la mameluk ou à l'anglaise, canezous en linon, en organdi ou en mousseline, fichus festonnés à double pèlerine témoignaient certes de tendances extravagantes mais surtout d'un goût pour la surcharge qui convenait assez bien à cette assemblée où éclataient à la fois l'inexpérience, la coquetterie dévorante, l'envie, l'ambition, mais aussi les rêves, les désirs, l'imagination de femmes conscientes qu'elles avaient un rôle à jouer dans le siècle ou, comme le soutenait *L'Almanach femelle*, qu'il était temps pour elles de devenir des « citoyennes actives ». De ce magma de nuances allant du rose cerise au rose américain en passant par le bleu Haïti et le vin de Bordeaux jaillissaient des dizaines de propositions et de mots d'ordre :

– Je vous le dis tout net : la femme ne doit point s'émanciper en se faisant homme, elle doit émanciper l'homme en le faisant femme !

– La femme est le crime de l'homme !

– En amour, la propriété c'est le viol !

– L'amour réglé par les hommes constitue la plus inique des propriétés !

– Le mariage est une association, chacun des époux doit se livrer à son tour aux travaux domestiques !

– Il est nécessaire que le monopole apostolique de monosexuel devienne bisexuel !

– Mes sœurs, réclamons un noviciat de connaissance d'une année avant le mariage, et constaté par des témoins !

– Et pourquoi ne pas exiger qu'on demeure avant

tout femmes, au vieux sens du terme ? lança Lucia Eleonora del Mango.

A ces mots tous les regards se tournèrent vers elle, les bouches arrêtèrent d'effleurer les tasses de thé d'Assam, les fourchettes de piquer d'épaisses tranches de gâteau à la crème, un silence sépulcral tomba sur le salon rouge. Quelle était cette traîtresse, cette espionne qui ne craignait pas de proférer des paroles aussi ridicules et rétrogrades, insultantes pour ces femmes « féministes » ? La baronne del Mango voulut dire quelque chose, mais sa pensée ne franchit pas la barrière de ses lèvres. Dans sa robe, en gros drap de Naples, d'un rose très pâle, garnie de trois rangs de cloches, terminée dans le bas par une petite lisière blonde à dents et traversée en son milieu par cinq courts rouleaux en satin qui allaient serpentant, elle attendait que quelqu'une de ses sœurs, les doigts crispés sur la pointe de madras lui cachant le devant de la taille, vînt à son secours. Elle attendit en vain. Giorgetta Di Vitale, épouse du fameux médecin laryngi-pharmaque, qui était à Paris lors des « événements », corsetée dans une robe de bal en crêpe Léda et noyée sous une accumulation d'ornements de tulle bouffants, fusillant la baronne des yeux comme elle l'avait vu faire derrière les barricades, ne mâcha pas ses mots :

– Ma chère baronne, quelle insensée vous faites ! J'ai vu à Paris des femmes pot-au-feu qui ne s'occupaient, pendant les manifestations dont dépendait leur bonheur, que de chercher niaisement quelque nouvelle recette pour réussir la gelée de groseille ! Je ne savais pas que vous faisiez partie de cette cohorte d'esclaves niaises !

– Mes amies, mes amies, intervint Massa, je vous en prie, les hommes n'attendent que cela. Continuons de nous chamailler et nous resterons à notre place. C'est-à-dire à leur merci...

– Notre hôtesse a raison, dit Camilla. Dans cette société masculine le partage est ainsi fait depuis la nuit des temps. Chaque despote a sa victime : la société a l'homme, l'homme la femme, la femme l'enfant, l'enfant le domestique et le chien.

– C'est-à-dire que nous avons encore beaucoup à accomplir, dit Perpetua, dans l'indifférence totale, comme si personne n'avait daigné l'écouter.

– Que dites-vous, Perpetua ? insista Massa qui tenait à ce que cette voix venue du peuple fût entendue.

– Je dis, madame, que nous avons encore beaucoup de chemin à parcourir avant que l'homme comprenne que la femme n'a pas été créée pour être son esclave mais sa compagne...

Cette opinion fort sensée et juste, partagée par la grande majorité des femmes présentes, y compris sans doute par la pauvre baronne del Mango, devenait soudain inécoutable parce que la personne la formulant ne faisait pas partie du monde de l'aristocratie. Le club Béatrice Cenci avait ses limites et celle-ci en constituait une bien réelle. Ces femmes, pourtant les plus avancées de leur société, étaient encore tout imprégnées de ses barrières, de ses a priori. Ces duchesses, ces comtesses, ces marquises aimaient les chambres closes où les bruits de l'extérieur, tamisés par d'ingénieux systèmes, n'arrivaient que très difficilement. Elles s'arrangeaient pour traverser la vie dans un clair-obscur douillet, se le procurant au moyen de jalousies constamment baissées, de rideaux de mousseline, s'entourant d'objets inutiles et précieux, de fausses vérités, de contresens, se voilant, avec une élégance rare, la face. Comment, ces femmes habituées aux extravagances les plus folles étaient soudain affreusement choquées parce qu'une domestique se mettait à penser comme elles ! A qui allait-on faire croire que cette Perpetua était leur égale ? Il fallut toute l'habileté de la maîtresse de maison pour que l'incident ne dégénère pas, ne se termine pas en un désaveu complet de ce club à l'existence si jeune, surtout lorsque Benedetta Pozzo della Cisterna glissa dans l'oreille de sa voisine, juste assez fort pour que Massa l'entende, qu'il ne fallait pas s'étonner qu'une « ancienne prostituée devenue marquise accueille à sa table une domestique ». Massa ne répondit rien. Au contraire, elle ramena le calme, lança la conversation sur d'autres sujets, plus légers, plus anodins, sortit lentement son frêle esquif de ces zones si dangereuses. Comme elle détestait ces salons où l'on cause, et toutes ces mondanités, et comme elle avait pensé naïvement que son club ne tomberait jamais dans ces travers ! Massa serra ses poings jusqu'à sentir ses ongles lui pénétrer dans la peau, se mordit la bouche jusqu'à éprouver sur sa langue un goût âcre de sang, finit par sourire, par rire aux éclats, devant toutes ces femmes qui n'attendaient qu'une chose : qu'elle tombe à genoux devant elles.

Ne voulant pas rester sur cet échec, elle remonta à la surface, replaça les conversations autour du sujet principal des femmes. Et lorsque l'heure fut venue de se séparer, elle remercia toutes ses amies, ses « sœurs », pour leur visite, leur assiduité, leurs propos intelligents, adressant un vibrant hommage aux femmes du monde qui se battaient pour leur liberté, « les Indiennes d'Amérique, les Croates, les Valaques, les Allemandes », souhaitant qu'un même enthousiasme, une même ferveur, enflammât « les femmes de la terre, toutes compagnes d'armes de ce grand combat moral », terminant son exhortation par ces mots : « Je vous le dis, mes très chères amies, selon la place qu'occupent les femmes dans un pays, vous pouvez voir si l'air de l'Etat est obscurci par un brouillard crasseux ou bien libre et clair ! »

Mais une fois la fête finie, le bruit des roues de la

dernière calèche évanoui, Massa partit en courant dans sa chambre et s'effondra sur son lit en pleurant. C'est ainsi qu'Aventino la trouva alors qu'il revenait d'une journée passée à vérifier, avec son intendant et le grand maître de l'artillerie royale, l'état de ses arbres de haute futaie destinés à constituer d'importantes réserves de bois de charronnage pour le matériel militaire du royaume de Piémont-Sardaigne.

Dans sa belle robe très décolletée, enfouie sous la draperie de ses demi-manches à gigot et les nœuds à rubans de sa jupe ballonnée, elle avait l'air étrangère au monde et étonnée. Sa coiffure ornée de fleurs était défaite. Comme une nixe qui veut quitter l'onde et scrute apeurée à travers les roseaux le monde étranger des hommes, se demandant s'il en existe un parmi eux qui pourrait la sauver, Massa leva la tête en direction d'Aventino. Celui-ci remarqua immédiatement qu'elle portait ses boucles d'oreilles ayant la forme d'une chaîne d'or, chacune enrichie de trois pierres précieuses de couleur verte. Cela faisait des années qu'elle ne mettait plus ces parures témoins de son passé.

– Que se passe-t-il ? demanda Aventino en se précipitant vers elle.

– Rien, ce n'est rien.

– Dis-moi la vérité, il s'agit d'Ercole Tommaso ?

– Non.

– Alors quoi ? insista Aventino en caressant doucement le front de son épouse.

– Cette vieille folle de Benedetta Pozzo della Cisterna m'a traitée de prostituée !

– Qu'importe, Massa ! Tu es marquise, tu es la mère du seul héritier de la lignée des Roero Di Cortanze.

Les faits remontent à trente ans ! Trente ans, c'est tout une vie !

Massa vint se blottir contre Aventino, s'accrochant à lui comme le naufragé à un radeau.

— Tout m'est revenu. Gênes, le *casino*, l'incendie, la prison pour femmes, l'asile, les maladies, les trahisons... Je me sentirai coupable jusqu'à ma mort.

— Coupable de quoi ? Ces années étaient nos années de jeunesse. Nous nous sommes aimés. Nous possédions alors le manque de scrupules et le sens moral que La Fontaine attribue aux félins. Ton paganisme, ta beauté : c'était notre joie de vivre.

— Non, une force tragique, de la tristesse.

— Mais non, je me souviens de tout et je veux tout garder. Ton manteau vert Véronèse et ton chapeau à plumes, ton visage qui ressemblait à une porcelaine peinte ; ta bouche, si merveilleuse ; mon trouble. Tu es entrée dans ma vie comme une rafale de parfums et de couleurs qui a envahi ma maison. Tu t'es avancée vers moi, souriante, les bras ouverts. Je veux tout garder de ce passé, Maria-Galante...

— Ne prononce jamais plus ce nom, Aventino, je t'en supplie, dit Massa en lui mettant la main sur la bouche.

— Massa, donc, ma Massa, ne crains rien. L'Italie bouge, change, l'éruption est proche, tant que nous sommes ensemble nous ne risquons rien, rien du tout, lança Aventino, comme une évidence, une certitude.

— Aventino, je voudrais que cette Benedetta meure sur-le-champ...

— Tu sais ce qu'on raconte à son sujet ?

— Dis-moi, dis-moi vite.

— Un jour qu'elle naviguait sur le lac de Côme, un violent coup de vent a précipité sa barque contre les rochers. Croyant sa dernière heure arrivée elle dit en gémissant : « Mon Dieu, je vous remets mon âme. » Un vieil Anglais, qui était avec elle dans le frêle esquif, tenta de la rassurer en lui disant, avec un flegme tellement britannique : « Mais, madame, il n'en a que faire ! »

Massa rit de si bon cœur qu'elle pensa, tout comme Aventino, que l'incident était clos et qu'il valait mieux l'oublier. Le soir, elle rejoignit son époux dans ses appartements et dormit avec lui, ce qui ne leur était pas arrivé depuis plusieurs mois.

Bientôt l'hiver prit possession du Piémont, avec ses bancs de brume, ses ciels gris, et ses montagnes, couvertes, au nord et à l'ouest, d'une neige si blanche qu'elle ressemblait à de la *giunca*. Un matin, alors qu'Aventino était en train de lire la presse de Turin en prenant son petit déjeuner, en compagnie de Massa perdue dans les plis multipliés d'un long peignoir de cachemire blanc l'enveloppant jusqu'aux pieds, un valet vint frapper à la porte pour lui annoncer que Luigi Roero Di Severino l'attendait dans le petit salon bleu. Aventino ôta ses lunettes, les posa sur la table et se leva d'un pas décidé. Son cousin ne lui rendait que rarement visite. Ce déplacement impliquait sans nul doute que le gouverneur de Turin avait des choses importantes à lui communiquer.

En grand uniforme d'officier piémontais, rehaussé de broderies d'argent sur la culotte, Luigi attendait, comme d'habitude, en traversant la pièce de long en large devant la cheminée, faisant sonner ses éperons.

– Luigi, que me vaut ta visite ?

– Je serai bref, Aventino. Tu permets que je m'assoie ?

– Evidemment, dit-il, ajoutant : Gouverneur ou cousin ?

– Gouverneur...

– Soit. Monsieur le gouverneur veut un café, un thé, ou un chocolat ?

– Un double café serré !

– Alors, de quoi s'agit-il ?

– L'heure est grave. Des émigrés italiens, partis de Lyon, viennent d'essayer d'envahir la Savoie.

– Il y a eu des combats ?

– Oui. Entre nous, si ce n'était tragique cela aurait fait un beau sujet d'opérette ! Ciro Menotti est dans le coup, ainsi que quelques illuminés d'une certaine *giunta* constituée d'Italiens en exil à Paris, mais surtout du duc de Modène.

– Francesco IV ?

– En personne. Tiens-toi bien : il espérait succéder de cette façon sur le trône piémontais à Charles-Félix !

– Quel dilettantisme ! Nos conspirateurs et nos révolutionnaires sont des provinciaux !

Luigi attendit que le valet verse le café dans sa tasse puis disparaisse de la pièce pour reprendre la parole :

– Cet amateurisme ne va pas durer éternellement. Je te rappelle que Bologne s'est insurgé le 5 février dernier. Quelques jours plus tard, une assemblée de citoyens a proclamé à Modène la déchéance du duc Francesco qui a abandonné l'Etat dès les premiers signes d'agitation. Parme a immédiatement constitué un gouvernement provisoire. La Romagne, les Marches, l'Ombrie se sont insurgées.

– Tu connais la suite. L'Autriche est intervenue, la France est restée neutre... Mais les débuts de ces mouvements étaient prometteurs...

– C'est l'hétérogénéité de ces soulèvements et leurs divisions internes qui ont fait tout échouer.

– Cela confirme ce que je pense : le jour où l'union sera réalisée, l'Italie mettra l'Autriche à la porte et les Etats changeront de Constitution.

– Voulons-nous l'un et l'autre ? demanda Aventino.

– Je n'en suis pas si sûr...
– Tu sais, Luigi, je ne crois qu'en une seule chose : au destin. A celui que nous créons, puis que nous acceptons.
– C'est-à-dire ?
– Je crois que la vie est faite de fragments qui finissent toujours par s'assembler, par former un tout, avoir un sens. Je me dis que l'heure est venue sans doute. De grandes choses vont avoir lieu, auxquelles d'une façon ou d'une autre nous participerons. Tu te souviens de 1821 ?
– Comment ne pas m'en souvenir...
– Eh bien, tout va recommencer.
– Menotti est arrêté ?
– Il le sera.
– Et il sera pendu...
– Sans aucun doute. Cette expédition manquée, la mort probable de son chef vont marquer un tournant.
– La formation de l'idéal national est en train de naître...
– Exact !
– Avec cet ignoble Charles-Félix comme porte-drapeau !
– Tu sais bien que non, monsieur le gouverneur de la place de Turin, murmura Aventino en se rapprochant de son cousin, ce bouffon n'est pas éternel...

8

Aventino faisait partie de cette catégorie d'êtres humains pour qui les premiers instants du jour sont ceux de la plus grande capacité intellectuelle mais aussi du plus puissant enthousiasme. Et en cette aube du 3 mai 1831 il redoublait de vigueur et de force. Il se sentait rajeuni de dix ans et, se laissant porter par son cheval tout en ne cessant de l'exciter et de le guider, il permettait à ce dernier de prendre du plaisir à galoper sur les prairies fortement vallonnées qui le séparaient de Moncalieri. Dans le Montferrat, le printemps est d'une coquetterie sans égale. Tandis que les rhododendrons rougissent les bas-côtés des routes, des centaines de fleurs inconnues émaillent les prairies accrochées au flanc des collines. De grands pins jettent vers le ciel leurs pousses droites comme des lances. Sur les châtaigniers et sur les hêtres qui reverdissent s'élancent les lichens et les pampres flétris par les gelées de l'hiver. Partout, les ruisseaux roulent sur les mousses leurs flots précipités, se brisant en gerbes étincelantes et quittant les ombrages des forêts.

Alors qu'il empruntait le petit pont de bois surplombant la rivière qui annonce Moncalieri, Aventino aperçut distinctement chacun des sommets de l'immense mur que les Alpes forment au nord du Piémont, et devant elles, soudain majestueuse, la résidence favorite des princes de Savoie. Il lui restait moins d'une lieue à parcourir. Bien que cela constituât un véritable tour de force, il arrêta court son cheval lancé au galop sur ses quatre pieds. Ruisselant de sueur et si blanc de poussière qu'on aurait dit qu'il avait neigé, le bel alezan à double crinière souffla, secoua son collier, et finit par s'immobiliser, l'air résigné, comme pour prendre du repos.

Cela faisait dix ans qu'Aventino attendait ce moment. De nouveau sollicité, le cheval repartit lentement, au pas. Alors qu'il traversait le village, aux murs recouverts par les énormes boules blanches des viornes obiers, Aventino repensa à toutes ces années de mise au ban, durant lesquelles il s'était senti comme en exil dans son propre pays. Dix années, dix longues années d'attente et d'humiliation... Mais à présent, Charles-Félix mort sans postérité mâle, Charles-Albert était naturellement devenu roi de Piémont-Sardaigne et tout allait changer. Certains avaient qualifié de « lugubre » ce 27 avril 1831, date de l'avènement au trône du premier Carignan. Les vieux monarchistes piémontais voyaient en lui un membre de la charbonnerie ; les révolutionnaires, un traître ; et le duc de Modène et ses vassaux, un usurpateur. Ainsi le nouveau roi pouvait-il diviser ses sujets en deux grandes catégories – les résignés et les ennemis –, auxquelles venait s'ajouter un troisième groupe, formé de quelques hommes prêts à mourir pour lui, phalange peu nombreuse mais à la détermination ardente. Aventino en faisait évidemment partie. Pour lui, Charles-Albert avait toutes les qualités qui font les héros et les rois-chevaliers : il était bon, intelligent, et généreux. Il comprendrait donc sans peine les besoins de son époque, et mettrait un point d'honneur à les satisfaire. Deux éléments, peut-être, pourraient freiner son action : un caractère peu trempé et une méconnaissance des forces en présence. Mais avec l'aide attentive de ses sujets les plus fidèles, nul doute que le monarque trouverait rapidement une solution à ses problèmes.

Le cœur battant, Aventino franchit les grilles du palais, montra le document attestant que c'était le roi en personne qui lui avait demandé de venir, et s'engouffra dans les deux longues galeries qui menaient au bureau de Charles-Albert. Aventino avait presque oublié l'insupportable étiquette de la cour de Sardaigne. Avant de franchir l'obstacle de la dernière étape, il se fit rappeler par un premier chambellan qu'il était interdit, à une première audience, de parler d'affaires ; puis dut se faire présenter à toutes les « Altesses », grandes, moyennes et petites qui hantaient antichambres et vestibules ; enfin, après avoir parlementé avec une dizaine de sbires ressemblant davantage à des domestiques qu'à des soldats en faction ou à des fonctionnaires en exercice, il lui fallut subir la méchante humeur du premier chambellan, outré de voir préférer une épée à un habit doré. L'homme ressemblait à ces vieux serviteurs bizarres qui, selon leurs caprices ou leurs préjugés, peuvent aussi bien nuire que servir.

– Monsieur, dit le vieillard avec beaucoup de circonspection, vous êtes attendu ?

Aventino lui tendit la missive frappée des armes de la maison de Savoie. L'homme l'examina longuement et confia le visiteur à un huissier qui le mit sous la protection d'un soldat avec mission de l'introduire auprès du roi.

– Monsieur Aventino Roero, marquis de Cortanze, comte de Calosso, seigneur de Crevacuore et chevalier de l'Annonciade, égrena à l'adresse du grand chambellan un garde raide comme un livre neuf dans son armure de colle et de carton.

L'homme, habillé d'un somptueux costume de velours vert rehaussé de broderies, portait un chapeau à plumes et une épée au côté. Après avoir demandé à

Aventino de l'attendre sur le seuil, il poussa une porte pesante. Quelques minutes plus tard, il ressortit de la pièce dans laquelle il venait de pénétrer et proposa à Aventino d'y entrer à son tour :
– Le roi vous attend.

Charles-Albert était assis derrière un large bureau de bois sombre aux pieds zoomorphes. Aventino ne l'avait pas vu depuis cette matinée de 1821 durant laquelle, après avoir quitté secrètement Turin et résigné la régence à Novare, il l'avait accompagné jusqu'à Florence où, le nouveau roi lui ayant formellement interdit de paraître à sa cour, il avait dû se retirer. Depuis ce jour, les bruits les plus divers avaient couru sur le jeune prétendant. On disait qu'il se levait tous les jours à cinq heures ; qu'il portait toujours, quelle que soit la température, des habits de bure brune épaisse comme un matelas ; qu'il dormait sur une couchette de fer placée au ras du sol ; qu'il commençait toujours sa journée par un morceau de pain rassis et un verre d'eau glacée ; qu'il se nourrissait exclusivement de soupe de riz, et restait deux heures par jour agenouillé à prier.

Aventino fit un calcul rapide. Charles-Albert devait avoir trente-sept ans : il en paraissait cinquante. Relevant la tête, le roi repoussa les papiers qu'il était en train de compulser et s'avança vers Aventino. Il avait les traits flétris, une haute taille fléchissante, une démarche incertaine. On le sentait comme aux prises avec une souffrance physique qu'il ne maîtrisait qu'à grand-peine, au prix d'un implacable raidissement. Sa mission exigeait un masque qu'il appliquait sur son corps et sur son âme. Dans ce palais de Turin où, comme le disait la marquise d'Azeglio, née Alfieri, les murailles bourgeonnaient de solennité et d'ennui ; où les femmes se mouraient de ce mal étrange qu'on appelait « apoplexie de larmes et de tendresse », et où les hommes, enlisés dans l'étiquette, avaient expulsé de leur être toute velléité et toute joie, l'homme qui ouvrait maintenant les bras en marchant dans la direction d'Aventino paraissait si austère que, derrière cette figure du roi Charles-Albert, son ancien compagnon d'armes regrettait la mélancolique image du jeune prince de Carignan.

– Sire.

– Mon cher Aventino, mon cher ami.

Le temps de leur virile étreinte, Aventino et Charles-Albert pensèrent à toutes ces journées de révolte, mais en silence dans le fond de leur cœur. Ce n'était pas l'heure d'en parler, d'évoquer ce passé aujourd'hui révolu, de s'épancher.

– On ne vous a pas vu beaucoup à la cour, fit remarquer Charles-Albert.

– Vous non plus, sire, répondit Aventino avec ironie.

– Alors nous sommes faits pour nous entendre, répondit Charles-Albert. Venez vous asseoir, ajouta-t-il en montrant à Aventino un profond fauteuil situé juste en face de lui et en lui tendant une lettre.

Aventino la prit et l'examina avec soin.

– Lisez-la à haute voix.

– « Sire, vous marchez sur des charbons brûlants recouverts de cendres. Votre trône est comme la statue de Nabuchodonosor ; il a la tête en or, mais les pieds en argile. La nation opprimée se soulèvera, car les révolutions sont la religion des peuples outragés. Le Piémont et l'Italie n'invoqueront désormais d'autre divinité jusqu'à ce que les rois acceptent des gouvernements humains et populaires. Sire, c'est un peuple injustement méprisé depuis trop longtemps qui vous parle : *Vox populi, vox Dei.* »

– Qu'en pensez-vous ?
– Que nous sommes dans le vif du sujet !
– Vous avez vu la date de rédaction de cette lettre ?
– Mars 1821. Mais...
– Nous sommes en 1831, je sais. C'est une lettre adressée à Charles-Félix par Menotti et les *carbonari* de Paris, peu de temps après son accession au trône. Et on connaît la suite. Le roi a refusé cet « avertissement », ce qui a jeté les libéraux du Piémont dans la conspiration.

– Brofferio et Durando ont été découverts, et le complot étouffé par l'emprisonnement de ses chefs, conclut Aventino, ajoutant : Sire, vous n'êtes pas dans la même situation. L'histoire ne se répète pas. Votre premier souci n'est-il pas, aujourd'hui, de vous faire agréer par les cours européennes ?

Charles-Albert, qui ne pouvait rester en place, se releva et commença de faire les cent pas, de son bureau à la fenêtre. S'arrêtant à hauteur d'Aventino, il dit combien Metternich, champion de l'absolutisme, chef de la Sainte Alliance, à la tête des armées qui aujourd'hui encore opprimaient l'Italie, était la première « influence » dont il faudrait se séparer.

– Et la seconde, Mazzini, je suppose ?

Charles-Albert prenant un air de connivence, se rapprocha d'Aventino, tous deux faisaient donc la même analyse de la situation...

– Vous avez tout compris, mon ami. Mazzini n'est pas le simple étudiant sans fortune qu'on veut bien nous présenter, tout juste libéré des prisons de Savone, exilé, n'ayant pour amis que quelques pauvres proscrits et pour seules armes sa plume et son génie. Il va peser lourdement sur le futur de l'Italie...

– C'est le « Grenadier du Trocadéro » qui entame un combat singulier contre le « Carbonaro de 1821 »...

– Parfois je me sens comme un Faust dont l'âme

serait disputée par deux forces inconciliables, répondit Charles-Albert, avec une telle tristesse dans le regard qu'Aventino sentit presque l'âme royale passer dans la sienne.

– Et vous m'avez fait venir pour être celui qui vous permettra de choisir entre les deux ?

– En quelque sorte ! Je suis là depuis quelques semaines à peine et je sens que la lutte entre les partis est plus présente que jamais. L'influence des hommes du passé risque d'être prépondérante. Mais je ne suis pas sûr non plus qu'il faille commencer un règne par des réformes pourtant indispensables...

– Que puis-je faire pour aider l'Italie ? demanda Aventino un peu emphatiquement.

– Me conseiller. M'aider à trouver les réponses aux questions que se pose le royaume. J'ai un vaste projet. Je voudrais modifier l'administration de la justice, réformer les finances, assainir l'économie, réorganiser l'armée, améliorer les conditions morales et intellectuelles du pays...

– Quel labeur incessant, sire.

Charles-Albert, qui s'était de nouveau levé, demanda à Aventino quelles seraient d'après lui les réformes les plus efficaces à entreprendre sans tarder.

– Rendre les causes importantes aux cours d'appel et ne plus les réserver à la Couronne, abolir le supplice de la roue et de la confiscation.

– Concernant les finances ?

– Faire disparaître les exemptions d'impôts et créer une caisse de réserve.

– L'armée ?

– Organiser le corps d'état-major, c'est le plus urgent.

– Et dans le domaine du savoir ?

Aventino dressa rapidement une liste sur une feuille de papier et la lut à Charles-Albert :

– « Création d'une école normale pour former des instituteurs, d'écoles populaires de mécanique et de chimie, d'une Académie des beaux-arts, avec des chaires nouvelles », quitte à faire grincer certaines dents. Vous savez comme moi que l'Université est un corps inerte qui refuse de bouger. L'Eglise aussi risque de freiner toute tentative novatrice...

– A quelles chaires pensez-vous ?

– Economie politique, histoire nationale, histoire militaire.

Attentif, Charles-Albert écoutait, prenant parfois des notes.

– « Création d'un conseil d'Etat, reconstitution des conseils régionaux, rédaction d'un code complet des lois civiles et criminelles, encouragement de l'agriculture, de l'industrie et des sciences... »

– Abolition complète du système féodal en Sardaigne, ajouta le roi, excité par l'ampleur de la tâche à accomplir.

– Cette inspiration courageuse vous honore, sire.

– Je n'ai jamais pensé que la lâcheté pouvait être un bouclier contre la bêtise ou la violence, dit Charles-Albert en signifiant tout soudain à Aventino, surpris par cette fin abrupte mais bien dans les façons quelque peu fantasques du roi, que cette audience durait depuis plusieurs heures et qu'il faudrait peut-être songer à l'abréger.

Ravis de s'être retrouvés ainsi, dans ces circonstances, les deux hommes jurèrent de ne plus se quitter. Cerné par des ennemis de tout bord, le roi avait besoin d'un conseiller fidèle pour l'aider à suggérer de nouvelles lois, de nouveaux cadres de vie, et proposer des avancées importantes dans ce domaine si complexe de la liberté.

– Je veux faire du royaume de Piémont-Sardaigne

un Etat moderne, conclut le roi en prenant congé de son nouveau conseiller.

Alors qu'il refaisait à l'envers le chemin qui devait le conduire du bureau du roi à la porte de sortie, marchant à travers tout un labyrinthe de couloirs, de vestibules et d'antichambres, Aventino se disait qu'il ne nourrissait en lui qu'une crainte : que les démagogues du Piémont ne paralysent les bonnes intentions du roi et ne le jettent alors dans l'excès de la répression.

Dans les mois qui suivirent la montée sur le trône du nouveau roi Charles-Albert, l'immense espoir soulevé par celui auquel Charles-Félix avait refusé le titre d'altesse royale tourna à l'hystérie. L'opinion, cette puissance formidable et capricieuse, faite de l'audace de quelques-uns et de la lâcheté de tous, déchaîna dans tout le Piémont et au-delà de ses limites une formidable tempête. On oublia vite la tristesse du petit matin de mai où Borelli et Menotti furent pendus sur le boulevard de la Citadelle à Modène pour ne plus songer qu'aux réformes en cours. En Piémont, c'était sûr, tout allait changer. Les révolutionnaires prenaient un peu de repos, colportant ici et là la bonne nouvelle, Charles-Albert était de leur côté, et les bals ne désemplissaient pas. La vieille charbonnerie, en souvenir des journées de 1821, croyant voir dans le roi un des siens, ne put se défendre d'un tressaillement d'orgueil et d'espoir. Du fond de leurs cachots, Gino Capponi, Cicognara, Dal Pozzo, Angeloni, Giono, Balbo, Confalonieri firent savoir qu'ils lui conservaient une foi intacte. Pour beaucoup de libéraux, Charles-Albert était le sauveur que l'Italie attendait. Brofferio, qu'on ne pouvait guère accuser de partialité, faisait de Charles-Albert un apôtre de la liberté. Monti soutenait que la rédemption de la patrie viendrait par le prince de Carignan. Le grand Alfieri jugeait que la dynastie de Savoie était la « moins mauvaise du monde ». « Adorez notre roi, mes chers amis, adorez-le ! » exhortait Corti, tandis que Ciordani écrivait sans trembler : « Je commence à croire que toutes nos espérances doivent se diriger vers Charles-Albert. » Tous se rassemblaient autour du nom du roi. Le comte Pecchio, héros de 1821, avait écrit à Aventino que Charles-Albert finirait par lever le séquestre des biens des proscrits et qu'il permettrait à nombre d'entre eux de revoir leur patrie, mais surtout qu'il considérait le roi comme le « meilleur pis-aller, peut-être le seul pis-aller ».

Le Piémont avait la conviction qu'il était le berceau de la résurrection italienne, et tous saluaient sa patriotique fierté à n'avoir jamais voulu se soumettre à l'Autriche. Mais c'était avant tout la personnalité du monarque qui faisait bouger les foules. A peine fut-il monté sur le trône qu'on oublia immédiatement ses hésitations de 1821, sa participation à la guerre contre les libertés espagnoles et sa réconciliation notoire avec les cours européennes. A peine apprenait-on que le roi devait se rendre dans tel ou tel lieu de Turin ou de ses alentours, ou qu'il devait passer en revue les troupes au Champ-de-Mars, que le peuple accourait au-devant de lui pour lui exprimer son ancienne affection et ses nouvelles espérances. Immédiatement un cortège se formait. On dansait, on chantait. On oubliait si vite tant d'années de souffrances. Charles-Albert allait enfin accorder la Constitution que tous attendaient et s'allierait très prochainement à la France – première des nations civilisées et mère de la liberté – pour délivrer l'Italie. M. Victor Cousin en personne, dans son *Epigraphe à Santa Rosa*, n'avait-il pas écrit : « Non ! la maison de Savoie ne sera pas infidèle / A son Histoire, /

Et la Grèce ne retombera pas sous le joug musulman » ?

Dans l'euphorie de ces journées et parce que son nouveau statut le contraignait à participer à une vie mondaine qu'il exécrait, Aventino assista à une présentation, à la section turinoise de l'Académie de Saint-Luc, du crâne de Raphaël, relique osseuse admirable dont l'authenticité fit beaucoup jaser ; à l'audition d'un requiem chanté par deux sopranos, sans orgue ni aucune autre musique ; enfin, aux funérailles du cardinal Cavaceppo, piètre ecclésiastique mais grand restaurateur de statues antiques. Il fit quelques apparitions à la cour, qui lui parut toujours aussi vieille et triste, très maussade, et ce malgré le roi dont il pensait tant de bien. Le principal amusement consistait à s'y promener en saluant ses connaissances de gauche et de droite, et à jouer au *taroco* en parlant piémontais. Paradis désiré de toute une noblesse militaire amidonnée et percluse de rhumatismes, la cour restait ce lieu morbide où se pratiquait en surface une sorte de niaiserie sociale alors que le diable, derrière son rideau, n'en perdait pas une miette. Parfois la reine Marie-Thérèse y faisait une brève apparition, écrasée sous le poids des pierreries de la couronne, pathétique et timide, gauche, sans prestige, avant de rejoindre à pas menus et en silence la grande fresque historique d'Holbein dont on avait dû la faire descendre. Tout cela semblait si triste et si inutile que souvent Aventino, tirant sa tabatière, partait seul sur une des terrasses du château de Moncalieri et, regardant le ciel en direction de Cortanze, prenait du tabac, le corps légèrement penché en avant, attendant que la Providence ou l'Histoire en marche le sorte de ce mauvais pas.

Très vite, il en eut assez de ces courtisanes agitant sous son nez leurs robes de taffetas bistré, leurs gants de filet, leurs lorgnons d'écaille, leurs broches de cristal, leurs bracelets en tissu de cheveux, leurs joues creuses et leurs sottes rêveries ; et de tous ces sabreurs affublés du titre de duc, nécessairement anglomanes ; et de tous ces valets poudrés comme des postillons de Chivasso ; et de tous ces mangeurs de *gibelotte soup* et de *bread sauce* ; et de tous ces aristocrates de robe qui des mois durant, à raison de trois fois par semaine, se faisaient sculpter leur buste et se plaignaient du temps que cela leur faisait perdre. Pendant que l'Italie essayait lentement de sortir de sa torpeur, de reprendre sa place dans l'histoire de l'Europe, les marionnettes de la cour de Turin affirmaient haut et fort que leur seule préoccupation était de savoir si la société parlerait un peu mieux d'elles le lendemain que la veille. Le reste du monde pouvait bien crouler, pourvu qu'elles aient chaque matin leur dose d'esprit tout fait, leur tasse de *bicchierino*, et leur corbeille de *grissini* !

A la fin, Aventino n'en put plus. Tout en restant au service de Charles-Albert, et en un certain sens pour mieux le servir, il décida de retourner à Cortanze. A l'image des vieux compagnons d'armes de Henri IV, qui avaient refusé d'entrer avec lui dans Paris, il reprit le chemin du château familial, de ses murs de brique rouge, de ses tours, de la vieille bibliothèque paternelle, de la serre où continuaient de croître les deux théiers d'Assam, et des toiles de Giovanni Francesco Rigaut qui consciencieusement, avec un entêtement suspect, continuait de peindre en secret le portrait d'Ercole Tommaso.

9

– Ce M. Rigaut va-t-il rester encore longtemps ici ? demanda Aventino, excédé, à Massa.

– Le temps qu'il lui sera nécessaire pour faire le portrait de ton fils.

– Enfin, tout de même, il ne faut pas des mois pour peindre un tableau !

– Cela nécessite parfois une vie entière...

– Ecoute, Massa, ce portrait c'était ton idée, pas la mienne.

– Comme était la tienne celle d'envoyer Ercole Tommaso poursuivre des études à Turin auprès de ton ami Inocenzo Pollone.

– Ne mélangeons pas tout, veux-tu ! Et pourquoi avoir permis à ce peintre de s'installer dans le campanile ? Il habite Turin et possède une fort belle et vaste maison, ancienne résidence du général des jésuites, à Trino. C'est à quelques heures de cheval d'ici.

– M. Rigaut, dit en souriant Massa, comme tu feins de l'ignorer, est un mari volage. Il avait une amante romaine, délicate, aux yeux bleus et à la chevelure brun clair ; mais voilà qu'aujourd'hui il s'est épris d'une Milanaise aux yeux verts et aux cheveux noirs. Mme Rigaut en a eu assez et lui a demandé d'aller peindre ailleurs.

– Et tu te sens une âme de mécène ?

– Cela ne durera pas longtemps... Mme Rigaut finit toujours par supplier son mari de revenir dans son lit.
– Est-ce que le tableau avance, au moins ?
– Allons voir, tu seras surpris. Giovanni Francesco Rigaut prétend que les lieux l'inspirent.

En se dirigeant vers le campanile, Aventino se souvint de cette nuit sans nuages, avec un ciel clair et constellé d'étoiles, durant laquelle il avait retrouvé Barnaba Sperandio qui avait caché sous le plancher du vieil édifice les plans de ses aérostats afin de les soustraire aux soldats français. C'était il y a vingt-cinq ans – une éternité. Quand il avait pénétré dans la pièce à peine éclairée par des fenêtres à vitraux, le désordre qui y régnait lui avait alors paru épouvantable. La police politique du préfet avait envoyé ses vautours fouiller le campanile de fond en comble. N'ayant rien trouvé, ceux-ci avaient brisé les meubles, déchiré les livres, et cassé les instruments. Alors qu'il poussait la porte de bois clair, une sensation étrange s'empara de lui. Avec Barnaba, il avait avancé pas à pas comme s'il voulait éviter on ne sait quel écueil, avec pour seule lumière celle des chandeliers que chacun portait à la main, mais aujourd'hui le campanile était sous le feu d'un soleil si intense que la lumière traversant les vitraux jetait dans la pièce une clarté presque insoutenable.

Au milieu d'un enchevêtrement de chevalets, de brosses, de pinceaux, de couteaux, de spatules, de palettes, de toiles enroulées, de godets, de pots, de châssis, se tenait un petit vieillard sec, ridé, râpé, retapé, enveloppé d'une sorte de grande redingote brunâtre, la tête recouverte d'une clémentine de soie noire, par-dessus laquelle se prélassait un énorme chapeau de couleur douteuse, gras des bords, gras de la forme, gras du galon, gras de la coiffe, gras de partout. Aventino ne reconnaissait pas l'espèce de poivron rouge, ventru, puant l'eau de Cologne qu'il avait invité au dîner donné en l'honneur de son fils avant qu'il ne parte pour Turin. Ce qui était plus troublant encore, c'est que, par moments très fugaces, il lui semblait que lui apparaissait de nouveau le Giovanni Francesco Rigaut qu'il connaissait, comme si l'homme avait eu plusieurs visages, sorte de polyèdre à facettes brillant un instant sous une forme pour renaître quelques instants plus tard sous une autre. L'homme se cassa presque en deux pour saluer son hôte.

– Monsieur le marquis me fait beaucoup d'honneur... Il m'offre l'hospitalité... vient me rendre visite dans ma grotte...

Aventino avait beau regarder attentivement l'homme qui se tenait devant lui, il ne parvenait pas à rester serein, à ne pas éprouver une sorte de malaise étrange face à ce personnage qui semblait avoir si totalement changé, de vêtement, de visage, de corps, de stature.

– Monsieur le marquis ne me reconnaît pas, n'est-ce pas ? ajouta Rigaut. Moi-même parfois lorsque je me regarde dans la glace... Je trouve que l'être humain possède une faculté spéciale pour prendre des formes inconnues, d'improbables déguisements supérieurs...

Après un instant de silence, Aventino cacha son trouble, tentant de redevenir superbe. N'était-il pas après tout le maître des lieux ?

– Certes, monsieur, certes, cependant je ne suis pas là pour écouter des considérations philosophiques mais pour voir l'état d'avancement de vos travaux.

– Bien entendu, comme je vous comprends, mais voyez-vous, il m'est si difficile de ne pas communiquer aux autres une partie de mes impressions et de mes jouissances. L'intelligence, le goût...

– Au fait, monsieur, au fait. Montrez-moi le portrait que vous avez peint de mon fils.

Rigaut, à petits pas lents, se dirigea vers un coin de la pièce où dormait une grosse masse sombre qui ressemblait à un animal mort. Sous une bâche, plusieurs châssis entoilés, tournés contre le mur, étaient entreposés. Alors qu'il soulevait délicatement la bâche afin d'en sortir un tableau, Rigaut expliqua que les guerres étrangères et les invasions avaient toujours dévasté le Piémont, que les querelles baronniales y avaient entretenu, pendant des siècles, désordre et instabilité, que nombre de condottieres y avaient régné en maîtres, s'appropriant parfois au terme d'une guerre triomphale, et par un coup de main, la souveraineté de l'Etat au service duquel ils étaient.

Aventino et Massa se regardaient, tandis que le peintre, finissant par disposer au pied d'une colonnette une toile de petit format de telle sorte qu'une lumière exacte ne la brûle pas de trop de clarté ni ne la cache par un excédent d'ombre, terminait sa présentation par ces mots :

– Votre dynastie, comme celle des ducs de Savoie, est une dynastie batailleuse, une lignée de princes-chevaliers. Voilà pourquoi j'ai pensé que, dans l'idée de cette valeureuse armée, de comte Vert, de comte Rouge, de comte Blanc, de Tête de Fer, il serait bien de représenter monsieur votre fils à cheval et l'épée à la main.

Le tableau représentait Ercole Tommaso en armure, heaume relevé, sur un cheval cabré qui lançait des ruades, crinière au vent, et partant au galop vers une plaine dans le fond de laquelle jaillissait du brouillard la masse imposante des tours du château de Cortanze.

– Singulier, mais très intéressant, dit Aventino.

– Quelle fougue, quelle puissance, ajouta Massa.

Rigaut baissa la tête, et tristement indiqua que le

tableau était inachevé mais que, sans doute, il ne serait pas celui qu'il souhaiterait livrer à ses commanditaires. Alors il en montra trois autres qu'il sortit comme le précédent de dessous la bâche. Le premier représentait Ercole Tommaso sur le pont de la Porte de Turin ; il y avait donné rendez-vous à un officier de la garnison dont il se prétendait insulté et, le sabre à la main, le défiait en duel. Sur le deuxième, on le voyait dans un magasin de la rue Sainte-Thérèse en train de faire de magnifiques dépenses en cosmétiques, en pommade et en eau de Cologne. Sur le troisième, il apparaissait juché en haut d'un break, tiré à quatre épingles dans un complet des plus chics, et conduisait, comme le plus habile des cochers, un équipage à quatre chevaux, tout en envoyant aux autres cochers qui osaient lui disputer le passage de cinglants coups de fouet.

Aventino eut beaucoup de mal à garder son calme :
– Enfin, monsieur, que signifie, voici un jeune homme qui mène grand train, au milieu des chevaux et des voitures, des duels, qui dépense son argent inconsidérément ! Bientôt vous allez nous le montrer dans une salle de jeu ou dans un tripot ! Nous ne vous avons pas demandé de tourner notre famille en dérision !

– Loin de moi cette pensée, loin de moi, monsieur le marquis, rétorqua Rigaut.

Rangeant ses toiles, il en sortit d'autres qu'il disposa autour de la pièce, formant comme une sorte de théâtre de la vie, fait d'instantanés, de petits moments volés au temps et qu'il avait essayé de restituer.

– Le voici dans sa chambre, en train de lire. Elle est située en plein centre-ville. Ensoleillée depuis le matin de bonne heure jusqu'au soir. Elle donne sur le palais Carignan et la Piazza...

– Je sais. Avec, au loin, les collines verdoyantes ! coupa Aventino.

— Et ici chez tous les fournisseurs des petites existences, les fruitières, les épiciers, les marchands de vin, où il a semé des dettes criardes...

— Monsieur, je vous en prie ! hurla Aventino.

— Et ceci, ajouta Rigaut en montrant une nouvelle toile sur laquelle on apercevait Ercole Tommaso, en parfait sigisbée, donnant la main à une femme encore fort belle mais âgée, afin de l'aider à monter dans son carrosse.

— Enfin, monsieur, que signifient ces tableaux dignes des marionnettes turinoises ? demanda Aventino en s'avançant d'un pas vers le peintre.

— Attends, dit Massa, jusqu'alors restée muette, en retenant son mari par la manche, sachant qu'il ne tolérerait plus longtemps la présence de Giovanni Francesco Rigaut. Pourquoi toutes ces toiles, ces tableaux ? Ercole Tommaso est à Turin, vous ici...

— J'essaie d'approcher le centre, le territoire secret de votre fils.

— Et vous avez pour cela besoin de peindre de l'infamie ? dit Aventino.

— Aucune de ces toiles ne me satisfait, alors je cherche encore.

— Si elles ne vous satisfont pas, détruisez-les ! dit Aventino en retournant la dernière toile encore contre le mur et que Rigaut ne voulait visiblement pas qu'il regarde.

— Je vous en prie, celle-ci ne doit pas être vue. Elle est par trop inexacte, inadaptée à la situation.

Après une courte lutte, Aventino arracha le tableau des mains de Rigaut et le posa en pleine lumière. On y voyait une femme entièrement nue, allongée sur le ventre, sur un lit défait, le visage tourné vers une porte qu'un homme refermait en souriant : Ercole Tommaso.

— Et qu'est-ce que ceci, monsieur ? demanda Aventino la main sur le pommeau de son épée.

– Qui est cette femme ? ajouta Massa, en tremblant.
– Une femme, toutes les femmes.
– Avez-vous fini de vous moquer de nous, monsieur le barbouilleur ? dit Aventino en plaquant Rigaut contre le mur.
– Je ne me moque pas, monsieur le marquis, la peinture n'a rien à voir ni avec l'intelligence ni avec les connaissances historiques, c'est un obscur travail de l'instinct et de la sensibilité.
– Obscur, sans nul doute en ce qui vous concerne !
Autant Aventino était hors de lui, autant Massa observait le vieil homme et ses toiles avec une sorte d'intérêt douloureux. Que signifiaient exactement ces toiles étranges ? Que cherchait ce peintre décidément bien singulier...
– La peinture fait obstacle à la vision pour capter l'invisible.
– Allez-vous cesser de parler par énigmes, monsieur le peintre ? ou je peux vous assurer que vos jours sont comptés.
Massa comprit qu'il était temps d'intervenir. Aventino était hors de lui.
– Pourquoi cette femme ? Pourquoi ce tableau ? demanda-t-elle.
– C'est la vie de monsieur votre fils à Turin.
– Comment cela, la vie de monsieur mon fils à Turin ?
– Avez-vous d'autres nouvelles d'Ercole Tommaso que ces tableaux ? Ne vous sont-ils pas d'un grand secours ? N'atténuent-ils pas l'inquiétude légitime des parents que vous êtes ?
Un grand silence se fit, rompu par Massa :
– Qui est cette femme ?
– Ce n'est qu'une hypothèse...
– Elle est bien en chair, pour une hypothèse ! lança Aventino.

– Répondez-nous, ajouta Massa.
– Une hypothèse de travail, un brouillon.
– Allez-vous répondre, supplia presque Massa.
– Votre fils semble aimer cette femme, qui le lui rend bien...
– Une gourgandine qui pose nue sur des draps de soie défaits ! s'emporta Aventino.
– L'amour, monsieur le marquis, l'amour est...
– Taisez-vous ! Ne mélangez pas tout, monsieur le barbouilleur !
– Son nom, monsieur ? Son nom ?
– Teresa, madame la marquise...
– Quelle Teresa ?
– Nous n'en connaissons qu'une, ajouta Aventino. Teresa Roero Di Severino.
– C'est elle, répondit le peintre.
– Quelle preuve en avez-vous, monsieur ? Quelle preuve ? hurla Aventino.
– Je ne dis pas que c'est *la* vérité... C'est *une* vérité... possible...
– Pardon ?
– En peinture, on peut tout essayer...
– Alors, puisqu'il en est ainsi, détruisez tout, monsieur, et recommencez jusqu'à ce que vous ayez trouvé ce que vous cherchez.

Le soir même, un grand feu de joie brûla au pied du campanile. Aucune toile de Giovanni Francesco Rigaut ne fut conservée. C'est Aventino en personne qui lança la torche enflammée dans le bûcher.

Un matin, plusieurs jours après la flambée, alors qu'Aventino dépouillait lettres et imprimés placés en pile par son aide de camp, il tint soudain entre ses mains une lettre d'Inocenzo Pollone. C'était l'époque où les cerisiers fleurissent. De son bureau, placé devant la large porte-fenêtre de la bibliothèque, il apercevait les boules neigeuses des arbres qui s'étageaient à flanc de colline jusqu'à l'église de brique rouge de Montechiaro. Des champs verts s'étendaient autour du château, arrêtés sur la gauche par l'alignement des vignes, et sur la droite par les fleurs claires miroitant sur les branches tachetées de noir et de blanc des bouleaux. Dans le ciel bleu aveuglant de gros nuages blancs échafaudaient des architectures baroques, des montagnes de sucre, des palais de crème éphémères. Aventino soupesa la lettre, la tourna dans tous les sens, n'osant l'ouvrir. Il finit par faire appeler Massa qui surgit dans l'encadrement de la porte, magnifique. Elle portait une coiffure formée de coques sur le sommet de la tête et était vêtue d'une robe rose garnie d'une ruche de tulle, de rubans et de fleurs.

– Que se passe-t-il ? demanda-t-elle en venant s'asseoir à côté d'Aventino.

– Inocenzo m'a écrit.

La lèvre inférieure de Massa commença de trembler imperceptiblement, signe qu'une vive émotion s'était emparée d'elle.

– Que dit-il ? laissa-t-elle échapper de sa bouche à peine entrouverte.

– Je ne l'ai pas lue. Je ne voulais pas être seul.

Rédigée d'une écriture droite, ferme, un peu grosse, mais minutieuse, très nette à l'œil, la missive énonçait, après quelques considérations d'ordre strictement domestique, l'évolution rapide qui semblait celle d'Ercole Tommaso. C'est Inocenzo Pollone qui avait exigé de son élève qu'il n'écrive pas à ses parents afin qu'il se coupe momentanément de racines susceptibles d'entraver sa marche en avant. Le maître trouvait chez son élève beaucoup de sincérité, de noblesse dans les sentiments, un désintéressement absolu qui lui valaient d'ailleurs l'adoration de tous ses amis. De tendance plutôt littéraire, Ercole Tommaso était en train de comprendre qu'il fallait qu'il se jette dans la politique non par ambition personnelle mais par sentiment du devoir à accomplir. A l'heure actuelle de son évolution, Inocenzo voyait en son élève non pas un homme d'action mais un moraliste, un inspirateur, ce qu'il n'hésitait pas à appeler « un prophète pour l'Italie et pour le monde ».

– Toujours aussi excessif, ce Pollone, fit Massa qui ne l'aimait pas beaucoup, avant de se replonger dans la lecture de la lettre.

Pollone poursuivait son récit en faisant remarquer qu'Ercole Tommaso avait très vite compris que la société de son temps n'était qu'une société en miniature, agitée de petits intérêts et de mesquins bavardages, et que le moment pour une insurrection nationale contre l'Autriche, plus puissante que jamais, était parfaitement inopportun. A ses yeux, trois choses devaient seules permettre à l'Italie un soulèvement : une guerre européenne, une nouvelle révolution en France, une révolution dans une partie quelconque de l'Empire autrichien. Sa phrase favorite était : « A heurter les idées du siècle, on risque de tout perdre ! »

– Je n'y comprends rien ! Pollone est en train de faire de ton fils un révolutionnaire, et toi tu laisses faire.

– Mais non, il modèle un futur vice-roi...

– Tu rêves, Aventino, ton fils ne sera jamais vice-roi, il finira dans une prison autrichienne ou en exil à Londres ou à Paris !

– Que me racontes-tu là, Massa ?

– Nous ne sommes plus en mars 1821, Aventino, ton ami Pollone n'a toujours pas compris que l'Histoire avance en zigzag, ne se répète jamais. Que Pollone croie encore aux balivernes de Santorre di Santarosa, soit ! Mais pas toi, Aventino, pas toi ! Sauve ton enfant des mains de ce fou.

– De quoi as-tu peur, Massa ? Ercole Tommaso est assez grand pour se défendre.

– Je n'en suis pas sûre du tout. Si cela continue, nous tomberons tous tête baissée dans ce gouffre béant qu'on appelle l'Histoire, et qui finira par absorber l'éternité et Dieu lui-même avec elle.

– Ne sois pas si pessimiste, Ercole Tommaso nous reviendra vite, plus fort, plus viril, prêt à servir l'Italie et son roi.

Massa vint se blottir contre l'épaule d'Aventino qui la prit dans ses bras. Avant de fondre en larmes elle eut le temps de dire, comme pour elle-même : « Tout ce que je sais c'est que pour conserver quelque chose de précieux, il faut savoir y renoncer à temps. »

L'automne venu, l'Italie fut de nouveau en proie à ce que les journalistes appelèrent une « redoutable fermentation » et qui correspondit à un déclin réel de la charbonnerie. Née de l'ébranlement provoqué par la révolution parisienne, l'onde de choc mit plusieurs années à s'étendre sur toute l'Italie. Mais les mouvements éclos en 1831 étaient à présent obsolètes. Plus de comités locaux, plus de revendications portant sur l'abolition des droits de douane, plus de non-intervention dans les affaires des autres Etats, plus d'hostilité franche entre les masses rurales et les gouvernements bourgeois. Quelque chose de nouveau, de radical était en train de se passer. Aussi, lorsque, pour la cinquième fois en deux jours, un courrier royal vint à Cortanze déposer un état précis et alarmant de la situation, et cette fois afin de préparer la venue imminente de Charles-Albert et de sa garde personnelle, Aventino comprit que le moment de la plus extrême gravité était venu. Quand il fit son entrée dans la cour du château, le roi portait une veste de basin blanc sur une chemise à haut jabot agrémentée d'une petite cravate large de deux doigts, des pantalons serrés, des bottes sans éperons, et sur la tête un casque de maroquin vert orné d'un gros bouquet de plumes de coq.

– Sire, dit Aventino en grand uniforme et décoré de tous ses ordres, soyez le bienvenu à Cortanze.

Le roi paraissait très préoccupé. Il sauta précipitamment de son cheval, demandant immédiatement à Aventino quel était le lieu le plus sûr du château, le moins exposé à l'espionnage.

– Le pavillon d'histoire naturelle, sire.

– Bien, pouvez-vous m'y conduire ?

Accompagnés de plusieurs soldats, Aventino et Charles-Albert traversèrent l'immense cabinet d'histoire naturelle. Défilaient sous leurs yeux, sans qu'ils y prêtent la moindre attention, des papillons aux ailes étendues d'un demi-pied d'envergure, des coquillages, des oiseaux embaumés, des minéraux, des coraux, des chinoiseries, et tant d'autres singularités accumulées là depuis des siècles par les membres de l'illustre famille. Une fois arrivés dans la bibliothèque du cabinet, petite salle entièrement vitrée, ils s'y enfermèrent tandis que des soldats montaient la garde devant la porte.

– Aventino, l'heure est grave. M. Mazzini, qui décidément avance à grands pas, a fait savoir partout que je devais choisir entre le parti libéral et celui de la réaction. Ou je suis avec le peuple, ou le peuple sera contre moi.

– Un peuple sans âme n'est qu'une foule inconséquente ; et je ne suis pas certain que le « peuple piémontais » ait recouvré son âme...

– Je n'ai jamais aimé me faire dicter ma loi, par qui

que ce soit. Cette façon de décrire l'état social de la nation, de parler de « gémissement sourd ». Et toutes ces idées extrêmes ! « Qui vous sauvera du poignard, qui vous sauvera du remords, de ce poignard de l'âme ? » demande-t-il. Mais de quoi se mêle-t-il !

– Vous prenez cela pour un ultimatum ?

– Evidemment. « Sire, a-t-il écrit en substance, n'avez-vous jamais jeté un regard, un de ces regards d'aigle qui découvrent un monde, sur cette Italie, belle du sourire de la nature, couronnée par vingt siècles de sublimes souvenirs, patrie de tant de génies, puissante de moyens sans nombre auxquels il ne manque que l'union ?... N'est-il pas né en vous cette pensée : réunir les membres séparés de cette Italie qui sera heureuse par moi et qui sera mienne par sa volonté... »

– Voilà qui est prophétique ou absurde...

– Mon choix est fait : on ne transforme pas une utopie en une réalité patente et puissante. M. Mazzini m'écrit de Marseille... Qu'il se présente dans mes Etats, et je le fais arrêter !

Aventino regarda longuement son roi tandis que celui-ci argumentait contre ce Mazzini, porteur d'un patriotisme excessif sans doute, mais qui, au fond, ne proposait rien d'autre à Charles-Albert que cette alternative face à la postérité : être proclamé le premier d'entre les hommes par les hommes libres ou le dernier des tyrans d'Italie. Depuis son accession au trône, Charles-Albert s'était efforcé, dans la plus pure tradition du despotisme éclairé, de moderniser son Etat. En même temps, il avait appelé au gouvernement des hommes réputés pour leur ouverture d'esprit et leur modération. Mais aux yeux des plus extrémistes, cela ne suffisait pas. L'ingérence du clergé dans tous les secteurs de la vie publique était trop présente, la prédominance des militaires et des policiers trop visible, le conservatisme de la classe dirigeante trop pesant.

Charles-Albert jeta alors sur la table plusieurs numéros d'une revue de petit format qui portait un titre significatif : *La Jeune Italie*.

– Tout est dedans. Toutes ces idées neuves. « La Jeune Italie, unitaire, démocratique, religieuse et républicaine » ! Quel programme ! Son symbole ? Une branche de cyprès. Sa devise ? « Maintenant et toujours. »

Aventino tournait les pages. Ici et là des vers de Diodata Saluzzo Roero, de Berchet, d'Alfieri, de Monti, de Foscolo. Tout ce que l'Italie comptait de révolte et d'indépendance semblait s'y être donné rendez-vous : les Fabrizi, Celeste Menotti le frère du martyr, les Usiglio, les Giglioli, les Fanti, les Ghiglione, les Lamberti, La Cecilia, Gustavo Modena, Melegari, les trois frères Ruffini de Gênes, etc.

– Rien que du beau monde, mon cher Aventino. Lisez, imprégnez-vous de cette littérature. Regardez cette phrase que j'ai soulignée, regardez.

Aventino prit l'exemplaire que le roi lui tendait.

– « La jeunesse est une longue veillée d'armes sous l'échafaud », lut Aventino à haute voix.

– Bien, soyons brefs, j'ai besoin de vous, Aventino.

– Je vous suis dévoué corps et âme, sire.

– Surveillez-moi toute cette bande.

– A Marseille ?

– Ici, en Piémont. Savez-vous quel est le correspondant le plus actif du mazzinisme en Italie ?

– Non.

– C'est normal. En général ces gens-là ne le crient pas sur les toits. C'est un de nos anciens amis.

– Un de nos anciens amis ?

– Un compagnon de 21... Inocenzo Pollone. Si j'avais pu me douter...

Aventino eut l'impression de recevoir un coup de

couteau en plein cœur. Il sentit sa respiration s'arrêter, comme s'il manquait soudain d'air.

– Vous savez quelle est son idée majeure ?

– Non, sire, non, je ne sais pas...

– L'insurrection armée ! Pour arriver à la révolution, on doit se servir de l'insurrection armée ! Voilà une belle idée empruntée à son compagnon Carlo Angelo Bianco, dit Saint-Jorioz, qui l'a expérimentée en Vendée et en Espagne.

Pétrifié, Aventino ne pouvait ouvrir la bouche.

– Ce que je vous demande, mon cher Aventino, c'est de neutraliser cette bande de malfaiteurs. Je ne pense pas que l'unité de l'Italie passe par cette voie. L'Autriche est encore trop forte, trop présente. Et n'oubliez pas de surveiller ses élèves.

– Ses élèves ? demanda Aventino, essayant de deviner ce que son interlocuteur savait réellement de toute cette aventure.

– On dit qu'il est en train de former une armée de jeunes recrues qui pensent sans doute que « la jeunesse est une longue veillée d'armes à l'ombre des échafauds » !

Comme paralysé, Aventino ne pouvait ouvrir la bouche.

– Tenez, regardez ce dossier, il éclairera votre lanterne, poursuivit Charles-Albert en donnant à Aventino une épaisse chemise rouge cartonnée, sur laquelle était inscrit en lettres capitales soulignées plusieurs fois *Confidenziale Segreto*, et dans laquelle étaient insérées une dizaine de liasses de papiers liées ensemble par de fines cordelettes munies de cachets de cire.

Le roi parti, Aventino médita longuement au-dessus des vitrines où dormaient d'un sommeil paisible des insectes fichés par des épingles et couverts de poussière. Une rangée de hannetons et de cerfs-volants lui donna le frisson. Ces bestioles étranges vivent plusieurs années sous terre, et ne consacrent que quelques mois de leur courte vie à la lumière du soleil. Il songea à son fils. Ne l'avait-il pas jeté dans la gueule du loup et contraint, comme ces petits animaux invertébrés, à vivre une partie de sa vie dans l'obscurité, la clandestinité ; dans la nuit ?

10

Lorsque Aventino, oppressé par les affaires du monde, voulait se retrouver, il partait s'enfermer dans sa bibliothèque. Bien qu'elle ne possédât pas le dixième des richesses de la bibliothèque Ambrosienne, ses ouvrages de théologie, d'histoire, de belles-lettres, d'antiquités ecclésiastiques, de langues orientales, dont certains exemplaires avaient été, dit-on, achetés en Grèce et au mont Liban, sans parler des vieux in-folio consacrés à l'histoire de son illustre famille desquels émanait une subtile odeur de moisi, lui permettaient d'entretenir avec la culture du monde un commerce des plus fructueux. Mais ce soir, alors que les rues de Cortanze s'étaient soudain transformées en torrents gluants, que la grêle battait les vitres et les toits, que le ciel couleur de vin sombre était sillonné de flèches fulgurantes, bref, qu'après tous ces mois de sécheresse un violent orage venait d'éclater sur la vallée de la Roera, Aventino, protégé par sa chère muraille de livres, et après avoir poussé une pile de vieux exemplaires de la *Gazzetta piemontése*, commença d'ouvrir avec crainte et fébrilité le dossier rouge que lui avait remis Charles-Albert. Il était accablant. Inocenzo Pollone y était présenté comme un activiste acharné impliqué dans nombre de désordres, de manifestations, voire dans certains attentats sanglants.

Où était la vérité ? Certes, on disait volontiers ici « *Il lupo muta il pelo, non il vizio* », c'est-à-dire : « Le loup a beau changer de poil, il ne devient pas chien », ou plus précisément « L'habit ne fait pas le moine ». Mais tout de même... Comment son ami avait-il pu se transformer à ce point, et en arriver à lutter contre celui-là même pour lequel il s'était battu en 1821 ? Certes, il y avait bien depuis un an ou deux des bandes qui s'étaient mises en mouvement ici ou là ; des troubles avaient éclaté à Asti et à Trino ; du sang avait été répandu à Bologne, à Lucques, à Ravenne ; on avait vu les Autrichiens pénétrer dans certaines provinces et y augmenter leurs troupes, mais tout semblait désormais rentré dans l'ordre. Quelle erreur fatale que de penser une telle chose ! Aventino, protégé par les murs de son château, était bel et bien coupé de cette Italie qui grondait comme un volcan. Si le rapport disait vrai, la situation était on ne peut plus dangereuse. La démonstration était simple et probante : les révolutions de 1830 et l'insurrection de la Romagne n'avaient eu d'autre résultat que d'étendre à toute l'Italie le système d'oppression appliqué depuis 1815. Universités provisoirement fermées ; professeurs et médecins condamnés aux galères pour « conversations avec des suspects » ; innocentes pièces de théâtre interdites sous prétexte qu'elles troublaient l'ordre public : voilà des faits objectifs qui ne pouvaient que pousser aux révolutions. Et puisque l'Italie ne pouvait plus désormais protester qu'au-dehors, par la presse et les conspirations, il fallait bien qu'un autre type d'actions éclatent à l'intérieur. Pour les Italiens en exil, le libéralisme constitutionnel était moribond. Rassemblés autour de Jeune-Italie, dont l'action baignait dans une sorte de mysticisme religieux illustré par sa devise « Dieu et la Liberté », les membres de cette phalange romantique soutenaient qu'il fallait, pour libérer l'Italie, compter non sur l'action de quelques sociétés secrètes regroupant l'élite, comme l'avaient prétendu les révolutionnaires qui les avaient précédés, mais bel et bien sur une insurrection populaire. Le programme de cette nouvelle association avait le mérite de la simplicité : les deux obstacles à la liberté italienne étant la résistance des princes et le particularisme local, il fallait se débarrasser de l'une par la République et de l'autre par l'unité. On retrouvait dans le mouvement le nom de Mazzini, en exil à Marseille, et comme principal relais à Turin Inocenzo Pollone !

Aventino savait que quatre complots venaient d'être découverts : un à Naples, tramé par les fils du général Roussarol ; un autre à Palerme où treize personnes avaient été fusillées sans procès ; un troisième à Modène, dans lequel le prince Ricci avait trouvé la mort ; enfin celui qui avait secoué les Etats sardes, dû, selon les derniers éléments de l'enquête, à une alliance entre plusieurs officiers de l'armée royale, des aristocrates et des bourgeois. Le rapport était on ne peut plus clair. Derrière les quatre complots apparaissaient toujours, à un moment ou à un autre, la figure de Giuseppe Mazzini et celle de Pollone. Ce dernier, affirmait le dossier, « consacrait tous ses loisirs à la politique ». On retrouvait sa trace dans les rassemblements de réfugiés sur la frontière, dans une expédition préparée pour envahir et révolutionner les Etats sardes ; il avait sans nul doute aidé à introduire dans le pays les caisses d'armes saisies à Pinerolo, et servi de guide au général Fantasio qui conjecturait de prendre le commandement d'une insurrection dans la vallée de la Suse. Le rapport royal, qui avait sans doute une fâcheuse tendance à voir l'épidémie des insurrections militaires gagner l'Europe entière, ébranlait cependant fortement les convictions d'Aventino. Lui qui pensait que le pays n'avait que faire des bavards, qui leur préférait les citoyens sans peur et sans reproche qui écoutaient uniquement la voix de leur conscience, et qui soutenait volontiers qu'il ne fallait pas se laisser gagner par la peur parce que les gens mentent toujours quand il s'agit du véritable contenu de la vie, vacillait sur ses bases. Au plus profond de lui-même brûlait la flamme étrange de la résistance. Il n'avait jamais pu totalement se sentir en accord avec ce monde qui exigeait, tel un ogre jamais rassasié, son poids quotidien d'humiliations et de résignation, et cette étrange soumission à l'ordre divin et humain. Les faits étaient là, sans appel, sans possibilité de retour en arrière. Quelques mois après sa fondation, Jeune-Italie avait tenu à Locarno, ville de la Suisse italienne, une de ses assemblées, durant laquelle on avait débattu de la question de savoir quand il conviendrait d'agir. Un ajournement de deux mois avait été décidé. Par on ne sait quel mystère, négligence ou trahison, la section turinoise avait été amenée à ne pas tenir compte de la résolution adoptée par les chefs du mouvement. La police en éveil n'avait plus eu qu'à cueillir les meneurs. Il y avait eu des heurts, des échauffourées, des blessés et des morts. C'est ce qui avait motivé le rapport : certains participants à ce complot manqué couraient encore. La guerre contre les séditieux était désormais ouverte. Charles-Albert ne ferait pas de quartier. Une liste de noms accompagnait le volumineux dossier : celui d'Ercole Tommaso Roero Di Cortanze n'y figurait pas.

Presque rassuré, Aventino alla se coucher. Sur sa table de nuit l'attendait le fameux livre d'Azeglio dont tout le monde parlait : *Ettore Fieramosca ou le Défi de Barletta*. Lu avec enthousiasme par le public lettré, ce gros roman historique s'était rapidement répandu dans les ateliers et dans les coulisses des théâtres. En quelques semaines, il était devenu le *vade-mecum* des *prime donne* et des ténors, avait fait les délices cachées des pensionnaires, et élu domicile entre la paillasse et le matelas des collégiens et des élèves militaires. Aventino éprouvait une réelle estime pour cet écrivain qui avait su se tenir à l'écart de l'agitation des sociétés secrètes. Son idée maîtresse, régénérer l'Italie par les lettres, lui semblait une idée forte. En effet, ne fallait-il pas en premier s'occuper du caractère national, refaire les Italiens, en un mot agir sur les âmes, avant de penser à l'unité ? Epuisé par la lecture du rapport policier, Aventino ne tourna que quelques pages du livre d'Azeglio, laissant Gonzalve de Cordoue et le duc de Nemours à la préparation du défi qui devait opposer dans un champ clos treize Italiens à treize Français se battant pour soutenir l'honneur de leur nation respective, et il s'endormit profondément.

Depuis quelques années, Massa avait pour habitude de se coucher très tard, beaucoup plus tard que son époux, parce qu'elle estimait que les heures volées au sommeil étaient du temps gagné pour la vie. Cette nuit-là, comme tant d'autres nuits, elle était la seule debout de tout le château et peut-être de tout le village de Cortanze. Alors qu'elle était plongée dans la lecture d'un article du dernier numéro de *Donna Libera*, intitulé « Nous luttons pour la liberté », dans lequel il était rappelé que les femmes africaines avaient dans certaines tribus le droit de suffrage, que les femmes anglo-saxonnes participaient à la législation, que les femmes huronnes faisaient partie du Conseil, que les femmes gauloises étaient législatrices, et qu'en conséquence il était absurde que les filles à marier piémontaises continuent de porter un brelau dont la cheminée portait un ou plusieurs tours de chaînes d'or suivant le nombre de livres de rente qu'elles étaient prêtes à offrir à leur époux, elle entendit un bruit étrange venant de l'extérieur, bruit qu'elle connaissait bien et qui la fit tressaillir. Depuis le départ d'Ercole Tommaso pour Turin, elle n'avait plus jamais entendu le gémissement caractéristique que faisait la petite porte ménagée dans le mur ouest du château lorsqu'on la faisait tourner sur ses gonds rouillés. Elle constituait pour son fils un de ces passages secrets qui lui permettaient de rentrer et de sortir du château sans que personne ne s'en aperçoive... Il était le seul avec Aventino à en posséder une clef. Elle ouvrit sa fenêtre. Il faisait très sombre. Le silence était total. Alors qu'elle s'apprêtait à pousser un des battants, elle entendit, cette fois très distinctement, des bruits de pas. On marchait sur le gravier ! Elle passa un manteau et résolut de descendre dans la cour, une lanterne à la main. L'orage qui avait éclaté en début de soirée avait cessé mais laissé dans la nuit une sorte de moiteur humide qui collait à la peau. Plusieurs petits escaliers métalliques, ménagés dans les anciennes douves aujourd'hui comblées par des talus herbus, conduisaient aux cuisines. Elle emprunta les deux premiers sans croiser personne. Soudain, alors qu'elle était au milieu du troisième, elle aperçut une ombre longue qui se déplaçait lentement, glissant sur les fenêtres et les portes des cuisines. Alors qu'elle s'avançait lentement vers elle, un homme d'une haute stature jaillit de l'encoignure d'une porte. Il avait la main droite dans la poche de sa jaquette. Le visage découvert, jaune comme un citron, mal rasé. Il était sale, sentait mauvais, avait toute l'apparence d'une bête traquée.

– Ercole Tommaso, parvint à dire Massa, en proie à une vive émotion.

– Maman, répondit le jeune homme en se précipitant dans les bras de sa mère, ce qui n'était guère dans ses habitudes.

– Mon fils chéri, mon cher fils, ne cessait de répéter

Massa en le serrant si fort contre elle que celui-ci eut un mouvement de recul.

– Tu me fais mal, gémit-il en retirant de la poche de sa jaquette sa main tout ensanglantée.

– Tu es blessé, tu es blessé, que s'est-il passé, mon chéri ?

– Rien, ce n'est rien, une vulgaire bagarre, répondit Ercole Tommaso, reprenant soudain une distance qui semblait bien mal adaptée à la situation.

– Et cette arme !

– Ce n'est rien, calme-toi.

– Que s'est-il passé ? Qu'as-tu ?

– J'ai faim, voilà ce que j'ai, répondit Ercole Tommaso en souriant, et en remettant sa main dans sa poche. Les cuisines sont là, alors entrons !

– Je vais appeler Perpetua pour qu'elle te prépare à manger, dit Massa en cherchant des chandeliers.

– Tu ne vas appeler personne, maman.

– Mais...

– Je ne veux pas ameuter tout le château, et je sais exactement où tout se trouve. J'ai passé des heures ici, enfant, dans les jupes de Perpetua.

En quelques secondes, Ercole Tommaso avait trouvé les bougies, du pain, du fromage, du jambon, des fruits, du vin, les couverts et même une serviette d'un blanc éclatant frappée des armes de la famille.

– Le paradis sur terre, dit-il en mordant à pleines dents dans la miche de pain.

Tandis qu'il se restaurait avidement, en homme qui depuis quelques jours ne s'est nourri que de galettes de maïs et de blé noir fricassées dans du beurre rance, Massa pensait que le jeune homme qui mangeait devant elle avait été jadis un enfant et que le temps qui le séparait de cette enfance lui semblait aujourd'hui comme une vaste mer. La poussière qui recouvrait les vêtements de son fils lui rappela ces longues excursions à cheval durant lesquelles la voiture roulait des heures. On emportait des ombrelles pour se protéger du soleil brûlant, mais aussi des cache-poussière et des manteaux pour le retour qui se faisait toujours dans le froid. Comme tout enfant de son âge, Ercole Tommaso ne se souciait guère des problèmes d'intendance liés au voyage, seule lui importait la nécessité de n'oublier aucun jouet : cerceaux de jonc légers, balles, diabolo, épées de bois. Arrivée sur le lieu de villégiature, la petite troupe se mettait à l'abri de larges bouquets d'arbres remplis de merles dorés et de corneilles bleu profond. Alors chacun s'installait dans le vent léger et le parfum des champs environnants. Et tandis que les gens de maison jetaient sur l'herbe une immense nappe blanche où chacun bientôt s'assiérait, Massa berçait doucement son jeune fils et lui récitait des contes.

— A quoi penses-tu, maman ? demanda Ercole Tommaso tout en se versant un verre de vin qu'il engloutit d'un coup.

— A des souvenirs d'enfance. A ton enfance.

— Infestée par le permanganate de potassium !

— Pourquoi dis-tu cela ?

— Parce qu'il y en avait partout ! Sur mes jouets, sur la poignée de porte de ma chambre susceptible d'avoir été touchée par un étranger, sur tous les couverts, sur tous les fruits. Ce goût âcre, cette couleur rouge betterave !

— Tu n'as pas d'autre souvenir ?

— L'inconfort de la planche trouée au-dessus de la fosse d'aisances envahie par le bourdonnement des mouches, dans une auberge sur la route du mont Viso !

Massa était au bord des larmes.

— Je n'ai pas de nouvelles de toi depuis des mois, et tu me racontes des inepties pareilles.

— C'est pour rire, affirma Ercole Tommaso en se rapprochant de sa mère. C'est tout de même bizarre de se retrouver ici en pleine nuit, en train de manger du jambon, non ?

– Qu'as-tu fait à Turin tout ce temps ? Pourquoi ce silence ?

Avant de répondre, Ercole Tommaso serra ses mâchoires, comme s'il éprouvait une vive douleur.

– C'est ta main, montre-moi ! Qu'est-ce qui se passe ?

– Rien, il ne se passe rien ! Une bagarre, je t'ai dit, rien d'autre !

Ercole Tommaso s'était levé. Il retourna s'asseoir auprès de sa mère et, sur un ton très doux, affectueux, tout en lui caressant le bras, commença de lui parler de Turin :

– C'est très difficile à comprendre. Moi-même, je n'y vois pas très clair. C'est comme une ivresse, mais de quelle nature est cette ivresse, je ne sais pas.

– Est-ce si grave que tu ne puisses rien confier, absolument rien, de tout cela à tes parents ?

– Ce n'est pas « grave », c'est fondamental, essentiel.

– C'est l'enseignement d'Inocenzo Pollone qui t'a conduit à cette impasse ?

– L'enseignement d'Inocenzo ne conduit pas à une impasse, et de toute façon ce n'est pas cela dont je te parle.

– Il s'agit d'une femme, alors ? demanda Massa.

Ercole Tommaso leva les yeux au ciel. Toutes les mères étaient décidément les mêmes. Sentir que leur fils leur échappe, qu'il peut appartenir à une autre, déceler sur lui le parfum d'une autre femme qu'elle, le parfum des robes d'une autre, des mains d'une autre, des cheveux d'une autre, c'est au-dessus de leurs forces ! Il essayait de confier à sa mère la grande interrogation presque métaphysique qui l'habitait, qui l'avait croisé à Turin, et voilà qu'elle lui parlait d'une femme ! Certes, il y en avait bien une dans sa vie mais ce n'était pas, à cet instant de son parcours, la cause principale de son trouble, de son désarroi, ce qui lui avait donné la force nouvelle qui était en lui et qui le dépassait, et qui le pousserait à se promener dans les rues de Turin en montrant à tout le monde que ses mains à lui sentaient aussi la poudre.

– C'est une femme, c'est cela ? répéta Massa, la tête dans ses mains.

Elle n'obtint pas de réponse. Non parce que son fils refusait de lui répondre mais parce qu'un chaos épouvantable de chevaux et de carrosses, d'armes qui s'entrechoquent, de bottes ferrées qui écrasent le gravier, d'ordres bruyamment jetés venait d'encercler le château de Cortanze, telle une horde criarde, pour finir par le submerger et y pénétrer sans ménagement.

Quand elle releva la tête, Ercole Tommaso avait disparu, et Aventino, en robe de chambre de velours rouge, éructait face à un capitaine des lanciers entouré de soldats trapus aux yeux perçants qui ressemblaient à une curée prête à déferler sur sa proie.

– Monsieur, que signifie tout ce vacarme ? hurlait Aventino en frappant la table de son poing fermé. J'exige des explications !

Le capitaine, ses mains jaunes serrant plus fort les revers de sa capote, non sans une certaine crainte et faisant preuve à l'égard d'Aventino de beaucoup de respect, tenta de justifier son intrusion nocturne :

– Nous sommes à la recherche de fuyards...
– Quels fuyards ?
– Tous les membres de Jeune-Italie qui ont participé à la tentative de coup d'Etat n'ont pas été arrêtés, et...
– Un coup d'Etat, rien que cela ?

– Oui, monsieur le marquis !

– Et c'est ici que vous comptez trouver les séditieux ?

L'officier, qui essayait de se donner une contenance en regardant d'un œil indifférent les plafonds couverts de caissons en plâtre et les poutres noircies par la multitude de repas préparés depuis des siècles dans ces cuisines, répliqua que les gardes avaient été renforcées aux frontières et que les rebelles, qui n'avaient pu s'échapper, étaient certainement dans un triangle restreint compris entre Piea, Viale et Montechiaro.

– Et Cortanze est au centre de votre triangle ?

– Je ne sais pas si Cortanze est au centre du triangle, mais... monsieur le marquis... votre fils...

– Quoi, mon fils ? dit Aventino en regardant l'officier droit dans les yeux. Savez-vous que vous parlez au conseiller du roi !

Massa, qui assistait à la scène, muette, pétrifiée, regardait son mari, sentant que son cœur allait éclater.

– Que monsieur le marquis m'excuse...

– Eh bien quoi, dites ce que vous avez à dire !

– Il est élève dans l'école dirigée par Inocenzo Pollone... Il n'est plus à Turin...

– Vous voulez fouiller le château ?

– C'est-à-dire que... dans les circonstances actuelles... étant donné les ordres reçus...

– Venant de qui ? Du roi ?

– Non, monsieur le marquis, reconnut l'officier en lui tendant un document signé du chef de la police de la vaste région que forment le Montferrat, le Roero et les Langhe.

– « Lodovico Cernide », lut à voix basse Aventino, pensant qu'une nouvelle fois ce traître parmi les traîtres, ancien policier milanais qui avait occupé à la fin du siècle précédent le poste d'« inspecteur de la partie des filles et des femmes galantes », avant de passer dans le camp des Français puis dans celui des Autrichiens, se mettait de nouveau en travers de sa route.

– Comme vous pouvez le constater ma mission est clairement définie : entamer des recherches dans toute la région, y compris les châteaux...

– Eh bien, puisqu'il en est ainsi, fouillez tout le château. Et lorsque vous aurez terminé votre tâche, j'accepterai volontiers vos excuses, lança Aventino, avec un calme terrible.

11

Trois heures durant, les pas de la meute résonnèrent dans les pièces et les couloirs du château. Assis face à face dans la cuisine, Massa et Aventino n'échangèrent aucune parole. Les unes après les autres, toutes les chambres des domestiques furent visitées, toutes les soupentes, tous les combles, les caves, jusqu'aux labyrinthes fermés depuis des générations. Tant et si bien qu'au petit jour tout le monde était debout à évoquer ce qui était en train de se passer, sans rien comprendre. Le départ des soldats fut accompagné d'une joie contenue, effrayée à l'idée de s'exprimer. Monsieur le marquis lui-même, si proche de Charles-Albert, n'était donc pas à l'abri des perquisitions de la police ? Quand il fut bien certain que les soldats ne reviendraient pas, chacun retourna à ses occupations. Aventino exigea de rester seul avec Massa dans la cuisine. Le choc avait été si fort qu'elle s'affaissa dans les bras de son mari.

– Aventino, j'ai une chose très grave à te dire..., murmura-t-elle.

– Ne me dis rien, Massa.

– Mais c'est important.

– Je sais. Attends, ajouta-t-il en l'aidant à s'asseoir.

Après avoir vérifié que la porte de la cuisine était fermée à clef et que personne ne viendrait les rejoindre, il se dirigea vers un vaisselier qu'il fit pivoter comme une porte, et dit :

— Tu peux sortir, maintenant.

Ercole Tommaso apparut, encore plus pâle que quelques heures auparavant. Massa n'en croyait pas ses yeux.

— Qu'est-ce que c'est que ce tour de passe-passe ?

— Tous les hommes de notre famille connaissent ces cachettes, ces passages secrets. Quand j'ai entendu les soldats, j'ai immédiatement compris qu'il ne me restait plus que cette issue, dit Ercole Tommaso.

— Je suis descendu à ce moment, réveillé par le bruit. Toi ici, les restes de repas, les soldats qui cherchaient les fuyards, j'ai pensé que, si notre fils était revenu, il ne pouvait être que là, derrière le vaisselier.

— Père, lança Ercole Tommaso.

— Tais-toi, jeta froidement Aventino. Tu es seul ?

Ercole Tommaso, la main droite serrant fortement son bras gauche, ne répondit pas.

— Je te parle, tu es seul, oui ou non ?

— Oui...

— Tu as laissé tes complices en chemin ?

— De quels complices veux-tu parler ?

— Tu me prends pour un imbécile ?

— Père, je dois t'expliquer, dit Ercole Tommaso en s'avançant vers Aventino.

— C'est une idée, en effet, lança Aventino, mais pas ici, suis-moi, ajoutant à l'encontre de Massa : Laisse-nous seuls, je t'en prie.

Les deux hommes connaissaient tous les coins et les recoins du château. Il leur fallut peu de temps pour arriver sans avoir été aperçus par qui que ce soit dans la bibliothèque. Au moment d'en atteindre la porte, Ercole Tommaso s'arrêta. C'était une sorte de lieu sacré dans lequel il n'avait jamais pénétré sans en demander l'autorisation ni sans une certaine appréhension. Aventino fit signe à son fils d'entrer et de refermer la porte. Il resta debout au milieu de la pièce, comme pour lui faire comprendre qu'il devait être bref, concis, pertinent. Ercole Tommaso allait commencer. Il était fort intimidé.

– Dispense-toi de tout exorde, veux-tu !
– Dans un premier temps j'ai été fasciné par la maçonnerie, la charbonnerie, tout ce mystère, ces serments, ces mots de passe, ces symboles, ces airs de complot qui entourent les sociétés secrètes... Tout étudiant n'a-t-il pas été un jour plus ou moins citoyen d'Athènes, de Sparte, de Saint-Marin...
– Cette politique de déclamation virulente, de haine, de paroles extrêmes, qui sévit aujourd'hui dans toute l'Italie, dans les universités, dans les coulisses des théâtres, dans les cafés, dans les bureaux du journalisme, dans les boutiques des barbiers, ne mène qu'à l'égarement, au travestissement de la vérité. Vous buvez dans des coupes empoisonnées ! Vous vous enivrez de paroles creuses !
– Père, je n'ai plus aucun goût pour ces associations secrètes ou non qui prétendent qu'il suffit, pour renverser un gouvernement, de déployer un drapeau aux couleurs italiennes et de descendre dans la rue en criant : « Vive la liberté ! »
– Alors que fais-tu sur les routes du Piémont, avec la police à tes trousses ?
– Je n'en suis pas moins convaincu que l'antagonisme entre la monarchie et la liberté est aujourd'hui nettement posé, et que les petites autocraties qui fractionnent la péninsule italienne, au lieu d'être un gage de stabilité, sont devenues en quelque sorte les préludes de bouleversements de plus en plus rapprochés.

Aventino fit quelques pas en direction de son bureau et vint s'asseoir, exigeant de son fils qu'il reste debout, bien en face de lui.

– Et tu penses sans doute que le royaume de Piémont-Sardaigne est une « petite autocratie » ?

Ercole Tommaso, prenant un air solennel, répondit :

– Que chacun mette la main sur sa conscience, qu'il interroge franchement sa raison, et il reconnaîtra que les monarchies dans la Péninsule ont terminé leur rôle ! C'est ce qu'enseigne Mazzini, et je suis d'accord avec lui...

Essayant de garder son calme, Aventino froissait des feuilles de papier qu'il avait devant lui, les jetant l'une après l'autre dans la corbeille.

– Mazzini ! C'est ce traître d'Inocenzo Pollone qui te prodigue l'enseignement de Mazzini ?

– Inocenzo Pollone n'est pas un traître.

– Traître à notre amitié, si !

– Il est resté fidèle à ses idées, n'est-ce pas ce qui compte ?

– Tu es de ceux qui choisissent le dogmatisme contre l'amitié ?

– Sans hésiter !

Aventino sentait monter en lui plus que du ressentiment, une immense tristesse, de celle qui n'est jamais ni noble, ni belle, ni utile.

– Dans cent ans, le monde sera libre ou esclave ! poursuivit Ercole Tommaso, de plus en plus exalté.

– Est-ce pour cela qu'on t'a élevé, mon fils ? Pour lutter contre la monarchie piémontaise que ta famille soutient depuis des siècles ? Depuis des siècles nous sommes les plus fidèles et les plus proches alliés de la maison de Savoie !

– Ce monde courbé sous le regard du prince, qui enlaidit tous les hommes qui le composent par sa seule présence, est appelé à disparaître !

– Que fais-tu du titre que tu portes ?

– Ce monde-là est perdu, évanoui dans les révolutions et dans les tempêtes !

— Que fais-tu de la famille au sein de laquelle tu es né, des valeurs qu'on t'a transmises et que tu dois transmettre ? Que fais-tu du Piémont où sont nos terres ?

— Le Piémont gît prosterné sous le pire de tous les despotismes : le despotisme du sabre ! Des gouverneurs et des commandants militaires traitent ce pays en véritables pachas ! L'arbitraire et le favoritisme ont envahi le sanctuaire de la justice ! Le secret des correspondances est constamment violé ! Trois gazettes officielles constituent toute la presse politique du pays ! Et le seul commerce florissant est celui des espions ! Le Piémont, ton Piémont, est tombé dans un insurmontable engourdissement et dans une profonde léthargie. Chaque ville vit dans un complet isolement, il est impossible à Turin de savoir ce qui se passe à Gênes ou à Asti. Les princes s'opposent avec violence au développement de l'instruction du peuple. La jeunesse croupit dans l'ignorance et dans l'inaction. La crainte inspirée par la police, dont l'arbitraire est sans bornes, empêche la venue du progrès. Lorsqu'un voyageur entre en Piémont, ses papiers et ses livres sont envoyés aux inquisiteurs. La censure empêche toute allusion patriotique. On jette un baryton en prison parce que, dans un chœur, il a remplacé le mot « loyauté » par « liberté ». On destitue un professeur parce qu'il cite Jules II qui avait dit en son temps : « Hors d'Italie, les Barbares ! » Les sciences, les arts, l'industrie, le commerce : tout est paralysé. Byron a raison : « L'Italie est la Niobé des Nations », privée de ses enfants, de ses couronnes, sans voix pour crier ses infortunes. Montesquieu a raison : à Rome, quiconque avait des vices, une âme bien basse et un esprit ambitieux, cherchait une victime dont la condamnation pût plaire au prince : « C'était la voie pour aller aux honneurs et à la fortune. » Nous en sommes là, aujourd'hui. Et Dante ! Dante a raison : « O Italie esclave, hôtellerie de douleur, navire sans nocher dans une grande tempête, non plus reine du monde, mais siège de la tyrannie ! »

— Assez, mon fils, assez ! Tu ne comprends rien ! Quel galimatias ! Tu ne seras donc content que lorsque tu m'auras donné la mort. Ote-toi de ma vue !

— Père, je te dirai tout ce que j'ai à te dire. Jusqu'au bout. Je suis arrivé à penser que la propriété est un vol. Si mes ancêtres n'avaient pas volé, je serais obligé de gagner mon pain à la sueur de mon front.

— En voilà de beaux couplets ! Parce que tu penses que s'occuper d'un domaine comme le nôtre c'est ne pas travailler, ne pas tenir compte des gens qui vivent sur nos terres, n'avoir aucune responsabilité, aucun devoir vis-à-vis d'eux ? Si tu ne sors pas immédiatement d'ici je te fracasse la tête ! finit par hurler Aventino, étonné lui-même par tant de fureur.

Ercole Tommaso se tenait devant son père, incapable de prononcer un seul mot, de faire le moindre geste. La main levée sur son fils, Aventino laissa lentement son bras redescendre. Il sentait son cœur battre violemment dans sa poitrine.

— Ercole Tommaso, beaucoup de tes amis sont arrêtés, sans parler de ceux qui le seront bientôt. Tu sais ce que cela signifie. Haute trahison, constitution de société secrète, conspiration. Vous risquez tous le gibet. Et toi plus que les autres, parce que tu es mon fils... Une liste d'une centaine de personnes compromises est en cours d'élaboration. Cela m'étonnerait fort que tu n'y figures pas... Il est hors de question, tu m'entends, que tu sois arrêté en train de fuir.

— Je me vois assez bien garni de menottes et porté entre quatre gendarmes au bureau d'écrou...

— Fais de l'humour, c'est le moment !

– Il est vrai que porter des menottes à l'intérieur d'une forteresse est contre les règlements.

– Tu dois te constituer prisonnier, dit Aventino, c'est la seule façon de t'en sortir vivant, et sans déshonorer ta famille.

– Jamais, je ne me rendrai jamais !

– La fuite ? Tu oserais fuir ! Alors c'est la mort assurée et la honte.

– Je pars sur l'heure.

– Si tu quittes ce château, les portes t'en seront à jamais fermées, j'en fais le serment sur les armes de la famille.

– Alors adieu, père, jeta Ercole Tommaso comme s'il lançait un os aux chiens, en se dirigeant vers la porte de la bibliothèque, qu'il tenta d'ouvrir en extirpant sa main blessée de sa poche.

Celle-ci, entourée dans la serviette qu'il avait prise dans la cuisine, couverte d'un liquide rouge poisseux, glissa sur la poignée dont elle ne put se saisir. Ercole Tommaso, perdant tout à coup l'aplomb, se mit à trembler, le front moite de sueur, et lança à son père un regard bouleversé. Aventino n'eut pas le temps de rattraper son fils qui tomba lourdement sur le parquet à l'instant où l'on frappait à la porte. Il n'ouvrit pas immédiatement. De nouveaux coups retentirent.

– Qui est là ? demanda-t-il, tout en glissant un coussin sous la tête de son fils.

– Massa.

– Entre.

A la vue de son fils à terre, la main baignant dans son sang, Massa faillit se jeter sur son mari, le rendant responsable de tous les malheurs qui leur arrivaient.

– Qu'as-tu fait, Aventino ? Tu l'as frappé ? Tu as frappé notre enfant ?

– Calme-toi, il s'est évanoui, c'est tout.

– Il faut appeler un médecin, un pharmacien !

– Pour qu'ils nous trahissent ? Certainement pas. Va chercher des pansements, de l'eau et une préparation au chlore, je vais nettoyer sa blessure.

Quand Massa revint, les bras chargés, Aventino avait commencé d'enlever la serviette trempée de sang qui servait de bandage. La blessure était ouverte, profonde, prenait sur le dos de la main, tournait autour du pouce pour se terminer sur le poignet. Il y avait des traces de poudre. Aventino pensa au regard d'effroi que lui avait jeté son fils avant de s'effondrer : celui d'un homme qui venait d'entrevoir la mort dans l'éclair d'un coup de feu. Quand il eut fini de nettoyer la blessure et qu'il l'eut bien serrée dans un pansement de taffetas, Ercole Tommaso, qui avait fini par retrouver ses esprits, tomba dans un profond sommeil. Le soleil pénétrait maintenant dans la pièce. Massa tira les rideaux, jeta une couverture sur son enfant, cacha les linges souillés et la cuvette pleine d'une eau noire dans un recoin de la bibliothèque, et partit rejoindre son mari dans le petit salon attenant.

– Tu ne vas pas abandonner ton fils, Aventino ? Tu ne vas pas le livrer à la police ?

– S'il se rend, il sera condamné à vingt années de fers, sentence immédiatement commuée en douze années de forteresse avec jeûne au pain et à l'eau chaque vendredi et « autres bamboches religieuses », comme on dit dans les romans...

– Il faut l'aider à s'enfuir, je t'en supplie !

Aventino prit le temps d'allumer un demi-cigare.

– S'il s'enfuit et qu'il est pris, je ne pourrai lui éviter le gibet.

Massa se jeta aux pieds de son mari.

– Toi seul peux l'aider, Aventino !

— Pas au prix du déshonneur...
— Je t'en conjure !
— Je t'en prie, Massa, un peu de tenue. Je ne suis pas Dieu le père. Je ne peux pas tout nouer et tout dénouer dans ce royaume. Tu imagines quelle sera l'attitude de Charles-Albert quand il apprendra que le propre fils de son plus proche conseiller fait partie de la conspiration ?
— Ton fils n'est peut-être pas vertueux mais il n'est pas hypocrite, c'est une grande vertu.
— Quelles conséquences déduire du fait de reconnaître ses fautes et d'y persévérer, si ce n'est pécher par obstination !
— Il pense profondément que les maîtres sont dépassés, et il a peut-être raison... Il pense que la fraternité humaine...
— La fraternité humaine, la fraternité humaine ! Je suis comme Sénèque qui place le prestige intellectuel au-dessus de toute fraternité humaine. Et sur ce point, je ne peux pas m'entendre avec ton fils. Comme sur beaucoup d'autres points, d'ailleurs.
— Aventino, au nom de tout ce que nous avons vécu ensemble, sauve ton fils !

Aventino ne répondit pas, restant muet comme il avait l'habitude de le faire lorsque, tout pénétré de la question soulevée, il cherchait une échappatoire, une réponse.

— Tant pis pour lui ! finit-il par lâcher. Voilà les conséquences de la vie qu'il mène. Ses prouesses te ravissent donc tant ? demanda-t-il en se rapprochant de Massa qui pleurait en silence.

Dans le regard qu'Aventino lui lança alors, celle-ci comprit qu'elle avait gagné. Il mit ses mains dans les siennes et lui demanda :

— Eh bien ! qu'est-ce que tu veux de moi ?
— Aide-le à quitter l'Italie.

– Bien que je désapprouve cette fuite, je le ferai pour toi, Massa, mais tu sais, il est impossible de mettre un homme à l'abri du monde. Tôt ou tard, ils se jetteront sur ton fils et lui casseront les reins.

Durant toute cette journée brumeuse couleur de mer, Aventino s'employa à frapper aux bonnes portes, à répéter des arguments convaincants, et parfois même à soudoyer. Quand il revint au château, il regarda longuement les documents dûment signés et le passeport qu'il tenait dans ses mains, en plissant les yeux comme s'il n'était pas encore tout à fait sûr d'avoir trouvé ce qu'il avait cherché tout le jour. Laconique et satisfait malgré lui, il se résuma pour lui-même la situation avant d'en révéler la teneur aux différents protagonistes : son fils devait avoir atteint la frontière française ce soir avant minuit. Quelques personnes très sûres avaient été mises au courant, dont Perpetua, chargée de préparer quelques bagages légers afin de ne pas alourdir la voiture qui devait quitter le château à la nuit tombée. Lavé, habillé de frais, le pansement renouvelé, Ercole Tommaso attendait dans le salon bleu du rez-de-chaussée en compagnie de Massa qui ne lui avait encore rien révélé du plan échafaudé par son père. Aventino, qui savait que les heures étaient comptées, entra immédiatement dans le vif du sujet :
– Pendant que tes amis pourriront dans une *segreta*, cet immonde cachot souterrain éclairé par une petite lampe placée dans une tête de mort, tu partiras te réfugier en France.
– Partir ? Fuir ? Jamais !
– Tu sais ce que tu veux ?
– Je sais ce que je ne veux pas.

– Tu t'es fourré dans la tête de jouer au héros libéral ?

– Non, pas du tout.

– Tu veux poursuivre ton combat perdu d'avance ?

– Je ne veux ni fuir ni me rendre, mais combattre, en effet.

Massa, jusque-là restée silencieuse, intervint :

– Et Teresa, qu'en fais-tu ?

– Teresa ? Teresa ? demanda Ercole Tommaso, interloqué, ne sachant ce qui lui arrivait. Mais comment savez-vous ? Qui vous a mis au courant ?

– Le peintre, répondit Aventino.

– Le peintre ? Quel peintre ?

– Giovanni Francesco Rigaut, celui que ta mère a chargé de faire ton portrait.

– Je ne comprends rien, mais rien du tout.

– Rassure-toi, nous non plus, dit Aventino.

– Est-ce vraiment le moment de rejouer la grande scène des *Promessi Sposi* ? répliqua Ercole Tommaso avec arrogance.

– Je ne sais pas si c'est le moment, mais vous allez faire exactement ce que je vais vous ordonner de faire ! s'écria Aventino d'une voix tonnante.

– Vous ? dirent en chœur Massa et Ercole Tommaso

– Oui, *vous* ! répliqua Aventino, satisfait de son effet, comme un acteur de théâtre qui d'une réplique vient d'accrocher une salle entière à ses lèvres. Teresa partira aussi ce soir !

– Père, grâce te soit rendue...

– Ne me remercie pas. Tout ce vacarme ne m'enchante guère...

– Je peux la voir ? crut pouvoir demander Ercole Tommaso.

Aventino eut beaucoup de mal à retenir un mouvement de colère.

– Et puis quoi encore, tu me prends pour un entremetteur !

– Père, je voulais simplement...

– Tais-toi ! Elle ira de son côté, et toi du tien, puis vous vous retrouverez après la frontière, en territoire français.

Massa, qui voulut intervenir en faveur de son fils, se fit vertement remettre à sa place. Puis une scène terrible s'ensuivit. Aventino, cette fois hors de lui, hurlait que lui seul commandait dans ce château hérité de son père, qu'il ne tolérerait plus aucune scène, qu'il ne serait plus le dupe d'aucune comédie. Ni le fils ni la mère n'avaient jamais vu Aventino dans une telle fureur. Ils finirent par ne plus souffler mot. Et le regard que leur jeta alors Aventino, ils ne seraient pas près de l'oublier. Aucun des deux ne put le soutenir, baissant les yeux comme s'il se sentait vaincu, blessé, sans vie. Le souper qui s'ensuivit se passa dans un silence complet puis Aventino se retira immédiatement dans sa chambre, non sans avoir au préalable donné à son fils deux pistolets chargés, lui indiquant que, s'il devait s'en servir, il les tienne bien fermement car les charges étaient fortes et qu'il pouvait se laisser surprendre par le recul.

Les ordres qu'il avait donnés furent suivis à la lettre. A vingt heures trente tapantes, le carrosse quitta la cour du château, escorté par une dizaine d'hommes à cheval, emportant à son bord Ercole Tommaso Roero Di Cortanze, recherché par la police du royaume.

Ce qu'Aventino avait soigneusement caché à Massa et à Ercole Tommaso, c'est que Luigi Roero Di Severino, gouverneur de Turin et père de Teresa, l'avait lui-même averti de la nécessité d'éloigner sa fille quelque temps du royaume de Piémont alors qu'il venait lui demander d'établir un passeport pour son fils. Les deux pères, la mort dans l'âme, avaient mis au point ce stratagème rocambolesque qui était d'autant plus certain de réussir qu'ils seraient les seuls à en avoir connaissance. Lors de l'entretien qu'il avait eu avec Teresa, Aventino n'avait pu nier l'évidence : il était tombé sous le charme de la jeune femme. Alors qu'il avait d'elle l'image d'une petite personne plutôt agaçante, gâtée, minaudant à tout propos, il eut le bonheur de trouver en face de lui une jeune fille sûre d'elle, prête à se battre pour ses idées et qui refusait ce que lui avaient enseigné les sœurs de Notre-Dame-du-Bon-Secours : présenter le moins de surface à la fortune, vivre tout bas, et se contenter d'un bonheur facile à cacher aux yeux du monde. Il avait compris qu'avec elle, les passions qui se disent douces peuvent s'entourer de férocité comme on entoure une plante précieuse de ronces et d'épines pour la préserver de la dent des troupeaux. Elle avait su citer le philosophe Bacon de Verulam à bon escient en formulant cette vérité riche d'enseignements : « L'homme dont les forces ne suffisent pas pour les choses nécessaires et utiles s'occupe volontiers de choses vaines et inutiles ! » Enfin, alors qu'ils allaient se quitter, elle le rejoignit sur un point fondamental de ce qu'il appelait parfois pompeusement sa théorie de l'existence, à savoir que dans le grand duel de la vie, et surtout dans les moments décisifs, seules les armes de la courtoisie étaient permises : « Ne sont-ce pas les seules qui nous conviennent, à nous, êtres humains, si nous voulons être dignes de notre rang ? » En un mot, Teresa avait su le convaincre qu'elle était nécessaire au bien-être de son fils, et que leur amour était on ne peut plus véritable, comme seules les vraies femmes savent le faire : en ajoutant du mystère au mystère.

Il était maintenant presque minuit. Il se dirigea vers la fenêtre de sa chambre, l'ouvrit, et d'une voix de loup, inaudible, voilée, lança à la lueur humide du soir des ordres durs et impérieux : « Galopez, les chevaux ! Galopez ! » Un instant, il pensa rejeter sur ses épaules les pans de sa cape et sortir en toute hâte, puis, alors qu'il entendait ses pas commencer de résonner dans sa chambre, il se ravisa. Cela ne servirait à rien. Il avait dans la tête le hennissement des chevaux, l'entrechoquement des branches venant heurter le carrosse et le bruit des roues, régulier et sombre. Pendant que la voiture et sa sombre escorte s'engageaient dans les sept gorges de la vallée de Chiusone en direction du col de Monginevro qui lui permettrait de passer la frontière française à Val-des-Prés, s'abattait sur le Piémont l'ombre noire de la mort. Lentement, les commissions militaires reprirent du service, tout comme les tribunaux civils et ecclésiastiques. On fusilla à Chambéry, à Gênes, à Alexandrie, à Asti et à Suse. Dans les prisons, on arracha aux accusés des divagations et des noms, par l'emploi de doses massives de belladone. La bastonnade fut remise au goût du jour, les prisonniers recevant jusqu'à quarante coups de bâton quotidiens. Pour obtenir des révélations, on osa tout. Par de mensongères promesses, on sollicita des trahisons. Par de honteuses calomnies, on feignit d'avoir déjà obtenu des aveux. On introduisit dans les prisons des agents de la police qui, sous le masque du conspirateur, gagnaient patiemment la confiance du prisonnier, provoquaient ses confidences et saisissaient au vol tout accent, toute plainte et jusqu'au plus faible soupir. L'espionnage habita les cachots et le Piémont devint le plus grand d'entre eux. Non content de pendre et de fusiller, on affaiblit les forces des accusés, on diminua leur alimentation, et la nuit on les réveilla avec des clameurs sinistres qui les empêchaient de retrouver le sommeil.

Pour donner une couleur de justice à ces abominables exécutions, on édicta des lois d'une férocité incomparable. Quiconque aurait introduit, ou fait circuler, en Piémont, un livre ou un journal « contraire aux principes de la monarchie » était condamné à « cinq ans de galères », et dans certains cas « à la mort ». Quiconque aurait reçu par la poste ces journaux ou ces livres, sans les avoir aussitôt remis aux autorités, encourait la peine de « deux années de prison ». Ces édits portaient les signatures de l'Escarena, de Caccia, de Pensa, de Barbaroux et de Cernide ! Parmi ceux qui avaient réussi à s'exiler à temps furent condamnés, par contumace, à mort et à la confiscation les comtes Pecchio, Arconati, Benigno Bosi, Arrivabene, Filippo et Camillo Ugoni ; l'avocat Vismara ; le général De Maester ; le maréchal Zucchi ; Scalvini, Gioia, et tant d'autres... Certains, dans les prisons, parmi les plus courageux ou les plus désespérés, se coupèrent la gorge bien près de la carotide, avec ce qui leur tombait sous la main : pointe de fer arrachée au blindage du cachot, éclat de granit, cuillère aiguisée sur le mur...

Aventino resta éveillé ainsi de longues nuits devant sa fenêtre ouverte, rêvant parfois à la mort romaine de Jacopo Ruffini, laissant venir à lui les sombres pensées qui le tenaillaient, quelques membres de phrases lui parvenant de-ci de-là, des mots décousus dont il ne saisissait pas le sens. Devant lui une brise d'automne, venue enfin après tous ces jours de soleil terrible, avait fini par détacher des rameaux du mûrier qui montait le long du mur de l'église des feuilles desséchées, et les faisait maintenant tomber en tournant. Parfois les rayons obliques du soleil coloraient les pampres des vignes, qui commençaient à rougir ; et les filets, servant à attraper au vol les oiseaux migrateurs, encore chauds des curées de la veille, se déployaient en longues bandes brunes et distinctes sur les champs couverts de chaume que la rosée avait rendus blanchâtres et brillants. Durant tous ces jours et toutes ces nuits, Aventino n'avait cessé de se mettre à sa fenêtre, et invariablement il y entendait le hennissement des chevaux, l'entrechoquement des branches venant heurter le carrosse, et le bruit des roues, régulier et sombre, qui emportait son fils vers cette nuit de l'exil dans laquelle les étoiles scintillaient d'un éclat singulier, tout au long de cette route qui, le pensait-il, allait le mener au loin, vers l'aventure, les comportements humains les plus secrets, vers les régions funestes de la vie.

12

Durant les mois puis les années qui suivirent le départ d'Ercole Tommaso pour la France, Aventino et Massa durent apprendre à vivre avec une idée qui n'avait jusqu'alors jamais été la leur : ne pas forcer la porte du temps, s'en tenir au moment présent et ne pas savoir en quoi il se distingue de toujours. A mesure que le temps passait, chacun dut se débrouiller avec ce qu'il était, avec ce que sa vie avait fait de lui. Massa continua de soutenir la publication de *Donna Libera*, réunit régulièrement les membres du club Béatrice Cenci, participa à nombre de banquets « régénérateurs des femmes démocrates et socialistes » durant lesquels on portait force toasts au bonheur de la femme, à l'harmonie sociale et à la souveraineté du peuple, tout en convenant qu'une fois le veau et la salade du banquet digérés, les hommes retrouvaient leur égoïsme. Elle n'en délaissa pas pour autant l'armada de domestiques qu'elle recrutait auprès de la Ligue des femmes chrétiennes du Montferrat, et qui vaquaient à leurs occupations dans les cinquante-deux pièces du château de Cortanze. Aventino, de son côté, aida le roi à poursuivre la réalisation de réformes destinées à conjurer les nuages, signes d'orage violent, qui commençaient de s'accumuler dans le ciel du Piémont. Ainsi annula-t-on, dans l'île de Sardaigne, toute juridiction féodale, déchargea-t-on les paysans de la corvée pour l'exploitation et le transport du sel des salines royales, et établit-on des conseils généraux et municipaux, nommés par le roi mais jouissant d'une certaine liberté. Un code fut même publié, applicable dans toute la monarchie, qui reproduisait à peu près les grands principes du droit français. On régularisa l'administration des provinces de terre ferme par une nouvelle division des intendances générales et des préfectures ; un pont fut jeté sur le torrent des Usses ; Gênes fut fortifié ; et un bâtiment de guerre y fut mis à la voile pour entamer un tour du monde. Aventino ne ménageait pas sa peine. Il aida les sciences positives et l'industrie à inspirer moins de défiance à l'Eglise et à ses fidèles, multiplia l'organisation de congrès scientifiques, fit adopter des mesures permettant à l'industrie de la soie et du coton de se développer et aux caisses d'épargne de grossir leurs dépôts, mais surtout divulgua dans la presse une thèse novatrice destinée à engager la Péninsule sur la voie du futur : la modernisation économique de l'Italie comme première et indispensable marche vers l'indépendance et l'unité. Voilà pourquoi, contrairement au roi de Naples, qui estimait que le rail devait servir à déplacer et rassembler les troupes et à assurer ainsi sa domination mais en aucun cas à « la commodité des populations », ou au pape, qui redoutait que les voies ferrées « ne transportent moins de marchandises que d'idées », Aventino défendait avec conviction la nécessité pour l'Italie tout entière de créer et de déployer son réseau ferroviaire. « Si l'on accepte de renoncer aux utopies socialistes ou mazziniennes, c'est-à-dire de développer le libéralisme modéré, le rail libérera les échanges, fera circuler les idées, créera un vaste espace économique », déclara-t-il en paraphant le document qui lançait la construction de la ligne Turin-Moncalieri, ajoutant, en guise de conclusion lyrique : « Dans cette Italie cloisonnée de frontières, la construction d'une vaste toile d'araignée ferroviaire prouvera au monde, si besoin en est, que l'économie politique n'est rien d'autre en somme que la science de l'amour de la Patrie. »

Le Piémont de ces années-là, comme toute l'Italie d'ailleurs, était traversé par un grand débat politique qui voyait deux thèses s'opposer, sans que personne comprenne qu'elles n'étaient que les deux moitiés d'une même pensée, d'un même but qui, dès lors qu'elles campaient sur leurs positions, leur échapperait toujours. Depuis que Mazzini et ses lieutenants avaient été condamnés par contumace « à une mort ignominieuse comme criminels de haute trahison, exposés à la vengeance publique en tant qu'ennemis de la patrie », l'abbé Vincenzo Gioberti et le comte Cesare Balbo se partageaient les suffrages des citoyens en manque de pères spirituels. Si le premier assignait au souverain pontife la fonction de régénérer la Péninsule sous la forme d'une confédération d'Etats, restituant ainsi à l'Eglise, délivrée de la tyrannie des jésuites, sa fonction séculaire de flambeau de la civilisation, le second rêvait d'une Italie certes « centre et tête » des intérêts spirituels de la chrétienté, mais à l'initiative de la dynastie de Savoie et autour des Etats sardes. Dans le premier cas, telle était du moins la thèse défendue par *La Primauté civile et morale des Italiens*, essai que venait de publier Vincenzo Gioberti, l'homme ne pouvait se passer de l'Eglise pour réaliser cette élévation. Dans le second, réponse circonstanciée de Cesare Balbo développée dans ses *Espérances de l'Italie*, rien n'étant possible tant que l'étranger occuperait l'Italie, il fallait éloigner l'Autriche, et mettre tout son espoir dans les institutions militaires du Piémont et dans la réconciliation des peuples avec leurs princes.

Aucune de ces solutions ne semblait satisfaisante. Ni celle proposée par le prêtre d'esprit inquiet, trop impressionnable et violent ; ni celle du très politique ancien auditeur du Conseil d'Etat nommé par Napoléon en personne, grand lecteur et admirateur du Dante. Quant à la troisième voie, échafaudée par Massimo D'Azeglio, aristocrate subtil et zélé, qui envisageait de constituer une chevalerie errante au profit d'une Italie totalement inféodée à la maison de Savoie, elle avait certes l'assentiment secret d'Aventino, mais ne conduirait qu'à un échec programmé. Dans cette Italie de la nécromancie et des forces occultes, où l'on prétendait encore que la science moderne découlait de la magie, que les tremblements de terre étaient des phénomènes électriques et que l'invention de la poudre était due à un moine qui avait dérobé la foudre aux dieux, le Piémont n'était toujours pas considéré par certains comme une nation à part entière. Un ministre français, en poste à Turin, n'avait-il pas récemment osé affirmer : « Ici, penser est un tic, écrire presque un ridicule. Cette terre n'appartient ni au pays de l'art et de la passion, ni à celui de l'intelligence et du plaisir. C'est un petit Etat de soldats, toujours sur le pied de guerre, toujours inquiet entre la France et l'Autriche, et dont le souverain d'opérette tâche de prévenir chez lui, à l'aide d'un vaste système de commandements militaires et de police, cette effervescence des esprits qui, au-dehors, preuve qu'un compromis est possible entre raison et sentiment, science et foi, commence à devenir par trop dangereuse. »

Force était de constater que le roi de Piémont continuait de faire fusiller et de jeter dans les forteresses de Gênes, de Fenestrelle, d'Ivrée et d'Alexandrie, nombre de citoyens dont le seul tort était de réclamer la liberté ; quant à la chasse aux proscrits, elle se poursuivait à un rythme soutenu. Mais ce n'était pas tout : on reprochait pêle-mêle à Charles-Albert une protection par trop inefficace des cultes dissidents, une certaine exagération de la puissance paternelle, une grande sévérité contre les déserteurs, la consécration d'une partie des privilèges de la noblesse et du clergé, l'égalité civile lésée en plusieurs points, l'amovibilité des juges, le secret toujours persistant de la procédure. Des émeutes éclatèrent ici et là, les plus vives à Turin. On agitait des fusils victorieux, on montrait sur les blouses des baudriers semés de gouttes de sang, on se promenait avec dans les yeux l'éclair du triomphe. On se souvenait du Paris de 1830 et l'on s'imaginait déjà marchant dans les rues d'Asti, de Chivasso, d'Alexandrie, de Suse, couvertes de débris, de fenêtres brisées, de portes enfoncées, de maisons tachetées par les balles et percées par les boulets, d'arbres abattus, de pavés amoncelés, et de monceaux de paille mêlée de sang et de boue. Beaucoup de poètes inspirés, des publicistes, des professeurs, des journalistes, des écrivains, des avocats tentaient d'alerter l'opinion publique. Des récits diffusés sous le manteau, des confessions, des réclamations, des libelles, des pamphlets, toute une presse clandestine passait de main en main dans l'ombre et le silence, semant comme une traînée de poudre. Certains pensaient qu'il fallait déployer immédiatement le drapeau de la révolte, d'autres qu'il était préférable de conspirer et d'attendre que la liberté fût assez forte pour lutter au grand jour. Dans une société où la musique était partout présente, les hymnes et les chansons populaires étaient à l'image de ce Piémont coupé en deux : d'un côté celui de l'insurrection, de l'autre celui de la réaction.

Aventino n'appartenait ni à l'un ni à l'autre camp. Certes, plusieurs réformes qu'il avait tenté de mettre sur pied avaient été repoussées, reportées et pour certaines totalement abandonnées voire oubliées. Il en éprouvait une amertume réelle, de celles qui comme un gouffre peuvent attirer l'âme humaine et l'y engloutir à jamais.

Une des rares initiatives dont il pouvait être absolument fier c'était sans nul doute la création de la toute récente Association agraire. Instituée sous le patronage de Charles-Albert, ce qui ne devait être au départ qu'une société destinée à moderniser l'agriculture, puis dans un second temps à améliorer les échanges entre Etats italiens, devint vite une sorte de club de discussion, d'ébauche de fédération italienne où, sous prétexte d'agriculture, on s'occupait surtout de politique. Parmi ses membres les plus actifs figuraient certains noms qui, au dire d'Aventino, ne manqueraient pas de compter dans l'Italie de demain : Lanza, Alfieri, Balbo, Ratazzi, Cavour, tous fidèles au roi et amis de la liberté. Comme dans ces parutions, qui n'étaient pas d'officiels journaux politiques, mais s'appelaient *Antologia*, *Lectures populaires* ou *Le Messager turinois*, la pensée germait, les idées fusaient et les meilleures d'entre elles remontaient jusqu'au palais royal. C'est par elles que l'Italie allait passer de l'inspiration aux actes.

Mais en cette fin juillet 1844, toutes ces questions venaient soudain d'être reléguées au second plan. Un fait bien réel, bien concret, venait de ramener l'Italie tout entière à la réalité qui était la sienne. Domenico Moro, Nicola Riciotti, Anacarsi Nardi, Giovanni Venenucci, Giacomo Rocca, Francesco Berti, Domenico et leurs chefs, les deux frères Bandiera, Attilio et Emilio, qui un mois plus tôt avaient débarqué à l'embouchure du fleuve Noto, non loin de Cotrone en Calabre, afin d'y organiser une révolte, venaient d'être passés par les armes tandis que leurs lieutenants étaient eux condamnés à vingt ans de chaînes.

– Cher ami, j'étais présent lors de l'exécution capitale, disait un riche maquignon du haut de son embonpoint et de sa large figure rubiconde légèrement rembrunie à l'extrémité du nez, c'était fort étrange à voir. Ces hommes marchaient au supplice, habillés avec élégance, comme s'ils allaient à une fête religieuse.

— Ils chantaient en chœur : « Celui-là a assez vécu qui meurt pour la patrie... », ajoutait sa femme, pleine d'une morgue vulgaire et boursouflée, dans son costume aussi grotesque que mesquin. Ils s'embrassaient et criaient en marchant : « Vive l'Italie ! Vive l'Italie ! » Quelle mascarade, tout de même...

— On m'a raconté qu'une foule immense répondait à leurs chants par des larmes, et que, lorsqu'ils arrivèrent devant le peloton de soldats, un silence funèbre tomba soudain sur la place. Tous les cœurs étaient serrés, toutes les mains étaient jointes, c'est vrai ? demanda Barnaba Sperandio.

— Mais oui, monsieur, répondit la femme du vendeur de chevaux, on aurait dit une pièce de théâtre, ils refusèrent qu'on leur bande les yeux et demandèrent comme une faveur de commander eux-mêmes l'exécution. Ce n'est plus du courage, c'est de la bêtise.

— On dit que les soldats, frappés de stupeur, hésitèrent longtemps à faire feu ? insista Barnaba Sperandio.

— Vous êtes bien renseigné, monsieur, dit le maquignon en tenant des deux mains les revers de sa redingote. « Tirez donc, mais tirez donc, et surtout visez le cœur ! » leur ordonna Attilio Bandiera. Une première décharge fut la réponse de la troupe, qui tira une seconde fois sur trois des condamnés qui n'étaient que blessés...

— Quelle affaire, mais quelle affaire, ajouta la femme, devant une assistance malgré tout émue par cette exécution qui sentait la boucherie, il paraît qu'à Paris et à Londres des proscrits ont fait frapper des médailles en mémoire des « martyrs ». J'en ferais bien monter une en sautoir pour leur montrer de quel bois on se chauffe, à ces *banditi* ! Des « martyrs », et puis quoi encore !

Comme chaque année, le premier dimanche d'août, Charles-Albert donnait un grand bal dans les quinze salles du palais Madame où étaient désormais exposés une grande partie des tableaux autrefois distribués dans les résidences royales. Dans l'interminable suite de salons, de vestibules et de boudoirs, illuminés *a giorno* par une multitude de réverbères, tout ce que le Piémont comptait de personnes en vue ou croyant l'être était là. Au milieu des allants et des venants, des aides de camp et des valets, des ordonnances et des messagers, d'une foule, en tout point semblable au pêle-mêle de voitures particulières et de remises, de cabriolets et de fiacres, qui s'agglutinait place du Château, se pressaient les membres les plus représentatifs issus de cette nouvelle obligation imposée au pouvoir par la récente épidémie de l'égalité qui, confondant les rangs, exigeait que l'on reçoive tout le monde. Ils étaient donc tous là : grands industriels, comme on appelait aujourd'hui les rustres enrichis ; petits-bourgeois montés sur des échasses et s'imaginant être réellement ce qu'ils affectaient de paraître ; faux comtes ayant acheté à bas prix un arbre généalogique abondamment blasonné ; grandes dames décaties, croulant sous les cachemires et les diamants ; vieillards érudits et solitaires, perdus dans ce monde où l'or est le seul dieu du jour. Entre aimables sourires et raideur étouffante, confusion grotesque et causticité mordante, tous, effleurant de leur bêtise les vénérables plafonds sous lesquels étouffaient des centaines de courtisans, tous, si peu instruits qu'on trouvait dans le journal du matin la totalité du bagage scientifique dont ils se décoraient le soir ; hommes et femmes, marqués par la petitesse, l'orgueil et la vanité de leur époque, n'attendaient qu'une chose : la chute définitive de la trop fière et arrogante famille Roero dont les derniers rejetons, Ercole Tommaso Roero Di Cortanze et Teresa Roero Di Severino vivaient comme des parias à Paris.

Lâchés entre les pattes de l'hydre monstrueuse, les membres de l'illustre famille tentaient de faire face, passant le plus dignement possible entre les rangées de fauteuils de cuir, les tables de marbre, les orchestres, les faux jardins d'hiver, les verrières colorées ; effleurant les étoffes précieuses des robes et des manteaux de soirée, les aigrettes en plumes de héron, les agrafes de strass, les escarpins de soie, les capes de brocart, autant de marques d'une frivolité moribonde qui indiquaient à leur manière que les années défilaient, laissant loin derrière elles les rêves de la vie. Oui, parmi ces hommes qui se balançaient comme des cygnes dans leur bassin de marbre, et ces mondaines en chaleur, reconnaissables à l'échevelé de leurs phrases et à la sueur qui ruisselait entre leurs seins, Aventino, Massa, Luigi et Clara, les parents de Teresa, se livraient aux obligations du protocole, tentant une fois encore de naviguer parmi les deux armées traditionnellement opposées mais aujourd'hui réunies pour les combattre et si possible les voir mourir sous les lambris du palais Madame. D'un côté les partisans du comte La Margherita, ministre des Affaires étrangères, homme du passé admirablement fidèle au roi ; et de l'autre ceux du marquis de Villa-Marina, détenteur des portefeuilles de la Police et de la Guerre, et homme de l'avenir. On disait volontiers que ces réceptions, ces bals, ces raouts mondains ressemblaient souvent à des réunions de conjurés, que les contre-danses ne servaient qu'à faire circuler des mots d'ordre et échanger des consignes, et qu'on n'y croisait guère que des professeurs en barricades et des commis voyageurs de la sédition. Aventino n'avait guère cette impression. Les gens qu'il observait dans ces endroits lui rappelaient ces savants croisés lors d'interminables réunions durant lesquelles ils se traitaient tous, faisant preuve d'une impolitesse extrême, de sots, d'infâmes, et même de bottes. Non, ces gens ne pensaient guère à faire la révolution, trop préoccupés qu'ils étaient de conserver leurs privilèges, leurs pouvoirs, monnayant un regard du roi, mendiant un geste amical. Ce soir, abandonnant l'art moisi de la *conversazione*, durant laquelle ils évoquaient les *bocetti* et les castrats, les orchestres et les chanteuses, se perdaient dans les bavardages littéraires et philosophiques, les discussions fumeuses sur les vases étrusques et les peintures d'Herculanum, les deux camps se rapprochèrent miraculeusement pour fondre tels des charognards sur leur proie, contre l'ennemi commun : la famille Roero Di Cortanze.

13

– Quelle idée, mais quelle idée saugrenue de vouloir soulever l'Italie en débarquant à Corfou ! gloussait Lodovico Cernide, cloporte qu'Aventino avait tant de fois croisé ces trente dernières années.

– Quel dommage, mourir de cette façon, Domenico était beau comme un dieu, dit sa femme, Lucia Scarpia, faite baronne par Napoléon.

Cela faisait longtemps que Massa et Aventino n'avaient pas revu cette femme démoniaque à qui ils devaient plusieurs années de malheur. Le moins qu'on puisse dire c'est que la maigreur qui était désormais la sienne, loin de lui rendre la sveltesse de sa jeunesse, la décomposait plus qu'elle ne la rajeunissait. Des marques rouges, semblables à celles d'un herpès, lui marquaient le visage. Trop fardée, gesticulant comme une poule à qui on essaie de tordre le cou, elle affectait un rire sonore qui lui déformait la bouche, comme si elle était en proie à une crise de nerfs. Massa ne pouvait détourner ses yeux de celle qui l'avait fait jeter en prison alors qu'Aventino, perdu dans la jungle de l'Assam, était parti à la recherche de son hypothétique théier géant. Apercevant Massa, Lucia Scarpia esquissa un sourire et, s'adressant à la cantonade, lança :

– De toute façon, les Italiens en exil ne connaissent plus rien à leur pays d'origine !

– Tout le problème est là, insista Cernide.

– Comment voulez-vous agir sur la réalité de votre pays quand vous vivez à Paris, à Londres ou à Genève depuis dix ans ? renchérit Lucia Scarpia.

– On devrait tous leur crever le ventre à coups de baïonnette, à ces faux Italiens, traîtres à leur patrie, proposa l'un des proches collaborateurs de La Margherita, un vieillard poudré, vêtu d'une lévite et d'une culotte courte.

– Et je me mets à la place de leur famille restée ici, ajouta le secrétaire particulier du vicomte de Villa-Marina, engoncé dans un col montant avec cravate, quelle honte, quel désarroi ! Vous imaginez la tristesse de ces gens...

– Et certaines de ces familles sont parmi les plus anciennes du Piémont, fréquentent de très près les antichambres royales, fit remarquer Lucia Scarpia, en prenant un air abattu.

Voyant que Massa ne pouvait détacher son regard empli de larmes du groupe monstrueux qui gesticulait devant elle, et dont chaque parole proférée ressemblait à ces petits bonbons administrés lentement et sûrement afin d'assurer à celui qui les consommerait un sommeil définitif, Aventino entreprit de contre-attaquer :

– L'important dans cette affaire, c'est que Mazzini se soit totalement déconsidéré.

– Ah, si nous commençons à parler politique ! ironisa Lucia Scarpia, tout en remuant, de gauche et de droite, sa tête coiffée d'un improbable bonnet orné de fleurs et de rubans.

– Que voulez-vous dire, monsieur le marquis ? demanda le vieillard perruqué.

– Les sentiments chevaleresques des morts de Cosenza ont certes fait sensation, mais beaucoup, parmi leurs admirateurs, leur reprochent d'avoir détruit de nobles existences pour un rêve...

– Mazzini ne cesse de répéter qu'il n'a jamais été

l'âme de cette entreprise, tout le monde le sait, et votre analyse ne tient pas, mon cher marquis, renchérit le secrétaire de Villa-Marina.

– Vrai ou faux, peu importe, les frères Bandiera ont à jamais associé le nom de Mazzini à leur affaire. Le mouvement national se détournera de lui. Plus personne aujourd'hui ne croit en cette prétention singulière qui consiste à penser qu'on peut révolutionner l'Italie au moyen d'un petit nombre d'hommes résolus, surtout s'il s'agit d'Italiens en exil, martela Aventino en regardant ses détracteurs, les uns après les autres, droit dans les yeux ; et encore moins avec des mots comme *Dio e popolo* inscrits sur un drapeau tricolore. Remercions cet échec : il porte à Jeune-Italie un coup fatal !

Les propos d'Aventino avaient laissé les membres du petit groupe qui s'était formé autour de lui quelque peu songeurs. De son côté, le marquis Roero Di Cortanze savait que ce qu'il venait de proférer n'était que rhétorique pure, jeu de langage, poudre aux yeux. En réalité, la révolution était bel et bien en marche. Il suffirait que Mazzini fasse alliance avec des constitutionnels, ce qui ne présentait aucune difficulté s'il acceptait de ne plus mettre en avant le mot de république. Alors une tactique nouvelle pourrait naître, qui renoncerait aux velléités d'insurrection, qui procéderait par voie d'agitation légale, conduisant à des réformes pacifiquement demandées et régulièrement obtenues. Aucune renonciation à la liberté ou à l'indépendance ne serait à l'ordre du jour, au contraire, on y parviendrait par des moyens certes détournés mais plus sûrs, et on tirerait du présent tout le parti possible sans engager ni compromettre l'avenir.

Quand Aventino retrouva la salle de bal, les discussions cruelles et vaines autour de l'exécution des membres de l'expédition des frères Bandiera s'étaient éteintes, tout comme Lucia Scarpia et Lodovico Cernide qui avaient renoncé à poursuivre leurs méchantes attaques et étaient sans doute déjà partis à la recherche de nouvelles victimes, plus faciles, moins armées, sur lesquelles déverser leur fiel.

On parlait désormais du scandale des accidents provoqués par tous ces cochers et ces conducteurs de voitures qui n'hésitaient pas, au péril de leur vie, de celle des gens qu'ils croisaient et de celle de leurs passagers, à lutter de vitesse entre eux... Mais tandis que chacun, dans le bruit des sabots des chevaux et l'écho de leur passage, commençait déjà de raconter comment telle voiture roulant à une vitesse extraordinaire avait failli l'écraser contre la margelle d'un puits, ou comment telle roue d'un phaéton en fureur l'avait blessé à la tête et au bras et lui avait même passé sur le corps, un grand silence stoppa net toutes les conversations. Le roi Charles-Albert et sa femme venaient de faire leur entrée.

Là, au-dessus des coups de chapeau et des courbettes de droite et de gauche, d'aucuns s'effaçaient d'une dizaine de pas pour laisser avancer le couple royal, se découvraient comme sur le passage du saint suaire, et finissaient invariablement par se hisser sur la pointe des pieds pour le suivre des yeux le plus longtemps possible. Rares étaient les privilégiés admis à l'approcher, à lui glisser quelques mots, à lui demander quelques nouvelles ; plus rares encore les élus qui pouvaient se vanter de l'escorter, de l'accompagner, de participer au cortège qui s'ébranlait et grossissait à sa suite, y compris les faux amis et les laudateurs visqueux. Le roi, amidonné dans son uniforme gris qu'il ne quittait jamais, et la reine, gauche et sans prestige, trouèrent ainsi le magma de courtisans entassés tout au long de l'enfilade de salles de réception du palais Madame. Arrivés dans la dernière salle, où les attendaient les trônes recouverts de velours rouge et blanc et surmontés d'un large dais brodé aux armes de la maison de Savoie, le roi fit appeler Aventino. Le temps que le désir royal lui parvienne et qu'il se présente devant Charles-Albert, une bonne vingtaine de minutes s'écoulèrent durant lesquelles les amis de La Margherita et de Villa-Marina commencèrent de crier victoire : Aventino Roero Di Cortanze n'en avait plus que pour quelques heures, bientôt il connaîtrait la déchéance, la prison, voire l'exil, sa mort civile serait décrétée, ses biens séquestrés, ses terres vendues, son château détruit, son nom jeté aux chiens ! C'était peu connaître Charles-Albert-Amédée, fils de Charles-Emmanuel de Savoie-Carignan et de Marie-Christine de Saxe-Courlande. L'ancien jeune homme à la nature ardente, qui s'était conduit en Espagne comme un prince soldat, était au fil des jours en train de devenir un monarque soldat. Aguerri par son exil en Sardaigne, il n'avait confiance qu'en quelques conseillers très proches. Aventino en faisait partie. A genoux devant son roi, il attendait que celui-ci lui demande de se relever, ce qu'il fit, ajoutant à la stupéfaction générale quand celui-ci le prenant par le bras lui dit :

– Mon ami, voudriez-vous venir un moment avec moi ?

Ce qui, chacun le comprit, n'était pas une question mais un ordre.

En entrant dans ce qui devait être le cabinet du directeur de la Galerie royale des tableaux, situé entre la salle des Emaux sur porcelaine et celle des Batailles où figurait notamment la fameuse bataille de Zenta gagnée par le prince Eugène en 1697 et à laquelle avaient participé plusieurs de ses ancêtres, Aventino se tenait résolument sur son quant-à-soi, comme si on allait lui stipuler les termes d'un traité dont il ne connaîtrait ni la teneur, ni le sens, ni les raisons. Après avoir demandé qu'on ferme la porte à clef et offert un fauteuil à son conseiller, le roi entama la conversation en restant debout.

– Je viens de découvrir la limonade gazeuse, en voulez-vous ? demanda Charles-Albert en s'en versant un verre.

– Bien volontiers, répondit Aventino qui comprit que le roi avait sans doute des choses importantes à lui dire puisqu'il prenait la peine de le mettre à l'aise.

– Ne soyez pas inquiet pour votre femme, la reine s'occupe d'elle, elle ne l'a pas laissée seule parmi toute cette ménagerie.

– Merci, sire.

– Venons-en au vif du sujet, dit Charles-Albert en s'asseyant près d'Aventino.

– En quoi puis-je vous servir et être utile au royaume ?

– L'étau se resserre, mon ami, sur le Piémont, sur sa liberté, dit le roi en trempant ses lèvres dans le verre de limonade gazeuse.

– Une nation qui se sent, à tort ou à raison, opprimée, se soulèvera toujours car les révolutions sont la religion des peuples outragés. Le Piémont n'invoquera désormais d'autre divinité jusqu'à ce que les rois acceptent des gouvernements humains et populaires...

– Le Piémont, donc toute l'Italie, ajouta Charles-Albert.

Aventino acquiesça en dodelinant de la tête.

– La rue prétend qu'avec la révolution c'est un peuple

depuis trop longtemps injustement méprisé qui parle à son roi : *Vox populi, vox Dei*...

Le roi eut un geste de lassitude, puis il ajouta :

– Vous connaissez le dernier bon mot de Metternich ?

– Il en dit tellement ! A croire que c'est une méthode de gouvernement...

– Qu'il n'y a pas plus de différence entre Balbo, Gioberti, Mazzini et Petiti, qu'il n'y en a entre des empoisonneurs et des assassins...

– Il pourrait y ajouter D'Azeglio, surtout depuis la publication de son *I casi di Romagna*, plaquette pleine de verve et d'esprit, contre la politique autrichienne et papale...

– Exact ! Certaines mauvaises langues la disent inspiré par moi.

– La formulation de Metternich est excessive, motivée par la haine du Piémont, dictée par de vieilles rancunes, mais hélas juste.

– Alors vous pensez la même chose que moi, mon ami. Je n'ai plus aucune marge de manœuvre, et mon choix ne se borne plus qu'entre deux systèmes diamétralement opposés : la crasse révolutionnaire d'un côté, la conservation la plus rétrograde de l'autre...

– Une troisième voie est sans doute possible.

– Oui, répondit Charles-Albert, mais pas dans l'immédiat. Dans un premier temps je souhaite vous confier une mission d'importance, capitale, secrète.

– Je vous écoute.

– Je ne veux pas me débarrasser des révolutionnaires en tout genre, mais au contraire essayer de dialoguer, et pourquoi pas de passer un pacte avec eux. Votre mission consistera à entrer en contact avec tous ces réseaux souterrains. Ce ne sera pas chose aisée. Quand la nouvelle du suicide d'Inocenzo Pollone en prison sera connue...

– Comment ? demanda Aventino, terrifié par ce qu'il venait d'entendre.

– Vous êtes le premier à l'apprendre. Je souhaiterais garder cette information secrète encore quelques jours. Vous semblez bouleversé ?

– Oui, je l'avoue, sire, laissa tomber Aventino qui n'avait pu cacher son désarroi.

– Ne croyez pas que je sois insensible à cette mort. On n'abandonne jamais qu'à regret les idées de sa jeunesse. La répression nécessaire ne cesse de provoquer en moi des remords infinis qui aiguillonnent mon âme.

Aventino maniait distraitement un coupe-papier posé sur la table qui séparait les deux hommes.

– Vous essayez le poignard de Jeune-Italie ? dit le roi avec ironie.

– Sire, protesta Aventino avec indignation, vous m'offensez !

– Allez, je sais que j'ai en vous un ami fidèle, j'essayais de rire de ces méchantes histoires, de toute cette tristesse.

– Ma mission sera longue ?

– Vous devez agir vite... L'Italie ne se fera qu'unie ou ne se fera jamais.

– Mais pour cela, sire, une guerre contre l'Autriche est indispensable !

Charles-Albert hésita quelques instants, but une nouvelle gorgée de limonade et répondit :

– J'y songe sérieusement, Aventino.

Aventino et Massa repartirent pour Cortanze dans une voiture frappée aux armes royales de la maison de Savoie, fermée et escortée de douze dragons à cheval, accompagnés par un brigadier de dragons et un sergent de chasseurs à pied. Le postillon, comme s'il avait eu peur de traverser les bois de sycomores noirs, de saules rouges et de trembles plus blancs que neige, prit la route directe et garda tout le temps le galop, à tel point que Cortanze fut rallié en quelques heures. En arrivant sur la place du village, les hommes qui, durant le voyage, avaient reçu des bourrasques de pluie dans le dos, mirent pied à terre. Quant aux chevaux, couverts d'écume, ils faisaient entendre sur les pavés le bruit noble et bien réglé de leurs sabots. Le vent avait éteint toutes les lanternes. Il faisait noir. Une petite troupe de domestiques arriva avec des torches. Perpetua attendait ses maîtres sur le perron. Elle paraissait passablement énervée.

– Il y a de quoi ! M. Rigaut est revenu avec quantité de toiles et les a installées dans la galerie de portraits. On ne sait plus où mettre les pieds.

Pendant que des garçons d'écurie s'occupaient de ranger la voiture et de soigner les chevaux, et que l'escorte se restaurait dans les cuisines, Aventino et Massa accompagnèrent Perpetua dans la galerie de portraits.

– Voilà, qu'est-ce que je vous avais dit ! annonça Perpetua, triomphante, en allumant une série de chandeliers.

Partout le même visage, celui d'Ercole Tommaso, peut-être moins rond que celui des premiers tableaux, plus anxieux, presque triste. Tous représentaient le même homme qu'on pouvait voir successivement en train de se promener dans les rues de Paris, de boire des verres aux terrasses des cafés, de manger dans les bastringues des Barrières, de danser au bal des Mille-Colonnes au son d'orchestres aux cuivres tonitruants, au bras d'une jeune femme qui ne pouvait être que Teresa, quand il ne participait pas dans un appartement du plateau de Misère, en plein hameau de Montsouris, à des réunions où carriers, maraîchers, meuniers, étudiants du quartier Latin venaient écouter les discours de ces exilés italiens qui voulaient révolutionner le monde. Enfin, sur une dernière toile, Ercole Tommaso apparaissait, comme perdu au fond d'une forêt très sombre, entouré d'un vol de papillons, de chauves-souris et de chouettes...

– M. Rigaut ne vous a laissé aucun message pour nous ? demanda Massa.

– Non, madame. Il semblait pressé. Il était souffrant, appuyé sur une canne, il paraissait marcher avec difficulté. Il a juste dit que le temps le rongeait comme la tempête les falaises de craie, et qu'il en avait assez.

– Vous pouvez disposer, Perpetua, lui dit Massa. Bonne nuit.

Une fois seuls, Massa demanda à Aventino à quoi il pensait. Il avait l'air abandonné dans la contemplation des grandes toiles représentant Ercole Tommaso.

– A mon fils, à supposer que j'en aie encore un...

– Tu ne m'as rien dit de tout le voyage.

Dehors, le vent qui avait redoublé de vigueur tourmentait la longue rangée de peupliers qui bordaient la route menant à la grande grille du château.

– Excuse-moi, je me sens parfois si las.

– Que t'a dit le roi ?

– Il m'a confié une mission.

– Difficile ?

– Etrange. Je ne devrais même pas t'en parler.

– Dans ce cas, je vais monter me coucher, cette mascarade au palais Madame m'a épuisée.

– Attends, lui dit Aventino en la retenant par le bras, c'est une mission secrète...

– Alors ne me dis rien !

– Je dois entrer en contact avec les différents groupes de *carbonari* et autres sectes mazziniennes...

– Tu seras un espion ou un ministre plénipotentiaire ?

– Un peu des deux.

– Tu as accepté ?

– Je dois donner ma réponse demain matin. Mais je ne vois guère comment dire non au roi.

– La nuit dernière j'ai fait un rêve étrange. J'ai rêvé que je passais la nuit en forêt, à la belle étoile, et qu'un frôlement très délicat contre ma joue me réveillait. Impossible de savoir si cette caresse venait de l'aile d'un papillon, d'une chauve-souris ou d'une chouette. Peu importait. Je me suis dit que c'était la mort d'Ercole Tommaso qui m'était annoncée. Mon rêve s'est poursuivi. Je suis descendue dans le jardin et je me suis assise sur un banc. Une lettre s'y trouvait. Elle venait de France. Je l'ai ouverte. Ou plutôt je me suis vue l'ouvrir, des larmes coulaient sur mes joues. Ercole Tommaso était mort. Alors je me suis levée et me suis enfoncée dans une profonde forêt où il m'a semblé que je disparaissais à jamais.

– Comme sur le tableau de Rigaut !

– Oui, bredouilla Massa, comme sur le tableau de Rigaut... Que vas-tu faire, Aventino ?

– Accepter.

– Tu es sûr ?

Aventino réfléchit longuement puis répondit :

– Oui, j'en suis sûr... Pour ramener mon fils à la raison.

– A la maison ?

– Oui, c'est cela, pour ramener Ercole Tommaso à la « maison »... Le prix de la trahison, en somme.

Le lendemain matin, de très bonne heure, un cavalier en manteau bleu ardoise de l'artillerie piémontaise vint chercher la réponse d'Aventino. Il pleuvait à flots. L'homme, pour ne pas être trop souillé par la boue, avait chaussé de grandes guêtres à pied en droguet, qui se boutonnaient jusqu'au milieu de la cuisse. Sous sa longue capote couleur terre brillaient un chapeau à plume verte et des aiguillettes pourpres. Son cheval trépignait dans la cour, sali jusqu'au poitrail. Le soldat n'eut guère longtemps à patienter. Aventino lui remit une enveloppe cachetée destinée au roi. Elle contenait une lettre dans laquelle il lui signifiait son accord, sa joie et sa fierté d'avoir été choisi pour accomplir une mission si délicate. Dans quelques heures il serait donc à Turin pour y chercher une feuille de route qui devrait le conduire, le jour même, dans l'antre de la révolution.

14

– Balbo est un imbécile ! Penser qu'il est encore possible de réaliser des progrès vers l'indépendance et l'unité sans même déclencher une guerre contre l'Autriche ! Vous allez me dire : « Mais Gioberti ne dit pas autre chose. » Eh bien, voilà deux imbéciles au lieu d'un ! affirmait un grand gaillard qui n'avait plus que la peau et les os, les yeux profondément enfoncés dans les orbites, une barbe de jais, et habité, semblait-il, par une sombre mélancolie.

L'orateur, qui déclamait ainsi en gesticulant et en criant, de telle sorte que cela empêchait de tout comprendre, était un de ces derniers colporteurs qui, sur les chemins de montagne de Suisse, d'Italie et de France, transportaient encore du sel de Moûtiers. Bien calé au fond de la salle, une cave voûtée enfumée et humide du quartier de la cathédrale Saint-Jean-Baptiste à Turin, où s'entassait une quarantaine de révolutionnaires, Aventino écoutait la diatribe avec attention. Cela faisait maintenant presque un mois que, devant les échecs répétés rencontrés par la mission que lui avait confiée Charles-Albert, à savoir tenter de négocier avec les différents groupes de *carbonari*, le ministre plénipotentiaire avait dû brûler les missives marquées du sceau royal et choisir une autre stratégie. On ne voulait pas de lui à visage découvert ? Soit ! Il pénétrerait donc les milieux réfractaires sous un masque, en somme il deviendrait malgré lui un espion au service de la maison de Savoie. Comme il l'avait vite constaté, chaque ville importante du royaume avait son comité à l'œuvre, et le moindre village avait vu son nombre d'adeptes croître à une vitesse inimaginable. Des hommes de toutes les classes se joignaient aux révoltés : aristocrates, bourgeois, avocats, employés du gouvernement, capitaines-marchands, matelots, artisans, prêtres, moines. Face à eux, son discours tendant à démontrer qu'une révolution ferait le jeu de l'Autriche, remplirait les prisons, grossirait le nombre des victimes, et aggraverait la servitude, ne rencontra aucun écho. Les multiples échecs des sociétés secrètes, comme le pensaient certains intellectuels et hommes politiques proches du pouvoir, n'avaient en rien compromis le crédit de ces dernières ; au contraire, personne n'avait cru Aventino lorsqu'il soutenait que l'heure était venue de rallier et de diriger les volontés flottantes et sans discipline, de faire front commun, et d'unir toutes les forces prêtes à combattre pour l'unité de l'Italie.

Au contact de ces hommes et de ces femmes, Aventino commençait de se poser nombre de questions souvent sans réponses. Parfois, il trouvait ces gens peu aimables, leur reprochait de ne rien risquer, de faire de la théorie, de ne savoir que se réunir des nuits entières en buvant du café, en fumant des cigares, en brandissant des mots comme des étendards, dans le seul but de trouver parmi eux celui qui aurait l'idée la plus brillante, la plus extravagante, la plus radicale. Parfois, oubliant qu'il portait dans ses poches deux petits pistolets destinés à se défendre si le besoin s'en faisait sentir, il se sentait violemment attiré par le rayonnement étrange que les cœurs et les gestes, les yeux, les regards de ces hommes et de ces femmes émettaient dans la nuit. Comme s'ils avaient compris en secret que la vie n'est pas seulement faite de lois, d'interdictions et de chaînes, mais qu'elle pouvait et devait être une émotion plus libre, plus folle, plus improvisée qu'ils ne l'avaient cru jusqu'à ce jour. Alors il croisait leurs regards, il leur souriait et, l'espace d'un instant ils se comprenaient, avant que cette complicité fugitive ne s'estompe.

Il faut dire que les lois répressives, les persécutions policières, les procès interminables avaient gravement entamé le processus de libéralisation promis par Charles-Albert. Les insurrections ratées ayant porté atteinte à la crédibilité de la Société des droits de l'homme et à la charbonnerie réformée, les deux grands courants de dissidence avaient fini par éclater en une multitude de petits groupes de mécontents prêts à tout. Voilà ce qu'Aventino avait appris au fil des mois passés auprès de tous ces *carbonari*, ces francs-maçons, ces associations, ces sectes, ces sociétés secrètes dont il était faux de penser qu'ils étaient tous plus ou moins appesantis par un formalisme aride. Tous en voulaient à la maison de Savoie, affirmant que l'avilissement du peuple était l'œuvre de l'égoïsme et de la corruption des classes élevées, et beaucoup n'avaient pas rompu avec les vieilles lunes de la charbonnerie.

Voilà à quoi pensait Aventino pendant que l'orateur continuait d'accabler le pauvre Cesare Balbo qui osait prétendre que les cachots et les supplices auraient toujours raison du courage isolé, et que, par conséquent, il fallait, avant d'agir, attendre d'être forts « par l'union ». « Ce sont ces propres termes, mes amis, par l'union... Et moi je prétends que cette union, c'est de la lâcheté ! » Tandis que retentissait un tonnerre d'applaudissements, Aventino se souvenait des circonstances de son entrée dans cette section appelée Mia Patria. Un vieux conspirateur, qui se faisait gloire d'avoir été franc-maçon du temps des Français, affligé d'un asthme bruyant et entouré d'une graisse qui semblait devoir l'étouffer un jour ou l'autre, l'avait entraîné dans un spectacle de marionnettes donné lors du carnaval, durant lequel, tandis que s'injuriaient sur scène une *servetta* en jupon court et un *gianduja* mangeur de polenta, il avait dû suivre un autre homme, les yeux bandés, à travers un dédale de rues, jusqu'à une cave. Il y avait prononcé à genoux des formules incompréhensibles tandis que le maître de cérémonie, après avoir tiré de sa poche son briquet à pierre et une pipe de terre, avait fini par lâcher de grosses bouffées grises, tel un musulman près du tuyau de son chibouque, en direction du nouveau venu. Depuis ce jour, marqué par l'étincelle jaillie sur l'amadou, Aventino n'attendait plus que l'épreuve initiatique indispensable qui ferait de lui un membre à part entière de Mia Patria.

Une jeune fille véhémente et fraîche comme rose, blanchisseuse de son état et s'appelant Maria, venait de prendre la parole, pour nuancer quelque peu les propos du premier orateur. Pour elle, les écrits de Cesare Balbo, certes fautifs, n'étaient peut-être là que pour réunir des sabres, des épées, des fusils et apprendre au peuple à s'en servir dignement et avec profit.

– Précise ta pensée, lui lança l'orateur maigre et mélancolique.

– Rien de plus simple, Giuseppe, répondit-elle avec assurance et une certaine insolence. Balbo, comme Gioberti, n'a pas totalement tort. Mais ce sont des penseurs, des intellectuels, ils vivent dans leur bibliothèque, ignorent la réalité qui est la nôtre. A nous de traduire en langage « vulgaire » leurs belles formules, pour distribuer au peuple, comme jadis les pêcheurs de Gethsémani, la parole nouvelle.

– La formule est belle, dit un homme en habit de drap couleur café, tu fais de la poésie comme Diodata Saluzzo Roero !

– Enrico, le congrès de Vienne a violé le droit et commis une injustice insigne en détruisant l'antique nationalité italienne. Nous sommes asservis par la force et en droit de revendiquer par les armes notre indépendance !

– Ton ami Balbo soutient que les Italiens doivent d'abord songer à l'indépendance et ensuite à la liberté. Tu es d'accord avec lui ? demanda l'homme en habit de drap.

Maria fit une moue de mépris qui ne perturba en rien les traits parfaits de son visage. Aventino était sous le charme.

– Balbo n'est pas mon ami ! Et si tu veux le savoir, je préfère Durando qui prétend au contraire que la liberté devrait être considérée comme principe régénérateur, comme l'élément unique de la force morale qui doit conduire l'Italie à l'indépendance.

– Les peuples esclaves ont toujours été battus. Dumouriez a détruit les Prussiens à Valmy parce qu'il commandait une armée d'hommes libres ! Espartero a battu les troupes de Don Carlos parce qu'il défendait la liberté espagnole !

– Aucune classe de la société n'est épargnée, le sort des princes n'est pas plus enviable que celui du peuple, ajouta Maria.

– S'ils le voulaient, les princes pourraient résoudre le problème de la nationalité italienne, dit Giuseppe. Voilà notre mission : faire que les peuples d'Italie puissent le devenir ; et que les princes qui le peuvent, le veuillent.

– Que penses-tu de tout cela, Roberto ? demanda Maria en s'adressant à Aventino. Tu es le plus vieux d'entre nous, mais le membre le plus récent de notre Mia Patria.

Aventino ne répondit pas immédiatement. Depuis qu'il avait dû changer d'identité afin de ne pas éveiller les soupçons, il ne s'était toujours pas habitué à son nouveau prénom. Porter d'autres vêtements, endosser un statut social différent du sien en se faisant passer pour un ingénieur travaillant dans l'industrie du ver à soie, cela n'avait guère posé de problèmes, mais il éprouvait de grandes difficultés à réagir quand on l'appelait « Roberto ».

– Roberto, répéta Maria en éclatant de rire, il est interdit de dormir pendant les débats de notre comité.

– Je ne dormais pas, et je te le prouve en répondant à la question. Je crois que les causes qui empêchent l'union des Italiens sont multiples : ambitions particulières, rivalités jalouses, esprit de clocher. (Et il ajouta, n'oubliant pas sa mission secrète :) J'ai envie de demander à tous ces gens, princes et hommes du peuple, n'êtes-vous pas tous des Italiens et des frères ?

– Et quelle réponse donnes-tu à ta question ? insista Maria.

– Il se peut que le Bohémien, le Galicien, le Hongrois, le Magyar, l'Illyrien, après de longs siècles, se germanisent ; mais l'Italien, jamais ; jamais l'Italien ne deviendra allemand. Regardez les Lombards, regardez les Vénitiens, trente années d'occupation autrichienne se sont écoulées et ces deux peuples sont toujours italiens.

– Tu optes résolument pour la guerre, alors ? dit Giuseppe.

– Oui, répondit Aventino.

– Et le pape, n'est-il pas le nœud gordien de la question italienne ?

– Tommaseo veut associer le pape au mouvement national. Luigi Torelli ne pense qu'à le désarmer et l'obliger à abdiquer le pouvoir temporel. Je suis d'accord avec Torelli mais sans doute est-ce plus habile de ne pas l'écarter du mouvement national, comme le préconise Tommaseo.

– Tu devrais faire de la politique, Roberto, dit Giuseppe.

– Pourquoi pas ? répondit Aventino, mal à l'aise, craignant toujours d'être découvert, d'avoir dit le mot de trop, fait le geste qu'il ne fallait pas, jeté le regard qu'il fallait éviter.

– Mais avant de te lancer dans la politique, il faut que tu entres définitivement dans notre société.

Aventino attendait ce moment depuis longtemps, désir mêlé d'une certaine appréhension.

– Tu connais ma haine des paroles, je préfère les actes concrets. Sans doute faut-il abandonner les vieilles formes de la charbonnerie, plus de Bons-Cousins, plus de Diplômes, plus de Ventes, d'accord. Mais je crois encore aux milices secrètes prêtes à s'insurger à un signe donné. Je ne veux pas finir comme ce crétin de Linati qui est allé crever au Mexique, déçu et amer...

– Que dois-je faire, Giuseppe ? demanda Aventino pour couper court à son attente.

– Il y a quelques années encore je t'aurais demandé de te munir d'une canne à épée, de deux pistolets de poche, de deux pistolets d'arçon, de suivre le son de l'accordéon, comme tout Bon-Cousin, et d'éliminer un de nos ennemis comme preuve de ton adhésion à notre cause. Cette époque est révolue. Ce dont nous avons besoin, aujourd'hui, c'est propager nos idées, dit-il en brandissant un journal qui comportait des pages entières de tirets figurant des lignes censurées.

– L'abonné ne peut pas toujours suppléer à tout ce que la tyrannie l'empêche de lire, ajouta Maria.

– Tu sais que, dans les villages, des paquets de proclamations sont jetés à terre du haut des diligences.

– Oui, répondit Aventino qui était au courant de ces pratiques.

– Plutôt que de lancer des petits papiers du haut des cintres lors d'on ne sait quelle représentation théâtrale ou quel opéra à la mode, nous voudrions que tu profites de la promenade de la rue du Pô. Pendant que les carrosses avanceront au pas les uns à côtés des autres, vers une heure ou une heure et demie de la nuit, tu remonteras toute la file à cheval, en direction du fleuve, et tu jetteras ton paquet de proclamations.

– Seul ?

– Maria t'attendra au Caffè di Parigi. Un homme viendra vous y rejoindre. Vous prendrez place et, bien que nous ne soyons plus au XVIIe et que vous ne soyez pas des nobles qui font régime, vous commanderez avec votre café des « *grissini* classiques bien frais et roulés à la main ». L'homme dira alors : « Monsieur, moi qui suis un habitué, je peux vous dire que les grissini classiques du Caffè di Parigi sont les meilleurs de Turin ! » Il vous conduira ensuite vers trois chevaux dont les sacoches seront pleines de ceci.

Aventino prit la feuille de papier, à en-tête de la société Mia Patria, et lut à voix haute le texte signé d'un mystérieux Comité directeur des patriotes :

– « Les taches, anciennes et récentes, qui voilent notre honneur, ne pourront jamais être effacées que par les armes et par le sang. Par les armes et par le sang, nous aurons notre baptême national ; par les armes et par le sang, notre âme italienne sera retrempée, notre génie relevé, nos désirs et nos mœurs purifiés. Le génie du Dante, l'audace de Masianello, l'ardeur de Procida, la résistance désespérée des Calabres, les prouesses de la Ligue lombarde, les arts et les libertés de Florence, les franchises de Venise, la prospérité de Gênes, toutes nos antiques gloires, toutes nos anciennes grandeurs verront germer leurs semences sur une terre labourée par les batailles et fécondées par nos armes ; et elles refleuriront, abondamment arrosées avec notre sang ou celui de nos tyrans. »

Autour d'Aventino un profond silence s'était établi.

« C'est une véritable résurrection », dit-il à haute voix, mais pensant en lui-même : « Seul Charles-Albert peut rassembler sur son nom ce grand projet... »

– *Risorgimento ! Risorgimento !* crièrent d'une seule voix tous les patriotes présents.

– Quand aura lieu cette action ? demanda Aventino.

– Ce soir même, répondit Giuseppe.

Du Caffè di Parigi, on voyait d'un côté la place du Château et de l'autre les premières arcades de la rue du Pô. La salle était pleine de gens, tous en affaires, tournant et retournant des cartes, jetant des dés et les ramassant. Un garçon, tout essoufflé, allait et venait entre les tables : « Un *bicchierino* ! Un café avec *crema doppia* ! Un verre de vin d'Asti ! Une bouteille de *niebolo* ! Des journaux anglais et français ? Mais oui, monsieur, tout de suite ! Et un vermouth, de la maison Cora frères, évidemment ! », etc. Comme prévu, Maria attendait Aventino à une table. Il s'assit en face d'elle. La jeune fille était resplendissante. Dans son habit d'homme court, à gilet ouvert, avec des culottes et des bottes à revers, elle faisait sensation. Elle lut une certaine surprise dans le regard d'Aventino.

– Tu aurais préféré que je vienne en robe peignoir en pékin ?

– Non, répondit Aventino, quelque peu troublé, ce n'est guère pratique pour monter à cheval.

– Tu as tout compris, dit Maria en embrassant familièrement Aventino sur la joue, ajoutant : Je suis heureuse que tu sois des nôtres.

– Notre homme n'est pas encore là ?

– Je ne crois pas.

– Tu ne crois pas ? dit Aventino, surpris.

– En vérité, je ne le connais pas. Dans ce genre

d'action, on ne sait jamais à qui on a affaire. C'est plus prudent si la police s'en mêle...

– Et pour ces messieurs dames, ce sera ? demanda le garçon, au milieu du tapage, tenant un plateau sur lequel vacillait une montagne de bouteilles et de verres.

– Un café noir, dit Maria.

– La même chose, et des grissini classiques, mais bien frais et roulés à la main, répondit Aventino.

– Bien, monsieur.

Aventino et Maria se regardèrent, la fameuse phrase était restée comme suspendue en l'air sans que personne n'y réponde, ne la prolonge. Et si tout cela n'avait été qu'un piège ? Aventino se souvint de ces moments d'angoisse lorsque, luttant contre les troupes d'occupation françaises, il devait au nez et à la barbe des soldats passer des messages, engager des actes de résistance. Un flot de sensations qu'il pensait oubliées refluaient sans qu'il puisse en canaliser le cours. Son dos frôla celui d'un homme assis derrière lui.

– Excusez-moi, dit-il machinalement.

L'homme répondit qu'il ne voyait là rien de grave, et ajouta :

– Vous savez, cher voisin, moi qui suis un habitué du Caffè di Parigi, je peux vous le dire sans hésiter : ses grissini classiques sont les meilleurs de Turin.

Aventino et Maria se regardèrent en souriant, comme apaisés.

– Tenez, dit Maria en tendant à Aventino un petit flacon.

– Qu'est-ce que c'est ?

– J'avais le choix entre de l'opium de Pérouse ou de la strychnine. J'ai opté pour la seconde solution... Si jamais nous sommes arrêtés par la police.

Maria était sur le point de pleurer. Pour la première fois depuis longtemps Aventino avait envie de prendre une femme dans ses bras, une femme qui n'était pas

Massa, et cette idée le déstabilisait. Il ne savait rien de Maria, ne comprenait pas cette attirance si soudaine. Leur histoire serait vouée à l'échec, à la tristesse, et quelle déception s'emparerait alors de la jeune fille lorsqu'elle comprendrait qu'il était un espion au service du roi Charles-Albert... Aventino n'eut guère le temps de continuer à se poser des questions. L'homme, après lui avoir donné un petit coup de coude, lui indiqua que le moment était venu. Il se lèverait en premier, ses deux compagnons n'auraient qu'à le suivre. Ils sortiraient du café tous les trois en même temps. Le garçon arriva alors.

– Et mes consommations, vous avez changé d'avis ?

– Nous allons vous les payer, dit Aventino, sortant de sa poche un billet qu'il posa sur la table. Gardez la monnaie.

Maria le regarda, étonnée, cela représentait une certaine somme d'argent. L'homme aux grissini, qui ne les avait pas attendus, avait presque atteint la porte du café. Il marqua le pas, Aventino et Maria le rejoignirent. C'est là que tout bascula, en une seconde. Une escouade de policiers armés surgirent, bloquant toutes les issues, demandant aux clients de garder leur calme pendant que plusieurs hommes ceinturaient les trois membres de Mia Patria. L'inconnu qui devait conduire Aventino et Maria auprès des chevaux, maintenu fermement par les policiers, leur faisait maintenant face. Aventino le reconnut immédiatement, c'était Manfredo Di Revello, l'ami d'enfance de son fils ! Comme au-dessus de la réalité concrète de l'événement, chacun des trois protagonistes du rendez-vous manqué fut submergé de sensations contradictoires, de sentiments confus. Aventino se demandait si Manfredo avait percé à jour les raisons de sa présence au sein de leur société secrète. Manfredo n'arrivait pas à comprendre pourquoi il se retrouvait maintenant face au père de son meilleur ami, en exil à Paris depuis des années. Quant à Maria, ne sachant pas que les deux hommes se connaissaient, elle voyait bien cependant, dans leurs regards et leur gêne réciproque, que quelque chose d'étrange était en train d'avoir lieu. Seul Lodovico Cernide, chef de la police, puisque c'était lui en personne qui venait d'entrer dans le café, était sûr de son fait. Il venait de mettre la main sur trois membres de Mia Patria qui s'apprêtaient à jeter des proclamations subversives dans les rues de Turin, et deux d'entre eux appartenaient à de vieilles familles aristocratiques piémontaises !

– Manfredo Di Revello en chair et en os, dit Cernide, quelle aubaine ! Aventino Roero Di Cortanze, ajouta-t-il, conseiller personnel du roi, mais c'est une pêche miraculeuse !

Maria tremblait, de peur et de déception. Aventino lui jetait de temps à autre des regards comme pour essayer de lui transmettre un message qu'elle ne pouvait comprendre, lisant sur ses lèvres un mot qu'elle ne cessait de répéter : « Roberto, Roberto, Roberto... »

– Qu'on conduise immédiatement les prisonniers à la prison centrale et qu'on jette chacun dans une cellule séparée. Je ne veux pas qu'ils puissent communiquer entre eux, dit Cernide.

15

— Décidément, te voilà devenu muet comme un poisson, mon cher marquis, dit Cernide.

Il faisait dans la prison un froid humide et glacial.

— Je répète ma question : Aventino Roero marquis Di Cortanze, que faisais-tu avec ces brigands ?

— Je ne les connais pas.

— Tu te moques de moi ! La petite pute et toi avez le même flacon de strychnine pour vous suicider en cas d'arrestation !

— J'ai ça depuis des années, une habitude prise quand je luttais contre les Français puis contre les Autrichiens. On ne peut pas en dire autant de tout le monde.

— Fais le malin, marquis, ça fait longtemps que je rêve de te faire ravaler tes titres, ta foutue famille, toute ta morgue. Eh bien, nous y voilà, et le roi ne pourra rien faire pour toi.

— Pourrai-je au moins lui demander grâce, tenter de le convaincre de mon innocence ?

— Il ne sait pas que tu es ici, et personne n'ira le lui dire. Il mène son Etat avec son armée, sa police, sa garde, comme il l'entend. Mais ici, vois-tu, marquis, je suis le seul maître à bord. J'agis comme bon me semble, et parfois même contre les hommes du roi qui ne connaissent rien aux affaires de basse police.

— Ce qui veut dire ?

— Que nous sommes plusieurs à penser que Charles-

Albert fait fausse route. C'est un mauvais roi qui n'a pas compris que l'Italie ne sera jamais unie, et que la seule chance du Piémont est une alliance durable avec l'Autriche !

Aventino comprenait, à mesure que se développait ce dialogue de sourds, que Cernide n'était évidemment pas au courant de sa mission secrète, qu'aucune communication n'avait eu lieu entre les services du roi et la police, ce qui d'une certaine façon valait mieux, mais réduisait singulièrement sa marge de manœuvre. Aventino était seul, complètement seul, et ne voyait pas comment il pourrait sortir de cette souricière.

– Bien. Quelles sont vos conclusions, monsieur le policier ?

– Cela veut dire que tu vas croupir ici un certain temps, et qu'on te retrouvera un jour avec ton petit tube de strychnine, vide, dans la main.

– Et les deux autres prisonniers ?

– Que t'importe, puisque tu n'appartiens pas à Mia Patria !

– Je ne suis pas comme vous, Lodovico Cernide, je n'ai jamais été comme vous. L'Italie de demain a besoin d'unir toutes ses forces, une alliance doit être possible entre tous ces Italiens qui pensent qu'on ne peut donner le nom de patrie à un pays qui n'est pas libre.

– Tu écoutes trop les discours des fauteurs de troubles, des agitateurs étrangers, des traîtres à leur pays. Retourne dans ta cellule, c'est peut-être ta dernière nuit, marquis !

Aventino n'arrivait pas à dormir. Tout près de lui, plusieurs policiers, assis à une petite table, jouaient à la *mora*, criant tous en même temps, et se versant régulièrement à boire d'une grande bouteille placée devant eux. En arrivant dans la prison, il avait cru que les prisonniers avaient été dispersés aux quatre coins de celle-ci. C'était une erreur. En réalité, ils étaient tous regroupés dans cette même section. Il l'avait compris aux allées et venues des gardiens. Dans cette salle comprenant une dizaine de cellules, seules trois étaient occupées, par Manfredo, Maria et Aventino. Ce dernier en était à ce point de sa réflexion lorsqu'un bruit de bottes, un cliquetis d'armes, des ordres lancés, des portes qu'on ouvrait en faisant un bruit épouvantable arrivèrent jusqu'à lui. L'un des gardiens, tenant suspendue en l'air la main droite avec trois gros doigts écartés et la bouche ouverte par un grand « six », signifiant par là qu'il n'était plus qu'à un point de la victoire, et allait être, pour cette nuit du moins, désigné comme le roi incontestable de la *mora*, se leva brusquement en se mettant au garde-à-vous : le chef militaire de la place de Turin venait d'entrer dans le réduit insalubre, exigeant, à grand renfort d'éperons qui claquent et de mouvements de cape, qu'on lui remette sur-le-champ le prisonnier, non pour le libérer, mais afin de le transférer à l'Arsenal.

– Le prisonnier ? Quel prisonnier ? demanda Lodovico Cernide.

– Aventino Roero Di Cortanze, répondit le chef militaire de la place de Turin.

Le policier tenta de s'interposer :

– Moi, Lodovico Cernide, chef de la police, je ne reçois mes ordres que de...

– Lodovico Cernide ne peut s'opposer aux ordres du chef militaire de Turin, dit l'officier. Livrez-moi immédiatement le prisonnier et paraphez-moi ceci dit-il en lui tendant un papier frappé aux armes de la ville de Turin.

Le chef de la police s'exécuta à contrecœur, ouvrit

la cellule. Alors qu'Aventino avait déjà parcouru une bonne partie de la distance le séparant de la sortie, et s'apprêtait à quitter la cave obscure, un événement singulier survint, de ces événements dont on ne sait s'ils viennent de Dieu ou de Diable, qui vous poursuivent une vie entière sans qu'on leur trouve le moindre sens, sans que la moindre explication logique ou rationnelle atténue la peine qu'il a pu vous causer. Alors que la petite troupe s'éloignait à pas lents, Cernide, croyant que Maria, après avoir passé sa jambe à travers la grille de sa cellule, avait volontairement donné un coup de pied dans la table sur laquelle venait d'avoir lieu la partie de *mora*, la coinça contre les barreaux et la frappa si violemment qu'elle tomba lourdement à terre tandis que sa tête allait heurter le mur de grosses pierres apparentes. Au sang qui se répandit immédiatement sur le sol et au teint blafard de la jeune fille, Aventino eut le sentiment qu'elle devait être grièvement blessé et qu'il fallait faire vite si on voulait lui sauver la vie. Mais aucun policier ne semblait vouloir intervenir. Pire, lorsque Manfredo hurla de sa cellule pour appeler à l'aide, on le roua immédiatement de coups. Quant à Aventino, qui rebroussait chemin en direction de la jeune fille, il reçut un coup de crosse si violent dans le dos qu'il éprouva toutes les difficultés du monde à se relever.

A partir de cet instant, Aventino crut qu'il était en train de vivre un mauvais rêve, et plus rien ne lui semblait réel, de ces portes qui s'ouvraient, de ces couloirs parcourus au pas de course, de ces rues qu'il traversait, désertes, obscures, éclairées ici et là de quelques faibles lanternes. On l'avait jeté dans un fourgon qui semblait traverser Turin à grande vitesse. Il avait le souvenir d'une ville éclairée, riante, remplie de boutiques et d'ateliers alignés les uns à côté des autres, de tailleurs qui cousaient sans relâche, de cordonniers qui tiraient sur leur fil et frappaient en cadence ; de places combles les jours de marché, couvertes de montagnes de fruits et de légumes ; et d'une foule heureuse qui se chamaillait, qui criait, qui jacassait, qui riait sans cesse. Au lieu de cela tout était noir, sombre, silencieux. Au bout d'un moment, il lui sembla qu'on avait fini par quitter la ville, qu'il entendait un postillon faisant claquer son fouet, que de temps en temps la lourde machine ralentissait, s'arrêtait presque pour repartir ensuite, s'ébranler et se mettre en mouvement dans la nuit. Il entendait des chevaux galoper sans relâche, et quelqu'un qui parlait à ses côtés, qui lui expliquait les raisons de ce voyage, de cette sorte de fuite ou de méchante promenade. Jamais il n'avait eu le cœur aussi gros et n'avait éprouvé un tel état d'abattement. Devant lui, à chaque seconde, toujours le même visage, toujours le même petit sourire rougi par le sang, figé par la mort, celui de Maria, qu'il avait donc croisée pour rien puisqu'il est inutile de rencontrer quelqu'un pour le perdre dans les heures qui suivent.

Après une longue montée durant laquelle la lourde machine sembla peiner plus que d'ordinaire, l'équipage et la garde à cheval marquèrent le pas puis s'arrêtèrent devant ce qui devait être une haute grille. Aventino entendit celle-ci s'ouvrir. En face de lui, dans la voiture, l'officier qui était venu le chercher dans la prison. Derrière les rideaux tirés, on voyait qu'il faisait presque jour. Une bonne odeur de terre humide montait du sol.

– Monsieur le marquis, dit l'officier.
– Oui, dit Aventino, sortant lentement de son rêve.
– Vous voilà arrivés au château.
– Quel château, mon ami ?
– Mais le vôtre, monsieur !
– Le mien ?

– Oui, celui de Cortanze, monsieur, dit l'officier en tirant le rideau.

Aventino regardait fixement le long mur de brique rouge et l'appareillage si particulier qu'il avait tant de fois observé lorsqu'il était enfant, sans trop comprendre alors comment toutes ces vieilles pierres pouvaient tenir les unes sur les autres.

– Restez-y quelques jours, reposez-vous, continua l'officier, je reviendrai avec une lettre du roi vous indiquant dans quel sens poursuivre votre mission pour la plus grande gloire et l'intérêt de la maison de Savoie.

Il faisait, dans le château, effroyablement froid. Massa avait fait monter des cuisines un trépied d'une hauteur convenable afin qu'Aventino puisse tenir les mains dessus commodément. De temps en temps, quand la fine braise recouverte de cendres contenue dans le bassin évasé ne donnait plus assez de chaleur, elle écartait le dessus de la cendre afin que les charbons paraissent un peu à découvert, et fournissent ainsi une plus grande chaleur. Enfoncé dans une pelisse de loup blanc, Aventino essayait de comprendre ce qu'il était en train de vivre. Les retrouvailles avec Massa avaient été étranges. Leur amour était toujours là, intact, mais quelque chose était venu s'interposer, une fêlure à peine perceptible. Aventino ne pouvait croire que la cause de ce changement pouvait être Maria. Il n'avait vu la jeune fille que quelques heures à peine dans sa vie, et elle était maintenant sans doute morte... Le seul souvenir qu'il garderait d'elle, c'était ce visage barbouillé de sang et le petit flacon de strychnine, étrange présent en vérité, qu'on lui avait rendu vidé de son contenu.

– Combien de temps allons-nous rester ensemble, cette fois ? demanda Massa.

– Je ne sais pas, ne sut que dire Aventino en prenant tendrement les mains de son épouse entre les siennes. Quelle drôle de vie que la nôtre, désormais.

– Je suis une épouse sans mari, et une mère sans fils...

– Tu n'as aucune nouvelle d'Ercole Tommaso ?

– Non. Parfois je me dis qu'il est mort. Un soir, j'ai regardé la campagne autour de Cortanze et j'ai pensé : « Voilà, mon fils et mon mari sont morts. Je ne sais ni où, ni comment, ni pourquoi. »

– L'Italie vit un temps de turbulences, notre famille, depuis des siècles, l'accompagne dans les bons et les mauvais moments. La maison de Savoie...

– Aventino, ne peux-tu, un seul jour, oublier la maison de Savoie ?

– Mais nous sommes nés pour la servir, Massa. C'est notre raison d'être depuis douze siècles !

– Et s'il te fallait choisir entre ta femme et ton roi, ton enfant et la maison de Savoie, que ferais-tu ?

Aventino écarta le peu de cendres qui se consumaient encore dans le bassin.

– Ta question n'a aucun sens.

– Tu finiras seul, Aventino, complètement seul, au milieu de ta galerie de portraits. Tu dialogueras des heures avec les fantômes de tes ancêtres, dans un château vide, déserté, sans vie. Un jour, peut-être, ta famille n'y habitera plus, elle qui douze siècles durant aura servi l'Italie, le Piémont et son roi !

– Nous n'en sommes pas encore là, mon amour...

Il suffit parfois d'un frisson de brise pour qu'un sentiment naisse ou s'enfuie, pour qu'une impression surgisse ou disparaisse. A la simple écoute du mot « amour », Aventino et Massa oublièrent leurs griefs, leur tristesse, l'un et l'autre avaient raison, l'un et l'autre le savaient, l'un et l'autre sentaient leur vie leur échapper, glisser entre leurs doigts. Massa se souvint que prévenue par les estafettes du roi du retour imminent d'Aventino, elle avait fait rentrer des chargements supplémentaires de charbon de bois de chêne pour alimenter les fourneaux, et demandé au cellérier de faire venir des vessies de saindoux et un estagnon d'huile pour les fritures. Exigeant du maître queux qu'il prépare, dans les plus brefs délais, une timbale de macaronis dans sa croûte de pâte feuilletée, des paupiettes de riz, des olives farcies, des beignets aux pommes, des glaces et des *cassate*, sans parler des bouteilles des meilleurs vins de Roero qu'elle avait fait remonter des caves...

Le dîner s'éternisa. Les deux époux avaient retrouvé leur gaieté, leur joie de vivre. Ils redormirent ensemble, c'est-à-dire que chacun pouvait de nouveau sentir la présence de l'autre, son odeur, sa chaleur, il pouvait l'entendre respirer, et le matin ils se réveillaient ensemble, tôt, pour voir le jour se lever derrière les collines, là où le domaine de Cortanze vient coudoyer les terres de Montechiaro. Au bout d'une semaine, alors que le temps reprenait lentement son rythme, retrouvait son souffle, un messager apporta une lettre du roi. Il fallait poursuivre la mission car le but approchait.

– Cela va être très risqué après l'épisode du Caffé di Parigi, dit Aventino.

– Vous voulez dire sous cette forme ?

– Oui.

– Qui vous parle de rester en Italie ? dit le messager, un homme de taille moyenne dont l'embonpoint précoce manifestait une certaine force et de la bonté.

Massa assistait à l'entretien. Aventino la vit soudain s'éteindre, changer de visage, en une seconde toute la lumière retrouvée durant cette semaine s'était enfuie de son beau visage, et de son corps qui avait tout à coup vieilli de plusieurs années.

– Vous n'allez pas m'envoyer à Londres ou à Genève, tout de même !

– Non, à Paris.

– A Paris ? En France ? demanda Aventino, manifestant une réelle surprise.

– Oui, monsieur le marquis, tel est le désir du roi. A Paris, en France, pour y poursuivre une mission que vous êtes le seul, à ses yeux, à pouvoir assumer.

– Et quelle est cette mision ?

– Entrer en contact avec les milieux italiens de l'exil. Une voiture viendra vous chercher demain au lever du jour.

Aventino passa sa dernière nuit au château en s'y promenant, une lanterne à la main, revenant sans cesse à l'amadou, à la pierre à feu, au briquet et aux allumettes parce qu'un courant d'air diabolique ne cessait de l'éteindre. Il se souvint de son départ pour l'Assam, de son impatience, mêlée d'agacement et de colère, face à ce voyage sans cesse différé. Il avait fallu trouver le bon bateau puis attendre que les vents soient propices. Cette fois-ci, il s'agissait d'un tout autre départ. A tort ou à raison, il se dit que son attente devait ressembler à celle qu'avait éprouvée son ancêtre le chevalier Bonifacio Roero lorsque le comte Vert lui avait demandé de l'accompagner dans sa fameuse croisade en février 1366. Bonifacio était revenu de toutes ses batailles sincèrement croyant. Pour remercier Dieu de l'avoir sauvé maintes fois de la mort, il avait créé le pèlerinage de la Roche-Melon qui voyait, tous les ans depuis cette date, sortir de la cathédrale de Suse le triptyque dédié à la Vierge qu'il avait fait réaliser en signe de reconnaissance et sur lequel figurait la célèbre phrase commençant par ces mots : « *Hic me aportavit Bonifacius Rotarius...* »

Alors que son mari veillait à ce qu'aucun de ses bagages ne soit oublié, Massa ne put s'empêcher de pleurer à chaudes larmes, lui glissant dans l'oreille une supplique qui était leur secret et qu'il recueillit douloureusement : « Tâche de retrouver Ercole Tommaso, notre fils. Je t'en supplie, Aventino, retrouve notre fils... »

La route se déroula comme prévu, tant et si bien qu'Aventino pensait pouvoir atteindre la frontière française avant la tombée du jour. Mais alors qu'il venait de dépasser Fénestrelle, la roue arrière de la voiture se brisa. Il fallut quelques heures pour en monter une autre. La voiture repartit, parcourut une dizaine de milles puis ce fut au tour de l'essieu de se briser, ce qui eut pour effet de mettre tout le monde de méchante humeur. Tout au long de ces voies plus ou moins carrossables, c'était une partie de l'histoire du Piémont qui défilait sous les yeux d'Aventino. Mercerie, droguerie, denrées coloniales, épicerie exotique, noix de Savoie, amandes des basses Alpes, huiles de Provence, draps des Préalpes, moutons du Royannais et du Diois, toiles du Grésivaudan, laines du Gapençais, cuirs, peaux de l'Embrunais, vins du Montferrat, riz de Chivasso, farines de Vercelli, et tant d'autres produits strictement agricoles ou issus d'industries semi-rurales avaient traversé ces collines, ces plaines, ces montagnes, grand roulage industrieux qui croisa si souvent, des routes du Jura méridional à la région des Préalpes calcaires, les ânes et les mulets de la contrebande chargés de sel, de tabac, et de cotonnades.

Lorsque la nuit fut trop noire pour continuer, on décida de dormir à l'hôtel des Trois-Etoiles, non loin de Clavières. La France était juste de l'autre côté d'un petit versant couvert de chênes noirs. Aventino se coucha sur une mauvaise paillasse de maïs, mais ne parvint pas à dormir. A l'extérieur, la pluie faisait rage. Il se dit qu'il était peut-être temps encore de rebrousser chemin, qu'il pourrait ainsi retrouver Massa et être plus utile à son pays près du roi que dans cette sorte d'exil parisien. Il alla même jusqu'à se dire que cette roue brisée, cet essieu cassé, cela avait un sens, c'était comme un signe, un présage qui le prévenait du mauvais chemin qu'il était en train de prendre. Il pensa beaucoup à Maria, longuement à son fils, douloureusement à Massa puis finit par s'endormir. Au matin tout semblait oublié. Il faisait froid mais le parfum de la montagne lui collait une espèce d'ivresse dont il ne parvenait pas à se séparer. Il reprit la route dans une nouvelle voiture. Espèce de carrosse très lourd auquel il n'était pas habitué, celle-ci était agitée d'un mouvement oscillatoire qui l'amusa d'abord puis lui causa un véritable malaise. Il dut s'arrêter plusieurs fois pour vomir, ce qui semblait fort agacer le postillon, grand homme à moustaches noires, avec un bonnet de soie et un chapeau de cire par-dessus. La frontière fut franchie sans encombre.

Aventino entra dans le pays d'un certain poète qui, comme ses amis Goethe, Staël et Byron, ne voyait en l'Italie qu'un « pays de l'olivier et de l'oranger ». Il fallait que cela cesse. Aventino leur montrerait, à tous ces Français ! Bientôt, il faudrait qu'ils appellent son pays « la terre de la liberté » ! Le cocher, qui avait malencontreusement pris une mauvaise route, rebroussa chemin à Val-des-Prés pour reprendre la route de Montgenèvre menant à Briançon qu'il atteignit enfin une heure plus tard. En traversant les rues pentues et étroites de cette ville aussi pleine de fontaines que de soldats en armes, Aventino eut un étrange pressentiment. De la neige fondue commençait de fouetter les vitres de la voiture.

Il lui faudrait deux bonnes semaines pour atteindre Paris. « Peu d'entre nous verront le résultat final de nos travaux, pensa-t-il, mais le grain que nous aurons semé germera et croîtra après nous. Oui, de plus heureux que nous récolteront la moisson. »

16

Aventino, qui avait doublé le cap de Bonne-Espérance, et remonté le Gange avant de se perdre dans les brumes de l'Assam, aux portes de la Chine, se faisait de Paris, qu'il ne connaissait pas, une idée des plus fausses : parcellaire, subjective, très éloignée de la réalité. Bien que plusieurs témoins oculaires, dignes de confiance, lui aient rapporté que Paris était une ville, contrairement à Turin, couverte de trottoirs séparant le piétonnement confus de la marée des voitures, que les rues mesuraient toutes plus de trente pieds de large, que des réverbères à huile élargissaient le rayon des chandelles, enfin que le numérotage des portes cochères et des maisons faisait qu'on ne se perdait plus, il n'avait, semble-t-il, retenu que le caractère horriblement bruyant des cours et des rues confinées sous les barrières, envahies par de véritables essaims faits de chevaux, de cochers, de carrosses, de fiacres, de housses, de haquenées, de mules, et de gens à pied. Pour lui, Paris était une ville peuplée de médecins, de collectionneurs, de députés, de spéculateurs, d'avocats, de notaires, de poètes, d'étudiants en droit et de grisettes, mais surtout d'une quantité de « femmes sans nom » occupant plusieurs centaines de « maisons » s'étalant au grand jour, et se transmettant pour certaines en héritage.

Les services secrets de Charles-Albert avaient décidé de loger leur agent dans la pension Cicerone, dirigée d'une main ferme mais élégante par une certaine veuve Durand, et sise dans l'une des rues avoisinant le boulevard Italien. Mme veuve Durand, qui présidait depuis la mort de son mari aux destinées de sa pension, avait toujours été belle, riche, et noble. Grande, portant fièrement ses quarante ans, visant à l'effet et s'exprimant facilement, on ne lui connaissait qu'une extravagance que quelques grincheux qualifiaient de défaut : le soir, quand tout le monde était couché, elle aimait se baigner dans des flots de vin de Malaga, lequel, remis en bouteilles après immersion, était vendu aux messieurs qui le désiraient et qui n'ignoraient pas à quoi il avait servi. Mais qu'importe, Mme veuve Durand pouvait bien se ramollir les chairs dans des bains de lait, à l'eau de mouron, à la pâte d'amandes, à l'eau de chair de veau, aux pleurs de vigne, à l'eau distillée du miel de la rose, au suc de melon, au jus de l'orge encore verte, à l'eau de lin, au jaune d'œuf ou au baume de La Mecque, l'essentiel était ailleurs. Cette respectable maison accueillait une vingtaine d'hôtes pour la plupart constitués de vieux garçons rentiers de l'Etat, anciens agents de change, financiers retirés, fonctionnaires et généraux à la retraite, tous pourvus de favoris, de brillants à plusieurs doigts et d'une chaîne d'or où pendait un lorgnon, mais aussi un homme de lettres incompris, un surnuméraire, un industriel de contrebande, un négociant en vins, deux vieilles filles et un intrépide réfugié hongrois disciple de Kossuth qui posait quotidiennement au héros perdu sur sa terre d'exil. Tout ce beau monde, auquel Mme veuve Durand offrait en sus des cigares au rabais, des pains de savon et des cure-dents, constituait aux yeux des services secrets du roi de Piémont-Sardaigne une excellente couverture. Jamais personne ne viendrait chercher ici, dans ce pêle-mêle de figures, de langages et de costumes les plus disparates, le conseiller personnel de Charles-Albert, en mission secrète en France.

Les premières semaines de son séjour parisien, Aventino les consacra entièrement à la topographie de la ville. Il devait, en peu de temps, se faire une idée très précise et exacte du réseau labyrinthique de rues la constituant et des lieux fréquentés par l'émigration italienne. Il se promena sur les Champs-Elysées, au milieu des solitudes de l'Observatoire et de la barrière du Trône, flâna du côté des traiteurs de Bercy en succombant parfois aux trois petits verres de liqueurs variées de la trinité alcoolique, et arpenta la place de l'Opéra où, le soir, la lumière du gaz éclairait les boutiquinières vendeuses de roses et de violettes. Il visita les hauts lieux que sont Notre-Dame, la Sainte-Chapelle, la Madeleine et le Louvre, musée dans lequel il reconnut nombre d'œuvres d'art qui auraient dû se trouver en Italie, posa le soir au balcon des Bouffes, joua de belles sommes à l'écarté, dansa le galop avec une gracieuse frénésie, fréquenta les lions du Jockey-Club et les jeunes premiers du Gymnase, coudoya des dandys musqués, frisés, pincés, pommadés, portant bottes de Sakoski et habits d'Humann, caressa des petits chiens, se montra empressé à l'égard de certaines dames, figura dans des quadrilles, lut des vers, distribua nombre de verres d'eau sucrée qui ne suffisaient pas toujours à déguiser l'amertume, enfin ne négligea aucune des mille recettes en usage pour être dans la société parisienne comme un poisson dans l'eau. Que de fois ne se perdit-il pas au petit matin dans les rues d'un Paris hanté par les seuls laitières, commissionnaires et autres garçons d'épicier ! Après un dernier passage au Café de la Paix et à celui de Paris où il constata qu'on ne payait pas pour manger mais pour le frac des serveurs, et un arrêt prolongé chez Véfour où, sous les arcades nord du Palais-Royal, l'art confinait au rite et le rite procédait du matérialisme le plus païen, il sentit qu'il était enfin prêt et paracheva sa préparation en s'abonnant à plusieurs journaux. *La Gazette des tribunaux*, *Le Siècle* et *La Presse*, puisqu'il était censé être un avoué turinois, du nom de Gioanni Antonio Giobert, lequel, après avoir commencé premier clerc, s'était élevé aux fonctions de président du conseil de l'étude, et avait fini par s'acheter une charge pour son propre compte.

Fin janvier 1845, alors qu'un vent glacial balayait les rues de Paris, Aventino se sentit enfin capable d'aller voir d'un peu plus près les deux à trois mille Italiens de Paris, lesquels, renouant avec une tradition qui remontait aux guerres civiles de l'Italie médiévale, étaient venus chercher et trouver refuge en France. Aux yeux de ces derniers, une grande secousse révolutionnaire, prête à bouleverser l'Europe, se préparait. Un monde souterrain en fermentation n'attendait plus qu'une étincelle pour exploser. Les Comités cosmopolites, et autres Exil et Révolution, Groupement des libertés, Junte de libération, Société de la liberté italienne, Société patriotique italienne, sans parler des vieux adeptes de la Jeune Suisse, de la Jeune Europe, des Vrais Italiens, de Jeune-Italie, de la Haute Vente, et de la Démocratie universelle pullulaient, s'accusant mutuellement de « désagréger le travail de l'autre », de s'empêcher de respirer, de ne pas agir, de se contenter de broncher, se traitant de lâches, d'imbéciles, de mauvais Italiens, d'agents de l'Autriche, pleurnichaient dans leur gilet, s'injuriaient à perdre haleine. Chacun voulait commander et aucun des éléments composant ces sociétés ne semblait fait pour se cimenter ensemble. Chaque mouvement voulait neutraliser et contrôler les autres initiatives, et y substituer les siennes qui étaient à ses yeux les plus résolues et les plus approfondies. Tous les groupes, sans distinction, alimentaient les dissensions et la confusion générale, à commencer par les exilés aristocrates piémontais, connus sous le nom de Comité Saint-Marsan. Les uns voulaient une monarchie constitutionnelle, les autres une république, certains penchaient pour un socialisme libre et d'autres pour la révolution permanente. Aventino, qui eût tant désiré trouver en eux moins d'arrogance et une volonté constante d'acquérir de vraies lumières, et cette saine et simple philosophie qui ne vise qu'à la constitution d'une nation italienne, se sentait plein de tristesse et de déception. Il ne voyait pas à quel moment il aurait pu leur parler du grand projet pour lequel il était venu à Paris : établir, quand les circonstances le permettraient, non une liberté théorique, mais une vraie liberté et une réelle égalité politique. Une seule chose semblait réunir ces ouvriers, aristocrates, commerçants, avocats, anciens fonctionnaires plus ou moins haut placés, professeurs d'université, propriétaires fonciers, officiers, sans parler de certains d'entre eux membres éminents d'une petite société de fuyards bien nantis : une profonde nostalgie parfois si tenace qu'elle en devenait pleurnicharde et répugnante.

Les journées s'écoulaient, si décourageantes, si tristes. Le courrier qu'Aventino échangeait avec Massa n'était pas fait pour le rassurer. Si sa mission n'avait pas été aussi importante, il serait rentré en Piémont. Massa ne se plaignait pas mais paraissait avoir retrouvé l'instabilité nerveuse qu'il avait crue à jamais disparue. Ses lettres étaient remplies de propos incohérents, rapportaient des faits étranges qui rappelaient à Aventino les plus sombres moments du temps où Massa, qui s'appelait encore Maria-Galante, croupissait au fond du *manicòmio* de Gênes parmi les condamnées de droit commun, les prostituées et les folles. Les contacts pris avec les Italiens de l'exil n'avaient rien donné, quant à Ercole Tommaso, personne n'en avait entendu parler. Non, personne, personne ne connaissait ce jeune homme qui allait avoir trente ans. Il faut dire que la description physique qu'en faisait Aventino était sans doute fautive. Plus de dix ans avaient passé depuis son départ de Cortanze ! Que restait-il à présent du jeune garçon avec lequel il allait à la chasse, partait des journées entières à cheval dans les plaines du Montferrat, ou jouait du *tamburèllo* ? Etait-il toujours aussi fier, hautain ? Avait-il conservé son côté anguleux et sévère, ses cheveux lissés en arrière, ses ongles manucurés ? Que restait-il du dessin tombant de ses yeux qui leur donnait un aspect si mélancolique ? Si l'on excepte certaines lettres anciennes datant des premiers mois de son séjour à Turin, de quelques missives informatives d'Inocenzo Pollone, Massa et Aventino n'avaient plus de nouvelles de leur fils que par les si étranges toiles de Giovanni Francesco Rigaut.

Cela faisait plusieurs nuits qu'Aventino ne dormait plus, assailli par trop de questions, perturbé comme un homme qui pense avoir momentanément perdu son centre de gravité. Aussi, ce matin, après cette nouvelle nuit passée à se tourner et à se retourner dans son lit de la pension de Mme veuve Durand, et tandis que toutes les horloges environnantes sonnaient sept heures, il avait décidé de se promener. C'était la fin de l'hiver et les premiers jours de printemps apportaient une sorte de gaieté presque imperceptible mais visible à qui savait écouter et voir. Le mouvement et le bruit jusqu'alors circonscrits à quelques quartiers lointains avaient lentement gagné le boulevard Italien. Quelques rares piétons se hasardaient sur le pavé désert ; des ouvriers partant travailler s'arrêtaient aux angles des rues pour allumer leur pipe ; des femmes en cornette et en casaquin transportaient des vases de cuivre et des cafetières de fer-blanc ; des épiciers goguenards, nez et tabliers retroussés sur le pas de leur porte, humaient l'air ; on entrouvrait les volets ; on ouvrait des fenêtres ; des portes cochères faisaient entendre leur bâillement prolongé. Emporté par la marche, Aventino se retrouva rapidement dans le quartier des galeries d'art. A l'angle de la rue Lebrun, un homme s'affairait dans sa boutique, enlevant des tissus qu'il avait jetés sur des toiles, et en époussetant certaines. L'époque était à la grande peinture d'histoire ou à la scène de genre relatant des historiettes de la vie quotidienne, souvent inspirées par les voyages accomplis par les artistes essentiellement en Orient ou en Italie. Aventino, qui avait ralenti son allure, regardant d'un œil distrait ces scènes de massacres et d'incendies, où l'on voyait des duchesses arrêtées aux portes de villes en ruines, des princes interrogés dans leur prison, et des rois mourant de la peste, s'apprêtait à reprendre sa marche, car il n'aimait guère ces grandes scènes apocalyptiques si prisées de ces salons d'art où la singularité radicale de l'artiste et de l'œuvre avait totalement disparu. Mais à mesure que l'homme enlevait les tissus, il découvrait des tableaux si différents de ceux qu'on exposait habituellement qu'Aventino finit par entrer dans la boutique et par les regarder les uns après les autres, en proie à une curiosité croissante.

Le marchand avait apposé au bas de chaque tableau un petit rectangle de papier blanc sur lequel étaient inscrits à l'encre violette et en majuscules le nom de l'artiste et la personne représentée. D'un côté les femmes : *Mme de Senones*, par Jean Auguste Dominique

Ingres, *Mme Marcotte de Sainte-Marie* par le même, *Melle de Charrus* par Théodore Chassériau, *Rigolette cherchant à se distraire* par Désiré Court. De l'autre les hommes : *Félix d'Arjuzon* par Hippolyte Flandrin, *Portrait de M. De Decker* par Théodore Chassériau, *M. Lemaire* par François-Auguste Briard, *Léon Cogniet en son atelier* par Gaston Roland. Au milieu de cette galerie de portraits, un tableau de petites dimensions, à peine soixante centimètres sur cinquante, fit plus que retenir son attention, il se sentit comme véritablement happé par lui. Il ne portait pas de nom de peintre, mais une date, 1844, et un titre : *La Ballade de Don Hercules Thomas, noble espagnol.*

Exposée sur un chevalet, la toile, sur fond de nuit obscure peuplée d'ombres et de spectres, représentait un cheval noir, galopant parmi des tombes, aux naseaux et aux sabots de feu. Son cavalier, en armure noire, laissait voir par l'ouverture de son heaume une tête de mort phosphorescente dont les yeux brillaient comme deux lanternes. L'homme qui enserrait de ses bras le cavalier paraissait étrangement serein. Accompagnant la sinistre chevauchée, courant à ses côtés, un tigre énorme, comme celui qu'Aventino avait si longtemps traqué dans la jungle assamaise... L'homme tenant le cavalier lui ressemblait tant qu'il en fut troublé. Puis, à y regarder de plus près, il lui sembla que l'homme était plus jeune que lui, plus vigoureux. Son regard brillait d'un feu étrange, d'une passion véhémente et durable. Il sourit, ne sachant s'il était en train de rêver ou de toucher du doigt une réalité longtemps cachée qui s'ouvrait à lui. Soudain, il se mit à trembler. Mais non, la toile ne le représentait pas lui, mais son fils, Ercole Tommaso ! Il faillit perdre l'équilibre, se sentant presque défaillir. Ce n'était pas possible, toute cette violence. Et quelle étrange impression au-dedans de lui. Il en éprouva un tel désagrément qu'il pensa comme une évidence : « Là où les dieux ne sont plus règnent les spectres, la mort chevauche vite. » Il rêvait, n'est-ce pas ? Cet homme, agrippé à l'armure noire, ce fantôme à tête de lumière, ce tigre rameuté du passé, ce cheval d'encre, tout cela ne pouvait être. Aventino manquait d'air, ressentant, dans la région du thorax, une douleur atroce. Le marchand lui proposa de l'aide, l'assit dans un fauteuil, près d'un poêle, et lui dit d'une voix basse, mais grave et d'un ton assuré, qu'il allait lui préparer un remontant. Rondouillard, vif, sa figure exprimant le sentiment de la dignité personnelle et de la haute responsabilité qui pesait alors sur lui, coiffé d'un bonnet grec légèrement incliné sur l'oreille gauche, et vêtu d'une ample veste ronde, il revint aussi vite qu'il avait quitté la pièce :

– Voilà, mon ami, ce café de Turquie va vous fouetter les sangs.

Aventino prit la tasse et but une gorgée d'un café couleur d'ébène, brûlant, épais et odorant.

– Merci, monsieur, merci.

– Vous venez d'Italie, n'est-ce pas ?

– Oui, du Piémont.

– Il y a beaucoup d'Italiens à Paris, en ce moment... Et vous vous intéressez à la peinture ?

– Un peu. Je trouve cette toile si intrigante, dit Aventino en montrant le tableau figurant l'étrange chevauchée.

– Si différente de toutes les autres...

– Et anonyme, si je comprends bien.

Le marchand fit un petit geste de la main signifiant que l'affaire n'était pas aussi simple.

– Le peintre a exigé que son nom ne figure pas sur la toile, tout comme il ne souhaite pas qu'on la vende. Il veut qu'on la voie, c'est tout.

– Et vous le connaissez ?

– Je ne l'ai jamais vu. Une sorte de factotum me

dépose régulièrement une toile puis vient me la reprendre et la remplacer par une autre !

— Il a un nom, tout de même, ce peintre !

— Je peux vous le communiquer, sans problème. C'est un de vos compatriotes d'ailleurs : Giovanni Francesco Rigaut.

Aventino ne put rien dire, se contentant de finir la tasse de café, d'un coup. Comme pour se donner du courage et la force de se relever.

— Merci, merci, dit-il avant de quitter précipitamment la boutique.

Une fois dehors, il traversa la rue et regarda une dernière fois la petite toile sombre, comme s'il avait eu besoin de cette distance pour se protéger de sa force maléfique, des effluves si sombres qui semblaient s'en échapper.

— Etrange tableau, n'est-ce pas ? dit une voix derrière lui, avec un fort accent italien.

Aventino se retourna, lentement. L'homme devait avoir une trentaine d'années. Il avait un visage allongé, maigre, mélancolique ; un front des plus généreux et largement dégagé, des yeux clairs et ardents, un nez droit et fort, enfin toutes les marques d'un homme solide, honnête, ardent, et pourtant calme.

— C'est un beau jeune homme, n'est-ce pas ?

— De qui parlez-vous ?

— Du jeune homme du tableau...

— Oui, c'est un beau jeune homme.

— Je connais quelqu'un qui lui ressemble, c'est incroyable.

Aventino se jeta presque sur le bras de l'inconnu, l'agrippant par la veste.

— Mais enfin, monsieur, que vous arrive-t-il ?

– Pardon, monsieur, pardon, reconnut Aventino. Nous sommes tous deux italiens, nous devrions...

– Nous entendre. Deux Italiens perdus dans cette ville inhumaine qu'est Paris !

– Je me présente, Gioanni Antonio Giobert, dit Aventino.

– Franco Merrigi, répondit l'homme.

– Pouvez-vous me répéter ce que vous m'avez dit au sujet du tableau ?

– Que je connais la personne qui est sur le tableau, oui, j'en suis sûr. C'est lui.

– Qui, lui ?

– Un ami cordonnier.

Aventino laissa paraître sa déception :

– Ah, un cordonnier...

– Oui, un ami cordonnier, italien...

– Italien ?

– Oui, cela n'est guère surprenant, vous savez. Nous sommes partout.

Aventino sourit, puis après un silence dit :

– Pensez-vous que je pourrais le rencontrer...

– Vous avez besoin de faire réparer vos chaussures !

– Et pourquoi pas ?

L'homme avisa Aventino, soupçonnant que ce monsieur intéressé par les toiles étranges et les cordonniers ne devait pas faire partie des couches les plus défavorisées de la population italienne.

– Soit, mais son Paris n'est pas celui des loges dorées de l'Opéra, de l'hôtel de l'Etoile et des berlines attendant à la porte. Ni celui des soies et des fleurs qui sourient derrière les comptoirs, des réverbères à gaz qui brillent dans la nuit, des diamants imitant la rosée sur le corps des dames. Mon cordonnier ne s'est jamais promené ni du côté de la Madeleine ni de celui de la porte Saint-Martin !

– Mais moi non plus, répliqua Aventino, je ne suis qu'un simple avoué...
– Bien, dans ce cas, rendez-vous demain à deux heures de l'après-midi, ici même, nous irons ensemble rendre visite à mon ami le cordonnier de Crépy-en-Valois !

17

Alors qu'il venait de traverser Paris et attaquait la montée de Saint-Michel, le cocher s'endormit. Les chevaux avalèrent au grand trot une route qu'ils connaissaient visiblement bien. Arrivés au sommet de la colline, ils allèrent plus lentement. Le postillon, qui s'était réveillé, les pressa de nouveau. Il avait un long chemin à parcourir, et bien qu'il pensât que la nuit serait une nuit de clair de lune, ce qui rendrait le trajet moins pénible, il ne pouvait commencer sa journée en perdant du temps. Le soleil, après un passage nuageux, s'était remontré ; l'air était doux, et l'atmosphère semblait avoir définitivement dompté les nuages. De chaque côté du chemin ondulaient à perte de vue des champs de céréales sur lesquels étaient érigés des dizaines de moulins à vent dont les ailes tournaient à un rythme régulier.

– Nous voilà dans la région de Mont-Souris et des Quatre-Chemins, dit Franco Merrigi. Nous ne sommes plus très loin.

– Nous sommes aux portes de Paris et c'est déjà la campagne, remarqua Aventino.

La voiture ralentit, passant au milieu de chaumières, « habitées par des carriers et des meuniers », indiqua Franco Merrigi, puis devant une zone sinistre couverte d'usines surgies d'on ne savait où.

– Surprenant, n'est-ce pas ? dit encore Franco Merrigi qui semblait connaître parfaitement cette étrange frontière parisienne et la population qui y habitait. Rien que des usines : tanneries, corroieries, manufactures de papier et de toile, de métaux perforés, fabriques d'amidon, de vermicelle, de toiles cirées, de produits chimiques, d'huile, de bougies, de savon... A la prochaine révolution, tout partira de là !

– La prochaine révolution ?

– Elle éclatera bien un jour ou l'autre, vous n'êtes pas de mon avis ?

– Sans aucun doute, répondit Aventino, la main posée sur la portière de la voiture.

La zone industrielle fut bientôt suivie d'une sorte de long désert. Aucune maison n'y avait été bâtie, aucun arbre n'y poussait. Un mur appareillé de pierre et de brique accompagnait la route qui filait droit.

– Vous vous demandez ce qui peut se cacher derrière cette muraille ?

– Oui, en effet, répondit Aventino.

– Un cimetière, cher monsieur. Après la grande épidémie de choléra de 32, des milliers de corps furent enfouis dans ces carrières aujourd'hui comblées, à plus de trois cents mètres de profondeur. Et voilà, notre voiture avance sur un lit de morts !

A peine Franco Merrigi venait-il de terminer sa phrase que la voiture s'arrêta. Il valait mieux désormais poursuivre sa route à pied. Le jour baissait doucement. Les deux hommes pénétrèrent d'abord dans un vaste enclos à l'intérieur duquel se dressaient des pierres tombales au milieu de hautes herbes et d'arbrisseaux qui, pêle-mêle, semblaient croître librement. Il se dégageait de ce lieu une profonde impression de tristesse. Aucune main humaine n'avait laissé là sa trace, et les pieds s'enfonçaient dans l'herbe qui avait effacé les sinuosités des chemins, conférant à l'endroit une mélancolie douce et profonde.

– Le cimetière israélite de Montrouge..., dit Merrigi.

– Nous aurions pu faire un détour.

– Vous avez quelque chose contre les juifs, monsieur Giobert ?

– Absolument pas ! Les lieux sacrés doivent être respectés !

– Sans doute, mais le temps presse, monsieur Giobert. D'ailleurs, nous sommes presque arrivés, conclut Merrigi.

Devant eux, une profonde carrière à ciel ouvert, où reposaient plusieurs énormes fardiers à deux et quatre roues, s'étalait. On aurait dit un amphithéâtre dans le fond duquel des dizaines de galeries prenaient leur source. Le jour baissait lentement. Aventino, plus que la majesté insolite du lieu, semblait troublé par la forte odeur d'urine de fauve qui régnait dans cette entraille ouverte.

– L'odeur vous gêne ?

– Non, elle me surprend.

– Vous la reconnaissez donc ? demanda Franco Merrigi, assuré qu'Aventino ne répondrait jamais.

– Oh oui, mon bon ami, ce serait trop long à vous raconter et très éloigné de mes livres de comptes. Ça sent le fauve !

– Bravo ! Il n'y a pas si longtemps des combats de bêtes féroces étaient donnés en spectacle. On avait créé ici une ménagerie.

– Et maintenant ? dit Aventino face à toutes ces galeries murées.

– Des malfaiteurs ont fait de ces lieux leur repaire. La nuit venue, ils partent sur la route de Paris ou sur la route d'Orléans et commettent leurs forfaits. C'est un lieu idéal pour se cacher.

– Que voulez-vous dire ?

– Une de ces carrières murées est ouverte. C'est là que nous nous réunissons...

– Qui, *nous* ?
– Des amis italiens, dont notre cordonnier...

Les deux hommes s'enfoncèrent dans une galerie, légèrement voûtée. Le long boyau finit par déboucher sur une salle éclairée par des bougies et des lampes à pétrole. La réunion avait déjà commencé. Les murs étaient couverts de grandes cartes du Piémont, et de plusieurs de l'Italie. « Un endroit idéal pour parler de liberté jusqu'à l'aube ! » se dit Aventino. Il y avait là une cinquantaine de personnes, d'horizons différents : des jeunes filles vêtues de soie et de velours, d'autres plus pauvres se contentant du tartan ou de la simple indienne, des vieillards habillés à la mode avec ce tact adroit de qui veut avant tout éviter le ridicule, des politiques, des commerçants, des avocats, des professeurs, des ouvriers, qui parlaient tous ensemble, tous à la fois, beaucoup et avec véhémence. Il restait quelques places dans le fond de la salle, Aventino et Franco Merrigi s'y assirent. Merrigi confia à Aventino qu'il ne comprenait pas ce qui se passait, on aurait dû parler aujourd'hui de la culture du riz dans la plaine du Pô et des conséquences que cela avait sur la vie des principales villes du Piémont : Turin, Novare, Vercelli et Alexandrie. Au lieu de ça un seul sujet était sur toutes les lèvres. Un membre de l'association, un certain Angelo Pardi, âgé de quatorze ans, venait de trouver la mort dans un conduit de cheminée. On avait tout essayé, même de détruire l'étau qui l'enserrait, en vain. Le petit Piémontais qui avait pourtant l'habitude de ce métier de fou, qui était capable de rester muet et aveugle, dans son conduit de cheminée, presque assourdi par la suie, enseveli vivant dans son espèce de bière, à grimper, à se cramponner, à gratter, à se hisser jusqu'à son copain fumiste qui l'attendait sur le toit, était cette fois resté coincé et était mort asphyxié. « On ne verra plus jamais son petit museau barbouillé », disait une femme en larmes, assise au premier rang. « Les enfants devraient tous mourir sur le sein ou contre la joue de leur mère », ajoutait sa voisine. Hélas, le petit homme était mort seul, sans soleil, la poitrine embarrassée de poussière de charbon, sans crier, sans pouvoir demander de l'aide, son bonnet de laine à jamais incliné sur son épaule, comme un petit oiseau mort dans son nid, pauvre petit ramoneur. « On devrait interdire aux enfants du Piémont de venir mourir en France ! » conclut un étudiant, bambocheur patenté qui passait ses nuits dans les estaminets et les guinguettes mais qui semblait soudain si grave et si triste. « Et dire que les Français, ajouta un quincaillier à la figure luisante et colorée, portant haut son triple menton et son air inquiet, accusent les Piémontais de nonchalance et de fainéantise ataviques ! »

Soudain, un homme, vêtu d'un habit noir et accompagné d'une jeune femme, monta prestement sur l'estrade qui servait de tribune. Toutes les têtes se tournèrent vers lui. Dans la pénombre apparut un visage blême dont la clarté vacillante des bougies faisait saillir les angles osseux et amaigris. Il avait un nez long et fin, des moustaches, une mèche frisée sur un front étroit, une longue chevelure bouclée tombant sur ses épaules, l'œil petit mais vif, l'attitude ardente et inquiète. Il resta quelques instants la main droite dans son habit boutonné, debout et immobile, puis frappa dans ses mains. Le silence se fit.

– C'est lui mon Italien, glissa Franco Merrigi à l'oreille d'Aventino.

– Tout cela est très triste, en effet, mes compagnons. Mais nous ne sommes pas ici pour nous lamenter.

– Tu as raison, Giuliano, et je sais de quoi je parle, dit un homme au premier rang, exerçant la profession de poêlier-fumiste et provisoirement président de séance. Tu veux la parole ?

– Oui.

– Tu l'as.

L'attention et le silence redoublèrent. Giuliano déplia un papier et lut un discours. Tandis que celui-ci développait son argumentation – en un mot, il voulait réformer le plan adopté jusqu'alors par la révolution et qu'on s'appliquât, avant de rien tenter, à l'instruction du peuple et à l'enseignement révolutionnaire de la jeunesse –, Aventino l'observait avec une attention inquiète, scrutant le moindre de ses gestes, la moindre de ses expressions, de ses attitudes, essayant de retrouver des marques de ressemblance avec le cavalier du tableau, et au-delà de ce dernier avec son fils. Par moments, il était certain que ce visage appartenait à son enfant. A d'autres instants, les similitudes disparaissaient progressivement, puis s'effaçaient. Tout ceci n'était que leurre et folie.

– Il faut renoncer aux révoltes isolées, martela le cordonnier en guise de conclusion, pour atteindre, au moment opportun, plus sûrement le but et ainsi ne pas s'exposer à des revers qui ajourneraient indéfiniment ou compromettraient pour des siècles le succès de notre noble cause.

La salle se leva, d'un seul bloc, éclatant en applaudissements sonores répercutés par les voûtes de la galerie. Aventino était très ému car il en était presque sûr, ce cordonnier était son fils. Il avait retrouvé Ercole Tommaso ! Depuis tout ce temps, il allait enfin bientôt pouvoir le toucher, lui parler, et trouver les mots qui le feraient revenir en Italie où le fils aiderait le père à accomplir sa tâche.

– Alors, il est bien, mon cordonnier, n'est-ce pas ! dit Franco Merrigi.
– Oui, répondit Aventino, plein de fierté.
– Tu ne trouves pas qu'il ressemble au cavalier ?
– Si. Tu avais raison !
– Je te présente ?
Aventino eut un moment de recul.
– Non, un autre jour, je préfère... Je dois partir... Je reviendrai... Je préférerais le voir seul...
– Comme tu veux, camarade, I Tigri t'accueilleront toujours parmi eux.
– I Tigri ?
– C'est le nom de notre mouvement. Tout un programme, n'est-ce pas ? C'est Giuliano qui en a eu l'idée.

Le cordonnier avait ses habitudes. Il suffisait de les connaître et il n'était guère compliqué de le retrouver. Plusieurs fois Aventino avait failli l'aborder, mais au dernier moment avait toujours fini par rebrousser chemin. Comme si ce qu'il croyait être une certitude absolue s'était soudain effrité. Pourtant, parfois, il aurait juré que le cordonnier et sa femme ne pouvaient être qu'Ercole Tommaso et Teresa ! Traversé dès avant l'aurore par de longues files de chevaux géants couverts de harnais à pierre, accompagnés de carriers faisant résonner leurs souliers ferrés sur les larges pavés des rues, ce quartier du bout du monde changeait le soir du tout au tout. Après que ces mêmes hommes étaient retournés chez eux, maculés des pieds à la tête d'une épaisse couche de poussière jaune, que la plaine fut redevenue silencieuse, les habitants de la rue Saint-

Jacques et de la rue d'Enfer pouvaient sortir de chez eux.

Aventino revint ici de nombreuses fois, dans ce quadrilatère surnaturel qui, de Montparnasse à la Santé, de la barrière du Maine à la barrière Saint-Jacques, séparait Montrouge de la capitale. Depuis qu'un arrêté préfectoral de 1832 avait fait de la place semi-circulaire ménagée en avant de la barrière Saint-Jacques le lieu d'exécution des condamnés à mort, le quartier avait connu une seconde vie. Ces spectacles funèbres avaient attiré du monde, et dans les rues adjacentes s'était développé un lucratif commerce de guinguettes, notamment du côté de Montrouge. Le dimanche après-midi, les barrières étaient envahies par un flot de promeneurs venant respirer le grand air des champs, et le soir venu tout cela prenait un air de fête. Nombre d'établissements bruyants, beuglants tapageurs, bastringues orageux, bals excentriques, cabarets louches ouvraient leurs portes jusqu'au matin, entonnant tous la même chanson, le nez tourné vers le cimetière et la guillotine : « On est mieux ici qu'en face ! »

A plusieurs reprises, Aventino avait suivi des couples qu'il avait pris pour Ercole Tommaso et Teresa, attablés au bar de La Mère aux Chiens, dansant au bal des Mille-Colonnes au son d'un orchestre aux cuivres tonitruants, mangeant une soupe au lard au restaurant de La Californie dans des assiettes fixées solidement avec des chaînes pour éviter qu'on ne les vole. Dans ce quartier longtemps malfamé qu'on avait surnommé le plateau de Misère, le tout-Paris à la mode défilait désormais au milieu des rapins, des bohèmes, des maraîchers, des meuniers et des brigands. Hommes illustres, lettrés, savants, administrateurs, femmes de grandes et de petites vertus, y accouraient en négligé pour y consommer des repas sommaires mais toujours arrosés de petit bleu. Un soir, alors qu'introduit au centre du Géorama de Guérin, Aventino voyait se dérouler sous ses regards, grâce à d'ingénieux artifices d'optique, toute l'étendue du globe terrestre, il crut apercevoir, de l'autre côté de la sphère creuse et transparente, Ercole Tommaso et Teresa. Il les suivit jusqu'au croisement de la rue Denfert-Rochereau et des jardins de l'Observatoire, et entra avec eux au Moulin de Sans-Souci. Ils y mangèrent de la galette et des omelettes, et y vidèrent en riant nombre de chopines de clairet de Bagneux, au milieu des duellistes venus s'y réconcilier un verre de vin à la main. A l'instant où il se décidait enfin à les aborder, une rixe éclata entre plusieurs convives. L'arrivée rapide de la police dispersa les clients de la guinguette qui s'évanouirent dans la nuit – à commencer par Ercole Tommaso et sa compagne.

Aventino reprit maintes fois le chemin qui le menait aux galeries silencieuses et à la grande salle de réunion. Un soir, alors qu'il semblait régner sous la voûte humide une atmosphère particulière de portes fermées et de complot, Aventino, qui revenait d'un spectacle d'opéra où cela faisait longtemps qu'il n'avait éprouvé autant de plaisir à entendre chanter et à voir danser ses compatriotes, décida que cette fois était la bonne et qu'il parlerait au fameux couple. On venait d'entonner un hymne à la République universelle qui allait balayer tous les rois. Le cordonnier, qui avait terminé son discours en affirmant que « la liberté était une passion humaine et non une nation », s'arrêta soudain net. Tous l'avaient vu changer de ton, et, avec son impétuosité habituelle, passer de l'affectation à la froideur, de la vigilance à la méfiance. Son regard venait de croiser celui d'Aventino.

– Que voulez-vous, monsieur, qui me suivez depuis plusieurs jours ? Qui vous envoie ?

Aventino sortit de la pénombre. Les autres avaient fait cercle autour de lui. Il ressentit dans la poitrine une vive douleur, de celles que nous éprouvons à chaque fois que nos désirs deviennent réalité.

– Ercole Tommaso, mon fils.

– Père, vous ici ?

Les deux hommes restèrent l'un en face de l'autre, sur le point de s'étreindre, tous deux se retenant.

– Comment m'avez-vous trouvé ?

– Un cordonnier n'a pas de louis d'or...

– Mais encore ?

Aventino fit signe à Ercole Tommaso qu'il préférait poursuivre cette conversation dans l'intimité.

– Tu peux parler devant tout le monde. Tous sont mes frères, mes amis !

– Je voulais te sauver de ton destin, dit Aventino, submergé par l'émotion, et avec une certaine emphase maladroite. Il n'y a pas de souffrance, de maladie ou d'humiliation que je n'aurais partagée avec toi. Quant à ta mère...

– Ma mère ?

– Oui, ta mère ! Elle est loin d'être heureuse, et la raison de son chagrin trop aisée à deviner.

La conversation prenait un ton plus intime... Teresa, qui n'avait jusqu'alors rien dit, intervint :

– Ercole Tommaso, n'oublie pas que tu es en face de ton père...

– Et alors, je ne suis plus un enfant !

Quand il vit la jeune fille aux côtés d'Ercole Tommaso, avec sa robe décolletée en rond, son corsage froncé, sa coiffure à bandeaux très larges, Aventino n'eut plus aucun doute : elle était bel et bien Teresa Roero Di Severino, cousine et amante de son fils.

— Je n'ai rien à cacher, père, ajouta Ercole Tommaso avec une arrogance qu'Aventino ne lui connaissait pas.

— Je ne suis pas venu avec des intentions hostiles, mon fils...

— Tu es venu me chercher ? Tu veux me ramener à la maison ? demanda Ercole Tommaso en persiflant.

— Je suis ici en mission.

— Et quelle est-elle ? nous t'écoutons, demanda Ercole Tommaso en prenant un petit air supérieur.

— Toi et tes amis voulez chasser les Autrichiens d'Italie, et échapper au gouvernement des prêtres, n'est-ce pas ?

— C'est exact.

— Si vous priez tous ces gens-là de s'en aller, il est probable qu'ils vous opposeront un refus poli...

— Evidemment, nous comptons bien les y forcer.

— Nous y voilà... Pour forcer ces gens à s'en aller, il faut en avoir les moyens.

— Nous les avons !

— Tu sais pertinemment que non ! Et comme vous ne les avez pas, ces moyens, il faut vous adresser à quelqu'un qui les ait.

— Et tu connais quelqu'un qui les ait !

— Bien sûr : le Piémont ! Le Piémont a de l'argent, une armée, et un roi.

— C'est justement le problème : Charles-Albert ! Comment veux-tu, père, que nous espérions en lui ? Il a jeté tant de gens en prison, en a tué et exilé tant d'autres. Charles-Albert a de ses propres mains assassiné ton ami et mon maître Inocenzo Pollone...

Un grand silence se fit dans la galerie. Aventino leva les yeux au ciel puis, d'un air douloureux et pénétré, lança, s'adressant aux hommes et aux femmes rassemblés autour de son fils :

— Si vous ne voulez pas espérer en lui, n'espérez pas ; mais alors n'espérez en personne !

— Le Piémont tout entier est en train de secouer ses chaînes, dit Ercole Tommaso.

— Alors reviens en Piémont, dit Aventino.

— Travailler pour la révolution en France est la meilleure façon d'être utile à l'Italie, ajouta Teresa.

— Quand on lutte pour le bien d'un endroit c'est comme si on luttait pour le bien d'un autre endroit, confirma Franco Merrigi.

Ercole Tommaso s'avança en direction de son père, et à mi-voix, presque affectueusement, la main sur son épaule, lui dit :

— Père, je vis dans une petite chambre exiguë et fort sombre. Pour mieux y voir, je dois m'asseoir sur le rebord de la fenêtre. Celle-ci donne sur un jardin miniature, entouré d'une vigne vierge. L'été, le bourdonnement confus des mouches est comme une horloge qui marque le temps, parfois un chat dort parmi le feuillage qui borde le mur. Plus haut, dans le ciel, des hirondelles pépient. J'aime Teresa et Teresa m'aime. Nous luttons pour le même idéal. Et je ne veux rien d'autre, père. Je n'ai plus rien à voir avec ton Italie...

— Que fais-tu de ta langue ?

— Elle est loin d'être fixée. Tu le sais mieux que moi, ce n'est pas une langue qui se forme mais une langue qui s'en va. Tel mot usité en Toscane excite le rire à Rome. Les Siciliens estiment que les Sardes jacassent comme des singes. Parle lombard avec un Vénitien, il te méprisera. Quant au piémontais, dans cent ans plus personne ne le parlera.

— Que fais-tu de ton roi ?

— Mes amis et moi pensons qu'il faut tout faire pour se prémunir contre le pouvoir personnel de quelques privilégiés ; qu'il faut tout faire pour tenir l'influence de l'Eglise à l'écart de l'Etat laïque ; qu'il faut tout faire pour installer la république, mais une république humaine.

— Je suis venu les mains ouvertes, mon fils, l'Italie a besoin de tous ses enfants, dit Aventino, la gorge nouée.

— Les bourgeois en blouse, les bourgeois en redingote, les catholiques, les aristocrates, je vous mets tous dans le même panier. Vas-tu comprendre que j'ai trouvé ici le point d'appui demandé par Archimède ? J'ai si longtemps remué ciel et terre, le désir inassouvi m'a si longtemps fait subir le supplice de Tantale. Aujourd'hui, dans ces carrières de terre jaune, je me compte enfin parmi les hommes libres. J'ai des frères dans le monde entier. Désormais mon existence a un sens et un but.

Aventino essaya un dernier argument, devant un parterre d'Italiens, de Français, de Polonais, de Roumains muets et sceptiques :

— Tout peut servir. Tout doit servir. Les restes de Jeune-Italie, comme le carbonarisme, les sectes comme la résistance légale, l'emprisonnement et les supplices comme les livres et les journaux, les extrémistes comme les modérés. Les uns font office d'aiguillon, les autres de frein et de lest. Mes amis, l'Italie a besoin des uns et des autres, parce que le travail d'évolution de la conscience nationale réclame encore les efforts de tous. Mes amis, plus que jamais, le Piémont est le berceau de l'indépendance.

Un silence terrible marqua la fin du discours d'Aventino. Seule Teresa le regardait avec une sorte de compassion, bien qu'elle fût irrésistiblement attirée de l'autre côté de la barrière, du côté où se tenait le fils, plein d'orgueil, de mépris hautain, et d'une certitude cruelle.

— Père, conclut Ercole Tommaso, votre Italie ne nous intéresse pas. Celle-là n'arrivera jamais à rien. Adieu.

Quand Aventino rentra à la pension de Mme veuve Durand, le soleil s'était levé depuis à peine une heure. Résonnaient dans sa tête les mots si durs de son fils perdu. Et tous ces Italiens, muets devant lui, c'était comme une sorte de tribunal final, de dernier jugement. Il se sentait si vieux, si inutile. Mme veuve Durand fit tout ce qu'elle put pour redonner confiance à son hôte, allant jusqu'à jouer les belles hôtesses, choisissant des vêtements coquets, voire provocants, préparant des mets inédits, dressant sa table sous le jardin, sous un berceau de vignes et de chèvrefeuille recouvert d'une toile blanche en forme de tente, rien n'y fit, ni le rose sur ses joues, ni ses petits yeux pétillants qui avaient su pourtant allumer plus d'un incendie...

Aventino tenta de revoir son fils. Il se disait qu'avec les beaux jours, il irait sans doute manger des glaces au Café de Foy, ou des cerises à l'eau-de-vie chez la Mère Saguet, à la barrière du Maine, ou qu'il entraînerait Teresa à La Chaumière ou à L'Ermitage pour s'y élancer dans quelques contredanses. Il passa une journée entière au Jardin des Plantes à se promener du côté de la ménagerie en compagnie d'un ours, d'un casoar, d'une lionne, d'un serpent à sonnette, de squelettes de rhinocéros, de têtes d'hippopotame, de mâchoires de baleine et d'un crâne de babiroussa ; en vain ! Fin mai, il se perdit à la fête des jardiniers du côté de Plaisance et de Montsouris. On y dansait beaucoup, on y buvait, on y chantait, on y mangeait, on y faisait des projets de mariage. Il lui sembla reconnaître plusieurs membres des Tigri dans les endroits réservés aux pique-niques... Mais il préféra rentrer à la pension du boulevard Italien. Cela avait quelque chose de pathétique que ce père qui cherchait son fils au milieu des rires et des baisers de ce printemps naissant. Mais il ne se résolvait pas à retourner en Italie, comme il n'osait pas raconter à Massa, dans les lettres qu'il lui faisait parvenir, la teneur exacte de son désespoir, de sa si profonde tristesse.

Un événement inattendu vint lui forcer la main. Un matin, alors qu'il prenait son petit déjeuner dans le jardin de la pension, Mme veuve Durand lui tendit une enveloppe épaisse, portant le cachet de la police. L'affaire était, semble-t-il, d'importance, il fallait qu'il signe le reçu sinon le fonctionnaire repartirait avec la lettre. Aventino signa et monta s'enfermer dans sa chambre. Pensant immédiatement à son fils, il appréhendait quelque chose de grave. Le long rapport de police le concernait lui, Aventino Roero Di Cortanze, entré en France sous le nom de Gioanni Antonio Giobert, ce qui constituait déjà une usurpation d'identité passible de plusieurs mois de prison. Cependant, eu égard à son statut, l'Etat français se contenterait de l'expulser du territoire. Le préfet de police lui ordonnait donc de partir sous quarante-huit heures. Louis-Philippe, violant ouvertement ses serments pour être agréable à la Russie et à l'Autriche, qui avaient, dans un premier temps, décidé d'exiler les patriotes italiens réfugiés en France, s'attaquait maintenant à tout citoyen italien n'étant pas totalement en règle avec les lois françaises, ce qui était le cas d'Aventino.

Un postillon à veste bleue, aux parements rouges, brodés d'argent et couverts d'une innombrable quantité de boutons, à la culotte de peau, aux grandes bottes éperonnées, le chapeau de cuir sur le coin de l'œil, la verge dans une main, la bride du porteur dans l'autre, guidant d'un bras ferme cinq chevaux lancés au triple galop, fut l'émissaire funèbre qui lui fit parcourir à l'envers le chemin qui avait été le sien quelques mois plus tôt. Dans un coupé à trois places, très large, rutilant, parfaitement peint, on ne peut mieux verni, dans l'intérieur duquel rien n'avait été épargné pour la commodité des voyageurs, des coussins élastiques aux accotoirs moelleux, des portières en glace aux rideaux de lourd tissu, Aventino cuvait son vin amer, comptant les jours qui le ramèneraient en Italie. Alors que Sollières était en vue, comble du ridicule et de l'imbécillité, le cocher, homme brutal, accompagnant chacune de ses manœuvres de jurements fort énergiques, ménagea si peu sa voiture qu'au passage d'une gorge profonde menant à la vallée de la Laisse, et tandis qu'Aventino somnolait, cassa un essieu dans un grand vacarme de cris et de craquements sinistres. Il n'était que trois heures de l'après-midi, mais le ciel sombre, les flancs rapprochés des montagnes, le bruit affreux du torrent dégringolant en contrebas, poussant le jour dans un crépuscule effroyable, transformèrent cet événement somme toute aussi bénin que répétitif en instant de doute et de terreur. L'endroit était si désolé, surtout lorsqu'une pluie soudaine vint tomber sur la pauvre malle penchant dangereusement au-dessus du précipice, qu'Aventino eut toutes les peines du monde à ne pas hurler parmi l'épaisse forêt d'yeuses. Quelle absurdité, mais quelle absurdité que cette vie-là, pensa-t-il, faite de tant de cachotteries, de tant de mystères, comme si l'homme passait sa vie à fabriquer de la fausse monnaie. La voiture finit par repartir et, après avoir gravi la rampe extrêmement roide menant au mamelon de Thermignon puis en avoir redescendu ensuite le versant opposé, arriva en fin de nuit à l'entrée du tunnel du mont Cenis. Le long boyau était traversé par un courant d'air des plus vifs. Aventino s'emmitoufla dans une couverture. Lorsque la malle sortit du souterrain les étoiles commençaient à pâlir, les cieux prenaient une teinte grisâtre, l'astre au front d'argent s'abaissait derrière les montagnes, et la nuit se retirait lentement devant le jour. Aventino franchit la frontière sans heurt. Une émotion réelle lui serra le cœur : il était de nouveau sur le sol italien. Le Piémont se déroulait sous ses regards, avec son sol fertile, ses orangers, ses figuiers et ses rivières. Il aperçut de loin l'abbaye de Saint-Michel sur le mont Pirchiriano. Quelques chasseurs, revêtus du costume traditionnel, escaladaient la montagne, bravant les périls et luttant de ruse pour atteindre le chamois en fuite, comme il l'avait fait tant de fois avec son fils. Dans quelques heures il entrerait dans Turin, traverserait le Montferrat, et se ferait ouvrir la grille du château de Cortanze.

18

– Tu as vu Ercole Tommaso, tu as vu notre fils, dis-moi, Aventino ? Dis-moi ? Tu l'as vu, n'est-ce pas ?

Telles furent les premières paroles de Massa lorsqu'elle accueillit Aventino qui descendait de la malle-poste, si blanche de poussière qu'on l'aurait dite toute recouverte de neige.

– Et tu as vu Paris, ses salons, ses fêtes, ses théâtres ? Et tu as vu tous les Italiens si malades de l'Italie ?

Aventino répondait mais Massa ne l'écoutait pas. Toute à son agitation, à son flot intarissable de paroles, mêlant les vivants et les morts.

– Et tu as vu Lafayette, Sieyès, Haxo, Valazé, Lamarque ? Et Barère, Benjamin Constant, Carrel, Laffitte ? Et tu as vu Arago, Béranger, Mignet, Odilon Barrot, Lamartine, le duc d'Harcourt ? Et Thibaudeau le père, et Lamennais et Mammiani ? Et tous les Italiens de Paris, les Italiens de l'exil, Pietro Pezza, Cristina Belgiojoso, Camilla Alessandra, Renzo, notre boulanger, Raphaël Lorenzo, et tant d'autres... ? Et ton fils ? Et Teresa ?

Comme ces mois de solitude avaient été longs, difficiles. Toutes les nuits un même rêve était venu perturber son sommeil. La faute en revenait à ce maudit Rigaut qui avait peint un étrange cavalier, tout noir, enserrant un chevalier en armure noire dont le heaume ouvert laissait entrevoir une tête de mort phosphorescente.

– L'homme agrippé au sinistre cavalier, c'était notre fils, Aventino, tu comprends, notre fils. Toutes les nuits il est venu me voir. Et puis un jour, il a disparu. Viens, suis-moi, dit Massa, entraînant Aventino dans la galerie de portraits.

Un matin, Rigaut avait repris sa toile et accroché à la place un tableau plus grand, presque d'un mètre sur un mètre. Et l'avait mis là entre une toile représentant Carlo Francesco Roero Di Cortanze, chevalier de Malte, et une autre de Tommaso Roero Di Cortanze, favori de l'empereur Federico Barbarossa. *E.T. voyage au-dessus d'une mer de sable*, tel était le titre étrange du tableau de Rigaut. On y voyait un homme de dos, vêtu d'un costume sombre, face à un paysage de carrières jaunes ouvertes et de galeries, un paysage désolé ressemblant en tout point à celui qu'Aventino avait vu du côté des anciennes barrières de Paris.

– Cet homme, c'est notre fils, n'est-ce pas ? Ses pieds sont sur la terre, mais son corps se dresse dans le ciel. C'est un spectre, un homme mort !

– Massa, ton fils est vivant ! Contre nous ! Contre l'Italie de Charles-Albert, mais vivant !

Dans les jours qui suivirent, Massa posa les mêmes questions, s'enfonça dans les mêmes rêves, perdue en elle-même comme l'homme du tableau, dans la sublime et silencieuse beauté d'un univers métaphysique et non religieux. Perpetua confirma à Aventino ce qu'il subodorait. Depuis son départ pour Paris, Mme Massa n'avait cessé de « décliner », ses actes, ses paroles avaient été de plus en plus incohérents. « Jamais méchante, monsieur, non, mais difficile à comprendre, avec des sautes d'humeur, et des moments de si grande tristesse... » Luigi Roero Di Severino avait pour meilleur ami un certain Biagio Miragliaversa, élève de Chiarugi qui avait ouvert en 1802 à Florence la première clinique de psychiatrie en Europe, et qui occupait la chaire de psychiatrie, rattachée à l'asile de fous de Turin. Bien qu'il ne fût guère sensible à toutes ces recherches modernes autour de ce que d'aucuns appelaient pompeusement la « physiologie du système nerveux », Aventino, sur les conseils de ce cousin et père de Teresa, se décida à rencontrer Miragliaversa. Les mauvaises langues disaient de ce fameux docteur qu'il laisserait mourir un de ses amis frappé d'apoplexie à ses côtés plutôt que de se déshonorer en le saignant, et que la gravure d'*Hippocrate refusant les présents d'Artaxerxès*, accrochée dans son cabinet, n'était là qu'afin qu'il puisse dire à sa conscience : « Il n'y a chez moi que du désintéressement. » Fondateur de l'« antagonisme nerveux », et rédacteur en chef du *Feuilleton de psychiatrie*, Miragliaversa ne souhaita même pas rencontrer Massa. Pour lui, cette affaire ne relevait pas de sa compétence.

— Votre femme, cher marquis, n'est atteinte d'aucune des maladies nerveuses que notre science, nouvelle, donc très controversée, je vous l'accorde, peut traiter.

— Que voulez-vous dire ?

— Que vous devriez, cher marquis, vous occuper davantage de votre épouse. Ranimez-la, rassurez-la...

— Parfois, dans certaines situations, les mots manquent...

— Allons, allons... Etes-vous arrivé à votre âge sans savoir comment on s'y prend pour rassurer l'être qu'on aime quand il le faut ? N'avez-vous jamais éprouvé des peines de cœur ? Les tourments de l'angoisse ne vous ont-ils jamais étreint ? N'avez-vous jamais eu peur ? N'avez-vous jamais éprouvé d'angoisse ? Ne savez-vous pas les paroles qui font plaisir dans ces moments-là ? Un bon conseil : voyagez. Voilà, proposez-lui un voyage, et oubliez quelque temps la maison de Savoie, conclut le médecin sarcastique.

Aventino ne répondit rien, paya la somme convenue, et se garda bien de raconter à Massa les raisons pour lesquelles il s'était rendu à Turin.

La vie du château était désormais rythmée par les crises de désespoir ou les moments de joie furieuse de Massa. Un soir, alors qu'elle venait de conclure, plus péremptoire que jamais, que « l'humanité arrangeait toutes les vingt-quatre heures ses ridicules et ses vices tout comme une grande coquette arrange et dispose ses volants, ses bijoux et ses dentelles », Aventino se souvint du conseil de Biagio Miragliaversa.

– Que dirais-tu d'un voyage à Venise ?

– Cela fait si longtemps que nous n'y sommes pas allés ! Nous pourrions loger près de la place Saint-Marc, à La Reine d'Angleterre, suggéra Massa, heureuse comme une petite fille.

– Oui ! Ses fenêtres, souviens-toi, donnent sur un étroit canal, on y voit un pont d'une seule arche et une ruelle...

– On descendrait la Brenta par le coche !

– Pourquoi pas...

– On pourrait se perdre dans le labyrinthe des rues, ajouta Massa, tout excitée à l'idée de ce voyage. Oh, Aventino, dans les plus étroites, on touche les côtés avec les coudes quand on appuie ses mains sur ses hanches !

– Je t'offrirai les meilleurs crayons anglais que tu pourras tailler et retailler à ta guise pour dessiner les ponts pourvus d'escaliers, les gondoles, les arches, le canal semé de bateaux.

– Crois-tu que le tableau du Corrège est toujours à vendre ?

– Ça fait si longtemps ! Comment s'appelait-il déjà ? *L'Enfance de Jésus* ? *Le Sevrage du Christ* ? Je ne sais plus...

– Je l'ai devant les yeux comme si c'était hier : la Vierge tient dans ses bras un enfant Jésus qui hésite entre le sein maternel et quelques poires que lui présente un angelot !

– Ça nous changera des affreux tableaux de..., lança Aventino en ne terminant pas sa phrase, conscient qu'il venait de commettre une erreur.

– Rigaut ? Je n'y pensais même plus, dit Massa, tout enjouée. Je suis déjà à Venise ! Loin de Rigaut, loin de Cortanze ! Allons à Venise, mon amour, même sous la pluie. Qu'importe la boue, la tempête, les manteaux, les *tabarri* que l'on traîne là-bas toute l'année ! Il suffit à Venise d'une averse subite pour qu'elle remue toutes les immondices poussées dans les coins, et les entraîne dans les canaux qui les rejettent dans la mer...

– Il ne nous reste plus qu'à faire nos bagages, si je comprends bien ?

– Oui, oui, dit Massa, joyeuse, le visage tout illuminé d'un bonheur enfin retrouvé, j'ai hâte de voir les crabes de la lagune se repaître de patelles à grands coups de pinces !

Pendant que Massa s'occupait de la préparation du voyage, Aventino se rendit à Turin où il devait rester une petite semaine. Bien que sa mission parisienne fût un échec, il en avait rapporté certains renseignements susceptibles d'être exploités par Charles-Albert.

Contrairement à ce à quoi il s'attendait, le roi ne lui tint guère rigueur de son échec. Il est vrai que les missives qu'il lui avait fait parvenir tout au long de son séjour l'avaient quelque peu préparé. Mais en réalité, un problème plus grave, qui exigeait une résolution immédiate, occupait l'esprit du monarque. Les principaux ministres, réunis autour de la table du Conseil, n'attendaient plus qu'Aventino pour commencer leur discussion. L'affaire qui occupait Charles-Albert avait débuté comme une question mesquine autour de tarifs douaniers.

– Vous savez très bien, messieurs, que parfois de simples questions fiscales peuvent conduire à des guerres ou à des révolutions ! dit le roi.

– Et nous en sommes à une telle extrémité ? demanda Aventino.

– L'Autriche vient de doubler les droits sur l'importation des vins piémontais en Lombardie !

– Voilà qui est certes maladroit, dit le comte La Margherita.

– Maladroit, le mot est faible avança le représentant auprès du gouvernement de l'Association agraire : l'Autriche se venge d'un arrêté que nous venons de prendre et qui accorde un droit de transit au sel que consomme le canton du Tessin, voilà tout.

– L'Autriche prétend qu'un traité de 1751 interdit ce commerce, précisa La Margherita.

– Le transit n'est pas un commerce, dit le représentant de l'Association agraire, ajoutant : L'attitude de l'Autriche, comme l'a qualifiée récemment *La Gazette officielle*, s'apparente purement et simplement à des représailles !

La Margherita explosa :

– Parlons-en de cet article ! « Représailles » ! Le mot a paru si nouveau, si solennel, si audacieux, que le Piémont tout entier s'en est ému comme d'une grande victoire ! Croyez-vous que l'Autriche va rester les fesses sur sa chaise sans rien faire ?

Le marquis de Villa-Marina, opposant coriace au comte La Margharita, qui était jusqu'alors resté silencieux, prit la parole :

– Je pense, comme notre roi d'ailleurs, qu'il serait bon, contrairement à ce que vous croyez, cher comte, qu'il serait bon, dis-je, d'accentuer cette « victoire », en concluant le plus vite possible un accord de commerce avec la France...

– Non, non et non ! poursuivit La Margharita. Essayons d'accommoder les choses, messieurs, je vous en prie. Nous ne sommes pas sur la bonne voie.

– L'heure n'est plus aux accommodements, mon cher comte, lança Aventino.

– Qu'en savez-vous, monsieur le marquis, occupez-vous plutôt de votre fils qui fomente la révolution à Paris !

Aventino se leva, la main sur le pommeau de son épée, puis se ravisa, parvenant à se maîtriser ; ce n'était ni le lieu ni le moment de montrer sa colère, c'est-à-dire de dévoiler aux yeux de tous un état momentané de faiblesse.

– Cavour et Alfieri ont raison : le moment est venu de ne plus céder devant l'Autriche.

Des voix s'élevèrent autour de la table : « Roero Di Cortanze a raison ! », « Oui, je suis mille fois d'accord avec vous ! », « Bien dit ! », « Vive le Piémont ! », « Vive l'Italie ! »

– Nous voilà bien avancés, messieurs, et qu'adviendra-t-il du Piémont si notre attitude nous conduit à une rupture totale avec l'Autriche ?

Un long silence se fit autour de la table. Puis le roi prit la parole, raide, cassant, s'adressant en ces termes à son ministre des Affaires étrangères :

– Eh bien, si nous perdons l'Autriche, nous gagnerons l'Italie, et l'Italie, devenue grande, agira seule, *l'Italia fara da sè* !

Pendant que les discussions avec le roi et ses conseillers se poursuivaient, les paroles de Charles-Albert quittèrent la salle du Palais royal, s'échappant par les couloirs envahirent les rues de Turin, le Piémont et jusqu'à l'Italie. *Italia fara da sè*, « l'Italie agira seule », devint une sorte de mot d'ordre, de cri de rassemblement, et bientôt on voulut saluer du titre de roi d'Italie celui qui avait prononcé ces paroles d'espoir. *Italia fara da sè* ne signifiait rien d'autre que : « Puisque les autres peuples libres veulent rester neutres, notre épée seule suffira ! » Immédiatement, des marches militaires furent écrites, dont une, signée d'un certain Prati, qui s'appelait purement et simplement *Marche italienne*. Des poètes furent autorisés à dédier à Charles-Albert des chansons. On laissa publier des vers, dont certains ne laissaient aucune place à l'ambiguïté. « *Carlo, di Cristo erede/ Figlio d'Italia e re* », disaient les uns ; « *Tutti siam d'un sol paese,/ Solo un sangue in noi traspar* », assuraient les autres ; « *Viva re Carlo, il prode/ D'Italia mia custode,/ D'Italia mia, cui l'Adige/ na e immortal farà* », proclamaient les troisièmes. Des défilés, des manifestations, des proclamations éclatèrent ici et là dans tout le Piémont. La veille du retour d'Aventino à Cortanze, il devait accompagner le roi dans une revue d'armes qui, à mesure que l'heure approchait, chacun le comprenait avec inquiétude, allait fournir le prétexte d'une ovation telle que Turin n'en avait pas vécu depuis longtemps.

– Aventino, dois-je me prêter à l'enthousiasme de mon peuple ?
– Je crains que oui, sire.

Cette décision n'était pas facile à prendre, les conséquences risquaient d'en être lourdes et de jeter le Piémont dans l'inconnu. Le comte Buol, ambassadeur d'Autriche, avait clairement exprimé son désaccord : cette manifestation constituerait aux yeux de son gouvernement une véritable injure. Le maréchal de La Tour et le comte La Margherita, comme on pouvait s'y attendre, avaient supplié le roi de se dérober à l'enthousiasme populaire. Villa-Marina lui conseillait au contraire d'y succomber.

– Mon ami, demanda le roi à Aventino alors qu'il s'apprêtait à monter sur son cheval et que tous entendaient à l'extérieur le souffle énorme de tout un peuple, que feriez-vous à ma place ?

L'heure était grave, la décision d'importance. Tout portait Aventino à pencher du côté du sentiment chevaleresque de son souverain et de son appel suprême en faveur de la nation italienne. Au fond, le monarque n'avait qu'une alternative : se montrer téméraire ou pusillanime. Le cheval commençait de piaffer et les caresses du roi prodiguées sur son encolure n'y faisaient plus rien. Entravé, l'animal piétinait bruyamment le pavé à grands coups de sabot saccadés.

– Si vous reculez, sire, sans doute serez-vous mal jugé...

– Si je décommande la revue, je sacrifie à la tranquillité du pays...

– Certainement sire, mais...

– Et à son bien... N'est-ce pas ?

– Sans aucun doute, sire, cependant...

– Oui ?

– Rien, sire. Laissez parler votre conscience...

Charles-Albert parut se recueillir un instant, comme à l'écoute d'on ne sait quelle voix de laquelle il attendait une aide suprême.

– Donnez l'ordre de décommander la revue.

– Bien, sire, répondit Aventino en s'inclinant respectueusement.

Charles-Albert, la main sur le bras de son ami, soudain soulagé d'avoir pris cette décision, lui dit avec fermeté et détermination :

– Quand le temps sera venu, mon peuple me suivra, et viendra verser son sang avec le mien pour la patrie !

Aventino rentra à Cortanze le soir même.

La date du départ pour Venise ayant été fixée, Aventino tâcha de régler les ultimes problèmes d'intendance. Bien qu'absent peu de temps, il n'aimait guère laisser dans d'autres mains que les siennes la destinée de son domaine. Tant de liens l'attachaient à ces terres qu'il ne les quittait jamais sans penser qu'il s'agissait là d'un véritable abandon. Massa, de son côté, comptait et recomptait les bagages, faisant appeler chaque jour les cochers afin qu'ils vérifient la bonne santé des chevaux, l'état du carrosse, qu'ils se renseignent sur l'itinéraire à suivre, les auberges qui serviraient de haltes. Ce qui aurait dû être un moment de détente et de joie se transformait en un souci supplémentaire, en un poids qui chaque jour augmentait. A tel point que Massa finit par déclarer à qui voulait l'entendre que ce voyage n'aurait jamais lieu, que le sort lui serait toujours contraire. Mais, de façon inexplicable, la veille du départ, une joie immense s'empara d'elle. Tout était oublié, des soucis, des peines, des doutes. Il faisait un temps magnifique. Tout était enfin prêt. Elle rayonnait. Cela faisait si longtemps qu'une telle joie ne s'était emparée d'elle. Alors que Massa et Aventino finissaient de se restaurer dans le salon bleu du château, évoquant les tasses de chocolat à la vanille du café Florian, et la beauté de l'aventurine artificielle dont le secret de fabrication venait d'être redécouvert par le fameux M. Bigaglia, un groupe de plusieurs cavaliers pénétra dans la cour, suivi d'une voiture frappée des armes du gouverneur militaire de Turin : Luigi Roero Di Severino.

19

– Monsieur le gouverneur en personne ! lança Aventino, du haut du large perron à double rampe, à son cousin qui montait les marches au pas de charge.
– Tu pars en voyage ? demanda Luigi Roero Di Severino en montrant du menton la voiture que les domestiques remplissaient consciencieusement de bagages, arrimant sur le toit deux grosses valises en bois peintes moitié rouge moitié argent.
– Venise, répondit Aventino, satisfait et heureux.
– Seul ?
– Mais non ! Tu as vu la quantité de bagages ? Avec Massa, évidemment.
– Alors je vais faire deux malheureux.
– Que vas-tu encore m'annoncer, oiseau de mauvais augure...
– Tu ne crois pas si bien dire ! Grégoire XVI vient de mourir.
Le gouverneur de Turin, voyant son cousin devenir pâle comme un linge, crut que ce dernier était particulièrement affecté par la disparition de l'ancien moine de l'ordre des camaldules devenu pape pendant les journées de la révolution de 1831. Aventino, en réalité, pensait à Massa. Certes, le décès du pape, pour de multiples raisons, constituait un véritable cataclysme, mais en cet instant précis, l'affreuse pâleur qui s'était emparée du visage d'Aventino venait de ce que Massa,

si fragile, serait une nouvelle fois déçue et qu'Aventino craignait cette accumulation excessive d'échecs.

– Remets-toi, cousin, je suis justement là pour faire que l'Italie tire de cet événement fâcheux le plus grand avantage.

Autant Pie VIII, son prédécesseur, s'était montré un pape éclairé et habile, un prince véritable, protecteur des sciences et ami du peuple, autant Grégoire XVI personnifiait la Némésis de la réaction. Dirigé par Metternich, appuyé par Louis-Philippe, apeuré par les cardinaux et les révolutionnaires, il s'était jeté dans les bras de l'Autriche et de la police. Résigné aux événements, il avait passé les seize années de son règne à, disait-on, « faire de longues siestes et à lancer de grosses plaisanteries de couvent ». Geôlier de l'Inquisition, bourreau, monstre de vices, il avait été la négation de la nature, de la science, de la civilisation. Voulant pour lui seul la liberté, l'impunité, l'infaillibilité, et pour tous les autres la servitude, la soumission, les proscriptions, il avait incarné le type même du tyran défini par Isaïe.

– Nous avons peu de temps pour entreprendre quoi que ce soit, je suppose, dit Aventino en invitant son cousin à s'asseoir dans son cabinet de travail dont l'immense véranda en rotonde ouvrait sur le parc du château.

– Peu de temps, et une marge de manœuvre très mince... Metternich va appuyer la candidature du cardinal Lambruschini. Comme tu sais un homme violent, au caractère indomptable, énergiquement attaché aux vieilles idées, et soutien infaillible de l'Autriche.

– La majorité du Sacré Collège est ennemie de l'Autriche et n'hésitera pas à se ranger du côté des cardinaux patriotes et libéraux !

– On peut le penser, mais rien n'est moins sûr...

– Elle a un candidat ?

– Deux. C'est tout le problème. Pascal Gizzi et Giovanni Maria Mastai-Ferretti.

– Mastai-Ferretti ?

– Oui.

Aventino fit une moue incrédule et presque désapprobatrice.

– On connaît la modération et l'humanité de Gizzi, dit Luigi Roero Di Severino.

– L'ambassadeur d'Autriche va user contre lui de son droit d'exclusion.

– Sans nul doute. Quant à Mastai-Ferretti, Gairück, l'archevêque de Milan, va tout faire pour obtenir de l'empereur son éviction.

– En somme, la voie est libre pour Lambruschini...

– Tu sais ce que m'a dit le cardinal Micara ? « Si le Saint-Esprit entre au Vatican, le pape sera Mastai ; mais si le diable s'en mêle, ce sera Lambruschini. »

– Alors nous sommes mal partis, mon cher cousin !

– Monseigneur Giudicelli, évêque de Turin, n'est pas de cet avis. Pour lui, Mastai-Ferretti sera le prochain pape.

– Et pourquoi ?

– Il était avec lui sur le bateau qui l'a ramené du Chili, juste avant qu'il ne soit nommé évêque de Spoleto puis d'Imola. Mastai-Ferretti s'est toujours montré bienveillant envers les libéraux et distingué par ses sentiments de patriotisme, comme un fervent apôtre du réveil italien.

– Je sais, il descend d'une famille d'ancienne noblesse de Senigaglia dans laquelle tout est libéral, jusqu'au chat ! Mais est-ce suffisant ?

– Giudicelli soutient que, dans sa retraite d'Imola, il a pour livres de chevet Silvio Pellico, Enrico Misley, Mazzini. Il a tout lu, du *Primato* aux *Speranze*, de la *Nazionalità Italiana* aux *Casi di Romagna*. Il a eu avec lui des entretiens quotidiens et passionnés. Il ne jure que par Gioberti. « Forte, belle, sainte dans le passé, humiliée dans le présent, l'Italie d'aujourd'hui est couronnée de radieuses espérances ! » a-t-il dit à Giudicelli.

– C'est le candidat de Charles-Albert ?
– De la future Italie unifiée, Aventino !
– Alors il faut tout mettre en œuvre pour qu'il soit élu.
– C'est pour ça que je suis ici, et que je viens briser ton idylle vénitienne ! J'espère que tu ne m'en veux pas ?

Aventino se mit à rire, mais d'un rire sinon cynique, du moins tragique, signe non de courage mais de désillusion totale. Il ne répondit pas à la question, mais demanda, prenant un air faussement détaché :

– Le conclave s'ouvre quand ?
– Le 13 juin.

Jusqu'à cette date, Aventino fit tout ce qui était en son pouvoir pour que le candidat de la « future Italie unifiée » fût élu. La lutte était serrée, et ce d'autant plus que deux autres prélats s'étaient portés candidats : monsignori Soglia et Falconieri. Les allées et venues entre Cortanze, Turin et Rome étaient incessantes. On tramait dans l'ombre. Les nuits étaient agitées par de secrètes manœuvres. Mastai-Ferretti, qui dans son ministère visitait fréquemment les églises, les monastères, inspectait les écoles et les hôpitaux, n'avait guère l'habitude des bulletins de vote et de la présence des scrutateurs chargés de les dépouiller. Lors d'un tour, croyant que son nom l'emportait il glissa qu'il n'était pas digne d'un tel honneur. Enfin, le 16 juin, à trois heures de l'après-midi, la petite fumée qui s'échappait de la cheminée du Vatican annonça aux Romains qu'ils avaient un nouveau pape. Il avait fallu deux jours d'attente et de doute. Par une inspiration visible de la Providence et grâce aux votes de cardinaux, qui voyaient en lui un homme pieux et partisan des réformes modérées, Giovanni Maria Mastai-Ferretti, ami intime de Pasolini, fut élu pape. On raconte qu'alors qu'il dépouillait l'ultime bulletin qui décidait de son élection, Mastai-Ferretti jeta un cri : « Ah ! Messeigneurs, qu'avez-vous fait ? » et qu'il perdit connaissance. Quelques heures plus tard, remis de ses émotions, il prit le nom de Pie IX. Puis, au son de toutes les cloches de Rome et au bruit furieux de tous les canons du château Saint-Ange, en habit blanc, entouré des cardinaux, il monta les premiers degrés du calvaire, puisque c'est au pied de la croix que le Christ voulait désormais le trône de son vicaire, et bénit d'un geste grandiose, et la foule, et la ville, et au-delà de l'horizon romain, par-delà les limites étroites de sa souveraineté temporelle, le monde chrétien tout entier qui n'avait guère à voir avec la petite puissance très éphémère de l'Autriche.

Dans les semaines qui suivirent l'élection du pape, Aventino devait annoncer chaque jour à Massa qu'il remettait au lendemain leur départ pour Venise. Circulant à bride abattue sur toutes les routes du Piémont pour commenter et étudier les conséquences de cette élection, et puisque le sol de bonne argile permettait un galop efficace, Aventino tentait de lui faire comprendre qu'il ne pouvait en ce moment crucial de l'histoire de l'Italie être ailleurs que là où il était, faire autre chose que ce qu'il faisait.

– Et à moi, à quelle histoire suis-je fondamentale ? lui demandait-elle sans obtenir la moindre réponse.

Le parti de Charles-Albert ne pouvait que se réjouir de ce qui venait de se passer à Rome. Non seulement parce que son candidat l'avait emporté mais surtout, peut-être, parce que l'Europe entière, à commencer par M. de Metternich, se trompait sur le caractère du nouveau pape, donc sur ses actions futures. Le ministre viennois allait jusqu'à proclamer que Pie IX serait un soutien de sa politique, que cette élection était un événement qui honorait la religion, enfin qu'elle contribuerait à la fois à déjouer les sinistres projets des ennemis de l'ordre et à ranimer le courage et l'espérance de ceux qui étaient voués à la défense des principes immuables qui faisaient vivre et prospérer les empires. En réalité, l'élection de Pie IX, en qui revivaient Consalvi et Pie VII, marquait la fin de la domination autrichienne. Tous les actes qui allaient entourer l'auguste successeur de Grégoire XVI d'un incomparable prestige, qui rendraient à la papauté sa puissance politique en Italie et son ascendant moral dans le monde, pensaient Aventino et nombre de ministres de Charles-Albert, étaient précisément pour la cour de Vienne une menace et un péril. Tant il était vrai que toute cause de vie pour la Péninsule devenait pour l'Autriche une cause de mort, et que toute manifestation de l'esprit guelfe, si pacifiques et si saintes que fussent les formes sous lesquelles il se dissimulait, était un arrêt prononcé contre la domination étrangère à Milan, à Venise et, dans une certaine mesure, à Turin.

Certains avaient beau ironiser sur les premiers actes destinés à réformer le gouvernement papal, les trouvant louables mais puérils à côté de ceux qu'on attendait réellement du souverain pontife, le parti libéral considérait cette élection et les premières mesures prises peu après comme une grande victoire. Le pape modifia le service intérieur du palais, vendit une partie de ses chevaux pour réaliser des économies, supprima quatre mets sur les sept servis ordinairement à la table pontificale, et les sorbets glacés qu'on offrait traditionnellement l'été à Grégoire XVI dans ses jardins. Très dû le susciter. Toutes les maisons semblaient vidées de leurs habitants qui avaient pris place dans les rues et sur les places publiques. D'interminables processions, parties de tous les quartiers de Rome, composées d'hommes, de femmes, de vieillards et d'enfants, de nationaux, d'étrangers, de gens de toutes classes et de toutes professions, se dirigeaient vers la vaste place du Quirinal, pour porter au Saint-Père le témoignage spontané de la gratitude publique. Le carrosse, poussé par la foule comme un navire sur une mer démontée, se retrouva au pied du palais papal dont toutes les fenêtres étaient fermées. L'étiquette interdisant au souverain de se laisser voir après le coucher du soleil, Massa ne comprenait pas pourquoi tous ces gens continuaient de demander au pape de consentir à paraître ne serait-ce qu'un instant au balcon et de recevoir ainsi les hommages de ses sujets.

– Le pape ne paraîtra pas, dit Aventino à Massa, et la multitude s'écoulera en silence, alors nous pourrons rejoindre la villa.

– Le pape paraîtra, dit un homme monté sur le marchepied du carrosse, sûr de lui. Un jour comme celui-ci ! ajouta-t-il, reprenant avec les milliers de personnes rassemblées sur la place un même mot : Amnistie ! Amnistie ! Amnistie !

– De quelle amnistie s'agit-il ? demanda Aventino.

– De celle-ci, lui dit l'homme, en lui tendant, triomphant, une petite affiche. Les murs de Rome en sont couverts !

Aventino lut à haute voix le décret en date du 16 juin 1846 par lequel le pontife autorisait quinze cents exilés romains à revenir dans leur patrie. « Amnistie ! Amnistie ! » Soudain les applaudissements redoublèrent, de la lumière perçait à travers les persiennes du Quirinal.

— Il arrive ! Le voilà, hurlait l'homme, suspendu, comme d'autres, au carrosse.

Alors le balcon s'ouvrit, et le Saint-Père apparut, vêtu d'une robe blanche et d'un mantelet rouge, au milieu de dizaines de torches enfermées dans des cylindres de cristal. « *Viva Pio Nono ! Viva Pio Nono !* » Puis lentement le pape donna au peuple rassemblé sa bénédiction. L'émotion, réelle, était presque palpable. Quand la fenêtre fut refermée, la foule s'écoula paisiblement dans un silence parfait qui tenait du recueillement. On aurait dit un peuple de muets qui refluait comme une houle paisible aspirée par la marée.

— L'amnistie n'est pas tout ! Mais c'est un grand pas. Le nouveau sillon est ouvert, dit l'homme monté sur le marchepied, philosophe, avant de disparaître dans la nuit romaine.

Quelques minutes plus tard, Massa et Aventino avaient rejoint la villa Pancrazi.

Dans les jours qui suivirent la tension ne retomba pas. Chaque apparition du pape à son balcon, chacune de ses sorties déclenchaient un enthousiasme encore plus grand. Les hommes criaient, les femmes agitaient leur mouchoir. On pavoisait les fenêtres, on lançait des bouquets de fleurs, on agitait de lourds drapeaux, on promenait des flambeaux, on chantait, on jouait *La Marseillaise* italienne composée par le médecin Sterbini, on allumait des feux de Bengale. Dans les rues, les hommes et les femmes se paraient d'or et d'argent, ou de jaune et de blanc, les couleurs papales. Les hommages venaient de tous, en premier des catholiques fidèles, mais aussi des protestants, des incrédules, des juifs, et des mahométans. Un jour, la chaleur de la foule fut telle qu'alors que le pape allait au monte

Citorio, à l'église des lazaristes de Saint-Vincent-de-Paul, on détela ses chevaux pour traîner sa voiture à bras d'homme ! Au milieu de tous ces cris de joie et de toute cette agitation dont on se demandait si elle s'arrêterait un jour, Aventino songeait à ce que lui avait confié le secrétaire du comte La Margharita : « Malheur à nous, monsieur le marquis, si Charles-Albert trouve chez Pie IX le moindre encouragement à ses idées. Il ne sera plus alors au pouvoir de personne de le retenir... » Dans le même temps, Aventino ne cessait de lire et de relire la lettre que lui avait fait parvenir Charles-Albert et qui se terminait par ces mots : « Mon ami, le pape est décidé à marcher dans la voie du progrès et des réformes, j'en ai la conviction profonde. Qu'il en soit béni ! C'est une campagne qu'il entreprend contre notre ennemi commun, l'Autriche. *Evviva !* » Et le soir, alors que la nuit tombait sur Rome, sans oser se le dire, Massa et Aventino n'avaient pourtant qu'une seule pensée. En proclamant l'amnistie générale, acte inouï jusqu'alors dans les annales romaines, le pape s'était engagé dans une voie qui inaugurait pour l'Italie une ère d'affranchissement mais, surtout, frapperait de stupeur les ministres les plus autoritaires de l'empereur d'Autriche et de Charles-Albert. A Vienne comme à Turin, il faudrait bien un jour songer aussi à amnistier les hommes bannis de leur patrie, et parmi eux un certain Ercole Tommaso Roero Di Cortanze...

Le séjour à Rome redonna à Massa une joie de vivre nouvelle. Les hôtels du quartier des étrangers regorgeaient de monde, les petits vins frais de la campagne romaine égayaient les tables des *trattorie*, nombre de cafés ne fermaient plus le dimanche après trois heures de l'après-midi, le marché de la place Navone croulait sous les fruits et les légumes, et l'on trouvait chez les boutiquiers de la place d'Espagne de splendides camées. Des marchands d'antiquités aux soirées théâtrales en passant par les sorties en voiturin et les promenades au monte Pincio, la ville entière était une source de vie inépuisable. Et cela d'autant plus que, depuis un certain temps déjà, le « genre féminin », comme l'écrivaient certains gazettiers, se sentait autorisé à être présent aux défilés, aux illuminations, aux fêtes, aux quêtes publiques, aux messes solennelles, à ces centaines de *Te Deum* entonnés dans les églises. Le fil conducteur de toutes ces démonstrations était évidemment l'exaltation de Pie IX, mais elles finirent par investir en son nom toutes les questions débattues, des réformes internes de chaque royaume de la Péninsule à la mise en œuvre d'un processus permettant de briser les conséquences du congrès de Vienne.

Dans toutes ces manifestations, et en nombre de plus en plus croissant, des femmes portant, qui des bouts de chandelle allumés ondoyant dans le vent, qui des torches enflammées qu'elles levaient de temps en temps vers le ciel en signe de joie, hissaient des banderoles réclamant « L'indépendance vis-à-vis de l'étranger », « La liberté municipale », « L'armement immédiat », « La Ligue italienne ». De retour à Turin, Massa aurait tant de choses à raconter à ses amies du club Béatrice Cenci ! Car toute cette « bienveillance » dont le Saint-Père témoignait à l'égard de l'Italie rencontrait naturellement la mobilisation féminine. Quand il affirmait que « les peuples ne se refont pas sans la transfusion électrique d'une âme à l'autre », ou que, pour assumer sa crédibilité aux yeux de la plupart, « la nation italienne avait besoin d'une personnification politique », voilà qui avait une saveur particulièrement douce pour toutes ces femmes. Ainsi ne pouvaient-elles qu'abonder dans le sens de ceux qui affirmaient impossible d'obtenir au travers des seuls livres la mobilisation nécessaire des consciences, et que, pour atteindre cet objectif, il fallait des symboles, des formes par lesquels le sentiment que ces cœurs doivent éprouver s'exprime dans un langage compréhensible et direct. Et c'était bien celui utilisé par Pie IX qui ne cessait d'appeler à des sentiments d'amour et de concorde, qui répudiait la violence et les principes révolutionnaires, parlant une langue fondée non sur les individus mais sur la collectivité d'appartenance, non sur les droits mais sur les nouveaux devoirs. Femme parmi d'autres femmes, Massa savait qu'il suffisait de penser le passé non comme une sorte de résidu dont il faudrait se défaire mais comme une opportunité à exploiter pour faire changer les choses, comme un futur en somme. Voilà ce qu'elle avait appris à Rome, en défilant dans les rues qui semblaient toutes mener au Quirinal.

Le jour de leur départ, le soleil de la fin août éclaboussait la ville et la campagne de ses rayons. Les cyprès énormes, plantés le long des routes, dressaient dans les airs leurs cimes aiguës. Parfois ils croisaient des voitures aux roues basses, attelées de quatre bœufs, traînant çà et là de grandes cuves dans lesquelles on emportait les grappes des vignes précoces. Au milieu des champs de blé indien et de sorgho, des paysans se tenaient haut debout regardant l'étrange carrosse rouge et argent filer dans la campagne. Puis des collines s'élevèrent au nord et au sud, des plaines s'ouvrirent et plus loin encore des gorges. Ils revenaient sur la terre argileuse du royaume de Piémont, après Sienne, après Florence, après Parme, pointe de la flèche d'un arc tendu entre Gênes et Milan. Pie IX avait-il conscience qu'il était en train de mettre en marche une machinerie diabolique que personne ne pourrait sans doute jamais arrêter, lui qui venait de déclarer au nom d'une

défiance de soi et d'une humilité inquiétantes :
« *Vogliono fare di me un Napoleone, mentre che non sono altro che un povero curato di campagna* » : « Ils veulent faire de moi un Napoléon, quand je ne suis qu'un pauvre curé de campagne... » ?

20

Aventino avait oublié combien Giacomo Pastore, son intendant, ressemblait à un bouffon outré : figure épaisse, courte mais mobile, profil d'une saillie extraordinaire, voix d'airain, et véhémence telle qu'on eût dit que ses paroles sortaient du plus profond de son cœur. Cette fois, le comédien mettait tout son art au service d'une représentation publique des plus réalistes :

– Les vignes se meurent, monsieur, les vignes se meurent à cause de cette bestiole qui leur mange leurs racines !

– Que me chantes-tu là, Pastore, je suis à peine revenu que tu m'annonces déjà une catastrophe !

– Que Dieu me foudroie sur place si je mens, monsieur le marquis.

– Alors tu ne risques rien, tu ne crois pas en Dieu, Giacomo !

– Si, monsieur le marquis, depuis l'élection de Pie IX !

– Allez, tais-toi ; prenons un cabriolet, et allons voir tout cela de près.

Sous sa capote de toile cirée, avec ses deux chevaux gris attelés en flèche portant au cou une quantité aussi inhabituelle qu'inutile de clochettes qui tintinnabulaient au rythme du mouvement que leur imprimait le chemin, la petite voiture, délaissant les basses terres, sautillait sur les sentiers qui serpentaient le long des crêtes. Comme Aventino aimait ce pays qu'on disait gorgé de beautés archéologiques, d'antiquités médiévales, et baigné d'histoire ancienne, mais dont il lui plaisait de ne retenir que le calme éternel et le silence délectable. Ici, point de hautes cimes, de glaciers, de neiges éternelles qu'on voyait au loin comme des gardiens immuables, mais d'interminables plaines, au milieu desquelles, dans une profusion de vergers, s'élevaient de hautes forteresses, sévères, hargneuses, farouches, et, par-dessus tout, quel que soit l'endroit où s'arrêtait le regard, de langoureux coteaux, terres d'élection des vignobles d'Alba, de Barolo, de Canelli, de Grignolino, de Montegrosso, et de Roero.

A mesure que le cabriolet se rapprochait des vignes de Cortanze, Aventino ne pouvait s'empêcher de penser que les Romains, les Ligures et jusqu'aux Gaulois voisins s'étaient avisés un jour de conquérir ces terres, les terres de ses ancêtres, pour venir y vendanger et y cueillir les lourdes grappes, couleur d'hyacinthe rouge, de grenat et de pensée. Le soleil était sur le point de se coucher. Ses rayons, longtemps empourprés, abandonnaient chaque colline, leurs teintes, plus douces et plus sombres, semblant exprimer une sorte de regret et de mélancolie. Lentement, une brume grisâtre recouvrit la petite vallée située sous leurs pieds. Soudain, la cloche de l'église de Cortanze, visible de là où ils étaient, avec son clocher ajouré sur lequel trônait une horloge, sonna l'*Ave Maria*. Le cabriolet était arrivé près de la vigne. Il ne fallut pas longtemps à Aventino pour constater l'ampleur des dégâts. Il resta sans voix.

– Regardez, dit Pastore, les gens des villages environnants qui ont compris ce qui se passait sont déjà allés faire du bois. Ils ont tout arraché ou coupé au pied : vignes, mûriers, arbres à fruits !

– Le *Phylloxera vastatrix*..., dit Aventino en baissant

la tête sur ses mains réunies devant son visage comme s'il allait prier.

– Un minuscule puceron, nom d'un chien ! Un minuscule puceron, et tout s'écroule !

Tout en parcourant les vignes de Cortanze, impuissant, anéanti, Aventino ne put s'empêcher de penser au drame qui avait conduit son vieil ami le marquis catalan Gil Foix de Llotja au suicide. Le *Phylloxera vastatrix*, tout avait commencé avec ce méchant parasite ! Venu de Californie, où la vigne est immunisée contre lui, à la différence de celle de l'Europe, il avait fait son apparition en France dans les années trente et tué rapidement la plupart des vignobles. Et comme le malheur des uns fait souvent le bonheur des autres, cette catastrophe avait fait la joie de la Catalogne, qui avait vu le prix de ses vins s'envoler. Ce fut la raison principale pour laquelle les financiers des villes, qui ne connaissent rien aux finances des champs, avaient acheté tant de terres pour les convertir à la viticulture. Ils avaient eu une quinzaine d'années de profits devant eux, avant de voir l'ivresse tourner au cauchemar. C'est le temps exact et suffisant qu'il fallut aux maudites bestioles pour franchir les Pyrénées. Les autorités de Madrid, comprenant que la contagion n'était qu'une question de temps, décidèrent d'établir un cordon sanitaire d'une vingtaine de kilomètres de large, au pied des Pyrénées, où toutes les vignes devraient être arrachées. Naturellement, les viticulteurs catalans, non point tant parce que la vigne était de l'or pur mais parce que la décision d'arracher le vignoble leur avait été imposée par Madrid, refusèrent de coopérer. En moins de dix ans, les pucerons, qui avaient fait une timide apparition dans l'Ampurdan, effacèrent quatre cent mille hectares de vignes. Situé dans la province de Lleida, le vignoble de Gil Foix de Llotja fut entièrement détruit. Le pauvre se pendit de désespoir.

Giacomo Pastore, qui connaissait son maître depuis de nombreuses années, savait très bien à quoi il pensait :

— Vous ne ferez pas comme votre ami catalan, n'est-ce pas, monsieur le marquis ? Nous allons retrousser nos manches, ce n'est pas un ridicule puceron qui nous fera baisser les bras !

— Ne t'inquiète pas, Giacomo, répondit Aventino, tristement. Nous allons tout arracher, laisser une partie des terres en jachère et replanter l'autre de forêts.

— Les vignobles de Montechiaro sont indemnes. Un véritable miracle !

— Alors essayons de les garder, et dans vingt ans nous replanterons de nouvelles vignes !

Il ne fallait pas se voiler la face : la perte des vignobles de Cortanze amputerait les revenus du domaine de plus de trente pour cent. Il faudrait très vite trouver une solution de remplacement sinon, avant deux générations, les huissiers pénétreraient dans le château et en vendraient au poids les plafonds à caissons. Fin octobre, Aventino décida de se rendre à Asti afin d'y rencontrer maître Costa, financier souvent scrupuleux, parfois tatillon mais toujours efficace. Il souhaitait que Massa l'accompagne. Celle-ci refusa. Portant un chapeau très élégant avec des grosses bottines et une robe d'étoffe fort commune, prouvant par là qu'elle n'entendait pas se plier aux injonctions de la mode, elle lui confia qu'elle préférait se plonger dans de vieux cartons pleins de lettres, de notes, de manuscrits, de « papiers, de souvenirs en somme », plutôt que d'aller avec lui régler des histoires auxquelles elle n'entendait rien et qui ne l'intéressaient qu'à moitié.

— Cette comptabilité nous concerne tous deux, mais tu t'y entends mieux que moi, tu le sais. En revanche, ces fragments de souvenirs, dit-elle, en montrant du doigt la pile de cartons qui la cachait à moitié, ne sont qu'à moi.

Contrairement à ce que pense Laurence Sterne, pourtant fin observateur de la condition humaine, les notaires ne sont pas tous de « petits notaires ». Maître Costa, bien au chaud dans les locaux de son étude située dans la même rue que l'église San Pietro in Concava, n'avait rien d'un homme court et gros, au masque bouffi par une niaiserie papelarde, au crâne couleur beurre frais, qui, engoncé dans son costume noir élimé aurait tout de la larve dans son suaire. Non, maître Costa était d'autant plus redoutable que cet homme long et sec, d'une élégance rare dans la tenue et les propos, ne s'interdisait ni de rire, ni de se moquer, ni d'être spirituel. A l'opposé de ses coreligionnaires qui ne révèlent rien ni de ce qu'ils entendent, ni de ce qu'ils voient, ni de ce qu'ils pensent, de peur d'effaroucher le client, il n'usait, lui, jamais de masque. Certes on le redoutait, mais qui pénétrait dans son antre savait qu'il y trouverait un être en tout point semblable à soi : tiraillé par des débats intérieurs, bouleversé par les orages passés de sa jeunesse, ayant connu les longs travaux et l'ennui, tout comme les passions et leur absence. Son arme essentielle, d'autant plus efficace qu'il ne la dissimulait pas, tenait en ceci : tout client assis en face de lui, et qui se lançait dans ses interminables confidences, pensait que son affaire était la seule au monde, et que l'homme derrière son bureau, possédant visiblement l'immobilité et la finesse d'un diplomate, de par son attitude, le conseillerait au mieux de ses intérêts. Fils de cette ancienne bourgeoisie peu initiée à la vie politique, laquelle, après la chute de Napoléon, s'était bornée à bénéficier d'avantages matériels sans saisir le grand concept en gestation du royaume d'Italie, maître Costa, qui ne voulait pas reproduire les erreurs de ses prédécesseurs, comptait bien aller au-delà de cette économie qui refleurissait et de cette propriété protégée. C'est la liberté qui faisait défaut dans l'Italie nouvelle, c'est donc elle qu'il fallait gagner ! A ses yeux, le fameux *Risorgimento*, cette Résurrection, dont se gargarisaient les uns et les autres, n'était qu'une grande œuvre sentimentale, animée par des intérêts économiques. Or le fossé qui séparait ce dernier d'hommes comme Aventino était un véritable précipice. Maître Costa ne faisait pas, lui, de sentimentalisme ; quant à l'économie, il en connaissait si bien les rouages que les hommes comme Aventino, si pleins de scrupules et d'honnêteté, ne seraient plus sur l'échiquier de l'Italie nouvelle que de simples pions qu'un déplacement habile de la tour, la marche de biais d'un cavalier, la diagonale silencieuse du fou expulseraient du damier.

– Monsieur le marquis, cet affreux *Phylloxera*...
– Comment, vous êtes déjà au courant ?
– Bien sûr ! J'espère que vos vignobles ne sont pas...
– Touchés ? Si, justement !
– Quel malheur ! Mais quel malheur ! Oh, je compatis, monsieur le marquis, comme je compatis.
– Je sais, Costa, je vous connais. Depuis que ma famille est conseillée par votre étude...
– Oui, monsieur le marquis, depuis trois générations... Que dis-je, quatre désormais avec monsieur votre fils...

Aventino s'assombrit, regardant Costa avec, dans les yeux, une colère contenue.

– Excusez-moi, monsieur le marquis. Je vous en prie. Revenons à ce maudit puceron. Je comprends votre désarroi, mais il y a des solutions. Le feu peut être rapidement éteint, il vient à peine de prendre...

– Le monde d'aujourd'hui croule sous l'usure. Voici le Veau d'or, le dieu vivant !

– Je vous sens fébrile. Vous vous dites, à chaque nouveau prêt, voilà les renouvellements, puis à chaque renouvellement non payé, ce sont de nouveaux intérêts énormes ; puis les lettres de change qui succèdent aux simples billets, puis aux billets à ordre, et voilà la dette qui grossit d'une manière effrayante ; et pour finir, si vous vous permettez la moindre observation on vous lance au visage : « Payez, si vous n'êtes pas content ! » Stop ! Gardons notre sang-froid.

– Certes, restons calmes, mais vous savez très bien que je ne conserverai, au mieux, que cinq pour cent de mon vignoble...

– Et alors, mon rôle n'est-il pas de trouver des solutions... Avez-vous pensé aux mûriers ?

– Aux mûriers ?

– C'est la première culture de la haute Lombardie. Bien encadrée, elle peut devenir une des richesses du Piémont. Certaines collines et plusieurs hautes plaines sont désormais tant couvertes de mûriers qu'elles ont l'aspect d'une forêt.

– L'investissement doit être important ?

– Pas du tout. Je suis prêt à tenir les paris. Le mûrier est la plante miracle ! C'est une chaîne. En stimulant la culture du mûrier on redonne vie aux terrains les moins fertiles. Il enrichit les plaines où le manque d'eau interdit la culture irriguée. Il répand sur les collines une abondance jusqu'alors inconnue. De plus, il fournit aux petits possédants, aux colons, aux paysans, à de nombreuses femmes pauvres, les premières rentrées qui leur permettent de pourvoir à leurs besoins, de les soulager du poids des dettes contractées durant l'hiver et de la misère ; il compte aussi beaucoup pour les propriétaires qui se remboursent avec le revenu des cocons des subventions accordées à leurs paysans. La culture du mûrier, l'élevage du ver, le tirage des cocons : voilà une triade qui assurera la puissance de l'Italie unifiée !

– L'Italie unifiée ? dit Aventino, surpris.

– Mais parfaitement, monsieur le marquis, les notaires d'aujourd'hui font de la politique !

– Où trouverai-je l'argent pour financer les mûriers de l'Italie unifiée ?

– Que vous ferez planter en lignes régulières dans vos prairies, au bord de vos champs, et en bordure de vos routes... Mais je vous le prêterai, moi, cet argent, je vous le prêterai...

– Bien, je vais réfléchir, monsieur Costa, je vais réfléchir...

– Il y a une autre solution, dit Costa, presque à mi-voix, plus hasardeuse, plus délicate...

– Je vous écoute.

– Nous sommes plusieurs à penser que la guerre est imminente...

– La guerre ? dit Aventino, la guerre ? Enfin, Costa !

– Je sais, vous allez me rétorquer qu'en tant que conseiller de notre roi bien-aimé vous êtes mieux placé que moi, pauvre petit notaire d'Asti, pour savoir si une guerre contre l'Autriche va bientôt éclater.

– En effet.

– Je ne donne pas de date. Même si cette catastrophe n'éclate que dans plusieurs années, ma proposition reste valable...

– Quelle est-elle ? demanda Aventino, plutôt incrédule.

– La construction de canons de fusil, lâcha Costa, les yeux pétillants.

– Pardon ?

– Ils sont actuellement fabriqués dans une cascade d'ateliers de faible envergure. Montage inclus, le procès de production comprend vingt étapes spécialisées correspondant à des ateliers spécifiques.

– Oui, je sais, et alors ?

– Il faut construire des manufactures, dans un premier temps pour couvrir le marché local. Dès que la guerre, inévitable, sera en vue, ces manufactures tourneront à plein régime.

– Et de quoi vivront ces manufactures en attendant le grand jour ?

– Elles travailleront le fer en barres et en lames pour les cercles des tonneaux, les carillons, fabriqueront des clous pour les navires, des pièces pour les ancres, des instruments destinés à l'agriculture, et des canons de fusil pour ceux qui en ont besoin. Il y a des guerres partout, des révolutions partout. Les Grecs ont besoin de fusils, les Chinois, et pourquoi pas les Lapons, quant aux Indous que vous connaissez bien...

Aventino, replié sur lui-même restait sans voix. Ce n'est pas le projet du notaire qui le mettait mal à l'aise, quoique cette idée de vendre des armes au monde entier lui semblât immorale, mais l'image d'une Italie nouvelle qui était en train de se dessiner devant lui et dans laquelle les notaires seraient partie prenante de la guerre. Des hommes comme eux feraient fabriquer des fusils parce qu'ils avaient pressenti la guerre et, pourquoi pas, l'avaient, sinon provoquée, du moins largement encouragée. Ces mêmes hommes gagneraient ainsi beaucoup d'argent et ce seraient d'autres comme Aventino qui iraient se battre.

– Vous ne semblez pas convaincu par mes arguments, dit Costa.

– Au contraire, et c'est ce qui me trouble.

– Bien entendu, je participerai aussi financièrement à la construction de vos manufactures qui...

– Oui, j'ai compris, Costa.

– Si vous me le permettez, j'ai une autre proposition à vous soumettre.

– Faites, je vous en prie, faites.

– Vous savez que plusieurs lignes de chemin de fer ont été inaugurées : de Naples à Portici, une autre entre Milan et Monza, celle de Milan à Venise est presque terminée. Cesare Balbo a même émis l'idée d'un tunnel sous les Alpes... Le train développe non seulement le commerce mais facilite aussi la transmission des idées et des intérêts italiens...

– Je sais tout cela, mon ami, Massimo D'Azeglio a prétendu, utilisant une licence poétique, que ces chemins de fer « coudraient la botte »...

– Vous n'êtes pas d'accord ?

– Bien sûr que si ! Je ne suis pas de ceux qui parlent de « chaudières errantes », qui pensent que le chemin de fer est un « diable infernal » ou que la grande vitesse peut rendre sourd ou impuissant. Je vous rappelle que j'ai moi-même paraphé le document qui, il y a quelques années déjà, a permis la construction de la ligne Turin-Moncalieri !

– Mais bien sûr, où ai-je la tête ! Alors associez-vous au projet ferroviaire qui veut relier Turin à Gênes !

– Grégoire XVI avait défendu à ses sujets de prendre part aux congrès scientifiques et prohibé l'entrée des machines à vapeur dans ses Etats. Pie IX appuie résolument les congrès scientifiques et a même nommé une commission des chemins de fer. Répondre à votre proposition serait donc aller dans le sens de l'histoire !

– Je ne vous le fais pas dire !

– Je vais réfléchir, maître Costa. Nous sommes en peu de temps passés du *Phylloxera* au mûrier, du mûrier au canon de fusil, du canon de fusil au chemin de fer...

– Réfléchissez vite, monsieur le marquis.

– Je vais essayer, maître Costa.

– Je me tiens à votre entière disposition.

Cette année qui avait commencé dans l'espoir suscité par l'élection du nouveau pape s'acheva dans un entre-deux difficile à vivre. Massa restait des heures à ranger des vieux cartons, à trier des vêtements, reprochant de façon quasi obsessionnelle à Aventino leur voyage avorté à Venise. De temps en temps Rigaut passait, déposant un tableau et en reprenant un autre, peignant un même visage d'homme qui changeait au cours des années, un homme inachevé dont les traits ne cessaient d'évoluer, et dont le visage était systématiquement détruit par le peintre qui le recouvrait d'une couche de peinture noire, ou en diluait les couleurs à grands coups de pinceau dégoulinant de térébenthine.

A l'extérieur du château, la température politique du pays montait, sous l'action conjuguée des partisans de Mazzini et des modérés. Un étrange climat fait d'expectative générale et d'euphorie collective s'était emparé de l'Italie. Nombre d'hommes étaient décidés à brûler les étapes alors que ni le pape ni les princes n'étaient en mesure de satisfaire leur attente. Les sociétés secrètes déployaient beaucoup d'activité pour compléter leur organisation, les clubs tenaient dans les cafés des réunions tantôt publiques tantôt clandestines. Les journaux, sans aucun souci de la vérité des faits, ne donnaient souvent à leurs abonnés qu'un vain bruit de paroles, peu de nouvelles, et encore étaient-elles falsifiées, car le mensonge, dans tous les camps, est l'arme suprême de la démagogie. Turin n'était pas à l'abri des troubles. Un jour, alors que les Turinois se rendaient en foule chez le nonce du pape, pour lui faire connaître, une nouvelle fois, par des acclamations, leur sympathie pour son maître, les carabiniers, commandés par les éléments les plus réactionnaires de l'entourage de Charles-Albert, accoururent à l'envi, dispersant, frappant, foulant aux pieds les citoyens. C'était se tromper d'époque, et surtout transformer une anecdote sans importance en événement national. Gênes, pour marquer sa désapprobation, refusa d'illuminer les rues de la ville le jour de la fête du roi.

La crainte d'Aventino, c'était que l'Autriche, face à l'impatience du peuple et des révolutionnaires qui semblait ne plus connaître de frein, face à ces journaux de toutes nuances, ces cercles politiques qui se fondaient ici et là, où les questions les plus passionnantes et les plus audacieuses se discutaient avec une liberté si proche de la licence que Massimo D'Azeglio lui-même s'en étonnait, n'intervienne avec violence comme elle l'avait déjà fait par le passé. A Milan, la mise en terre de Federico Confalonieri vit la ville tout entière rendre un dernier hommage à l'illustre martyr. A Rome, le pape ne pouvait plus paraître en public sans être entouré, enlevé par un flot humain, accueilli par une explosion de joie. A Turin, les partisans de Mazzini conseillaient de fomenter des manifestations en leur donnant le caractère le plus national possible de manière que grandisse l'impopularité de l'Autriche. C'était un fait reconnu de tous : il ne s'agissait plus seulement de ressusciter une nation mais bien d'en créer une.

Vers la fin de l'année, affluèrent, à la fois dans les Etats du Saint-Siège et dans d'autres royaumes, les anciens condamnés politiques amnistiés par le décret du 16 juin, bon nombre d'Italiens que leurs opinions avaient jusqu'alors retenus hors de leur pays, beaucoup d'étrangers parlant avec mépris des demi-concessions du pape, et nombre de réfugiés marqués par des habitudes d'opposition radicale contractées dans la société des radicaux de France et d'Angleterre. Toute cette population, aux tendances révolutionnaires affirmées, tournait les yeux des Italiens restés en Italie vers de nouvelles perspectives, soufflant à leurs oreilles des mots étranges tels que : liberté de la presse, liberté de la garde civique, liberté de la représentation provinciale. Les manifestations populaires changèrent soudain de nature et cessèrent d'être l'expression instantanée, vive et naturelle de l'opinion publique. Ces *dimostrazioni in piazza*, tantôt enthousiastes, tantôt bruyantes, étaient en train de faire basculer le pays dans un chaos que plus personne ne maîtrisait, et dont personne ne voyait clairement la finalité.

Un soir de décembre, alors qu'Aventino rentrait épuisé après une journée de travail passée au milieu de ses paysans, il entendit venant de la grand-place de Cortanze des rumeurs confuses, des cris, des applaudissements, des sonneries de trompettes, des coups de grosse caisse. Une démonstration de citoyens de toutes classes, musique et drapeaux en tête, acclamait Giacomo Pastore, l'intendant, lequel, juché sur une charrette, haranguait la foule, assurant qu'en ce jour historique le village de Cortanze était un parmi tant d'autres dans tout le Piémont qui allumerait un feu de joie à la gloire de l'Italie nouvelle. A la vue de cette foule vociférante, Aventino, sur le point d'intervenir, fut arrêté dans son élan par Costa qui se trouvait là, ce qui, évidemment, n'était pas un hasard. Le notaire demanda à Aventino de ne rien faire. Les villageois ne lui étaient pas hostiles, loin de là, d'ailleurs ils l'acclamaient, scandaient son nom : « Vive monsieur le marquis ! », « Longue vie aux Roero Di Cortanze ! », « *Evviva Roero !* » ; certains même allant jusqu'à hurler la devise familiale : « A Bon Rendre ! » Il remonta toute la place jusqu'à la grille de son château escorté de la foule sous les acclamations et les bravos.

Le portail refermé, il traversa à grandes enjambées l'esplanade aux larges dalles de pierres sombres, s'engouffra dans le vestibule et grimpa quatre à quatre les marches de l'escalier en hélice qui le conduisit au sommet de la plus haute tour du château. De là, il contempla longuement la campagne. Partout brillaient d'étranges lueurs, de singuliers colliers phosphorescents. Dans le ciel tumultueux du Piémont grondaient les échos d'une vaste rumeur. Sur la route qui reliait Montechiaro à Cortanze apparut une lumière tremblotante allant et venant dans un épais nuage de poussière. « La patache de Cortazone, se dit-il, elle est en retard. » En ce 5 décembre 1846, date anniversaire séculaire de la défaite des troupes autrichiennes à Gênes, au sommet de toutes les collines du Piémont, sur les crêtes des Apennins et sur celles des Alpes, depuis les monts les plus hauts de la Ligurie jusqu'aux sommets les plus reculés du royaume de Naples, brûlèrent d'immenses feux, tandis qu'un seul cri de ralliement, poussé tant de fois depuis le XVIe siècle, tant de fois affiché sur les murailles ou jeté dans des réunions politiques, retentissait de nouveau, adressé aux Autrichiens : « *Fuori i Barbari !* », « A la porte, les Barbares ! » Face à ces feux de joie, serrant Massa, qui l'avait rejoint, contre lui, le visage frappé par le vent soufflant au sommet de la tour, Aventino, qui pensait qu'il suffit parfois de quelques mois pour faire l'épreuve des théories et distinguer la chimère du possible, oublia complètement d'être malheureux.

21

– Comment : cela devait arriver ? lança Pasquale Di Steloni, à l'ombre du grand cèdre qui allongeait ses palmes noires dans le rectangle de ciel bleu délimité par les deux ailes du château de Cortanze. Vous trouvez normal que Radetzky pénètre, le myrte au chapeau, dans Rome, et y requière, comme en pays conquis, vivres et logements !

– Les clauses du congrès de Vienne font que l'Autriche a le droit de garnison dans la forteresse..., dit Renato Roero Di Cortanze.

– Mon cher Renato, autant je vous suis lorsque vous évoquez avec l'extraordinaire intelligence qui est la vôtre l'art de l'indigotier, autant lorsque vous parlez de politique je me demande si vous n'êtes pas tombé dans une de vos cuves de pastel ! Congrès de Vienne, certes, mais de là à s'emparer de vive force d'une ville, c'est nier la différence existant entre possession et usurpation. L'occupation de Ferrare cause dans toute l'Italie, je dis bien dans toute l'Italie, une émotion profonde.

– Sans doute, sans doute, mais n'était-ce pas tenter le diable que de...

– Que de quoi ?

Pasquale Di Steloni, malgré ses quatre-vingt-dix-sept ans, était un vieillard d'une verdeur extrême, n'ayant rien perdu de sa vivacité d'esprit, de son mordant, de son humour. Il compta sur ses doigts les différents éléments de son argumentation :

– Premièrement : émeutes paysannes en Lombardie. Deuxièmement : propagation des idées socialistes en Toscane. Troisièmement : épisodes de luddisme à Rome. Quatrièmement : pression croissante des paysans en Italie méridionale. Cinquièmement : grèves d'ouvriers et de journaliers dans nombre de régions. D'un côté, la fièvre de la bourgeoisie, des intellectuels et de l'aristocratie éclairée ; de l'autre, les rancœurs et l'attente de tout un peuple. Ajoutez à cela la famine et le chômage. Les signes de révolte se font jour partout. Dès la première occasion, l'Autriche a réagi, et elle continuera de le faire...

– Nous n'allons tout de même pas rester les bras croisés ! L'honneur, ça existe !

Pasquale ne perdit pas son sang-froid.

– A Reggio, les gardes ont tranché la tête de Domenico Reo, l'ont fixée sanglante sur un pieu et ont contraint son neveu à porter ce trophée funèbre dans les rues de la ville. Toutes les insurrections ont été contenues par la force brutale. On a dressé des échafauds, on a offert des primes considérables à qui livrerait, morts ou vifs, les meneurs. A Milan, la police a organisé un guet-apens dans lequel le peuple est tombé. Les sabres furent sortis et les citoyens désarmés puis sabrés sans distinction ni d'âge ni de sexe. Tous ces « soulèvements » ont été étouffés dans le sang. Je crains que ne commencent pour l'Italie des jours de deuil et de terreur.

– Une chose est certaine, intervint Barnaba Sperandio, partout les Italiens semblent démontrer qu'ils sont prêts à se faire justice eux-mêmes si l'on refuse d'accéder à leurs vœux ; partout gronde une sourde colère ; partout apparaissent les germes d'une révolution prochaine.

– Tout ce qu'on peut dire, fit remarquer Aventino, assis sur le rebord du puits bénéficiant depuis des siècles de l'ombre du fameux cèdre, c'est que la révolte de Reggio a échoué faute de combattants et parce que trop prématurée.

– C'est exactement ce que je ne cesse de répéter, insista Pasquale, l'Autriche n'attend que cela, offrons-lui l'image d'un pays en ébullition et elle interviendra chaque fois qu'elle pourra le faire !

– Non, Pasquale, dit Aventino. L'inqualifiable agression du général Auersberg a permis au Parti national de parler ouvertement contre les Autrichiens. Ce que personne jusqu'alors n'avait osé faire. En s'emparant des portes de la ville, et en augmentant de plus d'un millier d'hommes sa garnison de Ferrare, l'Autriche vient de jeter un défi à toute l'Italie.

– Tu as raison, renchérit Barnaba. Les peuples d'Italie ont ressenti cette injure avec force. Les hommes de cœur et de tête, qu'ils honorent comme leurs chefs, n'auront plus qu'à contenir et à diriger le mouvement.

– Et le nouveau cri de ralliement des patriotes c'est *Viva Pio Nono*, je suppose ? demanda Pasquale.

– Non, dit Aventino, on entend aussi : *Viva Italia ! Viva Carlo Alberto !*

– Nous y voilà, rétorqua Pasquale. Tu es en train de nous expliquer que la question n'est plus seulement administrative et pontificale mais politique et italienne...

– Evidemment ! Je le répète, cet acte criminel de l'Autriche est une aubaine. On sait maintenant que la liberté ne sera assurée qu'après que nous aurons conquis l'indépendance. Il faut s'y préparer. La Résurrection, puisque résurrection il y a, est entrée dans sa seconde phase : elle devient désormais constitutionnelle et nationale.

– Que fait le roi ? demanda Pasquale. Depuis plusieurs

mois, on a l'impression qu'il se repose, qu'il attend, qu'il doute. Sauf votre respect, monsieur le conseiller, je vous rappelle que n'entre plus en Piémont que le *Felsineo* de Bologne, et encore huit jours après sa publication ; que *La Gazette piémontaise* n'écrit rien qui puisse déplaire au roi ; que les journaux de Rome, de Florence, de Pise, de Milan ne franchissent pas les frontières de notre beau royaume ; et que si l'on veut réellement des nouvelles de l'Italie il faut aller les recueillir dans les journaux français : *La Presse*, *Les Débats* et *La Revue des Deux Mondes*...

Aventino sourit, d'un sourire que ses amis lui connaissaient bien, et qui signifiait qu'il allait leur annoncer une nouvelle confidentielle, dont ils auraient la primeur, et qu'il leur demanderait de garder secrète jusqu'à ce qu'elle soit rendue publique :

– Messieurs, depuis quelques mois Charles-Albert semble arrêté dans la voie des réformes. L'affaire de Ferrare n'a pu que le réveiller. Je suis attendu demain à Turin, je pense que j'en rapporterai des nouvelles fondamentales pour notre futur à tous.

Avant d'entrer dans le palais où l'attendait le roi, Aventino dut faire face à quelques doutes, comme si, près du but, ses jambes s'étaient soudain mises à flancher. Et si, comme le préconisait la faction rétrograde qui entourait Charles-Albert, il ne servait à rien de résoudre le problème de la révolution, sans avoir résolu celui de la guerre ? Peut-être fallait-il ne tenir aucun compte des désirs de liberté et de progrès ? La réaction soutenait que le peuple n'était que trop avancé pour elle ; elle se proposait même de le contenir, en faisant cause commune avec les éléments les plus conservateurs de la classe à laquelle appartenait depuis des siècles Aventino : l'aristocratie piémontaise. Et si cela n'avait d'autre but que d'engager les libéraux du Piémont et le roi Charles-Albert dans une guerre contre l'Autriche ? La voie était toute tracée : il fallait mettre en évidence le mécontentement du pays, l'utiliser chaque fois que c'était possible, et encourager ce que d'aucuns appelaient des « démonstrations ». La réaction prétendait qu'il ne fallait surtout pas préparer des chefs, rassembler des armes et des munitions, ce n'était là que choses inutiles et dangereuses, car un peuple en révolution et armé eût été pour elle une source d'embarras. En somme le système des « démonstrations » faisait objectivement converger les intérêts de la réaction et ceux des généraux autrichiens qui voyaient là prétexte à demander à Vienne des pouvoirs extraordinaires. Certains prétendaient même que l'Italie n'était captive ni de l'Autriche ni de l'armée impériale, mais des idées rétrogrades de ses princes. Dans l'état actuel de ses doutes, Aventino attendait beaucoup de cette convocation au palais.

Après avoir traversé le salon principal, tendu de soie aux couleurs de la maison de Savoie, puis une série de petites salles et un long couloir vitré conduisant à une galerie de portraits, Aventino se vit ouvrir deux portes donnant sur une pièce servant d'antichambre aux archives et à diverses dépendances parmi lesquelles se trouvait un oratoire que le roi utilisait les jours de pluie, afin de ne pas descendre à la chapelle. C'est là que Charles-Albert attendait son conseiller, enfoncé dans un profond fauteuil, près d'une cheminée de style Empire, où il lui arrivait de feindre de dormir alors qu'il s'abandonnait à ce qu'il appelait volontiers ses élucubrations, car, prétendait-il, il vivait du passé et du futur puisque le présent, point subtil entre l'illusion et le regret, n'existait pas, ce qui semblait indiquer que son âme ne cessait de cultiver un flamboyant désir d'éternité.

– Mon ami, comme je suis heureux de vous voir.

– Moi également, sire, dit Aventino.

– Je dissertais récemment avec monseigneur Giudicelli sur la miséricorde divine, sur l'enfer et le purgatoire. Qu'en pensez-vous ?

– Dois-je vous répondre en tant que conseiller ou catholique ?

– Piémontais ! En tant que Piémontais !

– Alors je répondrai sans hésiter que, s'agissant de l'enfer, j'attends une amnistie générale...

– Et le purgatoire ?

– Il présente une sorte d'avenir que ne possèdent ni le ciel ni l'enfer. C'est un incubateur...

– La réponse de monseigneur Giudicelli est moins poétique. « Ne me touchez pas au purgatoire, m'a-t-il répondu, car il fait bouillir deux cent mille marmites rien qu'en Piémont ! » Mais je ne vous ai pas fait venir pour vous parler de théologie, dit Charles-Albert en sortant d'un dossier en maroquin rouge plusieurs feuilles de papier toutes noircies d'une écriture serrée et très soignée, la sienne.

Aventino attendait que le roi les lui tende. Un court silence s'installa entre eux, brisé par Charles-Albert :

– Quel compte un chrétien doit-il faire d'un engagement qui, pour lui, équivaut à un serment ?

– Nous voilà de nouveau dans la théologie, sire.

– Absolument pas. Vous avez sans doute remarqué qu'après avoir crié « Vive Charles-Albert ! Vive Pie IX ! Vive le roi d'Italie ! », mes sujets sont en train de se raviser ?

– Non, sire.

– Allons, Aventino, je ne vous demande pas de jouer au courtisan, pas vous, un descendant de croisé !

– Je ne vois pas à quoi vous faites allusion, sire...

– Ne me surnomme-t-on pas *Re tentenna*, « Roi tâtonneur », tiraillé entre deux conseillers, Biagio, qui dit toujours noir, et Martino qui dit toujours blanc !

– Cela est sans importance.

– Et ceci encore ? Je cite de mémoire : « Ce que Charles-Albert ne sait point oublier, c'est qu'il a deux épaules ; et ce sur quoi il se trompe, c'est sur le fait que Dieu n'a pas donné aux hommes les épaules pour mettre sur l'une le pour et sur l'autre le contre. »

– Peu importe, sire.

– Si, Aventino. Il est temps que mon peuple ait une confiance absolue en moi.

– Mais, sire...

– Ecoutez-moi. Au congrès de Vérone, le chancelier autrichien m'a fait signer un engagement par lequel, vous le savez, j'ai dû aliéner par avance toute initiative souveraine. J'ai dû ainsi m'obliger « à maintenir, tels que je les avais trouvés, en montant sur le trône, les bases et les organes de mon futur gouvernement ». Je ne veux plus me sentir impuissant. Ma conscience royale se révolte contre cette tyrannie de l'immobilité qui m'a été imposée, à moi et à mon peuple.

– Rompez le serment, sire. Il n'est pas de bon métal. Il a été obtenu sous la contrainte.

– Je considère que, pour plaire à Dieu, il faut profiter de tous les progrès et des découvertes pour le plus grand bien des peuples.

– Donc qu'un gouvernement doit se mettre lui-même à la tête du progrès ? se risqua à dire Aventino.

Charles-Albert sourit.

– Un gouvernement monarchique qui marche avec sagesse doit toujours être progressiste dans le bien, et doit offrir au public une liberté complète, hormis pour le mal. En conséquence, je vous demande, monsieur mon conseiller, de regarder attentivement cette liste de décrets, ajouta Charles-Albert en tendant à Aventino la chemise en maroquin rouge.

Les réformes proposées par le roi, pour certaines attendues depuis longtemps, ne pourraient que susciter la surprise et la joie générales. Aventino relut plusieurs fois le document. Rien n'y manquait. Pas une seule de ces mesures qui ne répondît, dans une juste proportion, à des besoins depuis longtemps ressentis plutôt qu'exprimés dans bien des cas. Ainsi, Charles-Albert accordait désormais la suppression des juridictions exceptionnelles et de certains magistrats ou fonctionnaires inutiles, la publicité des débats judiciaires, la défense orale, une cour de cassation, des conseils municipaux électifs. Les provinces seraient administrées par des conseils permanents, nommés par le roi sur la présentation des communes ; la police était ôtée au ministre de la Guerre et donnée à son collègue de l'Intérieur ; les registres de l'état civil devenaient indépendants de ceux du clergé.

Aventino pensa que s'il n'avait pas été en 1847 mais en 1821, il aurait embrassé le roi chaleureusement, mais il ne le pouvait plus.

Charles-Albert intervint pour signifier à Aventino que plusieurs autres mesures viendraient compléter cette première liste. Comme la création d'une banque turinoise, l'instruction publique enlevée en partie aux jésuites, l'adoucissement de la censure afin de permettre à des journaux comme *Il Risorgimento* de l'aristocrate libéral Camille de Cavour de propager leurs idées, enfin seraient entreprises les tractations entre Turin, Rome et Florence afin d'instaurer une union douanière qui ne serait rien d'autre en somme que les prémices d'une confédération italienne.

– Dans une circulaire adressée aux ambassadeurs autrichiens à Pétersbourg, à Londres, à Berlin et à Turin, le prince de Metternich a cru bon de qualifier l'Italie d'« expression géographique ». Ces mesures sont notre réponse, conclut Charles-Albert en demandant à Aventino de ne rien divulguer de ces décrets avant leur publication dans *La Gazette piémontaise*, le 30 octobre prochain.

Alors qu'il sortait du palais, rasséréné par tout ce qu'il venait de lire et d'entendre, Aventino aperçut Cernide qui s'avançait vers lui à grands pas. Il lui était impossible de l'éviter.

– Aventino Roero Di Cortanze, quel honneur, dit l'officier de police.

– Bonjour, répondit froidement Aventino.

– Votre rendez-vous avec Sa Majesté a été fructueux ? demanda Cernide.

– Oui, dit Aventino, surpris, dans un premier temps, d'une telle question, avant de se rappeler qu'un policier tel que Cernide ne pouvait qu'être au courant de ses faits et gestes...

– Les réformes avancent ?

Aventino ne répondit pas, s'apprêtant déjà à prendre congé.

– Vous savez, Aventino, j'ai ma petite idée sur la suite des événements...

– Quels événements ? Quelle suite ?

– L'évolution de l'Italie... Les chemins de fer vont abolir les frontières. Pas besoin de guerre ni de révolution, ce sont le groupement des intérêts et l'association des capitaux qui vont faire la loi à toutes les monarchies...

– Vous avez sans doute raison, dit Aventino, qui trouvait étrange que Cernide ait finalement un discours assez proche de celui de Cavour qui assurait que l'émancipation des peuples ne serait l'effet ni d'un complot ni d'une surprise mais la conséquence nécessaire du progrès, de la civilisation et du développement des Lumières. Pour nombre d'Italiens, la monarchie n'était plus qu'une institution démodée, un héritage dont il faudrait se défaire à grand renfort de locomotives et d'opérations boursières.

Alors qu'Aventino se préparait à briser là, Cernide, tout ciré, pincé, ganté, frisé comme un dandy, lui lança à la légère comme une chose sans importance :

– Et les amnisties, Sa Majesté vous en a parlé ?

– Quelles amnisties ?

– Une broutille. Charles-Albert se prend pour Pie IX. Les prisonniers vont sortir des prisons, les déportés rentrer chez eux, les exilés revenir dans leur patrie. Ça vous concerne...

Aventino ne dit rien. Il avait la gorge serrée.

– Ercole Tommaso est déjà sur le chemin du retour.

– Ercole Tommaso, mon fils ?

– Oui, votre fils, pas le mien !

– Qu'en savez-vous ?

– On les a tous suivis, nos chers Italiens de l'exil, avant leur départ pour la France, pendant leur séjour à Paris, et maintenant qu'ils sont sur le point de rentrer. Ercole Tommaso est parti de Paris depuis deux semaines. Il est dans une maison du côté de Val-des-Prés, à se demander s'il revient en Italie ou pas...

Aventino se raidit, dans sa longue redingote noire à un rang de boutons lui donnant un air d'avocat.

– Quel besoin avez-vous de me raconter tout cela ?

– Mais, pour vous êtes agréable, monsieur le marquis.

Je suis trop proche du roi pour que vous songiez à m'attaquer de front, c'est cela ! Je peux encore vous être utile avant que ceux de ma classe ne cèdent la place aux marchands de fusils et de coupons de tissu !

– Quelle amertume !

– Les temps ne prêtent guère à l'hilarité...

– Ecoutez, monsieur Roero Di Cortanze, l'exil de votre fils aurait pu durer toute sa vie, s'il n'avait pas bénéficié de protections spéciales et s'il ne s'était pas solennellement engagé à ne pas reprendre son activité révolutionnaire. Et qu'il ne s'avise pas de jouer les barons Palmi, lequel une fois gracié a repris du service chez les poseurs de bombes...

– Mon fils n'a jamais posé de bombe, que je sache !

– En tout cas, cette fois-ci, à la moindre incartade, je peux vous assurer que je ne le laisserai pas s'échapper.

22

Quand Ercole Tommaso arriva à Cortanze, une fin d'après-midi de novembre, ni Massa ni Aventino ne l'entendirent. Il faisait presque nuit et sale ; on distinguait à peine la crête des arbres. Ercole Tommaso avait cinquante louis de Turin dans sa ceinture, et dans une de ses poches vingt écus sardes mêlés à de l'argent français. Massa se tenait assise dans une bergère, près du feu ; Aventino, debout, appuyé contre la cheminée. Quoique seuls, ils parlaient si bas qu'il fallait s'aimer pour s'entendre ainsi. Celui qui les regardait resta longtemps sous le haut chambranle de la porte du salon soutenu par des consoles de pierre sans rien dire, mouillé comme une soupe dans son interminable manteau de pluie, la tête enfouie sous une toque de fourrure. Il était si maigre, si mal rasé ! Une fois débarrassé, avec son habit à larges revers et sa cravate haute à plusieurs tours, il ressemblait encore davantage à un artiste tourmenté qu'à l'héritier de l'illustrissime famille piémontaise.

– Mon fils ! Mon garçon ! lança Massa en se précipitant vers lui, l'étreignant à pleins bras dans une fringale de caresses, comme pour oublier la peine de toutes ces années sans lui.

– Mère, ma mère ! ne cessait de répéter Ercole Tommaso, heureux comme un vieil adolescent de trente-deux ans qui retrouve enfin celle qui lui a donné le jour.

Toujours appuyé contre la cheminée, buvant à longs traits cette étreinte bouleversante qui semblait ne jamais avoir de fin, Aventino n'avait pas quitté sa position d'observateur. Quelque chose l'empêchait d'y participer, de venir transformer en un trio amoureux ce duo entre mère et fils. Ce quelque chose n'avait à voir ni avec une pudeur excessive ni avec une manifestation trop voyante d'une émotion mal contenue. Aventino, qui, quelques semaines auparavant, avait senti monter en lui une vive douleur alors que Cernide évoquait l'amnistie royale accordée aux exilés, retrouvait soudain cette raideur qu'on lui avait si souvent reprochée, ce manque de souplesse, son absence de compassion. Son fils était revenu après toutes ces années, la famille était de nouveau au complet, l'enfant devenu adulte, qui porterait dans un futur proche sur ses épaules tout le poids de l'illustre famille, était là dans ce château resté debout depuis des générations, et il ne pouvait faire un pas vers lui. Se dégageant de l'étreinte maternelle, Ercole Tommaso avança résolument vers son père. Arrivé à quelques mètres de lui, il s'arrêta.

– Bonjour, père.
– Bonjour, fils.

Puis rien d'autre. Pas un mot de plus. Pas un geste d'affection, de tendresse l'un envers l'autre. Un silence, comme gêné d'exister, s'installa dans la pièce, pesant le poids de toutes ces années sans nouvelles, du souvenir du voyage à Paris, de deux conceptions du monde, de deux visions de la société. Massa eut beau tenter de rapprocher les deux fauves qui se regardaient, prêts à bondir au plus petit relâchement de l'autre, rien n'y fit. Le reste de la soirée se déroula ainsi, entre ennui et douleur. La mère et le fils parlaient, communiaient devant le père à distance respectable qui ne perdait rien de la conversation mais ne disait rien non plus. Le père et le fils n'échangeaient rien, du moins en apparence. En fin de soirée, alors que le repas allait se terminer, Massa demanda à Ercole Tommaso des nouvelles de la jeune fille qui était partie à Paris avec lui. Elle ne cita pas de nom. Elle disait simplement « la jeune fille » ou « cette jeune personne »... Aventino, qui venait d'indiquer d'une main à Perpetua qu'il était temps de servir les cafés, eut soudain devant les yeux l'image de son fils et de la jeune fille dans la galerie parisienne où se tenaient les réunions clandestines. Cette fois-là, il avait eu la sensation que les deux jeunes gens formaient un couple. Il aurait aimé le leur dire, les approcher, mais il ne l'avait pas fait. Trop dangereux, trop ambigu, le temps ferait son œuvre, il finirait bien par les revoir un jour, tous les deux.

– Des nouvelles de Teresa ? demanda Ercole Tommaso.

– Oui, Teresa, Teresa Roero Di Severino, de quelle autre Teresa veux-tu qu'il s'agisse ? dit Massa.

Ercole Tommaso baissa la tête. Quand il la releva, il avait les yeux pleins de larmes. Aventino regarda son fils avec dureté, comme lorsqu'il voulait lui inculquer, enfant, les bonnes manières, les bons rites sociaux : ne jamais se plaindre, ne jamais montrer ses faiblesses, ne jamais baisser la garde, mais ne jamais chercher à éblouir avec d'inutiles contres de quarte.

– Elle est restée à Paris, articula Ercole Tommaso.

– Vous ne vous aimiez plus ? demanda Massa.

– C'est peu de dire que nous nous aimions à la folie.

– Je ne comprends pas.

– C'est pourtant simple, mère. Teresa est morte.

– Mon enfant, dit Massa en poussant sa chaise et pressant son fils contre sa poitrine.

– Laisse-moi, dit Ercole Tommaso, en se dégageant doucement.

Massa regagna sa place.

– Je l'ai abandonnée au fond d'une salle étroite, commença Ercole Tommaso, racontant comme s'il s'agissait d'un cauchemar qu'il revoyait pour la centième fois, une salle étroite et longue, bordée de lits de fer aux rideaux peu étoffés, mais blancs, et que surmontait une croix. Autour d'elle, des bouchers, en veste de bure, la taille prise par les cordons d'un tablier relevé aux coins, orné de taches marbrées et veinées de sang...

– De quoi est-elle morte ?

– Une balle perdue, dans la jambe.

– Lors d'une manifestation ?

– Même pas ! Quelle ironie affreuse, Teresa n'est même pas morte pour ses idées. Lors d'une rixe entre voyous dans un des cabarets près des barrières de Paris, La Mère aux Chiens... On n'a pas pu extraire la balle. Une fièvre atroce s'est déclarée. Je veux retourner *a ca*, disait-elle en piémontais, *a ca*, « chez moi », « à la maison ». Le chirurgien qui l'a saignée trouvait que le sang venait difficilement, qu'il était de mauvaise nature. Un abcès a fini par se déclarer sur la jambe. On a opéré l'abcès sans pouvoir pour autant extraire la balle. Une hémorragie s'est immédiatement déclarée. Alors Teresa s'est mise à délirer, des heures durant. C'était insoutenable. Elle ne comprenait pas ce qu'elle avait pour tant souffrir. Parfois, elle semblait aller mieux. « Demain je serai debout, et nous retournerons à Turin. Je vais dormir un peu avant le voyage », disait-elle. Elle est morte dans son sommeil. J'avais depuis longtemps perdu la foi, j'ai cru perdre la raison. Les bouchers m'ont dit que Dieu venait de recevoir un ange dans son paradis... les imbéciles.

Massa se rapprocha de son fils, lui serrant les deux mains, à les lui briser.

– Ercole Tommaso, mon fils chéri.

– Voilà pourquoi je suis revenu. Peu m'importe l'amnistie. Je n'ai plus rien à faire, ni ici ni à Paris.

Evidemment bouleversé mais ne le montrant pas, Aventino finit par prendre congé et par monter dans la bibliothèque où il alluma un demi-cigare et se plongea dans la lecture du livre du comte Petiti sur les chemins de fer, dans lequel celui-ci expliquait que, derrière des questions d'ordre économique, se cachaient en réalité de très importantes considérations politiques. Aventino avait beaucoup de mal à se concentrer, ne cessant de penser à Teresa, couchée sur son lit d'hôpital, et à son fils approchant ses lèvres de celles de la mourante, et recueillant, avec le dernier soupir de la femme aimée, un dernier baiser...

On frappa à la porte, c'était Massa.

– Il est parti se coucher, le pauvre, dit-elle, en venant s'asseoir juste à côté d'Aventino. Ajoutant : Tu aurais pu lui parler, tu sais, il souffre tellement.

– Cela n'aurait servi à rien.

– Comme tu es devenu dur et impitoyable, Aventino.

– Non. Ton fils a changé, il est devenu irascible, très peu démonstratif. Il a l'air si triste.

– On le serait à moins, non ?

– Je ne crois pas.

– Tu me fais peur, parfois, Aventino. C'est ton fils, tout de même ! Et tu n'as pas eu un seul geste de réconfort, tu n'as pas prononcé un seul mot !

– Je lui ai lu trop de livres lorsqu'il était enfant, du matin au soir, des romans, des contes de fées, des histoires de chevalerie, trop de *canzone*, de *ballate*, de *terzine*, tout ce qui me tombait sous la main. Il dévorait tout. Ce n'est pas bon... J'en ai fait une fille !

– Mais non, Aventino.

– J'aurais dû l'envoyer au Collège royal ou au séminaire...

– Pourquoi pas au Collège de la marine ? Mais non, tu as bien fait.

– De l'envoyer chez Inocenzo Pollone ?

– Oui, et c'est moi qui te le dis, Aventino, et tu sais que je n'étais pas d'accord. Mais la société change. Inocenzo lui a appris des choses essentielles qui vont l'aider à la comprendre...

– A quoi bon ? Teresa est morte. Inocenzo est mort. Tout cela me semble si vain.

– Et c'est pour cette raison que tu es resté muet toute la soirée ?

– Sans doute !

– Pourquoi n'as-tu rien dit de tout cela à ton fils ?

– Avons-nous encore des choses à nous dire, de celles que se disent les pères et les fils ?

– Evidemment ! Bientôt les amandiers seront tout verts, les pêchers commenceront à défleurir, les fleurs des citronniers s'épanouiront au sommet de l'arbre... Tu n'as qu'un fils, Aventino !

– Un fils... Qu'est-ce qu'un fils ? demanda Aventino, comme pour lui-même, le visage empreint d'une expression indéfinissable, faite de stupeur et de doute, tandis que pointait dans ses prunelles un petit sourire ténu : Un fils, c'est un créancier impitoyable donné par une nature inquiète.

Pendant de longues semaines, le père et le fils n'échangèrent pas une syllabe. Non que l'aversion supposée se fût transformée en indifférence, mais la tension manifeste existant entre eux deux ne laissait aucune place à l'amour ni à la haine. Dans ce territoire à l'air raréfié, aucun sentiment ne pouvait vivre. Fin novembre eut lieu à Turin un Congrès des savants auquel participa Barnaba. Ces réunions dites « industrielles », dont la science retirait peu d'avantages, en offraient beaucoup au point de vue politique, car c'était sous cette unique forme qu'existait pour les Italiens le droit de réunion. Dans ces véritables clubs, on discutait à voix haute, au nez et à la barbe des Autrichiens, des sujets les plus controversés concernant l'avenir de l'Italie. Ainsi avait-on débattu d'une question en apparence anodine mais qui ajoutait une pierre à l'édifice destiné à chasser l'occupant tudesque des provinces lombardo-vénitiennes : fallait-il ou non accorder à une compagnie anglaise le droit de tracer un chemin de fer de Gênes au lac Majeur, et, de là, jusqu'à Ostende, dans le but, disaient les congressistes, de « retirer à Trieste la malle des Indes » ? La réponse fut positive, et rapportée par Barnaba à Aventino avec tout l'enthousiasme qu'elle exigeait. Il fallait fêter l'événement d'une manière ou d'une autre. Barnaba proposa qu'on fît un voyage en ballon.

– Par ce temps ? Merci, dit Massa en montrant les plaines et les collines autour de Cortanze recouvertes d'un immense tapis blanc contre lequel venaient s'étouffer tous les bruits ; et de toute façon je dois aller chez Polissena del Borgo qui accueille ce mois-ci le club Béatrice Cenci.

– Et tu n'as pas peur de disparaître sous la neige ?

– Scandeluzza n'est qu'à quelques heures de Cortanze, et la voiture est moins dangereuse que tes maudits engins volants.

– Et toi, demanda Barnaba, en se tournant vers Aventino, je peux compter sur ta présence à mes côtés ?

– Non, répondit Aventino, si sèchement que sa réponse n'appelait aucune discussion.

Le seul à trouver la proposition aérienne de Barnaba absolument adaptée à l'extraordinaire décision ferroviaire prise à Turin, c'était Ercole Tommaso qui, depuis son retour, ne rêvait que d'une chose, repartir en ballon avec son ami vénitien, comme il le faisait si souvent lorsqu'il était enfant.

– Nous ferons une ascension au milieu des nuages à neige !

Le ciel était fort brumeux, cette matinée du 25 novembre 1847. Dès les premières lueurs de l'aube, Barnaba et ses pilotes aériens avaient commencé le gonflement du *Carlo Alberto*, aérostat avec nacelle, cubant mille mètres. Vers midi, le ballon se balançait gracieusement sous les ondulations du vent. Puisque personne ne voulait monter avec eux, Barnaba et Ercole Tommaso se contenteraient d'une ascension rapide. Ils traverseraient la couche de nuages, feraient quelques observations, et redescendraient dans une heure, non loin de l'endroit d'où ils avaient décollé, et au pire à proximité du lac Rotari, situé juste derrière le vignoble miraculeusement oublié par le phylloxéra.

Le ballon s'éleva lentement au milieu de la neige qui tombait en abondance. Bientôt ses deux occupants, enveloppés chacun dans une épaisse houppelande, la tête protégée par un bonnet de laine, ne distinguèrent presque plus la terre qui s'étendait sous leurs pieds. Dans le lointain, ils n'apercevaient qu'à peine les maisons du village de Cortanze regroupées autour du château au sommet duquel flottait l'étendard de la famille. En quelques minutes, le ballon fut comme cerné par une auréole d'une blancheur étincelante. On aurait dit un énorme glaçon flottant au milieu d'un tourbillon de neige. Cette croûte de glace l'alourdissant singulièrement, il fallut jeter plusieurs sacs de lest. Vers deux mille mètres d'altitude, les gros flocons qui voltigeaient autour de la nacelle se transformèrent en paillettes brillantes, presque irisées, puis s'agglomérèrent en une sorte d'épais tapis à quelques centaines de mètres sous la nacelle. Au-dessus, la nuée semblait plus transparente, moins épaisse. On devinait que, derrière, le soleil n'était pas loin. Barnaba regarda le thermomètre : il marquait un degré au-dessous de zéro.

– Tout va bien ? demanda Ercole Tommaso, heureux comme il ne l'avait pas été depuis longtemps.

– Oui. Pas de problème. On continue l'ascension ?

– C'est possible ?

– Tu n'as pas envie, comme moi, de traverser ces vapeurs translucides, de voir le soleil ? ça nous donnerait des ailes, non ?

– Allons-y, Barnaba, je t'en supplie, allons-y ! dit Ercole Tommaso.

Tout autour du ballon ce n'était qu'une sarabande de cristaux microscopiques, décrivant mille courbes capricieuses, mille sinuosités bizarres. A travers la brume demi-transparente, le ballon montait avec beaucoup de peine, comme un cheval fatigué. Le poids de la glace accrochée à la toile l'alourdissait terriblement. Il lui fallut près de dix minutes pour monter d'une centaine de mètres. C'était comme s'il devait percer une pâte épaisse formée d'une infinité d'aiguilles cristallines...

– Tu veux vraiment continuer ? demanda soudain Barnaba.

– Ce n'est pas à moi de décider.

– Et pourquoi pas ! On dit que tu voulais faire la révolution à Paris, tu dois être quelqu'un de courageux...

– Le risque est grand ?

Pour dépasser ces dernières assises de vapeurs, il faut épuiser nos forces, c'est-à-dire sacrifier le dernier lest qui est notre salut. Si nous plongeons dans l'océan de lumière qui brille au-dessus de nos têtes, la couche de neige qui nous appesantit va fondre. Délestés de ce poids considérable, nous allons être comme happés par les régions les plus hautes...

– Cela ne nous empêchera pas de redescendre !

– Que non ! Mais quand nous reviendrons vers la terre, appelés par la pesanteur, de nouveaux flocons vont nous alourdir, notre vitesse de descente sera de plus en plus grande...

– Et nous n'aurons plus de lest à jeter...

– Tu as tout compris. Nous toucherons terre avec une force telle que nous serons brisés par le choc... Mais ce n'est qu'une hypothèse, tout peut se passer très bien.

Ercole Tommaso se pencha vers le fond de la nacelle, souleva le dernier sac de sable et le jeta par-dessus bord. Barnaba, qui n'avait pas bougé, serra très fort dans ses bras le fils de son si cher ami et lui montra, juste au-dessus d'eux, le soleil qui apparaissait lentement au bout d'un tunnel d'ouate blanche. A deux heures de l'après-midi, très précisément, l'aérostat flottait dans les couches supérieures de l'air, ses deux passagers pouvant enfin admirer d'en haut les nuages chargés de neige. Un phénomène étrange se produisit alors qui étonna beaucoup Ercole Tommaso : il entendait très distinctement des voix humaines, le roulement d'une voiture et le galop de plusieurs chevaux !

– Je n'arrive pas à y croire ! Je rêve ! C'est de la magie !

Barnaba sourit.

– Nous sommes à mille huit cents mètres d'altitude, ça n'a rien d'étonnant, tu sais. La neige, qui a débarrassé l'air de l'humidité qu'il renfermait, l'a rendu meilleur conducteur des rayons sonores...

Après plus d'une heure de bonheur total, le ballon commença de perdre de la hauteur, retrouvant les flocons de neige, cette fois plus abondants, plus épais et qui exécutaient toujours leur curieuse danse aérienne.

L'air était presque sec, comme l'indiquait le spychomètre, et la terre ne se montrait pas encore. Puis, comme Barnaba l'avait prévu, le ballon ne tarda pas à prendre de la vitesse tout au long de sa descente. Le baromètre, qu'il regardait en permanence, confirmait sans pitié ce qu'il avait conjecturé. Vers mille mètres d'altitude, les deux hommes purent enfin entrevoir la terre, ils venaient de traverser un nuage de glace d'une épaisseur de deux cents mètres environ. C'est à cet instant que l'incident eut lieu.

La brusque variation de température provoquée lors de la sortie du nuage avait singulièrement contracté le gaz du ballon dont les parois s'étaient en outre chargées d'un poids considérable de glaçons. Accrochés à la nacelle, les deux hommes voyaient la terre se rapprocher à une rapidité prodigieuse. Le baromètre marqua très vite trois cents mètres d'altitude, puis deux cents.

– Le guiderope touche terre ! cria Barnaba.

– Notre corde n'a que cent mètres de long, dit Ercole Tommaso, quelques secondes plus tard. Nous allons nous écraser !

– Si seulement nous avions encore du lest ! hurla Barnaba tout en coupant d'un coup de couteau les cordes de l'ancre et du guiderope.

– Tiens-toi à la nacelle ! lança Ercole Tommaso avant que celle-ci ne vienne heurter la terre et que le ballon ne se renverse sur le flanc.

Bousculés dans un pêle-mêle indescriptible, sens dessus dessous, les deux hommes furent projetés l'un contre l'autre, puis allèrent rebondir chacun de son côté contre les parois de la nacelle à l'instant même où celle ci venait s'écraser contre les vignes qui bordaient le lac Rotari. La violence du choc fut telle et si foudroyante qu'Ercole Tommaso fut projeté hors du panier. Délesté, le ballon repartit immédiatement, faisant un bond de deux cents mètres de haut. Barnaba, en professionnel aguerri, et malgré la douleur de voir ce jeune homme qu'il avait connu enfant allongé sans vie dans le vignoble, eut le réflexe d'ouvrir la soupape béante. Le vent vif, soufflant par rafales, traîna le ballon sur plusieurs mètres avant de le jeter contre des pommiers qui se brisèrent sous le choc, relançant la nacelle au-dessus d'un bois, pour finir par la rabattre du côté des vignes. Barnaba maintenait toujours la soupape ouverte. Au bout de quelques minutes, l'aérostat s'arrêta enfin, jeté au milieu du vignoble, craquant de neige et de givre, tandis que le vent s'y engouffrant l'éventrait et le déchirait en lambeaux. Des paysans accourus s'accrochaient aux cordes pendant de l'aérostat afin de l'empêcher de repartir. Il fallut encore quelque temps pour mater le *Carlo Alberto* qui résistait, vomissant, comme des torrents de bile, des flots de gaz. Descendant de la nacelle, Barnaba constata qu'une grande partie du village de Cortanze était là, rassemblée autour du monstre. Ercole Tommaso, face contre terre, le visage en sang, formait une étrange tache rouge sur toute cette neige blanche, et ne bougeait plus. Aventino, qui avait, comme tout le monde, suivi les aléas de l'atterrissage, était arrivé sur les lieux du drame. Et tandis qu'on tentait de retourner avec beaucoup de précautions le corps inerte d'Ercole Tommaso, le ballon finissait de souffler et de se tordre sous le vent. Terrassé, vaincu, il gisait maintenant tel un hippopotame crevé dans le vignoble qui descendait lentement vers la rive du lac.

Comme toutes les régions de montagnes et de collines, favorables aux mystères, le Piémont avait ses légendes. Dans le silence des vallées étroites, on croyait entendre chevaucher les sorcières et les enchanteurs. Il y avait des dieux dans les glaciers, des génies dans les sources et les torrents. Ainsi, dans cette petite vallée de la Roera, les vieux affirmaient que telle *rocca*, tel pont, tel château en ruines, avait été bâti par le diable. Ici, sur les sombres rivages du lac Rotari, les hommes, il y avait bien longtemps, avaient osé berner le diable. Alors qu'il avait fini de creuser la colline afin que s'y étendent les eaux du lac, les hommes lui avaient offert, en paiement de son travail de terrassier, un âne mort et un chat enragé. Le diable, pour se venger, avait alors envoyé aux hommes la reine Maima, moitié démon, moitié mégère, pour les attirer dans les profondeurs. Tous ceux qui, par inadvertance, contemplaient trop longtemps les eaux immobiles et vertes du lac perdaient la raison quand ce n'était pas la vie. Ercole Tommaso, juste avant de venir s'encastrer dans la terre jaune du vignoble de Montechiaro, avait vu le lac se rapprocher à grande vitesse, pénétrer en lui, alors qu'un bruit furieux, semblable au roulement d'une avalanche, lui avait traversé le corps. Avant qu'un silence fatal ne tombe sur lui, la reine Maima lui avait promis à mi-voix qu'il passerait la nuit dans le ciel et qu'elle lui permettrait de voir ce qu'il n'avait encore jamais vu : les étoiles s'éteindre au-dessus d'un océan de nuages chargés de neige.

23

– Ercole Tommaso, mon fils ! ne cessait de répéter Aventino, tandis qu'il enlevait avec d'infinies précautions le bonnet imbibé de sang qui lui couvrait une partie du visage. Ce n'est pas possible ! Ce n'est pas possible, on ne meurt pas de cette façon !

Très vite, la nouvelle du décès du jeune marquis dépassa largement le périmètre du premier cercle de paysans qui avaient suivi la chute du ballon et étaient accourus immédiatement sur les lieux du drame. Très vite, on accusa cette folie des hommes de vouloir voler comme les oiseaux, les mauvaises conditions atmosphériques, la proximité du lac Rotari et des légendes diaboliques qui l'entouraient. Le médecin, qui avait pu, par miracle, se rendre au pied de l'aérostat, hurlait avec les loups et pleurait avec les pleureuses. Il ne pouvait plus rien faire. La science était impuissante, « le stéthoscope de Laennec ne résout pas tous les problèmes, quant à Andrea Vaccà-Berlinghierri, mon maître, même lui n'aurait rien pu faire », clamait le médecin. Le jeune marquis était tombé trop violemment de trop haut, sans doute avait-il aussi été asphyxié ; quant au froid intense qui régnait sur toute la région, il n'avait guère arrangé les choses. Aventino était anéanti. Avoir perdu ce fils sans s'être réconcilié avec lui ! Comment était-ce possible ? Et comment allait-il annoncer cette mort à Massa qui débattait, à quelques milles du vignoble tragique, en compagnie de ses amies du club Béatrice Cenci, de l'avenir de la femme dans la société italienne ?

Ercole Tommaso fut hissé sur la banquette d'une voiture dans laquelle prirent place Barnaba, honteux d'être indemne, et Aventino qui tint la tête de son fils posée sur ses genoux entre ses mains durant tout le voyage. Les chutes de neige avaient repris de plus belle, et de gros flocons, jetés de biais contre les vitres de la voiture par des rafales de vent, faisaient un bruit épouvantable.

C'est à l'arrivée devant les grilles du château de Cortanze que le miracle eut lieu. Alors qu'Aventino, prostré, n'avait pas desserré les dents de tout le trajet, Barnaba l'appela doucement :

– Aventino, Aventino.

– Quoi, dit-il, avec une voix de somnambule, relevant la tête en direction de son ami.

– Ercole Tommaso, là, ses yeux, regarde.

– Que dis-tu ?

– Les yeux d'Ercole Tommaso... Les paupières, je les ai vues cligner.

Du doigt, Aventino les ouvrit. Dans un premier temps elles ne s'abaissèrent pas, les prunelles vitreuses demeurèrent fixes, puis soudain elles s'abaissèrent et cillèrent plusieurs fois. Entre les paupières, trop soyeuses peut-être pour celles d'un garçon, Aventino croisa un regard vif et direct. Puis Ercole Tommaso bougea lentement les lèvres, esquissant un sourire qui créa chez Aventino une émotion comme il en avait rarement ressenti dans sa vie. Son fils était donc vivant ! Barnaba pleurait de joie. Et lorsque les domestiques du château, rassemblés dans la cour pour accueillir le convoi funèbre, en virent descendre deux hommes sur les visages desquels brillait une joie intense, ils ne comprirent pas immédiatement ce qui se passait. Très vite cependant, la nouvelle de ce que certains appelaient déjà la résurrection d'Ercole Tommaso se répandit dans tout le village avec la même intensité que celle qui, quelques heures auparavant, avait annoncé sa mort ! Dans les deux églises de Cortanze, on brûla autant de cierges qu'en une année. Il n'en restait plus nulle part, à tel point qu'on utilisa même des bougies à quoi les usages païens auraient dû interdire de franchir la porte des lieux sacrés. Mais quoi, ce n'était pas tous les jours qu'un membre de l'illustre famille mourait puis ressuscitait quelques heures après...

Pendant que l'aide de camp d'Ercole Tommaso partait prévenir Massa de la fin heureuse de la sortie en ballon, avant que la rumeur ne lui apprenne la « mort » de son fils, Aventino et Ercole Tommaso parlèrent enfin comme ils ne l'avaient pas fait depuis des années. Soigné, lavé, habillé de linge propre, Ercole Tommaso, rapidement remis de blessures fort heureusement superficielles, était intarissable. Quelles merveilles que « ces grandes draperies transparentes autour de la nacelle », que ces « surfaces ondulées, formant d'immenses anfractuosités, au fond desquelles on apercevait la terre », que ce « ciel dont on pouvait presque toucher le plancher avec ses doigts »...

Lentement la conversation glissa vers des aspects plus intimes de la vie du père et du fils. Comme s'ils devaient rattraper le temps perdu, ils parlèrent longuement de la mort de Teresa, d'Inocenzo Pollone, du voyage à Paris et de dizaines d'autres choses. Délaissant la situation politique en Italie, leurs engagements, pour se plonger dans des aspects très personnels de leur vie d'hommes. Ercole Tommaso, pour la première fois peut-être, expliqua à son père combien il avait toujours représenté à ses yeux une sorte d'autorité mythique, comme la quintessence de la loi, de l'ordre du monde, avec sa dureté inflexible et ses jugements irrévocables. Il lui expliqua combien, animé d'une colère sourde, il avait souhaité assez tôt se révolter contre lui, ne pas accepter son sort. Ercole Tommaso renvoyait à son père un portrait dans lequel celui-ci ne se reconnaissait pas mais qui devait bien avoir sa part de vérité : homme du monde aux manières parfaites, mais qui ne laissait transparaître que très rarement de la bonne humeur, voire de l'humour, Aventino passait aux yeux de son fils pour quelqu'un d'entêté, trop épris de confort et extrêmement pompeux, obsédé par l'ordre du monde, et donc défenseur acharné des principes inébranlables qui en découlaient tant au plan moral qu'éthique.

– De ces derniers, ceux qui ont trait à la propriété sont pour toi les plus importants, finit par conclure Ercole Tommaso en se reversant une tasse de café.

Dans cette grande pièce, placée entre la bibliothèque et un couloir menant à une enfilade de chambres très souvent fermées, décorée de lourds meubles sombres, de tableaux représentant des batailles auxquelles avaient participé des Roero Di Cortanze, de bronzes et d'un amoncellement de tapis aux couleurs claires, Ercole Tommaso, immobile sur un sofa, le menton posé sur ses grandes mains pâles, sillonnées d'épaisses veines bleues, faisait lentement tourner la chevalière frappée des armes de la famille autour de son auriculaire.

– Il ne s'agit pas de « propriété », Aventino. N'aspirons-nous pas tous à une sorte d'immortalité ?

– En es-tu sûr ?

– Ce que tu appelles l'ordre de mon monde, c'est sans doute cette succession de noms qui concourt à la réalité de l'Histoire mais aussi de notre famille. C'est ma façon à moi de ne pas perdre pied et de ne pas être emporté par la fuite du temps.

– Les filiations ne sont-elles pas toutes plus ou moins discutables...

– Un jour j'ai demandé à Vincenzo Di Carello si, comme il le prétendait, la noblesse de sa famille, soi-disant antérieure à Jésus-Christ, venait d'une généalogie réelle ou imaginaire. Sais-tu ce qu'il m'a répondu ?

– Qu'il descendait de Romulus et Remus !

– « En tout cas, cela fait plus de deux mille ans qu'on l'affirme », m'a-t-il rétorqué...

– Tout le monde est le fils de son père, dit Aventino. Rien n'est aussi altéré que les lignées. Mais comptes-tu la défendre, cette lignée ? L'honorer, ce nom ?

– Oui, répondit sans hésiter Ercole Tommaso.

– Est-ce à dire que nous allons faire un bout de chemin ensemble ?

– Oui, père. Pour notre famille et pour l'Italie.

Aventino, qui était assis en face de son fils, vint à côté de lui, et, sur le ton de la confidence, des secrets révélés, lui parla de l'Italie qu'il avait quittée depuis tant d'années, et du Piémont, sa terre natale.

– Le temps des conspirations est passé. Cette activité funeste et morbide a trop longtemps divisé l'Italie. Trêve d'utopies, il ne faut tenter que le possible. Aux princes, l'honneur de faire les réformes nécessaires.

– Mais rien n'est possible sans l'intime accord des princes, du peuple et du souverain pontife...

– Exactement. A tort ou à raison. Que cela plaise ou ne plaise pas. Je vais te dire, Ercole Tommaso, et à toi, uniquement parce que tu es mon fils. Mazzini a raison quand il affirme que l'Italie doit faire provision de « rage italienne ». On peut suivre Gioberti quand il prétend que la vocation de l'Italie est d'être une nation créatrice. Quant à Balbo, si on lui pardonne d'avoir été distingué par Napoléon, il dit évidemment la vérité quand il soutient que la domination autrichienne empêche tout et qu'il faut la supprimer.

Dehors, le jour commençait à se lever. Le père et le fils avaient donc passé toute la nuit à parler ensemble. Aventino, tout en se dirigeant vers la fenêtre, demanda à son fils s'il était prêt à rencontrer le roi, qui avait besoin de gens compétents à ses côtés, et puisque le Piémont était le seul Etat qui, disposant d'une armée, d'un gouvernement et d'un trésor, pouvait engager le processus de libération de l'Italie. La réponse fut on ne peut plus claire :

— Le rencontrer, oui. Le servir, pas immédiatement. C'est un peu tôt. Non par opposition mais par manque de force, d'entrain. Je dois revivre avant de servir.

— Merci pour ta franchise, dit Aventino en soufflant sur plusieurs bougies qui avaient brûlé toute la nuit et qui dégageaient une mauvaise fumée, malodorante et irritante.

Ercole Tommaso sourit.

— Qu'est-ce qui te fait sourire ?

— Quand j'étais enfant, j'étais très intrigué par ton bureau qui restait éclairé tard dans la nuit. Parfois, le matin, j'entendais les domestiques dire, d'une voix excitée par l'indignation et contenue par la peur : « Le bureau du maître est resté éclairé toute la nuit. Que peut-il faire à ces heures ? »

— Et tu pensais quoi ?

— Rien, j'avais peur. Surtout qu'à chaque fois Perpetua leur lançait en ricanant « Celui qui a la lumière allumée après minuit appelle le diable ! »

— Te voilà rassuré !

— Non, je me demande si l'Italie, pour sortir de l'impasse dans laquelle elle se trouve, ne va pas devoir faire alliance avec lui...

— Avec qui, lui ?

— Avec le diable !

L'accident du ballon oublié, Aventino et Ercole Tommaso purent se rendre à Turin où une date d'audience avec le roi avait été fixée. C'était une magnifique matinée d'hiver. La neige nappant tout le paysage avait cessé de tomber, il faisait un petit froid sec et le ciel était d'un bleu infini. L'air vif, leur amitié retrouvée, l'allure régulière de la voiture, tout conspirait à jeter les deux hommes dans une réelle ivresse de bonheur. Bien emmitouflés dans leur palatine fourrée, ils passèrent sans embûches les congères qui, dans certains villages qu'ils traversaient, atteignaient jusqu'à la hauteur du premier étage des maisons. Malgré le froid, nombre de villageois étaient sortis de chez eux pour succomber au rituel de ce que Metternich appelait avec dédain des « holocaustes à Pie IX ». La mode en avait été lancée à New York, où un grand meeting avait eu lieu durant lequel des dissidents de toute nationalité avaient voté l'adresse suivante : « A Sa Sainteté Pie IX... Nous vous offrons ce témoignage de respect d'une sympathie sans bornes, non point comme catholiques, mais comme fils d'une république et amis de la liberté. » Depuis, sur le sol italien, et notamment en Piémont, de passionnées acclamations s'étaient également élevées. Aujourd'hui, alors qu'ils traversaient Moriondo puis Chieri, leur voiture avait croisé des processions et des banquets, parés de rubans aux couleurs pontificales. A Pino, dans la banlieue de Turin, ils avaient même vu une foule enthousiaste suivre un buste du pape promené solennellement dans les rues.

En arrivant à Turin, ils crurent que la procession papale se poursuivait. Il n'en était rien. Le départ du roi pour Gênes, deux mois auparavant, avait déclenché une véritable émeute. Des hordes braillardes, stationnées sous le balcon de Pilate, cette grande fenêtre située à l'extrémité de l'aile gauche du palais et qui donne sur la place du château, avaient attendu en vain que la famille royale daigne s'y montrer. Au milieu des hymnes, des bannières cousues à la hâte, des couronnes de fleurs jetées en signe de reconnaissance, des *evviva* assourdissants qui croissaient de minute en minute, le roi et ses deux fils avaient fini par s'engager à cheval dans les rues de Turin et par rejoindre au pas les voitures qui les attendaient aux portes de la ville. Le roi, dit-on, pâle comme un mort, chancelant, sur le point de s'évanouir, avait, pour la première fois de sa vie, pleuré non des larmes de douleur mais des larmes de joie.

Aujourd'hui, 3 décembre 1847, le cortège royal revenait de Gênes. La voiture d'Aventino et d'Ercole Tommaso tentait de se frayer un chemin au milieu d'une foule de gens elle-même prise dans le brouillard épais qui baignait toute la ville. Du Valentin au palais, vers lequel ils se dirigeaient, les deux hommes avaient déjà plus de dix fois au moins entendu entonner l'hymne qui commence par ces mots : « Nous abhorrons le tyran, et plus que la mort, nous abhorrons la servitude... » Le voyage à Gênes avait été un triomphe. On avait vu le peuple s'agenouiller au passage de Charles-Albert. Durant ces journées, une extraordinaire fraternité, il y a quelques mois encore inconcevable, avait réuni aux côtés du peuple l'aristocratie et la bourgeoisie.

Le même mouvement se reproduisait à Turin. Un immense arc de triomphe avait été dressé place Victor-Emmanuel, au pied duquel la voiture d'Aventino, totalement bloquée, ne bougeait plus qu'au rythme des mouvements d'une foule de plus en plus impatiente. Vers quatre heures de l'après-midi, alors qu'Aventino et Ercole Tommaso songeaient à rejoindre à pied le palais Biella où ils étaient logés avec quelques autres dignitaires du régime, un soleil radieux déchira soudain les nuages. Dans le même temps un cri immense jaillit de la foule rassemblée sur la place : « *Il sole d'Italia non tramonta mai* », « Le soleil d'Italie ne se couche jamais. » Le cortège royal était annoncé.

Aventino vécut une expérience nouvelle : acclamer le roi, dont il était si proche, au beau milieu de cette foule qui chantait ses louanges. Le peuple de Turin eut à peine le temps de se ranger, le cortège précédé des piqueurs et d'une cavalerie puissante fendit la place au galop, laissant au passage plusieurs hommes et femmes à terre, blessés et grimaçants. La voiture royale, toutes vitres relevées, ne s'était évidemment pas arrêtée. Un silence de quelques secondes s'empara alors de cette foule qui ne savait comment réagir puis, soudain, un large ruban humain partit à la poursuite du cortège. Derrière le carrosse de Charles-Albert, c'était une véritable armée d'hommes et de femmes, bannières en main, qui se ruait vers la place du Château. Au milieu du peuple de Turin, Aventino et Ercole Tommaso ne savaient que faire. La manifestation menaçait de tourner à l'émeute. Soudain le roi apparut au balcon de Pilate, faisant un signe de la main : « *Evivva Carlo Alberto ! Evivva Italia !* »

Le soir, au palais Biella, les échanges eurent lieu à fleurets mouchetés. Pas un mot plus haut que l'autre, beaucoup de paroles feutrées, de phrases de circonstance. Et ce d'autant plus que tous les participants à cette réunion exceptionnelle avaient une pensée pleine de compassion pour Luigi Roero Di Cortanze, gouverneur de Turin, dont la fille Teresa était morte à Paris dans ces circonstances si dramatiques.

– Il faut se mettre à la place de notre souverain. Il est totalement faux, comme le font certains, de parler d'indifférence au sein d'un pareil triomphe.

– Evidemment ! Quelle pensée peut bien absorber l'âme de notre roi traversant, au milieu d'unanimes acclamations, des provinces entières ravies de le contempler ?

– Une seule. Celle de toute sa vie... Ambitieuse... Celle que tout Piémontais entrevoit avec fierté sur son front soucieux : Charles-Albert et l'indépendance italienne...

– Point de pompe théâtrale pour suppléer en lui ce qu'on pourrait appeler de la sensibilité.

– Et voilà ce qui s'appelle, en termes de gazette, un prince adoré...

Luigi Roero Di Severino, qui avait accompagné le roi dans sa chevauchée à travers la ville, rapporta ces mots, au terme du dîner, alors que beaucoup déjà passaient dans les pièces voisines pour y jouer aux cartes et y fumer des petits cigares :

– J'ai cru bon de dire à Sa Majesté que ce qu'il venait de vivre n'était pas une ovation qui se prépare, mais une révolution qui commence... Ce qui veut dire que, dans ce premier acte qui est en train de se jouer, nous sommes tous complices...

– Complices ? Qu'entends-tu par là ? demanda Aventino.

– Solidaires, si tu préfères. Après la manifestation d'aujourd'hui, la légation autrichienne a déjà fait savoir à Vienne que cette démonstration était entièrement préparée, orchestrée par le roi, et qu'on avait demandé aux gens de crier : « Vive Charles-Albert roi d'Italie ! » Une calomnie, mais va démontrer le contraire.

Aventino prit son cousin par la manche.

– Nul besoin de le faire. Le roi est peut-être le seul à ne pas comprendre où l'emmènent les promesses faites le 30 octobre. Et encore, cela reste à prouver. Tu sais comme moi que Charles-Albert ne peut plus reculer. Balbo, que je ne porte pas particulièrement

aux nues, a raison : « La révolution est bonne, elle va devenir entière... »
– Ne risque-t-elle pas, dans le même temps, de culbuter une monarchie vieille de huit siècles ?

Aventino regarda longuement son interlocuteur, puis son fils, avant de répondre :
– Un dernier mot, veux-tu, cousin, avant d'aller dormir, demain nous nous levons tôt.
– Je t'écoute...
– Le risque est que tout cela nous mène au diable... Imagine nos traditions, nos souvenirs, nos croyances soudain balayés ; imagine notre vieille monarchie s'abîmant dans l'épais brouillard populaire, ce jour-là nous croirons tomber dans un univers de folie.

Dès six heures du matin, le lendemain, Aventino et Ercole Tommaso arrivèrent au palais, si étrangement illuminé alors que tout dormait encore dans la ville. Après une minute d'attente, le premier écuyer de service fit entrer Aventino dans le salon de parade. Charles-Albert, debout près de la fenêtre, le teint pâle, semblait faible et défait. D'un signe de tête, il répondit à la profonde révérence que lui fit son conseiller. Puis il lui indiqua un tabouret dans l'embrasure de la fenêtre, et lui-même s'assit en face de son vieil ami qu'il avait souhaité voir seul avant que de le recevoir avec son fils.
– Eh bien, d'où venez-vous ? dit le roi de sa voix si douce qu'elle exerçait un irrésistible charme sur ses interlocuteurs.
– J'étais sur la place du Château hier, quel triomphe !
– Vous savez que ce n'est pas aussi simple... Mazzini l'explique très bien : « Remuez les masses, ne serait-ce

que pour témoigner de la reconnaissance. Des fêtes, des chants, des rassemblements suffisent pour donner au peuple le sentiment de sa force et le rendre exigeant. »

– Il n'y a pas dans ces gens que des moutons de Panurge, manipulés par les révolutionnaires. Ils croient en vous, sire. Et ce ne sont pas quelques coups de plat de sabre, quelques coups de crosse, quelques arrestations qui changeront quoi que ce soit. Cela fait des mois que la foule vous acclame, et lorsqu'elle se disperse elle ne laisse sur le terrain qu'une jonchée de chapeaux et de bonnets. Il n'y a pas encore eu de cadavres...

– La marge de manœuvre est étroite, Aventino. Au *Macbetto* de Verdi quand les acteurs ont commencé à chanter « *La patria a sorger t'invita,/Fratelli, corriamo la patria a salvar !* », le public entier s'est levé et a entonné ce chant d'insurrection. Vienne a immédiatement envoyé une lettre de protestation. Si l'Italie explose maintenant, nous serons écrasés.

– Si nous tardons trop, si vous ne répondez pas à l'attente du peuple, il ne vous fera plus confiance.

– Il nous faut absolument la tranquillité. Il nous la faut surtout vis-à-vis de l'Autriche. Si nous commençons à nous diviser, à montrer trop de fébrilité, l'indépendance nationale finira par se perdre. J'en ai la conviction. Or, cette indépendance nationale, je suis résolu à la soutenir et à la défendre.

Aventino était très ému. C'était la première fois que le roi lui parlait ainsi, avec autant de conviction, depuis les belles journées de 1821...

– Merci, sire, merci...

– Ne me remerciez pas, Aventino. Je voulais aussi vous dire : j'ai demandé à La Margherita de préparer son départ du gouvernement. Il a le tort de penser que les principes ne doivent pas suivre l'air du temps comme les habits. C'est dommage mais c'est comme ça !

Après un temps d'arrêt, le roi fit quelques pas dans la pièce puis demanda à Aventino de faire entrer son fils, « ce fameux Italien en exil ».

Ercole Tommaso salua le roi, respectueusement, comme on lui avait appris tant de fois à le faire durant son enfance en vue de cette première rencontre qui, il est vrai, avait en l'occurence lieu très tardivement.

– Alors, monsieur l'exilé, vous êtes avec nous ou contre nous ? demanda Charles-Albert avec le plus grand sérieux.

– Avec l'Italie, sire.

– Contre l'Autriche ?

– Je veux chasser les Allemands...

– Bien. Et le pape ?

– Si je peux être franc, sire, je voudrais aussi échapper au gouvernement des prêtres, répondit Ercole Tommaso, regardant son père, inquiet, pensant immédiatement qu'il était peut-être allé trop loin.

– Vous pensez que l'Italie peut se passer du pape ?

– En Italie, le Piémont est le plus fort...

– Est-ce suffisant ?

– En novembre dernier, la popularité de Pie IX a reçu une première atteinte. Lorsqu'il s'est rendu à l'église de Saint-Charles-Borromée, il fut accueilli par la multitude avec une froideur marquée qui l'a attristé.

– Je sais.

– Pie IX a fait beaucoup de promesses. Il y a eu beaucoup de projets, des commissions, mais peu de résultats. Je ne serais pas surpris d'apprendre que le pays commence à se méfier et à s'irriter. Il n'accuse pas encore le pape de duplicité, mais le suspecte déjà de faiblesse.

– Belle analyse, dit le roi, digne de monsieur votre père. Savez-vous ce que me répond votre père quand, aujourd'hui encore, je lui demande s'il croit en l'identité de Dieu et du diable ?

– Non, répondit Ercole Tommaso en regardant Aventino.

– « Demain, s'il ne pleut pas, nous pourrons chasser des grives. »

– Ça ne m'étonne pas, répondit Ercole Tommaso en riant.

– Ercole Tommaso Roero Di Cortanze, les années vous apprendront que tout se ressemble un peu, et au bout du compte que tout est utile.

– Oui, sire.

Puis il se fit un long silence. Pour Aventino, c'était une de ces minutes où l'on dirait que le cœur s'arrête de battre. Il n'osait pas regarder le roi.

– Faites savoir à vos amis, dit Charles-Albert en s'adressant aux deux hommes, que l'heure n'est pas encore venue d'agir. Mais lorsqu'elle sonnera, je vous le jure, ma vie, la vie de mes fils, mes trésors, mon armée, tout, vous m'entendez bien, tout sera sacrifié à la cause de l'Italie.

24

Les nouvelles les plus inquiétantes venaient de Milan. Depuis qu'un vent de libéralisme soufflait sur l'Italie, les Autrichiens redoublaient de rudesse, pour ne pas dire de cruauté. Mais chacun avait décidé de résister : à sa place et avec ses moyens. Avant de recourir à l'insurrection, on voulut faire usage de tous les moyens d'opposition légaux ; on s'efforça ainsi de réveiller dans les âmes l'amour de la patrie et de la liberté, et on évita avec le plus grand soin de donner au gouvernement autrichien une occasion ou un prétexte pour sévir contre les compatriotes. Il fallait avancer avec la plus grande prudence, masqué, dissimulé, arracher au gouvernement les concessions, les unes après les autres, et ne pas devancer l'esprit public qui se réveillait lentement. Cette tactique particulière ne pouvait être l'œuvre ni d'un militaire ni d'un révolutionnaire mais passer par le filtre d'un avocat ou d'un légiste.

Jadis, les Américains s'étaient interdit l'usage du thé pour causer du dommage à l'Angleterre et se préparer à la guerre d'Indépendance. Il fallait s'inspirer de cette méthode, efficace, a priori peu dangereuse, et qui permettait une opposition de tous les instants. Ne pouvant se soustraire aux impôts directs auxquels il était soumis, le peuple milanais trouva donc un moyen d'agir sur les impôts indirects. De petits billets, manuscrits ou imprimés, parcoururent ainsi les maisons, les théâtres, les cercles, enfin tout ce qu'il était possible de toucher comme lieux privés et publics, afin de faire connaître le montant des bénéfices énormes que le gouvernement autrichien réalisait grâce à l'impôt sur le tabac : à savoir deux millions de florins rien que pour les cigares ! Invitation fut alors adressée à tous les citoyens de s'abstenir totalement de fumer à partir du 1er janvier !

La privation d'une habitude aussi générale fut un grand sacrifice de la part de la jeunesse. Mais au lieu de faire oublier cette résolution héroïque et d'attendre que les fumeurs revinssent à une habitude pour eux indispensable, en négligeant d'eux-mêmes les ordres, la police, ne sachant pas maîtriser sa mauvaise humeur, distribua aussitôt trente mille cigares aux troupes, ainsi qu'à des repris de justice. Les soldats, les agents de police et leurs acolytes déguisés en bourgeois, paradaient avec affectation dans les rues, le cigare à la bouche. Quand ils étaient isolés, les gens les forçaient à jeter leurs cigares. Mais le plus souvent réunis par groupes de trente, ils en imposaient tant par leur nombre que la population, en majorité constituée de gamins effrontés, se contentait de les suivre et de les huer. Pour faire face aux insultes et aux provocations de toutes sortes, la puissance occupante finit par intervenir en interdisant les rassemblements. Comme personne n'en tint compte, les troupes furent chargées de disperser la foule, ce qu'elles firent avec leur brutalité coutumière. La violence appelant la violence, les Italiens ripostèrent coup pour coup, un certain comte-lieutenant Thun fut même grièvement blessé. Cet incident déclencha une réplique hors de proportion. Après être restée deux jours sans donner le moindre signe d'existence, la police envoya, dans la soirée du 3 janvier, alors qu'une neige folle tombait à gros flocons, une bande de soldats croates et hongrois envahir la corsia di Servi, le cigare à la bouche et le sabre à la main. Cette troupe hurlante se jeta au milieu des citoyens assemblés, et, sur quelques provocations des gamins milanais, frappa indistinctement tous ceux qu'elle rencontra sur son passage. Les sabres étaient tout nouvellement affilés et les Croates passablement ivres. Plusieurs personnes prétendaient avoir été averties de ce guet-apens dans la journée. On disait même que la police avait ordonné aux hôpitaux de préparer des civières pour transporter les blessés. Quoi qu'il en soit, cette journée des Cigares, commencée dans la bonne humeur et l'irrévérence, vira au cauchemar et à la boucherie. On releva plusieurs centaines de morts et de blessés, dont nombre de vieillards et d'enfants, tous frappés à la tête et dessinant sur la neige d'immenses flaques pourpres. Nulle résistance n'avait pu être opposée à la horde meurtrière puisque tous ces citoyens étaient sans armes.

Dans les jours qui suivirent la population prit le deuil des victimes, désertant la corsia di Servi, nommée désormais corso Scelerato, où avaient eu lieu les massacres, se déplaçant en masse vers la rue qui conduisait à la porte Romaine, à laquelle on avait donné pour la circonstance le nom de corso Pie IX. Des députations, dont faisaient partie le maire Casati, l'archevêque et l'archiprêtre, se rendirent chez le comte Borromeo pour se plaindre, et réclamer réparation. Le vice-roi répondit, en des termes fort ambigus, qu'on verrait bientôt ce que le gouvernement méditait pour le bien public. La réponse du cabinet autrichien ne se fit pas longtemps attendre. Elle était exactement contraire à ce qu'avait promis le vice-roi. Par voie d'affiches on indiquait à la population que la police avait obtenu la mise en vigueur du régime du jugement statutaire, qui prononçait la peine de mort pour le cas de rébellion et de tumulte, sans appel ni recours en grâce, et ne laissait à l'accusé que quinze jours, entre l'arrestation et le jugement, et deux heures entre la sentence et l'exécution.

Malgré la fin de non-recevoir de l'empereur, malgré l'ordre du jour publié dans les casernes et signé du feld-maréchal Radetzky invitant à « la haine et à la destruction implacable de l'ennemi », les actes de rébellion s'étendirent à d'autres villes. Après Milan, Pise, Padoue, Brescia, Crémone, Côme tentèrent de secouer la torpeur qui les paralysait en organisant de permanents mouvements d'opposition légale. Et bien que chacun sût pertinemment que le despotisme ne se manifeste jamais plus vivement que lorsqu'on cherche à s'en délivrer, l'indignation générale et les protestations se poursuivirent sous d'autres formes. Les mêmes Italiens courageux qui s'étaient refusé à fumer les cigares des manufactures impériales repoussèrent les billets des loteries placées sous le patronage du gouvernement autrichien, et ce d'autant plus que l'administration ne recevait que les florins d'Auguste et ne payait qu'avec des florins de Vienne, les premiers valant deux tiers de plus que les seconds ! D'autres moyens, pour manifester son désaccord, furent utilisés. Ainsi toute la ville se donna-t-elle rendez-vous dans des rues jusqu'alors totalement désertes. Aux couvre-chefs ordinaires avait succédé la mode des chapeaux dits à la calabraise. La spontanéité avec laquelle une population de deux cent mille âmes se soumettait aux injonctions les plus saugrenues, pourvu qu'elles fussent hostiles à l'Autriche, désespérait complètement la police qui ne parvenait pas à mettre la main sur le fameux « comité secret » qui lançait tous ces mots d'ordre immédiatement suivis. Les derniers en date consistaient à déserter le théâtre certains jours et à faire salle comble à d'autres, à vider une église au premier office et à l'engorger au dernier, à demander aux femmes de renoncer aux parures et aux hommes de ne porter qu'un gant, enfin à remplacer les habits de drap par des habits de velours dont l'étoffe provenait, elle, des manufactures nationales... On eut beau faire de funestes représailles, surprendre au milieu de leur sommeil le marquis de Rosaly, le comte Battaglia, le marquis Soncino-Stampa, et les jeter dans des voitures pour les diriger sur Ljubljana, ou arrêter des citoyens au hasard, rien n'y fit. Plus la répression s'intensifiait plus la population descendait dans la rue, manifestait en silence, n'écoutant qu'un seul mot d'ordre repris par toute l'Italie : « Persévérance ! » A Turin même, et Dieu sait si Lombards et Piémontais ne s'aiment pas, des gens défilaient dans les rues, portant chapeau à la calabraise et vêtus d'habits de drap... Quant aux œuvres littéraires, saisies par centaines – parmi lesquelles on trouvait naturellement des ouvrages de Beccaria, Alfieri, Sismondi, Gioja, Verri, Filangieri mais aussi de Balzac, Hugo, Rabelais, et même Bossuet... –, sans que l'on indemnisât les libraires, elles circulaient avec célérité entre toutes les mains et étaient lues avec avidité, comme l'avaient été les livres proscrits au temps de Tacite : « *Conquisti lectitatique donec cum periculo parabuntur, licencia habendi oblivionem attuti.* »

Il était clair que l'Autriche, selon la théorie de Radetzky, avait cherché par ces massacres et cette répression féroce « à s'assurer trente ans de paix par trois jours de sang ». L'échec était manifeste. Pire, le résultat était exactement l'inverse de celui escompté. Barnaba Sperandio, qui s'était trouvé à Milan lors de la terrible journée du 3 janvier, se faisant l'écho des manifestants lombards, l'affirmait : « Depuis ce guet-apens, chacun se dit que, la prochaine fois, il aura aussi des armes, et qu'alors on verra comment les choses tourneront ! » M. François René vicomte de Chateaubriand avait terminé son article sur les événements milanais par ces mots mémorables : « Je pense que de ces souffrances méprisées, de ces calamités des humbles et des petits, se forment dans les conseils de la Providence les causes secrètes qui précipitent du faîte le dominateur. Quand les injustices particulières se sont accumulées de manière à l'emporter sur le poids de la fortune, le bassin descend. Il y a du sang muet et du sang qui crie : le sang des champs de bataille est bu en silence par la terre ; le sang pacifique répandu jaillit en gémissant vers le ciel. Dieu le reçoit et le venge. »

L'Italie entière était en émoi, comme un terrain mouvant secoué par une lave intérieure qui cherchait à faire éruption. Tandis que le gouvernement autrichien augmentait ses bataillons, que le cabinet français formait un corps expéditionnaire aux environs de Toulon et de Marseille, que des vaisseaux anglais croisaient au large de la Sicile, jour et nuit des démonstrations avec musiques et flambeaux se succédaient dans les rues italiennes. Sur les places des orateurs excitaient le peuple, du haut des balcons des tracts appelant à la révolte étaient lancés en pluie, dans les cercles politiques les meneurs discutaient de ce qu'il convenait de faire. Un frémissement de révolution agitait toutes les grandes villes. A Florence, les agitateurs, dont le mot d'ordre était « Point de pape ni de roi », avaient obtenu une garde civique et le drapeau aux trois couleurs italiennes qui flottait désormais sur le palais Pitti. A Naples et en Sicile une Constitution venait d'être accordée, au son du tocsin. La Calabre se soulevait. En Toscane, on promettait une garde nationale à la française et le suffrage censitaire. A Rome, Pie IX, initiateur du mouvement, semblant vouloir s'affermir dans la voie libérale, décidait lui aussi d'accorder une Constitution en prenant pour modèle la Charte française révisée en 1831. A Venise, sous la pression de l'opinion publique, le gouvernement autrichien avait été contraint de discuter les questions politiques avec ses sujets. Malgré l'arrestation des deux députés auteurs de la motion, Manin et Tommaseo, cela pouvait être considéré comme le premier triomphe de la révolution. Le Piémont et Turin ne pourraient pas rester longtemps en dehors de ce que d'aucuns considéraient déjà comme une véritable résurrection...

Chaque jour, dans les rues de Turin, d'Asti, d'Alexandrie, de Gênes, et jusque que dans les villages les plus reculés de Sardaigne, on injuriait les réactionnaires, *codini*, du nom de la cadenette d'autrefois ; on embrassait les juifs ; on comblait de tendresses les protestants ; on menaçait de mort les jésuites et leurs alliés. Dans les rues, sur les places, ce n'était plus que farandoles, défilés, réunions sans fin, hymnes. On se parait des trois couleurs italiennes qu'on retrouvait autant sur les habits que sur les tabatières, les cocardes, les lampions, les cannes à pommeau. Quand on passait devant les prisons, les femmes agitaient leurs mouchoirs et les hommes ôtaient leurs chapeaux. On renversait les statues. On brûlait les armes de l'Autriche. On chantait *La Marseillaise*. Un désordre joyeux régnait aux terrasses du Café national et du café Della Lega Italiana. Et si certains, comme Mme de Staël, soutenaient que s'opposer au progrès des peuples c'était se perdre, tandis que s'y prêter c'était mettre son nom à la tête d'une histoire de sang et de malheur, beaucoup pensaient qu'en ce mois de janvier, date à laquelle l'Italie succombait à la tradition des cadeaux, perpétuant l'Epiphanie où les Rois mages apportent des dons au Divin Enfant, le présent suprême offert par le peuple à la mère patrie s'appelait bel et bien la liberté.

– Allons plus loin que ce que propose le *Messaggere torinese*, plus loin que ce que demande la *Concordia*, lança Ercole Tommaso qui avait depuis peu intégré la rédaction du *Risorgimento*.

Réunis dans une des salles du Grand Hôtel de l'Europe, où étaient logés les députés envoyés par la ville de Gênes pour demander l'expulsion des jésuites, les rédacteurs du tout récent journal dirigé par Cavour défendaient chacun son tour son point de vue. Il régnait dans la pièce une chaleur atroce. Tous les grands noms du parti libéral aristocratique étaient là, parmi l'épaisse fumée des cigares et la circulation incessante des tasses de café et des verres de vermouth. La réunion était présidée par le marquis Roberto D'Azeglio.

– Brofferio et son *Messaggere torinese* luttent déjà beaucoup pour la liberté. Quant à Lorenzo Valerio, il défend dans les colonnes de la *Concordia* un libéralisme éclairé ; voilà un patriote ardent et sincère, rétorqua D'Azeglio.

– Je ne soutiens pas le contraire ! Je dis simplement qu'il faudrait demander au roi la Constitution...

– Bravo, bravo ! dit immédiatement Cavour.

Sineo Valerio, l'écrivain, se leva, tel un diable de sa boîte, renversant au passage sa tasse de café qui se répandit sur les feuilles de papier qu'il avait devant lui.

– Trop prématuré, Ercole Tommaso ! Ta proposition nous conduira droit à l'échec ! Charles-Albert n'est pas prêt.

Giovanni Lanza et plusieurs écrivains lui emboîtèrent le pas, en gesticulant et en faisant de grands effets de manches.

– Absurde ! lança Cornero.

– Ridicule ! bougonna Giuliano Soria.

– Une telle proposition est bonne pour le *Manarcato* ou la *Gazzetta del Popolo*, c'est-à-dire des feuilles de chou dirigées par des irresponsables, mais pas pour nous ! tâcha de conclure Felice Cortese.

– Cela m'étonnerait beaucoup que ton père te suive dans cette voie, lança Sineo Valerio à l'adresse d'Ercole Tommaso.

– Lamentable ! Contente-toi d'écrire, Sineo, ne fais pas de politique, je t'en supplie, dans l'intérêt de l'Italie !

– Messieurs, un peu de calme ! Sineo, tes arguments ne risquent pas de faire avancer le débat, dit D'Azeglio en prenant un air navré.

Brofferio, qu'on connaissait comme un des interprètes les plus éloquents de la démocratie, demanda le silence.

– Messieurs, soyons toujours avec ceux qui visent haut. Cette proposition tombe au bon moment, pour le Piémont et pour l'Italie.

– Mes amis, je me suis toujours fait une certaine idée du Piémont, donc de l'Italie. Le sentiment me l'inspire certes, mais aussi la raison. Nous devons, sous peine de danger mortel, viser haut et nous tenir droits, répondit Ercole Tommaso tout en comprenant que ses paroles avaient déclenché un étrange silence, fait de respect et de désarroi.

L'assistance était en train de se diviser en deux camps. Et lorsqu'il termina sa harangue sur ces mots : « Bref, à mon sens l'Italie ne peut être l'Italie sans la grandeur, et cela commence par un Piémont renforcé par une Constitution », un tonnerre d'applaudissements se mêla à des injures et des sifflets. Et il fallut toute la poigne du président de séance pour rétablir un semblant de calme.

– L'heure suprême a sonné. Il est des circonstances où l'audace est de la prudence ; où la témérité est plus sage que le calcul, dit d'un ton ferme et définitif Cavour.

– C'est exactement le mot de Danton : « De l'audace et encore de l'audace ! » hurla Sineo Valerio. Je vous l'avais bien dit, nous voilà chez les jacobins, les révolutionnaires !

Une partie de l'assistance accueillit ses paroles en manifestant bruyamment son adhésion. Sineo Valerio disait vrai, la référence à Danton était par trop évidente et prouvait bien le caractère dangereux d'une telle proposition...

– Laisse Danton où il est, Sineo, je ne suis pas plus jacobin que toi et que nous tous ici, tu le sais très bien !

La discussion qui s'ensuivit dura une bonne partie de la nuit. Les objections du groupe hostile à l'initiative d'Ercole Tommaso n'étaient pas totalement dénuées de fondement. Charles-Albert subissait depuis de longues années la pression de conseillers très réactionnaires. Les Parlormo, della Torre, Coler, Paolucci et autres Sonnaz exerçaient une sorte d'influence qu'on pouvait qualifier de néfaste. Ils n'avaient qu'un souci, l'intérêt du roi, donc le leur, plus que celui du Piémont. Depuis quelques années, le comte La Margherita, homme profondément honnête mais superstitieux, freinait toute tentative de réforme. Heureusement, La Margherita avait en face de lui un autre ministre, Villa-Marina, davantage tourné vers l'avenir et qui n'hésitait pas à rappeler au roi les idées généreuses qui avaient été les siennes en 1821.

– La Margherita n'a qu'une idée en tête, dit Cavour, « l'Etat, c'est le roi, donc la nation est au roi ».

– Villa-Marina et mon père en ont une autre, soutint Ercole Tommaso, totalement opposée : « L'Etat, c'est la nation, et le roi se doit à l'Italie. » De plus, nous savons tous que les jours de La Margherita sont comptés.

Quelques heures avant que le jour se lève, la rédaction du *Risorgimento* vota à une très large majorité l'idée de suggérer au roi que le moment de promulguer la Constitution était arrivée. Un comité restreint comprenant Cavour, Santa Rosa, Durando, Brofferio et Di Ardissoni chargea Ercole Tommaso de communiquer à Charles-Albert le vœu national.

Le Grand Hôtel de l'Europe étant situé au 19 de la piazza Castello, Ercole Tommaso Roero Di Cortanze n'avait que quelques mètres à faire pour traverser la place du Château et pénétrer dans le palais. L'audience du dimanche commençait à six heures du matin. Ercole Tommaso avait obtenu d'être reçu vers huit heures, juste avant que les conseillers du roi, dont Aventino, n'entament leur grande réunion dominicale. Il en sortit vers neuf heures trente, à l'heure où les membres du Conseil entraient un par un, passant devant le monument offert par les Milanais à l'armée sarde et qui représente un soldat en tenue.

– Que fais-tu ici ? demanda Aventino à son fils qu'il ne s'attendait pas à trouver dans l'enceinte du palais.

– Je viens de voir le roi, répondit Ercole Tommaso, naturellement, semblant n'en tirer aucune vanité.

– Tu marches sur mes plates-bandes ?

– Au contraire, je me mets dans tes pas. Je suis l'exemple paternel...

En même temps qu'il disait cela, Ercole Tommaso comprenait l'importance des mots qu'il était en train de prononcer, car il s'agissait bien, chez lui, d'une véritable révolution copernicienne. Sans doute était-ce la première fois qu'il formulait cette évidence aussi clairement.

– Tu parles sérieusement ? demanda Aventino, très ému, presque ébranlé par ce qu'il venait d'entendre.

– Oui, père... Je viens, au nom de toute la rédaction

du *Risorgimento* de dire à Charles-Albert que le vœu national était qu'il promulgue la Constitution...

– Tout simplement ? dit Ercole Tommaso, presque effrayé par l'audace de son fils.

– Oui, père.

– Et quelle fut la réponse de notre souverain ?

– Qu'il fallait en effet soutenir l'indépendance nationale avec dignité, et que la Constitution...

– Vous ne pouviez pas attendre, toi et tes amis ? A trop vous précipiter vous allez tout faire exploser !

– Il m'a semblé que le roi était conscient que le pays réclamait l'exécution des promesses anciennes...

– Je dois y aller, dit Aventino en montrant la longue enfilade de couloirs qui conduisait à la salle du Conseil.

Ercole Tommaso mit la main sur le bras d'Aventino.

– Père, vous réprouvez notre initiative ?

– Je te le dirai quand je sortirai d'ici. Si le roi a pris peur, le parti réactionnaire va reprendre les rênes d'un pouvoir que nous avons mis plusieurs années à lui enlever le plus délicatement possible. Si, au contraire, tu l'as convaincu, et que le résultat conduit à ce que je pense...

– C'est-à-dire ?

– A la formation d'une nation italienne après une victoire sur l'Autriche...

– Eh bien ?

– Tu finiras vice-roi, comme ton arrière-arrière grand-père, le mari de Ludovica Roero Di Settime !

25

En entrant dans la salle du Conseil, Aventino éprouva une sensation étrange. En bout de table, assis dans son fauteuil au dossier frappé des armes de la maison de Savoie, Charles-Albert lui apparut soudain très fatigué comme si le souverain n'était plus qu'une sorte de grand corps souffrant abritant une âme furieusement ébranlée. La lassitude se lisait sur sa figure, une profonde tristesse voilait son regard, à tel point que toute sa personne en semblait accablée. Chacun alla saluer le roi puis gagna sa place. Quand vint son tour, Aventino s'avança, les jambes tremblantes, ne sachant si Charles-Albert lui manifesterait de la froideur, voire de l'hostilité. Car, enfin, pourquoi son fils était-il allé lui parler de Constitution !

– Bonjour, Aventino Roero marquis de Cortanze...

– Majesté, mes hommages.

– Les enfants nous causent bien des tracas, n'est-ce pas ?

– Certainement, Majesté...

– Mais nous obligent parfois à nous tourner vers le futur que nous refusons de voir...

Aventino esquissa un sourire à l'adresse du monarque qui ajouta :

– Le cœur fait parfois défaut pour redire ce que l'on affirmait il y a vingt ans et pour formuler ce que l'on prévoit...

Quand tout le monde eut rejoint le siège qui lui était attribué la séance put enfin commencer. L'ordre du jour exigeait avant tout qu'on règle cette fameuse affaire des jésuites. Sous le prétexte qu'on avait découvert dans un des couvents de Gênes les traces d'une correspondance secrète avec Radetzky, l'expulsion de l'ordre ne pouvait être qu'immédiate. Dans le droit fil de cette décision, il était proposé de créer une garde civique. Après bien des bavardages inutiles, le roi, visiblement agacé, demanda à ses conseillers s'il était absolument nécessaire de passer tant de temps à savoir s'il fallait ou non expulser « quelques moines des montagnes piémontaises », et si l'heure n'était pas venue d'aborder une question à ses yeux essentielle « pour notre royaume et partant pour l'Italie dans son ensemble ».

– Messieurs, un mot prononcé tout bas dans les couloirs de mon palais, mot magique mis fort à la mode par le roi de Naples et le grand-duc de Toscane, a été déposé à mes pieds, ce matin, par un jeune homme audacieux...

– Nous allons donc verser dans la philologie, ironisa Sonnaz, l'un des conseillers les plus réactionnaires du monarque.

– Je ne le pense pas, cher ami, en revanche j'ai peur que ce mot ne vous transperce le cœur.

– Majesté, aucun mot sortant de votre bouche ne peut me blesser, répondit le courtisan en s'inclinant avec une mimique aussi ridicule qu'indécente.

Charles-Albert regarda son conseiller, puis tourna lentement la tête vers Aventino, et dit à toute l'assemblée réunie :

– Ce mot, le voici : Constitution ou Statut, si vous préférez. Je souhaiterais que nous en parlions ensemble, en toute liberté, en toute franchise. Tout en vous demandant de bien vouloir respecter deux principes que j'estime fondamentaux : maintenir intacte l'autorité de notre sainte religion catholique, et compter avec la dignité du pays.

Malgré le profond respect, voire pour certains la véritable dévotion, que les membres du Conseil nourrissaient à l'encontre de leur monarque, il s'ensuivit une discussion si orageuse qu'elle plongea rapidement la salle dans un brouhaha tel que le grand chambellan prit la décision de faire intervenir la garde. Une fois le calme rétabli, il fut décidé que la séance serait suspendue.

Enfermé dans son cabinet avec pour seule compagnie Aventino, Charles-Albert était plongé dans un abattement profond.

– Je me demande ce dont ces hommes manquent le plus, de cervelle ou de cœur ? Mes projets de réforme ne sont que des réformes pacifiques qui ne relèvent que du bon sens...

Aventino n'osait répondre, pétrifié à l'idée que la visite matutinale de son fils était en partie responsable du désordre qui avait éclaté et du drame qui l'avait suivi.

– Vous ne répondez pas, mon ami.
– Je pense à l'audace de mon fils, sans lui...
– Votre fils manque peut-être d'expérience mais non de cette générosité qui fait tellement défaut aujourd'hui, et qui ne m'étonne guère venant d'un membre d'une famille qui m'est si proche.
– Vous ne lui en voulez donc pas...
– Absolument pas. D'une certaine façon il m'a peut-être aidé à prendre une décision fondamentale pour l'avenir du Piémont et de l'Italie.
– Celle de faire promulguer le Statut, Majesté ?
– Non...
– Mais alors, de quelle décision s'agit-il, Majesté ?
– L'abdication.

C'était comme si la foudre venait de tomber sur la

tête d'Aventino qui, ne trouvant aucune formule diplomatique adaptée à la situation, ne sut que dire, les yeux exorbités :

– Majesté, c'est une folie !

– Qui s'offre à mon esprit comme une véritable délivrance, ajouta Charles-Albert avec une sérénité des plus troublantes.

– L'heure du péril est si proche, abdiquer c'est déserter.

– Il est si dur de s'affranchir des entraves du passé...

– Je me sens impuissant face à toutes ces revendications libérales, à toutes ces revendications patriotiques... toutes justes, si justes...

– Il faut y faire face. Vous ne pouvez abandonner votre peuple, comme le roi de Naples l'a fait à plusieurs reprises devant les troupes françaises.

– Sonnaz affirme que la monarchie se doit d'être au-dessus de tous les entraînements, de toutes les faiblesses. Je ne pensais pas que le simple mot de Constitution allait déclencher un tel séisme !

– Sonnaz croit que la monarchie est un marbre de Carrare !

– Ce n'est pas votre avis ? Vous ne l'aimez guère, mon Sonnaz...

– C'est Costa de Beauregard qui a raison, la monarchie n'est plus qu'une écluse qui, au gré du progrès, retient ou laisse s'écouler le torrent.

– Tout cela me semble bien poétique, mais dans les faits...

– Dans les faits, Majesté, il faut reposer la question de la Constitution en face d'une autre assemblée.

– Sans mes conseillers dont vous faites partie ?

– Il faut constituer une nouvelle assemblée dans laquelle vous aurez substitué aux conseillers trop attachés au passé les ministres en exercice, les anciens ministres d'Etat, les présidents des divers cours du

Piémont, les évêques, et tous les Colliers de l'Annonciade.

– Vous concluez donc sans hésiter à la nécessité de réformes libérales ?

– Sans dire comme Balbo que, dans l'Italie aujourd'hui, « toute digue est devenue impossible », je pense qu'il est indispensable de s'adapter aux temps nouveaux.

– Abdiquer, c'est offrir l'Italie à l'Autriche. Refuser les réformes, c'est céder le Piémont à la réaction.

– Trône constitutionnel pour trône constitutionnel, mieux vaut encore que les marches n'en soient pas ensanglantées comme à Naples ! dit Aventino au nom d'un pragmatisme dont il ne se croyait peut-être pas capable.

Dans les jours qui suivirent ce coup de théâtre, deux réunions extraordinaires conclurent à la nécessité de réformes libérales. Chacun, par conviction, intérêt, calcul, ambition, ayant été derrière le roi, à l'exception du comte Avet, ministre de la Justice, afin qu'on donnât une Constitution au pays, celle-ci fut octroyée le 7 février après une séance houleuse qui se prolongea fort avant dans la nuit. Charles-Albert, « avec toute la loyauté d'un roi et toute l'affection d'un père », accordait à son peuple une Constitution en tous points calquée sur la Charte française. Le Statut établissait deux Chambres, l'une nommée par le roi, l'autre élue au suffrage direct. Le roi conservait le droit de paix et de guerre ; la Chambre discutait le budget et toutes les questions de dépenses. La liberté de la presse, avec une loi destinée à en prévenir les abus, était accordée ; ainsi que la liberté de réunion. Les autres points forts de la Constitution étaient l'inamovibilité du pouvoir judiciaire, l'abolition de la censure préventive pour les ouvrages philosophiques et religieux, l'inviolabilité du domicile, le droit de pétition reconnu à tout citoyen âgé de vingt et un ans, et la création d'une garde nationale. Enfin, la religion catholique était déclarée religion d'Etat, et tous les autres cultes tolérés conformément aux lois.

Tandis que les courriers d'ambassade galopaient vers toutes les capitales de l'Europe, ce qui constituait pour les unes une bonne nouvelle et pour les autres une effroyable missive, et tandis que les murs de Turin se couvraient de décrets sur lesquels figurait en bonne place le fameux mot magique de Constitution, Aventino et Ercole Tommaso quittèrent la capitale pour rejoindre le château de Cortanze.

Après toute l'anxiété et l'exaspération accumulées par l'opinion publique pendant les heures mystérieuses ayant enveloppé les délibérations du roi et de ses ministres – jusqu'au matin du 8 février, certains continuaient d'affirmer que le roi avait finalement choisi d'abdiquer et d'autres qu'il n'allait accorder qu'un simulacre de Constitution –, une joie furieuse pouvait enfin éclater dans les rues de Turin. Avant d'atteindre le pont de fer, récemment jeté en amont du pont du Pô, la voiture dut se frayer un chemin à travers un flot incessant composé de tilburys et de cabriolets, d'équipages chic et de charrettes, jusqu'à des diligences qui ajoutaient au vacarme. A tous les balcons, un hourvari de clameurs tombait en pluie sur la rue. Sur toutes les places, à tous les croisements, une marée humaine tentait d'avancer vers on ne sait quel point de ralliement. A proximité du Jardin public, le cocher, excédé par la foule, lança ses chevaux au grand trot. L'un d'eux faillit culbuter la boutique d'un marchand fruitier. Malgré les injonctions de ses deux passagers, au lieu de ralentir ses chevaux il leur fit traverser la piazza Bodoni au galop en touchant ses bêtes à grands coups de fouet.

Aventino et Ercole Tommaso, effrayés par la tournure que prenaient les événements, n'avaient pas échangé un mot depuis leur départ. La foule, amassée devant les murs où étaient collés les décrets, les lisait à haute voix, comme prise de délire, battait des mains et dansait. Une fois franchi le pont, un calme relatif revint. Aventino mit ses deux mains sur les genoux de son fils.

– Tu es content ? c'est un peu ton œuvre.
– N'exagérons pas ! Sans les amis du *Risorgimento*, je n'aurais jamais osé demander une audience au roi !
– « Amis, amis », tu n'as pas le sentiment d'avoir été utilisé ? dit Aventino en riant.
– Mais non... On n'« utilise » jamais un Roero Di Cortanze !
– Bien répondu, mon fils, lança Aventino avec fierté. Donc, tu n'es pas déçu comme tous ceux qui voulaient une Constitution belge ?
– Ni Constitution belge ni une seule Chambre, c'est-à-dire une Convention !
– Tu sais ce qu'ont dit Sonnaz et toute sa clique ?
– Non, mais j'imagine...
– « Il vaut mieux toucher le fond que flotter entre deux eaux... »

Alors que la voiture traversait le borgo del Rubatto et que les deux hommes continuaient de commenter la situation née de l'adoption de ce que tous appelaient désormais le Statut, le cocher dut arrêter brusquement sa voiture. Aventino tira le rideau pour voir ce qui arrivait. La rue était infectée de relents de fumier, de senteurs ammoniacales d'urine. C'était un véritable déversoir où, parmi l'abominable ordure, on pouvait distinguer des intestins de volaille et des têtes de poisson. Les sabots des chevaux et les roues de la voiture pataugeaient dans une boue noire qu'on retrouvait projetée sur les boutiques et les marchandises étalées.

– Avance, mais avance donc ! hurlait le cocher.

– Je fais ce que je peux, répondit un vieil homme doté d'une voix caverneuse, c'est-à-dire pas beaucoup.

– C'est la voiture à cadavres, monsieur, vint dire le cocher, on ne peut rien faire, il faut la laisser passer, c'est tout.

Le véhicule, rempli de cadavres destinés aux dissections et de débris humains divers à acheminer vers le cimetière, bouchait la vue. Une horrible odeur de putréfaction imprégnait le voisinage. Alors que le cocher la doublait enfin, son conducteur debout sur sa carriole, un bonnet de laine enfoncé jusqu'aux oreilles, lança à Aventino :

– A bas l'Autriche ! A la frontière ! Vive le Statut !

Aventino ne répondit rien, regardant Ercole Tommaso. Tous deux pensaient la même chose. Le bruit courait que Radetzky, craignant les conséquences du Statut, se préparait à marcher sur Alexandrie, et que, dans plusieurs villages du Piémont, les paysans, effrayés par les cloches qui sonnaient à toute volée et ayant cru que l'ennemi envahissait leur pays, avaient passé la nuit armés de piques et de fourches à l'attendre de pied ferme. Il suffirait d'un rien pour qu'un illuminé jette cette population surexcitée contre d'éventuelles irrésolutions du roi, et que ce pays, qui venait de prendre « liberté » pour mot d'ordre et « guerre » pour mot de ralliement, se lance dans une aventure sans nom. Alors que la voiture, alourdie par les colis et les ballots de messagerie, ralentissait son allure dans les pacages autour de Capriglio, les deux voyageurs commencèrent lentement de s'assoupir. Leur chapeau bien fixé par des courroies de cuir et leurs épées dans de profonds étuis ; les pieds allongés sur le tiroir de cuivre, rempli de braises, collé au plancher ; le corps retenu à la banquette par de larges lanières ; sans rien voir que la vitre abaissée sur leurs yeux contre la pluie, ils finirent par sombrer dans un profond sommeil, prêts à foncer à grands coups de fouet et à franc étrier, bringuebalés par les hautes roues mangeuses de lieues.

Au carrefour de Viale, là où un sentier tracé à travers la forêt permet de rejoindre la route de Cerreto qui mène à Cortanze, ils furent soudain réveillés par un bruit épouvantable. En ouvrant les yeux une seule idée leur vint en tête : cet imbécile de cocher venait de s'enfoncer dans un de ces chemins défoncés par les chariots, et tentait à présent de dégager sa patache de l'ornière en hurlant des jurons ! Alors qu'ils sortaient de la voiture, Aventino et Ercole Tommaso, enfoncés jusqu'aux chevilles dans la boue d'un chemin creux, sous la voûte sombre et dense des branches, constatèrent que deux hommes, tenant chacun à la main un pistolet français de cavalerie à un coup, et se chargeant par la bouche, les mettaient en joue. Un troisième, qui semblait le chef, appuyait le canon de son pistolet de duel Manton sur la tempe du cocher qui ne paraissait pas outre mesure terrorisé.

– Restez où vous êtes, dit l'homme au pistolet de duel. Nous ne voulons que votre argent, c'est tout.

– Nous n'avons rien à vous donner, répondit Aventino.

– Vous non plus, je suppose, dit le brigand en pointant son arme sur Ercole Tommaso avant de la remettre contre la tempe du cocher.

– Non.

Tout cela était dit très lentement. Chacun s'observait, se demandant ce qui allait se passer à mesure que les menaces se précisaient. On entendait dans le lointain un petit ruisseau, et les chevaux qui soufflaient et bronchaient. Aventino, qui avait participé à de nombreuses guerres, n'avait jamais dû faire face à des bandits de grand chemin. Il avait dans la poche de son veston, tout comme Ercole Tommaso, un petit pistolet à percussion à quatre canons pivotants. Il pouvait tirer deux coups. Les hommes étaient trois et possédaient des pistolets à un coup. En théorie quatre coups contre trois, en pratique deux contre trois car il ne voyait pas comment faire part à son fils de ses intentions : attendre la moindre faute d'inattention des voleurs. Elle arriva très vite, et en moins de trois minutes l'affaire fut réglée. Alors que le chef tournait la tête en direction d'un bruit qui s'était manifesté dans son dos, Aventino sortit son arme et le blessa au ventre. Avec son deuxième coup, il tira sur l'homme qui tenait Ercole Tommaso en joue, pendant que ce dernier, sortant son arme de sa poche, tirait sur l'homme qui avait tiré sur son père. Les trois voleurs, effrayés, remontèrent sur leur monture et prirent la fuite. Trop confiant, Aventino ne fit pas attention au chef de la bande, lequel, malgré sa blessure au ventre, envoya une décharge dans la hanche gauche d'Aventino qui perdit immédiatement beaucoup de sang.

– Notre premier combat ensemble, lui dit son fils alors que le cocher sortant de la forêt s'engageait sur la route qui menait à Cortanze.

– Et ce ne sera pas le dernier, mon fils...

26

L'arrivée au château fut quelque chose d'étrange. Les villageois, fêtant le Statut et deux de ses initiateurs, ne pouvant savoir qu'Aventino, allongé sur la banquette de la voiture, perdait son sang en abondance, grimpaient sur les marchepieds, en chantant des hymnes à la liberté et en vantant les mérites des marquis Di Cortanze. Ce n'est qu'après l'entrée de la voiture à l'intérieur de l'enceinte du château que la nouvelle gagna la population, la plongeant dans une vive émotion : Aventino Roero, marquis de Cortanze, qui avait lutté contre l'Autriche et Buonaparte, qui était parti chercher du thé en Inde, et qui était aujourd'hui un des plus proches conseillers du roi Charles-Albert, celui-là même qui venait d'octroyer la liberté à ses sujets, était en train de mourir ! C'est du moins ce que la boulangère crut comprendre en entendant Perpetua parler au cordonnier, propos rapportés par le boucher, qui le confia à la bimbelotière qui le dit à l'écrivain public, lequel en fit part au maréchal-ferrant qui la veille encore était au château et qui le conta en pleurant au curé qui n'était pas homme à mentir : « Monsieur le marquis a été agressé par des bandits de grand chemin et est en train de mourir. Le docteur Luigi Rigo est à son chevet. »

Ce dernier, gros, gras, blanc et rose comme un cochon de lait sorti de l'eau bouillante, portant d'énormes cols de chemises très raide, des chapeaux incroyables et des habits beaucoup trop étroits pour lui, ce qui ne l'empêchait pas de se prendre pour un modèle de goût et d'élégance, était le type même de ces médecins, détenteurs de secrets d'alcôves, qui, à l'instar des curés et de certains notaires, étaient devenus pour ceux qu'ils appelaient les « châtelains » d'indispensables confidents. Une fois par an, il allait à la chasse avec monsieur le marquis, ce qui flattait sa vanité sociale, et conseillait la marquise lorsque celle-ci se piquait de faire des boutures dans son verger, puisque sa connaissance des arbres et des plantes le lui permettait. Luigi Rigo ne faisait pas partie de cette kyrielle d'officiers de santé tourmentés par leur incompétence et qui n'osaient jamais entreprendre la moindre opération sous prétexte que l'infection gangreneuse était la hantise majeure de leur temps. Sa seule réticence, comme nombre de ses confrères de province, touchait à l'utilisation récente de l'éther censé endormir le patient et libérer ainsi le zèle chirurgical : Luigi Rigo rejetait en bloc toutes ces théories fumeuses prétendant que l'introduction du sommeil artificiel et de l'analgésie allait rendre possibles des opérations plus longues et plus délicates. Ayant appris son métier de chirurgien sur les champs de bataille aux côtés de l'armée de Buonaparte, son plus grand titre de gloire avait été d'être aux côtés du célèbre Jean Dominique Larrey quand celui-ci, après la bataille de Borodino, avait pratiqué en une seule journée plus de deux cents amputations. Depuis, il soignait sans trembler les domestiques, bergers, métayers et autres gardes-chasse du domaine de Cortanze, crevant les abcès avec des bistouris, ponctionnant les abdomens avec des trocarts, broyant des calculs de la vessie avec des brise-pierres, et n'hésitant jamais, lorsque la nature du mal l'exigeait, à ouvrir des crânes avec des trépans.

– Rien de grave, monsieur le marquis, dit-il en examinant la blessure d'Aventino allongé sur le sofa de la bibliothèque, seules les chairs sont atteintes.

– Vous êtes sûr ? demanda Massa, la voix enrouée par l'émotion.

– Puisque je vous le dis, poursuivit le médecin, tout en appliquant sur la blessure des bandages trempés d'eau pour arrêter le sang qui coulait de nouveau.

« Pouvez-vous, s'il vous plaît, humecter les lèvres de votre mari et ses temps avec ce tissu imbibé d'eau de Cologne...

Après avoir demandé à Massa de sortir ensuite de la pièce, le médecin indiqua à Aventino, extrêmement pâle, qu'il allait devoir procéder à l'extraction de la balle. Elle s'était logée au-dessus de la hanche, juste à proximité des fausses côtes.

– Vous vous seriez tenu un peu plus de profil, la blessure aurait sans doute été fatale, la vie tient décidément à peu de chose, dit le médecin tout en se lavant les mains et en disposant autour de lui les instruments nécessaires à l'opération.

– Je sais, dit Aventino.

– Vous êtes prêt ?

– Allons-y...

Luigi Rigo, les manches relevées, plongea ses instruments dans l'onguent mercuriel, désinfecta la plaie avec une lotion chlorurée, puis procéda à l'extraction de la balle. Opération courte, exécutée avec grande habileté mais si douloureuse qu'Aventino s'évanouit. Quand Massa fut autorisée à le rejoindre, Luigi Rigo réitéra l'assurance qu'aucun organe vital n'avait été touché et que son époux se rétablirait vite. La plaie avait été pansée, et ce qu'il fallait avant tout à monsieur le marquis c'était « du repos, du repos, rien que du repos », assura le médecin, ajoutant, non sans fierté et avec une pointe d'humour à laquelle Massa ne fut pas particulièrement sensible :

– Et n'ayez crainte, j'ai fait à monsieur le marquis un pansement ouaté qui empêchera toute infection par des germes aériens. Je ne suis guère partisan du docteur Desprès qui prétend qu'il faut utiliser les pansements malpropres parce que « l'asticot mange le vibrion » !

Les jours qui suivirent s'écoulèrent plutôt favorablement. Mais au bout d'une semaine une poussée de fièvre accompagna une suppuration qui avait beaucoup de mal à s'établir. Rigo envisagea une seconde opération pour élargir l'orifice de la plaie. Cette fois-ci Aventino souffrit le martyre, mais l'opération terminée il se sentait visiblement soulagé. Il n'en fut pas pour autant rétabli. Il ne pouvait quitter le lit, continuait de perdre du sang, et de souffrir d'une fièvre dont il ne parvenait pas à se débarrasser. Très faible, amaigri, il était devenu méconnaissable. Seul le médecin, très présent, manifestait un optimisme inébranlable : « Allez, dans quelques jours vous pourrez de nouveau danser sur la pelouse au clair de lune des contredanses, des galops et des valses ! »

Le 27 février, une grande fête fut organisée à Turin dans l'église de la Gran Madre di Dio en l'honneur du Statut de Charles-Albert, à laquelle devaient participer cinquante mille délégués venus des quatre coins du Piémont. Ercole Tommaso y représenta son père qui avait insisté pour que les festivités organisées à Cortanze aient lieu. Ce n'était pas parce qu'il était souffrant que les villageois seraient privés de réjouissances ! Au signal donné par toutes les cloches des environs, une grande procession séculière d'hommes et de femmes représentant chacun une corporation se mit en marche, bannières et étendards au vent, dans les rues de Cortanze, chantant, dansant, lançant des slogans à la gloire du roi, du pape, de l'Italie unie et de la famille Roero. Le soir, après qu'une immense *girandola* crépitante, tel un palmier de lumière, eut fini de monter vers le ciel qu'elle semblait vouloir couvrir, laissant sur la place un nuage de fumée qui s'évanouit lentement, Massa et Aventino se retrouvèrent seuls dans le château. La plupart des domestiques avaient rejoint les villageois qui continuaient de s'amuser. Ici et là éclataient encore les détonations de petites fusées et de pétards, et dans le ciel limpide les étoiles de nouveau resplendissaient.

Blottis l'un contre l'autre, Massa et Aventino parlaient de tout et de rien. C'est-à-dire évidemment du Statut qui était en train de couper l'Italie en deux – d'un côté ceux qui se ralliaient à l'étendard du roi constitutionnel ; de l'autre, ceux qui lui étaient hostiles parce que républicains –, mais aussi de choses plus futiles comme ce proverbe qui énonce : « Boire de l'eau fait le teint beau ; boire du vin fait le gros teint » ou cet autre : « Par l'épinard et le poireau, on obtient le lys de la peau. » Que de temps avait passé depuis leur rencontre alors que l'Italie était sous la botte de l'empereur des Français. Comme la vie était étrange, sorte de longue impatience, de phrase toujours interrompue dont on ne savait jamais s'il fallait la dévorer ou la savourer.

– Regarde Rigaut, je finis presque par m'y faire, dit Massa, en prenant garde de ne pas s'appuyer sur le pansement d'Aventino.

– Moi, pas...

– Il y a deux mois, il a apporté deux tableaux.

– Que je n'ai pas vus.

– Tu avais d'autres soucis en tête, je crois... L'un représentait des hommes attaqués par des bandits de grand chemin. La deuxième toile montrait un homme de dos regardant un château en ruines. Derrière un gros bosquet d'acacias noueux, on voyait d'anciennes écuries et des remises abandonnées...

– Les nôtres ?
– Oui.
– Ce peintre m'agace.
– Moi, il m'intrigue. Actuellement il peint une immense toile sur laquelle un rayon de soleil d'une clarté éblouissante, déchirant les nuées, fait étinceler une forêt mouvante de baïonnettes. Des guirlandes de fleurs masquent la gueule des canons. Des branches de lilas et d'aubépine s'agitent au bout des fusils. Un colonel, l'épée haute, parle à ses soldats...
– Notre fils ?
– Oui, reconnut Massa à mi-voix.
– Tu veux me le montrer, où est-il ?
– Il l'a repris.
– Et celui où deux hommes sont attaqués par des bandits ?
– Il est ici.
– Bien, allons-y !
– Tu y tiens vraiment ?
– Oui.

Quelques minutes plus tard, Massa tenait le petit tableau devant Aventino. Six hommes se faisaient face, comme dans la forêt près de Viale, mais un septième était là, observant la scène !

– Pourquoi ne me l'as-tu pas montré plus tôt ?
– Je ne sais pas.
– Tu ne trouves pas que le sixième homme ressemble à Cernide ?
– C'est évident, comme il est évident que je n'avais pas voulu le voir ! Il est partout. Il tire les ficelles !
– C'est lui qui est derrière cette attaque des bandits. Il me harcèle.

– Moi aussi, qu'est-ce que tu crois !
– Il te harcèle ?
– Il surveille sans cesse les activités du club Béatrice Cenci et les réunions du journal.
– Il porte sur lui un petit agenda où il note les noms de toutes les personnes politiquement suspectes, classés par ordre alphabétique, avec le motif et le degré de suspicion qui doit s'y rattacher...
– Tout est faux chez lui, imitation, postiche, il est tout le temps fourré chez le peintre à chercher commande d'ancêtres !
– Ne t'inquiète pas.
– Je sais. Je sais aussi qu'il est déshonoré, et qu'on devrait comme à tout homme déshonoré lui passer tout parce qu'il n'est plus honteux de rien. Mais je ne peux pas. Je me vengerai ! Mon désir de vengeance ne s'éteindra jamais...

Aventino se rapprocha de Massa, grimaçant légèrement parce qu'il venait de sentir sa plaie qui frottait contre le pansement.

– Nous nous vengerons, mon amour. Il faut dresser la vengeance comme un lion en cage. Il faut la nourrir chaque jour de viande saignante, avec des lambeaux sanglants du souvenir, afin qu'elle ne perde pas ses appétits carnivores...

Massa sourit, rassurée, comblée. Quand Aventino serait entièrement rétabli, il reprendrait son épée et redeviendrait ce qu'il avait toujours été : son chevalier servant prêt à croiser le fer pour elle.

– Di Steloni nous a rapporté de son dernier voyage à Naples une caisse de chartreuse du couvent de San Martino, tu en veux un verre ?
– Oui, répondit Aventino en passant la main sur le petit flacon rempli de liqueur verte. Juste avant de dormir...

Le lendemain, Ercole Tommaso revint de Turin. Il avait une chose essentielle à raconter à son père. Il le fallait, immédiatement. Massa insista. Puisque Aventino était encore souffrant, mieux valait lui parler d'abord de Turin ! La fête à l'église Gran Madre di Dio avait donc fait un triomphe surtout lorsqu'au passage de la délégation lombarde un frisson sinistre avait parcouru la foule, jusqu'au roi qui, tête découverte, s'était plongé dans une sorte de stupeur terrible.

– Je me tenais non loin de là, raconta Ercole Tommaso. Le comte de Castagneto a présenté au roi Enrico Martini, qui présidait la délégation des Lombards. « Qui vous envoie ? » a demandé le roi.

– Et quelle a été sa réponse ?

– « Les hommes de 1821, sire... »

Aventino était bouleversé. Le souvenir de ces journées était encore si présent...

– C'est inouï...

– Ce n'est pas tout. Après avoir longuement parlé de l'Italie, le roi a regardé Martini dans les yeux et lui a dit à voix basse : « Si Milan s'insurge, moi, mes fils, mon armée et mon peuple courrons aux armes pour soutenir le grand mouvement national. »

Aventino resta longtemps silencieux, visiblement ému.

– J'ai autre chose à te dire, de plus prodigieux encore, d'incroyable...

– Comment est-ce possible ?

– Depuis hier, Paris est aux mains du peuple insurgé, dit Ercole Tommaso, au comble de l'exaltation. Sans Lamartine qui a tout fait pour que soit conservé l'emblème tricolore, les classes populaires auraient fait du drapeau rouge l'emblème national ! Et dans les rues, pas un soldat, pas un gendarme, pas un agent de police.

Le peuple, père, le peuple seul portait des armes ! Un gouvernement provisoire a été institué, on a proclamé la République. Une Assemblée constituante va être élue au suffrage universel. Neuf millions d'électeurs, tu te rends compte !

Aventino, qui avait réussi à se redresser sur son séant, avait du mal à partager l'enthousiasme de son fils. Il savait que l'onde de cette révolution, que les journalistes appelaient une « commotion », allait se faire ressentir dans toute l'Europe. Qu'elle surexciterait les esprits, et que ce breuvage enivrant créerait chez les jeunes du Piémont de si ardentes espérances qu'ils s'attendraient à tout instant à devoir prendre les armes...

– Ne t'emballe pas, mon fils. Ne tire pas de conséquences hâtives. Le peuple est inculte, intransigeant et rustre.

– Comment peux-tu dire une chose pareille ? hurla Ercole Tommaso sur le point de quitter la pièce.

– La faute en revient aux classes dirigeantes, je te l'accorde. Mais avant que la démocratie ne triomphe, il faudra en passer par une dictature éclairée, et je ne te parle pas de la guerre.

– Mais non, père, il n'y aura pas de guerre, tu n'as rien compris. Le peuple va descendre dans la rue et prendre le pouvoir, dit Ercole Tommaso en pleurant de rage et de bonheur, avant de sortir en claquant la porte.

Resté seul dans la pièce, Aventino ne pouvait en vouloir à son fils. Il était jeune, exalté. La réalité se chargerait de le faire redescendre sur terre. Aventino n'avait jamais cru aux transitions historiques. Elles présupposaient des mondes meilleurs « après », or, en histoire, rien n'est moins assuré que l'« après ». Pour la première fois depuis sa blessure, il réussit à se mettre debout et fit quelques pas en direction du grand miroir posé sur la cheminée qui trônait dans la chambre. Il se regarda. Comme il était pâle et maigre, presque squelettique. « En vérité, dit-il en articulant chaque syllabe, la bête humaine m'effraie. »

Aventino avait-il mal jugé de la situation ? Alors qu'il était en train de se remettre lentement, et que le maréchal Radetzky, sans doute effrayé par tout ce qui arrivait, en avait appelé « à des mesures extrêmes de compression », et condamné Vénitiens et Lombards à porter l'uniforme jaune et noir – « *colori esecrabile a un italo cuore* » –, se déployait partout, de Naples à Turin, flottant radieux au gré du vent de la liberté, le drapeau aux trois couleurs : « *Il verde, la speme tant' anni pasciuta, / Il rosso, la gioia d'averla compiuta, / Il bianco, la fede fraterna d'amor.* » Face aux persécutions et aux violences commises par les Radetzky, Gorzowski, Haynau, Guilay et autres gardes-chiourme autrichiens, les Italiens de toutes nuances étaient indissolublement unis et engagés dans la cause nationale, qui se révélait, qu'on le déplore ou non, celle de la religion : paysans superstitieux, nobles entichés de vieux préjugés, réactionnaires imbus de fanatismes, philosophes sceptiques, républicains et démocrates, tous s'étaient ligués contre l'ennemi commun. L'Autriche, en réagissant avec autant de dureté, avait réussi un résultat prodigieux : faire que des hommes aux préjugés indomptables, qui avaient pour la plupart résisté aux séductions de la gloire de Buonaparte, soient pour la première fois en train de se sentir avant tout italiens. Polissena del Borgo, avec son emphase habituelle, avait écrit dans les colonnes de *Donna Libera* : « Ces mots qui furent pendant de longues années murmurés à voix basse ; ces mots qui entraînaient le malheur et qu'on ne pouvait prononcer qu'en gémissant ; ces mots qui exprimaient nos vœux les plus ardents, ces mots qui remplissaient notre esprit d'une sainte ardeur, ces mots idolâtrés, nous pouvons aujourd'hui – de par Dieu vivant ! – les crier à pleins poumons : "Vive le Piémont ! Vive la liberté ! Vive le Statut ! Vive l'Italie, notre patrie !" »

Lentement le Piémont avançait vers sa liberté. Les fers des anciens prisonniers étaient brisés, les exilés avaient pour beaucoup déjà rejoint le sol national, les instances de l'Etat accueillaient désormais de nombreux proscrits et d'anciens persécutés. Charles-Albert avait nommé comme Premier ministre constitutionnel Cesare Balbo. Di Revel était entré aux Finances et Buoncompagni avait été chargé de l'Instruction publique. Ricci, le Gênois, avait l'Intérieur, et Pareto, qui avait fait de l'intervention en Lombardie une des conditions de son entrée au Conseil, avait été nommé aux Affaires étrangères. Partout les impatients et les exaltés poussèrent d'immenses cris de joie, les modérés mêmes, délaissant leur inquiétude légendaire, parlèrent d'espérance. En mars également, Pie IX, poussé par le vent impétueux qui tombait sur le brasier italien, promulgua une Constitution appropriée à la situation particulière des Etats romains. A l'aube de ce printemps 1848, c'était toute l'Italie indépendante qui était désormais constitutionnelle.

Bien peu en Piémont essayaient de comprendre quelles seraient les répercussions des journées de février à Paris. Charles X avait lutté trois jours en 1830, et Louis-Philippe trois heures avant de prendre la fuite. Il y avait là un crescendo de révolutions bien propre à faire tourner les têtes. La crainte qu'un mouvement républicain ne gagne l'Italie, donc le Piémont, par Nice, Chambéry et Gênes, ne semblait préoccuper que les plus réactionnaires. L'audace populaire était de plus en plus menaçante, et tout était prétexte à manifester sous les fenêtres du Palais royal. Malgré le Statut, certains extrémistes rappelaient que les libertés naguère tant acclamées étaient devenues insuffisantes. On trouvait inadmissible que le Statut ait conservé deux Chambres, excessif que le roi se fût réservé le droit de les dissoudre, inacceptable que les députés ne reçussent pas d'indemnités. Et ces moines, n'était-ce pas odieux qu'on en trouvât encore ? Et cette cocarde tricolore, n'eût-il mieux pas valu la remplacer par l'antique cocarde bleue ? Et ces particules, signe de l'aristocratie, n'eût-il pas mieux valu les jeter aux chiens ?

Pourtant, chacun retrouvait ses occupations, les pratiquant avec délices, ne sachant trop si elles étaient le signe d'un monde qui finissait ou au contraire celui d'une ère qui commençait. Massa donnait des conférences dans nombre de clubs de femmes, sur une estrade et derrière une table encombrée de verres d'eau sucrée, plaidant pour la « préséance du bonnet rouge sur le bas bleu », et la nécessité d'une égalité entre l'homme et la femme, cette dernière étant jusqu'à présent « reléguée à l'état d'ilote ou de bayadère ». Barnaba continuait de défendre l'utilisation des ballons dans l'étude des phénomènes atmosphériques « dont nous ignorons encore tout, comme la grêle, les orages, les brouillards, les aurores boréales, sans parler des lois qui régissent les courants aériens ». Ercole Tommaso croyait plus que jamais, comme il l'écrivait dans les colonnes du *Risorgimento*, que la France devait partager les dangers encourus par l'Italie et payer sa dette de reconnaissance « pour le sang que les Italiens avaient versé dans les rangs français », appel que seul un nommé Lamartine semblait avoir entendu, ce qui faisait glousser certains Italiens affirmant que ce monsieur n'était qu'un poète et qu'il n'était certainement pas la France.

Quant à Aventino, force est de reconnaître qu'il s'enfermait souvent dans sa bibliothèque à faire d'interminables rêveries sur le tableau de Rigaut dans lequel un homme observait un château en ruines. Il passait des heures à examiner ces amas de poutrelles noircies, de tuiles brisées, de plâtras et de décombres, ces fenêtres enlevées, ces volets qui grinçaient, ces battants de porte qui pendaient de leurs gonds. Il imaginait que l'âme du vieux château s'était envolée, que l'homme, de dos, pour arriver jusqu'à la cour intérieure où reposait un vieux puits à la margelle défoncée, avait dû enjamber les troncs de vieux platanes qui jadis apportaient une ombre bienfaisante et gisaient aujourd'hui allongés dans la cour, recouverts de lichens et de pousses rebelles, comme les colonnes d'un temple détruit. En franchissant les troncs d'arbre, l'homme de dos se baissait, et ramassait un morceau d'écusson brisé sur lequel on distinguait une roue et la base d'une tour. A la fin, l'homme refusait d'aller plus avant, de continuer dans ce passé qu'il touchait du bout des doigts et disait à voix basse, des larmes dans les yeux : « *Me car e vèi castel.* »

Une nuit, un déluge affreux s'abattit sur Cortanze. Dès le matin Aventino se hâta de descendre dans les rues pour évaluer l'ampleur des dégâts. Le torrent de pluie, resserré entre les trottoirs du village, avait entraîné les parties les plus légères des immondices dans le bas de la ville. Quant aux parties plus grossières, il les avait poussées d'une place à l'autre, et avait ainsi dessiné sur le pavé des méandres propres et nets. Des villageois, armés de pelles, de balais et de fourches, étaient occupés à élargir ces places nettes, à les relier ensemble, en amoncelant à droite et à gauche les ordures qui restaient encore. Dans la partie dégagée, une procession serpentait à travers le bourbier pour remercier le ciel d'avoir épargné la vie des habitants de Cortanze. Les dégâts n'avaient été en somme que matériels. La pensée que cette procession n'était pas sans rappeler les enfants d'Israël à qui la main de l'ange ouvre un passage à sec à travers les marécages fut vite effacée par une autre moins noble sans doute, mais plus réaliste. En voyant tout ce peuple dévoué à son village, gens simples dont les parents et les grands-parents, comme ceux d'Aventino, n'avaient jamais quitté Cortanze qu'ils considéraient comme le centre du monde, il pensa que ce serait un grand malheur que la diplomatie européenne se ligue contre le Piémont. Que feraient-ils, les hommes et les femmes de ce petit village piémontais, si les enthousiasmes de l'Italie, les colères de l'Autriche, les abandons de l'Angleterre, les cajoleries de la France venaient perturber leur destin ? Alors qu'Aventino se baissait pour ramasser une pelle qu'un forestier venait de laisser glisser dans la boue, il songea que toute espérance n'est qu'un œuf d'où peut sortir un serpent et qu'une Charte ne peut pas faire le bonheur.

27

C'était Massà qui avait insisté pour accompagner Aventino à Milan, ne serait-ce qu'afin de lui rendre moins pénible un voyage dont la raison principale était ce rendez-vous chez Amedeo Lambroni, banquier de son état, et grand ami du notaire Costa. Celui-ci pensait que son associé milanais pourrait venir en aide aux finances improbables du marquis Di Cortanze. Cela faisait si longtemps que Massa et Aventino n'avaient pas pris du bon temps ensemble hors des frontières du Roero... Les deux premiers jours, tout s'était bien passé, c'est-à-dire dans un bonheur qui ne tenait ni de la folie ni de la démesure mais qui relevait de cette sorte de malheur plus ou moins consolé, d'un bonheur intelligent qui connaît ses limites et les aime. Ils avaient choisi de descendre à l'hôtel Albergo di Milano, rue del Giardino, parce qu'il possédait une « machine pour monter les voyageurs », que les chambres y étaient spacieuses et claires, et qu'ils pourraient en toute tranquillité passer des heures à rêvasser dans une salle à manger connue pour son calme et son extraordinaire décoration. Depuis leur arrivée, ils avaient trouvé le temps d'aller à l'Opéra, de manger un *semata all'uovo* chez Offeleria Biffi, de lire les journaux de toute l'Europe au café del Duomo, de dîner au Nuova Borsa, d'acheter quelques livres chez Omodei e Galli et une gravure du Gonin chez Artaria & Fils, de nager dans le vaste bassin du Bagno di Diana, et même de se faire prendre en photo par Horse Tappe, Suisse installé à Milan et élève de Frederick Scott Archer, qui, après huit secondes de pose et deux jours d'attente, avait fait livrer à leur hôtel un magnifique portrait du couple tiré en noir et blanc sur un papier salé dont il avait vanté les mérites en ces termes : « La peinture est morte, vive le négatif au collodion ! »

Mais à mesure que le temps passait et que se rapprochait le jour de la visite chez Amedeo Lambroni, comme une menace singulière semblait peser sur leur séjour. Après la révolution parisienne de février, des troubles avaient éclaté en Hongrie, en Bohême, à Berlin. Et à présent, c'était au tour de Vienne de se soulever. L'inconcevable venait d'arriver : le prince de Metternich, vieux diplomate qui, depuis quarante ans, présidait le Cabinet aulique et tenait tous les ressorts de la politique européenne, venait d'être brisé comme un jouet inutile par les étudiants de l'université. La missive qu'il avait adressée à l'empereur Ferdinand, dans laquelle il résiliait ses fonctions, était sans appel : « Je me retire devant une puissance supérieure à celle du souverain lui-même. » Cette faible résistance, offerte par un prince qui cherchait son salut dans la fuite, fit autant de bruit que la révolution qui venait d'éclater à Vienne. Comment pouvait-on, à ce point, abandonner un navire qui coulait en se drapant dans une dignité de façade !

Les cafés, les rues, les restaurants, les théâtres, tous ces lieux fréquentés par Massa et Aventino, ne bruissaient que d'une seule rumeur, qui devenait clameur, enflait jusqu'à la démesure, et dont Schiller, dans *Guillaume Tell*, s'était fait le chantre : « Quand l'opprimé ne trouve plus de justice sur la terre, quand le joug pèse d'un poids insupportable, alors renaît le primitif état de nature, qui place l'homme en présence de l'homme. Quand toute autre ressource lui manque, le fer est cette ressource suprême. » Les Milanais, et avec eux tous les Lombards, en avaient assez de l'Autriche. Le commerce languissait partout, étreint qu'il était par la pression des lois prohibitives et de droits exorbitants. Plus aucun encouragement à l'agriculture, plus de fonderies de canons, plus de fabriques d'armes, plus de manufactures de drap, l'industrie indigène étant systématiquement sacrifiée aux industries rivales de l'Autriche, de la Bohême et de la Moravie. Et que dire des lenteurs incroyables de l'administration, des procès éternels, de la conscription qui déportait chaque année la fleur de la jeunesse lombarde jusqu'aux extrémités de la Galicie ?

– La police, la censure, les prisons déploient tour à tour leurs rigueurs contre les hommes de quelque distinction ! Plus de liberté de parole, plus de liberté de la presse ! Ce n'est plus possible, lança un gros homme écarlate en sirotant son *caffè diviso*, spécialité de la brasserie Mazzola.

– La police est supérieure aux lois ! acquiesça son voisin, un homme au visage chafouin.

– La délation, véritable opprobre qui pèse sur le citoyen, est considérée comme un des devoirs du sujet ! affirma un troisième, vieil homme à la crinière blanche, avançant debout entre les tables de la brasserie.

– Ce chancre horrible menace de dévorer les entrailles de la société, en la corrompant jusqu'à la moelle des os ! ajouta une jeune fille toute frêle, prouvant que la gent féminine n'était pas absente de la révolte qui grondait.

– Assez de l'espionnage sur les places publiques, de l'espionnage dans les cafés, dans les théâtres, dans les églises, dans le secret le plus intime des familles ! dit une femme accompagnée d'un homme très distingué et d'un domestique en habit vert.

– Quand on pense que les charges les plus importantes du royaume sont confiées à des étrangers..., lança le gros homme écarlate à son voisin.

– Ce système a réduit au désespoir les employés italiens ! Leur carrière a été brisée ! avança un militaire très maigre, presque austère, en qui tout trahissait l'homme de qualité.

– Et ces deux milliards d'impôts récoltés en quelques années et qui ont fui le territoire milanais ! lui rétorqua la jeune fille frêle.

Bientôt ce fut toute la brasserie Mazzola qui reprit en chœur « Assez ! Mort aux Autrichiens ! » tandis que Massa et Aventino buvaient, médusés, leur *acqua limone*, en témoins silencieux de la fièvre qui s'emparait lentement de Milan.

Le cordonnier de l'Albergo di Milano, croisé dans le couloir alors qu'il déposait devant la porte de leur chambre une paire de bottes et des bottines fraîchement cirées, après avoir fustigé ce pouvoir qui avait l'audace de nommer des juges allemands lesquels, ne sachant pas la langue italienne, devaient faire appel à des traducteurs, avait résumé en peu de mots la situation : « D'une part, la mesure des cruautés de l'Autriche est à son comble et déborde. De l'autre, l'excès des iniquités subies a épuisé la patience des opprimés et appelle une vengeance éclatante. Le peuple lombard frémit comme le lion blessé ; et ce frémissement ressemble à la sourde rumeur qui présage la tempête. »

Mais ce soir, veille du rendez-vous avec Amedeo Lambroni, alors qu'ils venaient d'assister à un délicieux ballet qui avait malheureusement duré jusqu'à minuit, Massa ne pouvait s'empêcher de songer à tout ce temps écoulé depuis leur premier séjour à Milan, dans leur petit appartement de la rue de l'Industrie, encombré de boîtes de thé, de caisses de cuir remplies d'opium, et de gros scorpions noirs venus là ils ne savaient comment. C'était un mois de mai. Il faisait très beau, et une voyante leur avait parlé mariage...

Massa tenait dans ses mains la photographie prise par le Suisse.

– C'est extrêmement troublant, non ? Avant de voir cela de près j'aurais juré qu'il s'agissait d'une fable inventée à plaisir... Je me demande ce que Rigaut penserait de toute cette histoire ? dit Aventino.

– Sans doute beaucoup de mal. Il est bizarre, ce Horse Tappe, tu ne trouves pas, nous vendre sa marchandise en nous disant qu'on verra enfin toutes les verrues, toutes les rides, tous les défauts, toutes les trivialités du visage ?

– Il m'a dit aussi : « Je veux reproduire les choses comme elles sont ou comme elles seraient, même si moi je n'existais pas. »

Massa lissa la photographie avec ses mains comme pour la caresser.

– Dommage que cette machinerie ne nous fasse pas rebrousser de trente ans vers l'âge des jouissances et des enchantements, dit-elle, avec une peine infinie dans le regard.

– Que se passe-t-il ? demanda Aventino en se rapprochant d'elle.

– Mon beau rêve d'amour et de bonheur s'est évanoui. Je suis résignée à la triste réalité, et ne demande que le calme et la paix...

– Enfin, Massa, qu'as-tu ?

– Mon vieux désespoir qui reprend le dessus, sans doute. Quelle place sera désormais la nôtre dans ce monde qui devient fou ?

– L'Italie est en pleine gestation. On dirait un volcan !

– Justement. Nous allons être engloutis, comme les habitants de Pompéi. Je ne crois pas une seconde à toutes ces histoires de Résurrection. Il faudrait plutôt parler de mise au tombeau ! L'Italie que nous aimons, celle du XVIIIe siècle, n'existe plus. Elle a été tuée par Buonaparte et les jacobins. Et Metternich, avec son méchant congrès de Vienne, n'a rien arrangé. Massa, lentement, est en train de redevenir Maria-Galante.

C'était la première fois depuis des années que Massa prononçait son prénom originel.

– Jamais plus, au chevet de mon petit Ercole Tommaso, je ne tiendrai sa petite menotte glacée sans oser remuer mon bras qui se crispe, de peur de l'éveiller...

Le décalage entre ses propos et le côté joyeux, extravagant de sa robe, tout droit sortie des pages d'*Il Corriere delle Mode*, était tel qu'Aventino, pétrifié par la douleur, ne savait que répondre. Pourquoi n'avait-il pas vu venir cette peine immense qui semblait habiter Massa avec tant de ténacité ?

– J'éprouve le pire symptôme de la vieillesse, Aventino.

– A soixante-trois ans, on n'est pas vieille, Massa. Ne vois-tu pas dans la rue tous les hommes qui se retournent sur toi ?

– Je ne te parle pas de cela. Je ne peux plus aimer, je ne sais plus aimer. Je ne vois plus en toi que l'ombre de quelqu'un qui me fut cher.

– Je ne comprends pas, Massa.

– Moi non plus. Ou trop bien.

Massa et Aventino se laissèrent tellement emporter par cette sorte d'examen de conscience soudain qu'à deux heures du matin, ils étaient encore en pleine discussion et qu'ils ne furent avertis de leur longue veillée que par les lampes dont la lumière s'affaiblissait tout à coup.

– Demain, je rentrerai à Cortanze, finit par dire Massa dans la pénombre de la chambre.

Aventino ne parla pas immédiatement, puis dit à voix basse :

– La morale à tirer de notre conversation c'est que

notre révolution est finie. Quand les personnes de deux partis se réunissent ainsi pour rire ensemble de leurs propres travers, quoi qu'il arrive, il ne peut plus y avoir de divisions dans la société qu'ils forment. L'esprit de parti est mort. Les haines de personnes sont usées, comme est usé leur amour.

Il attendit longtemps que Massa lui réponde. Il se retourna, se rapprocha d'elle et s'aperçut qu'elle s'était endormie. Il la recouvrit délicatement, et la regarda longuement avant de se diriger vers la fenêtre de la chambre. Il faisait une nuit sombre. La masse de l'église San Carlo veillait à l'angle de plusieurs rues désertes. En deux heures de veille, Aventino compta neuf patrouilles qui, neuf fois, brisèrent le silence de leur pas lent et monotone. Parfois lui parvenaient des ordres inexplicables. Au fur et à mesure que la nuit perdait de sa densité, le rythme des patrouilles s'accéléra. Au petit jour, le parvis de l'église San Carlo était animé par une véritable revue d'armes, et un va-et-vient bruyant de soldats et d'officiers qui semblaient se déployer dans la ville entière.

Amedeo Lambroni habitait à quelques pas de la place du Dôme, corso Francesco, l'une des voies les plus élégantes et les plus fréquentées de Milan qui le jour servait de lieu de rendez-vous aux nombreux équipages, et le soir de lieu de promenade, à tel point qu'au temps de l'occupation française ces derniers, qui ont toujours tendance à voir le monde de leur fenêtre, l'avaient surnommée les « Champs-Elysées ». Dans la cour agrémentée d'orangers en pots et de nombreuses plantes dites exotiques, un domestique en veste rouge nettoyait des harnais, un autre effaçait soigneusement avec un râteau les traces de roues qu'un lourd carrosse avait faites dans une allée fort bien sablée par ailleurs, tandis que le concierge, également vêtu de rouge et coiffé d'une casquette de livrée, jetait force seaux d'eau sur les dalles du vestibule pour en faire disparaître quelques taches malséantes. Bref, l'aspect de cet élégant pavillon annonçait une fortune ostentatoire et ce que les Anglais appellent sans humour le *comfort*. Cependant, quelque chose d'indéfinissable, terne et morose, assombrissait cette demeure, et faisait comme asseoir l'ennui sur la première marche de l'escalier en marbre noir veiné de blanc. Aventino étant en effet attendu, on le pria de patienter quelques instants dans un salon à la magnificence des plus exagérées. Certes, tout ici montrait que chaque détail avait été soigné afin que la plus grande commodité baignât l'ensemble. Mais, de la cheminée en marbre poli aux boiseries en acajou, en passant par la profusion de tapis et de tableaux, il était aisé de voir que des artistes aux ouvriers, personne n'avait été contrôlé dans la dépense. Tout ce luxe sautait par trop aux yeux. Quand Amedeo Lambroni entra dans le salon, Aventino était profondément abîmé dans une bergère, à lire *La Gazette de Milan*. L'homme lui offrit chaleureusement sa main, et le pria de le suivre dans son bureau.

Avec son ventre proéminent, surmonté d'une espèce de figure humaine mal dessinée, et finissant par deux petites jambes très courtes, Amedeo Lambroni était une caricature de banquier, un banquier trop banquier, un banquier tel que le plus cruel des humoristes n'aurait osé le croquer. Les deux hommes s'assirent face à face sur de vastes divans recouverts de cachemire d'Inde jaune perruche.

– J'avais hâte de vous rencontrer, cher marquis, mon ami et associé maître Costa m'a tellement parlé de vous, de votre famille, de son histoire, de cette maison de Savoie dont vous êtes si proche et que...

Tandis qu'Amadeo Lambroni tournait indéfiniment son compliment, Aventino jeta un rapide coup d'œil dans la pièce. Sa première impression fut confirmée. En dépit des airs de grandeur que se donnent les parvenus, une maladresse ici ou là finit toujours par trahir leur « péché originel ». Un marchand a beau acheter un château, un titre, des amis complaisants, des courtisans empressés, au moment même où il se drape en prince, un faux mouvement met à nu ses infirmités natives. Le roi bourgeois est toujours plus bourgeois que roi. Le faux pas de Lambroni arriva beaucoup plus tôt qu'Aventino ne l'avait conjecturé. Après avoir évoqué sa table réservée au cercle de son quartier, son entrée aux théâtres royaux, sa place marquée à la Bourse, sa famille quelque part et sa maîtresse partout, « nous sommes entre hommes, n'est-ce pas, vous voyez ce que je veux dire... » ; après avoir exhibé ce qu'il appelait ses « trophées », liés pour la plupart à l'histoire de Milan, de Venise et de Rome, et s'être lourdement appesanti sur la pièce principale de son musée, la « fameuse veste percée de treize trous de Michele Pezza, dit Fra Diavolo, terroriste qui, après s'être mis à la tête d'une armée de brigands recrutés dans la montagne, avait soulevé la Calabre et l'avait livrée au pillage », il conclut son exposé destiné à vanter ses propres mérites par ces mots :

– Et dire qu'avant les « événements » viennois, j'étais sur le point d'acquérir la noblesse transmissible, dit-il dans une sorte de joie mélancolique.

Face à ce type d'hommes, plus nombreux qu'on ne pense, qui pour se mettre à l'abri des aléas politiques ont un pied dans le camp légitimiste, un bras dans l'opinion juste-milieu, et une autre partie du corps, plus ou moins heureusement choisie, dans le parti de la république, Aventino avait pour habitude de se taire. Voilà donc l'Italie d'aujourd'hui, pensait-il, qui annonce déjà celle de demain sur laquelle régneront les banquiers et les spéculateurs. Une Italie composée d'hommes qui auront savamment médité sur les monarchies naissantes et les royautés vieillies, sur les révolutions probables et les républiques possibles, pour savoir de quel chaos social, de quel enfer, de quel drame il y aura le plus d'or à extraire. Aux yeux de ces spéculateurs de la vie, le commerce n'est plus qu'un assaut de supercheries, la politique un tripotage de papier-monnaie, la morale publique une combinaison de finance, et la société une caverne pleine de coffres cachés où puiser à pleines mains. Le plus étrange, dans toute cette affaire, c'est qu'Amedeo Lambroni semblait en savoir autant, si ce n'est plus, sur la situation politique actuelle qu'Aventino, conseiller personnel de Charles-Albert.

– Milan est en ébullition, dit Aventino.

– Pire que cela. Le gouvernement Spaur et le ministre Fiquelmont ont quitté Milan et sont en route pour Vienne. Quant au vice-roi, il est parti à Vérone, suivi d'une charge de bagages et de paquets !

– L'archiduc Régnier ?

– Vous ne le saviez pas ? demanda Lambroni.

– Non, dut reconnaître Aventino. Je savais qu'il avait fait placarder des proclamations ordonnant l'abolition de la censure et la publication de la loi sur la presse...

– Oui, mais depuis il est parti, en laissant derrière lui, dépouillés de tous leurs meubles, les palais de Milan et de Monza ! Vous allez voir, la population entière de la ville va descendre dans la rue et des groupes vont se former comme par enchantement !

Aventino comprit soudain qu'il n'aurait jamais dû venir à Milan, que sa place était aux côtés de Charles-Albert. Il en était maintenant sûr, le sort de l'Italie allait se jouer dans les heures qui venaient.

– Enfin, nous ne sommes pas ici pour parler de ce

qui se passe dans les rues de Milan mais du domaine de Cortanze, dit Lambroni en banquier avisé qui ne se laisse guère ébranler par des événements extérieurs à sa préoccupation principale : le profit.

– J'allais vous le dire, et le temps presse. Je dois retourner à Turin dans les plus brefs délais.

– Alors, j'irai vite. J'ai étudié votre dossier, monsieur le marquis. Si vous me permettez cette image, je dirai que vous êtes dans le labyrinthe, face au Minotaure. Votre première réaction serait, j'en suis persuadé, l'attaque.

– Sans aucun doute, répondit Aventino.

– Voilà l'erreur. Il faut proposer au Minotaure des rentes de fin de mois avec des reports et des primes. Il faut le gaver avec des boulettes d'actions industrielles. Il faut le fasciner avec le miroir à facettes des actions en Bourse. Alors, le monstre dompté, séduit, appose sa griffe au bas d'un papier timbré. Et vous n'avez plus qu'à parachever votre œuvre par une poignée de main citoyenne...

– A la façon des potentats parlementaires et constitutionnels qui débutent dans la carrière, et que je ne suis pas, fit sèchement remarquer Aventino.

Le banquier ne se laissa pas ébranler par les propos de l'homme qui lui faisait face.

– Les propositions de Costa sont intéressantes, mais inadaptées à votre cas. Aujourd'hui, les caisses d'épargne et les compagnies d'assurances se multiplient, dans la Lombardie vénitienne, en Piémont, en Toscane. Souvenez-vous, Gênes avait fondé en 44 la première banque des Etats sardes et Turin vient de créer la sienne. Qu'on le veuille ou non, l'homme d'argent a remplacé le grand seigneur. Aujourd'hui, c'est l'homme d'argent qui se pique d'ouvrir une allée dans une forêt, de soutenir des terres par de longues murailles, de dorer des plafonds, de faire venir dix pouces d'eau, de meubler une orangerie...

— Je suis tout sauf un homme d'argent, objecta Aventino.

— Vous êtes un seigneur, un vrai, votre arbre généalogique l'atteste : devenez, grâce à mon aide, un homme d'argent !

— Et comment ? Je viens ici parce que je n'en ai plus...

— Détrompez-vous. Vendez la forêt de cèdres.

— Elle a plus de deux cents ans !

— Justement, peut-être a-t-elle fait son temps... Vendez la propriété que vous possédez à Nice, ajouta le banquier.

— La Renardière ?

— Exact. Avec toutes les terres qui l'entourent...

— A quoi cela me servirait-il ?

Lambroni se mit alors à parler à voix basse, à parler d'argent comme un amoureux parle de ses sentiments, et comme s'il avait devant lui un professionnel qu'il avait reconnu dans la masse des invités et qu'il s'apprêtait à deviser avec lui seul, pendant que la maîtresse de maison joue du violon ou déclame des vers, de leur domaine si familier, de leur unique passion, non point tant d'argent que d'une certaine image du monde, que d'un certain principe, que d'une sensibilité qui leur faisaient placer au-dessus de tout la beauté presque abstraite des intérêts financiers.

— Avec le produit de ces ventes, vous dégagez une somme d'argent. Et cet argent je le fais vivre : spéculation sur les immeubles publics, rachat de propriétés soustraites à la mainmorte, participation à la création de la Banque du Milanais afin d'« aider au développement industriel et commercial » de l'Italie dégagée de la tutelle autrichienne...

— Vous croyez ? demanda Aventino, presque endormi par la voix doucereuse du banquier.

— Mais oui. Et ce n'est pas tout. Le Piémont de demain, je dis le Piémont parce que je suppose que vous souhaiteriez plutôt y placer votre argent, c'est la laine, le coton, les produits chimiques, la soie grège, la mine d'Aoste, le besoin de plus en plus pressant de fer et de charbon... Vous tenez trop à vos forêts, vos châteaux, vos domaines. L'argent de demain sera léger, sans attaches. Plus d'écus dans des coffres, mais du papier, des chiffres qui voyagent dans toute l'Europe.

— Du vent, en somme ? se risqua à dire Aventino.

— Je sais, cela peut faire rire... Mais nous vivons une époque troublée. Tous ces intellectuels frustrés, ces rêveurs, ces utopistes ratés, ces bourgeois déclassés, ces marginaux faméliques, ces journalistes sans journaux, ces instituteurs renvoyés, ces artistes en chômage, ces praticiens inexpérimentés qui sont en train d'attiser la révolte populaire pour en tirer une revanche sociale finiront par réussir leur coup, et là, cher marquis, plus besoin de fuir le pays comme le vice-roi, avec la vaisselle. Votre argent sera partout et nulle part, dans une banque allemande, anglaise ou suisse, imprenable, inaliénable. Aucune révolution ne pourra en venir à bout.

— Vous m'avez presque convaincu, je vous propose de revoir tout cela demain, juste avant mon retour pour Turin, dit Aventino, sans ironie aucune, en serrant la main d'Amedeo Lambroni, tout en pensant à une phrase de son ancêtre Ghilion, recueillie dans son livre d'heures devant les murs de Jérusalem : « Gloire et vertu ne sont considérées aujourd'hui que comme des biens de théâtre, qui ne subsistent qu'en apparence ou comme des Fantosmes des Romans, après lesquels courent leurs Héros, qui sont d'autres Spectres et d'autres Fantosmes. »

28

Le lendemain matin, alors qu'Aventino remontait la rue del Giardino en direction de la place du Dôme afin de signifier à Amedeo Lambroni qu'il n'était finalement pas disposé à transformer son patrimoine généalogique en papier-monnaie, son attention fut attirée par une multitude de proclamations affichées sur tous les murs de la ville et signées du vice-président comte O'Donnel. Il y était écrit que l'empereur avait décidé d'abolir la censure, de publier une loi sur la presse, et de convoquer, dans les plus brefs délais, les états généraux de ses royaumes allemand et slave, ainsi que les assemblées centrales du royaume lombardo-vénitien. Il était très tôt, et pourtant des attroupements se formaient déjà devant chaque proclamation, desquels ne montait qu'un seul cri : « On se moque de nous ! Foutaise ! A mort les Autrichiens ! »

Alors qu'il arrivait à la place du Dôme, Aventino comprit qu'il ne pourrait jamais atteindre le corso Francesco. En quelques minutes, l'effervescence du peuple avait monté à un extrême degré de violence. Les Milanais commençaient de se répandre en foule par toutes les rues de la ville, convergeant vers la place du Dôme, celle des Marchands et sur la corsia dei Servi. Aventino était là, prisonnier consentant, au centre de la mêlée. L'émotion des esprits était profonde et générale. Vers midi, un véritable fleuve humain se porta vers le palais municipal en criant : « Des armes et la garde civique ! » Dans les heures qui suivirent, le podestat-comte Casati vint sur les lieux pour tenter de calmer l'émotion, conseillant à la multitude la modération et le respect des lois en vigueur. Vains mots ! Quelle force humaine peut maîtriser le torrent lorsqu'il a franchi ses digues ? La foule le porta vers le palais du gouverneur, qui fut immédiatement envahi. Quant au comte O'Donnel, au pouvoir des Milanais, il fut obligé de décréter l'armement de la milice. Le soir, Radetzky se retira au château, centre de l'ancienne forteresse, et se contenta d'occuper militairement les bastions, la place du Dôme, le Palais royal, la police, l'hôtel de ville, ainsi que les principales rues qui aboutissaient à ces lieux stratégiques ; avec pour but unique de cerner et diviser ce qu'il fallait bien désormais appeler une émeute.

Coincé dans son hôtel qu'il avait fini par rejoindre, Aventino regardait la pluie tomber par torrents, et fouetter en rafales les vitres de ses fenêtres. Alors qu'il était perdu dans la contemplation de toute cette eau détrempant la nuit, quelque chose se passa. Aventino oublia qu'il était le conseiller du roi Charles-Albert, oublia Massa, oublia Ercole Tommaso ; sa vie était en train de basculer. C'était ce même appel qu'il avait ressenti quand il avait lutté contre les troupes de Buonaparte ou quand il était devenu un tigre dans la jungle de l'Assam. Il descendit en courant les marches qui conduisaient au grand hall vitré de l'hôtel puis se jeta dans la nuit sonore de la rue.

Partout, le peuple milanais s'armait, élevait des barricades, entassait des projectiles sur les toits des maisons. Le volcan était déchaîné. La lave brûlante de l'insurrection gagnait tous les quartiers de la cité. De tous côtés on criait : « Vive Pie IX ! Vive l'indépendance ! Vive l'Italie ! » Partout, des femmes délicates et de jeunes enfants dépavaient les rues. Chacun avait son rôle. Chacun travaillait à la libération de sa ville. Les uns préparaient l'huile, les autres l'eau bouillante. Les uns saisissaient leurs faux et leurs pioches ; les autres leurs couteaux ou leurs fusils de chasse. Beaucoup n'étaient armés que d'un simple bâton garni d'une pointe de fer. Il croisa même des séminaristes qui avaient momentanément abandonné les prières pour les armes ; des astronomes et des opticiens jouaient le rôle de vigies au plus haut des clochers pour surprendre les mouvements de l'ennemi, oubliant les révolutions des planètes. Bientôt la ville fut recouverte de centaines de barricades tandis que des milliers de bannières tricolores se déployaient aux fenêtres. Et il pleuvait toujours. Puis le canon du château tonna, les cloches de la ville lui répondirent en sonnant à toute volée, répandant sur Milan les glas des batailles. Une lutte à mort s'engagea. Des chasseurs tyroliens, postés sur les aiguilles de marbre de la cathédrale, tiraient au hasard sur les hommes et les femmes dans les rues, et jusqu'à l'intérieur des maisons qu'ils dominaient. Certaines barricades cédèrent. Par endroits, le peuple fut dispersé. On arrêta des citoyens honnêtes, et on les retint comme otages, imaginant que ce stratagème anéantirait le zèle des insurgés.

Au fil des heures, Aventino retrouvait ses réflexes d'homme d'épée et de soldat ; conseillant aux jeunes gens postés derrière les barricades de ne tirer que les uns après les autres, afin d'être certains que deux balles ne portaient pas sur un même ennemi ; et à ceux qui construisaient des barricades de les élever dans des rues que leur peu de largeur permettait de fortifier afin de résister aux canons. Cela ne faisait plus aucun doute pour lui, la révolte milanaise n'était que le prélude à une révolution plus vaste. Bien que les pelotons autrichiens descendissent de toutes les extrémités de la ville, ils ne pourraient rien contre ce peuple en lutte.

La résistance prenait toutes les formes possibles. Des chimistes préparaient de la poudre et du fulmicoton. Des femmes fondaient le plomb et coulaient les balles. On confectionna des bombes avec des cruchons de bière, des barricades mouvantes avec des matelas, des fascines et de la terre battue. Bientôt on eut l'idée de fabriquer des canons en bois cerclés de fer pour renvoyer les bombes autrichiennes. Quand les matériaux servant aux barricades venaient à manquer, quantité de meubles et d'ustensiles parfois précieux étaient offerts sans regret. On alla même jusqu'à présenter aux Croates, en guise de cible, des chapeaux pendus au bout d'un bâton et des chats affublés de bonnets rouges. Enfin, comme pris de délire, des enfants de huit ans couraient après les bombes et éteignaient les mèches aux cris de : « Vive l'Italie ! » Le soir du 19 mars, alors qu'aucun des deux camps n'avait pris un avantage décisif et que l'intensité des combats avait quelque peu baissé, plusieurs citoyens eurent une idée de génie : ils gonflèrent des ballons et les lancèrent dans les airs avec des billets destinés à soulever les campagnes. Il fallait que le peuple de Lombardie, paysans, prêtres, notables, aristocrates, vienne porter secours à la ville martyre...

Ce qu'il fit, sans hésitation aucune. Ainsi, pendant que Milan résistait aux troupes autrichiennes, des milliers de paysans et d'habitants des villes, guidés par des étudiants, des médecins, des prêtres, des douaniers, des aristocrates convergèrent vers elle. Du haut des clochers, on pouvait apercevoir des masses d'hommes déboucher sur les routes et poursuivre de leur feu la cavalerie. Milan n'était plus seul. Des hommes et des femmes venus de Suisse, du Piémont, du duché de Plaisance, de Naples combattaient désormais à ses côtés. C'était toute l'Italie qui se soulevait : « Frères ! disait un des ballons lâchés de Milan, la victoire est à nous. L'ennemi ne tient plus que dans le château et sur les bastions. Accourez ! Prenons entre deux feux les portes de la ville et rejoignons-nous ! » Les soldats croates, surpris par cette poste aérienne, tiraient sur les ballons d'inutiles coups de fusil !

Voilà ce qu'il fallait rapporter à Charles-Albert. Dès que le moment serait propice, Aventino quitterait Milan et irait convaincre le roi que l'heure était venue de prendre les armes. Déjà, autour de Milan, l'Italie s'était soulevée. A Pavie, l'ennemi avait dû s'enfermer dans la citadelle. A Bergame, la garnison s'était rendue. Sur les routes de Gallarte et de Busto-Arsizio, les troupes avaient été désarmées. Une phalange de cinq cents jeunes gens venus de Suisse avait soulevé la Briance, la Valteline et la Valsassine. Deux mille hommes en provenance de Monza attendaient derrière les remparts de Milan. Brescia, Crémone, Pizzighettone, Mantoue, Vérone soutenaient la lutte de la ville. Le Tyrol italien était en pleine insurrection. Modène, Reggio, Carrare étaient en train de se soulever aux cris de : « Vive la Constitution ! Vive la révolution de Paris ! Vive l'Italie ! Vive la révolution de Vienne ! » Venise même avait vu ses murs se couvrir en quelques jours de placards révolutionnaires. La guerre de libération ne pouvait plus attendre. Aventino songea un instant que les troupes piémontaises avançaient peut-être déjà sur Milan.

Cette idée traversa sans aucun doute la tête de Radetzky qui choisit de lever son camp en pleine nuit, à onze heures du soir très précisément, tentant de dissimuler sa retraite en faisant tirer sans relâche les soixante pièces de canon de son artillerie et mettant le feu aux maisons situées aux extrémités de la ville. Aventino pensa que cette heure terrible constituait sa seule chance de sortir de Milan avant longtemps ; rien ne laissait présager de la suite des opérations bien qu'il y eût de fortes chances pour que l'armée autrichienne, découragée et affaiblie, finisse par vouloir se retirer dans les forteresses du Mincio.

La voiture, lancée à pleine vitesse dans les rues de Milan, traversa une ville offrant aux yeux d'Aventino un spectacle à la fois terrible et grandiose. Les édifices, décimés, écorchés par la mitraille, noircis de poudre, semblaient animés et avoir pris part au combat. Les rues étaient sillonnées de barricades sur lesquelles on reconnaissait des pianos, des meubles de prix troués par les balles, et, près du palais de l'ancien gouvernement, des morceaux des carrosses du vice-roi, des tentures des palais, des marbres précieux, entassés pêle-mêle et jusqu'aux décors du théâtre de la Scala que les employés avaient apportés pour élever des remparts aux combattants. Ici et là, on continuait de se battre.

Arrivée à l'extérieur de la ville, la voiture dut traverser d'immenses barrières de fumée. Pour masquer leur fuite, les Autrichiens avaient mis le feu à des grands tas de paille et de foin, à des dizaines de chariots et de bagages de toutes sortes. Personne ne semblait se soucier de cette voiture qui quittait la ville, sur fond de ciel noir et rouge, croisant les troupes autrichiennes en déroute qui traînaient avec elles l'artillerie, les blessés, les familles des employés et les malheureux pris comme otages. Nul doute que cette retraite, effectuée sous la pression de tirailleurs acharnés, durerait des heures et ferait, de part et d'autre, de nombreuses victimes. Pourtant, non loin de Baggio, juste à la sortie est de Milan, Aventino, qui exténué par ces journées sans sommeil, dormait enfin de tout son poids sur la banquette, fut littéralement jeté hors de la voiture par une patrouille de volontaires lombards qui voulaient regagner Novare avant de reprendre la bataille. Ils l'avaient pris pour un Autrichien qui fuyait ! Leur méprise fut de courte durée. La diligence repartie, Aventino, « Piémontais qui se bat pour la cause milanaise ! », fut fêté comme il se doit, avec force bouteilles de vin, du pain et un jambon qui venaient d'un convoi de Croates tombés dans une embuscade et achevés à la baïonnette.

– Ils le méritaient bien ! dit un homme emmitouflé dans une couverture et tirant sur son morceau de jambon comme un chien sur son os.

– Ça vous choque ? dit celui qui lui faisait face et qui semblait passablement aviné en s'adressant à Aventino.

– Ça ne te plaît pas, le Piémontais, qu'on éventre les Croates ? ajouta un troisième, le visage à demi caché par un chapeau cabossé.

– Pas du tout, ça ne me choque pas, dit Aventino, sur le ton de quelqu'un qui a tout simplement envie de dormir.

L'homme aviné reprit la parole, avec beaucoup d'agressivité :

– Ces enculés d'Autrichiens sont partis vers Lodi, avec toutes ces routes bordées et traversées de canaux dans tous les sens, il aurait suffi d'inonder les prairies, et d'envoyer l'armée piémontaise pour qu'ils crèvent tous ! Mais les Piémontais préfèrent se la couler douce à Turin !

– Tu nous ennuies, lui dit son voisin, cuve ton vin et ferme-la !

– Et pourquoi me tairais-je ? Je suis pour l'unification nationale, mais ni par soumission à une ville dominante, comme chez les Romains et les Français, ni par annexion, comme on l'a vu avec les Américains.

– Alors quoi ? Tu n'es pas non plus fusionniste...

— Certainement pas ! Il faut être fou pour demander la réunion de la Lombardie au Piémont !

— Tu as une autre solution ?

— Non, je n'en ai pas, dit le pochard en bougonnant. Tout ce que je sais, c'est que je veux bien des Piémontais comme amis mais pas comme maîtres, même si, et je le maintiens, ils se la coulent douce...

— Le Piémontais qui est en face de toi ne se l'est pas coulée douce, dit Aventino en montrant ses mains noires de poudre et de sang.

— Sans doute, mais il n'a pas fait partie des premiers Milanais qui sont entrés dans le château après le départ des Autrichiens.

— Non, dit Aventino, qui eut l'honnêteté de reconnaître en lui-même qu'il ne savait pas ce qu'il aurait répondu à Carlo Cattaneo demandant à ses troupes, après la capture du comte Bolza, bourreau féroce et âme de nombreux massacres : « La vie sauve ou la mort ? Si vous le tuez, vous faites une chose juste ; si vous le laissez en vie, vous faites une chose sainte... »

L'homme devint soudain très grave, et comme dégrisé :

— Quand on a été certains que l'ennemi avait abandonné la place, on a couru pleins de joie au château. Nous n'y avons trouvé personne. Tous les prisonniers qui n'avaient pas été emportés par les soldats hors de la ville avaient été mis à mort. On n'a vu que des corps mal enterrés, des membres épars, des fossés débordant de sang...

Tout au long de la route qui menait à Novare, l'homme, sa profonde douleur incrustée dans le cœur, continua de passer en revue toutes les exactions commises par les Autrichiens, celles qu'il avait vu commettre et celles qu'on lui avait racontées. Tous écoutaient en silence. Aventino, dans un demi-sommeil affreux, se sentait comme englué dans un cauchemar où tous les mots se bousculaient pour désigner l'horreur.

L'homme avait retrouvé pour décrire l'indescriptible une étrange dignité, affirmant que l'Europe entière apprendrait un jour avec horreur les détails de tous les excès tolérés ou commis par les autorités militaires autrichiennes durant ces cinq journées de lutte glorieuse. Il se demandait comment de semblables choses avaient pu être permises ou commandées par un gouvernement civilisé et qui avait si longtemps prétendu être à la hauteur des lumières de ce siècle. Cela ne faisait à ses yeux aucun doute, c'est Buonaparte et ses bouchers qui avaient montré au monde la voie de ces guerres nouvelles faites de barbaries et d'affreuses lâchetés. Durant ces cinq journées, les Autrichiens, accompagnés de leur horde de Croates, de Bohémiens, d'Illyriens, et autres sauvages de toutes espèces, avaient brûlé des familles entières, pendu des prisonniers aux arbres qu'ils avaient ensuite tirés comme à la cible, violé des femmes jusqu'au seuil de la mort, forcé certaines d'entre elles à arracher la cervelle de leurs maris, jeté des vieillards par les fenêtres, scié des fillettes entre deux planches. Des enfants avaient été broyés contre des murailles, d'autres jetés à terre et écrasés à coups de pied. On ne comptait plus les innocents cloués sur une caisse, brûlés vifs avec de l'essence de térébenthine, traversés d'une baïonnette et fichés à un arbre. Un nouveau-né avait été jeté sur le cadavre de sa mère, qui l'allaitait, afin qu'il pût continuer à téter encore. Un autre avait eu le corps séparé en deux ; à l'aide de ses entrailles, on avait relié et rajusté les deux parties du tronc. Cinq têtes d'enfant, coupées, avaient été placées sous les yeux de leurs pères mourants. Un fœtus arraché du sein de sa mère avait servi de jouet à des soldats autrichiens. Combien de malheureux avaient été brûlés vifs dans la chaux, d'autres ensevelis vivants dans des égouts ou dans des puits, d'autres encore couverts de poix avant d'être précipités dans le feu.

– Je tais, dit l'homme, tous les assassinats commis dans les maisons, dans les lits, dans les cachettes.

Un adolescent fut forcé de s'agenouiller sur le cadavre de son frère fusillé, et là, il fut percé d'une baïonnette. Un père et son fils furent pendus ensemble à un arbre des boulevards. On vit même des soldats défiler dans les rues en exhibant des lambeaux de chair humaine, tels des trophées. L'homme affirmait qu'il avait même trouvé sur le cadavre d'un de ces monstres une main de femme ornée de bagues de diamants et que c'est pour cela qu'il pensait que tout ce mal était une des composantes du peuple germanique, et il n'était pas le seul à le croire puisque le Français Henry Houssaye dans son célèbre *1815* ne disait rien d'autre...

Alors que la voiture passait avec un bruit d'enfer sur le grand pont en granit franchissant le Tessin qui marque la frontière entre le Piémont et la Lombardie, laissant en contrebas la longue plaine qui s'étend sans arbres jusqu'au pied des montagnes, Aventino, bercé par la route et la voix de l'homme bientôt couverte par les ronflements des autres qui dormaient profondément, sentit dans la poche de sa veste la photo prise par Horse Tappe et se laissa emporter dans une sorte de contemplation aveugle. L'ayant sortie et mise sur ses genoux, il ne pouvait la voir, tant la nuit était sombre, mais rien qu'en passant ses doigts dessus c'est comme s'il pouvait réellement voir le visage de Massa, ses vêtements, ses mains jadis si belles et qui commençaient à se couvrir de petites taches sombres, son beau regard imprégné de mélancolie. Aventino avait tout de suite été fasciné par les yeux de la belle Maria-Galante avant qu'elle ne s'appelle Massa, des yeux brillants et traversés parfois d'un peu de dureté. Mais en ce moment, dans la voiture cahotant vers Novare, ces yeux apparaissaient comme voilés de tristesse. Certes, ils s'aimaient encore, pensaient-ils, mais d'un amour singulier, le seul peut-être qui fût possible, un amour qui n'était pas fondé sur la communion intellectuelle mais sur la fusion de deux contraires, l'alliage de deux métaux qui, au fil des années, avaient perdu, pour pouvoir vivre ensemble, leurs qualités propres. A force de scruter la photo, Aventino finit par s'endormir à son tour. Sur le papier salé de la photographie, Massa et lui se regardaient malicieusement, avec le plus beau des sourires : celui qu'ils avaient à trente ans.

Quand il se réveilla, la ville de Novare, dominée par le clocher et la tour ronde à galeries de l'église San Gaudenzio, était derrière lui ; dans le lointain se découpaient le mont Rose et la chaîne des Alpes. Les héroïques défenseurs qui l'avaient accompagné jusqu'à l'entrée dans Novare étaient descendus et lui avaient laissé une bouteille de vin, une miche de pain et un morceau de fromage.

– Délicate attention, n'est-ce pas ? lui dit un homme à demi caché dans la pénombre de la voiture, et jouant négligemment avec les breloques sonores de sa montre à répétition.

Aventino ne voyait pas son visage, mais cette voix ne lui était pas inconnue, tout comme ce tenace parfum d'eau de Cologne... Il en frissonna presque. Il pensait être seul.

– A qui ai-je l'honneur ?

– Dois-je vraiment me présenter ? répondit l'homme d'une voix hésitante et sirupeuse. Dois-je vraiment me présenter à vous, cher marquis ?

Aventino tressaillit.

– Nous nous connaissons ?

– Giovanni Francesco Rigaut, peintre attitré de la maison de Savoie, de toute l'aristocratie piémontaise et de quelques bourgeois qui se piquent de vouloir se faire peindre un arbre généalogique...

– Que faites-vous dans cette voiture ?

– Je pourrais vous poser la même question, mon cher marquis, mais je ne le fais pas. En revanche, je réponds à votre question. C'est une évidence : j'emprunte la malle-poste allant de Novare à Turin parce que j'habite Novare...

– J'avais oublié, dit Aventino.

– A chacun ses activités, mon cher marquis, je fais des portraits, dont celui de votre fils...

– Parlons-en, justement...

– Volontiers... Il sera bientôt terminé, plus tôt que je ne l'avais prévu et que vous n'auriez pu l'imaginer... Dans un an, tout au plus... J'ai ici avec moi plusieurs esquisses, tableautins inachevés que j'apporte de ce pas à madame la marquise, ajouta Rigaut, en montrant une mallette de laquelle tomba malencontreusement une petite toile tandis que la voiture passait sur une bosse plus importante que les autres.

– C'est-à-dire que nous ferons la route ensemble jusqu'à Cortanze ? dit Aventino en ramassant la petite toile venue s'échouer à ses pieds.

– Si ma présence ne vous crée aucun désagrément.

– Non, répondit séchement Aventino, en tendant la petite toile, sur laquelle il jeta un regard furtif, à Rigaut.

– Merci beaucoup, dit le peintre, je tiens beaucoup à ce portrait du vieux Lambruschini.

– Un portrait du cardinal que tout destinait à la papauté !

– Justement. Cet échec m'a fasciné. Il fallait que je le peigne. Comment un homme si puissant, soutenu par un conclave de cardinaux qui étaient presque tous ses créatures, a-t-il pu ne pas succéder à Grégoire XVI et se faire battre, à ce qu'il faut bien appeler une loterie, par notre cher comte Mastai-Ferretti...

– Et comment, surtout, ce Génois inflexible, hautain, inaccessible aux passions humaines, finalement régnant à la place du si faible Grégoire XVI, est-il mort dans un anonymat total !

– Qui se soucie, en réalité, de la vie ou de la mort de n'importe quel grand personnage ? Au milieu des vastes ruines de l'histoire universelle, tout ce qui paraît grand et solennel est petit et mesquin, comme une représentation de marionnettes. Voilà ce que j'essaie de peindre. Et ce ne sont pas les découvertes de MM. Bayard, Daguerre et autres Frederick Scott Archer qui y changeront quoi que ce soit. Je ne crois pas, voyez-vous, comme certains le prétendent, dans la véracité absolue de la plaque du daguerréotype. La peinture est pleine du temps de l'homme, et j'en suis comme le représentant, le dépositaire.

– J'ai ici une image de...

– Je sais.

– Comment le savez-vous ?

– Vous l'avez à plusieurs reprises retirée et remise dans votre poche, à tel point que je me demande ce qu'il peut bien rester de cette feuille de papier dont on fait tant de cas aujourd'hui.

– Ne traduit-elle pas l'émergence des sentiments sur les traits du visage ? Ne permet-elle pas de choisir entre la multiplicité d'instants fugitifs, d'utiliser la lumière pour modeler le visage ou l'éclairage pour expliciter le caractère profond du sujet ?

– Fadaises ! Il faut s'appeler Edgar Allan Poe pour affirmer que la photographie donne une représentation infiniment plus exacte de la réalité qu'aucune peinture réalisée par des mains humaines !

– Beaucoup de vos confrères portraitistes sont devenus des photographes...

– Les idiots ! Ne comptez pas sur moi pour tomber dans ce piège ridicule. Et tout ça pour quoi ?

– Pour fixer le temps, l'arrêter...

– Pour rien ! Le temps fait son œuvre dans son coin. Rien ne peut l'arrêter. Ne croyez-vous pas ?

Aventino n'eut pas le loisir de répondre. A hauteur de Chivasso, à l'endroit précis où jadis se déployaient les fortifications détruites par les Français en 1804, des chevau-légers de Savoie, accompagnés d'éléments du Piémont-Cavalerie, stoppèrent la voiture de façon si brusque que celle-ci faillit verser dans le fossé. Aventino passa sa tête par la fenêtre.

– Que se passe-t-il ?

Plusieurs officiers de l'état-major du roi Charles-Albert, reconnaissables à leur uniforme, avaient mis pied à terre. L'un d'entre eux se détacha du groupe et se présenta :

– Francesco Rugierri, aide de camp du général Di Favergi. Marquis Aventino Roero Di Cortanze ?

– En effet. Que me vaut cet arraisonnement ? demanda Aventino avec ironie.

– Le roi Charles-Albert souhaite vous rencontrer le plus vite possible.

– Passer par Cortanze est une requête à laquelle vous ne pouvez accéder, je suppose ?

– Avec tout notre respect, c'est exact. Les ordres royaux sont formels.

Après avoir pris congé de Rigaut, auquel Aventino confia mission de rapporter à Massa qu'il la rejoindrait à Cortanze dès que possible, il monta dans la voiture mise à sa disposition. Le jour commençait à peine de poindre. Avec un peu de chance, il pourrait voir le roi dès son arrivée à Turin. A droite, dans le lointain, la colline et l'église de la Superga se découpaient sur le ciel indigo. Aventino songea aux paroles que Charles-Albert avait prononcées la dernière fois qu'il l'avait vu, alors qu'il feuilletait dans sa bibliothèque particulière du palazzo Reale les documents remis par Frédéric le Grand à Algarotti, sur la guerre de Trente Ans : « Je vais vous dire un secret, Aventino, si la Providence me commande la guerre de l'Indépendance, je monterai à cheval avec mes fils, je me mettrai à la tête de mon armée. Ce sera un beau jour que celui où retentira le cri de guerre de l'Indépendance italienne. »

29

Lorsque Aventino, en uniforme d'officier de l'armée piémontaise, le sabre de cavalier pendant à la ceinture et tenant nonchalamment à la main une paire de gants à crispin, entra dans la salle destinée aux courtisans qui étaient chaque jour de service, il fut salué par eux, non pas avec le cérémonial d'usage à l'égard des hauts dignitaires de la Couronne, mais comme un héros qui venait de participer au courageux soulèvement de Milan. Le temps de quelques mains serrées, de quelques compliments, il fut immédiatement introduit près du roi. Rien, chez le monarque, ne lui rappelait l'homme qu'il avait quitté quelques semaines auparavant. C'était comme si ces derniers jours l'avaient transformé du tout au tout dans les traits qu'il connaissait si bien et qu'il avait souvent admirés. Ceux-ci s'étaient durcis, rembrunis, conférant au visage une sorte de rudeur qui avait effacé toute trace de finesse, de bonté et de douceur. Charles-Albert, entouré de ses conseillers les plus proches, accueillit Aventino – un homme qui venait de risquer sa vie en aidant le peuple lombard à rompre ses chaînes – avec une politesse très grande, presque excessive.

– Mon cher ami, mon grand ami, notre héros, nous n'attendions plus que vous.

A un signal de sa main, les domestiques proposèrent des boissons puis sortirent de la pièce qui fut immédiatement fermée à clef et protégée par une garde importante.

– Ce que j'ai à vous dire, messieurs, est de la plus haute importance, commença Charles-Albert avec une certaine solennité. D'un bout à l'autre de l'Italie, l'ancien cri de la Ligue lombarde a retenti : « Rejetons de nos épaules le joug des Allemands ! » A cent lieues de distance, Milan et Venise ont opéré leur révolution aux mêmes heures, sans s'être consultés. Dans l'enthousiasme de la joie, certains audacieux sont allés jusqu'à arborer des drapeaux tricolores que les autorités ont enlevés sous la protection de la force publique... Face à cette insurrection populaire et générale, l'Autriche a été contrainte de se retirer dans les quatre places fortes qu'il lui restait : Mantoue, Vérone, Peschiera et Legnano...

Aventino, qui connaissait bien son roi, et qui lui pardonnait d'avoir paru parfois quelque peu hésitant, mais toujours loyal et généreux chevalier, qui le savait obsédé par une seule pensée, l'expulsion de l'étranger autrichien par tous les moyens, doux ou violents, comprit que le monarque allait prononcer des paroles irrévocables. Il régnait dans la pièce un silence épais.

– Voici la prière que j'adresse à mes compatriotes : que tous se réunissent dans la même pensée ; qu'ils agissent tous de concert. Quel sacrifice ou quelle abnégation plus noble que celle d'où sortira l'indépendance de la patrie commune... En un mot, messieurs, j'ai décidé de déclarer la guerre à l'Autriche...

Sur chaque visage pouvait se lire une certaine surprise bientôt changée en stupéfaction qui passa pour finir à un sentiment d'effroi. Tout le monde retenait son souffle. Un silence éternel s'abattit sur la salle, jusqu'à ce que de très vifs applaudissements explosent. Les conseillers du roi se congratulaient, s'apostrophaient, laissaient éclater leur joie, à l'exception de deux d'entre eux, Luigi Roero Di Severino et Vicenzo Di Carello.

– Si nous gagnons la guerre, suggéra Luigi Roero Di Severino, Turin deviendra la capitale de l'Italie, ne craignez-vous pas que Milan et Venise ne se résolvent jamais à jouer un second rôle ? Certains disent déjà que rien ne semble plus ridicule que les prétentions d'une « ville située au pied des Alpes », que Turin est une ville « généralement bien bâtie », que ses soieries, ses velours, ses verreries ont une certaine renommée ; qu'elle possède une bibliothèque très riche, et un musée d'armures où l'on peut voir l'épée de Napoléon à Marengo, mais qu'en aucun cas elle ne saurait jouer le rôle de capitale de l'Italie !

– Monsieur le gouverneur de la place de Turin, répliqua Charles-Albert, votre objection est fondée, certains vont même jusqu'à prétendre qu'on ne voit pas pourquoi un roi viendrait en aide à une république. Pour moi cette guerre ne cessera jamais d'être italienne pour devenir piémontaise.

– En portant secours aux républicains soulevés à Milan, j'ai aidé une nation en devenir, non un régime, acquiesça Aventino.

Le roi, un sourire aux lèvres, tenta de rassurer ses conseillers :

– Messieurs, s'il n'est pas bon de suivre Platon en amour, il est pire encore de le suivre jusqu'à sa république, mon intention n'est pas de faire de l'Italie une république !

– Allons-nous agir seuls, je veux dire sans le secours de la France ? demanda Vicenzo Di Carello.

– Il fut un temps où le président du Sénat de Savoie trouvait consolant de « recevoir des ordres d'un peuple libre ». Cela me fait songer à ces Egyptiens qui remerciaient à genoux le crocodile sacré d'avoir bien voulu dévorer leurs enfants. Non, nous agirons seuls, je tiens à ce que ce mouvement reste italien.

Au fil des heures et de la discussion, nombre d'objections tombèrent. Certes, l'on craignait que le parti libéral relègue la question de l'indépendance au second plan, comme cela était en train de se passer à Naples où ses membres les plus extrêmes réclamaient une foule de concessions nouvelles, allant jusqu'à demander une réforme pure et simple d'une Constitution octroyée depuis trois mois à peine. Certes, on se doutait que ni Ferdinand ni Léopold ne se montreraient fort empressés de contribuer au triomphe de celui qu'on annonçait comme le futur roi de toute l'Italie. Certes, Pie IX, qui avait tout fait pour ne pas se brouiller avec l'Autriche, mais n'oserait cependant pas résister à l'élan national, opterait sans doute pour un *mezzo termine*, expliquant que cette guerre était une guerre chrétienne. Mais le vrai problème, très concret celui-là, fut posé par le général Andrea Brincurto.

Tout en lui trahissait l'homme de cœur. Curieux de mille choses, personne plus que lui n'avait le goût littéraire et le sens artistique ; et bien peu connaissaient mieux que lui l'art de la guerre, les grands stratèges italiens et étrangers et leurs écoles. Le vieil homme, grand, maigre, les cheveux blancs gominés à tel point que son usage de la pommade devait participer davantage de l'extravagance que de la profusion, la bouche armée d'un cigare, le verbe haut, suffisant, tranchant, tint des propos qui ne laissèrent personne indifférent :

– La véritable question, messieurs, militaire, comme il se doit, c'est que trente-quatre années de paix n'ont guère favorisé le développement de nos talents dans ce domaine. Nos officiers sont vieux. Le maréchal de La Tour et le marquis Paolucci, qui ont certes fait leurs preuves devant l'ennemi, les ont fait il y a cent ans, et de plus ils appartiennent au parti le plus rétrograde.

Donnons-leur le commandement de l'armée et nous aurons une émeute sous nos fenêtres. Quant aux autres généraux, c'est tout juste si quelques-uns avaient deux ou trois ans de service effectif dans l'armée française au temps de l'Empire... Trop vieux, je vous dis, et je sais de quoi je parle, il suffit de me regarder pour s'en convaincre...

– Pas de coquetterie inutile, Andrea, lança Roero Di Severino.

– Ce n'est pas de la coquetterie, Luigi. Vous êtes militaire, comme moi, et que faites-vous ? En tant que commandant militaire de Turin vous êtes chef de la police. Ce ne sont pas des généraux qui marcheront demain à la tête de l'armée mais des gendarmes !

– N'exagérez pas, voulez-vous, dit Roero Di Severino.

– Je n'exagère pas. Toute une génération de soldats s'est consumée dans les loisirs de la vie de garnison. L'armée n'est plus exercée aux grandes manœuvres et aux grands mouvements de la guerre. L'infanterie ne passe guère plus que quatorze mois sous les drapeaux.

– Oui, mais elle est parfaite, général Brincurto, fit remarquer Aventino. Quant à la cavalerie, bien que lourdement montée, elle est de grande qualité.

– Ce n'est pas suffisant, ventrebleu ! Les équipages, le service médical, les ambulances laissent en tout point à désirer ! Et je ne vous parle pas des cartes militaires !

– Que voulez-vous dire ? demanda Aventino.

– Récemment, je suis allé à notre Institut topographique, celui-là même qui avait établi les grandes cartes du royaume et de la mer Adriatique. La majorité des archives ont été transportées à Vienne. L'état-major autrichien, m'a-t-on confié à voix basse, voit d'un œil jaloux la vente des cartes sorties de cet établissement !

– Vous êtes bien un Génois, dit Vicenzo Di Carello

sur le ton de la plaisanterie. Vous n'avez toujours pas digéré le rattachement de la république de Gênes au royaume. Vous faites de l'esprit antipiémontais...

– Sire, vous voulez la guerre pour l'unité italienne et vos propres conseillers en sont encore à se reprocher leur pays de naissance, dit le général Brincurto, l'air triste.

– Je dois reconnaître qu'il m'est arrivé, il y a peu, une étrange mésaventure, intervint Luigi Roero Di Severino. Afin d'appuyer des demandes et des explications adressées par le major Ange Tedesco au ministère de la Guerre relativement à la défense de la rivière de Salo, j'ai été obligé de faire graver moi-même une carte à Paris, car on ignorait tout ce qui regardait ces positions, et on les confondait avec celles du lac d'Idro. Les relevés topographiques n'étaient plus à Turin mais en Autriche !

– C'est exactement ce que je voulais dire, messieurs, rétorqua Andrea Brincurto, nous allons devoir entreprendre une guerre sans cartes à jour, ni des provinces, ni des districts !

Le baron Eusèbe Bava, possédant une véritable intelligence du champ de bataille, et commandant en titre du premier corps de l'armée piémontaise, prit la parole. C'était un défenseur tenace de l'intervention armée.

– Messieurs, ne nous payons pas de mots, nous allons devoir lutter avec nos propres forces. L'Angleterre va battre en retraite. Le czar et le roi de Prusse vont rappeler leur ambassadeur. La France va évidemment s'opposer à une prise d'armes contre l'Autriche. Et après ? La toute-puissance du patriotisme est en train d'accomplir des miracles, vous le savez. Les étudiants des universités ont déjà formé des bataillons de volontaires. Les juifs eux-mêmes, en dignes fils d'Israël, sont prêts à partir pour la frontière. A Gênes, deux mille prêtres composent déjà une cohorte !

Des applaudissements nourris accueillirent les propos tenus par le général, et quand Aventino prit la parole l'excitation était à son comble.

– L'heure de notre délivrance est venue. Au-delà des principes de la science de la guerre, c'est le cœur valeureux, chevaleresque qui gagnera les batailles.

– Je reconnais là votre générosité, Aventino, mais n'oublions pas que nous avons face à nous un homme de guerre véritable. Radetzky guerroie depuis vingt-cinq ans. On l'a connu sous Landon, sous Claerfayt, sous Mélas, sous Schwarzemberg. Il commande en Lombardie depuis 1831. Il reste très vigoureux, très actif, malgré ses quatre-vingt-deux ans...

– Ecoutez, messieurs, dit Aventino, nous pourrions discuter longtemps sur l'âge des uns et l'état des autres. L'infanterie autrichienne est excellente, certes. Les Tyroliens passent pour d'admirables tireurs, bien. Leur cavalerie, plus légèrement armée que la nôtre, risque de faire des merveilles dans un pays aussi coupé que la Lombardie, et alors ? Notre infanterie est vaillante, nos cavaliers courageux, et notre artillerie supérieure en calibre, en nombre et en qualité, à celle de Radetzky. Mes amis, nous ne devons plus hésiter. Notre armée a sans doute, malheureusement, plus d'ardeur et de bonne volonté que d'expérience. Mais, dans les circonstances présentes, mieux vaut regarder devant soi qu'en arrière... *Sempre avanti Savoia !*

« *Sempre avanti Savoia !* » reprirent tous les hommes présents, du duc de Savoie, commandant de la réserve, au duc de Gênes, commandant l'artillerie, en passant par le général Hector de Sonnaz, commandant du deuxième corps d'armée piémontais, le général Chiodo, commandant du troisième corps, Andrea Brincurto, général de cavalerie, et Eusèbe Bava, commandant du premier corps, mais aussi Luigi Roero Di

Severino et Vicenzo Di Carello, entraînant derrière eux les courtisans et les conseillers les plus tièdes.

– J'ai ici quelques chiffres, messieurs, dit le roi en tenant devant lui une feuille de papier divisée en deux colonnes par un large trait à l'encre rouge. A droite, les forces autrichiennes. Avant l'insurrection lombarde, Radetzky pouvait compter sur soixante-dix mille hommes. Les désertions, les capitulations, les combats lui en ont fait perdre vingt mille. Sur les cinquante mille hommes restants, plus de dix mille sont des Italiens, dont beaucoup sont à notre merci, prisonniers, enfermés dans les forteresses, ou errant sur les routes. Face à cette armée de quarante mille hommes, nous pouvons opposer soixante mille Piémontais, cinq mille Toscans, trois mille Parmesans et Moenais et dix-sept mille hommes des provinces romaines.

– Avec les bataillons de volontaires lombards en cours de formation notre armée est donc forte de presque cent mille soldats, lança, enthousiaste, Aventino.

Charles-Albert se leva et demanda aux hommes qui l'entouraient de faire de même. L'heure était grave et requérait une solennité absolue.

– La cause est donc entendue. Nous allons arrêter les termes des notifications à l'Autriche, et rédiger une proclamation dans laquelle je souhaite identifier les destinées de la maison de Savoie avec celles de l'Italie. Avant, je souhaite parler à mon peuple.

Sur la place du Château, la foule qui attendait depuis le matin la décision royale avait grossi d'heure en heure, au cours de la journée. Depuis que la nuit était tombée, les Turinois avaient interprété comme un signe de mauvais augure la fenêtre toujours fermée à laquelle aurait dû apparaître le roi. Mais alors que toutes les horloges de la ville sonnaient le minuit, la loge de Pilate s'ouvrit enfin. Aventino, qui avait déjà vécu tant de choses tout au long de sa vie, éprouva une émotion qu'il n'avait peut-être jamais ressentie avec une telle violence. Deux valets, porteurs de torches, précédaient le roi, et quand Aventino, quelques mètres derrière le monarque, vit les dizaines de milliers de visages se lever vers le balcon, ce fut comme si son cœur s'arrêtait de battre. A l'extraordinaire clameur avait succédé un silence effrayant, comme si ces milliers de poitrines ne respiraient plus, comme si ces milliers de cœurs ne battaient plus. Charles-Albert finit par s'avancer à pas lents jusqu'à l'appui du balcon, éclairé par les torches de résine faisant une lumière fumeuse. Il tenait à la main une écharpe aux trois couleurs italiennes, vert, blanc et rouge, disposées de manière analogue à celles du drapeau français, et l'agita longtemps au-dessus de sa tête, déclenchant un ouragan de cris jusqu'à ce qu'il pût enfin prendre la parole :

– Peuples de la Lombardie et de la Vénétie, les desseins de l'Italie mûrissent ; un sort plus heureux sourit aux défenseurs intrépides des droits foulés aux pieds. Nous, vos amis d'origine, qui comprenons le temps présent et qui faisons les mêmes vœux que vous, nous proclamons, les premiers, l'unanime admiration que vous porte l'Italie. Peuples de Lombardie et de Vénétie, nos armées, qui se concentraient déjà sur vos frontières quand vous commenciez la libération de Milan la Glorieuse, viennent maintenant vous porter dans des épreuves décisives le secours que le frère attend du frère, l'ami de l'ami. Nous seconderons vos justes désirs, confiants dans le secours de ce Dieu qui est visiblement avec vous, de ce Dieu qui donna Pie IX à l'Italie, de ce Dieu qui, par une si merveilleuse impulsion, plaça l'Italie dans un état de pouvoir se suffire à elle-même, oui : *« Posè l'Italia in grado di fare da sè. »* Et pour vous exprimer en signes éclatants et non équivoques le sentiment de l'union italienne, nous voulons que nos troupes, une fois sur le territoire de la

Lombardie et de la Vénétie, portent l'écu de Savoie sur le drapeau tricolore italien. En abandonnant le drapeau piémontais, j'ordonne que soit déployé en Lombardie le drapeau national italien !

30

– Tu es en train de faire un rêve aussi invraisemblable qu'étrange en courant derrière ce drapeau, dit Massa à Aventino qui avait obtenu de passer une dernière nuit au château de Cortanze avant de rejoindre l'état-major de campagne.

En bout de table, Ercole Tommaso ne disait rien. C'était peut-être le dernier dîner qu'ils partageaient ici tous les trois dans une des grandes salles du rez-de-chaussée ouvrant sur la cour pavée et le grand cèdre déployant ses branches au-dessus du vieux puits à margelle métallique. Avec sa robe au décolleté en arrondi, ses épaules recouvertes d'un large châle bordé de galons et sa coiffure à bandeaux plats, Massa avait quelque chose d'austère et de douloureux qui lui était inhabituel. Le nez dans son assiette, Aventino, tout en constatant que la cuisinière avait une fois de plus fait dorer un peu trop les croquettes de veau, et trop cuire les pois gourmands qui les accompagnaient, se disait que de telles préoccupations seraient bientôt totalement obsolètes et qu'il devrait se contenter des vingt-huit onces de pain, des neuf onces de viande et de riz, de la demi-once de lard et de sel, et de la demi-bouteille de vin qu'on lui octroirait lors des journées de marche autour de Peschiera.

– Tu te moques complètement de ce que je raconte, fit remarquer Massa en s'adressant à son mari.

– Pas du tout. J'étais en train de songer que le courage, la dignité, l'honneur sont des valeurs qui ont totalement disparu de notre société.

– Tu es à l'image de ton roi qui personnifie les preux du Moyen Age. Il ne lui manquait plus que d'en suivre les maximes. Ce sera chose faite avec cette guerre. Seulement voilà, nous ne sommes plus à l'époque du chevalier Ghilion Roero, Aventino !

– Mais Charles-Albert a aussi été poussé à la guerre par MM. Gioberti et Balbo qui ne sont pas vraiment des esprits chevaleresques, intervint Ercole Tommaso.

– Et par toi, si j'ai bien compris !

– Il s'agit d'un ensemble de faits, maman, je n'ai été qu'une goutte d'eau dans cette mer agitée qui veut la guerre.

– Une chose est sûre, répliqua Massa, nous sommes à une époque où la plume et la pensée sont les seules vraies armes redoutables. Une épée solide, un caractère belliqueux, une âme bien trempée viennent aujourd'hui échouer avec toute la logique de leur force devant le silence du cabinet et devant la science actuelle. La guerre future n'aura plus lieu sur les champs de bataille mais dans les chancelleries autour d'une table...

– Maman, le tocsin sonne jour et nuit dans toutes les villes du Piémont pour appeler à la mobilisation.

– Le roi du Piémont a enfin tenu les promesses du prince de Carignan ! lança Aventino, ajoutant : Nous avons fait à Milan une grande révolution, nous allons faire une grande guerre !

– Le roi du Piémont ! Le roi du Piémont ! cria Massa, excédée. Charles-Albert, par la grâce de Dieu, roi de Sardaigne, de Chypre et de Jérusalem, va envoyer tout un peuple à la boucherie, et cela vous agrée ! Vous savez ce que disent les gens du peuple, en Sicile ? « Mieux vaut être porc que soldat ! » Eh bien, je pense la même chose.

Aventino n'eut pas le temps de répondre ni de retenir Massa qui était partie en courant dans le parc. Le père et le fils se regardèrent sans rien dire. Les domestiques qui apportaient la suite du dîner furent priés de sortir. Au bout d'un moment Aventino se leva et, après avoir dit à son fils de ne pas s'inquiéter, que sa mère allait revenir, que de toute façon elle ne pouvait pas comprendre ce qui était en train de se passer, il le pria de le suivre dans le petit cabinet attenant au salon et déplia sous ses yeux une carte de la région où aurait lieu ce qu'il appelait « la guerre de l'Indépendance italienne ». Après avoir décrit rapidement les lieux qui allaient servir de théâtre à la guerre, analysé les forces des deux armées et indiqué les positions qu'elles occupaient, Aventino conclut que ce serait une guerre rapide dont l'issue ne laissait aucun doute. Les points stratégiques seraient les fleuves qu'il faudrait franchir et dont il faudrait occuper les rives. Qui se rendrait maître du Pô, du Tessin, de l'Adda, de l'Oglio et du Mincio aurait toutes les chances de remporter la victoire.

Massa revint de sa courte promenade nocturne. Elle était morte de froid. Aventino la prit dans ses bras. Ils restèrent longtemps ainsi, sous les yeux de leur fils qui rangeait consciencieusement la carte sur laquelle son père venait de lui mimer de manière toute théorique une guerre qui, dans quelques heures, serait bien réelle. Tous trois se tenaient maintenant devant la cheminée dans laquelle de grosses bûches continuaient de brûler en lançant dans la pièce d'énormes escarbilles qu'il fallait écraser avec le pied. Massa prit la parole :

– Je sais que des odes belliqueuses écrites par des femmes jailliront ici et là, invitant les filles d'Italie à déposer les coiffes et les dentelles pour endosser le costume guerrier. Que des Piémontaises, des Lombardes, des Génoises, des femmes de toutes les parties de l'Italie vont s'engager dans des souscriptions et des récoltes d'argent pour le financement de la campagne, qu'elles contribueront directement ou indirectement à la confection de chaussettes et de bandeaux, que sais-je encore, de signes distinctifs cousus sur les gilets et d'étendards tricolores sur lesquels elles broderont le fameux mot d'ordre qui orne déjà tous nos éventails, « Italie libre, Dieu le veut », mais je ne peux m'associer à tout cela. C'est impossible.

– Et pourquoi ? demanda Aventino.

– Je ne peux pas te le dire, c'est trop grave, dit Massa, la voix étouffée par les larmes. Je ne veux pas ajouter de la mort à la mort.

– Je ne comprends pas, Massa, répliqua Aventino avec beaucoup de tendresse.

– Je le sais, c'est pourquoi je ne ferai rien pour t'empêcher de partir. Je suppose que toi aussi tu vas partir, ajouta-t-elle en se tournant vers Ercole Tommaso, enveloppé dans la fumée bleue de son demi-cigare, comme toutes les fois où il se sentait mal à l'aise.

– Oui, dit-il en avalant un long jet de fumée.

– Tu as refusé, je suppose, les fonctions qu'on te proposait...

– Faire la guerre dans un bureau à dépouiller les correspondances ennemies, et accessoirement lire les lettres d'officiers et de soldats demandant une aide financière à leurs parents ou écrivant force grivoiseries à leurs maîtresses, merci pour moi. Des bataillons de volontaires sont en train de se constituer, dans les rangs desquels on compte beaucoup de jeunes gens appartenant aux familles illustres et historiques du pays...

– Et alors ?

– Je viens d'intégrer celui du Montferrat.

– Résolu à se battre vaillamment pour l'indépendance de l'Italie, ajouta Aventino.

— Evidemment, dans ce cas, dit Massa, d'un ton désabusé et l'air profondément triste.

— Faire la paix peut paraître à certains plus politique, mais lutter avec le tronçon de son épée est plus digne de notre vieux sang.

— Et je ne suis pas de ce « vieux sang », Aventino, que veux-tu, je ne veux rien comprendre à ces discours !

— L'humiliation mène sans doute droit au paradis, mais les Roero Di Cortanze ne doivent prétendre qu'aux Champs-Elysées des héros.

— Je serai bien avancée quand les deux hommes que j'aime seront aux Champs-Elysées des héros ! Je préfère aller dormir, dit Massa. Et je vous préviens, je n'assisterai pas au départ des héros demain devant l'église. Je refuse, vous m'entendez ! Je refuse !

Aventino ne voulait pas quitter Massa ainsi. Dans quelques heures, il serait sur la route de la guerre. Il devait la rejoindre dans sa chambre. Passer une dernière nuit avec elle. Ils n'étaient tout de même pas devenus à ce point des étrangers ! La pièce était plongée dans la pénombre, et sentait les herbes de Chivasso, mélange odoriférant de bois de rose et de verveine-citronnelle, fragrance fugitive mais d'une extrême suavité, qui imprégnait tout ce qui lui était intime. Dans un chandelier d'argent une bougie finissait de se consumer. La mèche, recroquevillée, laissait prévoir qu'elle allait bientôt s'éteindre. Mais elle éclairait encore et la flamme se réflétait sur la vitre de la fenêtre, dont le rideau n'était jamais tiré. Aventino s'approcha sans faire de bruit. Massa dormait comme la première fois où il l'avait surprise dans son sommeil, à Gênes, sous le voile de mousseline qui entourait son lit, le visage à demi caché par une masse de cheveux noirs. Elle avait alors dix-huit ans, une figure ovale et brune d'Indoue, une bouche adorable et, disait-on, avait connu des malheurs, qui l'avaient rendue instantanément émouvante. Contrairement à nombre de ses amies qui, voyant que leur menton se doublait, que leur tour de taille augmentait, que la sveltesse de leur buste et la grâce de leur tournure commençaient de se perdre, s'étaient soumises à d'incroyables traitements destinés à sauver leur beauté, n'hésitant pas à faire des marches forcées, tous les jours et par tous les temps, à prendre le bâton ferré des ascensionnistes pour escalader les plus hautes montagnes, à ne plus boire que de l'eau de plantain et à manger des racines de guimauve, Massa avait accepté le passage du temps, sans doute parce que, comme le pensait Aventino, elle n'avait rien perdu ni de sa grâce ni de sa beauté naturelles.

Voilà à quoi pensait Aventino, alors qu'il regardait cette femme de soixante-trois ans qui, selon lui, possédait toujours ce qu'il appelait son « port de déesse marchant sur les nues ». Lorsque Massa se laissait aller à des confidences frivoles, elle affirmait que la coquetterie était un devoir pour la femme, « jusqu'au bout » ; et que celle de la vieillesse était une sainte coquetterie, car elle commandait de prendre plus soin de soi pour ne pas déplaire que la jeunesse n'en prend pour plaire, ou encore que l'heure était venue pour elle de s'habiller « à sa mode », afin de ne pas manquer à la dignité de son âge en suivant « la » mode... Et c'était cette femme-là qu'il allait quitter pour partir faire la guerre ; cette femme qu'il aimait toujours, et pour laquelle il professait une véritable tendresse. Massa se réveilla.

– Tu me regardes dormir, maintenant ?
– Oui. Tu sais que je préfère te regarder et me taire plutôt que de parler.

– Pourquoi ?

– J'ai toujours honte, après coup, quand j'ai trop parlé avec toi, à cause du malentendu qu'il y a entre nous.

– Quel malentendu ?

– Enfin, je ne veux pas dire entre nous, mais entre les hommes et les femmes.

– Est-ce bien le moment de parler de tout cela ? demanda Massa, en se redressant légèrement et en se mettant de côté sur le lit, ajoutant : Tu n'as pas peur ?

– De quoi devrais-je avoir peur ?

– De la guerre.

– Pas quand je regarde tes yeux. Il y a la couleur des choses éternelles dans tes yeux.

– Embrasse-moi, dit Massa d'un ton simple et doux.

Aventino l'embrassa longuement, puis lui glissa à l'oreille :

– Nous sommes immortels.

Alors que l'un et l'autre se dégageaient de leur étreinte, ils sentaient qu'en secret ce mensonge comportait une part de vérité. C'est pourquoi ils gardèrent longtemps le silence avant de se détacher complètement l'un de l'autre.

– Ne pars pas tout de suite.

– Tu ne veux pas que nous dormions ensemble ? demanda Aventino.

– Non, mon amour, c'est mieux ainsi. Mais veille-moi jusqu'à ce que je sombre dans un sommeil profond et attends que la bougie soit complètement éteinte.

Quand l'obscurité fut complète et que la chambre ne résonna plus que d'un seul bruit, à peine audible et délicat, le souffle régulier de Massa, Aventino regarda une dernière fois la femme qu'il aimait et quitta la pièce. A cet instant, il ressentit un profond détachement, une indifférence mêlée de mépris pour les dangers du monde.

Alors qu'il avait rejoint sa chambre et qu'il commençait à enlever ses vêtements pour se coucher, il entendit du bruit. Sa fenêtre était restée ouverte, et, oui, cela ne faisait aucun doute, il entendait des sortes de grattements venant du pigeonnier, comme si on déplaçait des meubles ou des caisses, on tirait de lourds objets sur le sol. Il prit le temps d'attraper sa poivrière Mariette, plaça dans chaque chambre de la poudre et des balles, mit une capsule sur chaque cheminée, puis partit en direction du pigeonnier. Connaissant tous ces escaliers et couloirs par cœur, il n'eut guère besoin d'utiliser une lanterne qui aurait pu attirer l'attention. Arrivé au bas de l'escalier, il gravit les marches une par une, ralentissant son ascension au moindre craquement, au plus petit grincement. La porte de la pièce la plus haute, transformée en salle de travail, était ouverte. Un homme était là, de dos, dans une lumière vacillante, si occupé à ranger des toiles, à les empaqueter avec un soin extrême, qu'il ne s'aperçut même pas de sa présence. La pièce baignait dans une mauvaise odeur d'eau de Cologne.

– Que faites-vous ici, monsieur ? demanda Aventino, sa poivrière pointée sur l'inconnu.

L'homme se retourna, et avec un calme extraordinaire dit :

– Je viens reprendre mes toiles.

Dans son habit de beau drap, et sa veste entrouverte laissant voir une chemise de toile de Hollande aussi blanche que son jabot et aussi plissée que ses longues manchettes, Giovanni Francesco Rigaut avait encore une autre figure, cette fois laide et dénuée de toute expression. C'était cela qui était le plus effrayant en somme, plus que sa présence ici, en pleine nuit. Certes, qu'il revienne chercher ses tableaux, à cette heure de la nuit, dans un lieu qu'il avait jadis occupé, pouvait paraître étrange, mais moins que cette façon permanente de changer de physionomie. Pouvant un jour arborer le visage et la tenue d'un homme incomplet, sans cœur, sans réalité, espèce de gnome politique, martyr de sa suffisance, ressemblant à ce chien de La Fontaine qui lâche la proie qu'il tient pour courir après l'ombre que lui présente le cristal d'un ruisseau ; et un autre jour s'animer, avoir le regard qui brille, le geste noble, la voix sonore et timbrée, comme si une véritable métamorphose venait de s'opérer en lui sous les yeux de tous, avant qu'on ne le recroise quelques semaines plus tard retombé dans un état d'atonie totale, devenu un homme grand, sec, dégingandé et très gauche.

– Je sais à quoi vous pensez... Vous vous dites : voilà encore un escamoteur, un magicien, un hypnotiseur, un truqueur, un charlatan, un banquiste, un spirite, que sais-je...

– Je vous trouve bien impertinent, monsieur, vous êtes ici chez moi, je vous le rappelle.

– Employé pour faire le portrait de votre fils.

– Parlons-en, du portrait de mon fils !

– Justement. Il est terminé. C'est pourquoi je me permets de reprendre toutes ces toiles, inachevées, dépassées, vieillottes, hors de propos.

– Et où se trouve cette toile achevée ?

– En lieu sûr...

Aventino sentit sa main se crisper sur la poivrière. Il s'en fallait de peu qu'il ne tire ; ce que sentit immédiatement Rigaut.

– Vous la verrez, je vous le promets, elle vous concerne.

– Je pensais qu'elle concernait avant tout mon fils !

– Ce qui concerne votre fils vous concerne... surtout

en cette époque troublée. Je vous le redis, monsieur le marquis, le tableau est terminé, enfin presque. Nous sommes en mars 1848. Dans un an tout sera joué.

Aventino regarda les six petits tableaux soigneusement empaquetés, alignés le long du mur. Devant Rigaut médusé il tira dans chacun d'entre eux. Puis les deux hommes se regardèrent. Aventino, bras tendu, tenait la poivrière pointée sur la poitrine de Rigaut.

– Prenez vos toiles et partez d'ici. La poivrière n'a que six coups ! dit-il avec mépris.

Par on ne sait quel miracle, personne ne semblait avoir entendu les décharges. Du haut de la tour du château, et dans le jour qui commençait de se lever, Aventino vit Rigaut descendre à pied la rue qui traversait le village de Cortanze. Il passa devant l'église, longea le mur du cimetière et se retrouva au début de la route qui menait à la Chiesetta di San Rocco. C'est là qu'il disparut. Dans quelques heures, Aventino devait présider la cérémonie donnée en l'honneur des bataillons de volontaires qui allaient partir de Cortanze pour intégrer l'armée piémontaise.

Le ciel était à présent entièrement bleu, d'un bleu-gris un peu froid, comme si, ce qui était évidemment impossible, la couleur de la mer s'y était reflétée. Tout ce qu'il y avait de jeune, d'actif, de profondément convaincu dans le Montferrat, le Roero et les Langhe, se tenait sur la place San Veneto pour soutenir la guerre sainte contre l'Autriche. Etudiants, hommes du peuple, fils d'aristocrates, jusqu'à des séminaristes, avec leurs soutanes noires et leurs chapeaux à trois cornes, un sac de toile cirée et un fusil sur l'épaule, tous, la croix rouge sur la poitrine, se pressaient avec ardeur dans les rangs de ces bataillons de volontaires qui allaient combattre pour l'indépendance nationale et bientôt intégrer l'armée régulière. Quel grand mouvement, quel grand souffle ! Mario Magnone avait spontanément ouvert une école d'artillerie, et Giuliano Soria s'était offert pour instruire l'infanterie. Dans les hangars du château de Cortanze on avait organisé des fabriques de poudre et d'armes. Quant aux postes de la ville et aux positions, elles avaient toutes été remises en état et soigneusement fortifiées, pour attendre les Autrichiens s'ils venaient jusqu'ici ! Ercole Tommaso, qui avait été spontanément nommé capitaine des volontaires, était là au premier rang.

Alors que chacun avait encore dans le cœur les saintes paroles du curé du village qui, lors de la messe célébrée en plein air devant l'église de la Santissima Annunziata, avait imploré le secours de la providence, Aventino, qui avait fini de passer les troupes en revue, et venait de donner à leur capitaine une émouvante accolade, fit du haut de son cheval le discours que tous attendaient :

– Soldats, enfants du Montferrat, du Roero et des Langhe, si Rome est le cœur, l'âme et la pensée de l'Italie, le Piémont en est l'épée et le bras. Quand vous combattrez dans les champs de la Lombardie, ce ne seront pas seulement les destinées du Piémont et de la maison de Savoie qui se décideront, mais celles de l'Italie entière. Souvenez-vous, lorsque les troupes de Buonaparte ont envahi l'Italie, trois régiments de cavalerie piémontaise ont acquis une gloire historique en combattant en Lombardie. Presque un demi-siècle plus tard, vous êtes trois régiments appelés à combattre dans les champs lombards. En 1796, on se battait pour la cause royale. Vous vous battez aujourd'hui pour la cause italienne. Vous devez donc non seulement égaler, mais surpasser les hauts faits de ces braves. Vous devez prétendre à une gloire non seulement égale, mais plus éclatante encore que la leur...

Nul ne sait si Aventino avait prévu de dire autre chose. Il ne le put. Un fracas d'applaudissements, de vivats, de cris l'empêcha de terminer. Les fantassins et les cavaliers, qui s'étaient jusqu'alors tenus alignés dans une immobilité de statue – dont certains, malgré leurs seize ans à peine, n'avaient pas bougé d'une ligne, à tel point qu'un certain Giono, connu dans la région comme un ancien charbonnier, avait avancé que « tous ces hommes devaient savoir parler aux mouches pour avoir des chevaux aussi sages » –, s'étaient débandés, et, précédés du drapeau porté par un prêtre, de la musique et des différents représentants des corporations, avaient commencé leur marche en direction de Turin ! Les cloches de Cortanze et des villages alentour sonnaient à toute volée. Devant chaque église, chaque chapelle, la troupe s'arrêtait, s'agenouillait et recevait la bénédiction du curé entouré de son cortège d'enfants de chœur, cierges en main. Les villageois, répandus en foule dans les rues, accompagnaient les soldats, les autres, des toits ou des fenêtres, leur lançaient des fleurs. C'était comme un fleuve joyeux et triomphal qui descendait la rue principale de Cortanze. Mais très vite, les acclamations bruyantes cédèrent la place à des prières et à des pleurs. A mesure que la troupe passait, l'émotion des villageois devenait plus intense. On n'avait plus la force d'applaudir ni de chanter. Les femmes embrassaient leurs maris en silence, les jeunes filles leurs fiancés, les enfants leurs grands frères, les vieillards leurs fils et leurs petits-fils. Longtemps on suivit cette troupe du regard, aussi longtemps qu'il fut possible de distinguer ses drapeaux et ses baïonnettes étincelant dans les derniers rayons du soleil couchant. A la vue de ces hommes qui marchaient pour certains à la victoire mais pour d'autres à la mort, avec tant de résolution et de calme, Aventino qui avait tenu bon jusque-là se laissa suffoquer par l'attendrissement et les larmes.

En milieu d'après-midi, une voiture militaire vint le chercher. Le soleil qui avait brillé toute la journée annonçait une de ces belles fins de journée, si désirables, à cette époque de l'année, pour le repos du voyageur. Tout alla bien jusqu'à Gallareto, excepté une conduite plus qu'imprudente du cocher qui ne mettait jamais ses chevaux au pas en passant aux barrières ainsi que dans la descente des ponts. Au tournant de Gallareto donc, au lieu de ralentir l'allure, le cocher, ne s'apercevant pas de l'excitation de ses chevaux, plutôt que de passer ses deux guides dans sa main gauche puis d'étendre le bras de toute sa longueur pour les saisir à un mètre et ainsi paralyser leur mouvement des épaules, se lança dans un galop désordonné et proprement effrayant sur la route tortueuse qui monte à Chieri. Pour la première fois de sa vie, peut-être, Aventino sentait qu'il était impuissant, qu'il ne pouvait rien faire contre la folie de cet étrange cocher qui faisait, comme on disait, de la route une « arène ». Le temps se mit lui aussi de la partie. L'air soudain fraîchit. Un point gris parut à l'horizon, puis grandit à mesure qu'il s'approchait. Une pluie drue tomba verticale sur la voiture avec un bruit épouvantable. Bientôt, à de larges gouttes succédèrent des torrents d'eau glacée. Le cocher s'arrêta quelques instants pour revêtir un long manteau de cuir noir et un immense chapeau. Il s'était abrité contre la porte derrière laquelle se tenait Aventino. L'espace d'un éclair zébrant le ciel celui-ci crut reconnaître Rigaut. Quelle folie que cela, se dit Aventino, doutant soudain de sa santé mentale qui lui faisait prendre le cocher pour ce maudit peintre qui ne finissait jamais ses toiles.

Quand la voiture repartit, la route, labourée en tous sens par des trombes d'eau, semblait avoir totalement disparu. La faible lumière de la lanterne s'était éteinte aux premiers souffets de l'ouragan. L'obscurité était maintenant complète, et seuls de rares éclairs permettaient au cocher de poursuivre sa route. Du moins était-ce l'analyse faite par Aventino. Car le cocher ne semblait éprouver aucun effroi à la vue de ces éléments déchaînés. Il luttait sans relâche et la voiture fendait la nuit. N'importe quel autre postillon, effrayé par les éclats répétés du tonnerre, aurait jeté sa patache dans le débord. Plus étrange encore, n'importe quel cheval, excité par la tempête, n'aurait plus répondu à la main mal assurée qui le guidait. Mais rien de tout cela n'arrivait. Le cocher et ses chevaux semblaient galoper ensemble vers la même destinée, emportant leur infortuné passager vers on ne sait quel destin, on ne sait quel malheur. Aventino eut réellement peur, comme jamais. Et si ce cocher était la mort qui l'emmenait vers sa dernière demeure ? Il pensa à un article de Barnabia Sperandio sur les navires aériens, et qu'il concluait par ces mots : « N'abandonnons pas toutefois l'espérance de voir un jour les développements du progrès inaugurer l'ère de la paix et de la concorde. » Cela le fit presque rire. En se penchant à la fenêtre il crut reconnaître les abords de Pino. Dans quelques minutes il serait à Turin et rejoindrait son casernement.

31

Depuis le 26 mars, date à laquelle Charles-Albert avait quitté Turin vers minuit, précédé du duc de Savoie et de son frère partis la veille, Aventino avait été de tous les succès et de toutes les batailles. Le 29 mars, il était aux côtés du roi quand celui-ci avait reçu à Pavie un accueil magnifique et qu'à tous les balcons de la ville, toutes les portes, toutes les fenêtres, inondés de fleurs, une population enthousiaste agitait la bannière italienne. Le 8 avril, avec les tirailleurs intrépides du bataillon Royal-Novi, il avait forcé les fortifications ennemies qui coupaient les chemins et occupaient les maisons échelonnées tout le long des rives du Mincio, et franchi, sur les débris encore fumants du pont miné par les Autrichiens, la ligne du fleuve. Avançant dans cette région couverte de vignes très hautes, de murs, de fossés et d'arbres qui empêchaient les généraux de voir leurs troupes et celles-ci de marcher, il avait été au centre de cette armée piémontaise, forte de trente-sept mille hommes d'infanterie, de quatre mille hommes de cavalerie et de quatre-vingts pièces attelées, qui courait au combat en chantant le chœur des *Puritains* et des airs nationaux belliqueux. A chaque pas en avant, il apprenait, comme tous les autres, de nouvelles défaites des garnisons ennemies isolées, de nouvelles délivrances. La poursuite était vive, ardente, impétueuse, et ses soldats poussaient, l'épée aux reins, les

Autrichiens. Enfin, le 30 avril, après avoir entendu la messe dominicale en compagnie de ses tirailleurs piémontais, il avait été de ceux qui, les premiers, avaient gravi la colline qui montait au village de Pastrengo. Quelle bataille ! A quatre heures de l'après-midi, il y était entré en vainqueur, sabre au clair, tandis que les soldats, couverts de poudre, de poussière et de sang, lançaient dans les rues de frénétiques : « Vive la Savoie ! »

A y regarder de plus près, cette guerre était une guerre singulière. Au début, les troupes piémontaises, sous un soleil chaud et resplendissant, avaient traversé des régions entières sans rencontrer un seul soldat ennemi. Comme si, par on ne sait quelle intervention de la Providence, Alexandrie, Tortone, Voghera, Pavie, Lodi, Crema s'étaient, sans coup férir, vidées des Autrichiens qui, comme cinquante mille autres, avaient abandonné la Lombardie. Dans cette guerre qui n'en était pas une, les fleurs et les vivats avaient remplacé l'artillerie et les combats. Le plan vaste et beau de ce monarque qui voulait agir sans arrière-pensée en roi constitutionnel, ramener tous les peuples qu'il gouvernait par l'élévation, la noblesse, la bravoure de sa conduite et devenir ainsi l'arbitre des destinées de l'Italie, était en train de se réaliser sans qu'aucune épée ne soit sortie de son fourreau. Les soixante mille hommes des forces romaines et vénètes, pénétrant en Vénétie, alliés aux soixante mille hommes des troupes sardes, toscanes et lombardes, avançant sur l'Adige, étaient en train d'accomplir ce que beaucoup avaient cru impossible : que l'Italie, avec joie et orgueil, rejette hors de ses frontières l'armée autrichienne. *« L'Italia ha fatto da sè ! »*, tel était le cri qui se répercutait de ville en ville.

Après l'attaque de Pastrengo, des voix discordantes s'étaient élevées, celles de ces donneurs de leçons qui ont tout compris avant tout le monde, qui expliquent, qui analysent de leur bureau turinois, de leur officine journalistique, et qui avaient trouvé que l'occupation de ces hauteurs avait été un fait d'armes inutile. « Cela n'a pas fait tomber du même coup, aux mains de l'armée italienne, toutes les positions occupées par les Autrichiens, disaient-ils doctement, ajoutant – qu'en savaient-ils d'ailleurs ? – que Vérone n'était pas l'objectif de la guerre. » Aventino et d'autres généraux pensaient que l'armée piémontaise aurait sans doute pu choisir un plan de campagne plus avantageux, mais plus risqué aussi. Pour la réussite de celui qui avait été adopté, il était absolument nécessaire de chasser avant tout les Autrichiens de la rive droite de l'Adige. Quant à passer immédiatement sur la rive gauche, après la victoire de Pastrengo c'était faire courir aux troupes piémontaises un risque inconsidéré : en face, les attendaient la division Wocher et la brigade Taxis. Le lendemain de la bataille de Pastrengo, Aventino avait pris la tête d'une reconnaissance jusqu'à Ponton. Il était tombé sur la division Wocher occupant tout le défilé de Parona, dans lequel elle s'était retranchée, et se reliant par des postes d'observation aux troupes placées dans le Tyrol méridional. Quand Charles-Albert avait demandé à Aventino quelle était son analyse de la situation, sa réponse avait été on ne peut plus claire :

– Sire, nous ne devons sous aucun prétexte pousser plus avant.

– Occuper les deux rives de l'Adige serait donc une folie ?

– Oui, sire. Contentons-nous de garder les hauteurs, depuis Pastrengo jusqu'à Custoza, cela n'en assurera que davantage le succès des attaques contre Peschiera et Vérone.

Tandis que la première division piémontaise, commandée par le général Bava, après des journées de pluie battante, continuait de harceler l'armée autrichienne à Goïto, ce bourg situé à côté du Mincio, à peu près à égale distance de Peschiera et de Mantoue, que les *bersaglieri*, suivis des Royal-Vaisseau et de la Reine, avaient effectué leur jonction avec les troupes toscanes et parmesanes, Aventino se préparait à lancer un assaut qu'il espérait final contre Peschiera, ville fortifiée et port militaire, sur la rive orientale du lac de Garde. C'est là, jusqu'à ce jour, qu'étaient établis les fameux passeports délivrés par l'Autriche. L'armée qui entourait Peschiera de façon à ne laisser aucune issue, soit par terre, soit par le lac, s'était postée sur les hauteurs pour prévenir efficacement toute attaque de l'ennemi. Durant plusieurs semaines, Aventino, en compagnie du duc de Gênes, assurant la direction du siège, du général Chiodo, commandant le génie, et du général Rossi, guidant l'artillerie, tuant le temps en répondant à quelques tireurs isolés ou en participant à des reconnaissances d'où ils revenaient méconnaissables, recouverts de poussière grise et ruisselants de sueur, avaient attendu en vain les vingt-huit pièces de 24, les dix mortiers et les sept obusiers qui leur permettraient de soutenir le siège. Acheminés d'Alexandrie à Crémone par le Pô, et de là transportés par terre sous les forteresses, ces canons de gros calibre étaient enfin arrivés. Mais on avait eu beaucoup de peine à les placer, car les pluies abondantes avaient défoncé le terrain, et on avait dû les porter à bout de bras. La besogne avait pris quinze jours ! Quinze jours à espérer que la pluie et les orages cesseraient et permettraient de creuser les tranchées. La tâche accomplie, on avait pu démonter les canons du fort Mandella. La forteresse, ainsi découverte du côté de l'est, avait beaucoup souffert du feu des assaillants. Plusieurs fois, les renforts autrichiens voulant venir au secours de Peschiera avaient été repoussés par les troupes d'Aventino, à Calmasino. Le 20 mai, le tonnerre de deux cents pièces de canon retentit à une heure de l'après-midi, avec une violence telle qu'on pouvait l'entendre jusqu'à Brescia. La canonnade dura jusqu'au 26. Voyant que la forteresse ne tirait plus que quelques coups de canon à de rares intervalles, Charles-Albert fit envoyer au vieux général Rath, qui commandait la forteresse depuis vingt-deux ans, son cher Aventino Roero Di Cortanze, afin qu'il lui propose une capitulation.

Aujourd'hui, 29 mai 1848, alors qu'une nuit noire recouvrait Peschiera, et qu'une pluie diluvienne tombait sur le bivouac, Aventino ne cessait de penser à cette entrevue. On raconte que le Grand Condé dormit d'un sommeil profond la nuit qui précéda la journée de Rocroi. Sans doute était-il las ou avait-il déjà pris toutes les précautions nécessaires et arrêté ce qu'il devait faire le matin. Mais Aventino n'était pas le Grand Condé. Lui ne savait rien, si ce n'est que le lever du soleil marquerait le jour d'une bataille décisive, et qu'il allait dépenser une bonne partie de la nuit en angoisses mortelles. Rath avait demandé vingt-quatre heures pour réfléchir. Quand Aventino était revenu, le vieux Rath lui avait répondu que « comme la brèche n'était pas encore ouverte, et que ses munitions n'étaient pas épuisées, il ne pouvait se rendre ». Le bombardement avait donc recommencé de plus belle. Des espions revenus de Vérone avaient alors confirmé ce que tous craignaient : prévenu par Rath, qui avait mis à profit sa journée de réflexion, Radetzky avait quitté Vérone, à la tête d'une grosse artillerie et d'un corps de vingt mille hommes, pour faire obstacle aux volontaires qui entouraient cette ville, et surprendre ainsi par le flanc et à l'improviste l'armée de Charles-Albert, qui n'avait organisé une sérieuse défense que du côté de Vérone. Ercole Tommaso faisait partie du régiment de la Colonia Cortanzese, les Toscans de la légion Graffini et le bataillon universitaire de Pise de ces engagés que Radetzky comptait enfoncer. Voilà pourquoi Aventino ne dormait pas.

Quand la bataille commença, à l'aube du 30 mai, que la canonnade reprit avec une furie sans nom, Aventino avançait vers Peschiera dans un brouillard qui n'était pas uniquement dû à la poussière et la canonnade. Il ne savait plus où il en était ni ce qu'il faisait. Il lui semblait ne plus vivre l'aventure somptueuse d'un militaire inflexible, mais être devenu une sorte de vieil homme dépaysé, exilé de sa vie, de ses passions, un survivant en somme. Il était entouré de sang et de poudre, dans la vraie solitude et la vraie angoisse de la guerre, éprouvant jusqu'à l'usure, jusqu'à l'amertume, ce sentiment d'avoir dépassé la mesure de sa vie, de vivre ses derniers instants. Loin de sa femme, loin de son fils, éloigné de lui-même. Au milieu des caissons qu'on chargeait et qu'on déchargeait, des cris, des canons qu'on enclouait, des retranchements qu'on abattait, des hommes qui tombaient balayés par la mitraille, de ces soldats héroïques, comme cet artilleur, Joseph Elbano, noir de poudre, dépouillé de ses habits enflammés, le corps couvert de blessures, qui servait malgré ses souffrances trois pièces à la fois, il songeait que tout était perdu. Il n'en fut rien. A quelques kilomètres de là, son fils et ses amis faisaient preuve d'un courage admirable, répondant par la fusillade aux coups de canon de l'ennemi, stoppant pendant plus de dix heures des forces disciplinées armées d'une artillerie formidable et supérieure en nombre. A l'autre extrémité du champ de bataille, à Goïto, l'Autriche étant en train de perdre pied.

Le matin du 30 mai, le général Rath signa la capitulation de Peschiera. L'état de la garnison était pitoyable. Il ne restait plus que seize cents hommes, chasseurs et canonniers. Depuis huit jours, les soldats ne mangeaient que du cheval. Quant aux habitants, pour se mettre à l'abri du bombardement, ils n'avaient trouvé d'autre issue que s'enfouir dans les caves de leurs maisons. Les soldats, croates pour la plupart, ainsi qu'il avait été convenu dans la capitulation, sortirent de la ville, déposèrent les armes entre les mains des Italiens, et furent reconduits jusqu'à Ancône, où on leur rendit leurs armes et où on les embarqua pour l'Autriche, avec promesse de ne plus servir dans cette guerre. Cent dix-huit pièces de canon tombèrent au pouvoir des Italiens. Le soir même, les vainqueurs entendirent une messe et un *Te Deum*, afin de rendre grâce à Dieu de la prise de la forteresse, et le jour de l'Ascension, Charles-Albert, entré triomphalement à Peschiera sous les acclamations de toute une armée criant « Vive le Roi ! », tint à présider la table où il avait convié les officiers de son grand quartier général.

Les hommes réunis pour l'occasion autour du monarque étaient plus que d'efficaces militaires et de précieux aides de camp. Il y avait là les généraux Lazzari, Robilant, Franzini, Foras, et Brincurto ; le marquis de la Marmora et le marquis Costa, faisant fonction de premiers écuyers ; le marquis Scatti, lieutenant des gardes du corps ; le comte de Salesco, chef d'état-major ; le comte de Castagnetto, secrétaire intime et ambassadeur subtil. En bout de table, Aventino observait le jeu d'échanges belliqueux et triomphants, exprimant tous, avec circonspection, la foi dans la victoire. Les commensaux présents à ce dîner, d'ailleurs très unitaire puisque la *caponata* sicilienne y côtoyait la morue à la florentine, et que le foie de veau à la vénitienne y précédait le bœuf braisé à la turinoise, suivis d'un sabayon accompagné de pain de Gênes, n'étaient pas à ses yeux que des « amis ». En homme d'épée, Aventino n'aimait guère les stratèges en chambre, les ambassadeurs, les introducteurs en négociations tantôt officielles tantôt secrètes. Or la table royale regorgeait de cette diplomatie de campagne dont le souci majeur était de tirer la couverture à elle, d'attendre, comme le proclamait Mgr Corboli, que la lave du volcan ait refroidi pour commencer à « recueillir toutes les bonnes choses de l'éruption ». Le comte Leopardi, représentant officiel du roi de Naples ; les deux Martini, dont le premier représentait la Toscane et l'autre le gouvernement provisoire de Milan ; et quelques autres aussi, faux prêtres, prétendus avocats, aventuriers estampillés, étaient là, exhibant leurs plans fantaisistes, leurs programmes étranges, leurs paix monnayées. Au milieu de toutes ces paroles ardentes et exaltées, souvent preuve d'un esprit fin et délié mais surtout d'une absence féroce de scrupules, se détachait en vainqueur la mauvaise monnaie de la flatterie.

Charles-Albert, le visage décharné, l'air malade, presque mourant, dont seul le regard de feu réussissait à magnétiser les convives comme il savait si bien le faire avec ses troupes, ne semblait rien voir des manœuvres diplomatiques et des finesses calculées qui rampaient dans le campement de son armée victorieuse. Tout, dans l'euphorie de la victoire, était oublié des erreurs qui auraient pu conduire à la défaite, et à quoi l'accumulation et la répétition y conduiraient peut-être un jour. N'avait-on pas exigé des citoyens milanais qu'ils substituent aux uniformes verts, couleur italienne, l'uniforme bleu qui est la couleur piémontaise ? N'avait-on pas refusé d'admettre dans un régiment les dix mille déserteurs italiens de l'armée autrichienne, lesquels, abandonnés, perdus, étaient tous en train de reprendre le chemin de leur pays natal ? N'avait-on pas trop longtemps hésité à armer les volontaires, sans parler des frontières fermées afin de s'opposer à leur passage ? N'avait-on pas avancé trop lentement sur la ligne du Mincio et laissé ainsi le temps à Radetzky de s'installer au cœur de l'Italie septentrionale ? Autant de questions qu'il n'aurait pas été de bon ton d'aborder.

Au contraire, beaucoup des flatteurs se goinfrant à la table royale rappelaient à Aventino certains faux combattants croisés à Milan alors que la mêlée avait cessé, avec leurs pistolets passés à la ceinture, des plumes à leur chapeau, et une cocarde tricolore accrochée à leur veste.

– Sire, disaient les uns, vous avez donné une Constitution et de larges réformes, vous avez rompu les traités, commencé la lutte avec l'Autriche, consacré vos trésors à la guerre, n'attendez pas la victoire pour vous saisir de cette couronne qui vous attend.

– Majesté, disaient les autres, le 8 avril vous avez remporté à Goïto un avantage signalé sur Radetzky et franchi le Mincio. Le 30, vous avez attaqué les Autrichiens à Pastrengo, et vous vous êtes rendu maître de toutes les hauteurs qui couronnent l'Adige. Le 1er juin, la forteresse de Peschiera s'est rendue ; maître de Mantoue, il ne vous reste plus qu'à faire le siège de Vérone !

– Ces combats victorieux ont produit dans tout le pays une sensation plus vive encore que vos premiers succès !

– L'armée piémontaise vient de triompher, avec des forces inférieures, des Autrichiens, malgré leurs renforts et leur nombre !

– L'ennemi est hors de notre territoire !
– L'indépendance de la patrie est recouvrée !
– L'horizon apparaît plus brillant !
– L'avenir plus assuré !
– Vous êtes, sire, à l'apogée de votre fortune !

Les esprits s'échauffaient ; et, le vin aidant, le rêve était pris pour la réalité. A la fin du repas, tous entonnèrent sans retenue l'hymne de Mamelli : « *Fratelli d'Italia, / L'Italia s'è desta. / Dell'elmo del Scipio, / s'è cinta la testa* », « O frères d'Italie, l'Italie s'est éveillée. Du casque des Scipions, voyez, sa tête s'est couronnée. » Tout en reprenant le chant guerrier avec les autres, Aventino ne pouvait s'empêcher de penser qu'alors que dans toute l'Italie on célébrait la prise de Peschiera et les positions de Rivoli, on négligeait, dans le même temps, de remarquer que Radetzky avait reçu des secours très importants, qu'il était devenu maître de toutes les provinces vénitiennes, et que, communiquant sans obstacle avec les Etats autrichiens, il pouvait en attendre tous les renforts dont il aurait besoin.

En regagnant sa tente, Aventino constata qu'un sentiment bizarre l'envahissait. Une sensation qu'il avait déjà connue ailleurs, avant, dans une autre vie, et qu'il avait totalement oubliée. Comme si son pas changeait, comme si son ouïe s'affinait. Alors qu'il traversait le campement, entendant ici le clairon sonnant la relève, là un tambour qui battait pour réveiller un bataillon, il eut la sensation que ses yeux brillaient. Il voyait parfaitement dans le noir : là une fumée épaisse qui fumait d'un feu de camp, ici des faisceaux de fusils brillant au clair de lune, plus loin de grands bœufs gris qui mugissaient et que des soldats chassaient vers la rivière pour les abreuver. Sous la douce clarté des étoiles, il se sentait lentement redevenir un tigre, comme jadis en Assam, alors que le soleil se couche, que les proies vont vers les gués et les points d'eau, et qu'immobile, silencieux dans les fourrés, il entend les voix du crépuscule, lève la tête et regarde. C'est pourquoi, arrêté, il écoutait le bruissement, l'affairement de la guerre qui lui parvenait de la nuit. Il y avait certes d'un côté ses doutes sur la suite de cette guerre de libération, mais de l'autre la certitude du plaisir inouï qu'il trouvait dans les combats, la poudre et le sang. De nouveau, il était moitié tigre moitié homme, dans l'impossibilité de recouvrer immédiatement sa condition humaine, à moins qu'il ne retrouve l'étoffe tissée de larges bandes noires rapportée du pays Naga, il y a si longtemps, par son ami défunt Percy Gentile...

Le camp était établi sur une hauteur, non loin de Peschiera et du champ de bataille où les corps restés sans sépulture commençaient d'exhaler une odeur pestilentielle et où des charrettes, la croix en tête, continuaient de sillonner les terres marécageuses à la recherche de blessés. Assis sur son lit de camp, Aventino voyait par l'ouverture de la tente le clocher d'une église à moitié détruite par un incendie et qui s'élançait au-dessus de ce qui restait de la toiture du presbytère. L'étendue sombre de la nuit, qu'elle fendait comme l'étrave d'un grand navire, grouillait d'hirondelles voletant en tous sens. Parmi elles, des faucons rôdaient autour de la flèche ; de temps en temps, des pigeons se précipitaient au bord d'un toit, dans un grand battement d'ailes, faisaient le tour du clocher, puis se laissaient tomber dans le vide, comme une poignée de neige, ou venaient se glisser dans les interstices des briques qui renforçaient les blocs de pierre des arcades.

— On raconte que les faucons se jettent parfois sur les pigeons avec tant d'impétuosité qu'il leur arrive de se fracasser la tête contre les pierres pour peu que ceux-ci aient réussi à trouver refuge au fond de ces trous, dit une voix dans la pénombre de la tente.

Aventino, surpris, se retourna. Voilà maintenant qu'il entendait des voix ! Dans un premier temps, il ne vit personne. Puis, alors que la voix, une deuxième fois, évoquait ces faucons qui se fracassaient la tête, il distingua très nettement, debout au fond de la tente, dans la demi-obscurité, en vêtement de recteur à l'ancienne mode, un homme qui lui souriait. Son visage était pâle et grave, encadré d'abondants cheveux noirs. L'homme tenait à la main un chapeau gris en forme de cylindre élevé...

– Inocenzo ! Inocenzo Pollone !

Le premier élan d'Aventino fut de se précipiter vers son ami « mort » pour le « serrer dans ses bras ». Mais celui-ci reculait à chaque fois qu'il faisait un pas dans sa direction.

– Que fais-tu ici, Inocenzo ? s'entendit-il dire, le plus naturellement du monde.

– Comme toi, j'observe.

– Je ne me contente pas d'observer, j'agis...

– Tu veux dire, tu te bats, l'arme à la main. Tu dois être satisfait, tu te bats pour ton roi.

– Est-ce vraiment le lieu de recommencer cette polémique ?

– Tu as raison, avec tous ces faucons et ces pigeons, mieux vaut parler d'autre chose. N'est-ce pas, petit Faust ?

– Pourquoi m'appelles-tu « petit Faust » ?

– Parce que tu es condamné. Tu es une victime de Méphistophélès.

– Méphistophélès ?

– Remarque, Faust racheté est lui-même un trompeur. Il trompe le diable !

– Je peux tromper le diable, ce n'est pas mon prochain !

– Non ? Pourtant, il est toujours près de toi, près de nous. Contrairement à ce qu'on pense, je suis sûr qu'il est une créature de Dieu...

– Ne dis pas d'hérésies, veux-tu.

– Là où je suis, ça n'a plus beaucoup d'importance. Et puis, je vais te dire, j'ai toujours pensé qu'entre Dieu et le diable, il devait exister forcément une correspondance, un équilibre... Comme entre les faucons et les pigeons, on ne sait jamais vraiment qui roucoule et qui crie...

– Tout de même...

– Allons, Aventino. Regarde, les Piémontais, vainqueurs, se tiennent sur une stricte défensive, et les Autrichiens, vaincus, continuent l'offensive ! Tout est toujours brouillé. Dieu ou diable, faucons ou pigeons, vainqueurs et vaincus...

– Non, je ne crois pas..., commença Aventino au moment où, s'avançant une nouvelle fois en direction d'Inocenzo, il s'aperçut que celui-ci avait disparu comme il était venu, sans bruit, sans éclat. Dieu donne à l'homme de la divinité, poursuivit-il, seul, le diable représente peut-être les défauts de Dieu, lui confère son humanité, ce qui n'est déjà pas si mal puisque...

Il ne finit pas sa phrase. Le sourire aux lèvres, le regard fixe, il était perdu dans la contemplation d'un chapeau gris en forme de cylindre élevé, qui reposait sur le bord de son lit. Dehors, la lune éclairait toujours autant la campagne. Une vive agitation s'était emparée du clocher. Brusquement, plusieurs pigeons venaient de sortir de leur trou pour s'élever à la verticale, comme entraînés par une ligne invisible. Il ne fallut que quelques secondes aux faucons pour se jeter sur eux. Entraînés par leur fureur les rapaces vinrent s'écraser contre le clocher. Le ciel était d'un bleu sombre aveuglant. Autour d'Aventino le monde réel commençait de se fragmenter.

32

Le thermomètre marquait vingt-huit degrés Réaumur. Pas un souffle d'air ne passait pour rafraîchir les soldats qui tombaient sous l'insolation autant que sous les balles. Certains, se couchant de lassitude dans les fossés pour y chercher un peu d'humidité, ne se relevaient plus, et jetaient sur leurs compagnons d'armes un regard mourant. Beaucoup, brûlés par le soleil, chutaient lourdement sur le sol, comme frappés par on ne sait quel mal mystérieux, râlant de soif, incapables du moindre geste, d'initier le moindre mouvement, et regardant, hagards, s'éloigner les régiments qu'ils ne pouvaient plus suivre, assurés d'une mort certaine donnée par les charges furieuses des baïonnettes autrichiennes qui, par vagues successives, les éventraient. C'était une vraie déroute, ignoble, honteuse, dans laquelle il ne servait plus à rien de vouloir, pour l'honneur, tenir debout. Il n'y avait plus une seule cartouche pour charger les fusils encrassés ; plus un seul morceau de pain pour nourrir des estomacs affamés ; plus une seule goutte d'eau pour étancher sa soif. Sur les hauteurs de Custoza, la brigade Cuneo, qui avait réussi à tenir pendant six heures contre quinze mille Autrichiens, avait fini par être décimée. Et à présent, dans la poussière de Villafranca, après onze heures d'un combat acharné, les troupes de Charles-Albert ne savaient plus comment résister à un ennemi qui, grâce à ses deux lignes de réserve, pouvait sans cesse leur opposer des troupes fraîches. Après une charge brillante, à la tête de son escadron, mais qui se révéla inutile face à un ennemi presque trois fois supérieur en nombre, Luigi Roero Di Severino, qui avait délaissé son poste de gouverneur de la place de Turin pour suivre son roi, se planta devant Aventino. Il avait la poitrine en sang.

– Nous qui nous voyons si peu, nous retrouver dans de telles circonstances...

– Des circonstances glorieuses, mon cousin. Nous luttons pour la liberté de l'Italie.

Luigi Di Severino regarda Aventino et, haussant les épaules, lui dit :

– Tout est perdu, n'est-ce pas ?

– Absolument pas ! La bataille sera sanglante, mais victorieuse !

– Tu sais très bien que nos hommes sont à bout, que nous n'avons plus de munitions ! As-tu seulement des nouvelles d'Ercole Tommaso ?

– Il est aux côtés du comte de Sommat Graneri, c'est tout ce que je sais...

– Sans le secours de la réserve, le premier corps ne tiendra pas longtemps...

– C'est notre héroïsme qui tournera la position ennemie, et contraindra les Autrichiens à battre en retraite, répondit Aventino, certain que les renforts attendus par Radetzky en provenance de Vérone seraient interceptés par les troupes du général Bava.

Luigi Roero Di Severino, le visage grimaçant de douleur, n'en démordait pas :

– Depuis le 23 juillet, nous perdons chaque jour du terrain. Les recrues lombardes qui n'ont pas voulu prêter serment d'obéissance au roi se sont enfuies comme des lapins !

– Que fais-tu de notre victoire dans la vallée de Staffalo ?

– Mon général de cousin, les applaudissements qui ont accueilli l'arrivée du roi à Villafranca sont loin, comme sont lointaines les illuminations du bourg. Nous croyions toucher la victoire, et nous voilà maintenant au moment de tout perdre...

Aventino ne répondit rien, se contentant de faire appeler des brancardiers afin qu'on évacuât son malheureux parent.

– Que fait le roi, mon général ? Que fait le roi ? demanda Luigi Roero Di Severino dans un souffle, juste avant de s'évanouir.

Le long de la route, parmi des caissons et plusieurs canons de petit calibre, une foule de blessés et de mourants était étendue. Aventino, qui n'avait pas eu le temps de répondre à la question posée par son cousin, n'aurait de toute façon rien pu lui dire. Tout ce qu'il savait au sujet du roi, c'est que celui-ci, prostré dans une petite chambre d'auberge, apparaissait de temps en temps au balcon, et que les faibles « Vive le Roi ! », jetés par des soldats qui commençaient de ruminer ce qu'ils voyaient comme une défaite inévitable, bien qu'il les saluât, ne pouvaient dérider son visage décomposé. Telle était du moins la dernière image qu'Aventino avait conservée du monarque avant que de galoper vers ces collines couvertes de forêts, puis ces champs de mûriers plantés à dix mètres de distance les uns des autres, puis ces guirlandes de vigne, terrains si peu favorables aux manœuvres, enfin vers ce champ de maïs derrière lequel se dressait un véritable mur de fusils autrichiens hérissés de baïonnettes, contre lequel les soldats de la Colonia Cortanzese étaient venus mourir les uns après les autres.

Alors que la nuit commençait de tomber sur le champ de bataille, Aventino pensait que ses convictions, face à la grande tristesse qui était en train de s'emparer des soldats de Charles-Albert, ne pesaient pas lourd. Ce n'était pas le résultat matériel des batailles autour de Villafranca et de Custoza qui avait décidé de leur perte mais la faillite morale qui s'était emparée d'eux. Ces vingt mille Piémontais, qui avaient bravement soutenu la lutte contre cinquante-quatre mille Autrichiens, n'avaient eu que mille cinq cents hommes tués ou blessés, avaient pris à l'ennemi mille deux cents hommes et n'avaient laissé entre leurs mains qu'un très petit nombre de prisonniers, avaient fait preuve d'un héroïsme hors du commun. Ils avaient, à l'exemple du roi qui s'était exposé constamment à la grêle des balles, accompli des prodiges de valeur. Mais cela n'avait pas suffi. Ils venaient d'essuyer une cuisante défaite, et avaient vu leur sang inutilement répandu. En un mot, ils avaient perdu la conscience de leur force, comme le témoignaient des vers satiriques, placardés sur tous les arbres encadrant la route que le cheval d'Aventino empruntait au pas, intitulés *Conseils au Roi*, et qui commençaient par ces mots : « O Roi, la podagre a frappé tes chevaux, et tes soldats sont éculés à ne pouvoir marcher... »

Vers minuit, Aventino vit un cavalier galoper à vive allure dans sa direction. Après avoir eu toutes les peines du monde à arrêter son cheval, ruisselant et fumant, l'homme lui tendit une lettre cachetée frappée des armes de la maison de Savoie. Charles-Albert exigeait de ses régiments qu'ils se reforment les uns après les autres, le plus rapidement possible, qu'ils se dirigent vers le Mincio, et repassent le fleuve à Goïto. La retraite devait s'exécuter sur deux colonnes : la première prendrait la route de Mozzecane à Roverbella ; la seconde, la route de Quaderni.

Le désordre qui régnait au départ de Villafranca était extrême. Le bourg, encombré d'équipages qui avaient servi en partie à barricader la petite ville, se vidait lentement de ses troupes, avec en toile de fond les hennissements impatients des chevaux. Les bagages furent mis d'abord en marche, l'infanterie suivit, enfin la cavalerie forma l'arrière-garde. Le roi quitta la place à sept heures du matin. Le premier au combat, il souhaitait être le dernier dans la retraite. Aventino se tenait à ses côtés. A aucun moment il ne croisa les yeux du monarque qui regardait droit devant lui, très loin, en direction de l'horizon sur lequel flottait une brume épaisse. Ce départ avait quelque chose de profondément lugubre. Affaissé sur sa selle, le visage contracté comme s'il entendait encore les balles autrichiennes siffler à son oreille, les mâchoires serrées, Aventino marchait à quelques pas en avant de la brigade d'Aoste encadrée par ce qu'il restait de la Colonia Cortanzese. A tout moment les Piémontais s'attendaient à être attaqués par Radetzky qui avait massé des troupes à Goïto, à Valeggio et à Mantoue. Le temps était pluvieux et froid, les routes défoncées, couvertes de barricades, d'arbres abattus, de fossés, de flaques d'eau. On devait à chaque instant frayer un chemin aux chariots, aux transports, à l'artillerie. Les soldats indisciplinés, privés de vivres, se livraient à tous les excès. Les officiers démoralisés semblaient ne plus rien ordonner. Les rangs étaient mêlés, les uniformes rendus méconnaissables par la boue et le sang. Les troupes éprouvaient tout à la fois une exaltation frénétique et une peur contagieuse. La marche ressemblait davantage à une déroute qu'à une retraite stratégique. Tout au long de la route, ce n'était qu'un enchevêtrement inextricable d'artillerie et de fourgons. Certains soldats harassés se laissaient mourir sur les bas-côtés. Les canons s'embourbaient. Beaucoup de blessés mouraient dans les charrettes qui les transportaient. Au moment de franchir le pont de Goïto, Aventino, qui pensait devoir faire face à l'avant-garde de Gorzkowski, constata que le passage était libre, et il n'échangea que de rares coups de feu avec des chasseurs autrichiens isolés. Charles-Albert se porta alors à la hauteur de son général et lui dit :

– Malgré sa grande intelligence, le maréchal Radetzky est comme tous ces généraux autrichiens qui exécutent habilement les plans arrêtés d'avance, mais qui ne profitent pas toujours des occasions qui se présentent !

Voilà qui était fort étrange, en effet. Radetzky n'aurait eu qu'à fondre sur les débris de l'armée piémontaise pour achever le massacre. Il ne le fit pas. L'ennemi ne se montra pas. Le maréchal avait un plan bien précis, fixé avant la bataille : tandis qu'il franchirait le Mincio à Valeggio, Charles-Albert le passerait à Goïto ; c'est sur l'Oglio ou sur l'Adda que, devançant son ennemi, il porterait l'estocade finale. En attendant, les deux armées avançaient sur des routes parallèles, séparées par la seule colline de Volta, à tel point qu'il n'était pas rare que leurs éclaireurs s'aperçoivent, au détour d'une forêt ou au coin d'un sentier. Ils ne se tiraient pas dessus, ne se poursuivaient pas, mais s'observaient longtemps, sans savoir exactement qui était le chasseur et qui était la proie. De toute façon, chacun savait que d'un moment à l'autre les deux armées finiraient par se croiser à nouveau, et par être si proches l'une de l'autre que le combat serait de nouveau inévitable. Chacun le redoutait et l'espérait en même temps.

Charles-Albert semblait plus que tout exaspéré par la perte de Volta, cette ville située au pied des collines qui s'étendent vers le nord-ouest et viennent mourir à Goïto. Sa position était, à ses yeux, stratégique. Tandis que la retraite continuait, il voulut profiter d'un regroupement de ses forces et ordonna à la Colonia Cortanzese, soutenue par les régiments du général Sonnaz, de partir à l'assaut de la montagne escarpée. En quelques heures, Savoyards et Piémontais, malgré le feu nourri de l'ennemi, pénétrèrent dans la ville. Aventino, qui avait combattu sur de si nombreux champs de bataille, n'avait jamais eu à s'engager dans une lutte aussi terrible. La nuit, qui avait commencé d'envelopper les combattants dans ses ténèbres épaisses sans les séparer avant les portes de la ville, les poursuivit jusque dans le dédale des rues. Chaque carrefour, chaque impasse, chaque maison, chaque jardin fut le témoin de combats sanglants. Les Autrichiens, qui croyaient que les habitants tiraient sur eux avec du fulmicoton, se livrèrent au pillage. A un contre dix, les Piémontais et les Savoyards, voyant que les cartouches allaient manquer, se souvinrent du fameux mot de Souvorov : « La balle est folle, mais la baïonnette est intelligente. » Une nouvelle fois, le combat trop inégal tourna en faveur des Autrichiens. Aventino renonça à l'attaque, redescendit la colline et ne dut la vie qu'au régiment de Novare-cavalerie qui culbuta les Autrichiens qui avaient poursuivi les survivants de la Colonia Cortanzese.

Ce combat, un des plus sanglants de la campagne, coûta un millier de morts et de blessés aux deux parties. Quand Aventino atteignit enfin Goïto, c'est à peine s'il put rentrer dans le campement pour y faire soigner ses blessés, et rejoindre la place du village où avaient lieu les amputations. Il était de plus en plus évident que la retraite se transformait en déroute. Les convois, agglomérés autour de la ville, formaient un tel embrouillamini qu'il était impossible de bouger. Les soldats ne pouvaient plus ni avancer ni reculer. Les employés du gouvernement, les députés de Milan, les intendants des vivres commencèrent de s'enfuir.

Les entrepreneurs s'emparèrent des bœufs destinés à l'armée. Les paysans prirent la fuite, cachèrent leurs provisions, emportant jusqu'aux cordes pour tirer l'eau des puits. La faim et la soif se faisaient déjà cruellement sentir. Rendu muet par l'horreur du spectacle, par ces fuyards qui se jetaient en hurlant vers les lignes ennemies, allant ainsi au-devant d'une mort certaine, par tous ces soldats pris de convulsions qui tombaient sur le bord de la route, par tout ce tumulte, ce désordre, ce malheur, Aventino comprit que ces journées d'horreur ne sortiraient jamais de sa mémoire. La faim et la misère avaient réussi à faire ce que les uhlans autrichiens avaient été impuissants à accomplir. Volta et le sacrifice des hommes de la Colonia Cortanzese n'avaient servi à rien. Beaucoup professaient déjà que l'armée était dans l'impossibilité de livrer une nouvelle bataille.

En fin de journée, alors qu'Aventino pensait que la lutte devait malgré tout se poursuivre, et qu'il comptait bien en parler en ces termes à son souverain, l'aide de camp de ce dernier se présenta à lui en se tordant les moustaches avec nervosité. D'une voix glaciale, sans le regarder, il lui confia que le roi les convoquait immédiatement, lui et tous les membres de son état-major, parce qu'il avait l'intention de proposer au maréchal Radetzky un armistice, « en prenant l'Oglio pour limite ». « Cela dit, ajouta de façon énigmatique le messager, je suppose qu'il compte sur des gens comme vous, mon général, pour lui souffler qu'il ne faut pas cesser les combats... »

Le comte de Salasco, chef d'état-major, fut le premier à prendre la parole :
– Sire, le pape lui-même, qui nous avait soutenus en

affirmant que la cause que nous défendions était sainte et que Dieu la ferait triompher, a été le premier à nous abandonner en déclarant en plein consistoire que son cœur « réprouvait la guerre faite à la maison d'Autriche... » et...

— Poursuivez mon cher comte, je vous en prie, dit Charles-Albert, sur le visage duquel on pouvait lire une résignation à de profonds chagrins.

— Et il est même allé plus loin puisqu'il a déclaré, en latin, je l'accorde, qu'il répudiait « toute solidarité » avec ceux qui combattaient les Allemands dans le nord de l'Italie.

— N'est-ce pas le Christ qui disait à Pierre de remettre l'épée au fourreau ? fit remarquer perfidement le comte de Castagnetto.

— Ajoutons à cela Ferdinand, qui a fait donner l'ordre à ses troupes de se concentrer sur la rive droite du Pô et a rappelé l'armée expéditionnaire. Convenez, messieurs, que nous voilà bien seuls, ajouta le général Bava, tandis que les généraux Chiodo et Rossi opinaient du bonnet.

Aventino sentait monter en lui une sorte de dépit tenace. Tous ces soldats étaient-ils si près de déposer les armes ?

— Ferdinand pense surtout qu'il est absurde de dépenser les trésors et les soldats de Naples pour satisfaire l'ambition de Charles-Albert. Il n'a rien compris ! Heureusement le général Pepe a refusé ses ordres !

— Pepe est un illuminé, général Roero Di Cortanze, vous le savez très bien, jeta le général Foras en appuyant ses propos d'un rire féroce.

— Ces lâchetés se passent à Rome, à Naples, pas à Turin ! répliqua Aventino. Le Piémont tient bon !

— Ah oui, et que faites-vous des députés qui avaient promis de renvoyer toute réorganisation politique après la fin des hostilités ? N'ont-ils pas procédé en hâte à l'annexion de la Lombardie et des Duchés, des régions vénitiennes de terre ferme, et bientôt de la cité de Venise, si mes renseignements sont bons ? On nous tire dans le dos, lança le général Robilant.

— Et les émigrés italiens des sociétés secrètes, obéissant à la voix fatale de Mazzini, encouragés par les vaines paroles de Lamartine, qui viennent s'abattre sur l'Italie, plus funestes que ces corbeaux de mauvais augure qui suivent l'armée pour se repaître de ses cadavres, qu'en faites-vous ? fit remarquer, avec lyrisme, le comte de Salasco.

— A de rares exceptions, ces exilés ne viennent pas pour combattre. Aussi pusillanimes pour la guerre qu'audacieux et féconds en paroles, ils sont à Turin et à Milan pour désorganiser le pays et allumer la guerre civile... Les Autrichiens n'ont pas de meilleurs alliés ! lança le général Lazzari d'une voix qui ne souffrait aucune contradiction.

— Pendant que l'armée d'Italie prend l'eau, l'Autriche reçoit des renforts inespérés. Les Hongrois, les Slaves, les Polonais de Galice, les Bohémiens, les Croates : tous se dirigent vers les frontières de l'Italie, nous sommes fichus, mes amis, jeta tristement Castagnetto.

— Mais quoi, Aventino, vous allez encore nous dire que tout est possible, que l'armée d'Italie va vaincre les Autrichiens. Seul contre tous ! Vous vous prenez pour Fra Diavolo ? demanda le général Franzini.

— Vous n'avez pas une arme nouvelle à sortir de votre manche, par hasard ? lança ironique, Salasco.

— Les ballons militaires, répondit Aventino, le plus sérieusement du monde.

— Les aérostats ? Pourquoi pas, voilà une belle merveille créée par la science et votre ami juif !

— Les aérostats donnent la possibilité de transporter des lettres et des effets par-dessus une armée ennemie ;

celle de demander des secours, et peut-être même, quand les neiges séparent les pays, de profiter des vents convenables, d'enjamber les plus hautes chaînes de montagnes, pour se communiquer les nouvelles urgentes... A Milan, ils ont aidé au soulèvement populaire.

– Qui a conduit au retour des Autrichiens ! Ecoutez, mon cher marquis, personne ne met en doute votre bravoure, vos compétences militaires, mais la bataille est perdue. Bientôt nous allons tous pouvoir retourner dans nos châteaux et y boire tranquillement un verre de vermouth, ou une tasse de thé...

Aventino voulait de nouveau, seul contre tous, défendre son point de vue, mais il se tut, le roi allait prendre la parole.

– Messieurs, dit Charles-Albert, j'ai bien écouté vos avis. Il est clair que les chances qui, jusque-là, semblaient assurer le succès de la cause italienne, se sont évanouies une à une : la Vénétie reconquise, l'armée ennemie renforcée par Nugent, la liberté des communications avec l'empire rétablie, le blocus de Trieste rendu impossible, reconnaissons-le, un certain désordre régnant dans l'administration de notre armée, notre propre inaction, sans oublier évidemment le désaveu solennel du pape, véritable coup de foudre pour l'indépendance italienne...

– Il a renié son passé, ses paroles, ses actes ! Il s'excuse de ses bons sentiments ! Il se reproche d'être allé trop loin ! Ce n'est pas le seul à agir de la sorte ! L'Italie meurt de toute cette lâcheté ! C'est indigne ! ne put s'empêcher de crier Aventino.

– Monsieur le marquis, s'il vous plaît, répliqua Charles-Albert.

– Je vous prie de m'excuser, sire, dit Aventino, en se rasseyant, plein de tristesse.

– Donc, messieurs, étant donné les circonstances, et

cédant à vos bons conseils, je vais demander un armistice, dit Charles-Albert, avec beaucoup de calme et de dignité. Les généraux Bès et Rossi seront mes plénipotentiaires.

Alors que le mot « trahison » commençait de circuler dans tous les conciliabules des révolutionnaires italiens, et dans le peuple si rapidement ingrat, les généraux Bès et Rossi rencontraient le maréchal Radetzky à Vérone. Ils revinrent vers six heures du soir. Aventino, qui avait refusé de faire partie de la délégation, dominant sa douleur, avait affecté une digne impassibilité, se disant que la distance séparant la défaite de la déroute, c'est-à-dire la noblesse de la honte, venait d'être franchie. Le Conseil de guerre une fois réuni, Charles-Albert demanda au général Bava de lire à haute voix la réponse écrite du maréchal. Il régnait dans la grande salle aux tentures rouges et blanches un silence des plus mornes. Vienne exigeait l'Adda pour limite, la cession des duchés de Parme et de Modène, de Venise, Peschiera, Pizzighetone et Rocca d'Aufo, ainsi que la fin du blocus de Trieste et de l'Istrie. Les troupes sardes devaient évacuer tous ces territoires dans les délais les plus brefs, enfin, comme dernière condition, il était entendu que tous les officiers autrichiens prisonniers seraient libérés.

Au fur et à mesure de la lecture du texte, Aventino n'avait pas quitté le roi des yeux, attendant un signe, une réponse à ses questions. Elle vint, sans attendre, et le combla de joie :

– Messieurs, je ne vous ai pas réunis pour discuter de ces propositions. Elles sont indignes, déshonorantes. Je ne peux les accepter. Nous allons repartir au combat.

J'aimerais connaître votre sentiment quant à la manière de reprendre les hostilités.

C'était comme si la foudre venait de tomber sur la salle du Conseil. Les officiers réunis en cette fin de journée n'en croyaient pas leurs oreilles. Car enfin, les exigences autrichiennes étaient-elles si déshonorantes ?

Le comte de Salasco tenta une argumentation :

– Avec ce traité, Milan reste en notre pouvoir...

– Certes, dit le roi, et alors ?

– Nous pouvons espérer que l'Autriche ayant vengé l'honneur de ses armes, celle-ci consentira à la cession de la Lombardie...

– A la condition que cette province accepte de supporter la plus grande partie de la dette de l'empire, ajouta le comte de Castagnetto.

– Si nous rejetons cet armistice, Radetzky se mettra immédiatement en marche sur Milan, dit le général Franzini avec la certitude de quelqu'un qui estime avoir décoché un argument susceptible de renverser totalement la situation en sa faveur.

Ce fut exactement le contraire.

– Avec vingt-cinq mille hommes, nous pouvons sans problème défendre contre trente-cinq mille Autrichiens la ville de Milan, dit Aventino. Souvenons-nous de l'héroïsme de ses habitants manifesté lors des cinq jours du soulèvement. Je suis par ailleurs persuadé que les populations lombardes se soulèveront pour nous venir en aide. Non seulement nous protégerons Milan mais nous chasserons l'ennemi !

– Messieurs, il ne sera pas dit que pour une paix qui aurait sauvé le Piémont, j'aurai sacrifié la cause de l'Italie. La marche sur Milan est inévitable.

Alors que tous les généraux, redevenus courtisans, allaient congratuler le roi qui ne pouvait avoir pris que la bonne décision, Aventino, dans un coin de la pièce, observant la scène avec un détachement amer, se souvint de ce que lui avait confié le roi la veille de partir en campagne : « Aventino, j'ai parfois l'impression que, quoi que je fasse, l'Italie n'aura jamais confiance en moi. »

33

Charles-Albert, qui avait déclaré ne vouloir entrer dans Milan qu'après avoir battu les Autrichiens, « parce qu'il ne voulait pas se présenter à un peuple si valeureux sans avoir au préalable remporté une victoire qui le fasse connaître comme étant aussi valeureux que lui », arriva le 3 août aux portes de la ville. Sa déception fut à la hauteur des espoirs qu'il avait nourris. Depuis la funeste soirée du 27 juillet durant laquelle, après avoir fait sauter le pont de Goïto, l'armée piémontaise avait commencé sa retraite sur deux colonnes en direction de Crémone, la route de Milan par Brescia étant coupée, Radetzky, qui se croyait joué, avait poursuivi les Italiens à outrance. La quantité d'effets et d'armes abandonnés par les troupes de Charles-Albert témoignait du grand état de découragement dans lequel se trouvaient ces dernières. Beaucoup de fuyards avaient quitté les rangs des différents corps d'armée et des divisions de réserve, répandant l'épouvante sur leur passage, arrêtant les convois, pillant les vivres, exagérant la défaite de l'armée, et, pour les plus faibles, attendant que quelque habitant vienne les recueillir. Quant à ceux qui restaient, des vingt-cinq mille hommes déployés entre Governolo et Goïto, ils ne pouvaient appliquer les ordres multipliés par leurs chefs. Les routes, peu nombreuses et fort étroites, étaient encombrées de blessés, de malades, de traînards ; et dès qu'un convoi coupait par les champs, il voyait ses canons entrer jusqu'à la gueule dans les terres défoncées et marécageuses. De nombreux fossés séparant les divisions de l'armée, il suffisait que des bataillons se hasardent à travers les vergers ou les champs de maïs pour que les Autrichiens les tirent comme des lapins. Quel triste spectacle que celui de cette armée, si fringante quelques jours auparavant, et aujourd'hui démoralisée, abattue, exténuée, mourant de faim au milieu des plus belles provinces de l'Italie ! Car, il fallait le reconnaître, la faim avait fait plus de victimes et causé plus de désordres dans l'armée que le canon des Autrichiens ; et la coupable négligence de l'administration des vivres avait eu la plus grande part à tous ces désastres.

Précédant l'arrivée du roi de quelques heures, les généraux Chiodo et Rossi avaient laissé entendre que le comité de défense de Milan et le gouvernement provisoire avaient pris des mesures pour organiser la défense. Les magasins, leur avait-on certifié, contenaient de la farine pour huit jours, des denrées de toutes sortes pour quinze, et plus d'un million de cartouches, « sans compter, avait-on ajouté, qu'on en faisait par jour cent cinquante mille ». Vaines promesses ! Alors que la réserve préparait son bivouac en dehors des murs de la ville, entre la porte Romaine et la Vigentine ; la deuxième division devant la porte Ticinèse ; la troisième aux portes Neuve et Orientale ; la quatrième, à la porte Comasine ; Charles-Albert, au milieu des arbres abattus, des retranchements et de quelques barricades élevées ici et là, reçut un accueil des plus froids. Aux terrasses des cafés, les élégants regardaient avec un sourire de mépris ces Piémontais aux vêtements déchirés ; les palais étaient désertés, et les dames qui d'ordinaire ornent les fenêtres pour fêter l'arrivée des armées n'y faisaient que de brèves et timides apparitions ; quant aux vivres prévus pour nourrir cette armée d'affamés, ils étaient remplacés par des billets sans valeur.

La déception des Piémontais, qui pensaient voir une ville armée jusqu'aux dents et ne trouvèrent que des murailles recouvertes de papiers de couleurs vives sur lesquels étaient imprimées de guerrières déclarations d'intention, n'avait d'égale que la désillusion des Milanais. En apprenant les revers de l'armée sarde, la population était restée anéantie. Que restait-il de ce grand soldat qui leur avait promis de ne se présenter devant leur ville qu'une fois la victoire accomplie, et de cette troupe invincible ? Rien. « *Che brutti soldati !* » ne faisaient que répéter les Milanais en voyant défiler les troupes piémontaises... Au lieu de faire défense commune, les uns et les autres se rendaient réciproquement responsables de la défaite annoncée. Le soir de la première journée, le rapport établi par Aventino fut sans appel : les commissaires contrôleurs ne faisaient pas leur travail ; les gardes nationaux et les municipalités n'avaient guère l'intention de fournir les moyens de transport et les escortes nécessaires ; la double ration de viande et de vin, l'eau-de-vie, le fromage et les cigares promis avaient subitement disparu ; enfin, l'appel aux citoyens leur demandant de fournir quarante mille chemises neuves avait sombré on ne sait où.

– Vous avez pu chiffrer le nombre d'hommes aptes à assurer la défense de Milan ? demanda Charles-Albert.

Aventino avait tout noté sur une feuille qu'il avait soigneusement pliée dans sa poche. Il la tint à bout de bras et la lut, la bouche pleine d'amertume :

– « Six mille volontaires ont quitté Milan pour suivre Garibaldi à Brescia. »

– Ne prononcez pas ce nom-là devant moi, s'il vous

plaît ! Je l'avais fait condamner à mort en 1834, et voilà qu'il revient !

– N'est-ce pas un homme qui est prêt à servir l'Italie aux ordres du roi avec la même ferveur que si elle avait été républicaine ?

– Il est venu me voir en juillet à Roverbella avec son contingent d'illuminés. J'ai estimé qu'il serait déshonorant pour l'armée de donner le grade de général à un tel individu.

– Il a offert son bras sans rancune...

– N'en parlons plus, si vous le voulez bien.

Aventino acquiesca.

– Et la troupe, où en est-on ? poursuivit Charles-Albert.

– Nous pouvons compter sur un bataillon de la réserve de la garde, un bataillon du 18e régiment, deux cents Polonais, quatre mille hommes de recrue, vingt-six canons, huit cents artilleurs et six cents soldats du génie...

Pendant que le roi, atterré, faisait les cent pas dans le misérable salon de l'auberge Saint-Georges, en avant de la porte Romaine, Radetzky parut devant la ville le matin du 4 août. Au bout de sa lorgnette, à travers des traînées de brume qui montaient de la terre, Aventino, comme les autres soldats piémontais campant à l'extérieur de Milan, vit soudain trente-cinq mille Autrichiens avancer sur eux, au son des fifres et des tambours, rapidement couvert par le grondement du canon et le feu roulant de la mousqueterie. On aurait dit une armée de fantômes surgissant d'on ne sait quelle forêt, impassible, sûre de sa victoire, les fanions claquant au vent, les baïonnettes illuminées de reflets. Le soir, la cause était entendue. Le roi, comme toute son armée, s'était exposé aux plus grands dangers et avait bravé le feu ennemi. Mais après des heures de combats en échelon, les Sardes avaient dû se replier vers la ville, mettre quatre pièces en batterie au-devant de la porte Romaine, et reconnaître leur défaite.

Alors que la nuit tombait, un effroyable orage éclata sur Milan. Aventino, entouré d'une escorte de six carabiniers, raide sur son cheval, trempé jusqu'aux os, ne pouvait s'arracher au champ de bataille. A chaque éclair une flèche lumineuse jetait une clarté soudaine sur la campagne, découvrant pour quelques instants des cadavres gisant sous les roues des canons, des corps mutilés, des pièces de batterie abandonnées, avant que tout ne retombe dans des ténèbres encore plus opaques. Encore une fois la mort n'avait pas voulu de lui.

– Général, lui dit un des carabiniers qui l'accompagnaient, le colonel Bréanski a eu son cheval tué sous lui en restant ainsi face à l'ennemi, le capitaine Avogadro a eu la tête emportée par un boulet...

– Abstenez-vous de me donner des conseils, voulez-vous, si je reste ici c'est que je sais ce que j'ai à faire, répliqua Aventino, en poussant son cheval au petit galop en direction des lignes ennemies.

Ses hommes le suivirent, malgré eux, sans trop savoir s'ils partaient pour une inutile tournée d'inspection ou s'ils accompagnaient leur chef dans son défi à la mort. Ils revinrent au galop, sous l'orage qui avait redoublé de vigueur, et pénétrèrent dans la ville qui s'apprêtait à soutenir une lutte acharnée. Derrière eux, montaient des avant-postes des faubourgs de hautes flammes rouges. La guerre stratégique était désormais finie ; il ne restait plus qu'une guerre de rues et de barricades. Le roi, qui avait quitté l'auberge Saint-Georges, logeait maintenant au palais Greppi, protégé par une garde d'honneur composée de Milanais républicains. C'est là que devait se rendre Aventino afin de participer à un nouveau Conseil de guerre aux côtés du comité de défense de la ville et de la Consulte. La réunion avait déjà commencé. L'atmosphère était lugubre.

– Les murs de la ville ne supporteront jamais le choc des boulets, était en train d'affirmer l'avocat Rastelli.

– Comment organiser la résistance ? Nous sommes bien seuls. Nous n'aurions jamais dû laisser partir Garibaldi ! répliqua Maestri, un médecin qui avait participé au soulèvement de Milan. Même Antonini, le commandant de la citadelle, nous a plantés là, il est à Novare avec la Belgiojoso !

– Je crains qu'une bataille de rue ne mette la ville à feu et à sang. Prise d'assaut par les Autrichiens, elle sera pillée et détruite, dit le marquis Di Montezemolo, cousin éloigné d'Aventino qui ne pensait pas le retrouver ici.

– En somme, tout le monde est d'accord, le seul parti qu'il convient de prendre c'est de conclure avec Radetzky une capitulation qui..., dit Aventino.

– Qui sauvera la ville et l'armée, mon cher cousin, ajouta Di Montezemolo.

– Mais le peuple..., commença Aventino.

– Le peuple est désespéré, mon cher général. Il ne nous a jusqu'alors été d'aucun secours ; pourquoi tout à coup s'engagerait-il davantage ? demanda l'avocat Rastelli.

La suite du Conseil ne fut qu'une interminable litanie de défaites et de désespoir. Tous les généraux, de Fanti à Chiodo, de Brincurto à Olivieri, Piémontais entré au service de Milan, étaient d'accord : la partie était perdue. Les arguments contre la poursuite de la guerre fusaient de toutes parts :

– Il n'y a plus rien à espérer du parc d'artillerie malencontreusement envoyé à Pavie.

– Les parcs divisionnaires sont sans réserves et les combats ne pourraient plus se faire qu'avec des munitions de giberne.

– Les réserves de poudre et de projectiles de Milan diminuent chaque jour.

– Il ne reste plus dans le trésor que cent vingt mille francs.

– Le fourrage manque.

En chef anéanti et douloureux Charles-Albert décida donc d'envoyer une délégation à Radetzky. Il donna l'ordre aux généraux Rossi et Lazzari d'aller traiter la capitulation. Escortés par le duc de Dino, ils seraient accompagnés de MM. Campbell, consul anglais, Reiset, chargé d'affaires de France, et d'un troisième homme auquel le roi tenait beaucoup :

– Général Aventino Roero Di Cortanze, je vous donne l'ordre d'incorporer cette délégation.

Tous les regards se tournèrent alors vers Aventino qui ne pouvait en aucun cas refuser l'ordre royal. Après avoir incliné la tête et claqué des talons, il dit simplement à l'adresse de Charles-Albert :

– C'est un honneur pour moi, majesté.

Puis le roi adressa aux cinq ministres plénipotentiaires ses dernières volontés :

– Dites bien au maréchal que je ne souhaite que deux choses : la vie sauve pour les Milanais, et l'autorisation de repasser le Tessin à la tête de mes troupes.

Quand Aventino et les quatre ministres partirent en direction des positions autrichiennes, escortés de plusieurs cavaliers de la Colonia Cortanzese tenant à la main de lourdes torches élevées au-dessus de leur tête, et du duc de Dino, on tirait des coups de feu dans les rues avoisinant le palais Greppi. Les chevaux avançaient au pas, avec, ouvrant le cortège, un trompette sonnant au parlementaire, précédant le duc de Dino, sabre pointé vers le ciel, au bout duquel était attaché un long morceau de tissu blanc. Les rues étaient envahies d'arbres abattus et de débris de toute espèce formant de bien maigres barricades dressées contre la fureur autrichienne. Une fois franchie la monumentale porte Orientale, ornée de ses énormes bas-reliefs et de lourdes statues en marbre, la petite troupe se trouva rapidement prise pour cible par les tirailleurs autrichiens. Les torches destinées à éclairer le drapeau blanc illuminaient de la même façon les malheureux négociateurs. Les balles sifflaient si près de l'étrange équipage que les cavaliers, bien que tenant la bride haute, devaient donner des éperons pour faire avancer les chevaux. Le trompette, à bout de forces, ne pouvait souffler ; le duc de Dino le remplaça. Alors que les cavaliers cherchaient à contourner un champ de maïs, une cinquantaine de soldats croates se jetèrent sur eux, baïonnettes en avant. Voyant soudain le drapeau blanc, l'officier qui menait ces soldats leur demanda de rengainer prestement leurs armes. Si ce n'avait été la vie des ministres plénipotentiaires qui avait été en jeu, l'explication qu'il fournit alors aurait presque prêté à rire : la sonnerie parlementaire utilisée par la délégation piémontaise était exactement la même que celle qui, dans les régiments hongrois, commandait la charge ! Immédiatement appelé, le général d'Aspre, regrettant qu'une telle méprise ait pu avoir lieu, se confondit en excuses, ajoutant à ses propos de nouvelles excuses lorsqu'il exigea des Piémontais que ceux-ci bandent leurs yeux pour traverser les lignes autrichiennes et rencontrent le chef d'état-major Hess. Après plusieurs heures de discussions sous les croisées d'ogive de la vieille abbaye de San Donato où Radetzky avait établi son quartier général, la capitulation de Milan fut signée, hors de la présence de MM. de Reiset et Campbell qu'on avait fait attendre dans l'ancien réfectoire du couvent, sans que la moindre collation leur soit proposée, ce dont ils se plaignirent amèrement. Les envoyés de Charles-Albert avaient obtenu que la vie et les propriétés des Milanais seraient respectées ; que douze heures seraient accordées à qui voudrait quitter Milan ou s'expatrier ; que l'armée piémontaise devrait se retirer de l'autre côté du Tessin, mais avec armes et bagages ; que la porte Romaine serait remise aux troupes autrichiennes au plus tard le 6 août, à huit heures du matin ; enfin que l'intendance piémontaise aurait quarante-huit heures pour évacuer les malades.

– C'est plus que nous ne pouvions espérer, fit remarquer l'Anglais Campbell, qui avait obtenu du général Hess en personne que les compatriotes anglais et français ne soient pas inquiétés.

– On ne pouvait désirer de meilleures conditions, renchérit le Français, Radetzky aurait pu cerner la ville et obliger le roi à mettre bas les armes, et se venger sur Milan de sa retraite en mars.

– Il a voulu épargner l'humiliation d'une tête couronnée et le sang des vaincus, dit Campbell.

– Cette modération lui fait plus d'honneur que la victoire même, ajouta de Reiset.

– Ne pouvez-vous cesser de caqueter, messieurs ? leur lança Aventino avec une telle violence qu'on n'entendit plus les deux ambassadeurs de tout le trajet du retour.

A six heures du matin, la petite troupe de cavaliers était de retour dans Milan.

Le spectacle tenait de l'apocalypse. Les termes exacts de la capitulation n'étaient encore connus de personne qu'un bruit affreux avait dès les premières heures de la nuit couru dans toute la ville : « Les Piémontais ont ouvert les portes de Milan à l'ennemi ! » Si plusieurs centaines de citoyens, plutôt que de retomber sous le joug étranger, avaient préféré se faire sauter la cervelle, se précipiter par les fenêtres, voire se pendre, tandis que certains, rendus fous par la rage et le désespoir, avaient été conduits enchaînés à l'hospice, beaucoup avaient choisi de faire payer aux Piémontais leur trahison. Après avoir massacré le premier homme qui était en train de placarder sur les murs de la ville la proclamation de la « Capitulation de Milan du 5 août 1848 », la population s'était massée devant le palais Greppi, avait renversé les carrosses de la cour déjà prêts pour le départ, et commencé d'édifier des barricades. La vieille haine de voisinage qui régnait depuis longtemps entre le Piémont et la Lombardie reprit de nouveau le dessus. Quand les ministres arrivèrent en vue du palais Greppi, il fallut toute la force de conviction des sabres des cavaliers de la Colonia Cortanzese, pour qu'ils entrent sains et saufs dans un bâtiment entouré d'une foule vociférante qui avait choisi pour cri de ralliement : « Mort à Charles-Albert le traître ! » Sans l'intervention rapide et efficace d'une compagnie de troupes dirigée par Alphonse de la Marmora, qui parvint en fin de journée à mettre en fuite des républicains enhardis par l'impunité, on peut se demander ce qu'il serait advenu du roi et de son état-major. A peine éclairé par la lueur des incendies qui combattaient l'obscurité, Charles-Albert quitta Milan de nuit avec son armée, dans une voiture hermétiquement fermée, attelée de six chevaux et entourée d'un bataillon de gardes à cheval. Cent mille personnes, fuyant le retour des Autrichiens, partirent à pied, en pleurant, à moitié habillées, les femmes prenant leurs enfants au cou, les hommes portant leurs vieux pères sur leurs épaules, au milieu des déments de toute espèce qui poussaient des hurlements et des rires insensés. De leur côté, les Piémontais voyaient un assassin dans tout homme qu'ils rencontraient, n'hésitant pas à se précipiter sur lui, à le désarmer, à le coucher à terre, et à le maintenir ainsi la tête dans le ruisseau jusqu'à ce que le cortège royal fût passé. La marche des troupes ayant été mal calculée, les régiments se présentaient en désordre le long des routes. Artillerie, cavalerie, infanterie, intendance se bouchaient mutuellement le passage, sans parler de la population affolée qui se précipitait à pied, à cheval, en voiture, pour suivre les soldats. Au moindre bruit suspect, une panique affreuse s'emparait des civils et des militaires qui croyaient entendre le galop des Croates. Sur la route de Milan à Buffalora, la seule voie laissée ouverte à l'émigration, Aventino voyait couler autour de lui, au milieu d'une épaisse poussière qui finissait par assombrir la lumière du jour, un fleuve affreux de soldats, de chevaux, de canons, de femmes, d'enfants traînant les pieds, haletants, épuisés, le tout sous un soleil de plomb. Devant ce spectacle navrant, il exigea de ses cavaliers valides qu'ils prennent des enfants en croupe ; de ses fantassins qu'ils soutiennent malades et vieillards ; et qu'on montât le plus de personnes possible sur les caissons. A droite et à gauche de la route, des cavaliers allemands veillaient à ce que personne ne s'écartât du bon chemin, et à ce qu'aucun des drapeaux déchirés et souillés qui regardaient tristement vers la terre ne relève la tête.

Aventino, le visage hâve, creusé par la faim, émacié par la fatigue, s'apprêtait à repasser le Tessin, ligne mythique qu'il avait franchie il y avait quelques mois à peine avec un fol enthousiasme. Mais il ne regrettait rien. Il avait eu raison d'être fou de hauteur. Il avait eu raison de penser que son pays, sous peine de danger mortel, devait viser haut et se tenir droit. A ses yeux, l'Italie, donc le Piémont, ne pouvait être l'Italie, donc le Piémont, sans la grandeur. Jour après jour, au rythme lent des bivouacs, il refit à l'envers le chemin qui le reconduirait à Turin puis à Cortanze, souffrant comme tous les autres, émigrants ou soldats, sous le brûlant soleil d'été, ne sachant pas s'il aurait de quoi vivre le lendemain. Les deux parties en présence, certes pour des raisons diverses, avaient cependant intérêt à suspendre les hostilités. Les Piémontais, parce qu'ils étaient découragés, et ne voulaient plus combattre pour la défense du Milanais ; les Autrichiens, parce qu'ils ne pouvaient s'aventurer dans le Piémont en laissant derrière eux Venise et les légations insurgées, et les populations lombardes prêtes à reprendre les armes.

Le roi, qui avait établi son quartier général à Vigevano, ne voulait pas retourner immédiatement à Turin. Après avoir rédigé deux proclamations, l'une au peuple, l'autre aux soldats, il conféra par ordonnance, à son fils, Eugène de Savoie, la continuation des pouvoirs, et finit, en désespoir de cause, par conclure, le 8 août, un nouvel armistice de six semaines avec Radetzky, dit armistice de Salasco, du nom du chef de l'état-major piémontais qui l'avait signé. Contrairement à tous les usages reçus dans les suspensions d'armes, cet armistice stipulait des conditions particulièrement honteuses pour le royaume de Piémont-Sardaigne. On arrêta que les frontières de Lombardie et du Piémont serviraient de limites aux deux armées. Les Piémontais s'engageaient en outre à évacuer Peschiera, Rocca d'Anfo, Osopo, Venise, tous les duchés, et à enlever leur flotte de l'Adriatique. La rumeur affirmait que le roi avait la ferme intention de se retirer du monde, d'abandonner la politique, et de finir à la façon des chevaliers du Moyen Age.

– Est-ce vrai, sire ? finit par lui demander Aventino.

– En réalité, je ne sais pas. La cause de l'indépendance italienne est noble et sainte entre toutes, et je ne sais si je suis à la hauteur des espérances qu'elle suscite, répondit Charles-Albert alors qu'il finissait la visite de la citadelle d'Alexandrie pour en vérifier les approvisionnements.

Le soir même, il décida de rejoindre sa capitale. Il souhaitait qu'Aventino l'accompagne. Après Alexandrie, où un petit groupe de fidèles avait salué le départ du roi par des vivats répétés, le cortège traversa Amone, Felizzano et Asti. A Baldichieri, Charles-Albert pria Aventino de rentrer chez lui. Cortanze n'était plus qu'à quelques lieues. Devant les récriminations de son cher général, Charles-Albert lui confia d'une voix morne qu'il valait mieux pour l'instant que chacun retrouve ses racines, ses habitudes, et, pour ceux qui avaient la joie d'en avoir une, leur famille.

– Et puis à quoi bon, ajouta le monarque, je sais exactement, comme vous, comment tout cela va se passer. Personne n'étant prévenu, les gardes nationaux de planton au palais ne pourront heureusement prendre les armes. Je ne serai accueilli au pied du grand escalier que par le prince de Carignan. Deux valets, une torche à la main, traverseront silencieusement, l'un à ma gauche, l'autre à ma droite, les vastes salles conduisant à mes appartements. Il fera froid, je serai seul, jaune comme un citron, bien malade et bien triste...

– Sire, ne puis-je être à vos côtés ? demanda Aventino.

– Non, nous avons à faire face seuls au froid qui nous glace, au prestige écorné, aux grilles fermées des palais qui nous y enferment comme dans un cimetière.

Après une accolade pleine de tristesse, le roi remonta dans son carrosse. Un soleil brûlant brillait haut dans le ciel. Lentement, le cortège, escorté de plusieurs cavaliers issus de la garde personnelle de Charles-Albert, s'éloigna dans un nuage de poussière. Après un petit groupe de peupliers, la route tournait sur la gauche. C'est là que le carrosse disparut. Regardant toujours dans la même direction, Aventino attendit que le nuage de poussière se fût totalement dissipé pour continuer son chemin. Vers Cortandone, Aventino s'arrêta près d'un puits pour se désaltérer. Une niche était pratiquée dans la margelle. Le crucifix qui s'y trouvait habituellement avait été retourné. Un homme était occupé à remonter des seaux qu'il reversait dans une vaste citerne en bois. A l'instant où il se retournait pour lui demander s'il souhaitait se désaltérer, Aventino, presque effrayé, recula d'un pas. L'homme, rouge comme un poivron, ventru, arborait une curieuse chevelure et sentait fort l'eau de Cologne.

– Giovanni Francesco Rigaut, que faites-vous ici ?
– Que dites-vous ? Je ne comprends rien.
– Vous n'êtes pas Giovanni Francesco Rigaut, le peintre de cour ? demanda Aventino, conscient qu'il posait à l'homme une question bien étrange.
– Monsieur doit se tromper. Je m'appelle Gianni Filippo Rigna et travaille à Montafia dans les champs de M. Gioanni Antonio Giobert.
– L'indigotier ?
– Oui, monsieur, répondit le paysan.
– Qu'est-ce que ceci ? demanda Aventino, en montrant l'étrange crucifix.

L'homme se signa plusieurs fois, puis présenta à Aventino une louche afin qu'il la remplisse d'eau fraîche.

– Les gens du village ont mis la tête en bas au Christ parce qu'ils disent que Dieu les a trahis en se faisant autrichien. Quelle peine, monsieur l'officier, quand on pense que ces diables de Milanais racontent partout que les Piémontais ont pris leurs cliques et leurs claques, comme des lapins, en les laissant dans le pétrin !

– Mais non, mais non, répondit Aventino, entre deux gorgées d'eau, l'armistice ne signifie pas la fin de la guerre. Elle reprendra et nous la gagnerons...

Après avoir remercié l'homme de lui avoir permis de boire de cette eau si pure et si fraîche, et lui avoir offert plusieurs cigares, Aventino remonta sur son cheval, et continua d'avancer, tout au plaisir d'être balancé au pas de celui-ci. Le cheval, qui ne l'avait quitté de toute la campagne lombarde, poursuivait son chemin en direction de Cortanze, frôlé par les feuillages et les herbes hautes. La fusion entre l'homme et la bête était telle qu'on avait l'impression que c'était un animal mythologique mi-humain mi-animal qui rentrait chez lui après une guerre lointaine, qui reconnaissait chaque lieu, chaque odeur. Le relief, doucement vallonné, eût permis un trot élégant, voire par moments un galop vif et heureux, mais Aventino préférait cette lenteur étrange qui lui permettait de s'imprégner doucement de son cher Montferrat. Arrivé près de Cortanze, mais sans qu'il pût encore apercevoir le château, il eut l'impression qu'il entendait des pas derrière lui. La persistance de la personne qui le suivait à régler son pas sur le sien, le hâtant et le ralentissant tour à tour, finit par éveiller ses soupçons. Désirant savoir qui s'acharnait ainsi sur sa piste, il se retourna brusquement plusieurs fois, mais pas assez vite toutefois pour apercevoir l'individu en question. Il semblait immédiatement s'évanouir dès lors qu'il se retournait. Ce jeu inquiétant le poursuivit tout le long de la route. A tel point que, croyant avoir aperçu son poursuivant, au lieu de s'arrêter net pour le confondre, Aventino piqua des éperons et emballa son cheval jusqu'à ce qu'il atteigne un bosquet de chênes rouvres dans lequel il fit mine de se cacher. Son poursuivant, au lieu de continuer la route, s'enfonça dans les sous-bois et se retrouva nez à nez avec Aventino. A l'instant où ce dernier, la main sur le pommeau de son sabre, s'apprêtait à lui demander des comptes, le cavalier disparut en un clin d'œil. Un instant, il eut l'impression qu'il s'agissait du paysan... Etait-il possible qu'Aventino ait rêvé cette présence à ce point ?

Alors qu'il parcourait le bosquet avec précaution, il aperçut tout à coup, jaillissant dans la lumière crue de ce plein après-midi d'août, droit sur sa colline, bien au-dessus des arbres et des haies de mûriers, le château de Cortanze. Aventino aurait voulu pouvoir descendre de cheval pour sentir ses pieds s'enfoncer dans la terre ocre de Cortanze. Mais il était ému, plus qu'il ne l'aurait imaginé. Tout être humain est le résultat de plusieurs composantes, qu'il le veuille ou non. Et ce château l'avait complètement fabriqué. Parfois, il avait cru ne pas l'aimer, douter de la relation qu'il entretenait avec lui. Mais voilà, cette chaîne de la terre au château et du château à la famille, il ne pourrait jamais la briser. Elle était là, comme une évidence. Depuis sa plus lointaine enfance, il avait su que tôt ou tard arriverait un jour où la reconnaissance du château de ses géniteurs s'imposerait à lui, et ce jour était enfin advenu, dans la pleine lumière aveuglante de cette après-midi d'août. Soudain, il se souvint du contraste terrible qui l'avait tant blessé entre les beaux uniformes blancs des Autrichiens qui entraient dans Milan et les vêtements sales et déchirés des Piémontais en retraite qui faisaient si mal à voir. L'armistice fixé à quarante-cinq jours devait se prolonger indéfiniment, à charge par la partie qui voulait le rompre d'en dénoncer la rupture huit jours avant la reprise des hostilités. Radetzky avait beau proclamer que la bannière impériale flottait de nouveau sur les murs de Milan, et qu'il n'y avait plus un seul ennemi sur le sol lombard, la vue de ce château lui donnait la force d'envisager l'avenir sous un nouveau jour. Sur le bleu du ciel, dans lequel ne voyageait aucun nuage, de telle sorte que la lumière semblait avoir installé un horizon sans limites, se détachait la tour d'angle, celle qui abritait la bibliothèque, et au sommet de laquelle claquait la bannière, gueules et argent, des Roero Di Cortanze, flottant au vent et éclairée par le soleil. Tout en l'observant, de loin, à travers un rideau de feuilles si lisses qu'elles semblaient refléter le bleu du ciel, il fit le serment de reprendre la guerre et de faire qu'un jour, dans l'Italie unie, le droit triomphe de la force brutale.

34

– A croire que nous n'avons pas fait la même guerre, père, disait Ercole Tommaso, tout en arpentant la terrasse du château de Cortanze, en proie à un vif énervement, *La Gazette de Turin* à la main.

Le matin même, Aventino, sortant de son silence sauvage, avait participé, à Turin, au rassemblement durant lequel des milliers de soldats avaient juré fidélité à la Constitution piémontaise et à la cause de l'indépendance italienne. Charles-Albert, qui employait ses journées à visiter les hôpitaux militaires d'Alexandrie ainsi que tous les dispensaires, hospices et autres infirmeries de son royaume, inquiétait nombre de ses proches. On eût dit qu'au nom d'une profonde et irréversible mélancolie, il venait chaque jour retremper l'âpreté de son chagrin dans la vue de ces soldats blessés ou décimés par la fièvre. Aussi, pour beaucoup, le rassemblement d'aujourd'hui avait-il été un signe adressé au roi pour lui signifier que le Piémont était plus que jamais prêt à se battre.

– Non, décidément, répéta Ercole Tommaso, tandis que la cloche de l'église de la Santissima Annunziata sonnait trois heures de l'après-midi, nous n'avons pas fait la même guerre...

– Mais de quoi veux-tu parler ! N'avons-nous pas par deux fois franchi le Tessin ensemble ? répliquait Aventino, excédé.

– Si...

– Alors ?

– Pas dans les mêmes conditions...

– Qu'entends-tu par là ?

– Tu sais très bien que nous n'avions, nous les volontaires, ni vivres ni munitions. Nos vêtements étaient en lambeaux. Nous sommes restés un mois au milieu des neiges, sans abri, toujours battus par les vents et la pluie des Alpes. *La Gazette de Turin* fait bien de rappeler ces faits que beaucoup semblent avoir oubliés. A croire que nous sommes tous devenus amnésiques !

– Les conditions climatiques étaient les mêmes pour tous, y compris pour nos ennemis...

– Il ne s'agit pas de cela ! Et je ne te parle pas des volontaires piémontais, mais de tous les volontaires, de Milan, de Brescia, de Stenico, de Naples, de Gênes. Au lieu de les accueillir à bras ouverts, Charles-Albert leur a demandé de quitter leurs habits et d'endosser la tunique bleue du Piémont. On eût dit qu'il craignait que les corps francs ne lui ravissent l'honneur du combat.

– Ça n'a pas de sens !

– Quand on pense aux services immenses que les corps francs ont rendus, en soulevant les campagnes et en armant les populations pour la cause nationale... Il nous aurait suffi de quelques canons pour fermer tous les passages conduisant à l'Autriche...

– Ecoute, Ercole Tommaso, je comprends ta déception mais nous ne sommes plus à Naples en 1806 et vous n'étiez pas membres de la Sainte Foi !

– Il n'empêche que ce mépris manifesté à l'encontre des corps francs fut la première cause des futurs revers de l'Italie, et une des raisons de la défaite.

– N'exagère pas, veux-tu !

– Je n'exagère pas ! Et que fais-tu des dix mille déserteurs italiens de l'armée d'Autriche que vous avez refusé d'admettre dans un régiment ?

– Ils n'étaient pas sûrs. Radetzky avait placé des espions partout.

– Et l'armée de Durando, faite de moines qui portaient à la ceinture des pistolets et de grands sabres, marchant derrière des chariots au centre desquels avaient été dressés des autels surmontés de grands mâts où flottaient les couleurs pontificales, leurs chapeaux pointus et leurs bas de cuir faisaient-ils peur à la belle tenue des régiments piémontais ?

– Je ne comprends pas les raisons de tant d'énervement, mon fils.

– Ce n'est pas compliqué pourtant. J'ai été fait prisonnier à Montanara, avec des volontaires toscans et plusieurs éléments du bataillon universitaire, Radetzky nous a complimentés en personne, disant : « Je ne m'attendais pas à une telle résistance de votre part, jeunes gens. » J'espère toujours les compliments de Charles-Albert !

– Tu fais la guerre pour recevoir des compliments ?

– Non, mais une certaine reconnaissance. De toute façon, nous n'obtiendrons rien par les armes... Maintenant j'en suis certain.

– Tiens, voilà autre chose ! lança Aventino.

Ercole Tommaso vint s'asseoir à côté de son père, comme s'il lui confiait un secret :

– Au lieu de faire la guerre, faisons une république...

Aventino, qui allait porter à ses lèvres une tasse de café, la reposa.

– Aux tristesses du champ de bataille vont succéder les horreurs de l'insurrection et les hontes de la guerre civile, voilà ce qui va se passer.

– Père, il n'y a de sérieux aujourd'hui que la réalité. Dans nos mœurs sociales, en politique, nous n'avons plus d'aristocratie mais nous n'avons pas encore de démocratie. Entre ces deux extrêmes, tout se meut et s'agite. Même le daguerréotype ne saurait fixer sur le papier ces images mobiles et incertaines.

— Eh bien, je suis aux antipodes de tes pensées ! Je pense, moi, au contraire, qu'il n'y a d'autre solution que la guerre !

Comme si tout ce qu'il avait prévu sur les champs de bataille, la vie, la joie et les possibilités d'amusement, avait perdu sa force d'attraction, à présent qu'il était revenu dans le monde et qu'il lui suffisait de tendre la main vers la réalité, Aventino se repliait sur cette guerre perdue ; sur cette exaltation, ce désespoir. Et s'il n'était bien que là, au milieu de toute cette furie ?

Le temps que dura ce dialogue entre le père et le fils, Massa, dans un coin, s'était tue. Elle prit enfin la parole, brandissant le fameux journal comme s'il était responsable de tous ses malheurs :

— On ne parle que de cela ! On n'écrit plus que sur cela ! La guerre ! La guerre ! J'en ai assez de toutes tes guerres, Aventino, de tous ces membres tranchés, de ces corps sciés et brûlés vifs. Bientôt, tu couperas des têtes comme font les Hurons et les Iroquois, et tu t'en feras des trophées, tu insulteras les cadavres et tu finiras par les manger comme chez les cannibales !

— Massa, pourquoi dis-tu cela ? demanda Aventino.

— Les journaux, de la première à la dernière ligne, ne sont qu'un tissu d'horreurs. Guerres, crimes, vols, impudicités, tortures, crimes des princes, crimes des nations, crimes des particuliers, une ivresse d'atrocités universelles. Et c'est de ce dégoûtant apéritif que l'homme civilisé accompagne son repas chaque matin. Tout en ce monde sue le crime. Dans quelle société vivons-nous désormais ?

Aventino lui jeta un regard plein de tristesse, comme un joueur qui abandonne une partie qu'il sait perdue d'avance. Elle se tenait la tête entre les mains.

– Je me sens si lasse, mes deux hommes, si lasse d'exister dans ce monde-là.

Depuis leur retour sur les terres de Cortanze, le père et le fils n'avaient cessé de s'opposer, comme toute l'Italie, tandis que renaissait le « municipalisme » piémontais et savoyard, et qu'échouait définitivement le néo-guelfisme. Il y avait d'un côté ceux qui voulaient la guerre et de l'autre ceux qui ne la voulaient pas. Ce que d'aucuns appelaient la « solution mazzinienne » aurait pu les réunir puisque le fameux philosophe ne proposait rien de moins qu'une alternative démocratique dans laquelle une Constituante italienne élue au suffrage universel aurait pour mission de mener la lutte contre l'Autriche et de hâter l'unité italienne. Mais aucune solution ne semblait vouloir se dessiner car chacun restait sur ses positions, à l'image du royaume de Piémont-Sardaigne où tout paraissait figé. Charles-Albert ne pouvait compter ni sur ses propres ressources, ni sur l'Angleterre, ni sur la France, ni sur des alliés – Rome, Florence, Venise – en proie aux soubresauts des révolutions et des républiques.

La réalité, c'est-à-dire cette matière si indubitablement plus riche que le vrai puisqu'elle y fait entrer des mythes, des contes, des croyances et une estimable quantité de mépris, était beaucoup plus complexe qu'il n'y paraissait au premier coup d'œil. Les trois membres de l'illustre famille se trouvaient désormais à plusieurs lieues les uns des autres. Non qu'ils vécussent chacun aux quatre coins du Piémont mais, sous un même toit, sur la vaste étendue d'un domaine commun, chacun semblait avoir sa destinée bien tracée. Cela faisait si longtemps qu'ils n'avaient plus dîné avec volupté ensemble, qu'ils n'avaient pas parlé de tout et de rien autour d'un café, d'un pousse-café, de petits verres de liqueur des îles ; qu'ils n'avaient pas, ensemble, assisté à un opéra, un concert ou un ballet. Leur dernière sortie commune remontait à plusieurs années. Ils avaient applaudi une œuvre du grand Giuseppe Verdi, *I Lombardi alla prima crociata*, opéra à la suite duquel ils avaient assisté à un spectacle d'acrobaties exécutées par la compagnie des Arabes du désert du Sahara, dû à un certain Sidi Mohammed.

Ercole Tommaso était peut-être le seul à avoir une conscience assez exacte des changements qui s'opéraient dans sa famille et dans la société dont elle n'était que le produit. Les anciens, qui méprisaient souverainement la profession d'avocat, seraient surpris s'ils revenaient dans l'Italie d'aujourd'hui, pensait Ercole Tommaso. L'avocat, jadis traité de chien enragé, de pécore du forum, de vautour en robe, de chantre de formules, réglait à présent les affaires du pays. Courant de chambre en chambre, de la cour royale au tribunal civil, des assises à la police correctionnelle, du tribunal consulaire de la Bourse au Palais, il refaisait et défaisait un monde dont tous lui confiaient la destinée sans remords. Plus aucune affaire ne se traitait sans la présence de cet homme à la conversation parfois longue et sèche, souvent pédante, et qui se préparait un avenir d'éligible. Habile à exploiter les régimes politiques, écrivain de pacotille et littérateur pitoyable, il avait l'indignation qui jaillissait à propos, la colère juste, et possédait à merveille toutes les anciennes ressources de la comédie oratoire. En un mot, les chevrotements de la voix émue, les lèvres qui tremblent, les accents si profonds, c'est cette Italie comédienne qui était en train de prendre le pouvoir, dont ni Massa ni Aventino ne soupçonnait l'existence.

Dans la vaste demeure, plantée au cœur du Montferrat, chacun avait choisi son camp et voulait tout ignorer de ce qui pouvait bien se passer ailleurs que chez lui. Ercole Tommaso était résolument dans le commerce et la chicane. La guerre ayant perturbé les commerces du vin, de la farine, du riz, de la soie, il fallait réorganiser tout cela au plus vite. En quelques mois, de grosses maisons de commissions anciennes et solides, jusqu'alors très actives dans le commerce des draperies, des toileries, de la bonneterie, du tabac, des pièces d'horlogerie, des papiers peints, de la moutarde, de l'amidon, de l'indigo, de la mercerie, de la quincaillerie, des peaux en poil, des morues, des huiles, du safran, de la garance, et qui, des années durant, avaient fait la prospérité du Piémont, avaient périclité. Nécessité était maintenant de placer son argent dans le transport de marchandises nouvelles comme les objets en fonte, les bois de teinture, les cuivres en planches et fils de laiton, le sucre, le café, le coton. Il ne fallait rien négliger, ni l'épicerie de Sedan, ni les toiles de Strasbourg, ni les cotons du Levant, ni même les fromages de Suisse. Le Piémont était au centre de l'Europe. La revue *Risorgimento* le professait depuis longtemps. Il fallait faire circuler dans les Etats un courant d'idées et activer le mouvement économique, créer des lignes télégraphiques, traiter avec les compagnies pour la construction rapide du chemin de fer, sans jamais perdre de vue que tout cela devait être accompli au nom des grands intérêts nationaux. « Arrêtons de détruire chênes et ormes, ne cessait de répéter Ercole Tommaso, l'extraction de la truffe est un or blanc. Arrêtons de fermer nos portes aux agents de change sous prétexte qu'ils sont souvent raides, empesés, plantés là comme des bornes, l'agent de change est un lion qui fait l'âne. Demain, il occupera tous les postes importants, et son influence politique ne cessera de grandir. » Ercole Tommaso en était convaincu : dans un avenir proche, les empires, décomposés, auraient cédé la place à des nations indépendantes qui bientôt se transformeraient en une fédération de peuples libres. « Quant à la paix véritable, nous en jouirons, nous, Italiens, lorsque nous aurons les Etats-Unis de l'Europe. »

Massa, de son côté, continuait de se battre pour le matriarcat, convaincue, comme ses amies de *Donna Libera*, que « la paternité n'était qu'une croyance, tandis que la maternité était une certitude ». Elle multipliait les contacts avec d'autres femmes d'autres pays, d'autres rédactrices, d'autres journalistes, d'autres ouvrières qui dans leurs gazettes réclamaient non seulement l'égalité de la femme, mais encore la suprématie et, pour certaines, « la communauté de l'homme ». Mais ce combat, sans doute juste, était noyé par un intérêt de plus en plus croissant pour l'ésotérisme, l'occultisme, les forces qui la dépassaient, l'omniprésence du hasard, des contingences. Massa s'enfonçait doucement dans un monde de brume. Elle flottait, tantôt gaie, tantôt triste. De plus en plus absente.

Replié sur lui-même, Aventino passait des heures dans d'interminables courses à cheval à travers son domaine, ou dans sa serre à rejoindre ses théiers dont il s'occupait avec une délicatesse extrême. Vivant la nuit plus que le jour, il se perdait dans un songe étrange, imaginant le château dans deux cents ans. Pillé, brûlé, vendu, démoli en partie, à l'abandon. Il se promenait souvent au milieu de ses ruines, dialoguant avec des pans de mur vides, des planchers éventrés, des plafonds aux caissons démontés et vendus au poids. Lors de ces rêveries, il était grave, intarissable, fiévreux, agité, parlait à tort et à travers, s'épuisant en vains conseils délivrés à un autre Aventino qui le regardait se promener et rêver.

Mais ce qui troublait le plus Aventino, bien plus que le souci d'une nouvelle guerre qui, selon lui, ne pourrait pas ne pas reprendre, c'était le peu de commerce qu'il entretenait désormais avec Massa. Celle qu'il avait tant aimée, qu'il continuait en secret d'appeler « Maria-Galante », n'était plus la même. Certes, il savait qu'on pouvait dire « la clarté est sombre », ou soutenir que les Grecs en étaient venus à penser que la neige était noire, ou que certains sophistes, comme Zénon d'Elée, avaient pu démontrer que le mouvement n'existait pas, en somme que la nuit pouvait être le jour, et l'absence d'amour le signe d'une passion fougueuse. Mais il en avait la certitude : tout ne se valait pas, tout n'était pas dans tout. Les villageois, auxquels il ne fallait sans doute pas accorder plus d'importance qu'ils n'en avaient, disaient de Massa qu'elle s'était transformée en sorcière et que la meilleure preuve en était cette lumière infernale qui brûlait dans sa chambre après minuit, Giacomo Pastore ayant laissé entendre que la consommation de cierges de Madame était devenue proprement « infernale ».

Parfois, il ne la voyait plus que comme une vieille dame, avec ses flétrissures et ses cheveux blancs, fragile, marchant courbée. Seule sa voix n'avait pas changé, ce qui rendait cette vision encore plus troublante. Depuis quelques mois, Massa s'était mis en tête de constituer une sorte de cabinet des curiosités, rassemblant, comme elle pouvait, des idoles égyptiennes de la pierre la plus dure, des figurines en métal de diverses époques, des bas-reliefs en terre cuite, des cassettes chinoises pour peindre au lavis, et surtout des statuettes indoues dont elle se refusait à expliquer la provenance et qui se multipliaient à tel point que plusieurs pièces, fermées à clef, en étaient remplies. Mais ce qui était devenu pour elle une véritable source d'angoisse, c'était un tableau oublié par Giovanni Francesco Rigaut. Le peintre, prétendait-elle, était venu en pleine nuit glisser une petite toile sous son lit.

– Tu es sûre, Massa ? demanda Aventino.

– Oui. Il avait encore changé de physionomie. On aurait dit une sorte de *fashionable* de jeunesse passée, un peu ventru, et portant beau dans sa cravate.

– Massa, lui dit tendrement Aventino en lui caressant le visage, tu devrais te coucher.

– Il est là-dessous... Je t'en supplie...

En prononçant ces mots, Massa semblait effrayée. Il était presque deux heures du matin. Aventino, qui avait entendu Massa crier dans son sommeil, s'était précipité dans sa chambre éclairée par quantité de bougies. Il l'avait trouvée assise par terre, toute tremblante, et lui montrant l'espace compris entre le plancher et le sommier de son lit.

– Je t'assure, il est là-dessous.

Aventino se pencha, glissa le bras et ne trouva rien.

– Tu as dû rêver, ma chérie.

– Je ne rêve plus depuis longtemps, Aventino. Il doit être plus au fond. Cherche encore, je t'en supplie. On est tous les deux sur le tableau... Il y a aussi Ercole Tommaso... et Rigaut, en donateur...

Aventino retourna dans sa chambre et en revint immédiatement avec son sabre dont il se servit comme d'un balai pour tenter de sortir de sa cache l'hypothétique tableau. Au bout de quelques instants, il sentit quelque chose qui s'accrochait à la pointe de la lame. Il donna un petit coup sec qui propulsa un petit tableau dans le milieu de la pièce.

– Tu vois... tu vois..., répéta Massa, que ce n'était pas un rêve !

Aventino s'empara du tableautin qui était recouvert d'une fine couche de poussière. Il passa doucement sa main sur la toile afin de voir ce que pouvait bien représenter cette étrange peinture.

Un homme, sans visage, était monté dans un ballon, et survolait une rivière au fond de laquelle semblait sommeiller une femme dont le visage était caché par une abondante chevelure. Dans le coin gauche un jeune homme, habillé en notable, écrivait, une plume à la main. Dans le coin droit, un minuscule personnage, vêtu de noir, observait la scène, la bouche ouverte comme s'il allait parler. Quand Aventino se retourna pour montrer le tableau à Massa, il s'aperçut que celle-ci s'était recouchée et qu'elle dormait profondément. Il décida de replacer le tableau sous le lit et se glissa à côté de Massa. Elle était froide comme une morte.

35

Le lendemain matin tout semblait oublié. Massa ne se souvenait absolument pas de cet étrange épisode nocturne, quant à Aventino il ne découvrit aucun tableau sous le lit lorsqu'il décida de vérifier s'il s'y trouvait toujours. Il faut dire que cette journée de novembre était des plus particulières. Manfredo Di Revello, en poste à Rome en tant que ministre plénipotentiaire de Charles-Albert, était revenu avec d'extraordinaires nouvelles :

– Pellegrino Rossi a été assassiné et le pape est en fuite !

Aventino et Ercole Tommaso n'en croyaient pas leurs oreilles. Debout sur la plus haute marche du grand escalier, ils ne pouvaient se laisser aller aux effusions d'usage. L'un parce qu'il considérait Manfredo comme son propre fils, l'autre parce qu'il était pour lui un frère pour qui il eût donné sa vie. La discussion eut lieu sur les marches. On ne pouvait s'asseoir. On ne pouvait attendre. Il fallait connaître la vérité, ici, debout !

– Vous vous souvenez, Sterbini avait dit publiquement que si cet ancien ministre de Louis-Philippe paraissait à la tribune du Parlement romain, il serait lapidé !

– Ancien ministre certes, fit remarquer Aventino, mais aussi écrivain dont les œuvres sont à l'index, réfugié politique de 1814, protestant à Genève, professeur éclectique en France, et devenu italien en 48. Un grand promoteur de la Ligue italienne. Plutôt engageant, tout cela... Mais trop complexe, trop subtil, trop intelligent...

Ercole Tommaso ne dit rien. Ses amis du *Risorgimento* n'avaient-ils pas écrit sur plusieurs colonnes : « Rossi s'est chargé de faire à Rome l'expérience de la politique des Metternich et des Guizot... Il tombera, accompagné des risées et du mépris du peuple. Après l'avoir appelé traître à la cause italienne, nous devons l'appeler traître au prince qui l'a élevé au pouvoir » ?

— Comment cela est-il arrivé ? demanda Aventino.
— Une main experte lui a coupé la veine carotide !
— L'assassin a été arrêté ?

Manfredo sourit à la question du père de son ami.

— Il a été conduit en triomphe dans la ville par ses complices ! Des dragons et des carabiniers se sont joints à eux en chantant : « Bénie la main qui poignarda Rossi. » Le couteau, couronné de fleurs, est aujourd'hui exposé au café des Beaux-Arts à la vénération du public.

— Et les députés, comment ont-ils réagi ?
— Rien. Ni surprise, ni protestation. Même le parti modéré est resté muet, inactif, frappé d'impuissance.
— Mais pourquoi la fuite du pape ? intervint Ercole Tommaso.
— Depuis le 16 novembre au matin, la révolution est maîtresse de Rome.
— Une révolution ?
— Voilà le coup le plus funeste porté à l'avenir de la Péninsule, dit Aventino. Il vient de mettre entre l'Italie et la conscience de Pie IX une tache de sang indélébile. Encore une révolution qui a débuté par un crime !
— Voilà pourquoi le pape a fui ! Le 25 au soir, alors que le comte Spaur, ambassadeur de Bavière, se présentait au Quirinal pour parler à Sa Sainteté, sa femme,

la comtesse Spaur, a emmené dans sa voiture, par une porte dérobée, le souverain pontife habillé en simple prêtre !

– Et où est-il, maintenant ? demanda Aventino.

– A Gaète, chez Ferdinand II.

– Tout va se disloquer, s'effondrer, s'émietter. Mes enfants, je crains le pire. Charles-Albert ne pourra pas ne pas être profondément atteint par la fuite du pape. A tort, sans doute, mais il est son inspirateur, son modèle. Il va se sentir frappé du même coup de poignard qui a atteint le souverain pontife...

Aventino avait raison. A partir de ce jour, les événements se précipitèrent. Les Autrichiens qui lentement réoccupaient Milan ne trouvèrent plus autour d'eux que des maisons fermées et des rues désertes. Personne ne voulait lire *La Gazette de Milan* fondée par Radetzky, ni participer à la loterie et encore moins aux jeux publics à nouveau rétablis. La Lombardie tout entière résistait. En Toscane, en Ligurie, en Sicile, le peuple bougeait. A Turin, le Cercle démocratique, toutes bannières déployées, défilait dans les rues. Le moindre fait, la plus petite décision étaient décortiqués, tout avait donc définitivement un sens caché. Charles-Albert décida de donner un grand raout, durant lequel, et pour la première fois, députés et sénateurs pourraient se présenter au palais en bottes et en chapeau rond. La monarchie savoyarde était donc en train de devenir citoyenne ! Pour les vieux serviteurs du roi, cette ouverture aux mœurs nouvelles, cet abandon de l'ancienne étiquette étaient scandaleux. Pour les autres, l'ouverture du Palais royal à la bourgeoisie de Turin et à la garde nationale n'était que poudre aux yeux. En somme, personne n'était content. Aventino y vit un geste non de haute politique mais de véritable abnégation, de bon sens, de respect de l'homme, sans doute aussi le roi avait-il le désir de ressouder sa nation puisque de nouveau, il aurait besoin d'elle.

Le 1er février 1849, le roi pria Aventino et d'autres Colliers de l'Annonciade d'assister à la réunion du Parlement, ce qu'il avait rarement fait. On y parla de l'armée, de la Vénétie, du Piémont, de la guerre. Le ministre Gioberti, au pied de l'estrade que surmontait le trône, observait l'Assemblée à travers ses petites lunettes. Il semblait triomphant et anxieux. On évoqua l'hypothétique médiation de deux puissances amies, et l'échec possible de cette médiation, ce qui laissait envisager une reprise des hostilités et donc une victoire possible... A la fin de la cession, le général Jacques Durando et Aventino furent priés par Charles-Albert de le rejoindre dans son salon privé. Durando, qui cumulait la fonction d'aide de camp du roi et de vice-président de la Chambre, regardait d'un mauvais œil cet entretien à trois. Aventino Roero Di Cortanze n'était qu'un homme d'épée, et ne voulait rien savoir des arcanes de la vie politique feutrés, ouatés, où le vernis règne en maître.

– Durando, je ne mettrai jamais en doute votre amour pour l'Italie, votre bravoure, mais dites-moi franchement, une nouvelle campagne est-elle envisageable ?

– Non, sire.

– Et vous ? demanda Charles-Albert, en se tournant vers Aventino.

– Oui, sire.

– Cela va être pris pour une revanche et condamné par toute l'Europe, intervint immédiatement Durando.

– Mais vous êtes d'accord : on veut la guerre ?
– « *On* » veut la guerre, c'est cela.
– « *On* », c'est le peuple ?
– Sans aucun doute, sire.
– « *On* », c'est la Chambre des députés ?
– Oui, sire, Rattazzi et la gauche...
– Et vous, qu'en pensez-vous, Aventino ?
– Que la victoire est possible, majesté.
– Et vous, Durando ?
– La confiance me manque, votre majesté. Nous sommes trop isolés, mal préparés.
– Eh bien, réfléchissons encore mes amis. Le ciel, dans son immense mansuétude, nous fera peut-être un signe...

Plusieurs semaines passèrent avant que le roi n'appelle enfin Aventino. Ce matin-là le ciel était d'un gris uniforme et l'air était humide. Dans le carrosse aux portes frappées de l'écusson des Roero, Aventino pensait à Massa qu'il venait de quitter et se demandait de quoi serait faite sa journée. Il songeait aussi à son fils auquel il ne parlait presque plus et se disait qu'avec la guerre qui risquait de recommencer il ne pourrait pas tenter une nouvelle fois de renouer la tendre amitié qui les avait si longtemps unis, songeant à tous ces moments qu'ils avaient partagés quand Ercole Tommaso n'était encore qu'un petit enfant auquel il avait appris à tirer l'épée, à monter à cheval, à pêcher, à reconnaître tel arbre, telle fleur, et les limites du domaine, et l'importance de la mission qu'il devait accomplir lors de son passage sur terre : redonner à son fils ce que son père lui avait offert.

Cette nuit, il avait encore passé au château une de ces bonnes nuits, derrière les volets clos de sa chambre, avec cette curieuse sensation de plénitude et de pérennité. Dans son lit, où son père était mort, où lui-même était né, un lit propre, douillet, il avait abandonné son corps et son âme au bonheur du sombre royaume des songes. Et ce matin, signe d'une nuit paisible, il s'était réveillé couché en travers du lit, bras et jambes écartés. Parce qu'il avait dormi avec passion, insouciance, et peut-être un sourire las et méprisant aux lèvres, comme lorsque, adolescent, il sentait que le jésuite chargé de son éducation, accessoire directeur de sa conscience, regardait par le trou de la serrure si ses mains étaient bien sur les couvertures. Au rythme du balancement du carrosse, il pensait qu'en ce commencement de l'année 1849 l'Italie se trouvait politiquement et moralement dans une situation détestable et que seule une guerre victorieuse pourrait sortir le pays de ce marécage dans lequel il s'enfonçait. Etrangement, à mesure qu'il se persuadait de la nécessité d'une intervention armée, les chevaux, juste après le pont de Moriondo, prirent un galop furieux jusqu'aux faubourgs de Turin. La ville semblait comme engourdie, étrangement silencieuse. Arrivés dans la cour du palais, les chevaux urinèrent si violemment sur les pavés que plusieurs gardes hurlèrent qu'il fallait attendre avant de descendre du carrosse. L'incident clos, Aventino sauta à terre et rejoignit la salle du Conseil.

Le roi qui présidait la séance paraissait sombre, triste, soupçonneux. On parlait beaucoup, dans les couloirs, de réorganisation de l'armée, et aucun des chefs de guerre français contactés n'avait donné de réponse favorable. Bigeaud, Lamoricière, Changarnier, Bedeau, aucun n'avait souhaité compromettre sa réputation. D'un autre côté, le parti de la guerre était satisfait : des élections partielles venaient de lui donner une large majorité.

– Messieurs, commença Charles-Albert, ce que j'ai à vous dire tient en peu de mots. J'ai aujourd'hui la certitude que l'Autriche ne veut aucun arrangement. De plus notre Trésor s'épuise à maintenir sur pied une armée qui ne bouge pas. J'ai ici une lettre du général Pepe, lequel, de Venise, m'engage sans hésiter à reprendre les armes. Enfin, le général Pelet, au nom de la République française, me prie instamment d'ajourner un conflit qu'il désapprouve, ce qui, d'une certaine façon, me pousse à entreprendre exactement le contraire. En conséquence, aujourd'hui 16 mars 1849, j'ai résolu de tirer de nouveau l'épée du fourreau...

Un silence extraordinaire accueillit ces dernières paroles, suivi immédiatement de plusieurs salves d'applaudissements. Durando demanda le calme, afin que le roi poursuive son intervention.

– ... J'ai résolu de tirer de nouveau l'épée du fourreau... et de dépêcher au maréchal Radetzky un officier supérieur du génie, porteur de l'acte de dénonciation de l'armistice qui, comme vous le savez, devait expirer le 20 mars.

Ainsi donc, dans quatre jours, la lutte entre le Piémont et l'Autriche allait recommencer. Certes la France et l'Angleterre n'offriraient aucun secours efficace. Naples était trop occupé par la guerre de Sicile pour envoyer des troupes, Rome et Florence, devenus des républiques, ne fourniraient aucun contingent pour une cause royale ; Venise devrait avant tout se borner à défendre ses lagunes ; la Lombardie, pliée sous l'épée du vainqueur, ne pourrait se soulever qu'en cas de victoire en arrière de l'armée piémontaise. La cause était donc entendue, ce n'est plus l'Italie qui se ferait toute seule mais le Piémont qui ne devrait compter que sur lui pour se défendre. Ce n'était pas pour déplaire à Aventino qui avait toujours pensé qu'il fallait se tenir droit. Même si, cette fois, la tâche semblait inhumaine.

Seule ombre au tableau : en face, l'armée avait certes à sa tête un vieux général en chef, âgé de quatre-vingt-trois ans, mais la direction des troupes piémontaises avait été donnée, faute de mieux, à un général polonais, un certain Chrzanowski, petit, laid, à visage de singe et nez camus qui dénotait un penseur plutôt qu'un sabreur, et qui cachait si bien son prestige aux troupes que toutes pensaient qu'il n'en avait aucun ; surtout, il ne parlait pas un mot d'italien !

36

Après la défaite de Sforzesca et l'affreuse mêlée de Mortara, qui avait coûté à Charles-Albert cinq cents morts ou blessés, deux mille prisonniers et cinq canons, Chrzanowski, grand connaisseur de l'art de la guerre et possédant une science très fine des détails, résolut de confier les destinées du Piémont aux hasards d'une bataille décisive qui aurait lieu au sud de Novare, là où les troupes piémontaises pourraient attendre de pied ferme Radetzky et ses hommes contraints de s'avancer vers elles.

Novare était situé entre deux torrents, l'Agogna et le Terdappio. A une lieue au midi de la ville, se trouvait une colline au sommet de laquelle était construit le village de la Bicocca. A l'est, le terrain, coupé de deux profonds fossés, s'abaissait rapidement. A l'ouest, des champs couverts de vignes, de rangées d'arbres et parsemés de fermes, venaient mourir jusqu'au précipice qui borde l'Agogna. C'est sur cette ligne, longue d'une demi-lieue, que Chrzanowski plaça trois divisions. La première, commandée par Durando, était appuyée par sa droite au fossé près de la ferme Nuova Corte. La seconde, celle de Bes, au milieu, à la ferme de Citadella, pourvue, comme la précédente, de deux batteries d'artillerie. La troisième enfin, sous les ordres de Perrone, à l'aile gauche, au village de la Bicocca, armée de seize canons. L'aile droite de Durando était couverte d'un fossé et de quelques retranchements. Sur la rive opposée du Terdappio se trouvait la brigade Solaroli avec huit canons afin de couvrir l'aile gauche des attaques qui auraient pu venir par la route de Trecate et de Galliate. Aucun corps détaché ne défendait une aile droite qu'on croyait suffisamment couverte par l'Agogna, dont on avait négligé d'occuper le pont. En seconde ligne, un peu en avant de la ville, étaient placées les divisions commandées par les deux fils du roi : à gauche, au cimetière de Saint-Nazaire, celle du duc de Gênes ; à droite, près de Novare, entre la place d'armes et le chemin de Verceil, celle du duc de Savoie.

Quand les deux divisions en colonne durent s'élancer au secours de la première ligne, au signal donné par le général en chef, peu de temps après le début du combat, Aventino comprit que la bataille serait âpre. Dès le premier feu des canons et des tirailleurs, l'infanterie autrichienne avait mis en désordre la brigade de Savone et l'avait obligée à la retraite. La brigade de Savoie, malgré l'aide d'une charge de cavalerie de Gênes et le renfort de la réserve d'Aspre, avait, elle aussi, dû reculer sur ses positions, accusant par le même coup la mort de son chef, le général Perrone. L'attaque s'étendit alors sur toute la largeur du champ de bataille. Les deux lignes piémontaises enfoncées, Radetzky reprit son attaque sur le centre et tint en échec toutes les forces de Chrzanowski. A quatre heures, une nouvelle offensive furieuse fut dirigée sur la Bicocca. Radetzky, qui avait tenu en réserve des troupes fraîches, fit rapidement céder l'aile gauche piémontaise. Le triomphe des Autrichiens ne faisait plus aucun doute. Libres désormais de porter toutes leurs forces sur le centre et la droite, ils prirent le centre de l'armée piémontaise par le flanc, et commencèrent de l'enfoncer. L'aile droite ne put se retirer que grâce à l'intervention vigoureuse d'un régiment de la garde et d'une batterie d'artillerie légère amenée par le duc de Savoie.

C'est là, alors que la nuit commençait de tomber, qu'Aventino tentait désespérément de retrouver Charles-Albert qui avait disparu au milieu de la mêlée. La dernière fois qu'il l'avait vu, c'était le matin même, à neuf heures. Le roi, portant par-dessus son uniforme une pelisse de fourrure noire à brandebourgs d'argent, lui avait lancé en descendant les marches du palais Bellini : « J'ai confiance, tout ira bien. Nos soldats feront leur devoir, et nous battrons les Autrichiens. » Mais à présent, plus aucun Savoyard ne partait à l'assaut en chantant *La Marseillaise*, plus aucun « Vive le roi ! » ne montait du champ de bataille, à peine quelques tirs de canon, quelques crépitements de l'artillerie ; en revanche, beaucoup de soldats piémontais désertaient le drapeau, regagnant leurs foyers dans toutes les directions. Soudain, au milieu d'une route, là où deux batteries autrichiennes croisaient encore leurs feux, Aventino vit Charles-Albert, droit sur son cheval, fantôme lugubre, remontant au pas le courant des fuyards comme s'il avait voulu offrir sa poitrine aux balles ennemies. Aventino s'approcha, maîtrisant comme il pouvait son cheval soudain rétif sans doute parce qu'il sentait rôder autour de lui la présence de la mort. Charles-Albert se tenait là en plein carrefour, arrêté, de telle sorte qu'Aventino put prendre son cheval par la bride et pousser ainsi doucement le monarque vers l'angle rentrant que formait l'église de la Bicocca. Durando, qui cherchait lui aussi le roi, rejoignit les deux hommes.

– Sire, vous devez partir. C'est trop dangereux.

– Je ne comprends pas, répondit Charles-Albert, comme s'il rêvait, la pâleur cadavérique de ses joues se teintant, par intervalles, d'une rougeur fiévreuse :

par trois fois mes soldats sont entrés à la Bicocca, pourquoi ont-ils cédé ?

— Votre Majesté, dit Durando, nous ne pouvons rester ici !

— Tout devient inutile, tout est fini répondit le roi, alors que quelques balles sifflaient encore au-dessus de sa tête. Ce jour est mon dernier jour. Laissez-moi mourir, messieurs !

— Partons, je t'en conjure, partons ! hurla Aventino, tutoyant le monarque pour la première et la dernière fois de sa vie, tout en frappant la croupe du cheval de Charles-Albert qui prit au galop le chemin des lignes arrières, tandis que plusieurs hommes de son escorte tombaient, frappés d'une balle en plein front.

Certes, la journée était perdue ; certes, Charles-Albert avait combattu ainsi que ses fils avec le courage du désespoir ; certes, deux généraux piémontais, Perrone et Passalaqua, étaient restés sur le champ de bataille ; certes, le roi avait visiblement cherché la mort sur les points les plus exposés au feu de l'ennemi, sans doute pour ne pas assister aux conséquences de sa défaite, mais il fallait coûte que coûte le conduire derrière les murs d'Alexandrie afin qu'il y poursuive le combat. L'obscurité de la nuit et la pluie abondante, qui avaient mis une trêve forcée aux hostilités, n'avaient pas pour autant stoppé les scènes de pillage. Chez les Piémontais, le désordre était à son comble, la désorganisation complète. Les soldats, qui n'avaient pas mangé de la journée, parcouraient la ville, brisant les fenêtres des maisons à coups de sabre, les portes à coups de crosse, pillant les vivres partout où ils en trouvaient, foulant aux pieds l'autorité de leurs officiers, accusant les démocrates bourgeois d'être cause de la guerre, menaçant de les passer au fil de l'épée et de mettre le feu à la ville. N'était-ce donc pas suffisant ? L'armée piémontaise, qui avait perdu quatre mille hommes et comptabilisait deux mille prisonniers, devait maintenant se battre contre son propre camp ! Les mutins, dont la vie avait été épargnée par la mitraille qui labourait le sol, les obus qui avaient éclaté sans les atteindre, les boulets qui avaient moissonné tant de braves, succombaient maintenant sous les charges de leur propre cavalerie !

Coupant ces flots furieux qui déferlaient dans tous les sens, une malle-poste, miraculeusement trouvée là, et immédiatement réquisitionnée par Aventino et Durando, emportée par les descentes, se précipita au grand galop comme une trombe, en direction de Novare. A son bord, Charles-Albert, triste et éperdu de douleur, qui ne cessait de répéter à ses deux compagnons que, dans cet enfer, « même la mort n'avait pas voulu de lui ».

Adossé à une haute cheminée aux jambages de bois cannelé, Charles-Albert, ses deux fils à sa gauche, regardait les généraux et les ministres qui lui faisaient face. Quelques heures après son retour du champ de bataille, il avait tenu à réunir ce conseil de la dernière chance au palais Bellini, et ce d'autant plus que le ministre Cadorna et le général Cassato, envoyés pour sonder les dispositions de Radetzky quant à la conclusion d'un nouvel armistice, ne tarderaient plus longtemps à rentrer de leur mission.

– Monsieur le chef d'état-major, demanda-t-il en s'adressant à Chrzanowski, pensez-vous qu'une trouée sur Verceil soit possible ?

– Non, sire.

– Et sur Alexandrie ?

– Encore moins, sire.

Un silence pesant régnait dans la salle. Le roi, blanc comme plâtre, le visage impénétrable, poursuivit :

– Nous sommes acculés aux Alpes...

– Oui, sire.

– Coupés de la capitale...

– Nous n'avons aucune chance de nous en sortir, c'est cela ?

– Nous le pensons, sire, répondirent en chœur les deux frères La Marmora.

– Malgré la déroute et le désordre, intervint Aventino, peut-être pourrions-nous tenter de nous frayer une route vers...

Aventino ne put terminer sa phrase. Cadorna et Cassato venaient de faire leur entrée. Toutes les têtes se tournèrent vers eux. Trempés jusqu'aux os, les deux hommes n'avaient même pas pris la peine d'enlever leur capote. La nouvelle était d'importance. C'est le ministre Cadorna qui parla le premier :

– Sire, messieurs, Radetzky se méfie de nous. Il ne veut en aucun cas attendre une hypothétique réponse de notre Parlement quant à la suite des opérations, et, ce sont ses propres termes, « préfère poursuivre nuit et jour le triomphe qu'il a obtenu ».

– Il n'acceptera qu'un armistice sérieux, « susceptible de donner une paix durable », ajouta Cassato.

Le roi semblait ailleurs, déjà dans une autre dimension. Tout le monde se taisait.

– Radetzky met à son acquiescement des conditions réellement déshonorantes, crut bon de préciser Cadorna, rompant le silence.

– C'est-à-dire ? demanda Aventino.

– Le maréchal exige que tous les Lombards soient immédiatement expulsés du territoire piémontais, et que ses troupes occupent sur-le-champ Novare et Alexandrie.

– Jamais je ne souscrirai à de telles conditions, dit tout à coup Charles-Albert, jamais !

Tous les hommes présents se sentirent soudain pénétrés pour leur souverain blessé d'une infinie compassion. N'y avait-il donc aucune issue ? C'est Charles-Albert qui la trouva, digne, terrible. Avec une douloureuse sérénité, il reprit la parole :

– Messieurs, je suis convaincu d'être personnellement un obstacle à tout accommodement avec l'ennemi.

Des « non ! » de désapprobation fusèrent de toutes parts. Le roi exigea à plusieurs reprises le silence avant de pouvoir parler :

– Messieurs, je me suis sacrifié à la cause italienne ; pour elle, j'ai exposé ma vie, celle de mes enfants, mon trône ; je n'ai pas réussi. Je le répète : ma personne est aujourd'hui le seul obstacle à une paix nécessaire. Cette paix nécessaire, messieurs, je ne pourrai pas la signer. Cela m'est impossible... impossible... Puisque je n'ai pas pu trouver la mort, j'accomplirai un dernier sacrifice... Pour mon pays. Je dépose la couronne et j'abdique en faveur de mon fils, le duc de Savoie.

Il régnait dans la pièce une émotion presque religieuse. Chacun avait conscience de vivre un moment d'histoire. Aventino, comme tous les autres, aurait voulu embrasser le roi, le supplier, saisir ses mains, le faire revenir sur sa décision. Mais chacun resta à sa place. Le monarque semblait étrangement serein, inflexible, soudain auréolé d'une incomparable grandeur. Juste avant de se retirer dans la chambre voisine, accompagné de ses deux fils, il adressa à ses conseillers une dernière parole :

Je ne suis plus votre roi... Le voilà votre roi, ce jeune homme de vingt-neuf ans : mon fils Victor-Emmanuel.

Le lendemain, Novare était évacué. Les Autrichiens tirèrent encore quelques coups de canon inutiles et traversèrent la ville, pour donner la chasse à l'ennemi sur les deux routes de Momo et d'Oleggio. Le 24 mars au matin, les parlementaires, dépêchés du quartier général piémontais, annoncèrent l'abdication de Charles-Albert et l'intention de Victor-Emmanuel de négocier personnellement un armistice. Le nouveau roi et le maréchal Radetzky se retrouvèrent dans une métairie de Vignale, petit village situé à environ une lieue de Novare. Le 26, on entama les négociations qui amenèrent à un armistice en douze points conférant au Piémont un statut d'Etat subalterne. Le pays compris entre le Tessin et la Sesia devait être occupé, aux frais du roi, par vingt mille Autrichiens. La ville d'Alexandrie leur était abandonnée. Dans la citadelle ils tiendraient une garnison mixte avec les Piémontais, tout cela jusqu'à la paix définitive. L'armée piémontaise devait être réduite ; les militaires hongrois, lombards et polonais devaient être licenciés, à de rares exceptions, et devaient obtenir amnistie en Autriche. La paix devait être signée au plus tôt, ayant pour base les limites des Etats avant la guerre, et le remboursement des frais de guerre ou indemnités payables par le royaume de Sardaigne.

De retour de la ferme de Vignale, le jeune roi, en costume hongrois, le visage barré de grandes moustaches brunes, rappela que cette honte de la paix, il l'avait sentie nécessaire, mais qu'il avait réussi à préserver son indépendance comme souverain, qu'il avait refusé de dénoncer le Statut que son père avait accordé, qu'il avait conservé le drapeau tricolore, symbole de l'unité, que le Piémont restait, dans l'Italie soumise, l'asile de la liberté ; enfin que la nation italienne, aujourd'hui vaincue, triompherait un jour, et que ce triomphe était dès à présent le but unique de tous ses actes et de toutes ses pensées. Ce programme, libéral et national, ces déclarations d'intention, présentées comme la marque d'une morale retrouvée, d'une sainte fermeté, d'une puissante sagesse politique, ne satisfaisaient nullement Aventino. Piquant des deux, il était parti au galop sur les collines environnantes, plus seul que jamais, si triste, ne sachant où avait disparu Charles-Albert, évaporé, dissous, sans même avoir daigné revoir ne serait-ce qu'une fois son fidèle conseiller, ou lui avoir laissé une lettre qui l'aurait aidé à comprendre. Non, décidément, Aventino ne se satisfaisait pas du programme énoncé par Victor-Emmanuel : « Maintenir sain et sauf notre honneur, fermer les blessures de la fortune publique, consolider nos institutions constitutionnelles. »

37

La campagne sur laquelle on avait fondé de si grandes espérances s'était donc terminée en six jours ! A Turin, les nouvelles de la défaite avaient jeté partout le trouble et la confusion. Et si certains démocrates demandaient encore qu'on appelât le pays aux armes, beaucoup de Turinois, voyant que Radetzky était aux portes de la ville, commençaient de la fuir. Mais au-delà de la capitale du Piémont, c'était toute l'Italie qui se sentait blessée par ce désastre. Gênes accueillit par un soulèvement la nouvelle de l'armistice, de faux bruits avaient laissé entendre que Novare était le fruit d'une trahison et que le Statut avait été aboli. Como, Lecco et Bergame lui emboîtèrent le pas ; refusant de payer la lourde contribution de guerre imposée par l'Autriche, elles décidèrent de « changer l'or en plomb » aux cris de : « Vive l'Italie ! Mort aux barbares ! » Le contrecoup de Novare se fit également sentir en Sicile, qui espérait toujours le secours du Piémont, ayant choisi le duc de Gênes pour roi, et comptait sur l'appui de l'étranger. Mais la révolution qui éclata en Sicile n'était pas nationale. Relevant d'un mouvement factice excité par l'influence des sociétés secrètes et de l'Angleterre, elle fut rapidement noyée dans le sang. Ferdinand II fit bombarder Messine avant que les troupes du général Filangieri n'investissent Palerme. Quant à Rome, dont on eût pu craindre qu'elle fût occupée par les Autrichiens ou les royaux de Naples, elle vit débarquer un matin à Civitavecchia plus de trois mille soldats commandés par le général Oudinot envoyé par Louis Napoléon Bonaparte qui voulait satisfaire le parti de l'ordre et les catholiques français qui l'avaient porté au pouvoir. Pauvre Italie, de nouveau en proie aux invasions allemande et française ! A qui ferait-on croire que l'Autriche intervenait en Italie pour débarrasser les Etats des gouvernements républicains ? Et que la France avait envoyé une armée à Rome non pour y étouffer la liberté, mais, au contraire, pour la régler en la préservant contre ses propres excès, comme le prétendait M. Edgar Ney ?

Le plus triste fut ce qui arriva à Brescia. Après Novare, certains avaient escompté qu'une insurrection allait embraser la Lombardie. Privée de garnison, elle ne bougea pas, excepté Brescia. Cette ville de quarante mille habitants, dominée par un château situé sur une montagne, avait montré un esprit ardent pour l'indépendance, et donné l'exemple de la réunion au Piémont ; ses recrues avaient composé le 21e régiment sarde. Refusant les mauvaises nouvelles venues du Tessin, les Brescians dressèrent des barricades et entamèrent de vigoureuses sorties contre les régiments autrichiens, lesquels finirent après plusieurs jours d'une lutte acharnée par entrer dans la ville. Le siège, qui avait coûté aux Autrichiens un général, trois colonels, trente-huit officiers et mille cinq cents hommes, se termina dans un bain de sang. Le général Haynau rasa trois cents maisons et massacra des centaines de civils dont beaucoup de femmes, de vieillards et d'enfants. Quand l'insurrection fut totalement matée, il se fit livrer une centaine de meneurs qu'il fit décapiter le jour même.

Bientôt, une répression terrible s'abattit sur l'Italie. Les Autrichiens rétablirent le duc Charles III à Parme ;

le maréchal d'Aspre occupa Pise et Lucques ; Florence leur ouvrit ses portes et la garde civique fut, comme partout, désarmée. Bientôt la Toscane tout entière fut envahie, et la Charte ne fut plus qu'un chiffon de papier. Partout où les Autrichiens s'installaient, se répétaient les mêmes spectacles, bouleversant les esprits et glaçant les veines. Les soldats jetaient à des molosses affamés les membres déchirés de leurs victimes ; faisaient rôtir au feu des morceaux de chair humaine, bras de femmes ou têtes d'enfants coupés ; enduisaient le corps des prisonniers de résine et y mettaient le feu ; outrageaient et égorgeaient des femmes sous les yeux de leurs maris. On en vit même certains forcer des malheureux à moitié morts à avaler les entrailles déchirées des êtres qu'ils aimaient le plus au monde. Beaucoup d'innocents moururent de toutes ces exactions, d'autres, en plus grand nombre, en perdirent à jamais la raison.

Voilà pourquoi Aventino voulait continuer la lutte. Pour élever aux martyrs italiens des monuments funèbres dignes de leur mémoire, pour rester debout, pour ne pas faire que la dignité humaine soit jetée aux chiens comme un os.

Cachés dans une forêt de hauts chênes encaissée dans un des méandres du Pô entre Plaisance et Crémone, Aventino et une vingtaine de soldats de la Colonia Cortanzese, qui avaient refusé de fuir ou de se rendre à l'ennemi, attendaient l'événement qui allait changer le cours du temps. L'abdication de Charles-Albert n'était que verbale et, par conséquent, n'avait pas été régularisée par le notaire de la Couronne.

– Ce qui signifie ? demanda un soldat, emmitouflé dans une couverture.

– Qu'elle ne vaut rien, rétorqua Aventino.

– La Chambre peut ne pas reconnaître son abdication.

– Parmi tous les traîtres et tous les menteurs qui nous entourent, dit Aventino, je ne vois qu'une seule et noble figure : celle de Charles-Albert.

– Vive le roi ! lancèrent immédiatement tous ces hommes, morts de faim et de froid.

– Quel gâchis, dit Aventino, comme pour lui-même. Le roi parti, on finira par lui élever une statue, et par réparer nos fautes avec du marbre et du bronze !

– Général, qu'allons-nous faire ? Le temps passe et nos forces s'amenuisent, dit un porte-guidon blessé à la tête.

– Après Novare, nous aurions pu tenir Radetzky en échec. L'aile droite et une partie du centre n'avaient pris aucune part au combat. La division lombarde n'avait pas été atteinte. Le corps du général La Marmora comptait toujours quinze mille hommes. Les places fortes du Piémont étaient remplies de troupes abondamment pourvues de munitions et de vivres. D'un autre côté, la Lombardie et la Toscane pouvaient envoyer des renforts considérables, auxquels la République romaine aurait ajouté ses défenseurs...

– Général, n'est-il pas inutile de refaire pour la centième fois la bataille ? L'armistice est signé. Nous ne vous avons pas suivi pour nous lamenter sur notre sort mais pour continuer le combat, dit le porte-guidon.

Aventino releva la tête, et sourit.

– Vous avez raison, soldat. L'exemple vient de Venise. Après Novare, elle pouvait se soumettre ou résister, renoncer à tout espoir d'indépendance ou braver à toute extrémité les forces et le courroux de l'Autriche. L'Assemblée a décrété que Venise résisterait à tout prix.

– Comme Garibaldi, fit remarquer le soldat chargé

de surveiller les chevaux. Les Napolitains ont fait de lui une telle légende qu'ils n'espèrent plus se défendre contre l'homme rouge que par la vertu des amulettes.

– Comme Fra Diavolo, ajouta le porte-guidon.

– Eh bien, messieurs, plaçons-nous sous le triple parrainage des rebelles vénitiens, de Garibaldi et de Michele Pezza ! dit Aventino en levant un verre invisible, et en portant ce que les Anglais appelaient un *toast* à leur engagement futur. Rejoignons Pepe à Venise !

– A Venise ! A Venise ! reprirent tous les hommes.

Tout en dépliant une carte devant ses soldats placés en cercle autour de lui, Aventino rappela que le général Guillaume Pepe, qui avait formé et communiqué au gouvernement piémontais plusieurs plans de campagne, avait résolu, après la dénonciation de l'armistice, de tenter un dernier effort dans la Vénétie.

– Le 19 mars dernier, il s'est embarqué pour Chioggia avec huit mille hommes et douze pièces de campagne. Je sais de source sûre que des volontaires de toute espèce, des gardes civiques mobiles, des troupes de ligne, convergent sur Venise, nous pourrions les rejoindre.

Plutôt que de gagner Mantoue puis Legnago par la route, qui était infestée de patrouilles autrichiennes, Aventino montrait un autre chemin sur la carte, avec la pointe d'une brindille.

– On traversera l'Oglio, et juste après le Chiese, puis le Mincio, sous Volta. Puis Pozzolo, Ronco, là on franchit l'Adige. On contourne Sirmione, Vérone, Vicence, puis on passe entre Padoue et Trévise.

Des fenêtres de l'auberge Gran Czara, située à égale distance de Strà et de Fiesso, on distinguait dans les brumes du matin les mamelons peu élevés et boisés des monts Euganéens. Cela faisait maintenant plus de deux semaines que les survivants de la Colonia Cortanzese étaient partis pour rejoindre Venise. Leur arrivée, en masse, n'était pas restée inaperçue. Ils étaient sales, avaient commandé des plats comme s'ils n'avaient pas mangé depuis des jours, mais surtout avaient immédiatement paru suspects aux personnes rassemblées dans l'immense salle à manger. Pourtant, Aventino était certain de ne pas s'être trompé de lieu de rendez-vous. A force de perspicacité et de patience, et surtout grâce à une lettre très précieuse d'un proche du général Guillaume Pepe, malheureusement égarée en chemin, il se trouvait bien à l'auberge Gran Czara. L'absence totale de soldats autrichiens confirmait qu'il touchait au but. L'auberge et ses environs constituaient pour les soldats ennemis un tel danger qu'aucun d'entre eux ne voulait plus y mettre les pieds. Cette zone de non-droit était vite devenue le passage obligé pour beaucoup de jeunes gens qui voulaient franchir les barrages autrichiens et gagner la ville assiégée. Il y avait là nombre de combattants qui s'étaient soustraits à la conscription autrichienne. On trouvait aussi des déserteurs décidés à s'engager sous le drapeau vénitien, des volontaires venus des provinces environnantes de Padoue, de Trévise, d'Udine, de Bellune prêts à intégrer les bataillons que Pepe organisait en légions.

Alors qu'Aventino finissait son morceau de *stracchino* arrosé d'un dernier verre de bon vin, une femme s'avança vers lui. Elle avait un de ces visages qui semblent appartenir au domaine poétique des rêves plus qu'à la grossière réalité de la vie. Les traits réguliers, les yeux caressants, des cheveux blonds et bouclés. La peau d'une pâleur distinguée, la taille élevée. Belle par le sourire, mais comprimée par une sorte de gravité intérieure, elle paraissait vouloir montrer une pensée sur son front plutôt qu'un sentiment sur ses lèvres. En un mot, celle que tous appelaient la princesse, derrière une certaine volonté de plaire, faisait d'abord preuve d'un courage et d'un sang-froid remarquables.

– Vous êtes des Piémontais, n'est-ce pas ? demanda la jeune femme en s'adressant à toute la tablée.

– Oui, répondit Aventino, fasciné par ce visage qu'il avait l'impression de connaître, comme venu d'on ne sait quel passé lointain, enfoui, oublié.

– Que faites-vous ici ?

– Nous avons certains projets qu'il est difficile d'évoquer dans une salle d'auberge.

– Tout dépend de l'auberge, répondit la princesse, habillée en homme d'une culotte courte, d'un gilet avec jabot, et portant des bottes à revers jaunes.

Un silence pesant avait petit à petit gagné toutes les tables. Aventino et ses hommes ne savaient trop comment réagir. Se taire, c'était courir le risque d'être pris pour des espions au service de l'Autriche. Parler, c'était manquer d'être arrêté par la police autrichienne qui avait des délateurs partout.

– Vous êtes piémontais, redit la femme, impassible, et avec une certaine dureté.

– Oui, je vous l'ai déjà dit.

– En tout cas, vous au moins, vous n'êtes pas partis au Portugal comme votre ancien roi...

Aventino et ses hommes ne réalisèrent pas immédiatement ce que cette phrase voulait exactement dire, et ce d'autant plus que la salle tout entière était traversée d'un immense éclat de rire.

– Que voulez-vous que j'aille faire au Portugal ? demanda Aventino, sceptique.

– Vous n'êtes pas au courant ?

– Non.

La femme prit place à côté d'Aventino. Le récit qu'elle lui fit le remplit d'une tristesse infinie. Après avoir déposé le poids du sceptre entre les mains de son fils, Charles-Albert avait immédiatement quitté le camp incognito, sous le nom de comte de Barge. Arrêté par les avant-postes autrichiens, il avait été invité à prendre une tasse de thé chez le général Thurn, qui, l'ayant laissé partir après une longue conversation, avait appris d'un soldat piémontais qu'il avait causé avec le roi ! A Nice, il se fit donner des passeports, et prévint qu'il souhaitait se retirer à Porto, ville portugaise, sur le rivage de l'Océan.

– Tout est fini alors, les songes se sont évanouis, dit Aventino à voix basse, puis, plus haut, comme à l'adresse de ses soldats : C'est là qu'il mourra.

Cela faisait des jours et des nuits qu'ils chevauchaient, lui et ses hommes, entre Pavie et Venise, à travers ces plaines, ces collines entrecoupées de rivières et de canaux, à se cacher, à tenter d'échapper à un ennemi toujours présent, comment aurait-il pu savoir ce qui était arrivé au roi et qui était maintenant de notoriété publique ?

– Il vous a trahis, comme il nous a trahis, dit la jeune femme à haute voix. Venise n'a pas besoin de traîtres !

Aventino et ses hommes n'arrivaient pas à croire ce qu'ils étaient en train de vivre. Avoir fait tout ce voyage pour rien, pour se faire lapider par des Vénitiens exaltés. Le siège de Venise était désormais poursuivi par une armée formidable. L'ennemi avait concentré autour de la lagune toutes ses forces de terre et de mer, et l'immense artillerie dont la fin de la guerre piémontaise lui avait laissé la disposition. La lagune qui, dans une circonférence de quatre-vingt-dix milles, renfermait soixante forts, et deux cent mille habitants, n'était défendue que par une garnison inférieure en nombre à celles de Dantzig et de Gênes, quand ces deux villes soutinrent leurs mémorables sièges. Venise avait besoin de bras et refusait l'aide de ces valeureux Piémontais, pire, elle croyait voir en eux des traîtres ou des espions.

– Mort aux traîtres piémontais, dit un jeune garçon à tête d'ange.

– Mort aux vieux ! lança son voisin, homme d'une taille élevée mais à l'embonpoint flasque, en s'adressant à Aventino.

– Je n'ai que soixante-huit ans, jeune homme, répondit Aventino, en regrettant immédiatement de s'humilier à ce point. Radetzky a quatre-vingt-trois ans, et cela ne l'a pas empêché de nous battre !

– C'est cela, faites l'apologie du maréchal ! dit la princesse, tandis que l'atmosphère de l'auberge devenait de plus en plus irrespirable.

– Tu es peut-être une excellente combattante, mais tu dis souvent n'importe quoi, lança un homme qui venait d'entrer dans l'auberge, accompagné de plusieurs hommes en armes, à l'adresse de la femme. J'ai plus de soixante-dix ans, moi !

L'homme, légèrement voûté, vêtu d'un long manteau de peau, de bottes hautes et d'un grand chapeau à larges bords, visiblement connu et respecté par tous, s'avança vers Aventino, le visage éclairé par un large sourire, les bras ouverts.

– Mon ami ! Mon frère !

– Barnaba ! Barnaba Sperandio ! dit Aventino, les yeux pleins de larmes.

– Voilà, je suis passé des aérostats à la guerre. Venise a besoin de fusils ! Bienvenue aux Piémontais, aux Toscans, aux Romains ! Cette fois, nous ne sommes plus dans les rêves, dans des conceptions démesurées. Maintenant nous élaborons des plans, nous nous occupons de la réalité. Premier temps : défense active et énergique des lagunes. Deuxième temps : victoire de

Venise. Troisième temps : victoire de l'Italie unifiée. Venez, mes amis, ce soir nous serons sur la Piazzetta.

Les regards d'Aventino et de la princesse se croisèrent. Aventino en était certain : ces yeux-là, il les avait déjà vus de près. Où et dans quelles circonstances ? Au fond, cela n'avait maintenant plus guère d'importance. Dans quelques heures, il serait au cœur de la résistance vénitienne.

A la nuit tombée, trois barques à deux rangs de rames quittèrent la berge, au son confus du clapotis des vagues. Tandis qu'il se rapprochait lentement de la lagune, à peine éclairée par les rayons d'une lune jaune, Aventino pensait à Ercole Tommaso qui lui reprochait d'avoir mené une guerre différente de la sienne. A présent qu'il avait quitté l'uniforme piémontais pour bientôt revêtir celui des corps francs au service de la liberté, il comprenait ce que son fils avait voulu lui dire, et regrettait qu'il ne fût pas à ses côtés.

38

Cela faisait maintenant plusieurs jours que les canons autrichiens tonnaient contre le fort de Malghera. S'élevant à l'ouest des lagunes, au milieu de l'intervalle qui les sépare de Mestre, nœud de toutes les communications terrestres de Venise, il se composait de deux enceintes. La première, intérieure, avait la forme d'un pentagone irrégulier, composé de quatre fronts bastionnés et d'une tenaille, avec des fossés pleins d'eau. La seconde, extérieure, qui enveloppait complètement la première, et lui était à peu près semblable, était entourée d'eau, mais possédait en plus un chemin couvert palissadé, précédé de trois lunettes dont l'objectif principal était de favoriser les sorties. Flanquée de deux petits forts, à droite le Manin, à gauche le Rizzardi, assurant ses communications avec Venise, la forteresse comptait, pour défendre ses retranchements, pas moins de trois mille hommes et cent vingt bouches à feu. Enfin, possédant deux casernes voûtées, à l'épreuve des bombes et formant réduit, ne pouvant contenir à elles deux que cinq cents hommes au plus, la majorité des troupes étaient contraintes de s'abriter sous des tentes ou dans des baraques en planches.

Dès son arrivée à Venise, Aventino avait rejoint, avec nombre de recrues présentes à l'auberge de la Gran Czara, dont la fameuse princesse et Barnaba Sperandio, ce que tous appelaient fièrement le « poste avancé de la résistance italienne ». Les Autrichiens, ayant misé sur un succès immédiat, ne parlaient qu'avec dédain des assiégés. Radetzky avait entrepris le siège de la forteresse, en compagnie de deux archiducs, pour leur offrir le spectacle de ce qu'il croyait être une récréation militaire. Mais c'était sans compter avec la bravoure du jeune colonel Girolamo Ulloa, jeune Napolitain de vingt-quatre ans. Grâce à lui, et à la bravoure de ses hommes, dont Aventino, toutes les attaques autrichiennes avaient été repoussées. Radetzky avait même dû demander une suspension d'armes de vingt-quatre heures. Pour couvrir sa honte, il avait envoyé à Venise de paternelles propositions. Malghera avait tout refusé : la trêve, la soumission, les arrangements. Ce qui avait provoqué chez les assiégeants une rage telle que nombre de consuls étrangers avaient demandé à leurs nationaux d'évacuer la ville. En un jour, trois mille personnes avaient pris le chemin de l'exil. Une escadre impériale les avait bloquées du côté de la mer et refoulées inexorablement vers Venise qui devint rapidement une affreuse souricière.

Voilà pourquoi, depuis le 24 mai, la lutte avait recommencé. Depuis cette date, plusieurs dizaines de milliers de boulets avaient été lancés. Mais la forteresse, démantelée de toutes parts, tenait toujours. On résistait comme on pouvait. Ulloa, en provoquant, au moyen d'écluses, l'inondation des canaux de Mestre et de l'Osellino, avait noyé plusieurs milliers d'artilleurs autrichiens. Venise envoyait chaque jour de nouveaux défenseurs, on voyait même des femmes et des enfants accourir au milieu des dangers de tout genre pour prêter leurs secours aux blessés, apporter de la nourriture, des munitions, du réconfort. C'était toute une ville qui était derrière sa forteresse. Mais aujourd'hui, en cette fin de journée du 26 mai, la possibilité de l'évacuation de la place était envisagée avec tristesse.

– Les parapets sont en ruines, les sacs de terre destinés à les remplacer sont vides, les terre-pleins menacent de s'écrouler tout comme les poudrières, les toits sont criblés de boulets, les palissades des chemins couverts sont totalement détruites, disait la princesse en faisant au colonel Ulloa son rapport quotidien. Quant aux casemates...

– Je sais, dit Ulloa en lui coupant la parole, et se souvenant que la veille des grenades ennemies avaient pénétré dans trois d'entre elles, tuant plusieurs officiers et faisant de nombreux blessés, je sais, elles n'offrent plus aucun abri.

– Le fort n'est plus en état de se défendre, n'est-ce pas ? avança Barnaba, des larmes dans les yeux.

– Sous la protection du terre-plein de la voie ferrée, qui touche presque à la forteresse, l'ennemi peut l'emporter par un assaut de vive force, c'est cela ? dit Aventino.

Ulloa, malgré son jeune âge, était composé d'un heureux mélange des qualités les plus opposées et les plus rares. Amoureux de la discipline au service, il n'en défendait pas moins une liberté totale dans la vie politique ; âme bienveillante, il pouvait cependant s'enorgueillir d'une volonté de fer ; très ouvert aux conseils d'autrui lorsqu'il s'agissait de préparer quelque entreprise, il pouvait être d'une obstination intraitable lorsqu'il s'agissait de poursuivre jusqu'au bout ce qu'il avait une fois commencé.

– Nos espions nous assurent que l'assaut pourrait avoir lieu demain, dit Ulloa.

Le commandant en chef des corps de la garnison prit la parole :

– Nos soldats sont extrêmement fatigués, et dans l'impossibilité d'entreprendre aucun service de corvée.

Quant au détachement affecté au transport des vivres et des munitions, il ne comporte plus que dix-huit hommes...

Aventino occupait le poste de directeur de l'artillerie. Ulloa se tourna vers lui.

– Les dommages causés aux fortifications sont irréparables, les soldats sont exténués... Mais qu'en est-il de l'artillerie ?

– Nombre de bouches à feu sont hors service. Beaucoup de munitions, transportées à bras, sont perdues, mais il me semble que si Venise peut nous envoyer des travailleurs civils, des sacs de terre, des fascines et doubler les munitions, la résistance est encore possible...

Alors qu'Ulloa dissertait sur l'honneur militaire et les chances de poursuite du combat, un envoyé spécial vint lui remettre un décret signé de la main même de Daniele Manin, président du gouvernement provisoire de Venise. Ulloa le lut, plusieurs fois, comme pour s'imprégner du contenu de la missive, et, après un long silence, reprenant son souffle, dit à haute voix :

– Notre président considère que nous devons cesser le combat. En conséquence, il décrète, un, que le fort de Malghera doit être évacué. Deux, que moi-même, colonel Girolamo Ulloa, commandant du fort, suis chargé de l'exécution du présent décret.

Tous se regardèrent, abasourdis. Une nouvelle fois, on préférait la stratégie à l'honneur.

La retraite fut opérée de nuit, par le canal et par le pont, avec les précautions nécessaires pour la dérober à l'ennemi. Les troupes du fort Manin et une partie de celles de Malghera gagnèrent le bord des lagunes, à l'embouchure du canal de Mestre, et trouvèrent là des barques qui les transportèrent à Venise. Le reste de la garnison de Malghera, dont Barnaba et Aventino, et celle du fort Rizzardi, qui se retira la dernière et continua le feu jusqu'à l'ultime moment, suivirent le chemin de fer et le pont, dont plusieurs arches, minées, se rompirent dans un fracas épouvantable. De l'autre côté de la berge, Aventino regarda longtemps la forteresse, monceau de ruines que tous avaient défendu un mois durant, et les énormes piliers du fameux vieux pont qui s'enfonçaient dans l'eau, et c'était un sentiment étrange que de devoir admettre que tout cela, toute cette peine, ces morts, n'avait servi à rien, si ce n'est à prolonger une « résistance » dont certains se demandaient parfois si elle ne désignait pas le courage des sots.

Maintenant à l'abri, dans la salle d'armes d'un des vieux palais du centre de Venise, découpé en chambres où s'entassaient les officiers décidés à lutter jusqu'au bout pour la liberté de l'Italie, les soldats survivants se livraient à d'étranges comptes d'apothicaire. On disait que les Autrichiens avaient lancé quatre-vingt mille projectiles, dont soixante-mille les trois derniers jours. Que les assiégeants en avaient consommé autant, mais que leurs pertes se montaient à cent morts et trois cents blessés, soit plus du cinquième de la garnison. Certains, les tenant d'on ne sait qui, avançaient des chiffres très précis. Parmi les hommes de Malghera, trois majors, un commandant, six capitaines, quatre lieutenants et un ingénieur avaient succombé à leurs blessures ; sur cent vingt canonniers, vingt-neuf étaient morts ; sur cent hommes de la garde civique, vingt-six. La seule artillerie de Malghera avait perdu cent cinquante hommes. Sur quatre cents blessés, trois cents étaient décédés depuis... Un chiffre rassemblait tout le monde, remplissant les Italiens de joie : deux mille cinq cents, c'était le nombre de blessés graves autrichiens qui croupissaient actuellement dans les hôpitaux de Trévise !

Dans un coin de la salle d'armes un homme écoutait. Aventino l'observait de loin. C'était une sorte de vieillard sans dents, au menton long et pointu, vêtu de la tête aux pieds de molleton blanc, et portant sur la tête une calotte de velours rouge. Quand il commença à parler, tout le monde se tut, l'écoutant religieusement. Il est vrai que ce qu'il avait à dire était de la plus haute importance : Oudinot venait d'entrer dans Rome !

– Non seulement la lagune reste désormais seule, en Italie, à se défendre contre l'Autriche, mais de plus, la vaillante nation sur laquelle nous avions compté, sinon pour vaincre, du moins pour tenir en échec les forces impériales, la belliqueuse Hongrie, est menacée de succomber. Une révolution vient d'y éclater, et les Russes sont là pour récupérer les morceaux...

« Menteur ! », « espion ! », « défaitiste ! », « mauvais Italien ! », les insultes fusaient de toutes parts. Le vieillard ne perdit pas son calme. Bien au contraire, manifestant une certaine assurance, il reprit :

– Messieurs, la lutte continue. J'étais à Rome, quand Garibaldi, en compagnie de quatre mille fantassins et de huit cents cavaliers, embarrassés de bagages et de munitions, a réussi à échapper aux colonnes françaises, à l'armée napolitaine et aux soldats autrichiens. J'étais à ses côtés quand il a emprunté les sentiers ardus et inexplorés, quand il a traversé les bois et passé les torrents impétueux. Messieurs, connaissez-vous son mot d'ordre ?

– Non, répondirent plusieurs voix.

– « Nous rendre ? Jamais ! Plutôt mourir ! A Venise ! A Venise ! » Voilà, messieurs, Garibaldi sera là dans quelques jours, et nous aidera à vaincre l'Autriche !

A mesure qu'il parlait, Aventino s'était rapproché du mystérieux vieillard. Il se trouvait maintenant à quelques mètres de lui. Une forte odeur d'eau de Cologne arriva jusqu'à Aventino... Giovanni Francesco Rigaut ! Le peintre le regarda en souriant.

– Je ne te quitterai plus, marquis.

– Depuis quand nous tutoyons-nous ?

– Quelle importance, au milieu de toute cette mort, de toute cette détresse... Mais puisque vous le souhaitez, continuons à échanger nos points de vue sur le monde en nous vouvoyant.

– Cela me semble préférable, en effet, répondit Aventino, mais un autre jour, si vous n'y voyez pas d'inconvénient.

– Je ne sais pas si « inconvénient » est le mot qui convient...

Aventino ne répondit pas.

– Une dernière chose, avant de vous quitter provisoirement, car le devoir m'appelle : je dois ramasser les morts, il y en a partout, les assister, les aider...

– Que vouliez-vous ajouter ? demanda Aventino, énervé.

– Le tableau est fini, monsieur le marquis, quand vous l'aurez vu, et s'il vous satisfait, vous pourrez me payer. C'est le travail de toute une vie.

– Mais où est-il ?

– Au château, bien sûr, à Cortanze.

Ce furent les derniers mots du peintre, qui se fraya un chemin à travers les soldats qui fumaient, buvaient, tentaient d'oublier les bruits épouvantables faits par les batteries de mortiers vénitiennes qui répliquaient aux gros obusiers autrichiens.

Dans les jours qui suivirent, Aventino oublia Rigaut. La guerre ne permettait pas de penser à autre chose qu'à la guerre. Après la chute de Rome, l'Italie avait peut-être perdu tout espoir, mais Venise résistait encore. Aventino était de tous les engagements. Il fit partie du petit groupe qui chassa l'ennemi du pont de la Brenta, fut de ceux qui tentèrent une sortie hasardeuse hors de Brondolo pour ramasser des vivres, parvint avec certains à ouvrir des communications entre les canaux et les chaussées, répara la nuit les dommages causés le jour par les batteries de mortiers, participa à l'édification d'un mur de protection en grosses balles de coton autour du grand moulin à farine perpétuellement visé par l'ennemi, enfin, comme beaucoup d'hommes et de femmes de Venise, héros anonymes, il vint prêter main-forte aux marins des bateaux que les tempêtes avaient jetés contre les lagunes. Une nuit de juillet, il tenta même d'aller espionner les lignes ennemies grâce à un aérostat militaire spécialement conçu par Barnaba. Mais alors que cinq cents hommes, attelés aux quatre cordes qui retenaient le globe aérien à terre, tentaient de le maintenir en position jusqu'à ce que l'ascension fût possible, celui-ci, masse monstrueuse se découpant en noir sur le ciel éclairé par la lune, éventré par plusieurs rafales, s'affaissa lourdement au sol, manquant d'écraser ses deux occupants, tout en perdant le reste de son gaz par une large déchirure.

Commença pour les uns et les autres une attente interminable. La ville assiégée voyait chaque jour ses forces diminuer. On tenta des négociations, en vain. L'Autriche, qui n'était pas prête à discuter, proposait purement et simplement la réunion de Venise au reste de l'Empire et la suppression de la nationalité. Quant à certaines « concessions », elles n'entreraient en vigueur que plus tard, c'est-à-dire lorsque la paix serait rétablie en Italie et en Europe. Jusque-là, ce qu'on appelait les « provinces italiennes » de l'Autriche resterait soumis au régime militaire. Mais la mort de

Venise ne se jouait pas uniquement autour des tables feutrées des négociations entre ministres plénipotentiaires. Bien qu'on eût ordonné aux particuliers de livrer toute la poudre qu'ils avaient chez eux, et de laisser enlever de leurs habitations les matières salpêtrées, les munitions s'amenuisaient de jour en jour. Un nouvel impôt, immédiatement converti en papier communal, appauvrit d'autant la population. Les vivres venant à manquer, le prix des comestibles augmentait continuellement. Le blé devenait une denrée rarissime. Faute d'avoine, les chevaux n'étaient plus nourris que d'orge et de froment. De jour en jour, la disette augmentait, la viande n'arrivait plus dans la lagune ; les provisions de vin étaient presque épuisées ; il fallut y suppléer par une boisson artificielle faite avec du mauvais alcool. Les bœufs enlevés à l'armée dans les différentes sorties étant réservés pour les hôpitaux, on eut recours à la viande de cheval ; du mauvais pain et quelques légumes devinrent rapidement la seule nourriture. On taxa toutes les céréales, la viande séchée ou salée, on fit un nouveau pain dans lequel farine de froment et farine de seigle étaient mêlées. On nomma une commission pour chaque *sestiere*. On obligea les particuliers à partager toutes les provisions en dépôt chez eux, sous peine de confiscation. On fixa des rations de vivres proportionnellement aux besoins de chaque famille...

Les Autrichiens, qui n'ignoraient rien de l'état déplorable où Venise était réduite, avaient, depuis peu, établi du côté de Fusina une nouvelle chaîne de postes pour empêcher la contrebande et les gestes de solidarité des paysans de terre ferme ; les propriétaires des environs de l'Estuario avaient même été forcés de déplacer leurs dépôts de blé et de vin derrière le cordon de blocus. Quant à la fière armée de la Vénétie, elle s'affaiblissait inexorablement, décimée qu'elle était, non seulement par les balles ennemies, mais encore par les fièvres qui enlevaient un grand nombre de combattants. Les hôpitaux et les casernes étaient encombrés de blessés et de malades. De telle sorte qu'Aventino, doucement, se laissait envahir par la réalité qu'il avait toujours refusé de voir depuis qu'il était entré à Venise. Le nombre de soldats restant pour accomplir le service journalier de toute la lagune et de ses soixante forts, et pour fournir les réserves indispensables dès lors que des assauts seraient tentés contre la ville était si faible qu'il ne voyait plus maintenant, et malgré le décret de mobilisation de mille gardes civiques supplémentaires, comment cet îlot de liberté ne finirait pas un jour par tomber dans la servitude. Il fallait se rendre à l'évidence, et bien que la Sérénissime fût coupée du monde, certaines nouvelles, alarmantes, parvenaient à franchir le blocus autrichien. L'état de l'Italie et de toute l'Europe était désolant pour Venise. La paix de l'Autriche avec le Piémont, un instant compromise, ne présentait plus désormais d'obstacle sérieux. La Toscane et les Légations étaient entre les mains des Autrichiens. Rome était occupée par les Français. Naples et la Sicile étaient « comprimées ». La Russie venait d'intervenir en Hongrie. Quant à la France et à l'Allemagne, leurs relations semblaient s'être normalisées. Oui, tout était à la paix. Aventino avait fini par prononcer devant un Barnaba défait des paroles qu'il n'aurait jamais cru pouvoir proférer quelques semaines auparavant : « Raffermie et rassurée de tous côtés, l'Autriche n'a plus à craindre de voir Venise secouru. Nous allons mourir comme des rats, abandonnés de tous. » « Et Garibaldi ? » avait demandé Barnaba. « Garibaldi ? Il ne viendra jamais. Dans moins de deux mois, tout sera fini... »

39

L'opinion publique ne croyant plus en ses chefs militaires, les ministres n'étant plus populaires, Manin ne pouvant en rien diriger les affaires de la guerre, la flotte ne pouvant pas agir, et l'administration ne sachant pas comment pourvoir au manque de vivres et de munitions, Venise s'amusait parfois en des fêtes orgiaques et désespérées. Puisqu'il n'y avait plus rien à attendre de qui que ce soit, ne valait-il pas mieux mourir debout en riant, en buvant, en faisant l'amour comme on ne l'avait jamais fait ? Des fêtes somptueuses et misérables étaient organisées ici et là, et chacun s'y rendait, délaissant l'une pour arriver à une autre. Imaginez, tandis que tonne dans le lointain l'artillerie ennemie, des myriades de cris, de voix, de chants, des ovations, des trépignements, des pandémoniums, des bouteilles de champagne bues comme s'il s'agissait de la dernière, des punchs enflammés aux rayons d'or et d'azur. Imaginez une ronde de Sabbat, un Enfer annexé à jamais à la vie. Dans ces fêtes, on se déguise en cygne, en taureau, en pluie d'or. On avance la tête recouverte d'un casque de carton vert bronze surmonté d'un plumet rouge, ou d'un justaucorps, ou d'une culotte courte de paillasse. On porte haut une ceinture de duvet d'oie. On a vaincu le monstre de Némée. On est un Hercule en gants jaunes, coiffé d'un chapeau d'Arlequin. On est une courtisane portant un diadème en carton, des sandales romaines, une parure en fausse peau de tigre. On est une bergère traînant après soi un gros homme vêtu d'un simple maillot couleur chair. On a la face rubiconde, les yeux éteints, la démarche vacillante. On a le ventre de Silène, la feuille de vigne de Bacchus, les lèvres bégayantes, l'esprit pantagruélique. On trébuche au coin d'un vase de nuit. On est Don Juan, Casanova. On vogue sur les ailes du carnaval. On est maître de ballet. On est, ce soir en particulier, saoul et triste, comme Aventino, qui porte un bourgeron et des pantalons de grosse cavalerie, les reins entourés d'une ceinture rouge, la tête surmontée d'un feutre gris. On est la princesse, en proie à une danse effrénée, bruyante, satanique. On bat des mains, on évolue des bras, on frémit des hanches, on tressaille des reins, on trépigne des pieds. On attaque le peu qui reste de la vie, du geste et de la voix. On saute, on glisse, on se plie, on se courbe, on se cabre. Et quand l'orchestre donne le signal, avec ses dix pistolets solos, ses quatre grosses caisses, ses trois cymbales, ses douze cornets à piston, ses six violons et sa cloche, on se lance au cœur de ce branle-bas, de ce tocsin, de ce carillon, de cette sarabande, et au milieu du tourbillon de poussière, on avance vers sa destinée sans le savoir.

Aventino n'en croyait pas ses yeux, comprenant enfin son trouble, ses interrogations, ses questions, une certaine gêne les fois où il l'avait croisée : la femme de la Gran Czara et celle qu'il avait crue voir mourir dans une prison autrichienne, en 1830, n'étaient qu'une seule et même personne ! Mais elle, qui avait toujours été pâle et mince, était à présent blême et d'une maigreur squelettique. Sa poitrine se creusait. Ses épaules semblaient affaissées comme sous le poids des années ; et ses yeux caves, cernés et brillants de fièvre, disaient assez quelles pensées déchirantes, quels soucis lancinants et quelle crainte destructrice la minaient.

– Maria ?

– A ton avis ? Son fantôme. Tu me reconnais, tu as de la chance. Quand je me regarde dans une glace j'ai l'impression de voir une étrangère...

– Je croyais que...

– Que j'étais morte ? Moi aussi. Mais voilà, on peut renaître, ce n'est pas si compliqué.

– Mais toi, tu ne m'avais pas reconnu ?

– Immédiatement.

– Et tu n'as rien dit, pourquoi ?

– Je ne sais pas. Pourquoi vouloir tout expliquer, tout comprendre ? Sans doute voulais-je que tu me reconnaisses, toi...

Alors que la jeune femme parlait, la voix à moitié couverte par le vacarme, Aventino revit en un instant tous ces jours passés au sein des groupes de *carbonari*, il y avait presque vingt ans. Et sa rencontre avec Maria au Caffè di Parigi, et leur arrestation, et l'interrogatoire dirigé par Cernide, et la tête de Maria cognant contre le sol de la prison, et la mare de sang. Sans comprendre pourquoi, il la serra violemment dans ses bras. Elle sentait le savon parfumé au jus de poire, très en vogue en Angleterre.

– Viens dehors, pas ici, lui dit-elle, le prenant par la main.

La fraîcheur de la nuit le réveilla quelque peu. Ils marchèrent dans le quartier du Canareggio jusqu'à une *corte*, petite place sans issue d'où ils auraient dû revenir sur leurs pas. Un escalier monumental conduisait à une des nombreuses maisons inhabitées de Venise. C'est là que Maria avait choisi de vivre, dans une grande pièce ornée de sculptures, de chapiteaux et ouverte par de hautes fenêtres surmontées chacune de l'écusson du doge Foscari.

– Viens, dit-elle, en s'allongeant sur le lit.

Aventino eut un mouvement de recul. Il était dégrisé. Il jugeait la situation grotesque et leurs costumes ridicules. L'image des morts et des blessés de Venise défila de nouveau devant lui.

– Je pourrais être ton père.

– Quand on sait qu'on va mourir dans quelques jours, dans quelques heures, on peut faire l'amour avec qui on veut, même avec sa mort.

Ce mot le glaça. Mais Maria savait y faire. Très vite ils se retrouvèrent nus. Très vite leurs corps s'unirent. Très vite Maria présenta à Aventino ses trois portes pour qu'il les ouvre, accomplissant ainsi ensemble une montée vers la lumière.

– Ce qu'il y a entre nous ne passera pas avec le temps, dit Maria, allongée à côté d'Aventino, à l'écoute des bruits de la lagune qui pénétraient dans la pièce par la fenêtre ouverte.

– Que veux-tu dire ?

– Qu'il n'y a pas que l'amour qui soit éternel, la vengeance aussi l'est, comme tous les vrais sentiments.

– Tu veux te venger de moi ?

– Non, de moi, c'est différent. Regarde, le jour se lève, dit-elle d'une voix claire. Je dois partir. Ne me raccompagne pas. Tu sortiras plus tard.

– Pourquoi ?

– Comme j'ai pu trouver toute seule la route qui menait vers toi, je peux bien trouver l'autre route.

– Laquelle ?

– Je ne sais pas. Celle qui mène vers le silence immense. Tu l'entends, ce silence ?

Tandis que Maria finissait de s'habiller, Aventino écoutait ce silence étrange. Cela faisait longtemps que Venise n'avait été aussi calme. Le vent était tombé, et le canon s'était tu. On entendait presque le léger clapotis de l'eau. Bientôt les pas de Maria résonnèrent dans l'escalier, puis dans l'espace fermé de la *corte*. Quand Maria l'avait quitté, elle lui avait souri, mais d'un sourire mystérieux qui l'avait mis presque mal à l'aise. Il avait alors pensé, il ne savait pas pourquoi, « toute émotion finira en cendres ». C'était comme un contrat qui venait d'être scellé entre eux. Mais il manquait une clause. C'était comme un contrat inachevé. Il se leva, courut à la fenêtre pour la rattraper. Après tout, Maria avait peut-être raison, il y a un âge dans la vie où l'on croit tout perdre, où l'on pense ne plus avoir d'ambition parce que plus rien ne vous fait peur, mais en fait cet âge est celui où l'on comprend enfin qu'on ne veut plus rien d'autre que la réalité – quel qu'en soit le prix. C'était ça qui était en train d'advenir, ici, à Venise. Il arriva à la fenêtre, Maria n'était pas encore sortie de la *corte*.

– Maria !
– Oui, dit-elle en se retournant.
– Reviens, approche.

Elle fit quelques pas en direction de la fenêtre et de l'homme qui lui faisait signe de s'approcher.

– Quoi ? Que me veux-tu ?
– J'ai enfin compris, Maria.
– Tu as enfin compris quoi ?
– Qu'il est plus difficile de s'évader d'un sentiment qu'on n'a pas mené à son terme que d'une prison.
– C'est trop tard, Aventino. Trop tard.
– Pourquoi ?

Maria ne répondit pas. Une effroyable explosion se fit alors entendre, suivie d'un immense nuage noir qui s'élevait du côté de l'îlot de la Grazia, là où se trouvait la principale poudrière vénitienne. Un flot humain apparut aux balcons, envahit les terrasses, descendit dans les rues, vociférant, parlant de fin du monde. Aventino et Maria furent emportés par cette marée, puis se perdirent pour ne plus faire qu'un avec le grand corps meurtri de Venise.

Cette énorme explosion fut comme le signe d'un changement fondamental. Un nouveau type de guerre, ordonnée par le général Pepe, se mit en place. Il s'agissait de petites sorties rapides, exécutées avec beaucoup d'ordre, offrant aux milices des occasions de s'exercer aux combats de tirailleurs, de mettre en pratique les diverses ruses de guerre, de développer courage et énergie, mais surtout de harceler un ennemi trop nombreux et fortement armé. Au début, les Autrichiens n'accordèrent guère d'importance à ces escarmouches qui se répétaient de jour en jour et cela d'autant plus que, décimés par la fièvre, ils suspendirent leur attaque. Se contentant d'essayer d'ouvrir des passages à des radeaux formés de planches enduites de poix et couvertes de foin sec, au milieu desquels se trouvaient des canons de pistolet et une fusée attachée à une tige, ou de gonfler des petits ballons de papier, munis de bombes, qui devaient tomber sur la ville assiégée, mais qui le plus souvent, pris par un contre-courant, étaient ramenés sur la campagne occupée par l'armée autrichienne.

Cette interruption fut de courte durée. La guerre changea de nouveau de visage. Du côté vénitien, on eut bientôt la sensation de naviguer sur le fleuve des Enfers vers les contrées inconnues, quand, au soir du 29 juillet, la ville, à peine éclairée par les rayons de lune sur laquelle passaient à chaque instant de grands nuages noirs, présentant l'aspect étrangement mélancolique d'une place de guerre endormie, fut soudain réveillée par une pluie de bombes, d'obus et de boulets. En un instant, la confusion et l'épouvante furent générales. De tous côtés on entendait les éclats de la mitraille. Les projectiles, traversant les toits des maisons, propageaient de terribles incendies. Les rues étaient pleines de gens à demi vêtus qui, dans l'obscurité, couraient pêle-mêle à la recherche d'un abri. Certains quartiers furent plus particulièrement touchés, ceux de San Giacomo, de San Samuel, de San Barnaba et du Canareggio, en direction duquel Aventino se précipita afin d'y retrouver la maison où vivait Maria. Quand il arriva sur les lieux, il ne découvrit qu'un tas de ruines fumantes. Et bien qu'il passât toute la journée du lendemain à parcourir le campement improvisé sur la place Saint-Marc et sur la rive des Esclavons et à Castello, il ne la retrouva pas.

L'enfer dura vingt-quatre jours, durant lesquels les boulets rouges et les obus remplis de roches à feu provoquèrent d'immenses incendies, dévorant dans leur fureur les propriétés particulières, les églises, les monuments. Par un miracle inexplicable, il n'y eut que sept tués et trente blessés parmi la population. Mais Dieu, qui avait décidé d'épargner les hommes, laissa les projectiles détruire les chefs-d'œuvre. Radetzky qui savait que la ville, faute de vivres, finirait bien par lui tomber entre les mains, n'en n'arrêta pas pour autant les bombardements. Le plafond représentant Moïse faisant jaillir l'eau d'un rocher fut à moitié détruit, de même que *L'Adoration des Mages*, de Bonifazio. Le pont du Rialto fut fort endommagé. Beaucoup de palais, comme ceux de Mocenigo, Balbi, Pisani, Manfrini, Bruziniello, la Ca' d'Oro, Contarini, Grimani, Giustiniani, Corner, et même celui de l'empereur d'Autriche, sans parler des églises de Saint-Jean-Saint-Paul, Sainte-Marie dell'Orto, ou l'école de San Rocco, remplie de toiles du Tintoret, subirent les plus grands dommages.

Parti à la recherche de Maria, Aventino croisa Barnaba Sperandio. C'était la saison la plus chaude de l'année et, comme sa maison avait été entièrement détruite, il avait élu domicile dans la gondole qu'il tenait toujours amarrée en bout de quai. Il était à l'agonie, au milieu d'autres moribonds ayant eux aussi élu domicile dans une gondole, suant et transpirant sous des couches superposées de couvertures.

– Barnaba, que se passe-t-il ?
– Ce qui devait arriver, Aventino, et nous attend tous.
– Qu'est-ce que tu racontes ?
– Rien que de très ordinaire. La faim, les bombardements, les souffrances de toute nature, ça ne suffit pas, voilà maintenant le choléra.
– Le choléra ?
– Nous ne sommes que quelques-uns, Aventino, mais dans quinze jours nous serons des milliers. Ouvre les yeux, promène-toi dans la ville et tu comprendras. Profites-en pour me trouver des médicaments qui pourraient abréger mes souffrances.

Aventino s'exécuta. Rapporta les médicaments demandés et parcourut la ville. Les citoyens valides devaient aider ceux qui ne l'étaient plus. L'épidémie se manifesta avec une rapidité et une violence extrêmes. Propagée surtout par le manque d'air et les privations des habitants entassés les uns sur les autres, elle changea en tombeaux des maisons entières que le feu de l'ennemi avait épargnées. Quelques lignes tracées à la craie sur les portes annonçaient la mort des habitants. Cela faisait maintenant une semaine que la maladie s'était déclarée, et il mourait à présent plus de cinq cents personnes par jour, dont beaucoup de soldats que les balles ennemies n'avaient même pas touchés. Les mesures sanitaires ne servaient à rien. A quoi bon défendre de jeter dans les ruisseaux, les ruelles, les canaux des saletés telles que les pots de nuit, les eaux de morues trempées et autres eaux gâtées, et le sang des bestiaux ? A quoi bon, comme le demandaient les âmes philanthropiques, faire cesser les sons de trépas des cloches qui retentissaient aux oreilles des moribonds, lesquels, paralysés par la crainte de la mort, ne guérissaient plus ? Les glas, les agonies, les enterrements pouvaient bien être sonnés : Venise allait tomber. Non point vaincue par les forces d'un grand empire, mais par le manque de poudre, de pain, et parce que le choléra avait commencé de décimer sa population. A la fin du mois de juillet, sur dix-huit mille hommes, il n'y en avait plus que onze mille disponibles pour le service. Aventino parcourut les garnisons et rapporta à Ulloa des conclusions alarmistes. Les convalescents étant aussi faibles que les malades, les médecins avaient prescrit le changement des garnisons tous les quinze jours, pour les préserver de la malaria et du choléra. Mais ces mouvements continuels de troupes surchargeaient le Trésor public, et désorganisaient l'armée.

– Il n'est donc plus possible d'établir avec régularité le tour des changements de garnison, les corps n'étant pas tous également armés, instruits et disciplinés.

Pour toute réponse, le jeune général mit la main sur l'épaule d'Aventino et lui confia qu'il ne leur restait plus qu'à capituler dans la dignité et l'honneur.

Quelques jours plus tard, alors qu'Aventino, dans un ultime sursaut, avait réussi, accompagné de quelques fidèles, à s'emparer par ruse d'un magasin à poudre autrichien, gardé seulement par deux vétérans, et qu'il longeait le quai où était amarrée la gondole de Barnaba Sperandio, il comprit que ce dernier était mort, sans doute seul et oublié de tous. La gondole était là, à se balancer mollement. Il regarda longuement, dans le lointain, la lagune. L'air était immobile, la chaleur étouffante. De gros nuages noirs passaient dans le ciel et tous les oiseaux semblaient avoir disparu. Un homme, chargé du balayage des rues, de l'enlèvement des bourriers, et du nettoyage de tous les déchets organiques d'animaux et de poissons, avait été témoin de la mort de Barnaba.

– Le vieux disait qu'il avait froid. Il tremblait. Les sangsues n'avaient servi à rien. Il avait la dysenterie. Il délirait, demandait des fagots pour qu'on le chauffe, des couvertures, des chaussons. Il fut longtemps en proie aux nausées et aux vomissements. Il est mort en disant qu'il volait dans un ballon, qu'il voyait la terre s'éloigner et les nuages se rapprocher... Il avait longtemps tenu du camphre sous ses narines, le pauvre !

Au cœur de cette tristesse infinie, alors que nombre d'effets de toutes sortes et de meubles contaminés étaient livrés aux flammes, que les médecins luttaient comme ils pouvaient contre les présages sinistres et les rumeurs attribuant la propagation de la maladie à certains courants atmosphériques, à la race d'hommes conjurés qui frottaient les murs, les bancs et les cloches des églises avec du poison, voire au courroux que l'iniquité des temps causait à Notre-Seigneur, et cela bien qu'on eût multiplié les processions, une autre nouvelle, rapportée dans l'indifférence générale, mit fin au rêve de liberté nourri par Aventino. Le 3 août, les treize barques de pêche affrétées par Garibaldi et ses compagnons avaient dû rebrousser chemin devant l'armada autrichienne qui leur coupait le chemin des lagunes. A peine Garibaldi avait-il vu Venise dans la brume du petit matin qu'il avait été contraint de s'échapper à nouveau et de reprendre la direction des rivages romains.

Ce matin du 5 août 1849, le sentiment général était une sorte d'indifférence résignée. Il faisait un ciel d'airain. Aventino ne savait plus quoi penser de la vie, si ce n'est peut-être que croire au mal c'était encore croire, mais qu'il croyait, lui, de moins en moins, parce que plus personne n'était là pour le lui dire avec mystère, ou lui parler tout bas.

Aventino voulait encore résister. Fût-il le dernier, il résisterait, car telle était sa devise et celle de ses ancêtres : on ne cède pas, on ne recule jamais, on se bat jusqu'à la mort. Bien sûr, la situation politique et militaire était grave, les provisions de pain seraient dans moins d'un mois totalement épuisées, quant à la poudre, comment résister vigoureusement à l'ennemi pour le forcer à diminuer son feu lorsqu'on sait que les réserves sont inexistantes ? « En renforçant les colonnes de la garde nationale et de la milice de tous les gens de bonne volonté, ne pourrions-nous pas tenter une vigoureuse sortie qui aurait pour conséquence de nous procurer des vivres et du nitre propre à la fabrication de la poudre ? suggérait Aventino, à chaque réunion des groupes de défense. Ne pourrions-nous armer et équiper des *trabaccoli* pour renforcer la flotte ? Faire appel aux gondoliers et aux pêcheurs ? Et pourquoi ne pas dépouiller les églises, les établissements publics, vendre ou mettre en gage à l'étranger une partie des objets d'art, des chefs-d'œuvre de tout genre et de grande valeur pour payer armes et vivres en numéraires ? » Aventino prêchait dans le vide. Le choléra était partout. Les journées du 23 et du 24 août furent marquées par de graves désordres. Des rassemblements eurent lieu sur la place Saint-Marc. Une partie des troupes, mécontentes de l'indemnité qui leur était allouée, se mutinèrent et réclamèrent trois mois de solde. Celles qui étaient stationnées aux batteries du pont allèrent jusqu'à braquer leurs canons contre la ville et menacer d'attaquer le palais du gouvernement si on ne faisait pas droit à leurs demandes. Bientôt le mécontentement gagna la populace qui se joignit aux troupes de l'artillerie et de la marine. Une formidable insurrection prit le relais des premiers cris qui demandaient pêle-mêle du pain pour manger et des armes pour combattre l'ennemi. Le danger était réel. Le chef du gouvernement, Manin, décida d'aller au-devant des insurgés, accompagné d'Ulloa et d'Aventino, et de tous ceux qu'il appelait les « vrais patriotes ». Arrivée sur le pont du Rialto, la petite troupe fut accueillie par une fusillade très vive. Tout le monde hésitait. Manin, conscient de son rôle de dictateur, s'avança d'un pas, et, découvrant sa poitrine, s'écria :

– Vous voulez ma vie ? Soit. Prenez-la. Mais avant, écoutez ce que j'ai à vous dire !

Ce geste héroïque dissipa sur-le-champ les insurgés. Alors que les deux camps avançaient l'un vers l'autre pour fêter leur réconciliation, une voix s'éleva du côté du groupe des insurgés :

– Jamais je ne vous écouterai. Vous allez capituler ! Vous allez négocier ! Je ne veux pas de cette honte !

Une femme surgie de la foule, tenant dans la main droite un pistolet pointé sur Manin et les officiers qui l'entouraient, monta les escaliers à grandes enjambées, passa au milieu des rangées de boutiques, et cria de tous ses poumons qu'elle refusait la trêve, cette « paix ignominieuse ». Aventino la reconnut immédiatement :

– Maria !

Dans le même temps, une balle tirée d'on ne sait où l'arrêta dans sa course. Mais c'était comme si personne ne s'était rendu compte, ou ne voulait se rendre compte du drame. Civils et militaires se congratulaient, et Aventino eut toutes les peines du monde à empêcher que la horde n'écrase la jeune femme. Transportée d'urgence dans un ancien comptoir commercial allemand transformé en hôpital, Maria mourut dans les bras d'Aventino. Le chirurgien n'avait rien pu faire.

Aventino avait vu Maria s'agiter comme un pantin sous l'action du chloroforme et sous le masque de feutre. Elle avait ri, prononcé des mots incompréhensibles, puis s'était apaisée, avait pâli et avait pris la rigidité d'une morte. La balle était logée trop profondément. Aventino, pourtant habitué au sang, n'avait pas supporté la vue de ces fers barbares mêlés aux exhalaisons de l'acide phénique. Par instants fugaces, le corps nu de Maria lui apparaissait, immédiatement recouvert par les gestes circulaires du chirurgien, par le sang qui giclait sur le tablier, tachait le drap, tombait sur le pavé, gouttait dans la cuvette de métal, et empestait l'atmosphère. Cette morte ne servait à rien. On lui permit de lui fermer les yeux. Ses paupières étaient froides. On emmena le corps. Les heures et les jours qui suivirent, Aventino ne sut jamais de quoi ils avaient été fais. Il ne les avait pas oubliés, ils s'étaient effacés d'eux-mêmes.

Le matin du 24, alors qu'il errait dans Venise, en pantalon de toile, vêtu d'une chemise avec les manches retroussées, il vit un attroupement. Il faisait une chaleur étouffante. Les gens rassemblés étaient comme lui, portant sur leurs vêtements légers et sur leurs bras des traces de combat. Ils n'avaient rien d'effrayant et pourtant leurs figures étaient noircies par la poudre. Il régnait un calme étrange, et à cet instant précis tous avaient le même sentiment : Venise était une ville de frères. Mais voilà, dans cette lutte acharnée qui durait depuis dix-sept mois, Venise avait perdu. Venise, l'antique cité de la liberté, Venise, la gloire de l'Italie, venait d'être contrainte de rentrer sous le joug autrichien. C'en était fini de la guerre, de l'espoir, de l'unité. Venise venait de capituler. Sur tous les murs de la ville, les conditions de la reddition s'étalaient. Et c'est cela qu'Aventino constatait avec les autres, debout, les bras ballants, la tête vide, le regard perdu. Seuls les officiers impériaux ou étrangers qui avaient pris part à la défense de la ville pouvaient la quitter, ainsi que quarante citoyens nominativement désignés. Les rumeurs, qui étaient parfois des traits de vérité, allaient bon train. Manin était parti en France, Tommaseo en exil à Corfou, d'autres à Turin, d'autres à Genève. On prévoyait l'arrivée du général Gorzkowski dans deux jours et l'entrée de Radetzky dans Venise pour le 30 août...

Aventino resta terré dans son appartement. Tant de ses amis étaient morts. Cette guerre, il le sentait, avait été pour lui la dernière. Elle avait définitivement assombri sa vie quotidienne. Il avait respiré tant de sang, tant de fer, là même où ils n'étaient plus ou pas encore visibles. La défaite de Venise ferait basculer l'Italie du découragement dans le désespoir. Ce n'était plus un pays qui se désintégrait, mais un monde qui disparaissait. C'était comme si une lumière se fût éteinte. Comme si un nouvel âge du monde avait commencé. Les Italiens devraient désormais, si ce n'est grandir, du moins continuer d'exister dans le mythe d'une réalité ancienne, merveilleuse et perdue. La mort rôdait partout. Enfermé dans sa chambre dont les fenêtres donnaient sur la place Saint-Marc, il avait lu dans un journal arrivé là par miracle, mais un miracle sombre, affreux, que Charles-Albert, son roi, son ami de jeunesse, était mort le 28 juillet dernier dans son exil, à Porto. L'article racontait que le roi avait demandé qu'on baisse les rideaux, et que lui, qui avait toute sa vie tâtonné dans les ténèbres, avait soudain perçu comme une étrange clarté. Il avait accepté sa mort, comme « une tempête qui s'apaise, un jour brûlant qui s'éteint », avait conclu le journaliste qui semblait bien informé.

Donc, tout est bien terminé. Radetzky, accouru de Milan, fait une entrée solennelle dans Venise. De sa fenêtre, Aventino observe la foule qui suit le général qui vient de pénétrer dans la basilique Saint-Marc. Le *Te Deum,* qui jaillit des lieux pour se vautrer sur la place, et presque lécher l'eau du canal, est chanté par ce même clergé qui, quelques jours auparavant, priait encore pour l'indépendance. Les bras en croix et se tenant aux battants de la fenêtre, la tête penchée en arrière, Aventino baigne sa face livide dans la lumière. Les yeux fermés, il offre son visage à la caresse de la lumière, et il sourit. Il écoute le bruit de la place, le *Te Deum* de la lâcheté. Il ne bouge pas. Il ne lève pas les paupières. Il avale la lumière froide par sa bouche entrouverte. Il le sait, maintenant, dans quelques jours il quittera Venise. Et ce voyage sera un peu comme une traversée sur une mer violente. Un jour, il s'en souvient, il vogua pour la Sardaigne afin d'y rencontrer le vice-roi. Ercole Tommaso était à bord du navire. Il avait six ans. Par une nuit orageuse, alors que le capitaine gouvernait pour gagner le port, son fils, qui ne dormait pas, lui demanda quelle était cette folle lumière qui dansait devant eux, tantôt au-dessus, tantôt au-dessous. Il eut toutes les peines du monde à faire comprendre à l'enfant que c'était la flamme du phare qui paraissait tour à tour hausse et basse à l'œil balancé par les vagues furieuses. A présent, c'est Aventino qui cingle vers un port inconnu, qui tient son œil fixé sur la flamme du phare et qui doit faire un effort considérable pour se dire que, bien que celle-ci lui paraisse changer de place, le port est toujours au même endroit, et qu'il finira par toucher heureusement le bord.

De sa fenêtre, il observe quelques Vénitiens qui ont

repris possession des lieux : des portefaix, des domestiques et leurs garçons, des marins qui fument la pipe, des pêcheurs couchés sur des sacs, des mendiants, des femmes en noir, des enfants occupés de diverses manières. La nuit est presque tombée. C'est étrange, cette vie qui semble reprendre au milieu de toute cette mort. Un instant, il oublie le choléra et le *Te Deum*. C'en serait presque idyllique. Puis soudain, un bruit infernal l'expulse de sa vision. Un chariot attelé d'un cheval blanc, et mené par la bride par un ouvrier aux bras nus, traverse la place. Des cadavres, sous des toiles brunes, sont rangés avec une horrible symétrie. Debout sur le brancard, un enfant du peuple au teint blême, l'œil ardent et fixe, le bras tendu, presque immobile. Des reflets rougeâtres de la torche penchée en arrière, qu'il porte dans la main gauche, il éclaire le corps d'une jeune femme dont le cou et la poitrine livides sont maculés d'une longue traînée de sang. Des flammèches et des étincelles s'échappent de la torche qu'Aventino voit lentement disparaître dans une des ruelles qui contournent la place. Alors que ses yeux se sont habitués à la pénombre, et que tout semble rentrer pour un moment dans le silence, un bruit sinistre, celui d'un drapeau qui claque sur la place, lui rappelle que la bannière autrichienne flotte de nouveau sur les plus vieux édifices de Venise. Après avoir agi comme aux jours de sa puissance et de sa gloire, la Sérénissime vit de nouveau sous le joug autrichien – comme toute l'Italie. Aventino peut revenir à Cortanze.

40

– Pourquoi ? Mais pourquoi ? ne cessait de répéter Aventino, les deux mains appuyées sur le petit autel de marbre du caveau familial où reposait désormais Massa.

Au-dessus du cimetière de Cortanze, le ciel était tendu de damas bleu. Et quel ciel, quel soleil pour ce jour si triste ! Et quelle indifférence dans toute cette nature si attentive à elle seule et à son exubérance ! Des abeilles voletaient. Une brise légère faisait bruire les feuilles des grands chênes. Des oiseaux se répondaient d'arbre en arbre. Les rosiers croulaient sous les fleurs parfumées. Tout n'était que rythme et harmonie, fragrance, volupté. « Comme elle est finalement agressive, cette nature, pensait Aventino, à continuer ainsi de sourire, parmi les destructions inévitables, et la mort. Ce devait être un jour comme celui-ci que le Christ sur le Golgotha avait dû éprouver son pire moment de faiblesse : mon Dieu, pourquoi m'as-tu abandonné ? » Non, Aventino ne voulait pas comprendre pourquoi Massa avait choisi de partir, comme cela, à soixante-quatre ans, sans le prévenir, sans rien lui dire, même pas une parole, un mensonge, une vérité, un signe. Rien. Sans prévenir : morte. « Pourquoi ? Mais pourquoi ? »

Il lui avait fallu plus de trois semaines pour revenir de l'enfer vénitien. Trois semaines qui avaient été comme des années. Padoue, Legnano, Mantoue, Crémone, Plaisance, Pavie, Vicence, Alexandrie, Asti ; autant de villes, autant de souffrances ; et Cortanze, enfin. Trois semaines sur des routes de poussière, sous un soleil de plomb, au milieu de files interminables de chariots lourdement chargés, parmi les roues qui grinçaient, les grelots qui tintaient, les charretiers qui beuglaient assis sur leurs brancards. Et tous ces pauvres visages épouvantés, ces fuyards affamés, ces soldats sans armée, ces voleurs, échangeant les nouvelles qu'ils avaient du choléra, de leur famille, de leurs morts, vouant aux gémonies les Autrichiens, et ces fripouilles de députés piémontais, et ce pape qui les avait abandonnés. Le soir, quand le gros de la chaleur était tombée, voitures et chevaux s'engageaient avec fracas, les uns derrière les autres, pour profiter de la fraîcheur. Parfois, des diligences, tirées par des bœufs, versaient dans le fossé parce que les voituriers de fortune s'étaient abandonnés au sommeil, tuant au passage ceux qui avaient survécu à la guerre, au choléra, à la faim, et qui mouraient sur la route du retour. Que de sentiers de traverse, de chemins couverts de profondes ténèbres n'avait-il pas empruntés pour échapper à la mort !

Son cheval – un pur-sang moucheté au chanfrein droit et à la tête forte –, se dirigeant toujours du côté où il désirait si ardemment arriver, avait été sa vraie chance. Grâce à lui, il avait de nombreuses fois retrouvé sa route, choisissant plutôt cette vaste campagne cultivée que cette lande de fougères et d'arbrisseaux, passant ce fleuve, plutôt que tel autre à cet endroit couvert de mûriers et de vignes. Le cheval connaissait la voie mystérieuse au milieu des buissons plus élevés de ronces, de pruniers et de chênes nains. Plusieurs fois il avait manqué se perdre dans des bois touffus, s'enfoncer aux lisières des fleuves couvertes de broussailles, mais toujours l'animal l'avait remis dans le droit chemin. Petit à petit, Aventino comprit qu'il ne faisait plus qu'un avec son cheval, qu'il avait un plaisir immense à le sentir sous lui, à le guider du plat de la main en laissant flotter les rênes. Les ombres étranges et difformes apparaissant parfois au clair de lune ne l'inquiétaient plus. Le bruissement des feuilles sèches était un indice favorable. La bise qui venait battre son visage ne le pénétrait plus jusqu'aux os mais, au contraire, lui disait où étaient l'ouest et le sud. Alors il sentait le sang circuler libre et chaud dans ses veines, et le poitrail confiant du cheval entre ses jambes. Voilà comment il avait fini par arriver à l'extrémité de la plaine du Montferrat, sur le bord d'une rivière. En regardant à travers les broussailles qui la couvraient de toutes parts, il avait vu au loin les collines de la Roera. Il s'était levé sur ses étriers, avait entendu le cliquetis familier des éperons et découvert la plaine, au-delà des collines, sachant que, derrière l'une d'elles, il verrait bientôt une large tache blanchâtre : la tour ronde du château de Cortanze.

Mais tout cela n'avait servi à rien. Il aurait pu tout autant revenir noyé sous des tourbillons de neige, suivi par des loups et des corbeaux. Parfois, au milieu de toute cette chaleur, il faisait des rêves étranges, imaginant qu'il était un soldat qui ne mangeait que du pain gelé, brisé sur des pierres, ne trouvant à boire que de la neige, la main collée au canon de son fusil, et y laissant parfois des lambeaux de peau. Puis tout se brouillait : sensations, sentiments, visions. Dans le lointain, les montagnes de Savoie ressemblaient à une légion de fantômes enveloppés de leur suaire. Peu de temps avant de rejoindre Cortanze, alors qu'une lune sur son déclin, pâle et sans rayons, survivait dans le champ immense d'un ciel gris, azuré de profonds nuages bruns, il avait cru qu'enfin, puisqu'il était arrivé à bon port, il pourrait détourner ses yeux du passé et ne plus regarder que vers l'avenir, et cela d'autant plus que cette guerre atroce à Venise lui avait appris ce qu'il n'aurait pu comprendre avant tous ces mois de sang et de désespoir : chacun vit seul, se trompe et meurt seul. Les conseils et la sagesse que nous n'acquérons pas nous-mêmes ne servent à rien. Et le prix à payer est un prix de sang, de désespoir et de sentiments déçus. Voilà ce qu'il s'était dit en arrivant à Cortanze, certain qu'il y retrouverait Massa et Ercole Tommaso.

Arrivé au château, il avait immédiatement compris ce qui se passait. La rue, devant l'entrée principale, était jonchée de paille, afin que les bruits soient amortis, même si le pied des chevaux et les roues des voitures exigeaient qu'on refasse continuellement le tapis de silence. Il avait vu aussi le lourd portail du domaine ouvert. Signes l'un et l'autre qu'un décès majeur était intervenu dans l'enceinte du château. Enfin, Giacomo Pastore, l'intendant, s'était précipité vers lui, ému, en larmes, son bonnet de laine à la main, disant qu'il ne se remettrait jamais du « départ de Madame... ».

C'est Ercole Tommaso qui lui avait raconté les circonstances de la mort de Massa. C'était arrivé comme un coup de tonnerre. La veille de sa mort, les soubrettes avaient encore brûlé le duvet de ses jambes à l'aide de coquilles de noix chauffées, avaient fait reluire les ongles de ses orteils avec du sirop, avaient enduit son corps d'huile, et parfumé de vapeurs d'ambre ses cheveux avant de les peigner ! Tout semblait aller si bien. Puis, tout à coup, Perpetua était arrivée en hurlant, criant que madame la marquise venait d'avoir une attaque, qu'elle était étendue par terre de tout son long, qu'elle se mourait. Le médecin, arrivé par chance, immédiatement, et malgré le côté foudroyant du coup, était parvenu à rassurer tout le monde. Il avait ordonné une saignée et la pose de sangsues sur les tempes. Mario Chirone s'était précipité chez le pharmacien, le barbier était venu aider le médecin pour pratiquer la saignée, puis ce dernier avait posé les sangsues. Quelques heures plus tard, Massa avait les yeux grands ouverts, ses muscles bougeaient, et elle pouvait parler parfaitement. Elle avait même trouvé la force de plaisanter...

– De plaisanter ? s'était fait répéter Aventino.

– Oui, père. « Je ne vais pas mourir une année où le vin promet d'être si bon en Montferrat, tout de même ! » a-t-elle dit...

Aventino avait souri.

– Et puis ?

– Elle est tombée dans une sorte de tristesse lugubre. Immobile sur son lit, elle semblait suivre les évolutions des mouches. Parfois un sourire fugitif flottait sur ses lèvres...

– Tu lui as pris la main ?

– Oui. Des veines bleu pâle saillaient sous sa peau. Je ne voyais qu'elles. Puis elle m'a regardé, et a chuchoté d'une voix sans timbre : « Merci. »

– Puis plus rien, n'est-ce pas ?

– Oui, père. Ses tempes étaient toutes piquetées par les morsures des sangsues. Une odeur nauséabonde de sang empestait, et transformait la pièce en une espèce de boucherie. C'était horrible, père.

Les mains appuyées contre l'autel, Aventino se remémorait ces moments qu'il se reprochait de n'avoir pas vécus aux côtés de Massa. Il n'avait donc rien vu. Rien de son dernier sourire mélancolique ; rien des domestiques qui ferment fenêtres et volets en silence ; rien des allées et venues feutrées dans les suites des antichambres aux portes dorées ; rien des cérémonies domestiques où les rats de la famille avaient apporté des cadeaux de circonstance, et s'étaient confondus en interminables vagues d'émotion, en soupirs, en sanglots, en étreintes muettes ; rien de la multitude de cierges et de leur brasillement ; rien du catafalque qui s'éloigne ; rien du commissaire des morts et de son gros museau de polichinelle ; rien de la crinière tressée des chevaux caparaçonnés de noir, de leurs sabots vernis, de leur cocarde au front ; rien du curé qui avait cru bon de dire que « la mort de Maria-Galante Roero, marquise de Cortanze, avait été exemplaire. Que la pressentant, elle n'avait pas tenté d'en savoir le pourquoi, mais avait préféré consacrer ses dernière forces à une bonne et sainte confession ».

Sous les arcs en plein cintre du caveau familial, aux chapiteaux floraux ornés aux quatre coins des trois roues du blason ancestral, habité par une douleur étrange qui lui venait non du sentiment de la perte de son épouse mais de quelque chose d'autre qu'il avait du mal à cerner, Aventino pensait à son fils, Ercole Tommaso. Il ne l'avait pas vu depuis longtemps et l'avait trouvé fort changé, et ce changement n'était pas dû, selon lui, à la mort de sa mère à laquelle il portait un amour véritable. Ce changement était plus profond, antérieur à l'événement, tenace. Dans les rares discussions qu'il avait eues avec lui, il avait compris qu'il était proche du nouveau roi Victor-Emmanuel. Et qu'il semblait très critique quant aux événements vénitiens qu'il jugeait parfaitement inutiles : « L'échec du Piémont est une preuve de plus du peu de confiance qu'il faut avoir dans les enthousiasmes populaires, dans les élans d'une vaine présomption, dans la politique et la guerre d'aventure. Pour réussir en politique et pour bien faire la guerre, il ne suffit pas de vouloir, il importe surtout de savoir : les Vénitiens, comme les Piémontais, comme les Italiens, savent peu la politique et la guerre ! Résultat, la cause de l'indépendance italienne est perdue pour longtemps ! » Pour Ercole Tommaso, il n'y avait aucun doute : tous ces morts avaient été inutiles. En imaginant même que Charles-Albert ait pu chasser les Autrichiens, il n'aurait terminé une guerre étrangère que pour commencer une guerre civile. C'était tout ce pour quoi Aventino s'était battu que son fils détruisait en quelques phrases. A trente-quatre ans, il expliquait à son père que, comme nombre d'aristocrates de sa génération, il s'était fourvoyé. Face au vainqueur de l'Italie, il fallait suivre le roi Victor-Emmanuel II qui n'avait rien cédé du *Statuto fondamentale* donné par Charles-Albert, savoir prendre la courbe des révolutions comme avaient su le faire l'Autriche, les Tchèques, les Polonais, les Slaves du Sud, les Hongrois, aller à Gaëte comme Oudinot supplier très diplomatiquement le pape de revenir à Rome. Il fallait tout revoir, tout refaire. Ercole Tommaso, plongeant ses yeux dans ceux de son père, n'avait rien cédé. La vérité, c'est lui qui la détenait, comme tous ceux de sa génération.

– Père, la terre des cimetières italiens a donné tout son salpêtre, les cloches ont été transformées en canons, les cercueils de plomb où reposaient nos ancêtres ont servi à faire des balles, nos parchemins, nos archives ont enveloppé les paquets de mitraille que l'on nous a envoyés ! Et tout cela n'a servi à rien ! Toi et tes amis, rentrez vos épées dans vos fourreaux !

– Mais pourquoi ? Mais pourquoi, Massa, es-tu morte ? ne cessait de répéter Aventino.

Cela faisait maintenant cinq heures qu'il était là, la mâchoire serrée, frigorifié à essayer de comprendre l'incompréhensible. La nuit allait tomber sur le petit cimetière. Il fallait rentrer. Des nuages commençaient de s'amonceler, et le ciel devenait couleur d'encre. Le long mur du domaine qui longeait la rue conduisant du cimetière au château était en partie détruit, par les trous on pouvait distinguer un véritable fouillis d'arbres, de buissons, d'herbes, de branches, croissant sans ordre, qui avaient dû finir par sécher, par tomber et par pourrir sans que personne ne vienne tailler cette jungle. Après avoir dépassé la grille d'entrée, il fit quelques pas en direction du lac près duquel proliférait un potager anarchique. Un canot éventré et les fioritures du dossier en fer forgé de son siège furent les seuls éléments qui lui rappelaient qu'un jour ancien il avait été dans ce parc si heureux. Comme tous les soirs depuis son retour de Venise, son fils l'attendait pour dîner dans la salle à manger du château, et comme tous les soirs, la porte franchie, il déclinait l'invitation, et finissait malgré tout par échanger quelques mots avec lui, autour d'un verre de vermouth.

– Tu sais, Ercole Tommaso, je ne vois plus rien à faire pour le moment. Je dois rouler jusqu'au fond de l'abîme, pour voir où je peux m'arrêter, où je peux me reconnaître. Après, peut-être recommencerai-je...

– Mais l'Italie à laquelle tu as consacré toute ta vie, qu'en fais-tu ?

Aventino regarda son fils avec beaucoup de tendresse, mais comme désabusé.

– Pour que l'Italie se retrouve en elle-même, telle qu'elle nous entraîne pour construire son avenir, il lui faut au préalable retrouver sa mémoire.

Comme tous les soirs, la conversation tourna court. Aucun argument n'étant susceptible de faire dévier Aventino de sa route, pas même la nostalgie invoquée par Ercole Tommaso rappelant à son père leurs chasses en plein hiver durant lesquelles ils rapportaient sur le traîneau enneigé des renards, des loups et des sangliers tués en chemin, ou leurs longues promenades dans les bois, quand le père, donnant la main à l'enfant, lui expliquait les pépiements des oiseaux, les glissements furtifs des mulots, le surgissement des noisettes à l'automne et des fleurs de crocus au printemps, ou la splendeur des nuits traversées de brouillard. Ces souvenirs n'étaient là que pour signifier un point final : celui d'une époque parvenue à son terme.

Les deux hommes finirent par se séparer, et Aventino rejoignit sa chambre, ou plus exactement celle de Massa. Depuis qu'il était revenu de Venise, il y séjournait plusieurs heures chaque jour, perdu dans la contemplation des meubles, des objets, des vêtements, des bijoux, de tout ce silence. Contrairement à ce que d'autres que lui auraient nommé le vide, la chambre grouillait de présence, de rumeurs, de fragrances : la chambre était pleine d'ombres. Tout ce qui restait de Massa était là, comme des reliques, caché du jour par les tentures rouges soigneusement tirées. Parfois, il s'amusait à souffler sur la poussière des meubles, créant une pluie de particules en suspension, bleutées, resplendissantes qui voletaient jusqu'à son visage, saupoudrant ses joues, ses lèvres d'un fard constitué de millions de petits éclats, et à nouveau, pendant quelques secondes, la pièce se remplissait de vie, effrayant les fantômes qui guettaient derrière les objets, et qui prenaient soudain la fuite. Avant d'aller se coucher, il avait un rituel, connu de lui seul. Il prenait la brosse et le peigne placés là à son intention sur la commode, à gauche de la cheminée, puis, après avoir ôté les épingles qui tenaient les cheveux de Massa, assise sur le rebord du lit, en les attrapant avec sa bouche, et avoir défait ses longues tresses qui s'ouvraient en crissant sur ses épaules et dans son dos, il la coiffait longuement en plongeant ses mains dans cette profonde chevelure blonde et soyeuse. Puis, son travail accompli, il repartait dans ses appartements, sans avoir échangé un seul mot avec Massa, mais imprégné de la pénétrante odeur d'amande et d'encens de ses mèches.

Tandis que le temps qui le séparait de la mort de sa femme ne se comptait plus en semaines mais en mois, il parcourut le Piémont à la recherche non de Massa, mais des lieux qui avaient été les leurs, car ils semblaient tous avoir disparu, alors qu'il les avait crus à ce point enracinés dans son âme qu'il avait toujours pensé qu'il ne pourrait jamais les en extirper. Mais depuis la guerre, tout avait changé, les petites comme les grandes choses, tout avait été recouvert de lave et enfoui. A Gênes, le *casino* Santa Margherita était devenu une banque, le *manicomio* avait été transformé en musée des Sciences et du Progrès. A Asti, il était impensable de traverser le boulevard en lisant son journal, sans risquer d'être écrasé par une voiture. L'or et l'argent qui brillaient autrefois dans les coffres étaient désormais sur les tables et les buffets. On ne pouvait plus distinguer la femme du patricien de celle du magistrat. Turin, à présent éclairé par les lampadaires magiques de Di Steloni, avait oublié la vieille sagesse piémontaise affirmant : « Ce qui est, chez le grand, splendeur, somptuosité, magnificence, est déception, folie, ineptie, chez le commun des mortels. » Aujourd'hui, tout le monde pouvait gagner ou se ruiner. Jamais le paraître n'avait été si impérieux, gouvernant le peuple par le bout du nez, le perdant, le démoralisant, à l'image des rues de Turin enfouies sous des embouteillages. Coureuses, boquets, araignées, sulkys, cabriolets, tilburys, victorias, milords, *mail phaetons*, *spider phaetons* et autres *dog-car phaetons* encombraient la capitale du Piémont à toute heure du jour et de la nuit. Mais Aventino, lui, ne voulait plus bouger, et lorsque la municipalité de Cortanze vint lui demander l'autorisation de changer le pavement d'une place où son grand-père enfant s'était jadis fracassé le crâne, il refusa tout net. Les deux pavés marqués du sang des Roero Di Cortanze ne bougeraient pas de place. Ils resteraient là tant que l'arbre généalogique des Roero compterait encore des ramifications.

Une année s'écoula, durant laquelle il s'occupa avec passion de botanique, allant jusqu'à former un herbier de la flore italienne. Année durant laquelle, les créanciers réclamant leur capital, il fut contraint de recourir pour la première fois de sa vie à une banque et de contracter une hypothèque. Mais très vite, le jardin finit par être envahi par les aulx et les choux, et la première hypothèque se vit bientôt suivie de bien d'autres. La vie d'Aventino se déroulait de plus en plus placidement, les heures semblaient lui glisser entre les doigts, quant aux repas, lui qui jadis buvait et mangeait sans retenue, il se nourrissait à présent de quelques pâtisseries et d'occasionnels petits verres de vin cuit. A l'aube de 1850, alors qu'il entrait dans sa soixante-dixième année, la ville de Turin décida de percer une rue qui relierait la via della Zecca au corso San Maurizio, et de lui donner le nom de via Marquese Roero Di Cortanze. Aventino refusa de se rendre à l'inauguration, prétextant on ne sait quelle mystérieuse maladie. Il envoya son fils pour le représenter. « M'embaumer de mon vivant, quelle idée ! » confia-t-il à ce dernier avant que celui-ci ne rejoigne les faiseurs de discours et la fanfare du troisième régiment de Savoie. En réalité, ce petit événement eut plus d'importance qu'il n'y paraît au premier abord. C'était en somme la première fois qu'Aventino confiait à son fils les destinées de la maison Cortanze. C'était une sorte de passation de pouvoir, de transmission symbolique. Ercole Tommaso, retenu à Turin auprès du roi, ne revint pas immédiatement. Aventino attendait son retour avec impatience. Il comptait lui faire part de son désir de le voir désormais prendre en main la suite de l'histoire familiale. L'heure était venue, inexorable, solennelle.

Cependant quand Ercole Tomasso revint, le 9 janvier

1850, l'atmosphère entre le père et le fils se tendit immédiatement, et Aventino comprit qu'il ne lui parlerait pas encore de passation de pouvoir... Durant toute l'année précédente, Victor-Emmanuel, pris en tenaille entre les démocrates qui souhaitaient reprendre la guerre et la vague révolutionnaire qui menaçait de déstabiliser le pays, avait dû faire face à une très grave crise politique. Finalement, après des mois de lutte, d'intense propagande, de discours, de pressions diverses, une nouvelle Chambre venait de voir le jour, dans laquelle la part belle était donnée à la « voie moyenne » modérée et constitutionnelle favorisée par le roi, et très ardemment défendue par les partisans de Cavour, et au premier rang de ceux-ci Ercole Tommaso.

– La convalescence du Piémont est terminée, père. A partir de maintenant commence une époque nouvelle, dit celui-ci, en serrant Aventino dans ses bras, avec un enthousiasme qu'il ne laissait que très rarement éclater. Ajoutant : L'Italie est en marche vers son unité, vers la République !

Aventino regagna le fauteuil d'où son fils venait de l'extirper, et, allumant un demi-cigare, dit :

– L'Italie ! La République ! Voilà de grands mots... La monarchie est tombée pour avoir trop méprisé le peuple, et la République ne l'estime que trop...

– Tu parles comme Metternich ! Ajoute que l'Italie n'est qu'une idée géographique, que le roi possible de cette monarchie n'existe ni au-delà ni en deçà des Alpes, et que la République est un but visé par les sectes !

– L'extrémisme révolutionnaire peut provoquer le développement d'un extrémisme réactionnaire !

– Le programme très modéré de Victor-Emmanuel est à l'opposé de telles théories. Grâce à lui, le Piémont meurtri, isolé, déchiré, humilié, garde ses institutions libérales, et les gardant il est désormais la capitale morale de la Péninsule et l'espoir du *Risorgimento*.

– Je n'en crois pas un mot !

– Comment peux-tu dire ça ! Tu as fait une guerre dynastique et non pas une guerre nationale. Regarde où cela nous a conduits !

– Votre Chambre modérée va faire prendre les idées révolutionnaires pour des idées de nationalité. Elle va confier de nouveau sa politique et ses armes aux chefs de la démocratie, ces faux héros, ces hypocrites du patriotisme, qui songent plus à révolutionner l'Italie qu'à la délivrer.

– C'est tout le contraire, la vieille monarchie piémontaise paternaliste est en train de devenir une monarchie constitutionnelle.

– Paix à ses cendres ! Votre Italie est une Italie molle, dans laquelle les hommes politiques, se prenant tous pour Tommaso Grossi, ne songent qu'à écrire des légendes en stances de six vers... Un pays dirigé par des politiciens qui publient des livres ! Une Italie de ministres et de secrétaires d'Etat, dont les barbes artistement taillées et la fausse grandeur les font ressembler à des épiciers. MM. Cavour et consorts ne sont que des épiciers, mon fils. Voilà l'Italie de demain, qui pleurera aux mélodrames, prendra les décorations au sérieux, deviendra actionnaire d'impossibles entreprises, achètera des pendules à mamelouks, et se mouchera si violemment qu'on croira entendre sonner une fanfare à rendre jaloux un cornet à piston !

– Père !

– Quoi, père ? Je ne veux pas de cette Italie représentée par un M. Cavour, épicier rougeaud à tablier bleu, le pas sur la marche d'un magasin, comptant ses billets d'un air égrillard, pendant que sa femme s'amourache d'un Grec dans l'arrière-boutique...

La conversation pouvait continuer longtemps sur ce

rythme-là. Où chacun se jetterait à la figure ses convictions. Cavour, comme l'avait dit M. de La Rive, n'était-il pas « l'homme le plus dangereux du royaume » ? Quant aux royaumes composant l'Italie, comment pourraient-ils s'accorder, alors qu'ils n'avaient pu marcher d'accord nulle part, pas même sur les champs de bataille ? Mais un nouvel événement survint qui permit de dépasser cet embrouillamini d'idées, de désordres, ces heurts. L'expression *fare un quarantotto* – faire un quarante-huit –, devenue en Italie synonyme de bourbier inextricable, n'eut soudain plus de raison d'être. Ercole Tommaso, de la tristesse plein les yeux, se pencha vers son père et lui dit :

– Père, tu crois vraiment qu'entre la démocratie sociale et le christianisme, il y a guerre à mort ? Que je veux la fin de mon pays ?

– Non, finit par répondre Aventino après un long silence, tandis que son fils le prenait dans ses bras, inversant, pour la première fois, les rôles.

Aventino, très ému, trouva la force d'articuler :

– J'aurais dû écrire mes mémoires, cela m'aurait aidé à vivre, à me fabriquer un monde...

– Père, le drapeau tricolore ne flotte plus que sur un coin de la Péninsule, en Piémont. C'est assez pour que l'Italie tout entière, en ces heures sombres, tourne les yeux vers ce gage de liberté et d'indépendance, et salue, dans cet étendard arraché à la tourmente, le symbole de sa future résurrection.

– Résurrection, résurrection... voilà un mot trop catholique pour moi, mais bon, tu as sans doute raison...

– En somme tout renaît toujours, rien n'est jamais fini. Ajoutant, sans trop comprendre pourquoi : Comme le tableau de Rigaut...

– Tu fais bien de m'en parler de celui-là, quel escroc !

– Pourquoi dis-tu cela ?

– Nous l'avons payé pour qu'il fasse un portrait de toi. Il y a plus de trente ans ! Nous l'attendons depuis toujours, cette maudite toile.

– Mais elle est terminée, elle est là, père !
– Quoi ?
– Mais oui, dans la galerie des portraits...
– Comment ne l'ai-je pas vue depuis tout ce temps ?
– Descendons la voir !

Il avait fallu allumer plusieurs chandeliers, parce que la galerie des portraits était plongée dans une profonde obscurité. La toile de Giovanni Francesco Rigaut était bien parmi des dizaines de tableaux, mais plus que les autres elle paraissait extrêmement troublante. De format 100 × 130, elle représentait un personnage en perruque, de trois quarts face, la main droite sur un heaume agrémenté d'un panache rouge, la gauche, gantée de blanc, posée sur un lourd tissu rouge. L'homme, en costume de cérémonie, portait au cou le collier de l'ordre des chevaliers de l'Annonciade. Tout le bas du tableau était couvert par une inscription dans une langue improbable, mélange de français, d'espagnol et d'italien, et qui disait : « *Don Hercules Thomas Roero Marques de Cortance Conte di Calosso Signore di Crevacuore Vicerè de Sardegna Gran Croce SS. Maurizio e Lazzaro e cavaliere Ordine Supremo SS. Annunziata.* »

– Quel tableau bizarre, non ? fit remarquer Ercole Tommaso.

– Il est là depuis longtemps ?

– Je ne sais pas. Je crois que Rigaut est venu voir maman peu de temps avant sa mort. Personne, au château, ne se souvient de l'avoir accroché...

– Ce qui est le plus troublant, c'est la ressemblance, dit Aventino.

– Je n'osais pas me l'avouer à moi-même.

– Rigaut a été payé pour faire ton portrait et il a fait le mien ! constata Aventino.

– Je dirais plutôt qu'il représente davantage un Ercole Tommaso vieillissant qui ressemblerait de plus en plus à son père...

– Exactement, acquiesça Aventino. A ce détail près que je n'ai jamais été vice-roi de Sardaigne...

– Et que je ne le suis pas encore, répliqua Ercole Tommaso en riant.

– Lors d'une de nos premières rencontres, Rigaut m'avait dit une phrase étonnante que je ne comprends seulement que maintenant : « Dans la vie d'un peintre, un coup de pinceau superficiel est un incident, mais un coup de pinceau profond est une destinée. »

Les deux hommes, ayant fini de contempler l'étrange toile, allaient partir lorsque Aventino fit remarquer à son fils qu'en se plaçant à une certaine distance du tableau, on pouvait apercevoir les armes de la famille visibles sous la couche de peinture bleu sombre, présentant comme un ciel de nuit.

– On dirait qu'elles ont été effacées, dit Aventino.

– Par le peintre lui-même...

– Par vengeance !

– Par remords ?

– Avec le temps, notre race batailleuse s'est avachie, tu fais de la politique maintenant, tu n'as plus besoin ni de massue ni d'Hercule ! dit Aventino en riant. Je propose d'ailleurs que nous allions nous coucher, il se fait tard !

Après avoir raccompagné son père jusqu'à la porte de sa chambre, Ercole Tommaso lui demanda :

– Alors, nous sommes réconciliés, père ?

– Oui, répondit Aventino, serrant son fils dans ses

bras, et, la voix brisée : Ta mère nous voit, elle doit être heureuse...

Le lendemain matin, Ercole Tommaso se leva très tôt car il devait se rendre à Turin, appelé par son roi, homme de la réalité prosaïque, souhaitant qu'il étudie la possibilité de présenter une loi qui porterait suppression de l'immunité ecclésiastique du *for*, parce qu'il craignait, à juste titre, que cette amorce de laïcité de l'Etat amène une certaine tension dans les rapports avec Rome et une violente agitation des catholiques conservateurs. Le père et le fils déjeunèrent ensemble, ce qu'ils n'avaient pas fait depuis très longtemps.

– Vous devrez arrêter l'archevêque de Turin, Mgr Valerga, conseilla Aventino, et peut-être même l'exiler.

– Dire que j'ai eu ce jésuite comme précepteur ! dit Ercole Tommaso.

– Il a fait son chemin, le père casuiste !

– Je ne le connais que trop, il n'acceptera jamais une telle mesure et va comploter tant qu'il pourra...

– J'en suis conscient, répondit Ercole Tommaso. Mais ce n'est pas ce qui m'inquiète, ajouta-t-il après avoir bu une gorgée de café.

– Le garde des Sceaux, Siccardi, a la majorité à la Chambre. La loi passera de toute façon.

– C'est toi qui m'inquiètes, papa...

– Papa ? Ca fait longtemps que tu ne m'as pas appelé « papa »...

– Abandonne ton idée d'aérostat.

– J'ai effectué des dizaines de voyage en ballon !

– Avec Barnaba ! Et tu n'avais pas soixante-dix ans...

– C'est impossible. Ma décision est prise. C'est

aujourd'hui ou jamais. Et c'est mieux comme ça. Pendant que tu feras voter des lois à Turin je survolerai le Piémont dans un ballon. Tu es au cœur de l'action, je prends du recul ! Et je ne retrouverai pas de sitôt des conditions météorologiques aussi favorables !

– Je n'ai pas envie de rire, tu sais.

– Moi non plus. C'est la décision la plus grave de ma vie. Mûrement réfléchie. Décision sans appel, souveraine. D'ailleurs j'ai deux choses à te donner, pour marquer ce jour exceptionnel, pour toi, et pour moi.

Ercole Tommaso devint soudain très sérieux, en proie à une certaine inquiétude. Aventino posa un livre sur la table. Un gros in-folio jauni aux coins écornés, exhalant une odeur de moisi, imprimé en caractères ronds, agrémenté de tableaux, de croquis et de dessins : *Le Théâtre généalogique du royaume sarde*, renfermant un *Catalogue des chevaliers de l'ordre du Collier de Savoye*. Ce livre précieux, trônant dans une des vitrines de la bibliothèque paternelle, avait bercé toute l'enfance d'Ercole Tommaso. Un chapitre, long et précis, était consacré aux Roero Di Cortanze qui, depuis des siècles, avaient été « promus aux plus hautes charges du royaume ».

– Il est à toi, maintenant, dit Aventino en le faisant glisser vers son fils.

– Je ne comprends pas, papa...

– A toi d'écrire désormais l'histoire de la lignée.

– Et toi ?

– Oh, moi, tu sais..., répondit Aventino, cette Italie nouvelle ne m'intéresse plus. Tu es jeune, ambitieux, proche de Victor-Emmanuel II, comme mon père l'était de Victor-Amédée II, mon arrière-grand-père de Victor-Amédée Ier, et comme je l'étais de notre regretté Charles-Albert... Et ma santé, mon pauvre enfant, est bien flageolante. Depuis que ta mère est morte, je n'ai plus de goût à rien.

– Le Piémont a besoin de gens comme toi.

– Allez, tu n'en penses pas un mot ! Et tu as raison, d'ailleurs. Je te le répète, ma santé est comme une lampe près de s'éteindre dans une vieille lanterne.

– J'ai confiance en l'avenir, père.

– Moi pas ! Nous courons, nous volons ; mais hélas ! quand nous sommes là où nous voulions arriver, quand le lointain est devenu proche, rien n'est changé, et nous nous retrouvons avec notre misère, avec nos étroites limites.

– La victoire est proche.

– La victoire ! ricana Aventino. Quelle victoire ? Un jour, Cortanze sera envahi par les avocats, les notaires, les créanciers, les huissiers qui dresseront des actes et rédigeront des inventaires. L'Italie me fait penser à une maison où tous s'occupent des intérêts matériels des défunts, qui en fin de compte seront réduits à néant, et dans laquelle bien peu sont ceux qui penseront à leur réciter un *Pater noster*.

Ercole Tommaso regardait son père avec un étonnement douloureux. Il se disait que cet homme était devenu si étranger à ce qu'il avait été dans la première période de son existence que quiconque, témoin de cette dernière, n'aurait pu, aujourd'hui, le reconnaître. Seul un regard des plus perçants, des plus subtils, aurait pu comprendre, à certains signes fugitifs, que ce changement n'était pas seulement le fait d'une déchéance personnelle, mais plutôt de l'un de ces innombrables destins particuliers qui s'étaient trouvés intérieurement brisés, ruinés, et entraînés dans la chute de tout un monde. Aventino accepta donc le livre, dans une sorte de soumission irritée.

– Je prendrai soin de notre livre, père, et saurai le transmettre à mes enfants si Dieu m'accorde d'en avoir.

– Laisse Dieu où il est, veux-tu, il n'a rien à voir avec ces histoires, et accepte ce deuxième présent, ajouta Aventino en lui tendant la chevalière sur le large chaton de laquelle étaient gravées les armes de la famille.

Aventino, depuis le début du repas, avait constaté que son père faisait plus que d'ordinaire tourner la bague autour de son petit doigt, comme s'il avait voulu s'en défaire, ce qui était donc désormais chose faite.

– Père, ai-je le droit d'accepter ?
– C'est un ordre !

Aventino commençait à comprendre ce qui était en train de se passer :

– Tu me cèdes la place, c'est cela ?
– Une nuit, je suis allé chasser avec mon père sur les collines du côté de Montechiaro. J'étais perdu dans la contemplation éphémère des étincelles d'un feu de camp. Alentour, résonnait l'écho du brame des cerfs. J'avais quinze ans, et étais tout à la fierté d'avoir réussi à débusquer la harde. Nous étions assis en silence autour du feu quand j'ai senti soudain la main de mon père glisser quelque chose dans la mienne...

– La chevalière ? demanda Ercole Tommaso.
– Oui. Il m'a dit à l'oreille : « Prends-en soin, quatre générations, au moins, l'ont portée au doigt avant moi... »

Aventino prit la bague et la passa à l'auriculaire de sa main droite. La main du père et la main du fils étaient l'une à côté de l'autre.

– Regarde, dit Ercole Tommaso à Aventino, lui montrant l'auriculaire de sa main droite, légèrement recroquevillé, et projeté vers l'extérieur, rompant ainsi le parallélisme qui aurait dû l'unir aux autres doigts.

– La marque des Roero Di Cortanze !

En réalité, les mains des deux hommes, longues, larges, ridées par des espèces de crevasses solides, se ressemblaient. Portés par un flot de tendresse, ils se jetèrent dans les bras l'un de l'autre. Ercole Tommaso se disant qu'il se souviendrait toute sa vie de cette journée, qu'elle ne se reproduirait plus jamais, qu'elle serait la dernière durant laquelle une telle intimité s'était laissée exister. Prévoyant que cet état de bonheur toucherait bientôt à sa fin, une ombre de mélancolie s'installa doucement dans son cœur. Aventino, de son côté, voyait, touchait, sentait ce matin avec une étrange sensation d'attendrissement et de jalousie, comme seuls ceux qui, sachant leur temps révolu, peuvent parfois se rappeler les instants passés. Dans la froidure du petit matin de janvier, Aventino se dit qu'il vivait sa dernière minute de « jeunesse », et quand il vit son fils quitter au trot la cour du château de Cortanze en direction de la rue qui conduisait à la sortie du village, il en éprouva une joie immense mêlée de douleur.

Il avait tant de fois effectué la même manœuvre avec Barnaba que le départ de l'aérostat ne fut qu'une simple formalité. Ne gardant à bord que le thermomètre et le baromètre, il avait pour l'heure déchargé la nacelle de tous ses instruments, s'était dépouillé des lourds paletots et des couvertures, avait supprimé la corde d'ancre par trop pesante, jeté tous les sacs de lest vides, et attendu que le soleil, chauffant le gaz du ballon, aide ce dernier à partir. Pour activer le feu, il avait brûlé toutes les revues et tous les magazines qui avaient si longtemps entretenu en lui l'espoir d'une Italie différente, libre, unifiée : *Alba*, *Italia*, *Il Messaggero torinese*, *Leader*, et quelques exemplaires de *La Nouvelle Gazette piémontaise*, de *L'Evénement* et du *Sacerdoce civil* qui s'étaient empilés dans sa chambre depuis son retour de Venise. Le ballon avait enfin pu partir en fin d'après-midi, peu de temps avant le coucher du soleil. Il était monté rapidement. D'un bond il avait percé l'épais massif des nuages, et bientôt Aventino avait pu nager dans les couches aériennes, là où la clarté est le plus vive. Peu avant que l'étoffe de l'aérostat ne soit complétement sèche, un coup de vent furieux l'avait rabattu vers la terre. Avant que la montée ne reprenne, Aventino avait assisté à une scène étrange, il avait vu un étalon blanc échapper à ses maîtres, se libérer et s'enfuir au galop. En quelques secondes, le beau cheval à l'allure magnifique, d'un blanc presque neigeux, avait déchiré les brides par lesquelles il était attaché, s'était cabré en frappant des jambes avant tous ceux qui avaient tenté de le retenir, avait rué et poussé de tels hennissements que chacun s'était écarté, pris de peur. Longtemps Aventino avait pu suivre des yeux cette fuite somptueuse. Le cheval blanc avait sauté d'un bond par-dessus le fossé, s'était mis à galoper à travers champs, sans cesser de s'ébrouer et de hennir. Sa queue et sa crinière flottaient au vent, et son allure, en pleine liberté, était si belle qu'Aventino n'avait pu s'empêcher de hurler de son observatoire : « *O che bellezze ! che bellezze !* » Enfin, il s'était approché d'un fossé dans l'intention de le franchir d'un bond. Là, il avait trouvé des centaines de juments et de poulains qui broutaient tranquillement. Nullement effrayés par son comportement, tous s'étaient mis à le poursuivre, à courir en longues files tout au long de la plaine, faisant siffler l'air et trembler le sol. Puis la harde avait disparu dans le lointain et dans le jour qui baissait.

Alors que le ballon recommençait son ascension, Aventino avait cru voir, sur une des collines du Montferrat, le peintre Rigaut qui le suivait avec une longue-vue, comme s'il avait voulu disputer son âme à Dieu ou à diable, sans trop savoir encore lequel des trois l'emporterait dans leur lutte. Puis Aventino s'était ravisé. Sans doute étaient-ce les hauteurs qui lui faisaient perdre la tête, qui lui brouillaient l'entendement.

Alors, commença la montée vers le coucher du soleil. L'astre disparut bientôt derrière un rideau de nuages, cédant la place, sous un manteau de pourpre, à des milliers de rayons d'or. L'aérostat était à trois mille huit cents mètres d'altitude... Saisi par une sorte d'extase, Aventino regarda la terre, qui ne lui apparaissait plus que sous une brume transparente, comme masquée derrière un voile de mousseline rose. « Si la chance est avec moi, je pourrai maintenir ainsi mon ballon jusqu'à l'heure de l'aurore », se dit-il. A quatre mille mètres, il constata que la température était de cinq degrés au-dessous de zéro. Comme il n'y avait pas de vent, qu'aucune brise ne fouettait son visage, il n'était nullement saisi par le froid, et sa respiration nullement embarrassée. Il cria, non pour s'entendre, mais pour constater que les paroles ne se propageaient pas facilement dans cet air raréfié. Puis il éprouva un bourdonnement sourd dans les oreilles, une douleur sensible dans les tympans.

A ce moment précis, alors que le ballon était bien équilibré dans l'espace, et qu'il suffisait de jouer de la soupape pour le faire osciller, Aventino comprit pourquoi il était ainsi dans le ciel, un soir de janvier. Plutôt que de redescendre et d'atterrir mollement dans un champ, de se laisser traîner dans la terre labourée de cette Italie qu'il ne comprenait plus, d'attendre que le ballon se couche sur le flanc et que sa belle étoffe soit couverte de boue et de terre détrempée, il valait mieux rester en l'air, indéfiniment. Alors le ballon continua de monter. Les yeux fixés sur l'aiguille, Aventino constata que la pression avait dépassé le chiffre de 280. Il voulut dire : « Je suis à huit mille mètres ! » mais sa langue resta comme paralysée. Il ferma les yeux et tomba, inerte, puis se releva. Le ballon avançait au milieu d'un brouillard foncé si dense qu'il était impossible de rien voir si ce n'est le nattage précis de la nacelle qui oscille et grince. Mais Aventino sait qu'il est dans l'épaisseur compacte de l'atmosphère. Qu'il est entouré d'une fraîcheur odorante, pénétrante, qu'il est déjà loin de l'heure du crépuscule, de la nature qui sous lui doit être calme et majestueuse. Il est ailleurs. Dans sa jeunesse perdue qui a détalé comme un lièvre, dans la nostalgie de ce futur qui suscita en lui tant d'émotions, dans toutes ses idées fausses, ses mots imprécis, ses faiblesses, ses satisfactions. Il est là, dans l'étrange esquif d'osier. Et comme celui qui, pris de vertige, tombe de la falaise de la réalité et se rend compte avec étonnement qu'il peut vivre et se mouvoir dans cet élément qu'il a toujours rejeté, dans l'élément inconnu de la fatalité, il attend le moment où toutes les pistes rejetées durant sa vie vont enfin se rejoindre, ici, entre ciel et terre. Au fond, ce n'est peut-être pas si mal de s'anéantir ainsi. C'est peut-être ce que la vie peut nous donner de meilleur, finit-il par se dire, ce bercement, cet oubli, où l'on perd la mémoire de l'avenir, où tout devient trouble, familièrement trouble.

Les bras ouverts dans la nacelle, devinant que son fils a tout compris de ce départ en ballon, il se dit que Massa pourrait bien se tenir derrière ces bancs de cristaux de glace suspendus dans l'atmosphère, ou dans toutes ces paillettes cristallisées qui tourbillonnent dans les nuages, ou dans ces zones de vapeurs opalines et diaphanes, ou dans ces grandes nuées blanches immobiles semi-transparentes, aussi décide-t-il de se hisser dans le cercle métallique qui va lui permettre de tirer la corde de la soupape de mélange des gaz. Très vite, il s'aperçoit que ses mains sont noires comme celles d'un cholérique, que des cristaux de glace sont en train de se déposer partout autour de l'orifice de l'appendice, que ses forces l'abandonnent, et qu'il risque de manquer ce pour quoi il est monté jusqu'ici. Il veut lever les bras, mais ses membres sont inertes.

Heureusement, sa tête et son corps peuvent encore se mouvoir. Dans un effort suprême, il se rend compte qu'il peut agir, que jusqu'au bout il peut agir et décider seul. Alors il saisit avec ses dents la corde de la soupape, la tire avec violence, sachant qu'il eût suffi d'un geste contraire à celui qu'il vient d'accomplir pour que s'échappe une quantité suffisante de gaz et que l'aérostat revienne vers des niveaux inférieurs. Mais c'est l'opposé qui a lieu. Il l'a voulu ainsi. Il sait que les gaz vont se mélanger, que la pression va être trop forte, que le ballon va être entraîné vers des altitudes surhumaines, et que le tissu de l'aérostat, tendu, va se déchirer puis éclater. Quand le ballon se transforme en une immense boule de feu, il éprouve en lui-même une sérénité incomparable. Il est enfin parvenu dans ce lieu de l'univers où il peut affirmer : « *D'tut ii post d'la tera, costssi a l'è col ch'am sorid d'pì.* » « De tous les endroits de la terre, celui-ci est celui qui me sourit le mieux... »

Du même auteur :

Romans

LE LIVRE DE LA MORTE, Aubier-Montaigne, 1980.

LES ENFANTS S'ENNUIENT LE DIMANCHE, Hachette, 1985 ; Babel/Actes Sud, 1999.

GIULIANA, Belfond, 1986 ; Le Livre de Poche, 1987 ; Babel/Actes Sud, 1998.

ELLE DEMANDE SI C'EST ENCORE LA NUIT, Belfond, 1988.

L'AMOUR DANS LA VILLE, Albin Michel, 1993 ; Le Livre de Poche, 1996.

L'ANGE DE MER, Flammarion, 1995.

LES VICE-ROIS, Actes Sud, 1998 ; prix de la Ville de Blois, 1999, prix Baie des Anges, 1999 ; Babel/Actes Sud, 2000 ; J'ai lu, 2002.

CYCLONE, Actes Sud, 2000 ; Babel/Actes Sud, 2002.

ASSAM, Albin Michel, 2002, prix Renaudot 2002 ; Le Livre de Poche, 2004.

BANDITI, Albin Michel, 2004.

Essais

LE SURRÉALISME, MA éditions, 1985 ; réédition augmentée : LE MONDE DU SURRÉALISME, Veyrier, 1991.

LA MÉMOIRE DE BORGES, Dominique Bedou, 1987.

LE BAROQUE, MA éditions, 1987 ; réédition augmentée : PROMENADES BAROQUES, éditions de l'Arsenal, 1995.

ANTONIO SAURA, L'EXIL BIOGRAPHIQUE, La Différence, 1990.

TOBIASSE OU LE PATIENT LABYRINTHE DES FORMES, La Différence, 1992.

ESPAÑAS Y AMÉRICAS, La Différence, 1994.

ANTONIO SAURA, La Différence, 1994.

ATELIERS D'ARTISTES, Le Chêne, 1994.

DOSSIER PAUL AUSTER, Anagrama, 1996.

LE NEW YORK DE PAUL AUSTER, Le Chêne, 1996.

LA SOLITUDE DU LABYRINTHE, *entretiens avec Paul Auster*, Actes Sud, 1997 ; Réédition augmentée : Babel/Actes Sud, 2004.

LE MADRID DE JORGE SEMPRUN, Le Chêne, 1997.

HEMINGWAY À CUBA, Le Chêne, 1997 ; Folio/Gallimard, 2002.

ZAO WOU-KI, La Différence, 1998.

JEAN-MARIE GUSTAVE LE CLÉZIO : LE NOMADE IMMOBILE, Le Chêne, 1999 ; Folio/Gallimard, 2002.

L'ACIER SAUVAGE (avec des photos d'Hélène Moulonguet), Actes Sud, 2000.

PHILIPPE SOLLERS OU LA VOLONTÉ DE BONHEUR, ROMAN, Le Chêne, 2001.

UNE CHAMBRE À TURIN, Editions du Rocher, 2001, prix Cazes-Lipp 2002 ; Folio/Gallimard, 2002.

JORGE SEMPRUN, L'ÉCRITURE DE LA VIE, Folio/Gallimard, 2004.

PAUL AUSTER'S NEW YORK, Le Livre de Poche, 2004.

Poésie

AU SEUIL : LA FÊLURE, PJO, 1974.

ALTÉRATIONS, éditions d'Atelier, 1973.

U. CENOTE, Alain Anseuw éditeur, 1980.

LOS ANGELITOS, Richard Sébastian imprimeur, 1980.

LA MUERTE SOLAR, Pre-textos, 1985.

JOURS DANS L'ÉCHANCRURE DE LA NUQUE, La Différence, 1988.

LA PORTE DE CORDOUE, La Différence, 1989.

LE MOUVEMENT DES CHOSES, La Différence, 1999, prix SGDL-Charles Vildrac, 1999.

Anthologies

HUIDOBRO/ALTAZOR/MANIFESTES, Champ Libre, 1976.

AMÉRICA LIBRE, Seghers, 1976.

UNE ANTHOLOGIE DE LA POÉSIE LATINO-AMÉRICAINE, Publisud, 1983.

LITTÉRATURES ESPAGNOLES CONTEMPORAINES, éditions de l'Université libre de Bruxelles, 1985.

CENT ANS DE LITTÉRATURE ESPAGNOLE, La Différence, 1990.

Théâtre

LE TEMPS REVIENT, L'Avant-Scène, 2002.

Composition réalisée par IGS-CP

Achevé d'imprimer en janvier 2007 en France sur Presse Offset par

BRODARD & TAUPIN

GROUPE CPI

La Flèche (Sarthe).
N° d'imprimeur : 39173 – N° d'éditeur : 80458
Dépôt légal 1re publication : janvier 2007
LIBRAIRIE GÉNÉRALE FRANÇAISE – 31, rue de Fleurus – 75278 Paris cedex 06.